ハヤカワ文庫SF

〈SF2279〉

七人のイヴ

〔下〕

ニール・スティーヴンスン

日暮雅通訳

早川書房

8500

七人のイヴ

〔下〕

第二部　登場人物

デュボア（ドゥーブ）・ハリス　天文学者
ダイナ・マコーリー　ロボット工学者
アイヴィ・シャオ　アメリカ人宇宙飛行士
ズィーク・ピーターセン　アメリカ人宇宙飛行士
マルクス・ロイカー　スイス人宇宙飛行士
ヴャチェスラフ・ドゥブスキー（スラフ）　ロシア人宇宙飛行士
フョードル　ロシア人宇宙飛行士
テクラ　ロシア人宇宙飛行士
ボロル＝エルデネ（ボー）　モンゴル人宇宙飛行士
ルイーザ・ソーター　心理学者兼ソーシャルワーカー
モイラ・クルー　遺伝学者
ウルリカ・エク　プロジェクト・マネージャー
スペンサー・グラインドスタッフ　情報エンジニア
スティーヴ・レイク　情報エンジニア
コンラート・バルト　天文学者
リース・エイトケン　建築エンジニア
ジロー・スズキ　原子力技師
トム・ヴァン・ミーター　エンジニア
サルバトーレ・グオディアン（サル）　弁護士
カミラ　〈アーキー〉
アイーダ　〈アーキー〉
ジュリア・ブリス・フラハティ（ＪＢＦ）　アメリカ合衆国大統領

第三部　登場人物

キャス・アマルトーヴァ・ツー　〈モイラン〉。監視人
ベレド・トモフ　〈テクラン〉。監視人
リース・アラスコフ　〈ダイナン〉。監視人
アリアン・カサブランコーヴァ　〈ジュリアン〉。検疫局の職員
フー・ノア（ドク）　〈アイヴィン〉。科学者
リメンブランス（メミー）　〈カミート〉。ドクの助手
チュラタム（タイ）・レイク　〈ダイナン〉。クロウズ・ネストのバーテンダー
ランゴバルド（バルド）　〈アイーダン〉。〈ネオアンデル〉
アインシュタイン　〈アイヴィン〉。ガイド
ソナー・タックスロー　〈ディガー〉。サイク
ドノー　〈ディガー〉
マージ　〈ディガー〉
ホープ　〈カミート〉。監視人
イーサ・アルジュン　〈アイヴィン〉。監視人
ロスコス・ユール　〈テクラン〉。スネーク・イーターズ
カンタブリギア・バース・ファイブ　〈モイラン〉

第二部（承前）

「私、まるで理解できてないかもしれない」考えにふけるような長い間《ま》のあとで、ジュリアは言った。「でもどうやら、目の前にすごい偶然があるってことらしいわね」

「続けてください、大統領」カミラが促した。「あなたにはわかりきったことかもしれませんが、私にはよくわからなくて」

ジュリアはキャサリン・クワインに目をやった。「要するに、今提案されている火星への旅における重要な要素は、旅のあいだ人が住むヘプタッドと、推進剤その他の大容量保管庫となるトリアッドということよね。これが、私たちの強みにきっちりと合致するの」ジュリアはわざと自嘲気味に、にやりとした。「〝私たちの〟というのは、どういう意味か？　こんなことを言うと非難されるかもしれないけれど、〈アーキー〉コミュニティと〈マーシャン〉のあいだには、何らかの自然な同盟があるんじゃないかと、私は思うの。あえて言うなら、反逆者の連合みたいなものね。私たちは、ＡＣのもつ心配ごとについて意見するための交流の中心地を、このヘプタッドに大急ぎでつくった。今は自分たちのヘプタッドをもっていると言ってもいい。同じような意味で、あなたたち、ラヴィとジアンユーも、あなたたちのトリアッドを、〈マーシャン〉の意見を言う重要な地点とした。あなたたちも自分のトリアッドをもっている。つまり、火星探査のための二つの要素は、すでに獲得できているというわけ。あとはただひとつにまとまるだけだわ」

ラヴィがうなずいた。「ＭＩＶチームの二人のエンジニアが、そのことに強い関心をもっています。〈ニュー・ケアード〉の建造を手伝ったメンバーで、新しい問題に取り組みたがっています。二人のうちひとりは、一緒に来るかもしれません。ポール・フリール。〈ゼロ〉のずっと前から、火星の植民地化を強く主張してきた人物です」

キャサリンはじっと聞いていたが、ここで口を挟んだ。「疑っているわけではないのですが、大統領、このヘプタッドを〝もつ〟、あるいは、ここにいる友人たちが自分の住むトリアッドを〝もつ〟というのは、どういう意味なのでしょうか？　多数決の感覚でならそうかもしれません。しかし――」

「この文脈の中の所有とは、実際にはどういう意味なのかと？　うーん、そうね、とても深い質問ね、ドクター・クワイン。聞いてくれてうれしいわ。たとえば財産権や個人の自由などのように、私たちがかつて当たり前だと思ってきたたくさんのことが、マルクスのＰＳＡＰＳの宣言によってわかりにくくなってしまった。あるいはもっと率直に言うなら、戒厳令によって。でも、あなたの疑問に答えるための第一歩として言わせてもらうと、意志をもって動きまわる能力は、所有権と別個のものではないと思うの——それが〈アークレット〉やトリアッドやヘプタッドを〝もつ〟という意味よ」

「その意味では、われわれは全員、スウォームの集団的な命令に従うということですね」とキャサリン。「パランビュレーターにより、われわれがいつどこへ行くかが決まるという」

「あれはこれまで考え出された中でも、最も狡猾な社会支配道具のひとつよ」ジュリアが言った。

キャサリンは少しぎょっとしたようだった。「ですが、あれなしでは大変なことになります」

「だから狡猾なの」とジュリア。「安全面の議論をすることで、あれをつねに正当化できる。もっと重要な何かがあると誰かが決めるまでは、私たちはみんなパランビュレーターの奴隷よ」

ジアンユーの物言いには、用心深さと好奇心の両方が感じられた。「誰かがそれを決めたとして、問題の〈アークレット〉がマニュアル制御に切り替わらないかぎり、何も変わりませんよ」

「それはいつでもできると私は理解しているけれど」とジュリア。「何か誤解があるかしら？」

「いえ」とジアンユー。「ただ、それはパランビュレーター上に顕著にあらわれます。状《S》況認《A》識ネットワーク《N》全体に警告されます」

「つまり」とジュリア。「もし決定的なアクションをとるときが来たら、SANをどうにかしなければならないということよ」

広州生まれ、香港育ちで、ほんの少ししか英語をしゃべれないアイヴィの祖母は、ロサンジェルス郊外のリシーダにある、ガレージの上階の、義母のアパートメントから家族を支配していた。ダクトテープで修繕したレイジーボーイ（アメリカのパーソナルチェア・メーカー）のリクライニングチェアという王座に座り、アフガン編みの毛布にくるまった祖母は、サンフェルナンド・バレー一帯に散らばっている四〇人近くの直接の子孫や姻戚に対し、一族の法にもとづいて、一連の命令、宣言、決定事項を言い渡していた。祖母には金銭、愛情、安全、そのほか一般の心理学的な衝動にこだわりがなかったが、彼女に忠節を誓う人々の多くにとっては不可解で謎めいて見える、別の欲求に駆り立てられることがあった。アングロサクソン系のアメリカ人は、こうしたことを東洋風の〝体面〟、もしくは年長者に対する儒教的な敬意と解釈していた。だがアイヴィは、単純に注目を浴びたいという欲求だったのだと思うようになった。あの家を訪れる、あるいはあの家から出る人間は誰しも、祖母のもとに立ち寄らなければならなかった。そしてそれは、ただ戸口から顔を出し、こんにちはとか、さよならとか言えばすむということでもなかった。レイジーボーイの隣にある籐椅子に腰をおろし、何分か話をしなければならないのだ。それを軽んじた人間に対して長期的な復讐を敢行するため、深遠で奇怪なやり方を見つけ出すという以外に、祖母にこうした決まりごとを強いる権限は何もなかった。

　ジュリア・ブリス・フラハティも同類だ、とアイヴィは気づいていた。動きを制限され自己を正当化するはめになり、ジュリアは自分の行為を利他的な計画という観点で理屈づけしている。そして自分でもそれを信じている。だが、それだけではない。ジュリアはアイヴィの祖母と同じだ。ジュリアに忠節を誓えば、その恩寵を得られるし、同じようにしているほかの人々のあいだで、自分の評判も高まり、権力も強まる。ジュリアを〈アークレット〉に追いやって無視していれば、彼女やそのネットワークの敵とみなされる。それ以上の権力はジュリアにはない。だが、長らく無視されているうちに、彼女は強大な敵となるかもしれない。前大統領――ただの年老いた前大統領ではなく、〈クラウド・アーク〉の建造を監督し、それを守るために核兵器まで使った前大統領――そのステータスが、〈アーキー〉たちのあいだでもジュリアの威信を高めていた。散り散りになり、意気消沈している〈アーキー〉たちは、自分たちのアイデンティティや目的意識をもたらしてくれる指導者を待っているというのが、一般的な考え方になっていた。それが正確な理解なのか、それともＪＢＦが広めた際限なく続くだけの神話なのかは、アイヴィにもうわからなくなっていた。だがなんにせよ、それが現実に力をもちはじめたのだ。

　テーブルを挟んでテクラの向かいに座ったアイヴィは、こうした考えを全部テクラに説明するのは生産的なことだろうかと考えていた。ロシアの七種競技選手だったテクラにとっては、リシーダに住んでいたアイヴィの亡くなった広東人の祖母のことなど、どうでもいい、あるいは理解できないのではないか？

　理解できないかもしれない。しかしテクラが生まれたのは、知る必要に応じて必要事項が集められ、分配されるという伝統をもつ国だ。大量の情報を与えられれば、当惑し、退屈し、しまいには腹を立てる。テクラは、自由になんでもしゃべる人間に対し、ビジネスマンが浪費家に感じるのと同じような侮蔑を感じるだろう。自分の仕事が何かということだけがわかっていればいいのだ。

　テクラのそうした性質からして、彼女の頭の中を理解するのは難しかった。だが、それはいい。軍隊形式の命令系統が行きわたる大きな組織では、すべての人間と仲良くなる必要も、愛される同僚になる必要もない。マルクスはそこを理解しており、だからこそこの場所を動かす人間になれたのだ。アイヴィの性格に合っていたのは、〈ゼロ〉のころの〈イズィ〉でなら向いている、小規模のオペレーションだった。逆にマルクスが苦手とすることだ。

「ジュリアの件は、混乱のもとね。それ以上のものじゃない」とアイヴィは言った。「私には、もっと重要な、集中しなければならないことがたくさんあるわ。ジュリアの件で大騒ぎすれば、彼女に不相応な権力を与えて、まずいことになる。でも、彼女がやっていることも無視はできないと思うの」

　テクラがうなずいた。順調だ。

「ジュリアのヘプタッドを訪問してくれないかしら」アイヴィは続けた。「マルクスの保安部長であるあなたなら、そこへ行く資格がある。わかるわね？　公式訪問よ。状況認識ネットワークに問題が起きていて、修復しないと危ないことになるかもしれないって説明してほしいの。それ以外は、ただジュリアの話を聞いてくれればいい。彼女はあなたを味方につけようとすると思うのよ。誰にでもそうなの。あなたは掘り出し物だと思われるかもね」

「もしあなたの予想どおりになったら」テクラは言った。「私はどうすれば？」

すぐにテクラの質問の意味がわからなかったのは、アイヴィの純真さのあらわれだった。それから何を言いたいのか理解した。テクラは、ジュリアの信奉者になったふりを装ったほうがいいのかと尋ねているのだ。つまり、ジュリアのネットワークでスパイになるべきかという申し出だ。

アイヴィがそう悟ったとき、テクラは無表情にアイヴィの顔を見ていた。

「すぐにアクションを取る必要はないわ」アイヴィは言った。実のところ、アイヴィはそこまで狡猾にはなれず、むしろ弱気だった。

「そうですよね」とテクラ。「あまり熱心な態度に出るのも下手な戦術ですし、疑いを招くだけですね」

アイヴィは黙っていた。テクラがさらに言う。「そういう思考をしがちな人間を私はたくさん知っているので」そしてあなたはどう見てもそうじゃないわね、お嬢さん。

「まず直接私に報告をしてもらって、それから私たちでどうするか決めようと思ってるの」

「私たち？」

「私。決めるのは私ね」

「ここで話すの、いいですね。〈バナナ〉で話すのは」とテクラ。

「ここが好き？」

テクラは困惑したようだった。「好きかどうかではなくて。〈バナナ〉は安全ですから」

「火球から守られているということね」

テクラは首を振った。「グラインドスタッフからですよ」彼女は立ち上がり――そのまま飛び上がって天井に頭をぶつけたりしないように用心深く動き――疑問で頭がいっぱいになったアイヴィをひとり残して出ていった。〈クラウド・アーク〉内に、内部諜報活動ネットワークを立ちあげるという計画に、本気で乗り出したらどうなるだろうか？　マルクスにはどう説明する？　彼は怯むだろうか、それとも感銘を受けるだろうか？　どちらにしても、自分は彼の反応をどう感じるだろう？　酒を飲みながらダイナとそんな話がしたいが、いったい彼女はいつ戻ってくるのだろう？

それにテクラの最後の言葉、〈バナナ〉はグラインドスタッフから守られているというのはどういう意味だろう？　〈バナナ〉は〈ゼロ〉以前からある古い場所で、ＳＡＮとの接続は旧式のものをつけかえていて、使い勝手が悪い。ジュリアの〈アークレット〉をＳＡＮから切り離す程度のハッキングがスペンサーにできるのなら、〈クラウド・アーク〉のほかの場所――〈ファーム〉、〈タンク〉、それにマルクスのオフィスなど――にハッキングして監視下におくこともできる、テクラはそうほのめかしたかったのではないか。

「そういう思考をしがちな人間を私はたくさん知っている」とテクラは言った。ロシア軍や諜報部の人間、そうした仕事における陰謀の思考形式に慣れた人間のことだろう。ひょっとするとテクラ自身も、諜報員として訓練されたことがあるのかもしれない。もしテクラがジュリアのネットワークで実際にスパイをやるとして、彼女が二重スパイとなってジュリアに忠誠を誓ったりもせず、あくまでアイヴィに忠実な信頼に足るスパイでいてくれるということを、どうやって確かめたらいいのだろう？

　大気にかすっていった〈イミール〉は、地球から勢いよく離れていきながら、新たな軌道上でゆっくりと宙返りをしていた。この軌道が正確にはどうなっているのかを計算するのに一五分から二〇分かかったが、自分たちの命を救うためのアクションを取るには、四時間弱の時間があることがわかった。

　すべてが完璧に行けば、核推進システムの噴射で〈イミール〉のスピードを落とし、〈イズィ〉とのランデヴー地点まで、いくつかの小さなデルタVを追加することで到達できる。彼らはそうなるのを願っていたが、本気でできるだろうと期待してはいなかった。自分たちが現実に望める最善の状況は、いくらか速度を落とし、遠地点の高度を下げることだった。

　その数値——地球と、軌道のいちばん高いところにある船の距離——は、いちばん低いところで船の速さがどのぐらいになるかということと直接関わってくる。なぜなら、〈イミール〉はかつての月の軌道のずっと外の、極端に高い遠地点から〝落ち〟、大気から跳ね返ったせいでとんでもなく速くなっていたからだ。大規模な核逆推進ロケット噴射か、大気との摩擦かによって少しずつ速度が殺されれば、次の遠地点の高度がもっと下がることになる。それにどのくらいの時間がかかるか——何週間、何日、あるいは何時間なのかは、数値を当てはめてみなければわからない。

計算した結果、その答えは数時間というものになった。

ある意味では、〈イミール〉は目標から一キロ半ほどはずれていた。〈イミール〉が達成したトータルのデルタVは、彼らが望んでいたものの三分の一以下だった。それでも、月の軌道のはるか外から、〈イズィ〉が地球を回っている高度のわずか三倍の数字まで、〈イミール〉の遠地点を下げるには充分だった。

それと同様に、この周期——軌道を回りきるのにかかる総時間——は、七五日から、たった八時間に減った。こうした数値の大きな変化は、比較的小さなデルタVで得られたものだった。

一方、〈イミール〉を〈イズィ〉の軌道まで運んでいくには、行なったばかりの〝噴射〟から絞りだしたデルタVの二倍が必要となる。

しかし、それを心配するよりもずっと前に、彼らはこれからの八時間を生き延びなければならないのだ。

〈イミール〉の遠地点は劇的に変わったかもしれないが、近地点の高度は変化しなかった——つまり、依然として危険なほど低かった。何もしなければ、次の近地点への接近はふたたび、大気の上で轟音をたてながらはねまわることになる。

ある点から見れば、また大気のことを心配する必要をなくすために近地点を少し高くするのは、たやすい仕事だ。遠地点で、小さいが正確に測定された噴射を行なえば、それでいい。通常の宇宙ミッションでは、こうしたことはとても簡単だ。だがここでは、二つの要因が話を複雑にしていた。まず第一に、うまく遠地点を下げ、周期を短くするには、厳しい期限――近地点から四時間後――をしっかり守って噴射を行なわなければならない。

第二の複雑な要素は、船のゆっくりとした宙返りだ。要するに、彼らの原子力ロケットエンジンが、ラッキーな偶然でもなければ決して正しい方向を向かないということだ。近地点での大規模な噴射のあいだは、噴射口を前方に向け、巨大な逆噴射ロケットとして機能するようにしたかった。来たるべき遠地点での噴射で少し船のスピードを上げるため、噴射口は後方に向ける必要がある。だが、船が宙返りしているかぎり、特定の方向に向けるのは無理だ。

そんなわけで現在の彼らの課題は、〈イミール〉のスラスターを使い、回転を止めて姿勢を安定させることだった。そして、最初に試してわかったのは、彗星の巨大な氷のかけらによる勢いと比べ、船のスラスターは小さくて威力が弱いということだった。航空宇宙用語では、制御能力がないという言い方をする。いわば〈イミール〉は、オイルだまりの上を横滑りし、ハンドルにもわずかにしか反応しないトラックのようなものだった。こうした問題は、噴射中の質量の大量消費によっていくらか緩和はされていた。何トンもの氷が、噴射口から蒸気となって放出されていた。その結果〈イミール〉は、さらに軽く、扱いやすくなった。

どのぐらい扱いやすくなったのかを正確に計算し、それがスラスターの制御能力にとってどんな意味があるのかを調べたところ、それ自体が大ざっぱな見積もりで三〇分かかる大仕事だということがわかった。

その結果もよくはなかった。残り三時間、〈イミール〉の姿勢制御スラスター――長期間にわたり小さな調整だけを行なうよう設計されているもの――が、宙返りを止めることはできないとわかった。宙返りの速度は速いわけではなく、司令モジュールにいる乗組員が回転をかろうじて感じられる程度だが、次のロケット噴射を不可能にする速度だった。そして、三時間のうちに噴射ができなければ、さらに四時間後にまた大気に接触し、そのあと八時間後にも同じことが起きる。最初のときのようにもう一度生き延びることはできるかもしれないが、二度目となると難しい。

こうしたことすべてが明白になると、マルクスは乗組員を二組に分け、ダイナとジローを司令モジュールの共有スペースに残して推進システムを扱わせ、ヴャチェスラフとともに〝上へ〟行って、姿勢制御の問題を考えることにした。

ダイナの仕事は、どちらかと言えば日常的作業だった。近地点の噴射のあいだに、ホッパーの氷の大半は使い尽くしていた。オーガーの一部は詰まっていて、すべての氷採掘作業は全般的な混乱に陥っていたので、ダイナはあらゆる方向からやってくる問題に対し、解決策をその場で考えた。ロボットは誤った場所にいた。満杯のホッパーもあれば空っぽのホッパーもあった。新しい氷を採掘し、古い氷は配置しなおす必要があった。そのすべてを三時間後の噴射までに修正するのは不可能ではなかったが、ダイナは全神経を集中しなければならなかった。同じように、ジローは原子炉に関する二、三の問題に取り組んでいた。二人とも、遠地点の噴射までに準備を整えようと必死だった。

それも、そのあいだに乗組員のもう半分が、〈イミール〉を正しい方向に向ける方法を見出すことが前提だった。マルクスは、推進担当の乗組員の気が散らないように、船の別の部分に自分の仕事を移動させていた。というより、それがマルクスの意図だった。しかし、コードをコンパイルするか食べ物を引っかき回して探すかして、ダイナがふと集中力を切らした瞬間、彼らは上でいったい何をやっているんだろうという思いがよぎった。

消去法で考えれば、〈ニュー・ケアード〉に関わることなのは間違いない。〈イミール〉のスラスターでは、必要な仕事ができそうもないのはすでにわかっていた。役に立ちそうな推進力をもっているのは、〈ニュー・ケアード〉のメインエンジンだけだ。問題は、〈ニュー・ケアード〉が向いている方向が、推進すべき方向ではないということだった。

一連の推論から考えられる論理的な結論に不安を感じたダイナは、マルクスとスラフが自分と同じ空間で作業していないことで、かえって気が散ってきた。

ダイナは、エンジンに遠地点噴射を達成できるだけの氷が入るまで、好奇心や動揺をこらえた。仕事はすんだ。残り三〇分。ジローも自分のほうの制御を達成できたようだった。

ドスンという激しい音が、司令モジュールの壁全体に反響した。ダイナは思わずビデオ画面を開き、マルクスとスラフが使っている音声チャンネルに耳を澄ませた。〈イミール〉の外面全体に散らばっているロボットのおかげで、どの方角でも見ることができる。それでも、何が起きているのか全体像をダイナがつかむまでに、何分かかかった。〈ニュー・ケアード〉は〈イミール〉とのドッキングを解いていて、どこにも姿が見えなかった。おそらくマルクスが操縦しているものと思われた。

宇宙服の男がひとり〈イミール〉の外にいて、ひと組の〈グラブ〉を移動式のアンカーポイントとして使いながら、船尾に向かって〝歩いて〟いるのが見えた。ヴァチェスラフに違いない。彼の足からは、太くて白いひげのようなものが生えている。ダイナにはそれがなんなのかすぐにはわからなかった。ヴァチェスラフは、自分の足をそれぞれ結束バンドで〈グラブ〉の背中に固定していて、〝ひげ〟に見えたのは突き出している結束バンドの先端だった。地球上の墓地が〈ハード・レイン〉で失われていなければの話だが、保守的なNASAのエンジニアたちが墓穴から起き出してきそうな、即興のアイデアだ。ただ、ここ二年、とりわけここ二週間のあいだは、こうした田舎くさい工学技術も日常のものとなっていた。

とすると、マルクスはいったい何をしているのだろう。その疑問はますます強くなってきた。スラフが二台のロボットと一袋の結束バンドを使って、こんなに創造性豊かになれるのであれば……。

ようやくダイナは、彗星のかけらの後部に――氷のはじと噴射口のくぼみ穴のあいだぐらいにいる〈バッキー〉のカメラに映る、〈ニュー・ケアード〉の姿を見つけ出した。船は一〇〇メートルほど先の宇宙に浮かび、ゆっくりと回転している彗星のかけらの向こうで、その位置を維持しようとしており、何秒かごとに姿勢制御スラスターが噴流を吐き出している。マルクスは手動で〈ニュー・ケアード〉を操縦していて、その飛行はいくぶん曲芸的だった。

　幾何学的な配置を視覚化するのは難しいが、ヴァチェスラフが〈ニュー・ケアード〉の目指すのと同じ位置に向かって〝歩いている〟のは、ダイナにもわかった。二人の男はそれぞれのやり方で、彗星のかけらの同じ部分にねらいを定めていた。円錐形のいちばん外側のはし、棒砂糖のいちばん幅広の部分で、基底部につながる不揃いに鋭くとがった場所だ。そこで氷に埋め込まれているのは、フレーム構造をした自動車ぐらいの大きさの小片だった。小さな円錐形をしたいくつものロケットノズルの、最終部分。目下の目的にとってはみじめなほどパワーが不足している、スラスターのひとつである。別のカメラをそこに向けると、ダイナの目にも、二つの噴射口から青白い炎がしっかりと噴き出しているのが見えた。間断なく全力で噴射を続けている。だが、そのために設計されたものではない。それでも〈イミール〉の姿勢制御システムは、推進力を計算し、計画された目標、つまり船の〝鼻面〟を前方に、噴射口を後方に向けることを達成するためには、推進力の多くが二つの方向に適用される必要があると結論したのだった。

　ダイナにも理解できた。この考えは、今聞こえてきている、マルクスとヴァチェスラフのあいだの英語、ドイツ語、ロシア語のミックス会話でも裏づけられた。しかし、ダイナの心の目には、今マルクスが〈ニュー・ケアード〉の前方の窓から見ているはずの、〈イミール〉の姿が映っていた。漂流する黒い氷の巨大な矢尻は、全体に黒っぽい色をしているが、その先端と〝角〟は白くきらめく光と熱いガスの流れに縁取られている。ガスはスラスターからの排気で、内部の自動プログラムに制御されている。スラスターでは時おり光が点滅する。たまに大きな推進力がひとつの場所に求められるときは、スラスターが長く稼働させられた。そうした長時間の安定した噴射は、宇宙の闇の中ではっきりと際立って見える。

マルクスが頭の中で〈イミール〉の回転について計算する必要はなかった。〈イミール〉の三本の機軸における回転率や、それを中和するために必要なトルクを知る必要もなかった。自分のタブレットのユーザー・インターフェースに頼る必要さえもなかった。ただ彗星のかけらの周囲を飛び、スラスターが持続的に止まっている場所を探せばよかった。そこが過負荷で動力不足になっているところだ。つまり、〈ニュー・ケアード〉の大型エンジンが最も効果的に使える場所だということだ。

だが、どうやって？

ダイナが見ているスラスターの映像を、ぼやけた灰色の何かがさえぎった。カメラの前に移動したヴァチェスラフだ。そのあとまたピントが合うところへ戻り、胴につけたカラビナを探り、氷から突き出している構造機材にはめた。ダイナにはヴァチェスラフの呼吸音が聞こえた。左手で自分を支えながら、右手を網のように張りめぐらされている支柱の中に伸ばしている。少し手探りしたあとで何かを見つけ、一分ばかり腕を前後に動かした。

スラスターのジェットが衰え、消えた。

「完了」ヴァチェスラフが言った。「申し訳ない。バルブがくっついていた」

「離れてくれ、同志《タヴァーリッシ》」マルクスが言った。

「離れる」スラフが応答した。カラビナをはずし、身体を曲げてフレーム構造から離れ、結束バンドで足を固定している〈グラブ〉に身体を預けると、温かいカラメルソースの中を歩く人間のように、ひどくゆっくりとした足どりで離れはじめた。「やってくれ」マルクスはそう言ってから、ドイツ語で何かつけ加えた。『これでだめなら、どのみちわれわれは死ぬだけだ』という意味なのは、ダイナにもわかった。

〈ニュー・ケアード〉が映像フレームから漂うように消えた。ダイナにふたたび見えるようになるまで、数秒かかる。小さな船は〈イミール〉に近づき、たった今スラフが遮断したスラスターにまっすぐ向かい、さっきまで噴射していた二つのノズルのあいだに入る角度でやってきた。

ロジックは明白だった。ばかげたやり方だった。〈ニュー・ケアード〉は、そのちっぽけなスラスターにはできない仕事をやろうとしている。マルクスは〈ニュー・ケアード〉の大きなノズルを、おおよその正しい方向、つまり、すべての仕事をやっていた二つのノズルの中間あたりに向けなければならない。それはいい。だが、〈ニュー・ケアード〉と巨大な氷である彗星のかけらのあいだに機械的な接続を行なって、大型エンジンの推進力が氷のかたまりに伝わるようにしなければならないのだ。

どうやらマルクスは、これをやりとげるために、大きいほうの船に小さな船を突っ込むつもりのようだった。タグボートの鼻面を石油タンカーの側面に当て、停泊位置へ動かそうとするかのような、ゆっくりとした衝突によってだ。しかし衝突には違いない。宇宙船は通常、そんなことを想定してつくられてはいない。

ダイナが痛いほど強くテーブルのはしをつかんでいた手を少しだけゆるめたとき、マルクスが逆噴射スラスターを点火して、衝突の直前に〈ニュー・ケアード〉の速度を落とした。しかしそれでも、氷の宮殿の壁を突き抜けるバリバリという反響音は、ダイナにも感じられたし、音も聞こえた。この二時間ずっとダイナの耳に届き、いったいなんだろうと思っていた音だ。マルクスはすでに数度にわたってこれをやっていたのだ。

マルクスは氷から突き出しているフレーム構造の場所をねらい、〈ニュー・ケアード〉の前部がそこに食い込むような、できるだけ推進力が影響するような角度をとっていた。今、その力は〈ニュー・ケアード〉の後部スラスターによって伝えられている。だが、前方の窓越しにマルクスの顔を見ていたダイナには、彼が〈ニュー・ケアード〉のコントロールパネルになっているタッチスクリーンをいじっているのが見えていて、次に何が起きるかも予想がついた。

ダイナが〈イミール〉の姿勢制御システムのインターフェースを見ると、大騒ぎが起きていた。彗星のかけら全体でスラスターの噴射が行なわれ、推進剤と時間の不足、それにノズルの加熱を警告するアイコンが、怒ったように点灯していた。マルクスが突っ込んだ相手は画面上で赤い閃光を放ち、もうシステムにつながってさえいないことを示していた。画面の下のグラフと、余白に三次元で示されている彗星のかけらのかたちが、彼らが望む方向からどのぐらいずれているかを示していた。

きしるような音、うめきのような音、弾けるような音がシンフォニーのようにダイナの耳に聞こえてきて、船が回転するのを感じた。

ビデオフィードには、白い光に浮かぶ〈ニュー・ケアード〉が映っていて、メインの推進エンジンがフル稼働の噴射を行なっていた。姿勢制御の画面を見るかぎり、事態はいい方向に向かっている。

「タイミングを間違わなければ大丈夫だ」マルクスが言った。「遠地点噴射のとき、正しい姿勢で回転してさえいればいい。そのあとは、そうだな、回転しすぎになるな。だが、修正する時間はたっぷりあるよ」

「いいね」ジローが言った。「ただ、回転しすぎかも」

そこで叫び声とドスンという音がして、マルクスの電波が途切れた。マルクスのドイツ語の罵声とともに、音は完全に消えてしまった。

ダイナはビデオフィードに目をやり、〈ニュー・ケアード〉がまずい角度に傾いたことに気づいた。エンジンから炎がちらちらと出ている。

〈ニュー・ケアード〉が押していたフレーム構造部分が、大型エンジンの推進力に屈して壊れ、そのせいで船の向きが変わっている。氷に対してほとんど横向きに横たわり、破壊されたスラスターの残りが、船体と〈イミール〉の船尾のあいだに挟まっている。

「何かのガスが出ている」ジローが静かに言った。「あるいは煙か」

そのとおりだった。宇宙での煙の動きは、重力のある大気の中とは違い、目ですぐには見分けられない。だが、マルクスがいる〈ニュー・ケアード〉の船体脇からそう離れていない場所で、何かが燃えているか、少なくとも燻《くすぶ》るかしている。

ヴァチェスラフが言った。「熱くなったスラスターのノズルが、船体を溶かしている」

マルクスが通信で返事をしてきた。「ジローとダイナ、君たちは、メインエンジンを遠地点で噴射する準備をしてくれ――」そこで喉を締めつけられたかのように言葉が途切れ、マルクスは何度か咳をした。ふたたびしゃべり出した彼の声は、窒息寸前のような声音だった。「今から二分後だ。それに集中しろ――立ち上げ手順をスタートしろ。こっちの小さな問題は、ヴァチェスラフが助けてくれる」マルクスは発作のような咳を続けた。「切るぞ」

ダイナは命令に逆らい、もう一度〈ニュー・ケアード〉の鼻面が見えているビデオフィードに目を向けた。もう前方の窓からマルクスの姿は見えない。見えるのは煙と、内部でちらちらとゆらめいている炎の光だけだった。

何が起きようとしているのかがわかり、ダイナは棒きれで額を殴られたような気がした。テーブルのはしをつかみ、少しのあいだ目をつむった。まぶたの中を熱いものが満たし、鼻水があふれてくる。

「ダイナ」ジローの声がした。「オーガーの開始チェックリストを始めるんだ」

ダイナは目を開け、ユーザー・インターフェースのガジェットらしきものが、ぼんやりと光っているのを見た。

「こいつが何か意味しているっていうんなら」ジローは言った。「頼むぜ」それから片手でヘッドフォンについた小型マイクを覆って声が伝わらないようにし、こうつけ加えた。「きっと彼にも聞こえてるよ」

ダイナは手を伸ばしてコマンドを打ち込んだ。「オーガー・ワン」彼女は言った。「ゴー」そしてエンターキーを叩いた。

そのままチェックリストを進めていった。進むほどに楽になっていった。ジローは自分の仕事を慎重に、物静かに、効率的にやった。ちょうど予定どおりに原子力がフルパワーになったとき、ダイナはそれを口に出して告げた。大声で。聞いているかもしれないマルクスに向けて。

それからダイナは、ようやくビデオフィードに目をやった。マルクスが最後に眠る場所、刺激臭のする煙の棺を見ようとした。

しかしそこに見えたのは、壊れたフレーム構造と、それを片手で支えて立ち、船尾を見ているヴァチェスラフの姿だけだった。その向こうで、ジローのエンジンが噴射し、マンハッタン全体のサイズはあろうかというほどの蒸気が広がっていった。

「スラフ?」ダイナは呼びかけた。「船はどこ――」

「船ははずれ落ちた」とヴァチェスラフ。「エンジンが稼働して、われわれが加速を始めたときに。〈ニュー・ケアード〉はついてこなかった」

「船は――」

「船は蒸気の雲に巻かれながら後方に投げ出された。もうほとんど見えない」

「ああ……」

「ダイナ？」

「なに、スラフ？」

「マルクスはすでに死んでいた」


「そこまで悲劇的でなかったら、ほとんどドタバタ喜劇のようにも見えるのだけれどね——結末の悲惨な」ジュリアはループ再生の動画にうっとりと見入りながら言った。無線連絡が途切れる前に〈ニュー・ケアード〉から送信された、最後の通信の動画だ。〈ホワイト・アークレット〉——いつしかそう呼ばれるようになったジュリアの非公式の作戦基地——にいて、ジュリアの周囲に浮かんでいる者は全員、うなずいたり賛同の言葉をつぶやいたりした。みな、ほんの何秒か前にアップされたばかりの、〈イミール〉の大惨事に関するタヴのブログエントリーを読んでいた。

唯一の例外は、細かいことに気を取られていたテクラだった。〈アークレット〉の壁に、青のマスキングテープで、アメリカ大統領の紋章が印刷された紙が貼ってあった。まだ残っているプリンターは二台だけで、どちらも〈イズィ〉にある。とすると、消去法で考えれば、〈ハード・レイン〉の前にオールド・アースで、シアンのインクが少なくなったプリンターで印刷されたに違いない。だいぶ使い古されていて、二カ所が破れていて、透明のテープで修復されている。折り目がついてしわが寄っているものを、ならして貼ったという感じだ。一度テープをはがした紙のはしが毛羽立っている。大統領の紋章の右下の余白に、人の親指ぐらいの楕円形の茶色い染みがついている。テクラは、きっと本物の親指の指紋だろうと思っていたし、見れば見るほど、この茶色は血の跡だろうという確信が深まっていた。

　テクラはジュリアと目を合わせ、前大統領がテクラから何らかの反応を待っていることに気づいた。ほかの人間たちと違い、テクラはなんの圧力も、こうした期待に応える義務も感じていなかった。ジュリアは少し落ちつかない様子で目をそらし、こう続けた。「なんにしても、あの人たちが伝えてきたこの話、まったく理解できないわ！」

「実に複雑ですね」ジュリアの側近のひとり、若い男性〈アーキー〉が、アメリカなまりの英語で言った。MIVエンジニアのひとりだ。彼の口調は、こうしたホラ話を人々に信じさせようとする権力の、あけすけな厚かましさを面白がっているふうで、自分は賢いのでそれに取り込まれるはずがないと思っているらしかった。「船体が実質的にプラスチックからできていたというところが肝ですね。それが熱くなりすぎれば――」

「こんろの上のプラスチックと同じ、ということね」ジュリアが言った。「溶けて臭くなるというわけ」

「〈ニュー・ケアード〉は、極度に熱いノズルに突っ込んだせいでだめになったんです」

「でも、向こうが言ってる話では、その前にヴァチェスラフがノズルを閉めているのよ」

「熱い状態が長く続いたのでしょう。なんにしても、ノズルが船体を溶かしたんです。まず最初に毒性の煙が大量に出た。それで彼は死んだ。そのあと、溶けた船体に穴があいたとき、空気は全部その穴から出てしまったはずです」

「ええ、恐ろしいわね――それが本当なら」ジュリアはそう言ってテクラに目をやり、それが本当ではないというしるしが客の顔に見えないか、うかがった。テクラは何も表情に出さず、相手の顔をじっと見返した。「どういうことなのかしら、こんなばかげた即興劇が必要だったなんて――宇宙船を別の宇宙船に突っ込ませるなんて！」

　賛同の声が増えた。

　ジュリアは気をよくして続けた。「それに私の知るかぎり、問題も解決できなかったんでしょう！」

「問題は解決しました《プロブレム・イズ・ソルヴド》」テクラが言った。テクラの英語は流暢で、『ザ・プロブレム・イズ・ソルヴド』と正確に言うこともできたが、わざと冠詞を抜かしたほうが効果を上げることもある。英語のネイティヴたちは、謎めいた印象深さを感じるらしい。ロシア人の誇りを暗に示すこともできる。〈クラウド・アーク〉の共通言語は英語だ。それが変わることはない。だが、なまりは時とともに進化するし、ロシア人は自分たちの文法や語彙を日常の話し言葉の中に紛れ込ませ、英語を自分たちのほうへ引き寄せていた。「噴射は成功しました」テクラはそう続けた。

「だけど、船はコントロールがきかず、まだ回ってるじゃないですか！」自分の知性にうぬぼれている、さっきのアメリカ人の若者が言った。

「ゆっくりとした回転です」テクラは言った。「問題はありません。近地点を上昇させるための修正時間はたっぷりあります」

「どうやって直すんです⁉　マルクスは船を突っ込ませて、外部スラスター・パッケージのうち三つを破壊したんですよ！　誰がやるんです？　どっちにしても二つしか残っていませんよ。二つのスラスターを使うだけでは三本の機軸の回転を制御できない、それは物理学の初歩的な事実でしょう！」

「初歩的な事実を説明してくださってありがとう」テクラは言った。「回転は、スカーフト・ノズルをつくることで止められます」

この言葉でしばし全員が静まり返った。ジュリアの信奉者のひとり――火星行きにとても熱心な中国人〈アーキー〉のジアンユー――には理解できたようだった。テクラは彼に向かってうなずいた。「この人があとで説明してくれますよ。私がここにいられる時間は限られているので」

「ええ、テクラ、ここへ来るための時間をつくってくれたあなたには、私たちも感謝しているわ」ジュリアが言った。

ジュリアを引っぱたいてやりたくて、テクラの手は本気でうずうずしていた。ジュリアが違う口調で今の言葉を口にしていたら、ちゃんと言葉どおりの意味に聞こえたかもしれなかった。しかし、今の言い方は、『私は冷たく無視されているの、誰か重要な人物がここへ来て私と話すべきよ』と言わんばかりに聞こえた。そうした精神状態がジュリアから発散され、ほかの〈アーキー〉にも伝染しているのを、テクラはほとんど物理的な感覚として感じていた。

〈クラウド・アーク〉にいるほかのみんなと同様、テクラもたくさんのポケットや物入れや外部ホルスターなどがついたカバーオールを着ていた。ポケットのひとつには、長さ一〇センチほどの両刃のナイフが入っている。ＪＢＦの心臓をたやすく貫けるナイフだ。テクラは少しのあいだ会話から離れ、どうしたらやれるものか考えていた。おそらくジュリアは、こんなあけすけな暗殺計画など予期していないだろう——とはいえ、彼女のような精神の持ち主が考えることはわからないが。

テクラは言った。「ＳＡＮに関して、報告したい問題はありますか？　何度も停止状態が見られていますが」

ジュリアは満足げに口を引き結び、スペンサー・グラインドスタッフを見た。

「それは聞いています」スペンサーは言った。この言葉は、完璧に無表情の沈黙に迎えられた。

テクラはただ待った。いずれ自慢げにしゃべりたい誘惑がまさるだろう。テクラの受けたスパイ活動の訓練——どうやってスパイになるか——は、そこまで徹底したものではなかった。いくつかの基本コース、与えられた課題図書。理由は簡単だ——テクラは、有能なスパイになるには目立ちすぎるのだ。まるでハリウッド映画のスパイのようになってしまう。本物のスパイは目立たない。結局彼女は訓練から追い出され、目立つことが強みとなるような役割、たとえばオリンピック選手になるといった役割を演じることになった。とはいえ彼女は、いくつかの一般的な教えぐらいは身につけていた。偉業を自慢したいという衝動は、さらに多くの秘密を明かし、何よりもキャリアを破壊する。

テクラはグラインドスタッフを見た。ほかの多くの人々はすぐに目をそらしてしまうが、彼はじっとテクラを見返してニヤニヤしていた。

「普通じゃないことです」テクラは言った。「あなたのバックグラウンドのひとつを考えると」

「ソースと手法ですよ」彼は言った。

「それなら私がここへ来た理由を言うだけにしておきます」テクラは言った。この言葉で、ジュリアとスペンサーはすぐさま目を見交わした。テクラはそれを無視した。「保安上の理由で、誰がどの〈アークレット〉にいるか、正確に調査しなければならないのです。動きまわるのが好きな人々もいます。場所を交換するために。それは理解できます。かまいません。ですが、たとえば〈アークレット〉に火球が当たったり、空気が漏れたりしたとき、〈アークレット〉に何人の人間がいるか、医療的必要条件は何かといったことがわからなければ、安全と保安に問題が生じます。小柄な人間より大柄な人間のほうが、必要な空気が多いのです」

　ジュリアはうなずいた。「とてもよくわかったわ、テクラ。〈アーキー〉コミュニティに関しては、隅々にいたるまで、くだけた考え方が支配しているということは確かね。〈イズィ〉上の権力に捨て置かれているという感覚が、いくらかけんか腰気味の態度につながっているの。〈アークレット〉間での人々の再編は、無害な反乱みたいなものよ。ただ、あなたが指摘した安全面の問題が、たやすく見逃されてしまうことはある。それは間違ってる。私たちがさらされている本当の脅威の水準に関しては混乱があって、つまり私たちが――」

「私たちがごみごみした空間に押し込まれているかぎりは、ということです」ラヴィ・クマールが口を挟んだ。

「そうよ、ありがとう、ラヴィ。まるで、ある日聞いたことが、次の日は違うことになっているみたいで」

「統計です」テクラは言った。

「ええ、それこそ私たちが何度も聞かされてることよ、だけど――」

「これ以上は言えません」テクラはそう言って、〈アークレット〉の船体に取りつけられている小型カメラに目をやった。

今度はジュリアもすぐこの視線に気づき、スペンサーのほうを見た。「テクラ、ついさっき私たちは状況認識ネットワークの問題を話し合っていたのだけど、スペンサーは調子づいていたわね――彼はユーモアのセンスがあるつもりなのよ。でも、これは言ってもかまわないと思うけど、スペンサーのおかげで私たちは、誰かに聞かれることを心配せずに普通の会話をしたいとき、ＳＡＮを停止する方法を手に入れたの。今もそう。あなたがここでしゃべっていることも、この〈アークレット〉の外には漏れないわ」

テクラは、腰巾着や崇拝者たちの輪をパノラマカメラのようにゆっくりと見わたし、目をぐるっと回した。

「みんな出ていってちょうだい！」ジュリアが命令した。「あなたもよ、スペンサー。テクラと二人だけにして」

「あなたのスパイ技術は低レベルですね」ほかの人々が全員ハムスター・チューブを通り抜け、ジュリアのヘプタッドにあるほかの〈アークレット〉へと散っていってから、テクラはそう言った。

「わかってるわ」ジュリアは言った。「何もないところから諜報組織を再建するって、すごく難しいわね。手近にある材料で間に合わせなければならないし。彼らの若さ、経験のなさ、インターネット慣れした生活をしている彼らが人生から期待する率直さ——彼らがやらなければならない仕事には、ことごとく相反してる。だからもっと経験豊富な助けが必要なのよ——正しい直覚力というものを学んだ人間が」

「それだけではありませんね」テクラは言った。「それは当然のことです」

「あら？」ジュリアは目を細くした。「私、当然じゃない何かを見逃してる？」

「ズィーク・ピーターセンの情報は、これ以上信用すべきではありません」テクラは言った。「偽の情報を植えつけるためであれば、彼は効果的なルートになるでしょうけれども」

　アイヴィとズィークとテクラは前もって話し合い、ズィークは喜んで、テクラに裏切り者として暴露される役割を買って出た。これはズィーク個人にとってはたいした違いはなかった。テクラが二重スパイだという考えをジュリアの頭に埋め込むには時間がかかる。冷戦時代の基準で考えれば、あからさまで素人じみた策略だが、これは冷戦ではない。一五〇〇人の人間と、厄介ごとを扇動する前大統領が住む小さな町の話だ。

ジュリアは目を細め、ゆっくりとうなずいた。彼女は興味をそそられたようだ。「彼のことはいろいろ考えてたの」そう彼女は言った。「協力するふりをしてるだけなんじゃないかって。ただ礼儀正しいだけで」

「テクラはそんなことはありません」テクラは言った。

ジュリアは喜んだようだった。近くへ漂ってきて、テクラの前腕にしばし手を置いた。

「あなたのそういうところが好きよ、テクラ。見たとおりのところがね」

「ええ」少し気まずい沈黙のあと、テクラはさらにつけ加えた。「長い勝負になります。忍耐です」

「ある程度はね」ジュリアの表情と態度が急に変わり、その顔が色を塗った鋼鉄のようになった。「あまり長く我慢している余裕はないわ。マルクスの死ですべてが変わった。あの悲劇的な出来事までは、〈アーキー〉コミュニティのメンバーも偉大な指導者の帰還を楽しみにできたのよ。アイヴィはただの管理人。だから彼女の欠点は見逃すことはできた。でも今や、マルクスはもう戻ってこないという認識が、スウォーム中に広がっている。アイヴィが権力の座に戻るのよ。サルが、アイヴィのステータスを正当化する、憲法の小さな条項を引き合いに出してたわ。だけど、真の正当性は統治民の支持から生じるものよ。アイヴィは支配者の座を確かなものにするために動き出す。こんなときに、ちっぽけで表象的な、だけど大きな影響力がある行動よ。だからね、テクラ、これから二、三日は私たちにとってとても重要なの。〈イミール〉は、難局を切り抜けるかもしれないし、だめかもしれない。私たちには待つ余裕はないわ。準備はもう進んでる。三日後、いくつかの〈アークレット〉は〈クラウド・アーク〉から離れて、高い軌道へと雄大な旅を始めるの。権力は、ピュア・スウォーム戦略の実施を恐れているのかもしれないわ、彼らにとっては支配権の喪失を意味するから。でも、〈アーキー〉コミュニティは、効果のないシールドの陰に群がるのにも、〈ハード・レイン〉にゆっくりと殺戮されるのにもうんざりしてるし、ピュア・スウォームを恐れたりはしない」

「グループを離脱して生き延びれば、Gポップの危機予想に虚偽があることを示せます」テクラがうなずきながら言った。「中央権力は破綻しますね」

「初めて〈クラウド・アーク〉憲法が本当に効力をもつのよ」ジュリアは言った。「それが弁証家サル・グオディアンの詭弁であろうと。あの憲法はね、テクラ、あなたも知っているはずだけど、治安部隊の編成を必要とするの。マルクスがかき集めた近衛兵ではなく、本物のよ。その司令官をやるのにふさわしい人間は、あなた以外考えられないわ」

「うのみにしたな」スペンサー・グラインドスタッフが言った。彼とジュリアは、テクラの〈フリヴァー〉が断続的にスラスターを噴射させながら離れていくのを見送っていた。

「ああ、彼女は間違いなく食いついたわよ」ジュリアはそう認めた。「でも私、あなたの勝ち誇った口調は好きじゃないわ、スペンサー。私たちが本当に学んだのは、アイヴィが手強い敵だってことよ。彼女はテクラみたいな人間を味方につけてる。そしてその人間を私たちの組織に侵入させるため、すごく綿密な戦略を考え出したのよ」

グラインドスタッフは肩をすくめた。「現状では、そう綿密ではありませんね。見え見えすぎる」

「言うのは簡単よ」ジュリアは言った。「あなたが〈バナナ〉に隠した盗聴器で、彼らが何をしようとしているかがすべてわかる。でもね、スペンサー、その情報がなかったら、私たちは見抜けたかしらね？　テクラはすばらしい仕事をしていると思うわ」

「彼女には気をつけるべきです。彼女は本気であなたを憎んでいます。そして、少なくともひとつは武器を持っています」

「ピート・スターリングのおかげで」ジュリアは言った。「私もそうよ」彼女はバッグを探り、小型のリボルバーを出すと、スペンサーにグリップの根もとが見えるようにかざし、またバッグに戻した。

「あなたの知性を侮辱するようでなんですが」とスペンサーは言った。「それを宇宙船の内部で撃つとどうなるか、お忘れなきよう」

「侮辱なんて。どうなるかは実際に見たわ。それに、あなた知ってる？　空気はそんなに速くは漏れないの。どのみちこの銃の弾は、当たった衝撃でマッシュルーム形になるように設計されているそうよ。身体から出にくいようにね」
「すばらしい」スペンサーは言った。「もし本当に撃つことがあればですが」
「私とテクラということになったら」ジュリアは言った。「私ははずさないわよ」

眠りたい。ダイナの望みはそれだけだった。〈ニュー・ケアード〉が〈イズィ〉を発《た》ってから、一度に四時間以上の睡眠をとれたためしがないし、きのうあたりの睡眠時間はもっとみじめなものだった。おかしなことに、心おきなく悲嘆に暮れることができるように眠りたかった。マルクスが死んだのはわかっているのに、まだ実感がない。次々と訪れる危機から逃げつづけているあいだは、理解できそうにもなかった。

噴射には効果があった。〈イミール〉の近地点高度が、二度と大気にわずらわされずにすむところにまで上昇した。だが、船体はまだ、ゆっくりではあるが回転している。そして、結束バンドで足を〈グラブ〉に固定したヴァチェスラフが、まだその船外表面を歩きまわっている。

この船外活動を始めるとき、スラフは〈ニュー・ケアード〉のサイドのエアロックから外に出た。だが、もはやその船はいない。備蓄が尽きつつあるはずだ。空気がなくなってしまう前に司令モジュール内に入らなければならない。そういうときのためのエアロックが、氷に埋もれた司令モジュールの〝鼻〟に当たる、ドッキングポートの隣にある。そこからモジュールの最上層に入れば、彼もほかのみんなと同じ空気を吸えるのだ。ところが、事前チェックでイーンスペクトルを使ったところ、宇宙服のあちこちから強い放射線が検出された。基本的に、彗星のかけらの表面に接したところはどこもそうだった。

「これが心配だったんだ」とジロー。「でも、どうしようもない」

「何が心配だったって？」とダイナ。「表面はけっこうクリーンだったと思うけど」

「クリーンだったさ、近地点噴射を行なうまではね。ノズルは前方を向いていた。蒸気の一部が、風でこっちに吹き戻された——通過してきた大気のせいでね。その蒸気が凝固して、彗星のかけらの表面にくっついた。だから、今〈イミール〉の外じゃ、そこら中に細かい放射性降下物が舞ってるんだ。それがスラフの宇宙服にもくっついてしまった」

「早くなんとかしなくちゃ」

ジローは肩をすくめた。「宇宙服がほとんどのベータ線を遮断してくれるさ」

「じゃなくて、酸素がなくならないうちにってこと」

「そりゃそうだ」

「こっちへ入ってもらわなくちゃ」

「そうだな」

「でも、放射線をもち込むことになる」

「それでぼくらが死ぬまでには、何週間かかかる。それまでにはミッションをやり遂げているだろう。そうじゃない場合もあるが」

だが結局、二人は死なずにすむ問題回避法を思いついた。司令モジュールの最上層とその下の層をつなぐ昇降口階段をプラスチック・シートで覆って、テープでふさいだのだ。封鎖の前に、備蓄の食糧と水をたっぷり、そして洗面用品や寝袋その他、ヴァチェスラフに必要となりそうな品々も、最上階に運び込んでおいた。スラフは残り時間数分のところでエアロックを通り抜けると、脱いだ宇宙服をエアロック室に放り込んだ。これで、服からのベータ線はほぼ遮断されるはずだ。それから服を脱いで裸になり、湿らせたペーパータオルで身体の除染を何度か繰り返し、使ったタオルを全部エアロック室に放り込んでから、ハッチをピシャリと閉めた。

そのあと彼は嘔吐した。

司令モジュールの上層は、スラフもろとも汚染物として扱うほかなくなったが、そこはもう必要ない。ジローとダイナは、ヴァチェスラフによる汚染からプラスチック・シートで隔てられて、〈イズィ〉に到着するまで、あるいは死ぬまで、下層に閉じこもっていればいいのだ。船内に供給される空気はダクトを通って各層を循環しているが、フィルター・システムがついている。それが、浮遊するわずかな放射性降下物もとらえてくれるものと思いたかった。

そういったことにすべて気をくばってから、二人は照明を消して眠った。ダイナは目覚ましが鳴っても眠りつづけ、それどころか、やっと目が覚めたと思ったら一二時間もたっていた。

すぐに頭に浮かんだのは、マルクスはどこにいるんだろうということだった。それから、ある種の驚愕とともに思い出した。彼は死んでしまったのだ。平手打ちでもくらったような痛みに貫かれ、そのあとから悲しみが訪れた。ところが、悲しみのすぐあとにやって来たのは、〈ゼロ〉以来ずっと味わうことなどめったになかった、腹の底からの恐怖だ。近地点通過航行のような冒険につきものの、身の引き締まるような刺激的恐怖でも、ドゥーブが〈ハード・レイン〉を予測して以来ずっと彼らが抱えてきた、理知的で抽象的なたぐいの恐怖でもない。鬱病のまたいとこ、病的な恐慌状態《パニック》のようなものだ。親を亡くしたことを知った幼子が感じるような。いや、幼子ではなくて、若くして家族の責任を負う立場になってしまった長子だろうか。マルクスはもういない。みんなのぶんまで彼が重責を引き受けてくれることは、もうないのだ。残された者が、それぞれの重荷を背負うしかない。きっと誰かが——マルクスの後任につく気満々の者たちが——間違った判断を下すはずだ。だから、ダイナが胎児のように身体を丸めたくなったのは、マルクスにもう二度と会えない、抱きしめてもらえることもない悲しみはともかくとして、自分がなんとかしなくてはならないと知ったからだ。自分と、アイヴィ、ドゥーブら、信頼できる面々が。

彼女が〝上〟の共有スペースに行ってみると、ジローは例によって、遠近両用メガネのレンズに小さく映り込んだコンピューター画面上の深遠な構想について、沈思にふけっていた。宇宙にいるあいだにメガネのレンズ処方が変わったので、彼は〈イズィ〉に設置された光学レンズ研磨機の最初の利用者となった。そのマシンがなかったら、メガネが壊れたり古びたりして、しだいに非生産的になっていく〈クラウド・アーク〉の住民が増えたことだろう。

かった。このまま何年かすると、どこかの時点で、メガネの必要な人がひとり残らず、今の彼と同じ型のメガネをかけるようになるのだ。人口が増え、経済が発展して、さまざまな型をそろえるアイウェア業界が成り立つまでに何十年、いや何世紀かかるのか。じっくり考えてみると面白いことだった。

ジローが顔を上げ、メガネに映った乳白色の像越しに彼女を見た。「眠らせておこうと思ってね。君のロボットたちは順調に働いてるようだし、ぼくがこの計算を終えるまで、することは何もない」

「で、そのあとは?」

「最後に残った回転を止めなくちゃならない」とジロー。「最終的なブレーキ噴射を行なう前に」

ダイナにもよくわかっていた。もう安全な軌道に乗った〈イミール〉が、大気に突入することは当分なさそうだ。それでも、〈イズィ〉とランデヴーするにはまだあまりに高速で、あまりに大きく動いている。ここまで遂行してきた計画をそのままやり遂げなくてはならない。〈イミール〉が近地点を通過中にブレーキとなる噴射をもう一、二回行なって、〈イズィ〉とのランデヴーができそうな程度まで速度を下げるのだ。そのためには、ノズルをもう一度前方に向けて、その向きを維持する必要がある。

「どのくらいのダメージが——」

「壊滅的だ」とジロー。「残っているのは二つ」二人が言っているのは、氷に埋め込まれ、通常なら彗星のかけらの姿勢維持に使われるスラスター・パッケージのことだ。「でも、しかたない。ああする必要があったんだ」とジローは付け加えた。まるで、亡き司令官の下した決断を批判してはダイナに悪く思われると気にしているように。

「もっと送ってもらうことが――」

ジローがうなずく。「こっちとランデヴーしてこの問題を手伝うよう、MIVを組み立ててもらうことはできる。ぼくの思いつきがうまくいかないときのためにね。だけど、〈ニュー・ケアード〉との無線リンクが失われてしまったから、その手配はできない」

「で、あなたの思いつきって？」

「君のロボットたちを使えば、ノズル出口の形を変えられる」ジローは剣でも振り上げるようにして片手で天井を指し、それから指関節をわずかに曲げて浅い湾曲を示した。「非対称にするんだ」

「スカーフト・ノズルみたいに？（円錐形の先端の広がっていく部分を斜めに切り落としたノズル）」

「そうそう。主推進システムを噴射すると、機軸を逸れる推進力が得られるだろう。スカーフが正しい方向になっていれば、ものすごい制御力を発揮する」

「すごすぎるかも」とダイナ。「補正しすぎちゃうんじゃない？」

「一度にひとつずつ、だよ」とジロー。「ノズルをスカーフする、ちょっとだけ補正する、スカーフのしかたを変える、回転を止める。何度も繰り返すんだ。きっとできるさ。モデリングしてみたよ」

ダイナは三連《トリプティク》のフラットパネルの前にある自分の席につくと、ウィンドウを次々に開いてロボットたちの活動を確認しはじめた。充電のために外で太陽光に当たっているもの、原子炉から電気《ジュース》を吸っているもの、次の噴射に備えて推進剤を掘り出しているもの、ノズルを補修しているもの。ほとんどが〈ナッツ〉からなる、あとのほうのグループが、ノズル改変プログラムを担当することになるだろう。これまで、ノズルの形状が非対称である、つまり推進力がまっすぐに伝わらないというのは、回避すべき問題であって、奨励されることではなかった。ジローから、ベル型ノズルをどういう形にしなくてはならないか示した図が届いていた。驚くほど微々たる修正だ。大パワーを生むエンジンでは、推進の方向がちょっとでも機軸を逸れただけで、大きな影響がある。「次の近地点はいつ？」

「今まさに通過中。だから、今から約八時間後だ」

〈クラウド・アーク〉司令官の主要な任務は――あまりに重要なので、マルクスはそれを茶化してアイヴィに〝神聖なる〟任務と伝えていた――〈イズィ〉にあるすべての長距離レーダーと光学望遠鏡から総合した情報のフィードである〈火球《ボライド》スキャン〉を、完全に把握することだ。不釣り合いなほど大人数のGポップ・メンバーが、この情報の運用や、情報をもたらす機器の維持管理に専念していた。データの流れが途切れることはないため、マルクスやアイヴィのような人向けには、一定期間のレポートにまとめて、定期的に画面に表示される。

各シフトの始まり、ドット0、ドット8、ドット16に〈トライアーナル・ボライド・スキャン〉が発行されるので、アイヴィは目覚めたときにそのひとつを読み、〝午後〟の中ごろに次の号を、そして眠る前に三つ目の号を読んだ。毎回、次の八時間のあいだに近づきそうな火球の情報がまとめられ、火球を避けるために〈クラウド・アーク〉はどんなマヌーバーを行なえばいいかが提案される。たいていは一日に何度か小規模な噴射を行なうことになった。ポリシーは〝デフォルト・ゴー〟。つまり、マヌーバーはパランビュレーター経由で〈クラウド・アーク〉全体に公表され、司令官が拒否しないかぎり自動的に実行される。拒否するような事態がもちあがるとしたら、行く手に二つ、ほぼ同時に危険な岩石があって、判断を下す必要がある場合くらいだ。そういう事態が〈ハード・レイン〉のあいだに二度起きたが、それまでに彼らはシミュレーションと模擬演習《ウォーゲーム》をさんざんやってきていた。演習《ゲーム》の名は、『追い詰められるな』だ。

　八時間も前に見つかるのは、かなり大きな火球だけだった。それより小さめの火球が始終あらわれては、レーダーにとらえられもしないうちに、衝突まであと数分、それどころか数秒のところに迫ってくる。そこで、小さめの火球については毎時の始まりに、過去六〇分間に見つかった注目すべき岩石をすべて列挙したレポートが出された。これで小さめの火球もほぼカバーできたので、司令官は——彼女の睡眠中に代わりを務める者も——毎時の始まりにはほかの用事をすべて投げうってもレポートを読むことによって、〈ボライド・スキャン〉に関する責任を果たすことができる。それでも、妙な角度で、あるいはとんでもないスピードでやって来る、〈ホット・ロック〉や〈ストリーカー〉と呼ばれる火球に気づいて驚かされることが、時おりあった。司令官はただちに知らせを受けて、警戒警報を発令し、回避行動をとることになる。ストリーカー警報には、米国中西部の田舎町がトルネード警報で鳴らすサイレンと『スタートレック』のレッドアラートの要素が組み合わされた。就寝中の者は全員起床、任務のない人員はみな、最も脆弱だと考えられる大きめのトーラスから退避する。そして、破損の場合に備えて各セクションのあいだのハッチを閉める。〈アーキー〉たちも同じような警戒措置をとった。もちろん、火球の衝突に対しては〈アークレット〉のほうが〈イズィ〉よりも脆弱だが、マヌーバーしやすくもある。〈ホット・ロック〉が近づいてその軌道パラメーターを正確に決定できたら、そのデータがパランビュレーターに送られる。火球が当たる危険性のある〈アークレット〉が割り出され、集合的解決策《コレクティブ・ソルーション》が算出されて、ほかの〈アークレット〉とぶつかることなく安全な軌道へ移れるようになる。そういう事態が平均すると一日に一ないし二回起こったが、例のごとく、統計的数字というのはひどくやっかいなものだ。三日にわたって〈ストリーカー〉がひとつもあらわれなかったことがあると思えば、一二時間のうちに五つもあらわれたことがあった。最初にそういうことが起きたとき、スペースブック上に、当局は〈アーキー〉をおどして屈服させるため脅威を誇張しているという趣旨のチャットが噴出し、二度目のときは、システムの機能不全だとしてGポップを叱責する一文が、タヴ・プラウズのブログに載った。

そんな警戒態勢が解けたあとのことだった。画面上のさまざまな事後チャットをかたづけていたアイヴィの目が、たった今タヴのブログにあらわれた文章に引き寄せられた。ウルリカ・エクへのインタビューだ。

「ウルリカったら、ブロガーってものをもっとよく知らなくちゃね」というのが、読み終えたアイヴィの感想だった。彼女は首を振った。「彼女こそ知ってるはずだと思えるのに——ずっとPRの腕を磨いてきたんだから」

その言葉は、ストリーカー警報のさなかにほかの任務へかり出されていた面々が数分前から戻りはじめ、徐々に人が集まりつつあった〈バナナ〉に伝えられた。最後に戻ってきたのは、トム・ヴァン・ミーターほかマルクスの保安隊員たちをあとに従えたテクラだった。ルイーザとサルはもう部屋にいた。ドゥーブは、たった今起きたことについていくつかの数値を計算する必要があるといって、断わりのメールをよこしていた。

「彼女、たぶん警戒をゆるめたんでしょ」とルイーザ。「非公式にしゃべってるだけだと思って」

「じゃ、あれを読んだのね？」

「ざっと」

「なんの話です？」テクラが聞いた。

「スウォーム理論と、私たちが今後どういう戦略をとりたいと思ってるかについて、ウルリカが不用意な発言をしてる。タヴがそれをふくらませて、大問題《コーズ・セレーブル》にしようとしててね」とアイヴィ。

「何か打ちたい手があるかい？」とサル。

「何も」とアイヴィ。「でも、〈イミール〉のこんな状態が長びけば長びくほど、みんながビッグ・ライドに対する不安をつのらせていくんだわ。〈ホット・ロック〉がやって来るたび、しばらくのあいだはその不安がかきたてられる。さて、ビッグ・ライドはうまくいくかいかないか。うまくいかなかったとしたら、私たちに選択肢はないも同然――ダンプ・アンド・ランしかなくなる」

サルがうなずいた。「だが、もしうまくいけば、みんなの考え方もがらりと変わるだろう」

アイヴィもうなずいた。「そうよ。私はね、きっとうまくいくって確信を強めているの。スカーフト・ノズル作戦が失敗したって、代替プランとしてこちらからＭＩＶを送り出せばいい。一週間以内に〈イミール〉と首尾よくランデヴーして、ビッグ・ライドの準備をすることになるんじゃないかしら」

アイヴィは到着したばかりのメンバーたちに身ぶりで、テーブルにつくよう促した。「というわけで、このミーティングの議題に移ります。ＪＢＦが何をたくらんでいるかは、わかってる。自立を望む〈アーキー〉たちを、かなりの人数かき集めつつあるわ。何週間かの旅の備えを蓄えた〈アークレット〉をいくつか手に入れるといった計画のようね。そして、合図とともにいっせいに〈イズィ〉を離脱して、噴射により高い軌道へ移る。私たちが推進剤をどっさり使わなければ追いつけないような軌道に。長期の計画がどんなものか――というか、そんなものがあるかどうかわからないけれど、ジュリアは要するに、離脱した人々が長く生き延びる可能性に賭けているんだと思う。生き延びたら、『気持ちいい水だ、君も入れよ！』ってメッセージをこっちに送って、ほかの〈アーキー〉たちにも真似するよう勧める。スウォームを離れたら最後、追跡なんかされっこないことは、みんなわかってるし。現状では、〈クラウド・アーク〉への帰属関係は任意のものだから」

「それを変えるってことね？」ルイーザはそっけなくそう言って、視線をテクラと保安隊員たちのほうへ向けた。

「いくつか大事な必需品をため込まずに、脱走はできないでしょう」とアイヴィ。「欲しいものがあるからといって、私たちの貯蔵所を略奪しようって人たちを、許すわけにはいかない。略奪があったっていう、はっきりした証拠もあるわ。スペースブック上に、新品のバッテリーや集塵器のカートリッジを手に入れたいならどこそこを捜せっていうやりとりがあるの。だから、この件に対してはシンプルなアプローチでいこう。ため込みに関しては、目に余る違反者たちをつきとめてある。これから一時間のうちにアナウンスして、公共の備蓄の窃盗という問題に対して〈クラウド・アーク〉憲法がどう適応されるかを説明するわ。二四時間の猶予を与えて、そのあいだにため込んだものを返すように言うつもり。期限が切れしだい、テクラと彼女のチームに、違法な品の集積所にされている〈アークレット〉へ行って、秩序を回復してもらう。それから、サルが検察官として踏み込み、何にせよ彼が正しいと考える行動をとるのよ」

「すでにブリキ缶に閉じ込められている人たちを、どうやって拘置するっていうの？」とルイーザ。「お金なんかありもしないところで、罰金を科すことなんてできる？」

「その場その場で解決策を引き出していくしかないな」とサル。

彼をじっと見下ろしていたテクラが、やおら自分の喉もとで親指を横に引いてみせた。

「ふん、これで決まりのようね」とジュリア。

彼女とスペンサー・グラインドスタッフは、〈ホワイト・アークレット〉の中ほどで宙に浮いていた。二人の近くを漂うノートＰＣのスピーカーが、〈バナナ〉からの音声を流している。ミーティングが解散して、みんな散り散りに小声で会話しながら部屋を出ていく音が聞こえた。スペンサーがＰＣを引き寄せ、音量ボタンを何度か叩いて消音にした。

「私が言ったとおりですね。まんまとひっかかった」

「もっとも」とジュリア。「私たちが〈バナナ〉を監視していることが気づかれてなければの話だけど。今耳にしたのは何もかも、私たちに聞かせるためのラジオドラマみたいなものだったとかね」

スペンサーは微笑んだ。「へえ、それって偏執症《パラノイド》ですよ！　私も重症だったと思いますが――」

「冗談よ」ジュリアはあわてたようにさえぎった。「これは利用できるわ、スペンサー。今聞いたことを何もかも額面どおりに受け取るのがもっともでしょう。つまり、気兼ねなく

〈マーシャン〉にいい知らせを伝えられるってこと。すぐ来てもらえるかしら？」

「ええ、待ちかねています」スペンサーは彼らを呼び出すテキストメッセージを送った。

〈マーシャン〉たちは全員が同じハムスター・チューブ経由で来るしかなかったので、人類初の〈赤い惑星〉遠征隊のコア・メンバーが合流するには、しばらく時間がかかった。ドクターという職業柄、役割のはっきりしているキャサリン・クワイン医師。遠征隊の指揮官ラヴィ・クマール。科学主任を務めるリー・ジアンユー。そして、ＭＩＶの専門家で技術主任のアメリカ人、ポール・フリール。彼らは、ひそかに待機しているその他大勢の〈アーキー〉と同様、一生ブリキ缶に閉じ込められて過ごすつもりはなく、火星の土を踏もうとしてかなわずに死んでもかまわない、という誓いを立てていた。ジュリアの〝スタッフ〟数人も、彼らのあとに続いて到着した。

ジュリアは短い挨拶のあと、火星計画《マーズ・ミッション》にゴーサインが出た旨をおごそかに発表して、ミーティングを開始した。続いてゼロＧでのハイタッチやハグが一段落してぎこちない沈黙が訪れると、彼女はポール・フリールを指名した。「ポール、長々と待たされているあいだにきっと、ここにいるみんなに最新の概要を伝えたことでしょうけれど、ＭＩＶがどうなっているかを私にも教えてくれる？」

「もちろんですとも、大統領閣下。ご存じのとおり、彼らは〈イミール〉を安定させようと――」

「氷の彫刻ってかたちのルーブ・ゴールドバーグ的な（ばかばかしいほど複雑な）計画でしょ。それは知ってるわ」

ポールはおかしそうに、歯茎をむきだしにして笑った。「当然ながら、それについて当局は若干不安を抱えているから、バックアップ・プランを用意するべきだという天からのお告げがぼくらにあったんです。ですから、必要とあらばぼくらが〈イミール〉を救ってやることもできるんですがね。でも、〈マーシャン〉の立場から見れば、最高の機会です。ご存じのとおり、ぼくらはこのミッションを長年温めてきました。〈ゼロ〉のあと、ＭＩＶプログラム進行中もずっと、ぼくはこれをサイドプロジェクトとして進めるようにしていた。ユースケースのひとつなんだといって、うまくごまかしたんです」

「ユースケースって？」

「ゆくゆくはＭＩＶキットが組み立てられることになりそうな、仮想の適用例です」と、スペンサーが説明した。

ポールが先を続ける。「要するに、可変推力式着陸用エンジンやエアロシールド素材のような、通常なら必要ない部品を付け加える、言い訳にしたんです。ですから、〈レッド・ローヴァー〉の設計を安定させるのは簡単でした」

「〈レッド・ローヴァー〉？」

「はあ、そう呼んでるんですが」

「もうちょっと、高尚な目的をうかがわせるような名前にしたいわね」とジュリア。「たとえばスピアヘッド（鋒先）とか」

そのあとの気まずい沈黙を破ったのは、カミラだった。「私が選択肢リストを作成して、すぐに提出します、大統領閣下」

「ありがとう、カミラ。いいかしら、ポール、このミッション、学術的価値はもちろん、象徴的な価値ももつことになるの。ほかの〈アーキー〉たちがあとに続きたいって気持ちをかきたてられるような、ぴったりのメッセージを送りたいでしょ」

「もちろんです！　さっきのは単なる作業上の名称でして」とポール。「コードネームです」

「コードネームとしてもいかがなものか」スペンサーが指摘した。「誰にでも――」

「先へ進みましょう」とジュリア。「設計の話だったわね、ポール」

「完了しました。一人日《にんにち》くらいの仕事量でしたよ。現に手もとにある素材と備蓄を考え合わせて、既存のユースケースにいくつかひねりを加えればいいだけでしたから」

「大変けっこう」

「ただし、設計できたからといって宇宙船が仕上がったわけではありません、もちろん」とポール。「何日か前までは、アイヴィの怒りをかわずに本物の推進システムを組み立てるのは、かなり大変でしたし」

「彼女を権力者としてあがめたてまつってるような人間じゃないかぎり、その程度じゃ震えあがらないわね」とジュリア。最近、生きた標的に向けて核兵器を行使した人物ならではの、落ち着き払った言い方だった。

ポールはかん高い笑い声をあげた。「まあ、言いたいことはわかっていただけるかと――ここじゃ、何でもかんでもガラス張りなんですから！　ですから、〈イミール〉救援のMIVを組み立てるよう指示を受けたときは、しめしめと顔がゆるみましたね」

「似た仕様なの？」

「まずまず似ています。どちらも同じ主エンジンを使えますから。スラスター・パッケージ、制御システム、生命維持システム――そういったものは全部、完全に規格化されていて、ユースケースによって変わることはありません。プログラムに打ち込むパラメーターが違うだけ、設定《コンフィグ》ファイルだけの問題なんです！」

ジュリアがコンフィグ・ファイルを知っているとはかぎらないと思ったスペンサーが、口をはさんだ。「つまり、〈レッド・ローヴァー〉の、いや、最終的な呼び名はわかりませんが、そのDNAを、〈イミール〉救援機にダウンロードできるわけです、いくつかキーを叩いて」

ジュリアはそれで納得した。「〈アークレット〉はどうなの？　ヘプタッドとトリアッドは？」

「ええと、それはもとから、独立して機能する宇宙船です。〈マーシャン〉二四人とその〈ビタミン〉には充分すぎるほどの。言うまでもなく、ため込んであります」ポールはそう言って、〈ホワイト・アークレット〉にぎっしり詰まった食品袋その他の備蓄のほうへ手を振ってみせた。

「そうね」とジュリア。「でも、この作戦の重要な部分は、それをスウォーム内の初期ポジションから——パランビュレーターに関するかぎり目立ちはしないでしょうけれど——あなたが組み立てをやってきた推進〈スタック〉まで移動させることよ。とんでもない騒ぎになるんじゃない？」

ポール・フリールの笑顔が若干こわばった。「なんとかします」

「私に考えがあります」とスペンサー・グラインドスタッフ。「うまくいくと思う。ストリーカー警報が発令されればいいんです。明日には起きますよ」

「どうしてそんなことがわかるの？」

「あんなもの、たいしたことない」とスペンサー。「ビットが特定の配置になるだけの話です」

ダイナは火星の夢を見ていた。

小惑星採掘者《アステロイド・マイナー》の彼女が、はるかかなたの荒れ果てた赤い惑星に興味をもったことはない。〈ゼロ〉以前の宇宙探査界にあったかけひき上、その惑星に行って植民地を築き、地球化《テラフォーム》をしたいという人たちに対して、彼女は疑念を、それどころか軽蔑をさえ示さざるをえなかった。火星植民地化を主張する陣営は、もっと手に入れやすい資源を活用して、もっと人間が住みやすい居住地を——回転しながら充分な重力を生み、水もきれいな空気もたっぷりあるスペース・コロニーを——つくりたいと考える小惑星開発者たちから、世間の注目も資金も吸い上げようとしていたのだ。

ともあれ、それも二年前からどうでもいいことになってしまった。だからといって彼女の夢に火星が出てくる妨げにはならず、白昼夢にも潜入してくる。彼女が惑星の地表を歩き、空を見上げ、地平線をながめたころから、もう三年ほどたっていた。そういうことをもう一度する前に、早晩死が訪れるであろうと頭ではわかっている。彼女だけではない、〈クラウド・アーク〉の誰もが、防空壕や病院の地下室、研究所の実験室などに似た環境で一生暮らすことになるだろう。望めるとしても、小さな窓から星明かりの空を見るのがせいぜいだ。かつては、青と緑と白の地球のながめにうっとりと心慰められたものだった。彼らがその周囲を回っている、今や炎に包まれたオレンジ色の球体は見るにしのびず、たいていの人がなるべく目を向けないようにしていた。誰ひとりそこへ帰っていく者はいない。老いて死ぬまでに惑星上を歩きたいとまだ切望している人々にとって、火星はたったひとつの、さほど非現実的でもない希望なのだ。スペースブックでの会話や、〈クラウド・アーク〉の小規模インターネット上に書かれるブログは、その話でもちきりだった。〈ニュー・ケアード〉の喪失によって〈イミール〉と〈クラウド・アーク〉のデータリンクが断たれる前に、ダイナのタブレットにもそれがぼつぼつ入ってきていて、彼女は仕事のないときに読んだ。

仕事のないときもあったのだ。スカーフト・ノズル方式を試すと決めてから、約二四時間の間隔をおいて二回、アイス・ノズルの形状をわずかに変えて噴射を行なった。〈ナッツ〉の群れ《スウォーム》が組み立てた傾斜縁《カンテッド・リップ》は、彗星のかけらの末尾の上にほとんどわからない程度突き出し、ほとばしる蒸気の方向をわずかに曲げた。一回目の噴射で望みどおりのスピンを得られた。だが、一日の大半をかけた回転《ローテーション》をスピンと言うのは、言葉《リップ》がすぎるかもしれない。その日、〈ナッツ〉たちは反対側のノズルに退避して、そちらに縁をつくっていた。そして二回目の噴射で、一回目が起こした回転を止め、残りのスラスターで対応できそうな、まずまず望ましい姿勢に修正できた。

　もうすぐまた近地点にくる。今回、ノズルは彼らの望んだ方向、つまり前方を向き、原子力エンジンでもう一度パワフルな逆推進ロケットを噴射するのだ。彗星のかけらの内側にいるロボットたちは氷をえぐり、土木工学シミュレーションに従って、最終マヌーバー中に全体がばらばらにならないようなクルミの殻状構造にかたちを整えていた。ホッパーは氷でいっぱいで、追加の氷も到着予定だった。彼らはやっとシステムの堅実な機能のさせ方を学習していた。一回の噴射でやりすぎないようにするというのも、教訓のひとつだった。あまり力まず、無理のないデルタVを目標にして、噴射を行ない、止めたら、状況を再検討して次の噴射をゆっくり計画する。その結果、〈イズィ〉とのランデヴーは当初考えていたよりずっと遅れることになりそうで、ほぼ毎日のように先延ばしされていった。ただし、それと同時にだんだんと手ごたえのある、さほど無謀でもないことと思えてきて、それがダイナの考えを変えはじめた。ロボットたちは、ほぼ全面的に自動操縦で仕事をこなしていたので、彼女はなんとなく手持ち無沙汰になった。プラスチックの壁の向こうに閉じ込められたヴァチェスラフに話しかけることはできたが、彼はほうっておいてほしがった。一方、ジローはほとんど昼夜ぶっ通しで働きつづけ、過労の徴候を見せている。ダイナは何かと口実をつけては背後に漂っていき、彼の肩越しに画面をのぞいてみるのだった。ソリテアで遊んでいるんじゃないの？　軌道力学シミュレーションを走らせているの？　体験記でも書いてる？　彼はたいてい、機械設備のビデオフィードを見ていた。消去法によって、原子炉の炉心付近に違いないと思われた。

　彼らのいるところから三階〝下〟の、いちばん〝底〟の層にあたるフロアに、氷の中へもぐり込むシャフトに続くマンホールがある。シャフトの反対側のはしにもうひとつのハッチがあって、オールド・アースの外洋航行船だったらボイラー室と呼ばれるセクションへの入り口になっている。コントロール・パネルと、分厚い壁のわずか数メートル向こうの原子炉につながるアクセス・ポートが収容された、狭い気密コンパートメントだ。その壁が、ともかく理論上は放射線を遮蔽する。だが、急ごしらえの〈イミール〉エクスペディションに大量の鉛を持ち込むという選択肢はなかったので、原子炉が使用されるたびに〈ボイラー室〉は中性子やガンマ線を浴びていた。ショーンたち一行が最後にハッチを閉めたときのままになっている放射線探知機は、あまり想像の余地を残していない。そこは今や地獄と化しているのだ。幸い、そことつながるシステムはすべて、安全な司令モジュールから遠隔操作するよう設計されているので、氷のトンネルを降りていってハッチを開ける必要はないのだった。

　計器によると、また近地点に近づいているところだった。ダイナを助手にして、ジローが最後から二番目になるはずの主エンジン燃焼を行なう。ジローの予測よりも時間がかかったものの、うまくいったようだった。〈イミール〉は過剰分の速力をほとんど落とした。遠地点での軌道が、〈イズィ〉よりもほんの数百キロメートル高いだけになった。古くなったり故障したり、放射線のダメージを受けたりしてロボットが減少していたが、まだ充分な数はある。数時間後に近地点で行なうつもりの最終的な大噴射に向けて、ダイナはそのロボットたちにホッパーへの補給をさせた。

「君のロボットたちをうまく配置できたところで、主推進システムの操作を教えておきたい」とジローが言った。

　彼女が育ったのは採掘現場だ。そこでは年上の男たちが、重機の操作法やダイナマイト爆破のやり方、飛行機の操縦といったことを手ほどきしてくれては彼女を喜ばせ、自分たちも楽しんだものだった。だから、ジローの申し出も最初はおかしいと思わなかった。退屈をまぎらすには、人にものを教えるのがいちばんだ。だが、それから一時間もすると、だんだんはっきりしてきた。これから行なう噴射のあいだは彼女にエンジン操作を任せようと、ジローは本気で考えている。言葉の壁のせいだろうか。いや、彼は英語に堪能だし、「君はこの熱電対から目を離さないでくれ」とか、「君にはこのバルブがパタパタと震えるように見えるかもしれない」などという言い方に、やけにこだわっている。

　しばらくすると彼が、「三〇秒前の時点を越えてもぼくから連絡がなかったら」と言った。「君ひとりになったということだ。君が、デルタVの数値にもとづいてシャットダウンを始めなくちゃならない」

「どうして連絡がなくなるかもしれないの？　どこへ行くっての？」

「〈ボイラー室〉だ」

「なんでそんなとこへ？」

「制御棒ブレードのアクチュエーターで、反応しなくなったものがあるんだ。電子回路が放射線にやられたんだろう。大丈夫。取り替えればいい。だけど、手作業でやるしかなさそうだ」

「それであなたが行こうって？」

「ああ。あっちにとどまることになるだろう」

「もぬけの殻ですね」テクラは暗号化ボイス・リンクでアイヴィに報告した。「人っ子ひとりいない。備蓄も空っぽです」

テクラ、トム・ヴァン・ミーター、ボロル＝エルデネの三人はさっきまで、サル・グオディアンの監視下、〈アークレット98〉を〈フロントドア〉から〈ボイラー室〉まで一〇分ばかり捜索したところだった。〈フリヴァー〉でやってきてドッキングし、〈アークレット98〉に踏み込むまでは何ごともなかった。〈クラウド・アーク〉憲法の規定のもとで発行される初の捜索令状を表示したタブレットを携えたサルが、先頭に立った。最初に誰何《すいか》してきた相手につきつけてやろうとかまえていたのだ。ところが誰もいない。

テクラとトム、ボーはそのあとから入ってきた。サバイバル・キットで間に合わせにつくったオレンジ色のベストを着ているが、もともと地球上で使うためにデザインされたものだから、実際には役に立たない。別にちゃんとしたものがつくられるまでの、警官の制服代わりだ。うまくすれば、警官らしさなど必要ないかもしれない。だが、警察に匹敵する行為を遂行するのであれば、うやむやにするわけにはいかない——非公式の訪問に思わせようとしてはいけない。そのことをアイヴィが明言し、にわか仕立ての議会のほかの議員たちも賛成したのだった。新しい憲法を行使しなければ、言葉の羅列に終わってしまう。

「SANに戻してもらえる？」アイヴィがボイス・リンクで言ってきた。「どんな様子か見たいから」

「全体を再起動してみよう」サルがコントロール・カウチに座った。「スペンサーが何をしたかによる——息の根を止めたのか、一時的なコマンドを入れただけなのか」パネルの裏に手を回して、さぐり当てたコネクターを引き抜くと、差し込み直した。

「そこには一〇人年分の再生不能資源が見つかるだろうって予測だったわよね」アイヴィが言っているのは、かさばる食糧（〈アークレット〉の外殻スペースで栽培できる）や空気（生命維持システムで再生できる）ではなく、洗面用品や〈ビタミン〉、医薬品、特製食糧など、小さめの品々のことだ。「状況証拠にもとづくものだった——行方不明になったものの量とか、〈フリヴァー〉移動の回数、その〈アークレット〉に接触する船外活動《EVA》とかね。ずっと、当て推量にすぎないとは思ってた。でも、まったく何もないとなると……おかしいわ」

「おかしいどころではありません」とテクラ。「これは不意討《サプライズ・アタック》ちです」

「攻撃《アタック》があると？」

「暴行という意味では、ないかもしれません」とテクラ。「でも、何かありますよ」

「〈アークレット98〉は、おとり？」

「もちろんです」

〈アークレット〉の拡声スピーカーから快い音が響き、白色ＬＥＤが赤に変わった。『警戒警報』と合成音声が告げた。『全乗員は起床のうえ、緊急スウォーム・マヌーバーに備えて持ち場につくこと。これは訓練ではない』

みんな聞き慣れている。ストリーカー警報だ。

通常なら額面どおりに受け取るところだった。「できすぎたタイミングですね」とテクラ。

「あなたたち、〈フリヴァー〉に戻ったほうがいいわ」とアイヴィ。「いつもの手順に従って。でも、油断はしないで」


「スティーヴ、火球の情報はまだ？」とアイヴィ。警戒態勢に入って約五分たち、もう〈バナナ〉に移っていなければならないところだ。ＪＢＦが何をしているのか、テクラの言う〝不意討《サプライズ・アタック》ち〟とは何なのか、知りたいのはやまやまだが、こんな場合、彼女のすべきことははっきりしている。〈クラウド・アーク〉が実行する危険回避マヌーバーと、その起こりうる結果に全注意力を集中させなくてはならない。〈アークレット〉どうしの衝突や、スウォームからの離脱も含めて。ひどいときには、救助チームを送らなければならなくなるかもしれない。だからこそ、まず第一にテクラたちを〈フリヴァー〉へ戻らせたのだった。この急ごしらえの警察の通常業務は、備蓄をため込んでいる者たちに令状を送達することではなくて、非常事態対応なのだから。アイヴィの宇宙マニア魂は、飛来する岩石という科学的現象に注目したがっていたが、それは人に任せるしかない。警報が発せられるやいなや、彼女はその仕事をスティーヴ・レイクに任せたのだった。

　これまでのところでは、警戒態勢がほとんど整っていた。つまり、ネットワークはほぼすべてシャットダウンされ、パランビュレーターのために帯域幅だけがオープンになっている。システムは人手を介さずに活動を始め、火球の進路を算出して回避策を提案し、膨大なデータの中から細かな動きの情報を収集する。パランビュレーター画面は荒れ狂ったように見えているが、ほとんどの〈アークレット〉がスラスターを噴射して新しい軌道へ逸れていくのだから、当然だった。間に合うように処理してくれる。つねに解決してくれるのだ。その問題解決の処理のひとつが、飛来する〈ストリーカー〉の軌道について、より詳しく知ることだった。近づいてくるにつれて、軌道に関する情報は正確になっていく。火球がスウォームを通り過ぎたり、近くに来たりするまでに、非常に高い精度でパラメーターを調整することになる。いったん通過してしまえば、パランビュレーターがするのは、混乱を収拾するだけだ。

　アイヴィがスティーヴに火球のことを聞いたのは、二つの理由からだった。ひとつは、当然ながら、〈ホット・ロック〉というのはたいてい急速にやって来て去るものだから。今回の火球が近づいてから、すでに数分――待ち時間が長すぎる。もうひとつは、パランビュレーターがいつもよりずっと無秩序に見えたからだった。いつもは、最初の二分ほどで赤いしぶきが散ったような画面になる。それがやがて、〈アークレット〉から危険のないところへ移ったという報告が入るにつれて、消えていくのだ。ところが今回は、落ち着いていく気配がまるでなかった。「帯域幅に問題があるのか、それとも――」

「この岩、へんですよ」とスティーヴ。「いつもならＳＩからパケットがどっと流れてきて、データが集まるとパラムが正確になっていくはずなんですが」ＳＩというのは、レーダーと望遠鏡を管理するセンサー統合《インテグレーション》チームのことを指している。

「流れていないの？」

「いや、流れてはいます――でも、数値がまちまちなんですよ」

「どういうこと、数値がまちまちって？」

「二つのストリーカー警報が同時に起きているようです。パケットが互いに割り込み合ってる。ある種の混線状態というか」スティーヴはしばらくスクリーンから身体を遠ざけて、あごのひげを引っぱっていた。「待てよ。パケットが別々のソースから来ているんじゃないかな」

「でも、出どころはひとつのはずでしょう」とアイヴィ。「ＳＩよね」

「そのはずですが」とスティーヴ。「偽物も混じってると思います」

座っている椅子がわずかに動くのを感じながら、彼は思わず片手を伸ばして、テーブルの縁をつかんでいた。〈イズィ〉がスラスターを噴射して向きを変え、アマルテアを自分と火球のあいだにはさもうとしている——現実だろうか、思い違いだろうか。

「この警報全体が、私たちをだますものだってこと？」

「テクラの説には合いますよね」とスティーヴ。

「ドゥーブと話してみる」とアイヴィ。「その偽警報説について」

「大統領閣下」耳からヘッドフォンをはずしながら、カミラが言った。「ご要望でしたのでお伝えしますが、アイヴィに気づかれました」

「知られた？」とジュリア。

「すっかり知られたわけではありませんが、スティーヴが偽のパケットをつきとめ、詳しく分析しているところです」カミラの目は大きく見開かれ、声は——顔の傷のせいでいつも声が出しにくそうだったが——低くしわがれていた。

ジュリアは彼女に刺すような目を向けてから、スペンサー・グラインドスタッフのほうを向いた。相手が肩をすくめる。「スティーヴほどの才能なら、遅かれ早かれ——」

「そんなことはどうでもいい」ジュリアがさえぎった。「私たちの計画が充分な時間を稼いだかどうかを知りたいの」

「それは——」カミラが口を開いた。

スペンサーはカミラをはねのけるようにして言った。「充分な混乱をもたらしました。二〇秒あれば、この〈ヘプタッド〉を〈シップヤード〉にドッキングさせる態勢をとれるでしょう」

「別の火球が！」カミラがきしるような声をあげた。「たぶんそうです」

それを払いのけるようにして、ジュリアはスペンサーから目を離さない。「トリアッドはどこ？」

「もうそこにいます」とスペンサー。

「船外活動者たちは？」

「宇宙服を着て、エアロックの外で、待機中」

「まだよ。組み立て《アセンブリー》、統合《インテグレーション》。時間がかかるわ」

「大統領閣下」ポール・フリールが口をはさんだ。「さっとくっつけてしまえばいいだけです——なんなら結束バンドでだっていい——そして、〈シップヤード〉からの切り離しを行なう。スラスターをちょっと噴射すればいいんです。〈イズィ〉には、こっちを吹き飛ばせるようなフェイザー砲があるわけでもない。〈フリヴァー〉で追いかけさせるくらいはできるでしょうが、それでどうなるというんです？　逃げ切ればいいだけです。あとは、何日かかけて〈レッド・ホープ〉の準備を終えたら、本格的にミッションに乗り出す」

「あのテクラが何かやりかねないと思うけど」

「あなたが命じれば、彼女は指示に従うでしょう」とポール。

「そうね、あなたがたがちゃんと離れていけるまで、エクスペディションのあとに残るサポーターとして、私が喜んで妨害工作をするわ」とジュリア。

〈カブース〉の側面へ向かって突き出す長いトラスにドッキングしているヘプタッドの船体を通して、ブーン、ガツンガツンという、プログラムされた機械音が連続して鳴り響いている。エアロックや係留ポイントがふんだんにある〈シップヤード〉の心臓音だ。隣に並ぶポートにドッキングしているのは、きらめきを放つ、ごつごつした構造物――最後の部品を待っている〈レッド・ホープ〉だった。下部のロケットエンジンを中心にポンプ、バルブ、アクチュエーター、センサーが集まったまわりを、四つの大型推進剤タンクが覆い、偉容を誇っている。

「大統領閣下？」とラヴィ。「もう時間がないのでは。あなたも火星に行きたいとおっしゃるなら話は別ですが。どちらなりとご自由に」

ジュリアはさっと姿勢を正した。コンパクトの鏡をのぞいて容姿をチェックしていたのだ。お世辞にも魅力的とは言えないが、〈クラウド・アーク〉の基準に照らせば、まだいけているだろう。

「そそられる話だけれど」とジュリア。「私には、こっちで果たすべき責任があるんじゃないかと思うの」コンパクトをパチンと閉じ、カミラを見やって、電話でビデオ撮影する準備はいいか確認した。準備はできていたが、彼女はまだ動揺した顔つきをしている。どうしたのだろう？　あとで腹を割った話し合いをする必要がありそうだ。

「わかりました」ラヴィが残念そうな口調で言ったが、いささかわざとらしいようにしか聞こえなかった。「これがお入り用になるかもしれないと思いまして」

ラヴィは一枚の紙を差し出した。ジュリアがそれを受け取って見ると、すっかりくたびれきったアメリカ大統領の紋章だった。彼はそれを、四角い青のテープをほとんどつけたままにして、壁からていねいにはがしてきたのだ。ジュリアは紙をなでつけて伸ばし、小脇にはさんだ。

ゆっくりと漂い去りながら、ラヴィがさっと敬礼する。

ジュリアも敬礼を返した。「成功を祈ります、ラヴィ。火星からの第一声を楽しみにしているわ」

「私もそれをお送りするのが楽しみですよ、大統領閣下」

「また会いましょうって気持ちよ。〈クラウド・アーク〉の果敢な人々は、なんとかして、どんな妨害があろうとも、クリーン・スペースを通り、〈レッド・ホープ〉に続いてここよりいい場所へ行く道を見つけるでしょうから」

ラヴィは退場の合図を察知するような人間ではなかった。もごもごと感動的な返事を口にしはじめたが、ジュリアはカミラに目をやり、記録をやめていいと伝えると、〈ホワイト・アークレット〉の船首へ向かった。カミラがあとについていく。

しばし身をよじりながらチューブを通り抜けると、二人はポートから、〈シップヤード〉になっているモジュールのひとつに出た。ハチの巣をつついたような騒ぎだった。〈レッド

・ホープ〉エクスペディション任務につくのは総勢二四人。ほとんどがすでにヘプタッドかトリアッドに乗り込み、船のフレームに組み込まれるのを待っているが、宇宙服姿で〝外〟にいる者もわずかながらいたし、モジュール側であわただしく打ち合わせをしたり、備蓄の包みを押し込んだりしている者も何人かいた。

騒ぎに奇妙な声を上乗せしているのは、〈シップヤード〉の担当者らしいGポップのメンバー四人だった。背中に回した両手を、モジュール内の手ごろな付属物に結束バンドで縛りつけられている。ほとんどは無傷のようだが、眉についた裂傷から小さな血の玉が漂い出している男がひとりいた。MIVチームの何人かが、そうとは知らずに協力者となり、〈イミール〉救援バックアップ・プランの一環だとばかり思って〈レッド・ホープ〉のフレーム組み立てを手伝っている——ポール・フリールが話のついでにそう言っていた。どうやら、知る立場に変わった彼らが、異議を唱えたらしい。

流血している男は、腫れてふさがっていないほうの目でジュリアを見つめていた。「ジュリア！」と声をあげる。

ジュリアは妙に手もちぶさただった。ほかの〈マーシャン〉たちは、ため込んだ備蓄をポートからヘプタッドへ運んでいる。ひとり、またひとりと〈マーシャン〉が続き、見る間にがらんとした空間になっていく。彼女は流血男を当初無視した。ところが、とうとう残る〈マーシャン〉がたったひとりになった——ポール・フリールだ。ラヴィのような礼儀正しさをもちあわせない彼は、タブレット画面で項目をチェックしていて、ジュリアのことなど眼中にない。

「ジュリア！」縛られた男がもう一度呼んだ。大声ではない。話しかけるような口調だった。

「何？」彼女はとうとう返事をした。

「お友だちの名前を教えてくれないか？」彼はカミラのほうにあごをしゃくった。

場違いな頼みごとを小ばかにしていたジュリアだが、しばらくして、敵を味方に引き入れるのに遅すぎるということはないと思い直した。「あの子の名前はカミラよ。申しあげておきますけど、あなたの身に起きたことにはショックを受けています。心が痛むわ。私がきっと――」

「ねえ、カミラ！」と、男が呼んだ。

「はい？」とカミラ。いかにもおびえた一八歳の女の子らしい声だった。

「君のお友だちは頭がおかしいぞ」

「大統領閣下？」ジュリアが切り返す間もなく、ポールがそう呼んだ。

彼女は怒りの表情のままポールのほうを向いた。

「栄誉をたまわれますか？」

「なんの栄誉？」まったく、エンジニアというやつは。シャンパンの瓶を割るとでも思っていたのだろうか？

「ぼくがくぐり抜けたら、ハッチを閉めてください。そうすればドッキングを解くことができるようになります」

「喜んで」

「それではまた、火星で」彼は片手を突き出した。彼女はその手を軽く握り、申しわけ程度に振った。流血男とのやりとりで動揺したカミラは、撮影係の任務を放棄していた。

ポール・フリールが地球と火星を結ぶ〝扉《ポータル》〟に手を伸ばし、くぐり抜けると、振り返って自分の側のハッチを閉めた。ジュリアが続いて、彼女の側のハッチを閉める。すぐに、彼女の耳だけでなく指先にも、〈レッド・ホープ〉のドッキング解除を合図するシューッ、ガツンという音が伝わってきた。モジュールの船殻越しにも、すぐ近くから耳慣れない音がする。宇宙服で動き回る靴音らしかった。

『警報解除』合成音声のアナウンス。照明の色が変わった。

カミラが、はじかれたように短い悲鳴をあげた。〈シップヤード〉の先、〈スタック〉につながるほうを指さしている。

三〇メートルほど向こうの〈カブース〉に、オレンジ色のベストを着た数人の姿があった。ひとりはまっすぐジュリアを見ている。

テクラだった。

合成音声がまた、次の警報を告げた。

計画にはなかったことだ。

テクラは〈カブース〉で、何かうしろに蹴り飛ばせそうなものに両足をくっつけていたに違いない。いきなり彼らに向かってロケットのように飛んできた。伸ばした両腕をあちこちにたたきつけるように動かして進路を定めながら、視線はしっかりとジュリアに据え、彼女に向かってまっすぐ突き進んでいく。その手に、銀色のきらめきが細い弧のかたちに見えた。研ぎ澄まされた短剣の刃先だ。

モジュールを突き抜けるような歯切れのいい金属音を響かせて、ジュリアがピート・スターリングのものだったリボルバーの撃鉄を起こした。

「銃だ！」流血男が叫ぶ。「銃だ！　銃だぞ！」

それが耳に届いたとしても、テクラは動じもせず、そのへんの支柱をさらに勢いよく蹴って速度を上げた。

発射の反動があまりに早く、ジュリアには銃が暴発したかのように思えた。充分長いあいだ宇宙にいたのだから、反動でうしろに飛ばされることは知っていた。実際そのとおりになった。その一方で、説明のつかないことも目にした。片腕を伸ばして横ざまに飛んできたカミラが、視界に入ってきた。〈シップヤード〉の壁が伸びてきて、テクラを阻止した。その直後、壁はカミラにぶつかり、次いでジュリアにぶつかった。ジュリアは、船殻にあいた銃弾の穴からはシューッというかん高い音がするだろうと思い込んでいたが、続いて起こったのはむしろ轟音だった。サッカースタジアムでパスボールが奪われたときに観客たちから巻き起こるどよめきのような音だ。カミラの腕が、炎の翼のようになっている。ジュリアはうしろから何かに引っぱられ、〈カブース〉に向かって投げつけられた。彼女はあの流血男が自由の身になってタックルしてきたのかと思いながら、必死にあたりを見回した。だが、彼女を引きずっているのは人間の力ではなかった。漏れ出していく空気の奔流だったのだ。

「ジロー、聞こえる？」ダイナの四度目の呼びかけだった。

聞こえてはいても、衰弱して答えられないだけだろう。そう推測して、彼女はそのままい知らせを伝えることにした。「あたしたち、やったわよ。望遠鏡に〈イズィ〉をとらえた。あと三〇分くらいで合流よ」

「よし」とジロー。「よし」声が聞こえて、彼女はびっくりした。だが、二度目の「よし」は、最初に比べてずいぶん弱々しかった。彼が出せる声は、あれがせいいっぱいなのだろう。

それ以上詳しくは話さないことにした。〈イミール〉の〈ボイラー室〉という墓に閉じ込められ、生きながら放射線にあぶられると同時に凍死していく彼にとって、ダイナが望遠鏡で見ているものが何かを聞く必要はないだろう。

二年前から彼らが使っている〈クラウド・アーク〉という名前は、いくらか詩的な意味合いをもつ。だが、今見ているそれは、まさに雲《クラウド》だった。いつもコントラストの強い宇宙空間の光でくっきりと鮮明な姿を見せていた〈イズィ〉が、客観的には微粒子からなる物質と言ってもいいような、きらきらまたたく帳《とばり》に覆われている。

〈イズィ〉が火球の直撃をくらったのは、言うまでもない。それ以上詳しいことは見きわめられそうになかった。

ジローには決死のミッションとなった最終の噴射で、〈イミール〉は〈イズィ〉とほぼ同じ軌道におさまった。同一の平面、同一の平均高度だ。違うのは、やや楕円軌道であることだけ。地球のまわりを一回転するたびに二度、〈イズィ〉の進路と交差する計算になる。その交差が近づいているので、ダイナの視点からは宇宙ステーションがだんだん近づいて見える。コンピューター画面上のウィンドウいっぱいになってズームアウトせざるをえなくなっても、しだいにはっきりと、細部までよく見えるようになった。何分か過ぎるうちに、ダイナは何があったのか推測をつなぎ合わせて理解できるようになった。

角度をつけて飛来した岩石がアマルテアをみごとに逸れて、T2とT3トーラスをつなぐハブ、H2付近に衝突したに違いない。両方のトーラスには深い傷がつき、回転が止まっている。さらにそこから船尾へ向けて、〈イズィ〉の背骨が——つまり中央の〈スタック〉が——曲がってしまっていた。翼を広げたような〈シップヤード〉はまだ〈カブース〉につながったままだが、どちらも傾いて、破片を散らしている。もとからあるトーラス——〈バナナ〉のある部分——はまだ回転していて無傷のようだったが、よく見ると破片が当たったのか、ダメージを受けていた。

氷の殻越しに、ドスンという音がかすかに響いた。たぶん漂流物にぶつかったのだろう。相手はあまりスピードを出していないだろうから、問題ない。〈イミール〉はこの漂流物の雲《クラウド》を鼻づらで掘り進み、痛くもかゆくもないはずだ。

目の前の画面にあるウィンドウのひとつが、〈グラブ〉のカメラに搭載された動作感知器の反応により、パッとビデオフィードを映し出した。宇宙を漂っていく人体がひとつ。ダイナは喉がぎゅっと縮むのに逆らって息を呑んだ。

心のどこかで、もしや〈イズィ〉は幽霊船になってしまったのではないか、自分がたったひとり生き残ったのだろうかと考えていた。ヴァチェスラフとのやりとりは、きのう途絶えていたからだ。その前に彼は、下痢がつらいと訴えていた。被曝したせいだとすれば、それは死刑宣告に等しい。避けられない運命を待つよりは、みずから命を絶ったとしてもおかしくない。

たったひとり〈イミール〉を操縦して、〈イズィ〉に向かって進みながら音もなく宇宙を漂いつつ、つかのま彼女は、自分がこの世界に置き去りにされてしまったただひとりの人間かもしれないという考えにとらわれた。

そのとき、〈マイニング・コロニー〉で赤い光がまたたきはじめた。まっすぐダイナに向けられたレーザーだ。彼女の頭が、モールス信号を識別しはじめる。

最終マヌーバー用のフリヴァーを送る
迷子のアークレットは無視すること
おかえりなさい

返事をする手段がない彼女は、待った。目をこらした。さまざまな細部をパンしたりズームしたりして見ていくと、絶縁体の切れはしや建材の破片、こぼれた〈ビタミン〉、そしてときどきは死体が、入り乱れてウィンドウを横切った。ズヴェズダ・モジュールの前方はかなりいい状態のようだ。〈マイニング・コロニー〉とモイラの遺伝子設備の隠し場所は無傷らしい。よかった。

　三台の〈フリヴァー〉が〈クラウド〉から離れ、数分のうちに〈イミール〉へ向かう軌道を確保した。その三台がタグボートとなって彗星のかけらに船首をくっつけ、その主エンジンをはたらかせることで、ランデヴーに必要な最終デルタVを達成してくれるのだろう。それで通信文の前半の意味はわかる。しかし、『迷子のアークレットは無視すること』というのがなんとなく謎めいていた。どうしてそんなものが？　そもそも、アークレットが〝迷子〟になるとは、どういうことなのか？　一方でダイナが〈イズィ〉前方から船尾へ――いつもほとんどの〈アークレット〉が停泊しているあたりへ――弧を描くように望遠鏡をパンしてみると、不思議なくらい数が少なかった。ざっと見渡した印象にすぎないが。パランビュレーター画面にアクセスしなければ、きちんと確かめることはできない。

　そのときになって思いついた。タブレットをメッシュ・ネットワークにつなげばいいだけではないか。〈ニュー・ケアード〉が〈イズィ〉を出発したあとすぐに、彼女はタブレットの電源を切っていた。いったん圏外に出てしまえば、電池を食いつぶすだけの役立たずになるからだ。タブレットはすぐに、〈フリヴァー〉のどれかを中継したらしく、接続が見つかったしるしの小さなアイコンを表示した。彼女が〝留守〟にしていたあいだ受信箱にたまっていたメールを装置が全部ダウンロードするのに、一、二分かかった。

そのあいだ、彼女は望遠鏡をもてあそんでいた。パンして全景をながめたときに気になることがあって、もう一度ズームインしてよく見た。

異様に大きいＭＩＶだった。基本的に五層で、腰の部分がくびれている。最下層が、ＭＩＶツールキット中で最も強力なエンジンだ。その上に、でっぷりとした推進剤タンクの群れ。くびれた腰にあたる三層目は、側面にエアロックがひとつある単独の〈アークレット〉――〈ニュー・ケアード〉に似た司令モジュールだろう。その上にトリアッドがあって、頭でっかちな船の最上層はヘプタッドだ。全体が網状構造物に包まれている。その網の縁にひっかかった小さな虫のような小型モジュールは、姿勢制御スラスターらしい。その船で何よりも目立っているのは、長旅をうかがわせる特大の推進剤タンクだった。どこへ行くというのだろう？　それが停泊しているのは〈イズィ〉の前方数キロメートル、〈アークレット〉がほとんどいなくなった領域だ。

タブレットがやっと、メッセージのダウンロードを終えた。ほとんどが今はもう必要ないものだ。ダイナはメッセージを日付の新しい順に並べ替え、件名を見ていった。この何時間かに届いたものはほとんどない。〈クラウド・アーク〉がほかのことで手いっぱいだったとすれば、それもそのはずだ。だが、トップに近いところに、気になるメッセージがあった。

「公式声明――ＪＢＦ大統領から〈クラウド・アーク〉のみなさまへ」

それを見ただけで、彼女はみぞおちをドスンと殴られたような気がした。とにかくタップして、本文を読む。

　本日、大変な悲劇があって、私たちはみな深く心を痛め、対処法を模索しています。そのとき私は〈シップヤード〉モジュールで、〈レッド・ホープ〉エクスペディションに乗り出す勇敢な探検家たちとしばしの別れを惜しみ、彼らの成功を祈っていました。自動的にハッチが閉まったおかげで、私は軽傷を負い、軽い減圧症にかかっただけですみました。周知のとおり、Ｇポップの多くのメンバーはそれほど幸運ではありませんでした。全人類とともに私も、犠牲となった方々に哀悼の意を捧げます。もとより〈アーキー〉コミュニティは、この大惨事にさほど動じてはいません。〈クラウド・アーク〉プロジェクト開始当初から、私は分散型スウォームで深刻なダメージを防ぐという構想をもっていました。残念ながら、いくつかの小規模な衝突や破片の衝撃で、現に三つの〈アークレット〉を失い、それより多くの一過性ではすまないダメージも受けました。それなのに、全体の体制は当初の計画どおりです。しごく当然ながら、多くのＡＣメンバーが今、自問しています。危険なところを脱するマヌーバーもできないような、重くて老朽化しつつある宇宙ステーションのまわりに群がって、低地球軌道にとどまるのは安全だろうかと。見通しのいいクリーン・スペースが、上のほうから私たちを手招きしています。〈レッド・ホープ〉はまもなく主エンジンの噴射を行ない、いつの日か私たちみんなの居場所となるであろう惑星へと、未踏のフロンティアを渡る旅《トレック》に出ます。〈クラウド・アーク〉があとを追うことはできません——今のところは。しかし、広範囲にわたって宇宙活動や軌道力学の訓練を積んできたACメンバーは、全員わかっています。それぞれにエンジンと船上に備蓄されている推進剤を活用すれば、どの〈アークレット〉も充分に軌道を上昇させることができるのです。ただ、単独の〈アークレット〉、トリアッド、〈プタッド〉では長くもちこたえられません。しかし、スウォームの一部としてならば成功する見込みがあります。〈イミール〉エクスペディションの絶望的な試みと難行を見守ってきた、そして、たったひとつの火球によって〈イズィ〉がこうむったダメージを目の当たりにすることとなった多くの〈アーキー〉コミュニティ・メンバーが今、自問しています。このままで、あまりにもゆっくりとクリーン・スペースへよじのぼっていくという〈ビッグ・ライド〉計画を支持する一派の構想を頼りにしていて、安心できるのだろうかと。私は政治家であって、科学者ではありませんので、専門的なことを論じるふりはできません。そもそも私が公式発表などするべきかと、疑問に思われる向きもあるでしょう。実のところ、私の前職がアメリカ合衆国大統領であることから、ふさわしいかどうかはともかくとして、私が〈アーキー〉コミュニティを代表しているだけです。今の私は何をすべきか、多くの人に聞かれてきました。流言飛《りゅうげんひ》語《ご》が混乱の種を蒔くのを待っているよりはと、この声明を出すことにしたしだいです。どれだけ役に立つかはともかくとして、私は誠実なる友人たちの力添えもあって難破船〈イズィ〉を脱出し、今はトリアッドに属している安全な〈アークレット37〉に避難しました。このメッセージを送信してほどなく、私たちは主推進噴射を行なって、かつて国際宇宙ステーションだったものの周囲に漂う瓦礫を避けて上昇し、クリーン・スペースを目指して進みます。私たちの軌道パラメーターはネットワーク上に公開されますから、意見を同じくするＡＣメンバーたちもどうぞ合流してください。人類に差し迫った大問題を、ともにスウォーム・ベースで解決しましょう。安全な高軌道から、Ｇポップの中に置き去りにされた残りの仲間たちにも、救いの手を差し伸べる方法を探します。コミュニティとして協力し合い、今あるものを失わないように、空の高みで安定した生活を築きつつ、火星を目指す〈レッド・ホープ〉の胸躍る冒険の結果を期待して、かたずをのんで《ブレスレス》待ちましょう。

「息絶えて《ブレスレス》ってところは、おっしゃるとおりだわね」ダイナはぼそっとひとりごち、そのウィンドウを閉じて、もう一度タイムスタンプを見た。三時間ほど前に送信されている。それから、つい三〇分前に、アイヴィが対抗する声明で応じていた。読まなくても、件名からダイナには内容がわかった——ＪＢＦの言うことに耳を貸すな、編隊を離れるな、私たちにはあなたたちが必要であなたたちには私たちが必要だ。
だが、光学望遠鏡とパランビュレーターの両方でダイナが見るかぎり、アイヴィのメッセージは遅きに失して、多数の〈アークレット〉が離脱するのを引き留められなかったようだ。頭上のどこか高軌道で新たにスウォームができていき、そこだけで独立したパランビュレーターを作動させて、ＪＢＦを指導者と仰ぐことになるのだ。

ダイナは〈イミール〉救出のあいだ、たびたび感情の浮き沈みを経てきた。もちろん、死亡率を考えると、浮くよりも沈むほうが圧倒的に多かった。ところが、つい今しがたＪＢＦの声明で「絶望的」という言葉に行き当たったとき、不思議と感情が高ぶった。絶望的と言われていたのに、もう成功が目前に迫っているからこそ、やけにうれしかった。

画面上でパランビュレーターが作動している。彼女はそれを利用して、三台の〈フリヴァー〉の状態を確認した。なお接近中だ。〈フリヴァー〉の操縦者たちからメッセージが届きはじめた。彗星のかけらの中に生存者がいるのか、接近しても安全なのかを知りたがっている。

ダイナは返信した。『生存者ひとり。こいつが暗闇で光るでっかいうんこをするあいだ、しばらく離れていること』

それから、ロボットたちのネットワークと通信するのに使うウィンドウを開き、一語だけのコマンドを打ち込んだ――『ＪＥＴＴＩＳＯＮ』（投棄）。ショーンがスタートさせ、ラルスが改良し、最近になってダイナが完成させたプログラムの名前だ。彗星のかけらにいるどのロボットでも、また〈ボイラー室〉にあるほかのシステムでも、同時に走るようにしたプログラムだった。

プロンプトが返ってきた――『本当ですか？　Ｙ／Ｎ』

彼女は『Ｙ』と打ち込んだ。

『おめでとう!!』死んだ〈イミール〉の乗組員が虚空から、彼女にお祝いのメッセージを送り返してくれた。

ダイナは昇降口のほうへ進み、床にあいた穴へ頭を〝下〟に向けてもぐり込むと、まっすぐ司令モジュールの最下層へ抜けた。そこの床のハッチは――終点が〈ボイラー室〉となる氷のトンネルに続く――基本的な安全対策としてすでに閉じてあった。それでもダイナは、最後にもう一度、確実に密閉されているのを確認した。もうまもなく、ハッチの向こう側には真空しかなくなるからだ。

〈イミール〉がゴロゴロとうなりだした。ダイナは、消化不良を起こした氷の巨人の腹に閉じ込められているような気がした。わかってはいる。聞こえているのは、何千という〈ナッツ〉、何百というもっと大きなロボットが、彗星のかけらの空洞の内側で安全な位置に移動したり、炉心につながる網状構造を切断したりするときにたてる音の集まりだ。

彼女は司令モジュールの席に戻って、彗星のかけらの内部のビデオフィードを呼び出した。もう壁が薄くなっていて多少日光が射し込み、透明な巨大円形劇場のようになっており、そこでは勢揃いしたロボットたちが内向きになって、炉心まわりのなめらかなベリリウム・ポッド――中性子反射体――をながめている。かつてここは、氷に埋もれていた。近地点大噴射の燃料補給のために行なわれた最近の発掘作業で露出し、その側面に取り付けられた〈ボイラー室〉の小型ポッドと、ホッパーとオーガーからなる供給システムも姿をあらわした。その後方にある氷の洞窟はベル型ノズルのなごりで、あらかた解けてなくなり、その先に宇宙の暗黒が見える。今、原子炉チェンバーを固定しているのは、中央の巨大な柱だけになっている。前方のはしから木の幹のようにまっすぐ伸びて、司令モジュールがはめ込まれた彗星のかけらの固い鼻先まで届く氷だ。

ＪＥＴＴＩＳＯＮが親切にも画面上にカウントダウンを表示してくれたので、彼女は耳をふさぐことができた。カウントゼロで、気分が悪くなるような鋭い音が構造物全体を突き抜けるように響き渡った。ビデオフィードでは、原子炉容器とつながるところの真上で、中央の柱からこなごなになった氷が光り輝くしぶきを上げている。ずっと前にショーンとクルーがそこに取り付けた取り壊し用の爆薬が爆発し、連結を断ったのだ。彼女は一瞬、それ以上は何も起こらないのではないかと不安になったが、やがて、丸みのある原子炉容器のてっぺんから白い蒸気が噴出した。ＪＥＴＴＩＳＯＮがバルブを開き、原子炉の残留熱で高くなっていたチェンバー内の気圧を下げたのだ。開かれたバルブが今度は間に合わせのロケットエンジンとなって原子炉全体を押しつけ、何もかもひとかたまりになって、ノズルのあとのぽっかり口を開けた部分へ下降していく。

原子炉チェンバーは丸ごと彗星のかけらの底から落ちて、姿を消した。

ＪＥＴＴＩＳＯＮが仕事を続けているとすれば、もう筋肉だけで頭脳のない浮動性の物体となった原子炉は、いくつかぎごちないマヌーバーを行なってみずから軌道速力をなくし、大気圏に落ちていくはずだ。

「さよなら、ジロー」と、ダイナは声をかけた。「ありがとう」

〈フリヴァー〉の操縦者のひとりがメールしてきた。『すごい』

ダイナは、複数のカメラでもう一度くまなく徹底的にスキャンしてみた。だが、見るべきものはあまりなかった。ロボットがうようよしている、棒砂糖のような円錐形のうつろな殻となった〈イミール〉は、力なく宇宙を漂っていた。

彼女はメールした。『誰か、推進剤を一メガトンも注文したかしら？』

何かに駆り立てられたように、彼らはＳＣＲＵＭに集まっていた。〈イズィ〉のダメージを受け、破壊されたあたりから遠く離れ、アマルテア寄りにいたかったのだ。〈イズィ〉に移ってからごしごし洗われて念入りな汚染チェックを繰り返し受けたダイナは、そこでみんなに会った。すりむけるほどこすられて肌に赤みを帯びた彼女は、まっ先にアイヴィを長いこと抱きしめた。それから、ドゥーブ、モイラ、リース、ルイーザ、スティーヴ・レイク、フョードル、ボーと、次々に抱擁していく。コンラート・バルトほか、命を落とした者も多かった。テクラはまだ手術室にいる。乳房の片方に破片を受けて負傷し、手術を受けているのだった。

ＳＣＲＵＭの片隅で胎児そっくりの姿勢に身体を丸めて、一同から顔を隠すように、声もなく泣いている女性がいた。片腕が指先から肩まですっぽり白いガーゼの包帯に包まれている。ダイナには誰だかわかった。ジュリアの助手、カミラだ。

全員が〈スタック〉に戻って、〈バナナ〉で話し合おうとアイヴィが言い張った。カミラには、一緒に来るようやさしく言い含めなければならなかったが、やがてルイーザの言葉が彼女の心に届いた。カミラは習慣で、いつも顔の下半分にかぶせているベールに手を伸ばしたが、そこにベールはもうなかった。ほかのみんなと同じように、ぶかっこうな作業服《カバーオール》姿になっていた。

「カミラはここで何してるの？」〈スタック〉へのマヌーバー中に、ダイナはモイラに尋ねた。

　泣きはらした目をしたモイラは、ひどく動揺しているようだ。いつからかテクラとカップルになっていた彼女は、パートナーが重傷だという知らせを受けたのだった。

「テクラはＪＢＦに近づいていったの」とモイラ。「ＪＢＦが彼女を撃とうとした。そこへカミラが手を伸ばして、銃をつかもうとしたんじゃないかしら。彼女、いつも薄物のスカーフをベールにしてたでしょう。銃の発火でその布に火がついて、振り払う間もなく腕が燃えちゃったの」

「だけど、彼女はテクラの命を救ったのね？」

「それはどうかしら。銃弾が別のものに当たってかけらを飛ばしたみたいだし」

　月の破片がＴ１——最初につくられた、いちばん古くていちばん規模の小さいトーラス——に開けた穴は修理され、トーラスはふたたび与圧されていた。それまではずっと、安全な場所と思われていた。その点を考え直さなければならない。だからこそ、アイヴィはここへ来ようと主張したのだった。彼らは〈バナナ〉で席についた。

　数字が入ってきていた。アイヴィはそれを読み上げるところから会議を始めた。

〈ハード・レイン〉が始まった時点の人口は——地球上にも生存者はいたかもしれないが、それは数に入れずに——一五五一、ないしは、遅れてやって来たジュリアとピート・スターリングを入れて一五五三。スターリングは宇宙カプセルから出てもいないのだから、初期値は一五五二ということになる。

その同時期、住人がいて独立飛行中の〈アークレット〉三〇五台のほかに、〈イズィ〉に所属はするが人のいない予備〈アークレット〉が一一台あった。独立飛行〈アークレット〉の収容人員は一三六四。あとの一八八人が、〈イズィ〉に搭乗するＧポップのメンバーだった。ただし、どんなときでも〈アーキー〉の一〇パーセントほどが順番に〈イズィ〉に滞在していたため、〈イズィ〉の代表的な一日当たりの人口は三二四にのぼる。

きょうの大惨事に先立って、二六人が不運にもさまざまな事故で命を落とした。ほとんどが小さめの火球の衝突によるものだ。さらに二四人は、〈レッド・ホープ〉と自称する盗んだＭＩＶで、彼らの主張をそのまま受け入れるなら、まもなく火星へ向かうことになる。

その大惨事のとき〈イズィ〉にいたうちの二一一人が即死し、さらに二〇人強の重傷者が出ている。したがって、〈イズィ〉の生存者は差し引き一一三人となる。古くからいて経験豊かな、高度に熟練した専門家であるＧポップの人数は、一八八から一〇六に減った。

大惨事の時点では、一一七八人が〈アークレット〉で暮らしていた。分散型のスウォームであること、ジュリアとともに逃亡した〈アークレット〉が多いことを考えると、その被害状況を見積もるのは困難だ。現状では、一七の〈アークレット〉が犠牲になり、その一〇〇パーセントの人命が失われたと仮定すると、人口は約一一〇〇に減少したと推定するのがせいぜいだった。もしそれが正しければ、この日被害にあった者の総数は、死者だけでも三〇〇近いということだ。

〈アークレット〉の数で見ると、その日の初めに残っていた二九九の有人〈アークレット〉が、衝突によって二八二に数を減らした。そのうちの、ヘプタッド一、トリアッド一で一〇の〈アークレット〉が〈レッド・ホープ〉にくっついていったので、残るは二七二。さらに二〇〇ばかりが姿をくらましていて、ジュリアについて離脱したと思われる。残りの七〇かそこらはとどまることに決めて、〈クラウド・アーク〉のれっきとしたメンバーとして今も報告を続けている。〈イズィ〉に所属している予備〈アークレット〉一一の被害状況調査は、あとまわしになっていた。

　まだ彼らとともにいる〈アークレット〉の人口は、およそ三〇〇。〈イズィ〉にいて生き残った者を加えて、四〇〇人強になる。ということは、ＪＢＦの脱走スウォームは八〇〇人規模になると思われる。彼女は人類の三分の二を連れていったのだ。

「悪いがね」とドゥーブ。「今は頭数にまで気が回らない。私が知りたいのは、エンジンの数だ。〈アークレット〉のエンジンだよ。ダイナがあんなにどっさり氷を届けてくれるまでは、無用の長物だった。それに対して、燃料を補給する手はずがついたんだ。あれを全部同じ方向に向けて、いっせいに〈イズィ〉を押し進めたら、ビッグ・ライドでいける」彼はそこでひと息ついて、メモを見た。読書用メガネが鼻にずり落ちて、ダイナには彼が急に老け込んで見えた。そういう自分がどう見えるかは、推して知るべしだ。「君が今言った数字をもとに、とりあえず考えているのは――」

「およそ七〇」とアイヴィ。「プラス、予備が一一。そっちはまだチェックしてないけど、目視検査では無傷らしいわ」

「八一か」とドゥーブ。「私の好きな数字だ。完全平方数（整数の二乗になっている数）だよ」

「完全平方だ」リースが口をはさんだ。

「九つずつのかたまりにする構造をつくり出せたら――推進剤の供給装置を共有する、三かける三のグリッドでいい――そのかたまりを九つつくって、なんとか〈イズィ〉の構造に組み込む――そこのところが大変なんだがね――そうすれば、八一基のエンジンが勢揃いだ。近地点通過中に全エンジンをフルパワーにすれば、その合同の推進力で状況が改善される。そのレベルのパワーなら、ビッグ・ライドを成功させられると思う」

「建造が大変だぞ」とフォードル。「数が数だけに」

「原料はたっぷりあるんでしょ？」とルイーザ。「押出成形機に食べさせるアルミニウム・リボンのロールがごろごろしてるのを見たことがあるけど」

「時間が問題なんだよ」とフォードル。「確かに原料はたっぷりある。だが人手がない中で組み立てるのは大変だ。大気が濃くなってきて、抗力が増しているし、軌道は減衰している」

ダイナはテーブルの向こうのリースに目をやった。生体模倣科学《バイオミメティック》のエンジニアである、リース。ロボットたちを耐放射線の小型〝ベン・グリム〟（『ファンタスティック・フォー』の岩石の皮膚をもつキャラクター）にするというアイデアで、〈イミール〉を救ったと考えられる男。

「氷でつくろう」とダイナは言った。

リースが視線を上げて彼女を見ると、しばらく考え込んでから、うなずいた。

「もろすぎる」とフォードル。

「ダイナは普通の氷のことを言ってるんじゃないと思う」とリース。「〈イミール〉に使ったパイクリート素材だよ。ファイバーで強化した氷。あの巨大な彗星のかけらをりっぱに支えた。今度も使えるさ」

モイラが口を開いた。「私、何か理解しそこなってるかもしれないんだけれど、氷は推進剤なんだとばかり思ってたわ。その氷を道々解かして消費することにならないの？」

「なる」とドゥーブ。

「それは、すべてをまとめあげている構造物を消費していくことにならない？」

「なるとも」ドゥーブが繰り返した。「だが、それでいいんだ。なぜなら、使えばそれだけ軽くなるし、必要な推力も少なくなっていくから。だから、道々構造物をいくらか犠牲にしてもいいんだ」

サルは一心に耳を傾けていた。「そのアイデアに水を差すようなことを言うつもりじゃないんだが」だじゃれのつもりらしいが、いくつか低いうめき声があがった。「放射線で汚染されてるらしいじゃないか」

「彗星のかけらの外部表面はね」とダイナ。「強力な放射性の微粒子が、氷に付着してる。ベータ線が居住スペースに入り込むことはないけど、内部にもち込まないよう用心はしなくちゃならない。ロボットたちが這い回るようにプログラムして、まずい放射性のほこりを探して徐々に片づけるようにすればいい」

　サルは納得していないようだ。

「だますつもりはないわ」とダイナ。「それがもとで死者が出るでしょう」

「だが、取り引きはできる」とリース。「〈イズィ〉の鼻先にはもとから、ニッケルと鉄の破城槌がある。今日のことで、〈イズィ〉の側面がもろいことがわかった。そこで、何もかも包んでしまうっていう手がある——宇宙ステーション全体をだ——さっき言った強化氷でね。もちろん、時間がたてば減ってなくなるよ。でも、ビッグ・ライドのあいだはほとんど、鼻先に鉄が付いた巨大氷山の奥深くで暮らすことになる。放射線汚染が原因の被害があるにしても、無防備なままで同じ行程をたどった場合にこうむる被害より、小さいんじゃないだろうか」

「それを実現するのに必要なものは？」とアイヴィ。

「許可かな」とダイナ。

「あなた、今までに許可してって頼んだことなんかあったっけ？」

　その冗談に、会議室の隅のほうからかん高い笑い声が上がった。頭がいっせいにカミラのほうへ向く。

「そういえば、カミラ」とアイヴィ。「〈シップヤード〉にいたときから、ほとんど声を聞いていなかったわね。あなたがテクラの命を救ってくれたって言う目撃者がいる。あなたにはジュリアと一緒に逃げる機会があった。なのにあなたは残って、縛られていた〈シップヤード〉の担当者たちを解放した。あなたは彼らの命も救った。今ここで、あなたは私たちに交じっている。それがどう思われているかは、わかってるはずよね」

カミラの顔つきが、どう思われているかなど思いも寄らなかったと、はっきり語っていた。アイヴィが何を言っているのかさえ、彼女にはわかっていなかった。

「あのね」とルイーザ。「あなたはスパイで、わざとここに残るようにしたんだって言われるようになるのよ」

カミラが握りこぶしを持ち上げて手を広げると、小型の白いプラスチック・ボックスがあらわれた。はがしたテープがまだ垂れ下がっている。「ジュリアの盗聴器です。ここに仕掛けられていたんです」

あまり信じてはいないような顔ばかりだった。

「彼女は私をホワイト・ハウスの晩餐会に招いてくれました」とカミラ。「一緒にドレスを選んでくれて。将官や大使の方たちや映画スターたちに私を紹介してくれた。彼女は私に、ホワイト・ハウスの便箋で何通も手紙を書いてくれました。私――私、彼女を慕っていました。無邪気なやつだっておっしゃりたければどうぞ。そのとおりです。私は無邪気なやつでした。今朝になるまで。今朝になって、いきなり目が見えるようになった。自分がどんなことをしているのかわかったんです。今は彼女が憎い。それに、あんな人を慕っていた自分が憎い」

「ねえ、忘れないようにすることよ」とモイラ。「だって、彼女はきょう、選択を誤ったんだから。遅かれ早かれ戻ってくるわ」

「望むところです」と、カミラは言った。

〈エンデュアランス〉

　ばかでかくてぶかっこうな〈イミール〉の氷の破片は、人間の目には生気がなくてもろい、鈍く輝く甲虫の抜け殻のように見えた。カメラという電子工学の目を通して、さらには一〇万倍速の動画でながめたとしたら、一日の出来事が一秒間の映像に圧縮されて、〈イズィ〉を追いかけてつかまえ、飲み込んでいくアメーバに見えただろう。なんの先入観ももたずにそれを見る人がいたら、脚や卵袋《ポッド》や触角《アンテナ》の揃った鉄の頭をもつ昆虫が、じわじわと容赦なく襲い来る氷の怪物から身を守ろうと、ぴくぴく足をうごめかしているようにも思えるに違いない。

　実際にはもちろん、生き延びた四〇〇人が氷の緩慢な変化に比べたら稲妻のような速さで動き回り、ビッグ・ライドに備えて宇宙ステーションを再構築しているのだった。だめになった〈カブース〉を切り捨て、〈シップヤード〉部分を前方へ移動させる。高出力の原子炉を〈スタック〉付近に運び込む――この先、〈イズィ〉の残りの部分を氷が放射線から保護してくれることをあてにしてのことだ。そして八一台の〈アークレット〉を九つずつの九グループに分け、船尾をつなぎ合わせて固定し、ノズルをうしろ向きに設定する。〈アークレット〉にはまず、いささか貧弱な格子《トレリス》で仮止めして、その上から船外活動によってケーブルや推進剤ライン、ハムスター・チューブを張り渡していく。それが整うと今度は氷の出番で、大型〈ナッツ〉の群れ《スウォーム》によるたゆまぬ作業が進み、〈アークレット〉群はやがて、パイクリートという繊維強化氷の堅固な基盤で塗り固められていく。

氷の動きの、早送り。解けていく氷山の映像を、ビデオで逆戻しして見ているかのようだ。一連の単純な規則に忠実に従って動く〈ナッツ〉たちが、たまたま行き当たる隙間という隙間に氷を詰め込んでいく。一日の仕事の合間にクルーが休憩して一回分の糧食をとる数分間、どこに氷が生きもののように侵入してきたとか、それをどうやって阻止したとかいう話を、競い合うように披露することになった。

ひと月もすると、〈イミール〉の残部はすっかり吸収され、〈イズィ〉も一見存在しないものとなった。二つが合体して、軌道上の山になった。その山の頂上は、傷ついてごつごつ変形したニッケルと鉄のかたまりであり、角張った足場にアンテナやセンサーが搭載されている。山の斜面にあたるなめらかな黒い氷の塁壁には、あちこちでスラスターその他の装置が露出し、展望ドームが隠遁者の小屋のように突き出している。底面に八一個の小さな穴がきちんと格子状に並び、山のようなその船が近地点を通過するたびにその穴から青白い炎が噴出するのだった。

それをいったい何と呼んだものだろうか。誰もが〈イズィ〉と〈イミール〉を組み合わせようと試みては失敗した。惜しいところだったのは〝イズミール〟だったが、それはトルコの都市名にすでにある。〈イミール〉エクスペディションの殉難者にちなんだ名前にしたいという意見もあったが、殉難者はひとりではない。マルクスに敬意を表して〝ダウベンホルン〟になぞらえ、それを縮めた〝ホルン〟という名前も出た。愛称としては悪くない。だが、結局定着したのは、マルクスが〈ニュー・ケアード〉で掲げたシャクルトンというテーマに連なる名前だった。シャクルトンの大型船は〝エンデュアランス〟といって、南極の氷にはまったことで有名だ。そこでこの船は〈エンデュアランス〉と命名され、くたびれてきたオーラン宇宙服を身につけたフォードルが、アマルテアの表面をよじのぼると、シャンパンの瓶をその金属に打ち付けて洗礼を施した。

さらに遠く、北極のはるか上空から地球を見下ろすカメラでその先何年かにわたる〈エンデュアランス〉の軌道を観察していたら、はらはらするような序幕のあと、じりじりとした長たらしい退屈が続き、最終章へ向かってゆっくりと完成していくさまが見えたことだろう。〈イミール〉の到着に先立ち、〈クラウド・アーク〉のパイロットたちは、〈イズィ〉を膨張する大気圏の外へ出すという問題に、ひとかたならぬ注意を払っていた。大気圏の膨張のせいで抗力が増えるが、弾道係数の高いアマルテアはそれに耐えられるようにできていた。それでも、減衰した軌道はときどき修正しなくてはならず、そのころは〈カブース〉の船尾にあった大型エンジンを、〈シップヤード〉にある原子炉パワーのスプリッターでつくり出した推進剤により噴射した。

大火球が〈イズィ〉に激突し、〈スウォーム〉と〈レッド・ホープ〉が別の道を行くことになった出来事を、彼らは〈ブレイク〉と呼んでいたが、それで軌道修正やあれこれにも、終止符が打たれた。その後、洗礼を受けることになるまでの一カ月間、〈エンデュアランス〉はらせん状にゆっくり下降していった。軽量級の〈アークレット〉は、隊形を保とうとしても風に押し戻されてしまう。本船の構造に組み込まれるまでは、アマルテアの陰にもぐり込んで、トラックのうしろにつく自転車のように、船首波の内側でスリップストリームに入るしかなかった。船がどんどん下降していくと、センサー統合チームは〈グラブ〉たちを前方のトラス部分へ送り出して、希薄ながら強烈な熱風でじわじわ焼け落ちてしまわないように、脆弱なアンテナやセンサーを取りはずした。フォードルのシャンパン宇宙遊泳は短時間ですみ、船内に戻った彼は、しぶきをあげたシャンパンの泡が大気でうしろへ吹き飛ばされていったと報告した。

　彼らのミッションは、現在の遠地点――近地点よりほんの数キロメートル高いだけの高度――を約三七万八〇〇〇キロメートル離れた〈クレフト〉の高度まで、はるばる移動させることだった。マルクス、ダイナ、ジロー、ヴァチェスラフが〈イミール〉を〈イズィ〉と同じ軌道に乗せるために行なったのとは、逆のマヌーバーだ。そのためには、〈エンデュアランス〉が定期的に近地点を通過してカーブを描いているあいだ、短いインターバルでエンジン噴射を行なう必要がある。

　第一回目の噴射は、洗礼のおよそ三〇分後に行なわれ、秒速四メートルのデルタVをもたらした。あまりにも穏やかな加速だったため、ほとんどのクルーは感知すらできなかった。

〈アークレット〉のエンジンを八一基合わせた推進力も、ほとんどが鉄と氷のかたまりである〈エンデュアランス〉の巨体に対しては無力に近い。それでも遠地点を押し上げる力にはなり、約四六分後に一四・一八キロメートル上昇した。そのまた四六分後、もう一度噴射を行なって大気をこすり、さらに秒速四メートルを獲得。続く遠地点で、一四・二一キロメートルを加えた。〈エンデュアランス〉オペレーション初日に、遠地点高度が一〇〇キロメートルを超えるという成果があがり、軌道周回のうち近地点通過の数分間以外は、拡張した大気圏から抜け出すことができた。

しかしそのあと、〈シップヤード〉の氷に埋もれたタンクに蓄えられた推進剤を使い果たしたため、オペレーションを一時中断せざるをえなくなった。原子炉とスプリッターに、追いつく時間を与えなければならない。原子力発電であっても、ここまでの速さで水を分解することはできない。

その後あまりたたぬうちに、システムにきれいな水を供給できなくなって、オペレーションは一週間休止した。さらに一カ月のあいだは、予定していた出力の約四分の一でしか作動できない状態が続く。だがやがて、なんとか不具合を取り除いて、近地点通過のたびにどんどん大きく噴射できるようになっていき、徐々に〈エンデュアランス〉のリーチを〈クレフト〉のほうへ伸ばしていった。

そのままの状態が続けば、時間とともにリーチの伸び方が速くなっていくはずだった。最初のデルタVで一四・一八キロメートルが得られた。第二の、同値のデルタVでは一四・二一キロメートルを獲得――約三〇メートルの向上だ。宇宙空間の距離としてはささやかな進歩でしかないが、数学的見地からすれば非常に重要な動向である。つまり、高度が高くなればなるほど――そのぶん軌道が伸びて――ほんのちょっとのデルタVごとにもたらされる力が大きくなっていく。三〇メートルの差がだんだん大きくなって何キロメートルにも達し、増加分がフィードバックされて次の結果をほんの少し拡大する。指数関数的な現象だ。今回、その現象は人類に有利に働いていた。

数値のうえではもうひとつ、ここで勘定に入れていない有利な点がある。噴射を行なうたびに、〈エンデュアランス〉がほんの少しずつ軽くなっていくということだ。スラスターの推進力に抵抗する質量が小さくなっていくので、地球を一周するたびにもたらされるデルタVも、わずか秒速四メートルからしだいに増えていた。

つまり、彼らが命をつなぎ、〈エンデュアランス〉を動かしつづけられさえすれば、状況は好転していくと思われた。ただ、初めのうちはうんざりするほどゆっくりした変化だった。

結局、三年かかった。

本来は一年の予定だった。長びいたのは、どこかに故障が起きては修理が必要になるということの繰り返しだったからだ。修理に必要な器具や備蓄が、必ずしもすぐ調達できるわけではない。間に合わせにつくらざるをえないこともあった。人間の創意工夫、必死の作業によって苦心の解決策を考案し、何をやってもうまくいかなければ人命を危険にさらしたり犠牲にしたりするほかなかった。

〈エンデュアランス〉の人的資本はすり減っていった。慢性的な食糧不足に悩まされた。〈アークレット〉は、透明な外殻部分で自給自足で食物を育てるよう設計されている。しかし〈エンデュアランス〉の一部となった〈アークレット〉は、〈ハード・レイン〉からの防護のため、氷に埋もれている。外側付近の〈アークレット〉には太陽光が射していくらか食物を生産できたが、養わなければならない口数《くちかず》にはとても足りない。旅の始めにたっぷり蓄えていた非常用の食糧も、一年と見積もったミッション期間中に配給されて尽きていった。旅程がかなり長びくことがはっきりすると、その配給も切り下げられた。一方、〈エンデュアランス〉には備蓄の〈ビタミン〉が大量にあり、〈ブレイク〉後もほとんどそのまま残っていた。〈ビタミン〉を充分備蓄せずに高飛びした〈スウォーム〉の人々が、それを欲しがった。〈エンデュアランス〉と〈スウォーム〉のあいだに貿易が起こりはじめたが、それはかつてスウォーム原理主義者《スウォーマメンタリスト》が想像したような自由市場ではなかった。無線通信で取り引き交渉し、ＭＩＶと〈アークレット〉のあいだで取り引きを完了するには、今やすっかりかけ離れてしまった軌道をすり合わせる必要があるため、かなり難しかったのだ。

〈イミール〉でしたように、〈エンデュアランス〉でも内部の氷を掘り出しつつ、外部構造を支えるように〝クルミの殻〟を残して、それを火球に対する防衛の第一線とした。ただし、ＪＢＦなどダンプ・アンド・ラン支持者たちが飽きることなく指摘していたとおり、これほど重い宇宙船ではマヌーバーがしにくい。大きめの岩石がかなり遠くの段階で確認できている場合は、エンジンを動かして少し進路変更すれば、岩石が近づくまでに進路を大きく変えることができる。その仕事は〈エンデュアランス〉乗員の大半が、一日三交替制をとってフルタイムでこなした。だが、ある程度の大きさ以下の場合は、早めに見つけたりすばやいマヌーバーで岩石をよけたりすることができず、火球がアマルテアに当たってくれるよう祈るしかなかった。たいていはアマルテアに当たったものの、ふもとのほうで氷にぶつかる火球もあり、氷を突き抜けて死者が出ることもあった。

　三年にわたる旅の途上、およそ一〇人にひとりの割合で自殺者も出た。中には、昔と同じような理由による自殺もある。〈エンデュアランス〉の設計と施工で何週間も活発に創造的活動をしたあと、リースが重度の鬱に陥り、航路に入ったひと月後にみずから命を絶った。そのほか、そうとわかっていて明らかに自殺行為でしかない船外活動を引き受けたケースや、ガンを患った患者が限りある食糧、空気、医薬品を減らすよりはと死を選んだケースもあった。そして、ガンは多発し、〈ブレイク〉のころのダイナの予測が現実になった。あらゆる予防策を講じたにもかかわらず、放射性降下物の粒子が空気中や食物連鎖にもぐり込んで、呼吸器や消化器にとどまった。それでなくとも、宇宙という環境で放射線にさらされ、運動不足と栄養不足のうえさまざまな化学物質に接する生活では、ガンの発生率も上がろうというものだ。〈エンデュアランス〉の医療機関は、かつて地球上で試みたようなガンの発見や治療という仕事を遂行できるほどではなかった。

　温室で病虫害が起きたり、設備が故障したりすることで、食糧や空気の供給危機もたびたび起こり、もとから体力をなくしていた人たちの命を奪った。ヴァン・アレン帯の放射線ベルトを何千回となく横切る旅だ。従来の宇宙飛行のような、せいぜい一、二回横切るのとはわけが違い、軌道一周につき二回そこを通過せざるをえない。最初の一年間、彼らは実際上の理由から、全員が船の中のできるだけ遮蔽された場所に隠れていた。とはいえ、遮蔽物に万全はありえない。仕事でしかたなく、あるいは偶然、放射線にさらされる場所にとどまることになるクルーもいた。また、かなりの時間、限られた空間にぎっしり詰め込まれているということだけでも、健康にさしさわるのだった。

　男女比が、どんどん女性側に傾きはじめた。〈エンデュアランス〉の当初の乗員のおよそ四分の一に当たる、〈ブレイク〉後のGポップのメンバーは、大部分が男性だった。それは単に、軍人、宇宙飛行士、科学者や技術者といった、もともと男性優位だった職種から引き抜かれた結果だ。残り四分の三が〈アーキー〉である。当初の〈アーキー〉人口は、女性七五パーセントに対して男性は二五パーセントだった。〈ブレイク〉に際して〈エンデュアランス〉にとどまることにした〈アーキー〉たちの女性比率は、さらに高かった。

　男性たちのほうが年齢が高めという傾向もあった――〈アーキー〉たちの二倍の年齢ということも多く、三倍の年の男性もいた。ぎりぎりになって送り込まれてきた〈アーキー〉たちに比べ、はるかに長いあいだ宇宙に滞在して、健康への影響を受けてきている。身体的適応度ではなく、頭脳で選ばれた人たちだ。初めのころ〈アーキー〉たちがまだ仕事のこつを覚えているあいだ、彼らは船外活動などのきわめて危険な任務に駆り出されがちだった。そして、要するに男性は宇宙での生活にあまり適していないという事実もあった。生物学上、女性よりも男性のほうが放射線に弱いのだ。また男性は女性よりも多くの水や食糧を必要とする。そして、育った文化のせいか遺伝的プログラミングのせいか、人口過密の屋内空間で一生を過ごすことになるという考え方に、心理的に向いていない。外へ出て、みんなから離れたいという衝動に駆られる男性も多く、そのため船外活動を志願することが多くなる。船外活動に出れば、放射線被曝、火球衝突、装備不良、偶発事故、原子炉の放射線降下物による汚染などで、死に至る確率が高くなるわけだ。

あまつさえ、男性は稀少人材ではないという、誰でも知っているがめったに口にされることはない暗黙の了解もあった。女性——もっとはっきり言えば、健康で機能を果たせる子宮——にこそ、稀少価値がある。その考えに従って、あるいは社会にとってもっと建設的な自殺形態を選ぶだけのことかもしれないが、男性たちは進んで危険な任務を引き受け、本能的に女性たちを船内の保護された空間に集めていった。女性たちがそれに異議を唱えると、なんとしても女性の命と健康を守らなければならないという、シンプルで反論しにくい断言によって封じ込めることが多かった。

〈スウォーム〉との通信は散発的で、たいていは向こうが何かを必要としているとき突発的に連絡してきた。二つのグループが分裂したのは、異変のさなかにあの破壊的な〈ブレイク〉が起きていなかったら、一方が相手に武力を行使しかねない、戦争状態とみなされるような状況下でだった。だから、どちらの側も当分相手を信じるようにはならないだろう。インターネット形式の自由な通信は、どちら側からも禁じられた。中傷、あるいはもっとよくない目的に使われかねないからだ。〈スウォーム〉と〈エンデュアランス〉のあいだの通信回路は、どちらかといえば、かつての冷戦下の二つの首都をつなぐホットラインに似ていた。あるときは何カ月間も使われないままだったが、双方ともに生きつづけようとするだけで手いっぱいのとき、互いに侮辱し合うことなど意味がなかった。アイヴィとＪＢＦは、それぞれに痛手をこうむった船の船長のようなもので、何マイルも離れたところで荒海にもまれ、ほかに考えることは山ほどあった。通信回路が使われるのは、グループ間の交換条件を送るときだけだったが、どちらの側も、自分たちの状態についてあまり情報を伝えるつもりはなかった。ただ、〈スウォーム〉側がすぐにでも欲しがっているものから、だいたいのことが推察できた。たいていは推進剤だが、放射線疾患の治療に使うたぐいの医薬品や、病虫害に耐性のある食用作物、栄養剤、CO_2浄化装置用の部品、〈アークレット〉に動力を供給するスターリング・エンジン用の予備部品も欲しがっていた。交換に彼らが差し出すのは、たいてい食糧だった。〈エンデュアランス〉にあるもの以外では、それしかつくれるものがなかったのだ。

〈ブレイク〉の一一週間後、太陽フレアに続いてコロナ質量放出《CME》と呼ばれる現象が起こり、太陽から飛び出した荷電粒子が太陽系へ大量に放出された。そうした際に備えてセンサーの一部を常時太陽のほうへ向けている〈エンデュアランス〉は、嵐の襲来をとらえて〈スウォーム〉に警告のメッセージを送信した。そのころ〈エンデュアランス〉は、安全な地球の磁気圏内にすっぽりおさまっていた。そのうえ鉄と氷が楯となってくれたので、クルーがほとんど放射線にさらされることなく乗り切れた。だが、〈スウォーム〉がはたして警告を受け取ったのか、理解したのかは不明だった。〈アーキテクト〉たちはコロナ質量放出の危険性を熟知していて、各〈アークレット〉に〝嵐シェルター〟を設けていた。つまり、寝袋ほどの大きさの、内壁と外壁のあいだの空間に水を入れて、中の人間を高エネルギー陽子を吸収しやすい分子で包み込む仕組みにしていたのだ。〈アークレット〉には、アミフォスチンという、放射線が体内に生み出す遊離基《フリー・ラジカル》によるDNA損傷を防ぐ服用薬も備えてある。〈アーキー〉たちが少なくとも三〇分前に警告を受け、〈アークレット〉のタンクの水でシェルターを満杯にすることができさえすれば、よくできた計画だ。彼らは、船員が救命ボートでするように、たびたび訓練をしていた。それでも、不測の事態は数多くあるわけで、八〇〇人の〈アーキー〉が、全員あの嵐を無傷で乗り越えたとは思えなかった。

　続く三年間に、心配が必要となる激しいコロナ質量放出がもう一〇回起こった。そのたびに〈エンデュアランス〉は〈スウォーム〉に警告のメッセージを送ったが、確認応答は一度もなかった。

〈スウォーム〉がつねに水に困っているらしいのも、気がかりだった。〈アークレット〉ではエコシステムの水が再生されるのだから、その水がなくなるとしたら、推進剤として使ったとしか考えられない。水素と酸素に分解してスラスターに供給するのだ。〈スウォーム〉にいるどの〈アークレット〉も、ただ編隊を保つだけのために、ときどきはそうせざるをえなくなる。岩石を避けたり地球周回軌道を変えたりしなくてもだ。しかし、彼らは何度も軌道を変えて、円形に近い高めの軌道でヴァン・アレン帯から離れていようとしたらしい。おそらく、それなりの理由があってのことだろう。だが、そんなに水が不足していては、いざというとき嵐シェルターに水を入れられず、一度に多数の死者が出る、あるいは全滅となるような大惨事を招きかねない。アイヴィは、彼らにはまだ分別がある、手に負えない状況になれば助けを求めてくるはずだ、と思うしかなかった。その一方で彼女は、〈エンデュアランス〉が水に困ることはなさそうだと考えてうっとりするのを、慎もうとした。〈イミール〉エクスペディションはもう二度とない。彼らが運んできてくれた水だけで、人類は何百年も生きていかなくてはならないのだ。

ＪＢＦから連絡があって緊急に嵐シェルター用の水を要求されたらどう返事をするか、彼女はもう決めていた。お断わり。私たちのところへいらっしゃい。〈エンデュアランス〉のクルーに戻って、ここのシェルターを使うといい、と。そう言われることをＪＢＦは見越しているのだろうかと、思うこともあった。そして、そんな無条件降伏を避けるためにどこまでやるのだろうか、とも思った。

「やれやれ」ドゥーブはしわがれ声でつぶやくと、小惑星から得た五〇億年ものの水を数滴たらしたアードベッグ（シングルモルト・ウィスキー）をぐいっと飲んで、喉をうるおした。

彼は今〈バナナ〉で、誰もいない室内に話しかけながら、壁の投影型スクリーンを見上げている。読書用メガネはとっくに用をなさなくなっていた。ゼロGが眼球の形状を変えてしまったのだ。レンズ研磨機の操作法を知っている者が、みな死んだり行方不明になったりして、誰かがしまい込まれた研磨機を見つけ出して取扱説明書を読むまでは、新しいメガネをつくるすべがない。〈エンデュアランス〉に生き残っている人間は二八人だけになってしまったので、それは当分なさそうだ。遠方はまだかなりよく見えたが、メガネが合わないため、長時間ノートPCを使うのはいやだった。その代わり、〈バナナ〉でちょっとだけ重力浴をしつつ、コンピューターをプロジェクターのケーブルにつないで長時間の作業をした。

　この部屋にもう一時間ばかりいるのは、大事な瞬間を見逃したくないからだった。それがいつ起きるかは、ほんの数秒の誤差で正確にわかっているのだが、それまではほかのことにいっさい集中できない。ほかの二七人は眠っているか忙しく働いているかだった。そこで、彼はたったひとりで祝杯をあげている。

　目の前にひとつだけ開いた大きなウィンドウに、太字の読みやすいブロック体で数字が六つ表示されている。〈エンデュアランス〉の軌道パラメーターだ。一秒間に数回更新されていき、数字がかすんでぴくぴく動く。彼が焦点を合わせているのは、Radius（半径）のRというラベルの付いた数字だった。それが〈エンデュアランス〉と地球の中心を隔てている距離なのだ。そのときの数字はこれまでで最高の三億八四五一万二九三三メートルを示し、なお最後のほうの桁の数字がゆっくりと上昇中だった。〈エンデュアランス〉はじわじわと遠地点に向かっている。これまでで最も高い遠地点へ。その最高遠地点は、かつて地球のまわりを回っていた月の軌道にほんのわずか足りないだけだった。〈クレフト〉と並ぶ空の高みに、初めてやって来たのだ。

〈エンデュアランス〉に残っているエンジンが動きはじめると、固定されていないものの位置がずれた。当初全部で八一基だった〈アークレット〉エンジンだが、機能するエンジンは三七に減っていた。調子のいい日は三九基になることもある。残りの半数ほどからは活かせる部品を取りはずして、使えるエンジンを生き延びさせた。損失の穴埋めに、ほかの使えそうなエンジンというエンジンを当座しのぎに流用した。〈カブース〉にある大型エンジンに、かつて〈シップヤード〉の一部だった推進ユニットも全部、それに〈スウォーム〉からはぐれて戻ってきた落伍〈アークレット〉の予備エンジンもいくつか。エンジンの能力は落ちたものの、今でも〈エンデュアランス〉は、地球の重力の井戸の底にいて何年分もの推進剤という重荷にあえいでいた、初めのころと同じように、マヌーバーを行なっている。〈エンデュアランス〉の質量は、そのころの半分になっていた。

しばらく噴射が続いたあと、姿勢が変化すると、また別の方向へ噴射が行なわれた。ドゥーブには画面の数字を読むまでもなく、彼らが何をしているかわかる。もう三年も計画を練ってきたのだ。

彼らは今、三十数万キロメートルの直線コースを二本、両端のヘアピンカーブでつないだような、極端な偏心軌道にいる。片方のヘアピンの折れ目の奥に地球がすっぽりはさまったかたちだ。〈エンデュアランス〉の近地点はこの三年変わってない。何千回となく周回してきて、その近地点のたびに、エンジンをフル出力にして地球の大気圏上層を切り裂くように通り抜けてきた。そして前回、五日ほど前の近地点通過で、秒速一万一〇〇〇メートルを超える最高速度に達したのだった。見た目の軌道は対称形だが、実際は違った。現在、地球があるのとは反対側のヘアピンカーブ部にいて、昔の月の軌道のやや下の位置を、塩類平原（海水などが干上がったあとにできる、塩類の堆積した平地）を走る車輪の付いた乗りもの程度の速度で、徐行している。ジェットコースターに乗っているようなもので、てっぺんまで延々と引っぱり上げられ、そこでしばらくのろのろ進んでから、底を目がけて突進が始まるのだ。腕を伸ばせば届きそうなところに、ピンポン玉大の地球が見えている。まもなくそちらへ向かって落下が始まる。これから五日後の次回近地点通過中に、ふたたび秒速一万一〇〇〇メートルを達成する予定だった。

だがその一方で、ゆっくりとしか進まないわずか数分のうちだからこそ、かけることができる魔法もある。ここでのちょっとした速度変化が、軌道の向こう側でのとんでもなく大きな変化につながる。〈エンデュアランス〉は三年間を耐え抜き《エンデュアリング》、根気よく計画を進めて、地球から〈クレフト〉の距離まで到達した。ただし、これまでつねに、都合のよくない軌道面上にいた。最初に〈イズィ〉がいたのと同じ平面、あれから一〇〇万年もたったように思えるはるか昔に、バイコヌール宇宙基地から到達しやすいという理由で選ばれた平面だ。バイコヌールのあった重力の井戸深くでは、その軌道面を変えるには途方もない費用がかかった。もしまた地球からスタートするなら、あらためて新しい宇宙ステーションをつくるほうが、

〈イズィ〉をかつて月の軌道があった平面に移すよりも安あがりだっただろう。だが、この高さまで来ておけば、それよりずっと低いコストで、遠地点でのエンジン噴射によって望ましい軌道面に少しずつ近づいていける。そこで彼らは、遠地点通過のたびに少しずつ軌道面変更マヌーバーを行なってきたのだった。着手からもう何カ月間にもなる。まさに〈クレフト〉に到達しようとしているはずだが、そう考えるとドゥーブの胃が燃えるように熱くなり、秘蔵のシングルモルトをひっかけたりしなければよかったと後悔した。

かつて月があった軌道面は——彼らはそこにある〈クレフト〉で安全な避難所を見つけるしかない——岩石だらけの場所だ。〈ゼロ〉に際して岩石ができた場所であり、そのほとんどの岩石がそのままとどまった。〈ハード・レイン〉によって地球へ落ちていったのは、月のデブリ雲のごく小さな破片だけだ。ここに残っているものと比べれば、ほこりがたった程度にすぎない。〈エンデュアランス〉の旅のあいだずっと、意図的に、月のデブリ地帯をうまく避けることのできる、傾いたバイコヌール適合平面から、〈エンデュアランス〉がそれないように飛ばしていた。そうでなければ、これほど長く生き延びられなかったはずだ。

だが、〈クレフト〉に達するためには、〈クレフト〉が浮かんでいるところまでデブリ雲を通り抜けるリスクを冒さざるをえない。数カ月前からは遠地点に達するたび、エンジンの噴射を行なって軌道を目的地の平面に近づけていき、デブリの危険も多い空間へじわじわと進んでいった。

速度が遅いことも問題だった。デブリ雲が轟音をたてながら全速力で円形レーストラックを疾走する自動車集団だとすれば、〈エンデュアランス〉はよちよち歩きで走路に入っていく幼児といったところだ。その圧倒的なスピード差のまま、一〇日後に次の遠地点を迎えたら、〈エンデュアランス〉に残っている推進剤をすべて使い果たして最大最長の噴射を行ない、加速してデブリ雲の平均速度に追いつくようにする。その加速で、両端ヘアピン軌道をほぼ正円に変えて、地球から三億八四五一万二九三三メートルのところにずっととどまることになる。円形レーストラックの交通にうまく合流したら、〈クレフト〉を捜しにいくのだ。もう何度も光学望遠鏡で観測してきたドゥーブは、パラムをしっかりつかんでいた。捜し方はわかる。

これは彼のライフワークなのだ。

もし何年か前、〈ゼロ〉以前に聞かれていたら、ドゥーブは別の返事をしていただろう。だが、第三六〇日までの彼の人生《ライフ》は、〈エンデュアランス〉のために今実行している、このミッション計画の準備期間だった。それ以外の何ものでもない。〈ブレイク〉の日——必要な推進剤が到着し、友人であり同僚でもあるコンラートが亡くなり、〈スウォーム〉が離れていった日——何をやらなくてはならないか、誰がそれをやらなくてはならないかが、はっきりした。そして、彼はそれをやってきたのだ。

彼らがデブリ雲に浮かぶまで、残すところ一〇日。〈クレフト〉への到着までには二週間といったところか。生きて目にすることになるだろうか。今の彼は、間違いなくガンを患っている。診断するすべはなかったが、まず消化器系にまぎれもない症状があらわれ、それから転移のために肝臓が腫れてきた。今では肺にも違和感がある。ガン細胞がじわじわと増殖しているのだ。ただ、これは自然ななりゆきなのかもしれない。宇宙に来る前、オールド・アースでもう病気の原因を抱えていたということもありうる。あるいは、食べものにしのび込んだ放射性降下物が消化器にひっかかってしまったのかもしれない。それはどうでもいい。彼の頭にある疑問は何よりも、生きて〈クレフト〉を目にすることになるかどうかだった。現にそれほど重態のような気はしなかったので、彼は素直に、もちろんそれまで生きるという答えを出した。だが、ガン細胞の増殖というのは指数関数的なところがある現象であり、いつどうなってもおかしくないとわかっていた。

　ボロル＝エルデネが、アマルテアの風下側に組み入れられてしっかり保護された制御室、通称〈ハンマーヘッド〉で、船を操縦している。というか、ともかく彼女が、名目上パイロットとして当直勤務についている。階級や職種の区別は、あまり意味をなさなくなっていた。生き残った者は男性九人、女性一九人。誰でも、あらゆる作業のやり方を心得ている。船の操縦、〈アークレット〉エンジンの修理、船外活動、ロボットのプログラミング。何年か前のドゥーブは、ボロル＝エルデネと一緒に〈ハンマーヘッド〉にいて、彼女の肩越しにのぞき込んでパラムをチェックし、ときどきひと息つける合間には気のきいたせりふをやりとりしながら嵐を乗り切ったものだった。今〈バナナ〉に腰をおろしているドゥーブは、そんな場面を数え切れないほど見てきて、船の操縦など今のボーにとって、いや、生き残った誰にとっても、〈ゼロ〉以前の自動車通勤と変わりない日課のようなものだと知っている。彼があそこにいても、胃がきりきりするだけだ。体力を温存しなければ。

ついまどろんでいたらしい。はっと目を開け、いささか苦労して画面に焦点を合わせると、遠地点から一時間近くたっていた。地球目がけて落下していくのも、これが最後になる。

電話が鳴った。腕を伸ばしたくらいではかすんでよく見えないが、退化した脳の一部はまだその不鮮明な画素のかたまりを、何年も前に撮ったボーのスナップ写真だと認識できた。写真をタップして電話に出る。

「〈スウォーム〉から連絡が入っています」とボー。

「ほんとか?」はっと目が覚めた。「ＪＢＦは何が欲しいと?」

「ＪＢＦじゃないんです。なんとかいう名前の……」ボーの言葉が途切れた。「アイダとかなんとか。ｉの上に点が二つの」

ドゥーブはその名前を思い出そうとした。アイーダ。〈クラウド・アーク〉に来たばかりのころ彼女に会ったことがあるような、ぼんやりした記憶がある。イタリア人の女の子。まだ若かった。Ｇポップではなくて、〈アーキー〉だ。ちょっと変わった社交性の持ち主だった。人を疲れさせかねないような、ある種の飛び抜けた魅力があった。

「アイーダって発音するんだ」彼はボーに教えた。

「ともかく、首尾よくマヌーバーを完了しておめでとうって。和平交渉を求めてるんですけど、アイヴィを起こしたほうがいいですか?」

「すぐにそっちへ行く」とドゥーブ。「彼女は寝かせておこう」

そうは思いたくなかったが、今何時なのか、どのシフトならアイヴィが眠っているのかを〈スウォーマー〉たちはよく知っていて、彼女の就寝中を狙いすましてきたようだ。彼女をたたき起こしたりしては、実際以上に〈エンデュアランス〉のクルーが乗り気になっていると誤解させてしまう。

とはいえ、それは用心しすぎというものかもしれない——権謀術数思考のＪＢＦなら考えそうなことだ。〈スタック〉の中ほどまで上がっていきながら、彼はそう反省した。〈スタック〉は薄汚れた場所になっていた。氷で冷えた壁に人体の凍った呼気がこびりつき、きれいにこすり落とされもしないまま、黄ばんでてかてかしている。幸いなことに、彼にはよく見えなかった。

彼らには〈スウォーム〉のことがほとんどわかっていない。過去三年のあいだに迎え入れた落伍〈アークレット〉からの情報によると、ＪＢＦは迅速な動きで権力を固め、最初のコロナ質量放出によって人口の約一〇パーセントという死者が出たとき、その危機に乗じて彼女なりの戒厳令を敷いた。その後、人口は着実に減少していったものの、いわば列車はおおむね定刻運行、というところだったが、一年ほど前になって、反逆する〈アーキー〉があらわれはじめ、〈スウォーム〉はまっぷたつに分かれた。選択肢がなきに等しいことから、二者は共存したが、交流はなかった。

〈エンデュアランス〉の人たちは不思議なほど、〈スウォーム〉関連の問題に関心がなかった。なぜなら、結局のところどうにもならないことだったからだ。〈ブレイク〉の日に、賽は投げられた。政治的レベルでも物理的レベルでも、どうしようもないことだ。〈イズィ〉にとどまった人々は、ドゥーブの計画に、彼のライフワークであるビッグ・ライドに、ついていくと決めたのだ。〈エンデュアランス〉に乗り込んで、その集団にとらわれると同時に守られるか。あるいは乗らないか。乗ったらもう降りられない。乗らないなら〈スウォーム〉の一員として生き延びる道を探らねばならない。それはつまり、まったく別の軌道に移って、軌道力学のレベルで〈ビッグ・ライド〉とは相いれない計画に、ついていくということだ。ひとたび軌道が別々になったら、再結合の方法は大きなデルタVをつくり出す以外にない。それは大量の水を消費し、二度と取り戻せなくなるということだ。水不足になれば、コロナ質量放出からの防護がおぼつかなくなり、食糧生産に支障をきたし、岩石が近づいたときにマヌーバーも思うに任せなくなる。そんな行動方針に〈スウォーム〉全体の同意を得ることは不可能だし、実際問題としていい考えとも言えないだろう。〈エンデュアランス〉には大勢の難民を受け入れられそうもないのだから。〈エンデュアランス〉のミッション計画は、大きな火球の攻撃を受けても深刻な被害をこうむらないですむという前提で成り立っている。むきだしの〈アークレット〉の群れをうしろに従えていては、たちまち打撃を受けるだろう。したがって、たとえ二つのグループが切に合流を願ったとしても、物理的レベルだけでもう、〈ブレイク〉は取り返しのつかない出来事だったのだ。

　それにしても、〈スウォーム〉の残党は〈エンデュアランス〉を監視してきたらしい。時を待ち、〈エンデュアランス〉が勝ち抜くかどうかをじっと見守っていたのだ。

このアイーダという人物は、ドゥーブの計画を理解しているに違いない。今がどういう運命の分かれ目なのか、知っている。〈エンデュアランス〉がデブリ雲の大渦巻きに姿をくらます前、つまりこの先一〇日以内に合流できれば、〈スウォーム〉の生き残りたちも比較的安全に〈クレフト〉まで到達できるかもしれない。さもなければ、地球をめぐる比較的クリーンで安全な軌道を周回しながら、人口も水の備蓄も減っていくという運命にあるのだ。

ドゥーブが〈ハンマーヘッド〉に入っていくと、三人がそこにいた。ボー、スティーヴ・レイク、もと〈アーキー〉のマイケル・パークだ。マイケルはヴァンクーヴァー出身のゲイの韓国系カナダ人で、六種類の特技により必要欠くべからざる人材となった男だった。

「アイーダ・フェラーリです。記録によると」ドゥーブの質問を待たずにボーが言った。「反JBF派のリーダー。JBFは負けたようですね」

スティーヴは忙しそうだ。彼の活動的な姿が目を楽しませてくれる。消化器に住みついたバクテリアの平衡異常だとかで、彼は長らく腸の病気を抱えていた。相変わらずのドレッドヘアだが、今では身体よりも髪の毛のほうが大きくなっている。体重は四五キロもないはずだが、彼の指は今でもノートPCのキーの上を飛ぶように動く。

ボーはもう船を操縦する仕事に注意を戻していたが、マイケルが説明してくれた。「スティーヴがビデオフィードを動かそうとしてるところです。もう何年も誰もやったことがないんですけど」

つまり、宇宙船間の長距離通信用の旧式なS帯周波数無線など、最近では誰も使わなくなったという意味だ。もちろん、〈クラウド・アーク〉編成のために〈アーキテクト〉が設置した短距離メッシュ・ネットワークでは、常時スケープが使われている。しかし、彼らの軌道上の位置にもよるが、〈スウォーム〉の生き残りたちがいるのはメッシュ・ネットワークのはるか圏外、〈エンデュアランス〉から何百、何千キロメートルと離れたところかもしれない。ということは、インターネット以前の、アポロの宇宙飛行士たちが月面からテレビジョン信号を送り返すのに使ったのと同種のテクノロジーを使うしかない。

やがてスティーヴの作業が成功し、彼らは濃淡のついた画素で描かれた顔全体の像と対面していた。何週間も前に角刈りにしてからほとんど手入れしていないようだが、格好のいい頭の、黒い目の女性だ。

スティーヴが気をきかせて大型スクリーンに映し出してくれたので、ちゃんと見えるようになったドゥーブは、〈エンデュアランス〉の誰にもあらわれているのと同じ、明らかな栄養失調の徴候を見てとった。少し意外な気がする。〈スウォーム〉に農作物豊饒の地というイメージを描いては、よだれを垂らす思いをしてきたのに。だが、たぶん水不足だったのだろう。その女性が伏し目になっているのは、カメラの下方にあるタブレットの画面を見ているのだと、誰もが思った。回線がつながったとわかったとたん、彼女はあごを上げた。黒々とした大きな二つの目で、まっすぐに〈ハンマーヘッド〉をのぞき込んでいるように思える。画質がよくないため、タールを塗ったようにまっ黒で、目は虹彩と瞳孔の区別もつかないが、飢餓感からか熱い輝きのようなものが宿っている。

「アイーダよ」自己紹介のつもりだろうか。「あら、ハリス博士」相好を崩して虫歯をちらりとのぞかせたが、そこで思い直したらしい。彼女の目が一瞬、カメラに写らないところにいる誰か、あるいは何かのほうを向いて、また彼らのほうへ戻った。そしてタブレットをカメラの近くまで持ち上げて、〈エンデュアランス〉からのフィードが自分に見えるようにした。片手がカメラの正面をさっとかすめると、ドゥーブたちは汚れてぼろぼろの爪と、ほつれててかてかになった袖口に一瞬目を奪われた。うしろのほうでくぐもった声がかすかに聞こえるところからすると、同じ〈アークレット〉のカメラに写らないところにも、人がいるらしい。アイーダはゼロGにいた。つまり、〈ボロ〉を形成してはいないということだ。彼女の目がタブレット上のフィードをじっくり調べて、目に入ったものを理解しようとしている。〈ハンマーヘッド〉は〈ブレイク〉当時に存在しなかったので、彼女は初めて見ているのだ。「スティーヴ・レイク」彼の顔を見つけた彼女がつぶやいた。

「ボーよ」とボー。

「マイケルだ」とマイケル。

「責任者は誰？」とアイーダ。「アイヴィは……」

「アイヴィはまだ生きている。今も彼女が憲法《CAC》による司令官だ」とドゥーブ。「今はシフトをはずれている。緊急に彼女と話す必要があるなら起こしてもいいが」

「いえ、その必要はないわ」アイーダはわずかにひるんだように、ほんの少し目を細めた。

彼女と〈エンデュアランス〉とのあいだの距離によって映像にタイムラグが生じ、会話が途切れ途切れのぎごちないものになっている。

「そちらの数は？」ドゥーブが質問した。

「一一」

職業柄、途方もなく大きい数になじんでいるドゥーブには、すぐに呑み込めない数だった。

一足す一〇。

はっと思いつく。「〈アークレット〉が一一ということかね？」それならざっと一〇〇人というところか。

アイーダはおかしがっているような表情を浮かべた。「ううん、〈アークレット〉だったらもっとある。二六はあるわ」

「ほう。じゃあ一一というのは？」

「人数よ」とアイーダ。

「アイーダ」ボーが割り込んだ。「はっきりさせましょ。間違いないのね。あなたが〈スウォーム〉全体を代表してしゃべっているということで。〈スウォーム〉全体で一一人の生存者がいる、ということね？」

「そう。プラスひとり……」

「ひとり、何？」

アイーダの顔にまた、おかしがっているような表情が浮かんだ。視線がそれて、ちょっと白目をむいたように見える。ドゥーブは今さらながら思い出した。〈アーキー〉たちはティーンエージャーのうちに送り出されてきたのだ。「込み入った話。もうひとり、死んだも同然の人間がいるとだけ言っておきましょ」

〈ハンマーヘッド〉の面々は、まだまるで呑み込めずにいた。マイケルがふと思いつく。

「〈スウォーム〉は二派に分かれたらしいじゃないか。ひとつはＪＢＦが率いてる。君は反対側のグループにいたんだな？」

「そうだけど」アイーダは笑った。ドゥーブはまたしても、ティーンエージャーというのは、何も知らない親に絶対理解できない話をしているふりをするものだったと思い出した。

マイケルはちょっとまごついて、口ごもりながら続けた。「ということは、君が一一人いると言って……プラスひとり、その、重態ってことだと思うけど……ともかく、君は反ＪＢＦ派のことだけを話してるんだろ？」

「あの人たち、とっくの昔に負けたのよ。何カ月も前に」

「それは、紛争か何かがあったということか？　戦争かね？」とドゥーブ。

アイーダは肩をすくめた。「戦いはあった」彼女はたいしたことではないと思っている。「お望みなら戦争と呼んで。どっちかっていうと派手な口げんかみたいなもんよ。ほんとにバトルがあったのはね、ネット上。ソーシャルメディアっていうか」

沈黙が続く。アイーダはしばらく反応を待った。誰も反応しないでいると、肩をすくめた。

「どうしろっての？　〈アークレット〉でもぶっつけ合うっての？　ほんとに暴力っぽいことなんか、こんな状況でできっこないじゃない！　だから言葉で戦ったの」彼女は両手を前に出すと、親指をあごに見立てて、手まねで向き合った口をぱくぱくさせてみせた。「そう、こっちの仲間につくようにみんなを説得しようとしたの。あっちの悪口を言って。ネットってそういうものじゃない？」彼女はくすくす笑いながら、片手を頬へもっていくと目をこすった。「ねえ、すごく込み入った話で、すぐに何もかも説明するのは無理——どうしてこうなったかをね」

「とにかく、ＪＢＦの一派は負けたってことだな」とマイケル。〈ハンマーヘッド〉にいる誰よりも、筋の通った論理的解釈があるという前提にこだわっているようだ。

「彼女とタヴがね、ええ」

「つまり、君が彼らを言葉で負かしたんだな。思想で。ソーシャルメディアでキャンペーンを張って」

「あたしたちのほうが説得力があった」とアイーダ。「あたしのほうが説得力があったわけ。〈アークレット〉が次々にあたしの側についてきた。〈ホワイト・アークレット〉もしばらくがんばってたけどね、そのうち降参した」

「彼らはどうなった？」

「ＪＢＦは元気。タヴはあんまり具合がよくないけど」

「さっき言ってたのは彼のことだな。一二人目の、死んだも同然の人間っていうのは」

「そうよ、死ぬんじゃないかしら」

「じゃあ、さっきの質問に戻るが」とドゥーブ。「君が言った数は、〈スウォーム〉全体の人数なんだな。両派合わせての」

　相手が何を理解しようとしているのか、やっとわかったらしいアイーダが、背筋を伸ばしてまじめな顔つきになった。「そう。それ以外に生存者はまったくいない。八〇〇人中、残ったのは一一人」

　長い沈黙のうちに、〈ハンマーヘッド〉の四人はその言葉を受け止めた。それまでも心のかたすみに〈スウォーム〉はひどい状況になっているかもしれないという不安はあったが、想像していた以上にひどい。

　やがてドゥーブが、てのひらを上にして両手を前に出すと、肩をすくめた。「何があったんだ？」

「農業が壊滅して」アイーダは首をめぐらせ、カメラに写らないところをしばらく見つめていた。「つまり、いろいろあるんだけど、基本的にはってこと。コロナ質量放出の合間に、藻類の病虫害やら水不足やらで……食糧を生産してる〈アークレット〉はもうほとんどない」

「何を食べているんだ？」

　その質問に不意を衝かれたかのように、アイーダはぱっと顔を戻し、からかうような表情でカメラをのぞき込んだ。「共食い。死んだ人間を、ってこと」

　ドゥーブ、ボー、マイケル、スティーヴの四人全員が、しばらく沈黙したまま視線を交わし合った。

恐ろしいことに、彼らもそれとまったく同じことをしようと、何度も考えたことがあった。彼らが投棄した凍結乾燥《フリーズドライ》遺体のひとつひとつは、りっぱな蛋白質と栄養素の集合体であり、見方によってはおいしそうでもあった。

彼らの考えを読み取ったらしいアイーダが、「そっちも？」と言った。

「死んだ人間を食べたかという意味か？　いいや」とドゥーブ。

「タヴが始めたのよ」とアイーダ。「自分の脚を食べたの。ソフト人肉食《カニバリズム》とか言って。宇宙じゃ脚なんか用なしだって。そうブログに書いた。そこから伝染していったの」

誰ひとり何も言わなかった。しばらくして、アイーダが先を続けた。「でも〈エンデュアランス〉には、携行食《MRE》やなんかがもっとちゃんと蓄えてある。水もたっぷりある。そこまですることはなかったわけね」

「ああ、そこまではしなかった」とドゥーブ。〈ハンマーヘッド〉にいるほかの三人のしぐさから、あまりに衝撃的でしばらく口がきけないのがわかった。

「あたしたちのほうは」とアイーダ。「言っときますけど、備蓄は大事にしてた。人が死んで〈アークレット〉を失っても。残った〈アークレット〉に運び込んである。二六の〈アークレット〉に蓄えがたっぷりあるの」

「食糧のほかは何もかもあるということか」とドゥーブ。

「そうよ」

「こちらの軌道に合わせられるだけの水はあるかね？」

「ええ」とアイーダ。彼女は若くて美しい、とドゥーブは思った。タヴとJBFに対してソーシャルメディア・キャンペーンを勝ち抜いたのもうなずけるような、激しさもある。「すっかり計算してある。お荷物になるものを捨ててヘプタッドひとつに全部詰め込めば、そっちの次の遠地点あたりでランデヴーできるわ。ただし、正確なパラムを教えてもらわなくちゃ」

「その提案を協議しよう」とドゥーブ。「それから、必要な準備をする」彼がスティーヴ・レイクのほうへ顔を向けると、ちょうどアイーダが何か言いかけたときにスティーヴは接続を切った。

彼らは〈バナナ〉に集まって、まるで本当に議論の余地があるかのように話し合った。〈スウォーム〉のなれの果ての姿に、全員が自動的に衝撃と嫌悪を示していた。だが、どれもルイーザの耳にはしらじらしく聞こえるばかりだ。とうとう彼女が口を開いた。それでこそルイーザだ。みんな彼女の発言を待っていたのだ。あてにしていたのだ。

「七〇億の人間が死んだ。それを思えばささいなことよ。それに、私たちもみんな人肉食のことを考えたことがあるって、神さまはご存じだわ。あの人たちがそれを実行に移したからって、ショックを受けたふりをするのはやめましょ。私たちみんなの気が動顛《どうてん》してるほんとの理由は、希望がついえたからよ。〈スウォーム〉には何百という健康な人たちがいて、食べものもたっぷりあって楽しくやっているんだと思ってたから。まあ、そうはいくまいって頭ではわかってたけど、みんなそう願ってた。で、それが一一人の人肉食集団になってるとわかったわけだけど。私たちは彼らを見殺しにするのか？　いいえ。彼らのために、そして稀少な〈ビタミン〉を満載したヘプタッドのために、場所をあけましょう」

「ぼくはあのアイーダって女が怖いよ」とマイケル・パーク。

　ルイーザはため息をついた。「それはねえ、飢えて死にそうになったら自分もアイーダみたいになるんじゃないかって、心のどこかで考えてしまうから怖いのよ」

「それでも――彼女を〈エンデュアランス〉に乗せるのは――」

「それにＪＢＦもいるし」とテクラ。彼女とモイラは並んで座り、いつもながら指をからめて手を握り合っている。

「もうジュリアと会うことはないと思ってたのに」カミラが口をはさんだ。「心が狭いし利己的だとは思いますけど……」

「みんなの不安はよくわかる」とアイヴィ。「私も同じ気持ちだから。そこで問題は、その不安が私たちの下す決定に影響するかどうかよ。私たちは本当に、アイーダが気味悪いから、ＪＢＦが嫌いだからって理由で、生き残った人類の三分の一を見殺しにするのか？　もちろん、しない。だから、こっちのパラムと噴射計画を伝える。そして、この軌道の残り時間で、新たに〈アークレット〉を収容する手配をするのよ」

　その軌道の残り時間は確かに忙しくなったので、彼らはとっておきの食糧を出してカロリー摂取量を引き上げ、頭と身体に燃料を補給した。とはいえ、その一〇日間の中間には中休みをつくった。ダイナとアイヴィのあいだには無言のうちに、ドゥーブがかつて〈ウー・ウー・ポッド〉と呼び、今は〈クーポル〉と呼ばれている場所で一緒に過ごすという同意ができていた。

〈ブレイク〉後に〈イズィ〉と〈イミール〉をひとつにまとめて、金属と水の動く彫刻につくり直すついでに、リースはこのモジュールを〈スタック〉の別の場所に移して、そのまわりを絶えず氷が流れるようにした。内側の半球をすっぽり氷に包み、のちには窓のある半分が防護用突出部《ブロー》に守られるようにした。その場所は〈エンデュアランス〉の側面から眼球のように突き出し、宇宙をながめたくなったらみんなそこへ行くようになった。工学上の観点から、そういう場所に合理的な機能があるわけではない。それどころか、ときどき小さい岩石がぶつかっては気圧が下がり、修理しなくてはならなくなって、足手まといになるくらいだ。そこにいると、まともに宇宙線にさらされるので、たびたびあるヴァン・アレン帯の通過中は立ち入り禁止区域になる。それでも、みんなとにかくそこが好きで、壊れれば修理して維持し、ひとりになりたいとき、誰かと特別な時間を共有したいときに行く場所となっていた。そこに設置したのは、デザイナーとしてリースが打った最高の妙手と言える。ダイナはそこへ行くたびに、無言で彼に感謝するのだった。ただ、ドゥーブのつけた旧称は〈ハード・レイン〉のあとになると悪趣味に思えてきた。そのうち、みんながそこを〈ドーム〉と呼び換えるようになった。だが、ロシア語のｄｏｍは別の意味（家）になるため、〈キューポラ〉

つまり〈クーポル〉に落ち着いたのだった。これなら英語とロシア語であまりかけ離れた意味にはならない。ロシア語では、大聖堂のドームに関係する、漠然とした宗教的意味合いもある。

中休みのあいだ、アイヴィとダイナは宇宙線のことをさほど心配しなくてもよかった。〈クーポル〉が〈エンデュアランス〉の天底側で地球に向き合うよう、手はずを整えてあったからだ。地球はすぐそばで、視界いっぱいに見えた。生命を養う用をなさなくなったとしても、その惑星はまだ宇宙線吸収物質として、非常に効果的なはたらきをしてくれる。惑星を貫通して進みつづけるような謎の〈エージェント〉でもまたあらわれないかぎり、地球を通り抜けるものは何もない。というわけで、ダイナとアイヴィは離ればなれにならないよう相手と腕を組んで球体の真ん中に浮かび、プラスチックバッグ入りのバーボンウィスキーをちびちび飲みながら、これで見納めとなるなつかしい惑星をながめているのだった。この世界を矢のように飛び回っていた六年のあいだに、赤道と鋭角をなす〈イズィ〉の軌道面から高緯度地帯のながめを見慣れてきていた。だが、最近になって〈エンデュアランス〉の軌道面を変更したため、両回帰線あたりの一帯しか見えない。

とはいえ、現状の地球をながめるのに、それがとんでもない問題となるわけでもない。相変わらず燃えている空に、白熱の〈ハード・レイン〉が青白い条痕を描いている。煙と蒸気越しに見える地上は、のろのろと広がっていく溶岩で斑状地形になっている――最近降ってきた大型隕石によるできたてのクレイターもあれば、地殻の裂け目からの噴出もある。夜側の海はどす黒く、昼側の海は湯気でかすむ。海岸はよく見えないが、明らかに海は以前より浅くなっている。フロリダ半島がキーズ列島のほうへ伸びていきながら、火球群に襲われてこっぱみじんになり、そのとたん津波に押し流された。一年半前には大型隕石が、長いあいだ眠っていたイエローストーンのスーパー火山のふたを開けた。以来、北米大陸のほとんどが火山灰に覆い隠された。視界の北限にかすかな黄色い光が見えるところからすると、広範囲にマグマが流出しているらしい。長いあいだ抑えつけていた習慣が頭をもたげ、ルーファスが信号を送ってきているかもしれないから無線をつなぎにいかなくてはと、ばかげた考えがダイナの頭をよぎった。そう考えて涙があふれ、それがまたアイヴィの涙を誘う。近地点を通過する中休みの後半を、二人はそんなふうに、涙の向こうに地球をながめて過ごした。あまり感動的なながめではなかった。それでもダイナは、できるかぎり記憶にとどめておこうとした。人類がこれほど近くの、眺望のきく地点からふたたび地球を見る日は、この先何千年もやってこないだろう。

　燃える惑星がどんどん去っていきはじめた。これからはひたすら小さくなっていくだけだ。二人は仕事に戻らなければならない。それなのに、互いになかなか手を放せずにいる。〈ゼロ〉以前のなつかしい時代、二人はときどき、巨額の税金を使って自分たちが派遣された任務を遂行するだけの資質がないのではないかという、ともに抱えているひそかな怖れについて心を打ち明け合ったものだ。失敗して醜態を演じ、地上にいる大勢の人々に恥をかかせてしまうかもしれない、と。もちろん、そういう恐怖はとうの昔に鎮まったというか、ともかく、もっとずっと大きな恐怖に圧倒されて葬り去られたようだ。ところが、〈クラウド・アーク〉プロジェクトの開始以来ずっと、特に〈エンデュアランス〉を建造してビッグ・ライドに乗り出すというあと戻りできない決断を下してからというもの、あのころの恐怖がもっと膨れあがって、もっといやなかたちでたびたびよみがえってくる。もし決断が完全な間違いだったとしたら？　眼下の惑星にかつて偉大な文明が広まっていたとは、もうほとんど思い出せなくなっている。だが、その文明と、周回を続ける残された文明との対照には、胸が痛む。寄せ集めでできている〈エンデュアランス〉は、汚れてくたびれ果てており、人類に対して恥ずかしい。本当にこれよりましなことはできなかったのだろうか？　三年の旅を経て――その三年間は、ときどき大災害がはさまれる、どうしようもない没落のスパイラルだった――五日後に迫った一回のマヌーバーに集約されている今、どんどん絶望的になっていくように思えるとともに、そんなふうに考えることも増えていた。

　もし失敗したら、ほかの誰でもない、自分たちの責任だ。

　もちろん、だからといって責める者は誰も残っていないだろうが。

　二人はそういう自信喪失の危機をたびたび経験してきたが、たいてい別々のときに自信が揺らぐので、ひとりがもうひとりを絶望から引っぱりあげることができた。だが今、二人は一緒に絶望感を抱えてしまった。かくなるうえは、自力で這い上がるしかない。

　ダイナはルーファスが送ってきた最後のメッセージのことを考えた。

バイ、ハニー、おれたちを誇らしい気分にさせてくれよ

「オーケー」と彼女は言った。「じゃあ、アイヴィ、働くとしようか」

仕事のおかげで、ビッグ・ライドの最終軌道のあいだ、どういう結果になるのかと気をもむほかにも彼らにはすべきことがあった。遠地点での大規模噴射で最終の軌道面変更と加速を組み合わせ、〈クレフト〉がタイヤ内ボールベアリングのように宇宙を周回している〝追い越し車線〟に入っていくには、予測不可能な危険が無数にある。新手《あらて》の問題は、自分たちより高速移動している岩石の流れに入っていくのだから、岩石群がうしろから近づいてくるということだ。そちら側にアマルテアの防護力は及ばない。

ミッションが始まったころ、最後の最後に〈エンデュアランス〉を再構成しようとドゥーブは思い描いていた。攻撃に弱いものを小惑星の反対側に移動させるのだ。あのころのマンパワーがあれば可能だったかもしれない。栄養不良のクルーが二八人しかいない実情では、そんなことは問題外だ。〈スウォーム〉のヘプタッドの受け入れ準備に総力をあげなくてはならない。〈スタック〉の真ん中でドッキングさせ、数本のケーブルで固定し、その後のマヌーバー中もそこにくっついていることを祈ることになる。彼らのほうはハッチを閉めたままにしておく。アイーダのグループ一人には、マヌーバー完了まで自分たちの〈アークレット〉にいてもらう。そのほうが安全だという正当な理由があった。だが本当のところは、

誰も食人者とは〈エンデュアランス〉の空間を共有したくないからだった。

ダイナと、残り少ないクルーのうち彼女とともに働くことになったロボット操作係たちにとっての一大プロジェクトは、アマルテアそのものを捨てる準備だった。ある段階では、ほとんどありえない考えだと思えた。しかし、彼らはそうする計画を長いあいだ温めていたのだ。〈エンデュアランス〉は一連の最終マヌーバーを、〈ハード・レイン〉のもとになったものよりはるかに大きな岩石だらけの環境で、手際よく迅速にやってのけなくてはならない。ある意味で、そこにある巨石群は、地球表面を破壊した微小破片たちを産んだ母親たちのようなものだ。そのうちの二つが衝突するたびに、衝撃でかけらがどっと飛び散り、一部が最後には地球の大気圏まで落ちていく。それが全部砂状に小さくなって入れ子式の環を編成するまで、〈ハード・レイン〉は続く。いずれにせよ、野球のボール大ないしバスケットボール大の岩石がぶつかる衝撃から〈エンデュアランス〉を守ってくれたアマルテアも、岩石の大きさがアイルランドほどという場所では、ひとたまりもない。アマルテア以下の船全体が、車のフロントガラスにはりついた虫のようなものになる。デブリ雲本体のスリップストリームに入ったら、マヌーバーで大きな岩石をよけまくりながら、〈クレフト〉に突進するまでのあいだ小さい岩石がたびたびぶつからないことを祈るしか、生き延びる道はない。そして、そのようなマヌーバーは、〈エンデュアランス〉の残り部分の一〇〇倍もの重量があるアマルテアがくっついていては、不可能なのだ。

アマルテアのほかにも、〈エンデュアランス〉にとってのお荷物はあった。遮蔽物として、また推進剤として蓄えていた、大量の氷だ。その質量はアマルテアにもひけをとらないほどになる。ただ、アマルテアとは違って、氷は燃焼させてしまうことができる。基本的には、その氷の大半を水素と酸素に分解してから、遠地点での最終加速中に燃焼させる予定だった。あわただしい数分間のうちに、推進剤として使うことによって〈エンデュアランス〉は水のぶんだけ重量を落とすことになる。それとアマルテアを捨てることを合わせると、一時間に総重量が一〇〇分の一以上落ちるのだ。そして、まさに車の洪水にまじってひらひら飛び回る虫のように、大きな岩石をかわしたり小さい岩石にぶつかられたりしながら〈クレフト〉へ向かう。

　ともかく、彼らはずっと前に何もかも見越していた。ダイナほか採掘コロニーの生き残りメンバーたちは、三年がかりでアマルテアを内側からつくり変えてきた。前方のはしから見ると、小惑星の外観はずっと同じままだ。ところが内部は、ほとんどの部分が意図的に荒く削られている。そのプロセスは第一四日、ダイナが一台の〈グラブ〉を動かして、電子機器の部品をしまっておけるようにくぼみを掘らせたときに始まっていたとも言える。それ以来、少しずつ断続的に進められていた。モイラ・クルーの遺伝子設備の隠し場所をつくるため、大量の金属を移動させたのだが、その設備がこの三年のあらゆる行為を正当化するレゾンデートルだった。それが無事終わると、整理作業に取りかかった。保護されているスペースのくぼみを広げ、壁を取り払ってひとつにつなげると、アマルテアの船尾に円筒形のカプセルがくり抜かれた。〈スタック〉のてっぺんを横切るようにつくられているところから、そこは〈ハンマーヘッド〉と呼ばれるようになった。

この二年間にロボットたちがやっかいな仕事をしてくれたおかげで、今や〈ハンマーヘッド〉は、アマルテアの残り——小惑星の九九パーセント——から隔てられ、そのあいだには人のてのひらくらいの厚さのニッケルと鉄の壁しかない。それでもまだ、宇宙における建築物の基準からすれば全体は非常にがっしりとしており、大気圧にももちこたえるし、小型の火球を阻止するには充分すぎるほどの強さがあった。ただ、壁の向こうの何十メートルという厚さの金属は取りはずしができるようになっていて、圧縮空気のひと吹きで飛ばせるようになっていた。

いや、大きさの違いからすると、〈エンデュアランス〉のほうがそれから取りはずしできると言うべきか。アマルテアの大部分がもとの場所にとどまり、身軽になった〈エンデュアランス〉は、ボウリングの球を飛び立つバッタのように遠ざかっていくのだ。

そのときがきたら、残っている構造物の結合部を爆破しなくてはならない。〈クレフト〉とのランデヴーを目指し、地球の重力圏から出て急上昇していく最終行程で、ダイナには宇宙服を着て爆薬の点検に出かけるという任務もあった。必要なところにちゃんと仕掛けてあるか、正しく配線されているかを確認するのだ。爆発物に詳しい人間は彼女しか残っていないので、確認ができるのも彼女だけだった。六年前にそんな任務を任されでもしようものなら立ちすくんでしまうところだったが、今では日常業務に思えた。

「このうえ悪い知らせなんかたくさんだとは思うが」〈バナナ〉の会議テーブルについた人類の二五パーセントに向かって、ドゥーブがそう切り出した。「みんなにとって悪い知らせがある」

口を開く者は誰もいなかった。この期《ご》に及んで、何があろうがたいして動じるものでもない。

遠地点まで、最終噴射を行なってアマルテアを捨て、〈クレフト〉に突進していくまで、残すところ四八時間。三〇分前のアイーダからの伝達が確かならば、残存〈スウォーム〉が、その一大事直前にランデヴーすることになる。

「悪い知らせとやらを聞きましょう」とアイヴィ。

「ある太陽黒点から目を離さないようにしていたんだが」とドゥーブ。「不穏な様子というか……二〇分ほど前に巨大なフレアがあがったんだ。今までで最大というわけじゃないが、かなり大きい」

「じゃあ、ＣＭＥになりそうなの？」とアイヴィ。

「ああ。今から一日から三日のうちにね。詳しいデータが手に入りしだい、もっとちゃんとした見積もりを出すよ」

全員が考え込んだ。最近まで、コロナ質量放出《CME》といっても、〈スウォーム〉の人たちはどうしているだろうと思うくらいで、あまり気に病んだことはなかった。〈レッド・ホープ〉で分離した小さな一派は、〈スウォーム〉にそれほどの死者を与えたその危険な大災害に一度ならず遭って、ずっと前にほぼ全滅した。〈エンデュアランス〉のクルーには、アマルテアと氷が充分な遮蔽物となってくれた。比較的壁の薄い〈ハンマーヘッド〉にいても、CMEによって包囲するように襲ってくる放射線から、保護されていた。しかしもう、〈エンデュアランス〉の両側面はむきだしになっている。最後まで残っていた氷を〈グラブ〉たちがせっせと運び去り、スプリッターに入れてロケット燃料にしてしまった。その低温気体は今、無人の〈アークレット〉の外殻や使われていないモジュールなど、手当たりしだいの場所に注入して蓄えてある。〈ブレイク〉以来初めて、〈スタック〉のあたりが日の目を見るわけだ。

「オペレーションに影響するわね」とアイヴィ。「だけど、さんざんやってきた演習と変わらない。アミフォスチンを飲みましょう。嵐の前に船外活動を終わらせてしまうのよ。仕事のない人は全員〈ハンマーヘッド〉に集めなくちゃ。〈スタック〉まで行ってもらわなくちゃならない人もいるけど、嵐シェルターを用意するから」

「どうする……彼らは？」マイケル・パークが質問した。

「彼らには困ったわね」とアイヴィ。「プラスチックの〈アークレット〉にいるわけだもの。放射線を浴びてしまう。たとえアミフォスチンがまだあったって、嵐シェルターに入れられるだけの水があるとしたって、ダメージを受けるでしょうね。倫理上は、あの一一人を〈エンデュアランス〉に乗せて、安全な場所に行かせなくちゃならないんだけど」

「当初の計画では、三人をEVAで送り出して、私たちがマヌーバーを行なっても大丈夫なように彼らのヘプタッドをしっかり固定するってことだった」とズィーク・ピーターセン。彼は〈エンデュアランス〉クルーの誰よりも、〈ブレイク〉前とあまり外見が変わっていない。もちろん前よりやせたし、こめかみに白いものが交じるようになったが、健康状態はまだ良好で、電動シェーバーをなんとか使えるようにしていて、ひげも剃っていた。フォードルを事故で、ウルリカを脳卒中で亡くしたあと、アイヴィは彼を〈エンデュアランス〉の副司令官に指名していた。

ズィークは、〈エンデュアランス〉がまもなく質量の九九パーセントを脱ぎ捨てるということはつまり、これまでと同じ数のエンジンが生む同じ推進力で、これまでの一〇〇倍の加速ができると指摘した。まだ危険なほどの重力にはならず、人間が充分耐えられる範囲内に収まるだろうが、そのマヌーバーで船体にはかつて経験したことのない圧力がかかる。彼らはその可能性も早くから視野に入れて、それを考え合わせたうえで〈エンデュアランス〉を氷で覆ったのだった。

したがって、〈エンデュアランス〉はあらかじめ高い加速度用に艤《ぎ》装《そう》されていた。この三年間で何も故障がなかったとすれば、このあとの加速にも耐えられるはずだ。フルスロットルにした当初、船内ではガタのきた部分がはずれて滑り回るとしても。

しかし、間際になって〈スウォーム〉のヘプタッドが加わるというのは、想定外だった。困ったことになった。ドッキングポートで〈スタック〉につなぐことになるが、そこは大きな力学的ひずみを受け止めるようには設計されていない。アイーダたちが備蓄をめいっぱい詰め込み、外側にまで縛りつけたヘプタッドは、重いはずだ。だからこそ——その備蓄が使えるからこそ——アイヴィはヘプタッドを見捨てたくなかったのでもあった。そこで、三人が船外活動でヘプタッドを迎えにいき、到着しだいケーブルでしっかり固定するという計画になっていた。

「ロボットでなんとかできないか、考えられないかな」アイヴィはダイナとボーのほうを見た。「外にいるのはみんな、〝ベン・グリム化〟されてるのよね？　それなら、強力な放射線の中でも働ける」

「準備するわ」とダイナ。

「ヘプタッドがドッキングしたらすぐロボットに働いてもらって、できるだけうまく固定させる」とアイヴィ。「ハッチを開けて、ハムスター・チューブ経由でできるだけ早く一一人を降ろす——チューブをくぐり抜けるあいだ保護してくれるものは、いっさいないわけだけど。彼ら用に嵐シェルターを用意しておきましょう。それにもぐり込んで、その後の旅を乗り切ってもらう。操船要員は〈ハンマーヘッド〉から操作しましょう」

　続く二日間は、ダイナに〈ニュー・ケアード〉エクスペディションを思い出させた。やることは山ほどあるが、スケジュールは絶対に動かせない。彼らは天文学的事象のなすがままだった。心のどこかでは徹夜してでもこれを終わらせたいと思ったが、ここぞというときほど、ちゃんと休息と栄養をとらなくてはならないのはわかっている。だから彼女は、無理やりいつもの時間割で食べて眠るようにした。起きているあいだは、ヘプタッド到着に備えて準備にいそしむ。〈グラブ〉たちを、かつて使われていたドッキングポート付近に配備し、ふさわしい係留ポイントにケーブルをつなぎ、そのときになったらロボットたちがケーブルの反対側のはしをヘプタッドにひっかけるようプログラムを調整し、予行演習してケーブルがひっかかる場所を確認した。

予定表が徐々に細かいところまではっきりしていった。アイーダは抜け目なく、アミフォスチンと嵐シェルター注入用の水を要請してきた。もちろん、〈エンデュアランス〉が応じることはできない。両方ともたっぷりあるのだが、とっくの昔にＭＩＶパーツをすべてほかに流用してしまったので、輸送するすべがないのだ。

アイーダは、大規模噴射のためにとっておいた水を予定よりも若干早めに使い果たして、〈エンデュアランス〉とのランデヴーに使うという、いちかばちかの賭けに出た。一方で、ドゥーブの宇宙天気予報が正確になってきた。放射線の嵐がいつごろ押し寄せてくるのか、それまでよりもはっきりわかるようになると、タイミングとしては悪くなさそうだと彼は考えた。ヘプタッドは状況が悪化する前に到着できそうだ。ということはつまり、何人か船外活動に出てダイナのロボットに手を貸しても大丈夫だろう。

ダイナは、それをどう受け止めればいいのかわからなかった。それでなくてもスケジュールが厳しいところへ、予測のつかない船外活動まで考慮に入れなくてはならなくなったのだ。ドゥーブの指摘によれば、アイーダのヘプタッドが早くドッキングすれば、重い備蓄をかなりの量、ドッキングポートから〈スタック〉へ移せるかもしれないという。そうすれば、ダイナが手配したケーブルにかかる、やっかいな負担を減らすことにもなる。

　そのころ、パイロットのアイヴィとズィークも、同じように土壇場になってミッション計画の込み入った問題に取り組んでいた。マヌーバーで切り抜けていくことになるデブリ雲に近づくにつれ、行き先の詳しい情報が手に入るようになる。レーダー上で〈クレフト〉の信号はもちろん、その付近を移動する多くの大型岩石についても、はっきりわかるようになった。光学望遠鏡のかすかなノイズや曇りは、小さくて数多いため解像できない物体の密集度に関するデータを与えてくれる。あらゆる情報が計画に送り込まれた。

　ドゥーブは疲労が隠せず、しょっちゅう、うとうとしていたし、前回の近地点以来ろくに食事をしていなかったが、自分が必要とされるときには気を奮い立たせた。そして新しい情報があれば早くから事前準備してあった統計モデルに送り込み、アマルテアを捨てて適切な回数の大規模噴射を行なうことで可能性を最大化しようとした。だがまもなく、どの岩石がどの方向から近づいてくるかという問題が混乱をきわめ、統計的な処理では太刀《たち》打《う》ちできなくなってしまうだろうと、アイヴィとズィークに警告しつづけていた。砲弾のように追い越していこうとする大小さまざまな岩石の流れの中にスピードを上げながら入っていくという趣旨の、テレビゲームになってしまうのだ。

　突然邪魔が入ったり即興で思いついたり、細かい配慮が重なって積みあがっていくうち、ダイナはオールド・アースでのソニックブームを思い出していた。航空機の進路で空気の奔流が密集し凝固して、突き抜けなければ屈するしかない障壁となるものだ。船外活動に出るマイケルとほか二人が、つぎはぎや繕いあとだらけの冷却下着を身につけて宇宙服を装着した時点で、彼らはその障壁を突き抜けたように思えた。ドゥーブが、やって来るヘプタッドをレーダーで、次いで光学望遠鏡でとらえ、こちらとランデヴーするコース上にいることを確かめた。当然ながら、ヘプタッドが〈エンデュアランス〉と衝突するコースにいるということでもある。衝突とランデヴーの違いは、ぎりぎりのところでヘプタッドのスラスターが最終噴射でブレーキをかけ、パラムを大型船とほぼ完璧に同期させるという点だけだ。〈エンデュアランス〉のほうはまだ、アマルテアや何トンもの備蓄推進剤という重荷を抱え、マヌーバーは不可能に近いため、すべてはアイーダに、というかヘプタッドの操縦者にかかっていた。

　ふたを開けてみると、〈エンデュアランス〉と〈スウォーム〉の再会は衝突から始まった。壊滅的な高速度衝突ではなかったものの、きちんと制御されたランデヴーとはまるで言えない。アイーダは、三〇秒ほど前に警告してくるだけの平静さをもちあわせていた。それまでは万事順調だった。ヘプタッドはスラスターによって大型船との相対速度を打ち消しながら近づき、ドッキングポートへの帰還を目指して小規模噴射を何度か行なった。そのときアイーダがほとんど抑えのきかない声で、スラスター・モジュールのひとつが推進剤切れで機能しなくなったと知らせてきたのだ。

「重すぎるんだ」とズィークがつぶやく。「積み荷が多すぎた。クソ重たいやつを引き回そうとして、スラスターが燃料を食いすぎたんだ」

スピードが出すぎているうえに、入ってくる角度もよくなかったヘプタッドは、〈カブース2〉に激突した。そこは、三年前に大破した〈シップヤード〉を再生利用し、H1のうしろに接続して〈スタック〉最後尾にしたモジュールだ。その様子を画面で見ていた者たちは、衝撃が骨身にしみた。船外活動の三人が叫び、悪態をつく。〈カブース2〉の外殻が破れたらしく、穴から小さなデブリ嵐が巻き起こった。

「C2減圧」とテクラ。「〈スタック〉から封鎖しました」

デブリ雲に交じって、二本の腕と二本の脚、そして頭もある大きな物体があった。手足を振り回している。誰もが無言で見つめていた。

「マイケル・パークを失った」船外活動者のひとりから報告があった。

「あっちにもっと人手を戻さなくちゃ」アイヴィが〈ハンマーヘッド〉のクルーたちに告げる。

アイヴィのメッセージは、はっきりしていた。『マイケルのことを悲しむのはあとにしよう。今はほかに心配することがある』

「モイラ、あなたはここにいて」とアイヴィは言い添えた。

モイラは身動きすらしていなかった。彼女は自分自身の意志にも本能にも反して、大切なか弱い子供扱いされるのに慣れていた。

「たぶん無線でマイケルと話ができる。しばらく生きているだろうから」

モイラはうなずき、ごくりと唾をのんでノートPCに向かうと、マイケルとのダイレクトなボイスリンク確保に必要なコマンドを入力した。

「ダイナ、あなたもここにいて、ロボットを動かして。その場しのぎでやるしかない。ボーは船尾に行って。スティーヴも。ルイーザ、アイーダに音声対応して——私にはストレスと混乱が大きすぎるから。〈ハンマーヘッド〉に残って、私の代わりにその問題を片づけてほしい。ドゥーブ、ここにいて。ズィーク、船尾に行って」

アイヴィはあたりを見回した。「まだ名前を呼んでない人がいたら、船尾に行って、できることを探して。ドゥーブ、あなたは気象予報士。嵐の様子と、いつごろ襲ってきそうか発表するのが仕事よ」

「三〇分後だ」とドゥーブ。「だがわかった。引き受けた」

モイラはヘッドフォンをして、〈ハンマーヘッド〉でいちばん静かなかたすみにひっこみ、マイケルと小声で会話していた。布きれを目に当てて、涙がキャビンに散らばっていかないよう吸い込ませている。ルイーザは早くも割り当てられた任務につき、アイーダからの音声通信に耳を傾けていた。「もう一度やってみるって」

「スラスターがからっぽなのに？」とアイヴィ。

「ほかのスラスター・モジュールから推進剤を移せるって。何分かかかりそう。今度はどこにすればいいか、指示を欲しがってる。〈カブース2〉のドッキングポートが使えなくなってしまったから」

しばらく考えたあと、次は旧ズヴェズダ・モジュールのドッキングポートにしてもらおうということになった。

ここ数日、〈カブース2〉でのドッキング準備にほとんどの時間を費やしてきたダイナは、急遽ロボットたちを〈スタック〉の外側沿いに前進させ、ケーブルを運ばせた。ヘプタッドが燃料切れのスラスターをたたき起こしてもう一度動かすのにかかる時間だけでは終わらない、ちょっとした混乱となり、やきもきさせられるはめになる。

二度目の接近、そしてドッキングを、彼らは無言で見守った。かかった時間は約一〇分。途中で一度だけドゥーブが、近づいてくる放射線の嵐についての最新情報を発表した。

思いがけず沈黙を破ったのは、モイラだ。「ドッキングさせちゃだめ」

「何ですって!?」とアイヴィ。

「罠よ」

拡声装置《PA》からズィークの声がする。「ドッキング成功。ハッチ開放準備中」

モイラが言い足す。「マイケルが気づいたのよ」

「あと一五分で嵐が起こる」とドゥーブ。

ダイナはもう、解決すべき問題に集中していた。それぞれに違うタスクを実行しているロボット一〇台の目を通して見ながら、生き残った船外活動者二人にときどき簡潔な指示を飛ばし、動かなくなったケーブルを振りほどいてくれ、もがいている〈グラブ〉を障害物から引っぱり出してくれなどと頼む。モイラとアイヴィの会話は聞き流そうと努めた。

「どういうこと、罠って？」

「アイーダのヘプタッドは、圏内に入ってくるなりメッシュ・ネットワークに参入した」とモイラ。「今すぐメールなりスペースブックなりチェックしてみるといい、いろんなものがなだれ込んできてるから。今まで〈スウォーム〉に封じ込められてた過去のメッセージやら投稿やらが、テラバイト単位で。三年もののメーリングリスト通信よ」

「それで？」とアイヴィ。

「たった今マイケルが気味悪いのを見つけて、私に教えてくれたの」

「宇宙を漂っているのよ！」

「宇宙を漂いながらメールをチェックしてるの」

「気味悪いって、どんな？」

「あの人たちは人食い人種よ」

「それはもう知ってる」

「つい何時間か前に、あの人たち、タヴを殺して死体を食べたの」

ダイナは自分の仕事に集中できなくなった。

「今日のために栄養をとりたかったんだわ」

そろそろ船外活動者たちがエアロックに向かい、嵐に先んじて船内に入らなければならない刻限だ。ダイナはそっちに専念しなければならない。モイラが話していることに対して、彼女ができることは何もない。船外のひとりと話しはじめたところで、さえぎられた。また

PAのズィークだ。「一〇人の生存者が乗船。JBFがハッチからあらわれるのを待機中」

「ズィーク、気をつけて」とアイヴィ。「どうやら連中、よからぬことをたくらんでるらしい」

「入って」ダイナは船外の二人に声をかけた。「いちばん近いエアロックに向かうのよ。新人たちには近づかないようにして。信用できないから」

「岩石を切り離す」とアイヴィが告げた。壁越しにシューッと鋭い音がして、〈ハンマーヘッド〉の外面とそれを取り囲むアマルテアの空洞とのあいだにあるわずかな隙間に、圧縮空気があふれる。「耳をふさいで」と言ったが、誰ひとりそれに応じる間もなく、耳をつんざく不快な炸裂音がした。ダイナが仕掛けた爆薬が爆発し、アマルテアを〈エンデュアランス〉につなぎ止めていた結合部を破壊したのだ。急に突き倒されそうな感じがして――この三年間で経験した以上の加速度だ――〈ハンマーヘッド〉が解放され、〈エンデュアランス〉全体を押し出した。

「あと三分で嵐が来る」とドゥーブ。

「JBFが乗船した」とルイーザ。彼女はズィークとも船尾にいるクルーとも音声でやりとりしていて、彼らの言っていることを〈ハンマーヘッド〉に中継しているのだ。ルイーザの眉間にしわが寄った。「彼女の様子がへん――言ってることがよくわからないわ」

「ぎりぎりまで噴射」とアイヴィが告げた。遠地点に近づき、月のデブリ雲の本体周辺部に入っていくということ、そして、残っているエンジンが総がかりで全力を出すということだ。

秒速一二〇〇メートルかそこらのデルタVを獲得する大噴射を行なって、デブリ雲に突っ込んでいった。

〈ハンマーヘッド〉内の固定されていないものがすべて、今は床になっているところへ落ちていく。それと同時に、〈エンデュアランス〉の至るところから、あらゆる種類のパーカッション音が聞こえてきた。

ズィークの声がボイスリンクに入ってきた。「戦闘状態だ」

「戦闘？」とアイヴィ。

「スティーヴ・レイクが撃たれた」

「CMEによる非常にハイレベルの高エネルギー陽子が到来」とドゥーブが告げた。「〈ハンマーヘッド〉以外の場所にいる者は全員、嵐シェルターに入ること」

「撃たれた？」とアイヴィ。

「ジュリアのリボルバーで。ネットワークをのぞいてみたほうがいい、彼らが不正侵入しようとしてる」

それからひとしきり、通信があわただしく入り乱れたところからすると、船内のあちこちに散らばった敵が、揃って同じ周波数帯を使おうとしているらしい。

そして、敵の通信がやんだ。通信装置はこれまでどおりはたらいている。彼らがネットワークから閉め出されただけだ。アイヴィはそのまま操船できたが、〈ハンマーヘッド〉の外にいる者とは誰も話ができなくなった。

金属を叩く音がして、彼らはぎょっとした。ＳＣＲＵＭから〈ハンマーヘッド〉への入り口を密閉したハッチだ。ダイナの耳がすぐにモールス信号をとらえた。

「『チョコレート』。私とテクラの合い言葉みたいなものよ。ハッチを開けたほうがいいと思う」

間に合わせの武器になりそうなものを手近で見つくろって身構え、ハッチを開ける。手にナイフの傷を負ったテクラ、狼狽してはいるが無傷のズィークがいた。そしてもうひとりの女性。髪の毛がほとんどなくなったうえ両手を口にしっかり押しつけているため、ジュリア・ブリス・フラハティとはすぐにわからなかった。テクラが〈ハンマーヘッド〉に飛び込み、そのうしろからジュリアが引きずられてきた。

「何があったの？」とアイヴィ。

ズィークが両手を上げた。「私の知るかぎり、これまでに相手を四人殺した。負傷者があと二人。こっちのほうが数でまさっている。戦いつづけなくては」

「嵐シェルターに入るべきよ」とアイヴィ。

弱いとはいえ重力のある中で動くことに慣れていないテクラは、足場をしっかり確保してから、〈ハンマーヘッド〉のかたすみにジュリアを引きずって床に座らせた。それからきびすを返してハッチへ戻っていく。これほど激昂したテクラを見たことがなかったダイナは、彼女のことが一瞬とても怖かった。モイラの反応のしかたは違った。ヘッドフォンを引きはがし、よろめきながら空間を横切っていくと、テクラに飛びついて首もとに両腕を回したのだ。歓迎のしるしのようにも見えたが、すぐに別のものだとわかった。テクラはモイラをぶら下げたままハッチへ向かい、モイラは必死で彼女を争いの場に戻らせまいとしている。

「ねえ、お願い」テクラがモイラの耳にささやきかける。「私にわざをかけさせたいの？　行かせて。あのアイーダって女をぶっ殺してやるんだから」

「嵐シェルターにもぐり込んでたら、それこそやつらの思うつぼだ」とズィーク。「こっちが嵐シェルターに入るのを見計らって船を乗っ取るって計画だったんだから。警告してもらってよかったよ」

テクラはもうモイラの手を振り切って、めいっぱい大股でハッチへ向かっていた。

彼女を待ちかまえていたズィークが、片手を差し出した。小型の黒いプラスチックボックスを手にしている。それをテクラの太腿に押しつけると、箱の側面の小さな引き金を引いた。鋭くカチッ、ブンとはじける音。テクラは脚から崩れるように、とろんとした目で床へふわりと倒れていった。

「悪いな、テクラ」とズィーク。「ここにいてもらうよ。手を治療してもらうんだ。モイラとうまくやってくれ――彼女は君を必要としてる。そうだ、もし男の子ができたら、ズィークって名づけてくれよな」

誰も何も言えずにいるうちに、彼はハッチをピシャリと閉めた。

その後も沈黙が続く中、〈エンデュアランス〉の構造物を通して割れたり裂けたりするような鋭い音が響きわたった。誰もが知っている音。火球の直撃を受けたのだ。

「君は船を操縦しているはずじゃなかったのか!?」ドゥーブがアイヴィを怒鳴りつける。

アイヴィは言葉もなく、またスクリーンに向かった。

ダイナはジュリアへの攻撃に出た。「いったいどうなってるの!?」と語気を強める。

ジュリアは髪を刈り上げていた。この三年ですっかり銀髪になっている。依然として両手で顔の下半分を隠していた。目ははっきりと彼女のものだとわかるが、化粧をしていないので、その大きく見開いた目がのぞいている顔が二〇歳は老けて見える。

ゆっくりと、彼女が顔から手をはずした。

彼女は舌を突き出している。どうやら金属片が歯にはさまっているようだ。

よく見ると、ジュリアは舌にピアスをしているのだった。専門家の手になるらしいみごとな仕上がり――流血もなければ、見たところ感染も痛みもなさそうだ。長さ約二インチのステンレススチールのボルトが垂直に舌を貫き、舌をはさんで上下をナットとワッシャーで固定してある。ピアスが長すぎてジュリアの口に収まらず、舌が外に伸ばしっぱなしになっているのだ。上唇と下唇にロッドが食い込んでいる。

「ああ、ひどい」とダイナ。

ジュリアがボルトを人差し指でつつき、それから両手でねじって留め、ねじってはずす身ぶりをしてみせた。ナットを二つ重ねて、それぞれきっちりねじり合わせてあるのだ。ダイナはベルトに付けた革のケースからマルチツールを取って先細ペンチをはずし、もうひとつアイヴィのペンチを借りた。そっと反対方向にひねると、ナットがゆるんだ。ジュリアは彼女を押しのけると、指先でナットをねじってはずし、そっとボルトを抜き取った。舌が口の中にひっこんだ。片手で口もとを覆って隔壁に寄りかかると、しばらくあごを動かしながら唾液で口中を湿らせていた。

やっと口をきけるようになったかと思うと、ジュリアは不思議なほど正常な話し方をした。まるでホワイトハウス記者会見室で発言でもしているように。「私たちが降伏したとき、彼らは私から銃を取り上げ、スペンサー・グラインドスタッフを拷問して、ここのITシステムについて知っていることを洗いざらい吐かせた。パスワードを全部、バックドアも全部、全体の仕組みについても詳しいことを全部聞き出したのよ。この場所を乗っ取るために必要なことをきっちりとね。それから彼を殺して……」

「食べた？」

ジュリアはうなずいた。「彼らのグループにハッカーみたいなタイプがひとりいるの。その彼がついさっき乗り込んで、端末に向かうと、この計画を実行しはじめた。スティーヴ・レイクが止めようとしたわ。ほかの誰かが銃を持ってて——スティーヴを撃ち殺した。連中の計画はいつもそう。彼らを止められるのはスティーヴだけだと知っていたのよ」

「残りの銃弾は何発？」

「もうからになっているはずよ。ほとんどの者がナイフや棍棒を武器にしている。実戦になるとは思っていなかったから、だって……」

「私たちはみんな、嵐シェルターに閉じこもっているはずだったから」とダイナ。「何も知らない子羊たちみたいにね」

　大規模噴射は一時間近く続いた。噴射が終わるころ、推進剤を大量に消費した〈エンデュアランス〉がすっかり身軽になって加速すると、彼らの頭から血が引いて足にたまっていった。アイヴィは、意識を失わないように仰向けに横たわって船を操縦した。旅路の折々にものすごい炸裂音が響く。〈エンデュアランス〉の状態表示装置を立って見ていられる者がいれば、あちこちのモジュールが黄色く表示されては赤になり、それからダメージに屈して黒に変わっていくところを目にしたことだろう。ダイナは何台かのカメラを通して、全長一六キロもの月のかけらが転がりながら追いついてきて、右舷からほんの数百メートル横を追い越していくのを見た。それでおしまいになるわけではない。それでも、ドゥーブがウィングマン（編隊僚機操縦士）の役を務めて最大級の脅威には大声で叫び、ダイナをできるだけパランビュレーター代わりにして、アイヴィは大物を避けるように舵をとることができた。

　船尾での戦闘がどうなったのか、知るすべがない。ズィークは自分たちに勝算があると楽観的なことを言っていたが、火球で被ったダメージが戦況をどう左右したかわかるはずもなかった。〈エンデュアランス〉は損傷を負った部分を自動的に封鎖するため、いくつもの別々のゾーンに分割されてしまい、ゾーン間の移動は不可能になっている。

　ゼロGに戻った。エンジンが止まったのだ。彼らは今、デブリ雲全体と平均して同じ速度で移動している。大噴射による一定の加速にやっと慣れたばかりだったダイナは、今度は内耳の再調整から起こるうねるような吐き気を感じた。目を閉じてうたた寝のような状態に陥り、〈ハンマーヘッド〉をぷかぷか漂っていって、ときどきアイヴィがスラスターを使って岩石をよけるたびに壁にドスンとぶつかった。

はっとして、彼女はつかのま完全に眠り込んでいたことに気づいた。

心のどこかで、このままでいたいと思う。だが、一大事が起きているとわかっているので、ひとりぼっちの最後の生存者になっているかもしれないと、うっすら考えながら目を開けた。

起きているのはアイヴィだけだった。彼女の顔はスクリーンの光に照らされている。久しぶりに、その昔科学の問題を夢中で追いかけているときによく見せていた表情だ。生き生きして熱心な、ものすごくうれしそうな顔。

「どうしてこんなに静かなの？」とダイナ。火球の衝突音がしたり、〈エンデュアランス〉のエンジンの推進力を感じたりしてから、ずいぶん長い時間がたっているように思えた。

「陰に入ったのよ」とアイヴィ。「新たな防護円錐域に。ほら」と、あごをしゃくってみせる。

ダイナはうしろに回って、友人の肩にあごをひっかけた。モニターにはウィンドウがいくつも開いている。アイヴィがそのひとつを拡大して、ほぼスクリーンいっぱいに表示した。底辺のあたりに添えられたキャプションは「船尾カメラ」だ。

視野いっぱいの、巨大な小惑星のクローズアップ画像。

ダイナは小惑星採掘者だった。現役時代に小惑星の写真をさんざん見ている。形や質感から小惑星を見分けるのはお手のものだ。これも難なく識別できた。「〈クレフト〉だ」

　アイヴィは手を伸ばしてスクリーンに触れた。指先の下にあらわれた赤い十字線を、大きな岩石の表面を横切って、黒々と巨大なクレヴァスの中心までドラッグしていく。そのクレヴァスは小惑星をほとんどまっぷたつに裂いているように見える——この岩石の名前のもとになった裂け目《キャニオン》。彼女は十字線を裂け目《クレフト》の真ん中に残して指を離した。「ここがいいと思う」

「もうちょっと下の、広がってるところはどう？」

「広くないほうがいいと思う。被曝量が多くなるから」

「じゃあ、そこへ行こう」そう言ってダイナは手を伸ばし、十字線をわずかにずれた位置へドラッグした。「いったん内側に入って、狭いほうへすり寄っていけばいい」

「女だけで楽しくやるって？」ドゥーブのしゃがれ声がした。

「あなた、もう一時間ももたないってほどじゃないでしょ」とアイヴィ。

「それくらいならがんばってみよう」

　そこへ入っていくには、なんの問題もなかった。軽飛行機のパイパー・カブでグランドキャニオンに入っていくように、アイヴィは〈エンデュアランス〉を大きなクレヴァスの中へ進めていった。しばらくのあいだ、両側の絶壁がはるか上のほうまで伸びていく。渓谷の底はまだ影の中に消えていた。

ダイナの大ざっぱな提案に従って、アイヴィはそこから数十キロメートル離れた、渓谷の内壁が近づきあって放射性の空が狭まり、星形の隙間になるあたりに向かって、船を少しずつ進めていった。ときどき外側のモジュールを絶壁にこすりながらさらに進み、もうそれ以上深くは進めないところまで到達した。

そこからクレヴァス沿いに両方向をながめれば、太陽の光が射す地点が見える。だが、ここなら岩石からも放射線からも守られる。アイヴィは〈エンデュアランス〉を渓谷の床に着陸させた。〈クレフト〉の重力はほんのかすかなものだが、重力と言ってもさしつかえないほどのものであり、船を定位置にとどめておくには充分だった――彼らが移動する気になるまでは。

彼らが移動することはないだろうが。

〈クレフト〉

〈クレフト〉上での人間の体重は、地球ならだいたいビール三パイントの重さといったところだ。〈エンデュアランス〉も、せいぜいセミトレーラー二台ほどの重さにしかならない。

アイヴィは最後に一度だけ姿勢制御スラスターを点火し、尾部を回転させて垂直にした。

〈エンデュアランス〉は頭を下に、トーラスを上にして立ち、〈ハンマーヘッド〉の鉄の鼻先は下を向いて、クレヴァスの鉄の床についている。ダイナは〈グラブ〉たちを送り出し、船を小惑星に溶接させた。アイヴィがスラスターを止めた。

〈エンデュアランス〉はもう船ではなくなった。ビルだ。

〈クレフト〉と一体化した金属の〈ハンマーヘッド〉から、〈スタック〉が木の幹のようにまっすぐ伸びている。そこから大枝のように、さまざまな構造物が細分化して外に広がっている。幅が最大の部分は、もとは船尾を構成していた八一の〈アークレット〉の列だ。それが今では、木の葉のように上向きに突き出している。

というのは、あくまでも彼らの想像だった。〈ハンマーヘッド〉を出るまで、実際に外に出てながめることはできない。戦闘のあいだ、彼らはハッチを封鎖していた。船を停止させ、溶接し終わるころには、〈エンデュアランス〉全体が静まってかなり時間がたっていた。やっとハッチを開けた彼らは、まずはモジュールをひとつひとつ調べていった。〈バッキー〉や〈サイワイ〉たちを先に立てて暗い空間を照らし、隠れた隅々にカメラを向ける。そのうちテクラが加わって先頭に立ち、ダイナとアイヴィを背後につけた。彼らは長いパイプでこしらえた棍棒で武装していた。だが、それを使うようなことにはならなかった。

犯罪現場と戦場と被災地が組み合わされたような状態だった。まだ気密が保たれているモジュールは、およそ半数しかない。完全に孤立し、宇宙服を着なければたどり着けないモジュールもある。全部を調べるのには何日もかかった。

モジュールのひとつにアイーダがいた。ドッキングしたヘプタッドの、ひとりだけの生存者だ。死んだタヴィストック・プラウズを食べてから二日たっていたので、飢えてはいるものの、健康状態は悪くない。戦闘と火球衝突の組み合わせにどうしようもなくなって、彼女は水が入った嵐シェルターに閉じこもり、その後シェルターの中身を飲みながら救助を待ったのだった。

生きている人間の総数は、これで一六。何人かは戦闘や火球衝突で負傷していた。〈ハンマーヘッド〉、あるいは嵐シェルターに避難していなかった者はみな、放射線疾患に苦しんでいた。元気な者たちが穴をふさぎ、モジュールを再加圧し、トーラスをまた回転させて病室にした。そこはすぐ満室になった。

ダイナは、なんとか最後に一度だけドゥーブを船外に連れ出した。ここ数日、衰弱していく一方のドゥーブだったが、宇宙服を着せたとたん、みるみるエネルギーがよみがえった。ダイナがクレヴァスの床に連れ出すと、足を踏み出すたびに浮かび上がってしまわないように磁化した〈グラブ〉を取り付けたブーツで、足どりも軽く歩いた。二人は一キロメートルばかり、人類の新たな生息地《ホーム》をたびたび振り返りながら、ぶらぶら歩いた。回転するトーラスの上のほうでは、モイラが今も遺伝子ラボを荷ほどき中で、テクラは最上層の〈アークレット〉を点検して、どれが無傷でどれが修理不能か、どれを修理すれば将来居住できるようになるかを調べている。クレヴァスの床では〈グラブ〉や〈サイワイ〉たちがケーブルや支柱を広げて、〈エンデュアランス〉を最後の休息所に定着させている。

二人が歩いているところは、ほぼ常時暗闇だった。宇宙線やコロナ質量放出から庇護されることの代償だ。しかし、見上げれば頭上のクレヴァスの縁を、太陽の光が金色に輝かせている。鏡を設置して、反射した太陽光が下向きに〈アークレット〉まで届くようにすれば、透明な外殻内で食糧が育ち、空気もきれいになると、二人は語らった。ドゥーブは〈エンドームメント〉というアイデアをもちだした。いずれ、クレヴァスのてっぺんに天井を張り、壁を築いて空気を保つようにすれば、谷の一区画全体を大気圏にできる。そして、子供たちが宇宙服を着なくても〝外出〟できるような場所になっていくだろう、と。

それから、彼はうち《ホーム》に帰って息をひきとった。

彼の遺体はほかの死者たちとともに、〈クレフト〉上に墓地を掘れるようになるまでの霊廟になっている、損壊した〈アークレット〉に保管された。墓をつくるまでには長い時間がかかるだろうが、生き延びた者たちにはみな、これほどの犠牲を払ってここまでやってきたからには、彼らを手厚く葬るべきであって、焼き払ったりするわけにはいかないという強い思いがあった。ドゥーブは、ズィーク・ピーターセン、ボロル＝エルデネ、スティーヴ・レイクほか、ほぼ同じころに他界したみんなと一緒の墓で眠ることになる。

長く意識のあった者たちが、〈スウォーム〉からやって来た人々との争いや、嵐や石つぶてをかいくぐる、波瀾万丈の〈エンデュアランス〉最終航海のあいだの出来事を語った。彼らの話は記録され、保管された。いつの日かその物語をまとめ、データ・ログと比較対照して、戦闘で誰が誰を殺したか、どのモジュールがいつ暗転したかを解明する歴史家があらわれるだろう。

もちろんアイーダが話す気になりさえすれば、彼女はこのうえない情報源になっただろう。だが、彼女は語ろうとしない。どうしようもなく深い抑鬱状態に沈み込み、時おり思いがけずそこから浮かび上がったかと思うと、彼女の頭を去来する散漫な思いをぺらぺらしゃべるのだった。誰も彼女に話しかけたがらなかった。彼女は話すとき、例の熱を帯びた鋭い目で、やたらとじっくり、貫くように見つめてくる。まるで心の奥底まで見通すかのように。あるいは見通してやろうと思っているかのように。そんな凝視の対象にされては、いやおうなく彼女たちのやったことを考えずにはいられない。どうしても食糧として値踏みされているような気になってしまうのだ。

〈スウォーム〉のネットワークが〈エンデュアランス〉に再結合するやいなや、三年分のメールのバックログやスペースブックのポスト、ブログのエントリー、一時的な知らせなどから、叙事詩さながらの物語が浮かび上がった。大筋のところでは、ジュリアとその取り巻き連中は現実からしだいに解離していったということらしい。ルイーザはそれを、第一次世界大戦後に心霊主義が盛り上がった状況になぞらえた。一九二〇年代、戦場で、その後インフルエンザの流行で人命が失われたことを受け入れられない多くの人々が、あの世に行った故人と連絡を取り合えると信じ込むようになった。何ごとも起きなかったのだと自分に言い聞かせることで、深い悲しみを回避したのだ。

　だが厳密には、あまり似た状況とも言えなかった。〈ハード・レイン〉による犠牲のほうが、もちろんはるかに多大だった。また本質的に、心霊主義に傾くような〈アーキー〉はあまりいない。だが、格別激しいコロナ質量放出で一〇〇人近い〈アーキー〉が命を落としたあと、タヴがブログに、ドゥーブと一緒にブータンを旅したとき、その途上で国王と輪廻転生について会話した内容をつづっていた。瞑想にふけるような、非宗教的に死者を称揚する文章だったが、振り返ってみると、それが生存者の思考が変調をきたす曲がり角となったらしい。〈スウォーム〉の考え方は、あまりに皮相的にカオス理論を読みすぎた者か、集合的《コレクティブ・》意思決定《ディシジョン》というのは人智を超えた心霊主義的な域にあるものだと考えがちな人々にとってある意味、神聖なものであった。

　ひとつのブログ投稿から育っていったテクノ神秘主義的観念の寄せ集めは、ルイーザにも、事後に明晰な頭で読んだほかの誰にとっても、おもしろくもなければ理解もできなかったが、

〈アークレット〉に閉じ込められていた多くの怯える若者たちには、希望と慰めになったらしい。タヴが偉かったのは、預言者じみた地位にのぼろうとはいっさいしなかったことだ。だが、それどころか、彼の謙虚さが裏目に出た。

「さっぱりわからない」とルイーザ。「どうしてこんなスレッドを読んで希望を見いだせる人がいたのか。意味すらないじゃない。だけど彼らには希望になったのね。目の前にある現実の問題から注意をそらしてくれるには、充分だった。アイーダたちがついに正気に戻ってジュリア陣営を攻撃しはじめると、その反動がいちだんと激しくなってくる。その時点で限界をはるかに超えていたからなのね」

トライアド二つによる〈ボロ〉が反発を始め、アイーダをはじめ思いを同じくする〈アーキー〉たちが大挙して、〈ホワイト・アークレット〉が出す偉そうな口調と内容の公式発表を〝たわごとよばわり〟し、タヴィストック・プラウズを政権の手先ブロガーだと非難しはじめた。彼らは〈ブラック・ボロ団〉を自称し、〈スウォーム〉内のほかの〈アークレット〉にも反乱のメッセージを広めていった。

それは、現実に向き合わなくてはならない、〈スウォーム〉の問題にありのまま効果的に取り組む手段が必要だ、と訴えるメッセージだった。それ自体はしごくもっともである。必要とあらば〈エンデュアランス〉の慈悲にすがる、というくだりもあった。彼らはＪＢＦに、帳簿を公開して、水や食糧その他必需品の正確な現存量、およびその数字が時間とともにどう推移していくかを示すよう要求した。ジュリアはその要求を拒んだが、結局、スタッフに変節者が出て、データをリークされてしまう。食糧事情の先行きが暗いと判明し、そこから起きたさまざまな反応が、以後〈スウォーム〉の歴史と政治を決定づけることになる。中には、〈エージェント〉とは神あるいは神にほかならない全能のエイリアンがつかわした、復讐の天使のようなものであり、この世に終わりをもたらし、全人類の意識を宇宙のデジタル・スウォームに溶け込ませようとしたのだと考える、神秘主義や希望的観測に逃避する者もいた。また、ジュリアが引きずりおろされて分別をよくわきまえた人たちが彼女に取って代わるまで、当座しのぎの手段として人肉食を――食糧とするために人を殺すのではなく、自然死した人を食べるという意味のカニバリズムを――公然と容認する意見もあった。神秘主義者たちはたいていが、ジュリアの旗じるしのもとに再結集した。一方、人肉食容認論者たちは、強烈なカリスマ性ゆえに〈ブラック・ボロ団〉のリーダーとしてしだいに頭角をあらわしてきていた、アイーダのもとに集まる結果となった。

ひとつだった〈スウォーム〉は、こうして二つに分裂し、そのどちらの派閥も、分裂の原因になった共通の問題を解決するどころか、ますます悪化させていった。そのあたりから物語の結末が予測できるようになって、過去何日かの出来事に行き着くのだ。

アイーダは依然として語ろうとしなかったが、ジュリアは語った。彼女の話によれば、アイーダ以下〈ブラック・ボロ団〉の連中は、最後の何週間かのあいだに、人食い人種になりさがった自分たちは〈エンデュアランス〉の生存者に忌み嫌われ、一生のけ者にされるだろうと判断したらしい。偽善的で殊勝ぶったアイヴィとその取り巻きによる、過酷なものになると思われる審判を、手をこまぬいて待つよりは、まずネットワークから始めて〈エンデュアランス〉を一部、あるいはまるごと乗っ取ったほうがいい。そのうえで、強い立場から条件交渉をしよう、と。

　それでともかくもだいたいのところは説明がついたが、ジュリアとタヴの二人が負ったらしい身体的損傷の謎は残る。

　それについて意見を求められたジュリアは、肩をすくめてみせた。「私たちは彼らにとって犯罪者だった。犯罪者は罰を受けなくてはならない。すでに閉じ込められて飢え死にしそうになってる人間を罰するのは難しいわ。身体への攻撃以外で、処刑者のツールキットに何が残ってるっていうの？　彼らは私を黙らせたかった。だから黙らせた。そしてタヴには、彼の身体を自分たちの身体にアップロードして、彼自身がしたのと同じ手で報復したのよ」

　一週間後、最後の犠牲者が負傷あるいは放射線疾患がもとで死を迎え、生き残った健康な人間は八人になった。

　アイヴィは、服喪と再考のために二四時間の活動停止を求めた。そのあと、全人類会議を招集した。メンバーはダイナ、アイヴィ、モイラ、テクラ、ジュリア、アイーダ、カミラ、ルイーザだ。

　ジュリアとアイーダをどうしたものか、ほかの六人にはよくわからなかった。彼らは何年ものあいだ、暇さえあれば、いつかジュリアを裁いてやろうと夢想してきた――とにかく裁くことだけを考えてきたのだ。ところがいざとなってみると、アイーダの前にはジュリアの影もかすんでしまった。それにもう、そんなことはすっかり無意味になったように思える。六人の女が二人の女を刑務所に入れるというのか？　こんな場所で拘置することにどんな意味があるのか？　理論的に考えられるのは、せいぜい体罰くらいだ。だが、それはもうアイーダがやったことであり、その結果を考えただけで全員が吐き気を催した。

ジュリアにはもう、誰も脅威を感じなかった。アイーダにはまだ威嚇するような気配がある。かといって〈アークレット〉に閉じ込めておくわけにもいかず、彼女から目を離さずにいる以外、なすすべはなかった。そこで、彼女を決して目の届かないところに行かせず、決して背後に回らせないことにした。

全員が〈バナナ〉に集まって、会議用の長テーブルを囲んだ。部屋の片側にあるのは、死《デス》——最後の男性となったズィークが一日半前に、生きている男がたったひとりで八人の女をよりどりみどりなのに残念でならないと、軽口をたたいたあと絶命した病室だ。彼女たちはそこを漂白剤で拭き清め、これからずっと使われないことを願いながら、清潔なシーツでベッドメイクした。もう一方の側にあるのは、生《ライフ》——モイラが遺伝子ラボを設置した一連のコンパートメントだ。

この会議はのちに、〈七人のイヴ会議〉と呼ばれることになる。女性は八人いたが、そのうちのひとり、ルイーザはもう閉経していたのだ。アイヴィは概況の報告から始めた。ある観点からすれば、驚くほど恵まれた状況だった。みんな、ひどい知らせにはすっかり慣れっこだったので、彼女はそれを一度ならず強調した。太陽系に、彼女たちが船を停めたこの場所ほど安全なところはそうありはしない。宇宙線はここまで届かない。コロナ質量放出からもやはり免れる。エネルギー源となり農業にも欠かせない太陽光が、ちょっと上へ行けば、クレヴァスの高い絶壁に射し込んでいる。そこではほぼ常時太陽が輝いているのだ。

一方、大型原子炉ならびに四八の〈アークレット〉の原子炉が、いつまでも使い切れないほどの電力を生み出している。その状態が何十年も続くだろう。水も、まだ一〇〇トンばかり残っていた。氷を解かして分裂させ、推進剤に使うかたわら、そこからリン、炭素、アンモニアなど、太陽系が誕生したときの置きみやげで、かつて〝グレッグの骸骨〟を黒い殻のように覆っていた悪臭を漂わせる化学物質を、抽出していた。ショーン・プロブストにはちゃんとわかっていたのだ、そうした物質が農業を支える貴重な栄養素となることを。

過去五年間にわたって取り憑かれたように心配してきたこと、つまり近地点や遠地点、ロケット噴射、推進剤、さまざまな移動で悩まされることは、もう二度とない。火球もここまでは達しない。たとえ〈クレフト〉がいつか同じくらい巨大な岩石と衝突しても、生き延びられるだろう。

〈クラウド・アーク〉の編成時に各〈アークレット〉に積み込まれた〈ビタミン〉は、何千という人口を支えるはずのものだった。大量に失われてしまったとはいえ、小規模コロニーを長いあいだ維持するだけのアスピリンや歯ブラシは、まだ充分すぎるほど残っている。

彼女たちは、さまざまなところでデジタル・テクノロジーに頼っていた。代わりに仕事をしてくれるロボットや、装置を動かしつづけるコンピューター制御システムなしには、長く生き延びられない。彼女たちに、古くなったものと交換する新たなコンピューターチップを製造する能力はなかった。だが、こういう事態を想定していた〈アーキテクト〉たちが、注意して大切に使いさえすれば何百年ともつほど大量に、予備部品を備蓄してくれていた。デジタル文明を再発達させようという計画もあった。いざとなれば、いろいろなツールをつくるためのツールをつくるツールがあり、それらをどう使ったらいいのかという取扱説明書もあるのだから。

　さしあたっての説明がすむと、言うまでもなく近い将来問題となることに、話題が移る。全員の顔がモイラに向いた。

「私の設備はまったく無傷で乗り切りました」と彼女は言った。「私、この三年間ずっと退屈だったわ。はかないお花かなんかみたいに扱われて。そのあいだに、あれをどう使ったらいいのか、私のもてるかぎりの知識を書き出しておいたの。明日私に万一のことがあったって、みんなでなんとかできるってことよ。

　ごらんのとおり、私たち、みんな女よ。うち七人はまだ赤ん坊を産める。厳密に言えば、卵子をつくりだせるってことだけど。じゃあ、精子はどこで手にいれたらいいのか？　そう、地球から送られてきたものの九七パーセントは、〈ハード・レイン〉の初日に被害を受けてだめになったわ。残りは、それまでに一〇の〈アークレット〉に分散させてあったから残った。その〈アークレット〉がみな、その後〈スウォーム〉と一緒に行ってしまった。あれはひとつとしてここに戻っていないみたいね」

アイーダがその発言をさえぎった。テーブルの向こうのジュリアをじっと見て、口を開いた。「知ってのとおり、あたしは〈スウォーム〉にいた。だから教えてあげられるわ。一〇台の〈アークレット〉にあったサンプルは、忘れ去られてたのよ。一度も話題にされなかった。誰か存在を知ってた人がいたんだとしても、さっさと忘れたんでしょ」

ジュリアはそれを、自分のしたことに対する攻撃だと解釈した。「世界中のあらゆる民族から、若くて健康な男女が八〇〇人も集まっていたのよ」

「いた」アイーダが繰り返す。「いたわね」

「サンプル容器を冷凍保存しておくのに必要な労力は、見合うもんじゃ――」

「やめて」とアイヴィ。「もし私たちが赤ん坊を産みはじめられたら、その子の曾孫くらいの年代の人たちが、記録を詳しく調べたうえで、何をなすべきだったかについて判断や議論をしてくれるでしょう。今は非難の応酬なんかしてる場合じゃない」

「マルクスが会議の席で、人間遺伝子アーカイヴのことをくだらないって言ったこともあったわね」とダイナ。はからずもそれが、議論上ジュリアの味方につく発言になっていることに少し驚いていた。

「二度と同じ過ちを繰り返しちゃいけない」とアイーダ。「自分を欺いちゃだめ。現実はこんなはずないなんて思い込んじゃいけないのよ」

アイヴィが続けた。「こんな、気づいたら繁殖力のある女が七人生き残ってるっていう事態になるとわかってたら、この三年のあいだに、健康な男たち全員に試験管に向かってマスターベーションしてもらってればよかった。なんとかして全部冷凍保存しておいたわ。だけど、こうなるとは思いも寄らなかった」

「それがいい結果になったかどうかはわからないわよ」とモイラ。「被曝した放射線量を考えたら、精子サンプルの遺伝物質を手作業でかなり修復しなくちゃならなかったかもしれない」

「手作業で修復？」とジュリア。

「引用符を付けるべきだったわね」と、モイラは両手を上げて指先を曲げてみせた。「もちろん、文字どおりに手を使うわけじゃなくて。あそこにある装置を使うわ」――ラボのほうへ手を振ってみせる――「細胞を――精子や卵子ね――分離して、ゲノムを解読する。こまごまとしたことはいっさい省略した話よ、もちろん。大事な点だけ言うと、それでＤＮＡのデジタル記録が手に入る。それが掌握できさえすれば、次はソフトウェアの仕事。データを評価して、ラボの一部として送り込まれている巨大なデータベースを参照する。染色体上の、宇宙線や原子炉の放射線でＤＮＡ小片が損傷を受けた箇所をつきとめるわけ。そうして初めて、もともとそこがどうなっていたのかっていう合理的推測をもとに、スプライシングして、破損箇所を修復できるようになるの」

「すごく大変そう」とカミラ。「あなたの負担を軽くできるようなことがあれば、私で役に立つなら何でもお手伝いする」

「ありがとう。みんなで何カ月も働くことになるわ」とモイラ。「何らかの成果が出るまで、それくらいはかかる。ほかにすることはあんまりないけど」

「ちょっと待って、大事な問題はどうなってるの。精子がないんじゃなかったの？」とアイーダ。

「精子は必要ない」とモイラ。

「妊娠するのに精子がいらないって！　知らなかった」アイーダはかん高い笑い声をあげた。

モイラは淡々と続けた。「単為生殖《パーセノジェネシス》というプロセスがあるの。文字どおりの処女生殖《ヴァージン・バース》ね。普通の卵子から単為生殖胎芽をつくり出す。動物ではもう行なわれてきてるわ。ヒトで誰もやろうとしなかったのは、倫理上の危険を伴うという理由から。それに、チャンスさえあればいつでも男たちが喜んで女を妊娠させてくれたんだから、ちっとも必要なかったし」

「ここでそれができるの、モイラ？」とルイーザ。

「基本的には、さっき損傷を受けた精子を修復する話をしたけど、技の難易度はあれとほとんど変わりないわ。それどころか、ある意味ではそれより楽かもしれない」

「あなたが私たちを妊娠させられるってわけね……女の力だけで」とテクラ。

「できる。ルイーザ以外の全員を妊娠させられる」

「自分が母親と父親を兼ねて、子供を産めるわけね」アイーダはどう見てもその考えに魅了されている。怒りっぽくて不安定なアイーダがぱったり影をひそめ、〝クジ引き〟時代にきっと権力者たちの心をとらえたに違いない、思いやりも熱意もある少女に戻ったようだった。

「ラボで手の込んだ作業をする必要がある」とモイラ。「でも、ラボをここまで無事に運んできたのは、何もかもそのためだったんだから」

一同はしばらく考え込んでいた。最初に口を開いたのはジュリアだった。「科学に無知な者として、昔ながらの役割を果たすとしましょうか。あなたには私たちのクローンがつくれる、そういうこと？」

モイラはうなずいた。『イエス』とは言わずに、『その質問の意味はわかる』と伝えたのだ。「無性生殖《クローン》にはいろいろな方法があるのよ、ジュリア。もちろん、複製生物《クローン》を発生させるって方法もある。その場合は子孫がみんな遺伝的に母親と同一になるわね。そうはしたくない。ひとつには、それじゃ基本的な問題が解決しないからよ。男ができないってことだけど」

カミラが手を上げた。話をさえぎられて明らかに当惑したモイラは、目をぱちくりさせ、それからうなずいてみせた。「それってほんとに問題かしら？」とカミラ。「ラボがあって、クローンをつくりつづけられるんだったら、男のいない社会にするのもそんなに悪くないんじゃないかしら？　ともかく何世代かはそれでいいのでは？」

モイラは、片手でそっと押すようなしぐさをして彼女を黙らせた。「その問題はあと回し。今言ったようなやり方の単為発生には、もうひとつ問題があるの。繰り返すけど、子孫がみんな同じになる。まさしく複製《コピー》よ。遺伝的多様性《ダイバーシティ》をもたせるためには、オートミクシスな単為生殖っていうのを使わなくちゃならない。うーん、話せば長くなるんだけど、要するに、通常の有性生殖だと減数分裂のあいだに染色体が交差するわけ。それが自然なＤＮＡ組み換えの形態なの。だから、子供は親にどことなく似ているけど、生き写しにはならない。私の提案する単為生殖は、その染色体交差がある形態のものよ。ちょっとだけ無作為というか」

「男の子も女の子もできるの？」とダイナ。

「それはもっと難しい」とモイラ。「Ｙ染色体の合成は生やさしいことじゃないから。私の予測では、第一組の赤ん坊たちは――最初の何組かになるかもしれないけど――女ばっかりになるでしょうね。だって、ともかく人口を増やす必要があるし。そのあいだに、Ｙ染色体の問題をなんとかしてみせる。そうすれば、男の子も生まれてくるようになると思う」

「でも、その女の子たちは――あとから生まれる男の子たちもだけど――ずっとやっぱり私たち自身のＤＮＡからつくられていくわけ？」とアイヴィ。

「そうよ」

「じゃあ、私たちと遺伝的にそっくりな子供になるわけね」

「私が何も操作しなければ、姉妹みたいになるでしょう」とモイラ。「姉妹っていうよりも、もっとよく似てるかも。だけど、私がいくつか妙技をふるって、同一の原材料から幅広い遺伝子型をつくりだす。従姉妹《いとこ》みたいにまではなるんじゃないかな。わからない。やってみたことないから」

「今問題にしてるのは、近親交配ってこと？　そんなふうに聞こえるけど」とダイナ。

「ヘテロ接合性の欠如。そうよ。私はたまたまその方面に詳しかった。だからこそＧポップのメンバーに選ばれたの」

「クロアシイタチやなんかの研究のためね」とアイヴィ。

「そう。これは密接に類似した問題だわ。でも、みんなに念頭に置いてほしいのは、クロアシイタチの場合で解決した問題を、私たちはもう一度解決しようとしているってことなの」

彼女が勢いよく自信たっぷりに言ってのけたので、みんなはしばらく黙り込み、続きを待って彼女を見つめた。

モイラが続ける。「ともかく直観的にわかってもらえてると思うんだけど、どう？」

少し怒ったような表情のジュリアに向けられたこの言葉が、答えをもぎ取った。「私の娘はダウン症だったわ。以上よ」

モイラはわかったというしるしにうなずき、先を続けた。「誰にだって何らかの遺伝的欠損があるものよ。大規模な人口の中で多少とも無作為に繁殖しているぶんには、平均の法則によってそういうエラーが沈み込む傾向がある。何もかも丸くおさまるというか。だけど、同じ欠損をもっているどうしがつがうと、子孫もその欠損を引き継ぎやすくなって、いずれは私たちみんなが、近親交配といえば決まって連想する不愉快な情況になる」

「じゃあ」とルイーザ。「あなたの立てた計画に従って、その計画に着手したら、何年かすれば姉妹だか従姉妹だか同然のグループが七つ——」

「充分なヘテロ接合性はないわ、質問にお答えするなら」とモイラ。「何かの病気になりやすい遺伝的体質があったら、たとえば——」

「私はアルファ・サラセミア（先天性の溶血性貧血）の家系よ」とアイヴィ。

「申し分ない例だわ」とモイラ。「実は、オールド・アースの滅亡以前にそういったことに関する膨大なデータベースが編集されていたの。それが全部、今ここにある」彼女はラボのほうを示す身ぶりをした。「どの染色体上にあるどんな欠損がアルファ・サラセミアの原因になるかは、充分にわかる。卵子を提供してもらえれば、その欠損を見つけて、単為生殖までに修復できるから、子孫にその欠損はなくなるわ。将来的に無作為な突然変異でもないかぎり、再発はしない」

ダイナが手を上げた。「兄が嚢胞性線維症（外分泌腺の遺伝性疾患）の保因者《キャリア》だった。私は検査を受けてないけど」

ジュリアも手を上げた。「三人のおばが同じ種類の乳ガンで亡くなった。私は検査を受けたわ。私も同じ欠損のキャリアよ」

「どの場合にも同じ答えが当てはまる」とモイラ。「そのための遺伝子検査が存在するなら、当然、どの欠損がその原因になるのかわかっているということよ。そして、わかっていれば修復できる」

新たに声があがった。「双極性鬱病はどうなの？」

みんながアイーダのほうを向いた。

彼女はこの先一生、友だちのないまま、親しい会話さえしないまま神に召されることになりそうだった。だから、彼女の質問を受け入れるような気分の者は誰もいない。だが、ともかくそう質問してきたということから、それまでの彼女にはなかった、ある程度の自己反省がうかがえる。モイラは考えてみた。

「ちょっと調べてみないと。ある程度までは家系にあると思う。特定の染色体の特定の場所までたどることができれば、ほかの病気と同じように治療できるわ」

「治すほうがいいと思う？」とアイーダ。

誰もが反射的にルイーザのほうを向き、彼女がうなずく。「精神の病気をなんとなく身体の病気よりたいしたことがないって考えてたのは、もうずっと昔のことよ。私は、精神の異常にも同じように取り組むべきだと思う」

「治さないといけないと思う？」

ルイーザはかすかに顔を赤らめた。「どういう意味なの、アイーダ？」

「調べたのよ」とアイーダ。「双極性は有用な適応構造だっていう意見もある。事態がよくないときは落ち込んでひきこもって、エネルギーを保存する。事態がよくなれば、すごいエネルギーですぐに行動に移る」

「要するに……」

「この病気が子孫にあらわれないように、私の意思に反しても治療するの？　双極性障害の赤ん坊をいっぱい産みたいって、私が望んだらどうするの？」

不穏な沈黙が続く中、カミラが口を開いた。「攻撃性はどうなの？」

全員の顔が、聞き間違ったのではないかとでもいうようにカミラのほうを向いた。

「まじめな話よ」彼女はアイーダに目を向けた。「あなたの病気が引き起こす苦しみを軽視するつもりはない。だけど、歴史上、攻撃性は双極性鬱病や何かよりも、はるかに大きい苦痛と死を引き起こしてきたのよ。苦しみにつながるような人間の精神面を治していけば、攻撃的な行動傾向をなくせるんじゃないかしら？」

「違うわ」と、モイラが話しはじめたところへ、ダイナが割り込んだ。

「ちょっと待って。あたしは攻撃的よ。生まれてからずっとね。サッカー選手になってオリンピックに出場する予定だったんだから！　何かになれるとしたらそれしかなかった——攻撃性をかき集めて行動するしかね」ダイナは、テーブルの向こうのテクラにあごをしゃくってみせた。「ふん、あの人をごらんなさいよ！　何度攻撃的になって、あたしたちを救ってくれた？」

テクラがうなずく。「そうね。ダイナだって宇宙ステーションのルールに反する攻撃的行動に出て、私を救ってくれたし。問題は攻撃性じゃない。自制心が足りないことよ。人間は攻撃的でかまわないし」——ダイナにうなずいてみせる——「感情をコントロールしさえすれば、建設的に社会参加だってできる」テクラがそう言ってアイーダを意味ありげににらみつけると、彼女は小さく鼻を鳴らして目をそらした。

「それって、自制心とか自己統制とかを目指した人種改良を提案してるの？」とアイヴィ。

「私、ついていけるかしら」

「カミラはただ、ある種の性格型が病的なほど極端になれば、それ自体で診断のつく精神病と同じくらいよくないって言ってるだけだと思うわ。それより悪くはないにしてもね」とジュリア。

「あなたに代弁してもらいたくありません」とカミラ。「もう代弁するのはやめてください、ジュリア」

「助けになればと思っただけなんだけど」とジュリア。だが、昔の彼女だったら非難がましくなっていたはずなのに、今のジュリアはただ疲れて見えるだけだった。

ダイナが話に割り込む。「まあ、私が言いたいのは、人類の未来から根絶すべき遺伝的なフリークに分類されるのは、うれしくないってことよ」

「誰もあなたにそんなこと言わないわよ、ダイナ」とアイヴィ。「カミラは、教育を受けたがってるからといって彼女を殺そうとした、ゴリラ男の話をしてるんだから」

「で、あなたのご意見は？」テクラがアイヴィに聞いた。

「あなたと似たようなところね。攻撃性はさしつかえない。コントロールする必要はある。向ける方向を考えなくちゃ。ただし知性をはたらかせて。理性的思考ね」

アイーダがかん高く笑った。「ああ、ごめんなさい。〈スウォーム〉のことを考えてたもんだから。八〇〇人の人間はみんな、知性と理性的思考ってやつで慎重に選ばれてた。それがおしまいには、私たちみんな、彼らはどんな味がするだろうってことしか考えられなくなってたのよ」

「私たちは誰も共食いしなかったわよ」とアイヴィ。

「でも、考えはしたわね」アイーダは笑顔で言った。

ダイナが片手をテーブルにバンと叩きつけた。ぐっと目を閉じてしばらくじっとしていたが、ふいと立ち上がって部屋を出ていった。

「攻撃性をコントロールする自制心も理性的思考もできてないんじゃない！」アイーダが高笑いする。

「あれも自制心のうちよ」とテクラ。「あなたを殺してしまわないようにっていう。いいこと、アイーダ、そういう行為を考えることとすることとは別ものよ。だからこそもっと自制心が必要なの」

「ねえ、自制心って言うけど、それってどういう意味？」とモイラ。「その言葉を遺伝学用語に変換しようとしてるんだけど。私、遺伝子マーカーから嚢胞性線維症を探し出せる。自制心ってやつを捜せるかどうかはわからないわ」

「人種によっては自制心があるわね。そういえば」とテクラ。「日本人には自制心があるわよ……イタリア人よりも」

テクラがアイーダをじろっとにらむと、ほとんどの者が椅子の上で身を硬くしたが、アイーダはさっと顔をのけぞらせて得意げに笑うだけだった。「ローマ軍のことを忘れてるけど、いいわ、どうぞ続けて」

「男のほうが女よりも自制的ね。それは事実。だとすると、そういう遺伝子《ジーン》があるんじゃない？」

　そこでまた沈黙が生まれた。やがてルイーザが口を開く。「あなたには私が知らなかった一面があるのね、テクラ」

「いやなやつとでも、人種差別主義者とでも呼んでかまわない。あなたが言おうとしていることはわかってる。訓練の結果だと。文化の違いでしかないと。私はそう思わない。痛みを感じない人は痛みに反応しない。ホルモンも同じことよ」

「ホルモンだとどうなの、あなた？」とモイラ。テクラへの愛情があからさまなので、部屋に張りつめた緊張の糸がゆるむ。

「誰だって知ってるでしょう、ホルモンがある状態のとき、感情は大きな衝撃を受けるって。そうでなければそれほどじゃないのに。遺伝子《ジェネティック》に関係するわ」

「あるいは後成《エピジェネティック》的なことかもしれない。よくわかっていないのよ」とモイラ。

「いずれにしても」とテクラ。「私が言いたいのは、何百年もブリキ缶の中で暮らす人間たちには、秩序と自制心が必要だってこと。上から押しつけられるものじゃなくて、内部から生まれるものがよ。あなたの遺伝子ラボでそれを生まれやすくする方法があるんなら、そうすべきよ」

　ルイーザが発言する。「アイヴィがもちだした、知性が重要だって問題をまだ探究していないわね」

「ええ」アイヴィはアイーダをちらっと見た。「中断されちゃったから」

　アイーダは片手で口もとを覆うと、わざとらしくにやにや笑った。

アイヴィが先を続ける。「私たちの子孫の遺伝的改良という扉を本当に開けるつもりなら、どう見ても、ある資質をほかのあらゆるものに勝る切り札とみなすべきだと思う。それは間違いなく、知性よ」

「ほかのあらゆるものに勝る切り札って、どういうこと？」とルイーザ。

「知性があれば、自制心が求められる状況になったときに、自制すべきだと察することができる。あるいは、攻撃的に行動すべきだとか。攻撃的になってはいけないとか。人間の心理は可変のものだから、カミラやアイーダやテクラがいろいろ挙げたような、どのタイプの人間にもなる可能性があるんじゃないかしら。だけど、そうなる原因は全部、私たちを動物から区別しているものにある。それが頭脳よ」

「知性にもさまざまなタイプがいっぱいあるけど」とルイーザ。

アイヴィはちょっと首を振ってみせた。「そういう心の知能とかなんとか、あなたの言うようなことは全部わかってる。いいわ。わかりました。だけど、私の言いたいことはわかってもらってるんでしょ。それに、それが遺伝学的に伝わっていくことも。学問上の業績ひとつとってみても、東欧やドイツ系《アシュケナージ》のユダヤ人の試験の成績だって」

「スペイン・ポルトガル系《セファルディック》のユダヤ人として言うなら」とルイーザ。「私の複雑な感情を思いやってくれてるわけね」

「私たちには頭脳が必要、それが肝心な点よ」とアイヴィ。「私たちはもう、狩猟採集民じゃない。私たちみんな、病院の集中治療室にいる患者みたいに生きていくことになる。生きつづけるために必要なのは、勇気でも運動能力でも、ほかにも穴居人の社会だったら重宝なスキルなんかでもない。必要なのは、複雑な技術的スキルを使いこなす能力よ。オタクになる能力なのよ。オタクを繁殖させなくちゃならない」彼女はアイーダの顔をまともにじっと見た。「現実主義を求めてるんだったわね。彼女と」――ジュリアにあごをしゃくって――「そのまわりの人たちが万能の方策をかかげていたのが不満だったのよね。事実を直視しなかったって。よろしい。事実をつきつけてあげる。私たちはもう、みんなオタクになったのよ。りっぱなオタクになったほうがいい」

アイーダはあざけるように首を振った。「あなたには人間的要素が抜け落ちてる。だからリーダーには向かないのよ。だから、あなたより賢明な人たちが支配していたころ、マルクスに取って代わられたんじゃない。だから私たちが今ここにいる」

「そう、無事にね」とアイヴィ。「あなたについてきた人たちとは違って。誰も残っていないわね」

「あの人たちは死んだ」とアイーダ。「そして私は生きてて、これからどうなるかもわかる――私を〈アークレット〉に閉じ込めて遺伝的異常のある赤ん坊を産ませ、私から取り上げようってんでしょ」そう言って、彼女はさめざめと泣きはじめた。

「彼女も私と同じね、もっと重症のようだけど」とジュリア。「いろいろと先行きが見えてしまうのよ――状況からしてどうしても、希望のないものばかり――で、それに従って行動することになる」

「あなたらしくもない自己反省ぶりね、ジュリア」とモイラ。

「私の自己反省の程度なんか知りもしないくせに」ジュリアが切り返す。「私は生まれてからほとんどずっと、鬱病とつきあってきたのよ。昔は薬物治療もしてた。その後、薬はやめたけど。やめたのは、薬のせいで無感覚になるからよ。ぼうっとするより悲しいほうがましだって決心したの。ありのままの私でいられる」

「鬱病はある程度遺伝的なものよ。子孫のゲノムからは消してもいいけど？」とモイラ。

「私の話を聞いたでしょ」とジュリア。「決心したって言ったじゃない。どっちで苦しむほうがましかってことよ。私みたいにいろいろと先行きを想像する人間がいなかったら、社会が混迷するでしょうからね。頭の中で手に負えないようなシナリオを描かせておけばいいのよ。考えうるかぎり最悪の事態を予測させておけばいい。それを防ぐ手段を取るのよ。そのための犠牲が――希望のない想像で頭がいっぱいになるっていう犠牲ね――個人的な苦しみだとしたら、苦しませておけばいい」

「でも、それを子孫にも望む？」

「もちろん望みはしない」とジュリア。「どちらかだけにする方法があるなら――悲しい思いをせずに先を見通す力があるなら――すぐにでも飛びつくわよ」

「そういうメンタリティの人が多少はいてくれないと」とテクラ。「多すぎたらソヴィエト連邦になってしまうけど」

「私は四七歳よ」とジュリア。「産めるのはせいぜいひとりね、うまくいっても。あとのみんなは、もう二〇年くらいばりばり産めるでしょ。計算してみるといいわ」

「驚いた、早くも競争するような話になってる！」カミラが嘆いた。「ほんとに、こんな話題をもち出さなければよかった」

たたきつけるような鋭い音がした。

一同の顔が〈バナナ〉の窓のほうに向いた。大きな窓ではなかった——ディナー皿くらいの大きさだ。三年のあいだ氷に埋もれ、窓があることも忘れられていた。だが今では、若干めまいがするながめとはいえ、まわりがはっきり見えている。

その窓の外、回転するトーラスに、ダイナがカラビナでつながっている。宇宙服を着て、エアロックから外に出ていたのだ。

室内から注目されているのを確かめた彼女は、片手を伸ばすと、小さな物体を窓ガラスにたたきつけた。粘土とワイヤーと電子部品のかたまりだ。彼女が装置に付いているボタンを押すと、一〇分からのカウントダウンが始まった。

アイーダが悲鳴のような笑い声をあげ、手を叩く。

「いったい何してるの？」とジュリア。

「あれは爆破装置よ」とアイヴィ。「あれをダイナが窓からはがさなかったら、今から一〇分後に私たちはみんなおしまいになる」彼女は首をめぐらせて部屋を見渡した。

「ちょっと、どういうことよ？」とジュリア。

「あの子はこう言いたいんでしょうね、一〇分以内に決着がつかなけりゃ、人類は存続するに値しないって」とアイヴィ。

全員が三〇秒ほど黙り込んでいただろうか、モイラが口を開いた。「こういうことでどうかしら。ひとりひとりが自分の卵子をどうしたいか決める、ってことで」

異議が出ないので、彼女は先を続けた。「よし、はっきりさせましょう。病気に間違いない場合は——医学書やなんかで病気と定義されてるようなものね——私が治療する。身体的病気と精神的病気の区別なしに。それぞれの人にそういう病気がいくつあっても、それは全部治療してから次の行動に移るわ。ただし」彼女は顔をほころばせ、人差し指を立ててみせた。「治療が全部終わったら、みんながひとつずつ自由にするのよ」

「自由に何をするの?」とテクラ。

「改変——改良ね——ひとつだけ自分で好きに選んで、いずれわが子に成長していく受精卵のゲノムに適用する。自分の子供だけによ。ほかの誰にも強要はできない。だから、カミラ、攻撃性をなくせば人類は向上するって思うなら、やってみて。私が学術文献を調べまくって、遺伝学的にあなたの目標に到達する方法を見つけるから。ほかのみんなも同じよ。人類の状況をよくするだろうって思う変更を何でもどうぞ。自分の子供を自分で選ぶのよ」

全員が考え込んだ。ときどき互いに視線を交わして、相手の反応をうかがいながら。

アイヴィが窓の外のタイマーに目をやる。「何か質問は? あと八分あるけど」

ルイーザが言う。「八分もいらないんじゃないかしら」

アイヴィはひとりひとりの目をのぞき込み、窓のほうを向いて承認のしるしに親指を立ててみせた。

窓ガラスと宇宙服のドーム型ヘルメット越しに見えるダイナの目が、揺れて焦点を結ぶ。

彼女はうなずいた。

モイラがにっこりと親指を立てた。今度もダイナに認められる。

そして、テクラ。続いてルイーザ、カミラ、ジュリアも。

全員の視線がアイーダに集まる。彼女は見返そうとしない。実はひどく内気なのだった。

「どうでもいい」と、ぼそりとつぶやく。

「彼女に意思表明しなくちゃ」とアイヴィ。

「ほんとなの？　あたしの片手ひとつで全人類を滅亡させられるってこと？　あと七分のうちに親指を立ててみせないってだけで？」

テクラが作業服のポケットから折りたたみナイフをするりと取り出し、ぱしっと振って刃を開いた。低く膝の上あたりに持って、爪の手入れでもしているふうを装う。「それとも」とテクラ。「人口が急に八から七になって、全員一致で決定ってことになるか」

アイーダはにやりとして、片手を突き出すと、親指を下へ向けた。

「あたしの意思表明は呪いよ」

ルイーザが大きなため息をつく。

「あたしから生まれる呪いじゃない。あんたたちの子供を呪うんでもない。そうよ。あたしだって、決してみんなが思ってるほど悪いやつじゃないのよ。こいつは、これからしようとしていることによってあんたたちが生んだ呪い。これはあたしの子供たちに降りかかる呪い。だってそうでしょう。あたしには先行きが見える。あたしは不吉な人間。人食い人種だから。つまはじき者よ。あたしがどんな決心をしたって、未来永劫あたしの子供はあんたたちの子供から差別されるわ。間違いないんだから。今決めたのって、新しい人種をつくるってことよね。七つの新人種を。彼らはいつまでたっても、はっきりと区別されるわ、モイラ、あんたがアイヴィと区別されるのとおんなじに。彼らは二度と融合して単一の人類にはならない。なぜって、人間性のたどる道はそうじゃないから。今から何千年もたつと、あんたたち六人の子孫があたしの子孫を見て、『あっ、ほら、アイーダの子孫がいる、人食い人種、不吉な子、呪われた子だ』って言うんだわ。彼らは、あたしの子孫を避けて通りを渡る。地面に唾を吐き捨てる。今決定しようとしてるのは、そういうことなのよ。あたしの子は——子供たちは、だわね、たくさん産むつもりだから——この呪いに耐えられるようにしよう。呪いを切り抜けて生き残るように。そして打ち勝つように」

　アイーダは室内をくまなく見回し、底知れぬ黒い目でほかの女たちをひとりずつ順番に凝視してから、窓のほうを向くと、ダイナに視線を据えた。

「承認するわ」そう言って彼女は、片手をゆっくりと回して親指を上向きに立てた。

　ダイナは爆破装置を窓からはがした。たった今アイーダが何を言ったのかは知らない。特に気にしてもいなかった。例によってアイーダがひと芝居打ったのだろうくらいにしか思わなかった。

秒読みのタイマーにはまだ何分か残されていた。そのまま切ってしまってもよかった。だが、なんだか散歩にでも出かけたい気分だった。ついさっき〈バナナ〉で何があったか知らないが、不愉快なことらしい。あの人たちと一緒に閉じ込められてるのには、もううんざり――好きな人たちとだって。そんな気持ちなので、みんなのところへ戻ろうと思えなくなった。

カラビナをはずすと、のろのろ回転しているトーラスから離れていく。その勢いでクレヴァスの壁のほうへ運ばれていった。ゼロGでの動きにすっかり慣れている彼女は、タイミングよくゆっくり宙返りをして壁に両足をつき、スピードを抑えてから、ブーツに付いた磁石をオンにしてクレヴァスの絶壁をのぼりはじめた。重力が弱いおかげで、どの方向だろうと思いのままになる。崖を〝垂直に上へ〟歩くのと、渓谷の床を〝水平面に沿って〟歩くのとでは、若干の違いがあった。

ヘルメットのスピーカーから音がして、音声が接続されたことを知らせた。

アイヴィだった。「散歩にお出かけ？」

「まあね」

「ねえ、私たち、たった今気づいたんだけど」

「へえ？」

「全員が意思表明したわよ――あなた以外」

「うーん、鋭いご指摘」ダイナはちらっとタイマーを見下ろした。画面の数字が読み取れなくなっていた。明暗境界線――太陽光と影のあいだの、ナイフの刃ほどの細い線――に近づき、上方のまぶしい壁が画面に反射しているからだ。よく見えるように傾けてみると、ちょうど六〇秒の表示に変わるところだった。「大丈夫。まだ一分あるから、そのあいだに決める」

「ふうん、私たちがどういう合意に至ったか知りたい？」

「あんたを信じてる。だけど、もちろん知りたいわ」

「私たちみんな、あなた似の赤ん坊をつくろうってことになったわよ」

「そりゃあ傑作だわ」ダイナは明暗境界線を越えた。太陽が顔を出す。自由になるほうの手を上げて、ヘルメットのサンバイザーを下ろした。

「モイラがもう始めてる」

「それでアイーダがあんなにドラマクイーンぶってたの？」

「そのとおり」

あと三五秒。

「ほんとはどうなったの？」

「母親それぞれが、ひとつずつ自由に遺伝子を変える」

「へえ？　じゃあ、あんたはどうする？　すっごくおりこうさんな、ちびっ子くそまじめ女にする？」

「どうしてわかったの？」

「勘で言ってみただけ」

「あなたはどうなのよ、ダイナ？」ダイナには、友人の声がそわそわしはじめたのがわかった。彼女はクレヴァスを見下ろし、溶接してつなぎとめられている、よるべない人類のゆりかごをながめ、一瞬、そこへ爆薬を落としてやろうかという想像にかられた。復讐の女神が稲妻をお見舞いするかのように。

彼女はマルクスのことを考えていた。彼とのあいだにできたはずの子供たちのことを。どんな子供たちになっただろう？

マルクスはいろいろな意味でいやなやつ《ジャーク》だったが、それをうまくコントロールするすべを心得ていた。

本当のところ——彼女にはもうわかっていた——ちょっと前にテーブルを叩いて席を立ち、憤然と〈バナナ〉を出ていったのは、アイーダのせいなどではない。アイーダが挑発的なのは確かだ。しかし、それよりもっと腹立たしいのは、カミラが火付け役となって攻撃性についての発言がじわじわ燃え広がっていったことだった。今思えば、ダイナやマルクスに向けられた発言ではなかった。それでも彼女は、できることならカミラの首もとのスカーフをつかんでディスプレイの前に座らせ、マルクスがどんな最期を迎えたか見せてやりたいと思った。

マルクスは英雄だった。ダイナには、カミラが人類の英雄たちから人間性をはぎ取ろうとしているように思えた。攻撃性という言葉で言いあらわしたものの前に、彼女は身を伏せる。だが、そうすることによってカミラもまた、別の意味で攻撃的になっている——受動攻撃的に。ダイナのような育ち方をした者には、それがどうしても卑劣に思えてしまうのだ。最終的にはそちらのほうが、あからさまな攻撃性よりも大きな破壊力があるのではないか。

　そう考えて度を失った彼女は、やむなく会議の場を離れたのだった。

「ダイナ？」とアイヴィ。

「あたしは英雄的な人種をつくっていく」とダイナ。「カミラのくそったれ」

「それは面白いことに……なりそうね……何百年ものあいだ、英雄的人種と限られたスペースをともにするのは」

「マルクスなら方法を心得てた」とダイナ。「やなやつだったけど、彼には規範ってものがあった。騎士道精神ってやつがね」

　彼女は爆破装置をまっすぐ投げ上げた。

「今のが賛成の意思表示？」

「まあ、そういうこと」彼女は、星空にだんだん小さくなっていく装置を見守った。ＬＥＤタイマーの赤い光がルビーのようにきらめく。

「全員一致よ」とアイヴィ。〈バナナ〉にいるほかの女たちに向かって言っているのだった。

『最初で最後のね』とダイナは思った。

　赤い光がピンで刺したほどに縮んでいた。火星みたい、とダイナは思う。ただし、火星よりくっきりして明るいが。そして、それは音もなく黄色い光の玉になり、暗くなって広がっていった。

ハビタット・リング　A＋5000頃

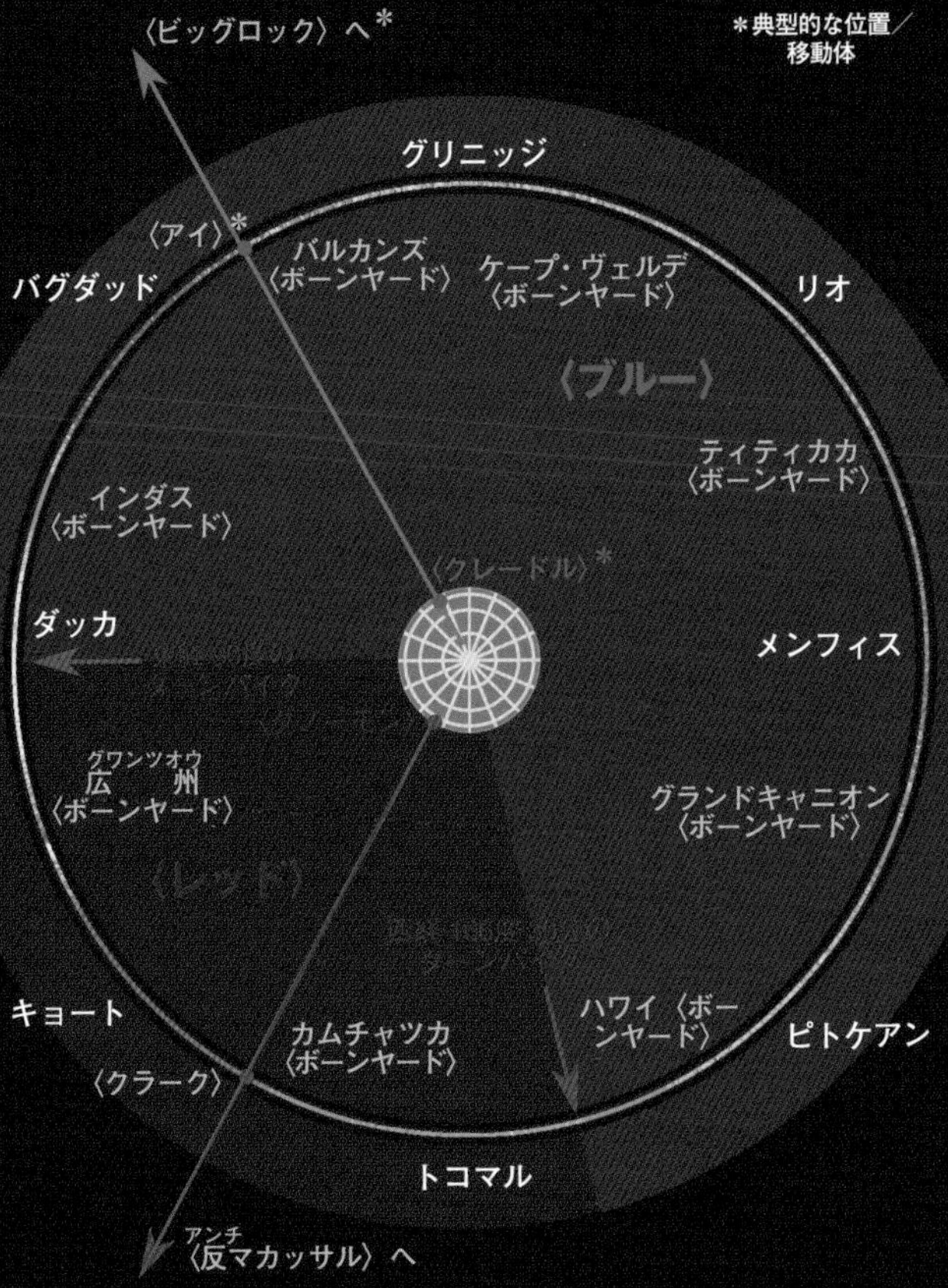

主な系統:	● 特定の人種なし	● モイラン	● アイーダン
	● ダイナン	● テクラン	● カミート
	● アイヴィン	● ジュリアン	● いずれでもない

〈アイ〉。リングを移動する巨大
構造物。旅客を運ぶほか、それ
自体が居住空間である。

第三部

五〇〇〇年後

キャス・ツーは、頭上にピンと張られた布地の上で動き回っているオレンジとピンク色の光の小片に気づき、ハッと目を覚ました。オールド・アースのサバンナにルーツをもつ大昔の本能が、危険を察知したのだ。テントの上を旋回している捕食者の影かもしれないと思った。〈ハード・レイン〉が降り注いだ五〇〇〇年のあいだ、この本能は休眠状態にあって、役に立たなかった。だが、危険な存在となりうるほど大きくて賢い動物の育成を始めた、このニュー・アースの地表において、その本能が彼女の睡眠を妨げることになったのだと。肩がびくっと動いたが、それは半分寝ているときになるようなもので、自分が本当に動かしているのかそれとも夢を見ているのか、よくわからない感じだった。武器を手にするため、枕の下に手を伸ばそうと考えていた。だが、すっかり目が覚めると、腕は引きつっただけでまったく動いていなかった。頭の下にある薄い詰め物を通して、まだ〈カタパルト〉の硬さが感じられる。

そのときまでにははっきりしていたのだが、テント上で動いていた光は、大型捕食者とは関係なかった。影がまだらになっていたし、動きが激しすぎたからだ。鳥でも、このような動きはできない。そのきらめく光と回転する動きは謎だったが、色合いからは朝の到来を告げる光であることがわかった。つまり、彼女はいささか寝過ごしてしまったのであり、自分を空へ運んでほしいと願う夜明けの微風を、とらえ損なう恐れがあったのだ。

彼女は前日に歩いた影響が脚の筋肉にきているのを感じながら、よろよろとテントを出た。これは意外だった。自分では訓練を充分に積んでいると思っていたからだ。だが、最大規模の宇宙居住地《スペース・ハビタット》にも、あれだけ長い時間下っていける場所はない。現実の惑星上だから、何日にもわたって坂道を下り続けることができるのだ。あの長い下り坂を走ったせいで、両脚がかなりのダメージを受けていた。きのうの彼女は直径三〇キロに及ぶ青い水で満ちたクレイターに向かって、丘陵地から下りて、約二〇〇〇メートル高度を下げたのだった。クレイターのふちの手前数キロの地点で立ち止まったが、そこから先の地面は彼女と岸のあいだにある草地に向かって絶壁となっていた。坂にある裂け目ははっきりしなかったものの、キャス・ツーの痛む膝でもはっきりとわかった。一〇歩ほど進んでいき、水ぶくれのできた足の裏で角度を測りながら、唇と髪の毛、それに両方の手のひらで空気の流れを感じていた。それから向きを変えると、低い夕陽がかすめて地面に明暗境界線をはっきりと投げかけていなければ見えなかったであろう変曲点（地面の凹凸の変換点）へと、とぼとぼ戻っていったのだった。

変曲点では傾きの変わった地面の上を風が流れている。その広がりぐあいは昨晩の消えかけの風ではかすかにしかわからなかったが、朝になって太陽が昇り、空気が暖気を運ぶころにはかなりはっきりしたものになると、彼女にはわかっていた。そのため彼女は荷物をおろして、テントを張ったのである。

　まだらの光の源は、今の彼女には見えていたが、眼下の湖の波に当たってきらめく太陽の光だった。彼女のいる位置から坂を一〇〇メートルほど下ったところの木々の枝越しに光が投げかけられていて、その木々が朝の風を受けてそよぎはじめ、眠っている恋人が漏らした息のような柔らかな音を立てている。

　彼女はかがむと、枕代わりに使っていた洗濯物の袋の下から〈カタパルト〉を引っ張り出し、それが自分の指紋を認識して立てる、うなるような音を感じた。だが、本当のところはそれを使いたくない。彼女は少し歩いてあたりを注意深く見回してから、手頃な広さの空き地にしゃがみ込むと、排尿した。この数十年間でようやく、ここの生態系も、彼女の雇い主である〈テラリフォーム〉が捕食者を持ち込めるほどのレベルにまで発達していた。ただし、それはまだ曖昧な意味合いにあった。歴史によれば、オールド・アースの成熟した生態系では、捕食者と獲物はある種の釣り合い状態に向かっていたという。だがニュー・アースのつくり直された生態系では、どうなるかわからなかった。このあたりの捕食者のすべてが食べるものを充分に得られるようになるのかどうか、わからないのだ。充分に得ていても、キャス・ツーのことを、自分たちの食事にさらに加えられる何か魅力的なものと見ているかもしれなかった。

キャス・ツーは監視人《サーヴェイヤー》だった。それが軍人であることを意味するのかというと、ほとんど神学上のこととも言えるような複雑な話となる。ただ監視人のことを、軍隊との特別連絡係を兼ねた、兵站《へいたん》的な利便性と状況認識のためだけの単なる科学的な部隊と見るにしろ、あるいは〝スネーク・イーターズ〟と緊密に連携するエリート偵察部隊と見るにしろ、彼女たちに課された任務は、ニュー・アースの生態系の成長の観察および報告だった。人類が多大な手間暇をかけて開発と導入を行なった動物を殺すことではないのだ。地表での二週間に及ぶ任務のあいだ、彼女は〈カタパルト〉に慣れて、自分が携帯するその武器を驚異的なものとは見なくなっていた。ただ、今日帰ると意識したことにより、あらゆるものを、明日には接触することになる知的な都市居住者の目を通して、見るようになっていた。都市居住者とは、ハビタット・リングに暮らす人たちのことだ。あたりを慎重に見回さないと排尿もできず、武器を手に持っていなければ空き地に出ていけないような場所にキャス・ツーがいたことなど、彼らには想像もできないだろう。

彼女が目覚めてからの数分間で、きらめく光は真鍮のような黄金色になっていた。その場にあるすべてのものは、異常なまでに複雑で予測できない現象が組み合わさった結果だった。湖のさざなみに、成長した木々の枝のかたち。この一世紀ほどのあいだ、つまり宇宙から飛来したポッドがこの地面にまいた種が、〈ハード・レイン〉の無数の火球によるごちゃごちゃの噴出物の上でサイコロのように転がり、岩を食べる細菌によってできた裂け目に場所を見つけて以来のことだった。木々や葉は風の流れに反応するが、風自体は人間の計算どおりにはいかず、不規則に荒れ狂っている。人間の脳は——あるいはどんな大型動物の脳であれ——このような環境で生きるように進化し、このような複雑な刺激に育てられて発達したのだという事実について、彼女は考えていた。だが五〇〇〇年のあいだ、人類はそのような滋養がない状態で生きてきた。彼らはコンピューターを使ってシミュレーションをしようとした。湖や森を維持できるほどの広さがあるハビタットをつくった。だが、シミュレーションによる自然はしょせん疑似の自然でしかない。人間の脳はそのあいだに変化したのだろうか、ニュー・アースで始められたことに対する準備はできているのだろうかと、彼女は思った。

そのあとで、キャス・ツーは〈モイラン〉、つまりモイラの子孫なので、すべては自分が寝過ごしたことと関係しているのではないかと考えた。これまで彼女の監視人としての任務は、数日間だけの短期調査だった。しかもたいてい、発展途上の生物群系《バイオーム》へと送られていた。〈テラリフォーム〉の工程のほんの一部にあたる、地表への播種がつい最近行なわれた場所であり、目と鼻と耳に触れるものもそれほど複雑ではない。ところが今回の任務は、それによって自分が変わったとわかるほど、長期のものだった。

イヴ・モイラはロンドン子で、自然界に魅了されていたが、都市に引きつけられた。そのため、キャス・ツーも大都市の華やかさに目を向けていた。ここでは、空を見上げることを意味していたが。

きのうは曇っていて、空気に動きはほとんどなかった。帰るために必要なエネルギーを見つけて調整するのに苦労していたかもしれない。だが、夜のうちに状況が変わっていた。空気が動いていたのだ。顔で感じられるほどにはまだ強くなかったが、木々のてっぺんにある葉を揺らし、背の高い草の重い頭がぐらつくほどであった。上のほうでは、もっと強く動いているに違いない。前日は一面にあった雲が、今はちぎれて房状や薄布状になり、底のほうでは紫がかった灰色に、東面ではピンクがかったオレンジ色になっているからだ。ただ、そのあいだの空はすっかり晴れ渡っていて、輝く星や惑星がいくつか、彼女に見えるほどの暗さがまだあった。さらに南向きには——彼女は北半球にいた——東の地平線から噴き出て天空にアーチをかけ、西のほうの世界の影へと落ちていく、きれいに並んだ輝く点のリングがあった。ここからだと彼女には、そのリングの中に五〇〇〇ほどのハビタットを見ることができた。地平線上のずっと東には、とりわけ大きな光の点があり、ネックレスの留め金のようだった。あれが、現在は大西洋の上に位置している巨大な構造物、〈アイ〉だろう。

　あそこへ行くときが来ていた。

　彼女は小さなテントを、風が地面にそって曲がると思われる丘の上から少し離れた、ひし形に広がる柔らかい平らな草地の上に据えていた。それを畳むと、最後にもう一度だけ荷物をかついで、前日に見つけてあった坂の角度の変わり目までの短い距離を運んだ。腰のベルトの留め金は外して、地面へ落とした。

　空気が抜けた翼と尾の構造物を広げるのは、それぞれを軽く蹴るくらいで簡単だった。そのあいだには、小さい包みが収まっている。足で動かすポンプと、彼女の頭よりもやや大きな硬い球体だ。

　ポンプを踏むのに数分を費やした。布地が広がっていくにつれて折り目から皺がなくなっていき、グライダーらしく見えてきた。

　太陽のおかげで、クレイターの向こう側のふちはすっきり見えている。翼の先端がエネルギーを集め出して、筋力でできる以上に翼と尾のチューブを加圧する内蔵型の空気ポンプへと送っている。

　彼女は支度を進めた。それは裸になることから始まるので、寒かった。ポンプの作業で汗をかいておいてよかったと思った。

　硬い球体はバブル状のガラス製で、下の部分にキャス・ツーの頭が入る程度の幅の穴があった。今のところは、巻いた生地が詰められている。彼女はそれを引っ張り出すと、地面へ蹴り出した。彼女の背丈ぐらいの長さがある。それに巻かれていたのは、はしからストラップが垂れた硬めの素材の漏斗《ろうと》だった。漏斗の中には二つの包みが収まっていた。ひとつは小さく、彼女の便通を一日分止める錠剤だ。彼女はそれを飲み込んだ。もうひとつは重くて、いやになるほど冷たいジェルの入った袋。キャス・ツーは袋の角を噛み切ると、冷たい感触に顔をしかめながら、ジェルを自分の身体中に塗りつけた。それは皮膚用クリームで、非常に複雑な成分のものらしく、話で正式な名称がついている。だが誰もが、〝スペースグリース〟と呼んでいた。化粧品として売り出されることなど絶対にないもので、肌にまとわりつく感じがあり、彼女も自分の毛穴が詰まったように感じた。

漏斗とストラップからなる装置は、尿を集めるためのものだった。彼女はそれを装着すると、恥丘の上へ引き上げて、骨盤のてっぺんの上高くでストラップをしっかりと締めた。そこからは短い管が垂れていて、彼女の太ももの内側をくすぐった。

続いて、灰色の生地を拾い上げた。これはワンピース型のボディスーツで、首のところにだけ穴が開いている。微細な〈ナッツ〉――隣とつながることぐらいしかできない、単純な三本脚のロボット――が、網の目のように付いていた。お互いに簡単な言葉で会話するこの〈ナッツ〉が、共有プログラムに従って接続を伸ばしたり縮めたりできるということがなかったら、装着は不可能だったろう。彼女は首の穴に両手を入れて、反対方向に引っ張った。その動作を認識すると〈ナッツ〉は接続をゆるめ、首の穴は幅が広くなって、彼女が片足を、さらにもう一方の足を入れられるほどにまでなった。この作業にはバランスのよさが必要だが、幸運にもキャス・ツーはそれを充分に有していた。今の彼女は、地面に広げたタオルの上に立っている。このときによくある失敗は、バランスを失って足を地面につけたり、さらには倒れたりしてしまって、スペースグリースのせいで土や岩や小枝まみれになるというものだ。だがキャス・ツーは、なんの問題もなく両足をボディスーツに通した。足を通す穴や、それぞれの足指を入れる穴を見つけるのは、毎度のことながら、まるでドタバタ喜劇だった。尻の上までボディスーツを引っ張り上げると、腰を下ろして、足の指をひとつずつ通すことができた。続いて、ぶかぶかしたままの太ももの内側へ手を伸ばすと、尿の管を右太ももの内側にある接続部とつなげた。これも認識されると、布がしっかりと締まったので、彼女の両手は内側に閉じ込められそうになった。足の指から膝、太もも、尻へと波状に締まってきたが、腰の部分に触れると、いったん止まった。彼女は肩をすくめるようにしてボディスーツの上半身に身体を入れると、腕のところで切れている手袋に指を通した。その意図を理解したボディスーツは、首の部分を除いて、さらにきつさを増していった。

彼女はヘルメットにある穴から、片側に蝶番《ちょうつがい》があって、もう片側に掛け金がある硬い襟をはずした。それを首のまわりに留めると、ボディスーツの緩い布をその部分まで引き上げて、縮んで襟ときつくつながるまで押さえた。

硬い襟から足の指まで、今の彼女は灰色の生地に包まれていたが、あまりにぴったりフィットしていたため、両手の甲の腱や、早朝の寒さに反応した乳首、爪床《そうしょう》から飛び出た小さな谷のような爪が見えるほどだった。

キャス・ツーはヘルメットをかぶるのをためらった。そうしてしまうと、しばらくニュー・アースの新鮮な空気を吸えなくなるからだ。自分の中にある科学者の部分は、全人類に共通している、「自然」の世界で美しさやその存在意義に接したいと思う、より深い層と葛藤していた。彼女には、もしドクが——あるいはどの〈アイヴィン〉、つまりアイヴィの子孫だろうと——自分の心を読んだら何を言われるか、完璧にわかっていた。眼下の湖の水がそこにあるのは、水がたまるまで、死んだ地球にわれわれが彗星核をぶつけたからだ。おまえが吸ったり吐いたりしている空気は、われわれが遺伝子を操作して、水が豊かになった地球上にばらまいた有機体によってつくられたものであり、有機体は任務を終えたあと駆逐されたのだ。さらには、おまえが大好きな鋭い匂いは植物由来のもので、何年ものあいだおまえたちのイヴの首にかけられた小型メモリに蓄積された一連の二進法としてしか、存在しなかったものである、と。

そのどれも、彼女が新鮮な空気を好むという事実を変えはしなかった。しかし、風はすでに高まっていて、機体を押したり揺らしたりしている。最低限の揚力しか得られないように調整されており、どこへも行きそうになかったが、それでも突風が吹くと吹き飛ばされそうになった。

急な動きにドキッとしたキャス・ツーは、手を伸ばして右の翼の上面を押さえつけた。先端からおよそ腕一本分の長さのところだ。

キャス・ツーは自分の手の感触を意識した。手首から指一本分のところにある、右の前腕の外側の皮膚の斑点が、ボディスーツの生地がその上で収縮するにつれてぞくぞくした。指紋程度の大きさのひだの形状をしたものだ。だが間違いなく、小型の手のようなかたちをしている——モイラの手だ。彼女の皮膚とグライダーの皮膚が、ボディスーツのスマート生地に仲介されて、共通の感覚中枢で結びついたのである。

いつまでも慣れることはない。彼女は翼の先端のほうへ腕を滑らせると、ボディスーツ内の手のかたちをした障害物が手首のほうに動く様子を、笑いながらちらりと見た。翼から手を持ち上げると、ひだは消えた。

頭の上からヘルメットをかぶり、襟の位置にセットする。頭部の重さを支える額のクッションと、とびとびに並んでいる小型スピーカーを除くと、そのヘルメットはただの透明なバブルであり、ありがたいことにヘッドアップ・ディスプレイもそのほかのごちゃごちゃしたものも、いっさいなかった。

　翼をつなぐ胴体部分には、彼女がなんとか入れるだけの広さの場所があった。機首をまたいで片方の膝を上げて、膝と脛を支えるパッドつきの保護材の溝に入る。続いてもう一方の脚も同じようにした。これにより、コクピット内でひざまずく格好になった。目の前のベリーパッド上に固定せずに置いてあるのは、薄いリュック内に畳まれたパラシュートだ。それを手に取ると、背中にかけて、腰とものストラップを締めた。前かがみになって両腕に体重をかけると、腕立て伏せの姿勢で腹部を固定した。

　続いては接続の作業。まず尿の管を排出用のシステムへつなげる。襟元に飲料水の管。大気圏の出入り用には、まだ管は必要なかったものの、それでも電源ケーブルとともに、それらをつなげた。

　うしろへ手をやって、足首のところまで伸ばすと、〝ジッパー〟の取っ手を見つけた。どうしてそう呼ばれているのか彼女にはわからなかったが、能力の限られた〈ナッツ〉からなる直線の開閉部のことで、皺の寄った何層もの絶縁体の下で、ぴったりと彼女の身体を胴体内に密封するためのものだ。それを引き上げると、グライダーの柔軟な上部が尻の周辺で固定され、背骨に沿ってくっつき、ボディスーツの襟のあたりまで締まったのがわかった。今やむき出しなのは、頭部のバブルだけだ。それがグライダーのノーズコーンになっていた。

彼女は鳥が翼を広げるように両腕を横に伸ばすと、膨らんだ支えの部分に問題なく収まっている保護材の溝へと滑らせた。そのとき、どういうわけか小石が中に入ってきて、自分の腕の下に引っかかったのではないかと思えた。そこで片方の腕を少し動かしたところ、やはりボディスーツが翼の下面にある石の圧力を感じて、反映させていたとわかった。

その保護材のために音も小さくなっていたので、今や彼女は、外の音がほとんど聞こえなかった。

だがそれは、何も聞くことができないという意味ではない。風の音は聞くことができた。これは、並んだ小型スピーカーによって得られた音の風景《サウンドスケープ》を、正当に評価していない言い回しである。「森の匂いを嗅いだイヌ科の動物」というのは、「森の匂いを嗅いだ人」とはまるっきり異なる文だが、これは単語にさまざまな意味があるからではなく、イヌ科の動物の嗅覚器官が人間のそれよりも限りなく優れているからだ。大雑把に比較すると、グライダーの搭載システムによって生じて、ヘルメットのスピーカーで得られた風をリアルタイムの三次元の音であらわしたものは、イヌ科の動物が森の匂いを嗅ぐことについて人間を凌駕しているのと同様に、彼女が補助のない耳で感じられるものをはるかに凌駕していた。この乗り物には、全方向に向けられたレーザーレーダーがあり、数百メートルの範囲にわたって空気を見渡し、無数の気流やウインドシア、渦を見ていた。これらの情報のすべてを音で伝えるのは不可能だが、その内容はキャス・ツーが向かおうと思っていた場所について、充分すぎることを伝えていた。つまり、エネルギーのありかである。それが現在は、シューッという音や、パチパチ、あるいはサラサラという音がいろいろに鳴り響いていて、彼女の昨夜の直感が多かれ少なかれ正しかったと伝えていた。風は湖からの坂を途切れることなく昇っていたが、坂の上を越えるあたりではゆっくりなものとなり、競技場のアウトコースにいるのと同じように、地面近くの層の風についていくには速度を上げなくてはならなくなる。その高いところの風と地面近くの風にある速度の傾きを、彼女は使えそうだった。

　彼女の目も忙しく動いていて、坂に沿って飛び、ウインドシアから出たり入ったりしてパワーを吸収している、二羽の鳥を追っていた。その鳥のはるか上にある雲は、このあとの数分間に彼女が直面することになる状況に関する様子を伝えていたが、今の彼女にとって心配するようなものではなかった。

　風が急に強く吹いた。両腕の下にある圧力が増すのを感じたのと同時に、機体全体が上昇するのを感じた。両手両足を動かすとボディスーツが認識してグライダーの操縦翼面に伝え、すばやい動きで浮上するよう設定されている。山から来る風に急に乗るようにして、グライダーは空中へと飛び出た。翼と地面が離れると、圧力のかたまりが消えるのがわかった。腕の皮膚に感じられる唯一の感覚は、翼がその上を流れる気流を読むことによるものだ。ある程度のミスが許される高さまで上昇すると、機首を下に向けて山を滑り降り、高度を低くする代わりに速度を増した。その日の残りに彼女がやることになるのは、大気からエネルギーを手に入れて蓄えることだった。そして最後には、それを高度に変換して、大気がなくなるところまで上昇するのだ。

　湖の岸近くでは、草地が木々に取って代わられていた。ここはニュー・アースではかなり成熟した森のひとつだ。およそ一〇〇年前に第一条約が結ばれたわずか数年後に、種がまかれたのである。彼女は機首を引き上げると、いちばん高い枝の上をかすめて飛び、それからふたたび降下して、青い湖面上を滑るように進んだ。彗星の解けた核で、藻や魚が播種されて、まだ生気が吹き込まれているところだ。彼女はボイスコマンドを使って、自分の指よりも細い管で数メートル下の湖面におろし、水をすくった。湖の中央部分を横断した最初の飛行では、二〇キロの水を集めたが、そのせいでグライダーのスピードは多少落ちた。反対側に上昇温暖気流《サーマル》があったので、それに乗って数百メートル上昇したのち、旋回して再度湖に向けて降下し、先ほどよりも速いスピードで湖上を通過して、飲料水をまた集めた。旅のこの部分がいちばん厄介だったので、まだ元気な最初のころにできたのはよかった。彼女が背負って運べるほど軽量のグライダーは、それゆえに軽すぎて、多くの運動エネルギーは蓄えられない。運動量が足りないため、キャス・ツーがより上層の大気で行なえる操作《マヌーバー》には限りがあった。空気の流れがわずかに震えただけで、羽毛のようにぐらぐら動いてしまうので、もっと重さが必要だった。それには、彼女が今行なっているように、湖から水をくむことである。だが、すべてを低空かつ低速で行なうため、ミスはごくわずかしか許されない。最初の数回は、グライダーに重さがほとんどないため、最も難しかった。そこで彼女は、湖の両側で時間をかけて、よさそうなサーマルを何度か見つけると、その力を取り入れていった。ただ、これを一時間行なうと、胴体の腹部と翼に数百キロ分のバラストを積むため、恐ろしいほどの勢いでクレイター上を急降下することになるのだった。午前が過ぎていくなか、そのときまでには、巨大なクレイターの盛り上がった部分にある開けた草地から勢いよく立ちのぼるサーマルが見つかる場所をつかんでいた。

それは彼女が最後に試みたときのことだった。機首を引き上げて、向かってくる岸から伸びる木々の上をかすめて飛ぼうとしていたときに、人間の姿が見えたのだ。

その人間は岸辺で身をさらしていたわけではなく、木々が生えているいちばんはしのところに引っ込んで立ち、明らかにキャス・ツーのことを見ていた。その彼もしくは彼女は——あまりに距離が離れていたので、性別は判断できなかったが——周囲の環境に溶け込むような服を身につけていた。監視人が身につける明るいカバーオールではないが、軍隊のものにも見えなかった。その人物は自分が見つかったことを察知したらしく、すぐさま幼齢の森へと身を隠した。それと同じタイミングで、キャス・ツーは木々と衝突しないように、機首を引き上げねばならなかった。ただ、あまりに驚いたため、あやうく手遅れになるところだった。胴体の腹部に細い枝が何本かこすれるのを感じつつ、そのまま湖をあとにした。

真正面にあるのは広い草地で、太陽のほうに向いていることから、優れた動力源になることは彼女にもわかった。レーザーレーダーが空気を読めるほどに、そして彼女の目が鳥の動きをとらえられるほどにまで近づくと、サーマルのほうへと機体を旋回させた。一度目に試みたときは、自分が耳にしているものにもとづいた当てずっぽうだったが、サーマルに入るや、両腕と指先にきめ細かな空気の流れを感じたので、鳥がするようにそれを利用することができた。

三〇分間の上昇を行なったことで、湖ははるか下で青い円盤のように見えた。彼女は南東にある開けた土地へ向かっていたが、点在するキノコ型の雲が決定的な証拠となっている。高度と引き換えに距離を得た彼女は、サーマルをとらえてエネルギーを充電できるまで、ほぼまっすぐに滑空を続けた。目は、太平洋東岸部にそびえる、数百キロ先の山並みをとらえていた。その上にある雲は層状に長く並んで、山の稜線と平行している。

翼にある光電池が充分なエネルギーを蓄積したので、データを一気に宇宙へ送ることができた。数秒後に戻ってきたパケットは、予定ルート上にハンガーを見つけられる時間と場所を伝えていた。特定の計画に決めるのは時期尚早だったが、全体図をつかむのには便利だ。それに、自分の居場所と到着時間を知らせる、いい手段なのだった。

同じゾーンには、ほかにもおよそ二〇人の監視人がいるようだった。彼女はこの数字を驚くほど多いと思って、改めて確認した。確認の返事を待つあいだに自分の周囲の空をスキャンしたところ、そのうちの二人が見つかった。

やや考えてから、彼女はドクにボイスメッセージを送った。「戻ったらお話ししたいことがあります。急ぎではないですが、重要なことなので」

続いて、気を散らしていたものを頭から追いやると、当面の問題に注意を向けた。ダウンレンジ（射程に沿った領域）で待ちかまえている山岳波《マウンテン・ウエーヴ》へ入り込むために、サーマルを充分にかせぐのだ。グライダーに充分なエネルギーを——ほとんどを高度というかたちで——貯められると、サーマルに乗って飛ぶという部分はほぼ自動操縦になるので、一回につき二〇分にわたって居眠りができる。

実のところ、今回のフライトをロボットで行なえない部分などなかった。今現在、ロボットグライダーはニュー・アースのいたるところで稼働しているのだから。だが彼女は、機械にまかせて自分の能力を低下させることが嫌だったため、少なくとも一部の時間は自分でグライダーを飛ばしたかった。アルゴリズムはうまくいっていたが、人間が手を入れないと、それ以上には向上しない。つまり、自分で飛ぶしかないのだった。

急激に加速されて、キャス・ツーは昼下がりのうたた寝から起こされた。見下ろしてみると、雪を抱いた山々の頂が一〇〇〇メートル下に見える。山岳波を見つけたのだ。これは持続性のある大気の力の源で、ほかのどのサーマルから得られる力よりも格段に大きい、北から南へと走る上昇気流の尾根だった。現在地から北に向かえば、おそらく極渦まで乗っていくことができ、大気がなくなるところまで行けるだろう。だが、翼で行けるところより先に行かなければならないため、彼女はグライダーを南側へ向かわせると、波に沿って横向きに滑るように調整して、時速三〇〇キロで南向きに突進しながら、高度を得るために充分な力をすくい取った。彼女はいわば、ハリケーンによってヒッチハイクをするハエなのだ。

サウンドスケープが、上下と左右に別の物体があると、彼女に伝えていた。濃い紫色の空を背景に、夕陽がそれらの胴体と翼端を照らしていたので、目視で認めることができた。

さらに高いところ――計り知れないほど高いところだが、それでもまだ〝低い〟地球軌道

——に大きな構造物があり、大時計の長針のようにかなりゆっくりと動いていた。そのはじには、かなり明るい光が星座のように並んだ直線状の集合体がある。そのひとつが彼女の真南の空をさっと進んでいったので、それをつかまえるには遅すぎた。しかし西のほうを見てみると、別のものが近づいてきた。空をまたぐ巨大な脚のようで、下向きに脚が振られているが、まだ下につかない感じに見える。それが自分のハンガーであることは、軌道パラメーター《パラム》を確認するまでもなかった。それでも計算は行なった。自分の推測を確認するためであり、込み合ったこの空間で同じものを目指しているかもしれないほかの機への、礼儀のためでもあった。

彼女が到着するより先に、暗闇が訪れた。この〝ハンガー〟は——オールド・アースの航空用語〝格納庫《ハンガー》〟から名づけられたものだが——中空の巨大なポッドで、今は上方向の宇宙空間へとさらに伸ばされたテザーにつながっていた。数千キロ上にある反対のはしには、似たような別のハンガーがあり、釣り合いおもりの役目を果たしている。この二つのハンガーが、双方のあいだに渡されたテザーがゆるまずにお互いのまわりを回るという〈ボロ〉を形成していた。この〈ボロ〉は、ほかの衛星と同じように地球のまわりを回るが、軌道の高さとテザーの長さの違いは、回転のたびに——というよりも、キャス・ツーの視点からだと、空を大きくまたぐたびに——低いはしのほうにあるハンガーが大気の最上層内で振れて、少しのあいだ、ほとんど停止するかのごとく浮くように調整されていた。ランナーが素早く動いているのに、走るたびに足が地面についたままで、一瞬のあいだは動いていないという感じに、多少似ている。とにかく、〈ボロ〉は充分な低さでゆっくりとやって来たので、山岳波の力によって大気高くへと送られた高速のグライダーなら、それをとらえて相手に合わせることができた。

キャス・ツーの目と耳は、同じ目標に集まってくるほかの機体について告げていた。ランデヴーの数分前に、機体のコントロールを、最終進入を管理する古いパランビュレーター・プログラムに引き渡すのが義務である。もし自分だけだったら、キャス・ツーは援助なしに着艦を行なえただろう。だが、自分の進入とほかの機体の位置を調整する作業は、五〇〇〇年の歴史をもつアルゴリズムに任せるのがいちばんだった。

彼女がコントロールを引き渡したとき、ハンガーの位置はまだとてつもなく遠くに思えたが、その後の数分のうちに、赤い警告灯がちりばめられたスローモーションの隕石のように、空から浮かび上がってきた。前後が流線型になっていてラグビーボールのかたちをしており、薄い大気中に牽引力を見つけて、飛行を安定させるために迎え角を調整する、ずんぐりしたウイングレットがついている。ハンガーが停止するほどに速度を落としたので、後方から合流したキャス・ツーとほかの機体は素早く追い抜いた。

ハンガーの後部はほとんどが広い開口部になっていて、今は開いて広い甲板が見えており、空に浮かぶ魔法のドアのように明るく輝いている。彼女の目の前には、自分の先に滑るように入っていくほかの機体の光が見えた。

そのハンガーの明るい開口部が、空から落ちてきた冷たい太陽のように大きくなった。機体は一機ずつ風下へと入り込むと、甲板上でバウンドしたのち、スリップして止まった。遠くからだと水平に見える。だが実際は、なだらかなスロープを登るようにやや上方へと傾いていた。そのおかげで、速度を落とせるのだ。彼女のグライダーは、二度バウンドしてからスロープ上で止まった。すると重力が——本物の重力と回転による人工重力が——背中を太い手で叩いたかのようにのしかかってきたので、グライダーが急にスピードを落とすなか、彼女はのぼせたような感覚をおぼえた。

　見た目には、現在の彼女は静止している。だが実際は、回転する物体の中にいた。長さ四〇〇〇キロの〈ボロ〉のひとつのはしにいるのだ。遠くからだと、その回転はゆったりして見えたが、〈ボロ〉は全体で二Gの人工重力を生み出せるほど素早く回転していた。それに加えて、ニュー・アースから感じている本物の重力の一Gがあるので、大きな下向きの力が、グライダーの腹部にある水で満ちたバラスト袋へと彼女を押しつけていた。

　人間と同じ大きさの〈グラブ〉が、その重さでも気にすることなく、彼女のグライダーを引っ張って片側へ寄せ、後方から接近するほかの機のために場所を空けていた。今回の通過で、ハンガーは合計八機を収容した。キャス・ツーのグライダーに加えて、人間が操縦するものがほかに二機あった。それぞれデザインは異なるが、どちらもエンジンを積んでいる。残りの五機はロボットグライダーで、見た目はキャス・ツーのものに似ていたが、膨張式ではなく固い殻をもつ。最後の機が収容されるや、ハンガーの後部ドアが収縮して、閉じられた。その手順が完了すると、ハンガーは早くも揺り戻しを行なって、先に後部を上げて高度を増し、宇宙に向かってふたたび上昇していった。

　ハンガーは加圧するには体積がかなり大きかった。大気圏へ入っている際に空気をわずかにかき集めていても、急速に漏れていた。つまりキャス・ツーは、実質的には宇宙空間にいるのと同じだった。それを察知して、彼女のボディスーツの生地が皮膚に対して収縮し、もはや大気からは得られない背圧を供給していた。これは通気性があるので、実際に彼女の皮膚と宇宙空間のあいだにあるのはスペースグリースだけだ。それと〈ナッツ〉メッシュとの混合効果により、彼女の皮膚と筋肉は、通常、人間が生きる環境と同じく、空気という厚い毛布の下にいると信じ込んでいる。昔ながらの宇宙服のように加圧される唯一の部分は、ヘルメットだった。

　ハンガーの着艦甲板の中ほどで上からぶら下がっているのは、さまざまなサイズやデザインの四機の〈フリヴァー〉だった。〈ハード・レイン〉が始まる前に存在していた宇宙機の、最新版だ。何機もの着艦が終わるまでのあいだ、これらの機は高いところによけられていた。ハンガーの扉が閉じられるや、その中の一機――中型の四人乗りモデル――が、ウインチによってスロープへ下ろされた。機は一〇メートル離れたところで停止した。宇宙機には不釣り合いだが、その機には車輪がついているようだった。ただ実際は、スロープ上を上下するためにつくられた、車輪つきで高さのないそりの上に載っていた。

　〈フリヴァー〉の気密ドアの横にある緑灯が、反対側はすべて問題ないと彼女に伝えていた。キャス・ツーがそこにたどり着くまで、およそ一〇分ある。彼女が気を失わなかったら、充分な時間だ。彼女はグライダーの機体に、収縮するよう指示を出した。空気が抜けて水が排出されるのを、彼女は音ではなく身体で感じていた。胴体の柔らかな上部が、彼女の肩、背、お尻、ももの上で左右に分かれた。そのあいだに彼女は両腕をくねらせて、翼のように広げて入れていた保護材のスリーブから腕を引き抜いた。通常よりも三倍の重さになることを考えると、いい運動になった。

　これらをすべて終えるころ、グライダーは甲板の上に平らになり、ただの皺くちゃな生地になっていた。キャス・ツーは空気洗浄システムと尿回収システムを身体から外して、電源とデータ用のプラグを襟から抜いた。身体の下に両手を入れると、〈フリヴァー〉に向かって腹這いになって進みはじめた。トカゲのように、一方の膝を滑らせると、続いてもう一方を甲板に沿って前へやるのだ。大きな〈サイワイ〉が身体をねじるように出てきて、彼女のペースに合わせながら、バイタルサインをチェックしていた。予備の空気やそのほかの援助を供給する用意もしている。だがキャス・ツーは充分に前進していた。別の人間のパイロットのひとりがやっているように、彼女もおそらく四つん這いで進むことはできただろうが、そうする必要はないと判断したのだった。

　何か奇妙なものが彼女の目に留まったので、それが本当のことなのかと確かめるべく、なんとか頭を軽く回してみた。するとやはり、三人目のパイロットが直立歩行していた。気を失わないだけの血流を脳に送り込みながら、関節にかかっているバランスと荷重を慎重に判断しつつ、短い歩幅で注意深く歩いている。

三G下では、キャス・ツーは歩くことはおろか、立ち上がることさえできない。これは彼女の人種のほとんどに当てはまることだ。ただ、この男は〈テクラン〉、つまりテクラの子孫だった。それは身体の大きさだけでなく、色合いやヘルメット越しに見える頭のかたちからも明らかだった。筋肉や、着用しているボディスーツのデザインからも、それとなく見てとれた。重さがあり、部分的に装甲があって、いくつもの荷を支えるための耐荷重性のストラップがかけられていたのだ。銃のケース、ホルスター、弾薬帯は空《から》だった。だが、そうした手がかりがなくても、這うことがもっと安全かつ容易にできるときに歩くという離れ業を行なうほうを選んだという事実から、彼の人種については推測できたことだろう。

〈モイラン〉と〈テクラン〉を結びつける人種的な絆がなかったら、キャス・ツーはあきれた表情で冗談のひとつくらいつぶやいたかもしれない。〈テクラン〉は、機械的に前へ進む際は脳内に血液を必要としないとか、そんな話である。だがその手のステレオタイプ化をすると、我が身に跳ね返ってきかねなかった。目の前の〈テクラン〉は、動力を用いて機体をハンガーへと進ませた。つまり、あれにはエンジンがついている。エンジンをつくる方法を知っている文明に属しているのなら、使わないなんてありえないというわけだ。一方でキャス・ツーのほうは、大気からエネルギーを引き出す技術と知性を用いて、動力のないグライダーで同じ目的地にたどり着いていた。彼女は望めばいつでも、パイロットの任務をアルゴリズムにまかせることができた。だがそうせずに、ほとんどをみずからが行なうことを選んだのだ。これはそれなりに、〈テクラン〉のパイロットが今まさに行なっていることに負けず劣らず、意味のない虚勢だった。彼女は、自分にとって重要な技能を試して、磨いていた。小さな違いはあるが、この〈テクラン〉も同じことをしていたのだ。

キャス・ツーが、エアロックに達したとき、まだ時間に余裕があった。そこの床は、彼女のように最も骨ばっている身体の部分で触れる人たちのために、詰め物がされていた。彼女は勢いよくあお向けになると、四つん這いでそこに来ていたパイロットに軽くぶつかりながら、自分のエアチューブをエアロックの壁にあるソケットにつなげた。新しい空気がヘルメットに流れ込んできた。さっきの〈テクラン〉が入ってきて、ベンチの上に倒れ込んだ。外側のハッチが閉じられ、ロックされる。空気圧が増して、〈ナッツ〉メッシュが身体にかけていた強い圧が弱められた。気圧がハビタットの標準的な大気に近づくにつれて、運動用のジャージ程度のきつさになった。オールド・アースの人間がコロラド州アスペンなどの土地で吸っていたものに似た薄めのガスの混合物だ。

内側のハッチが開いた。キャス・ツーが今度は四つん這いになりながら、ほかの二人に続いてメインキャビンへ入っていくと、そこには加速時用の四つのシートがあった。三人はそれぞれのシートに上がり込んで、ストラップを締めたのち、身体を楽にした。あお向けになって両脚を上げていると、ボディスーツのシステムが〈フリヴァー〉のボイスネットワークに接続された。ほかの二人も自分と同じぐらいに大きく息をしているのが聞こえたので、そうだとわかった。ただ、誰も何も言わなかった。あと数分もすれば、楽に話せるようになるだろう。さすがと言うか、控えめに呼吸をしていた〈テクラン〉が、たくましい両腕を肘掛けから持ち上げると、ヘルメットをつかんで、それをはずした。彼はその重しをそのまま腹の上に置いて、両腕はシートに戻した。キャス・ツーが予想していたとおり、プラチナの髪と頬骨が、目のはしにかすかに見えたが、頭を巡らす気分ではなかった。彼女はそうする代わりに、自分の顔の上に据えられているディスプレイに目をやって、重力によって両目が眼窩内へ平らになろうとする状態で、できるかぎり焦点をあわせた。

　彼らは、時速一〇〇キロというスピードで水平飛行して、ハンガーに入っていた。そのあとの数分で、彼女をトカゲのように床に這わせた求心力が、彼らを上や前へと加速させていて、運動エネルギーを着実に彼らやその周囲すべてに送り込み、宇宙飛行につきものの計り知れない速度まで動かしていたのだった。これは、同じ目的で祖先たちが使っていた、火を噴く風変わりなやり方と比べると、なんでもないことだった。〈ボロ〉は、ゴリアテを殺すためにダビデが用いた投石器と、機械的には同じだった。この〈フリヴァー〉は、その石受けに収まっている石だったのである。

〈ボロ〉がおよそ四分の一回転したので、彼らは今や地球の表面からまっすぐに離れていっていた。目指すのは、彼らや三〇億の人類が故郷と呼ぶ、遠方にあるハビタット・リングだ。

　頭上の画面でビデオの窓を見てみると、ハンガーの後部開閉板が広がって、黒い空の表面が見えていた。金属的な音が続いたので、そりのブレーキがはずされたのだとわかった。求心力によってランプを下っていき、ハンガーの甲板のはしまでスピードを増していったあと、ショックアブソーバーによって急停止した。〈フリヴァー〉が動いて、そのそりから自由になった。利用者の視点から見ると、甲板のはしから宇宙へと落ちたようだった。途中で落下していったが、スラスターの短時間の噴射によって、それもなくなった。

　無重力状態になった。キャス・ツーはヘルメットをはずしたが、内耳が順応するまでは、寝台のヘッドレストにしばらく頭を横たえていた。そのあいだに肘掛けのコンパートメントに手を入れて、〝ヴァープ〟を探した。何らかのアプリケーションでやりとりする際に、平面パネルのディスプレイ画面の代わりに使うものだ。かなり古い単語であるため、ほとんどの人は忘れていることだったが、ヴァープ《varp》とは視覚拡大《ヴィジョン・オーグメンテーション》用レトロ・プロジェクターの頭文字だった。型は変化したが、基本となるモデルは黒縁メガネに似ている。そのふちに搭載されているのが、自分の手の動きが見えるカメラに、自分の発言が聞こえるマイク、それに自分の視線を追える別のカメラだ。それを装着すると、周辺視野に光るものがいくつもあらわれたので、彼女は手を伸ばしてそのひとつを作動させ、パランビュレーターを始動させることができた。これによって、宇宙における〈フリヴァー〉の位置を図示することができる。中央には、灰色の大気の膜の下に、ニュー・アースを示す青い円盤があった。そのかなり外側のところに〈ボロ〉の中心を描いた軌跡があり、二つのハンガーの対の軌道が、そのまわりをうねって進んでいた。彼女たちが今去った場所だ。点滅している緑の点は、新たな軌道での現在位置を示していて、その太い楕円の遠地点は、地球の静止高度に位置するハビタットの軌道と一致していた。これからの一二時間で、彼女たちはその高度まで慣性飛行を行なうと、その後は寝台にストラップでふたたび固定され、彼らが決めたどのハビタットであれ、そこと自分たちを同調させるデルタVを、ほかの方法を用いて生み出すのである。

本質的に、全人類三〇億人が住んでいる世界は、〝上〟から表現すると（北極のはるか上空から全体を「見下ろす」と）、直径がおよそ八万四〇〇〇キロに及ぶ、髪の毛のように細い環《リング》である。これは、その中心にある青と白の惑星の直径のざっと七倍だ。このリングを形成している物体は、そこに暮らす人間には大きく見えるものの、リング全体のスケールと比べると、はかない粒子である。女性の首につける、ほとんど目に見えない微量のプラチナ製で、可能なかぎり細いジュエリー・チェーンを想像してほしい。そのチェーンの直径を一〇メートルにして完全な円にしたものが、全体の大きさと比べてこのリングでいちばん細いところになるのだ。キャス・ツーのヴァープで見られるような人工的な図のほうが、簡単に見ることができるだろう。その図では、このリングを形成している点――個々のハビタット――は非現実的なまでに大きく、色分けされた点として描かれている。

そのように見た場合、この円はそれぞれが約四五度の角度のほぼ同じサイズの八つの円弧に分けられる。ロングズームで見ると、きらきら光ったり光を発して虹色に変化したりしているが、かなり短めの灰色の円弧――〈ボーンヤード〉（がらくた置き場の意味）と呼ばれるもの――がそれらをつなげていた。

ズームしていくと、このイメージの詳細な性質がはっきりして、わかりやすいように、ラベルや数字を振った経線が重ねられていく。この八つの円弧に、九〇〇〇以上の現役ハビタットが存在する。〈ボーンヤード〉にはさらに数百が含まれているが、ほとんどが使用されておらず、スクラップ用に切り刻まれていた。ほかには未使用の月の破片や、捕捉された半端な小惑星もあり、新設用の原料となっていた。

人が住んでいないものは、まだ完成していなかったり、廃棄されたり、ただの岩石であったりしたため、灰色の点で示される。そのせいで、八つの〈ボーンヤード〉の見た目は地味になっていた。

それぞれの色で輝いているのが、それらのあいだにかかっている、ずっと長い八つの円弧だった。遠くから見ると、それぞれの円弧には主色があった。それらの色で記号化されているのは個々の建物の歴史であり、それは同様に、この千年間の人類の歴史でもあった。リングのミレニアムである第五ミレニアムのことだ。それより前、〈ハード・レイン〉による最初の四〇〇〇年間、宇宙はあまりにもごみごみしていたため、人類は〈クレフト〉のようなニッケルと鉄でできた巨大な天体という避難所に、身を潜めざるをえなかった。〈クレフト〉の軌道は当然ながら、かつてそれが核となっていた、月の軌道に似ていた。地球からは、現在のハビタット・リングより九倍も遠くにあった。デュボア・ハリスが予測していたように、かつての月の軌道は、地獄の火が地球に降り注いでいるあいだは、文明を再開するのに適した――もっと言えば唯一の――場所だった。だが、人類全体のために計画が立てられるとしたら、最も適しているのは、やはり地球に帰るということなのだ。〈ハード・レイン〉は最初は徐々に減少し、第四ミレニアムに、洞穴から出てきたコウモリのようにニッケルと鉄の要塞から放たれたロボットの大群が空の一掃を始めると、急激に減少した。ロボットたちは瓦礫の雲をかたづけ、微小片や小石を集め、それらを静止軌道上から制御された軌道へと螺旋状に落としたのだ。これらの作業の大半は太陽光の圧力を用いて行なわれたが、これは効果が出るまでに数百年を要する、弱い推進力によるものだった。

およそ一〇〇〇年前になる第五ミレニアムの初めに、静止軌道上で初となる新たなハビタットが建造された。これはオールド・アースのグリニッジ子午線の真上に位置していたため、グリニッジと呼ばれた。近隣に関しては、最初は瓦礫と使い古しのロボットしかなかった。それでも、グリニッジが完成するやすぐに、その両隣にさらなるハビタットの建造が始まった。人類とロボットは、導火線についた火のように原料となるリングを消費していき、その輪を双方向で燃やしながら進みはじめたのだ。

グリニッジは、全七人種による共同事業だった。それは最初にできたすぐ隣のハビタットたちにも当てはまる。東側のヴォルタ、その次のバヌー・カシーム、その西のアトラスとローラン、その後さらに両方向に増えた。それゆえこれらはみな、キャス・ツーがヴァープで見ていた画面では、白色になっていた。

グリニッジは、リング上に等間隔に描かれた八つの点のひとつで、残りの七つは西へ向かって、リオ、メンフィス、ピトケアン、トコマル、キョート、ダッカ、バグダッドと名づけられた。やがてそれぞれには、新しいハビタット建設に必要な生産施設が導入された。数世紀が過ぎるうちに、その住人たちも同様に西側や東側にある原料を使って、人口の増加に合うペースで、新たなハビタットをつくっていったのだ。

この過程が充分長く続くと、たとえばグリニッジから西へ伸びるハビタットの円弧がリオから東に伸びる円弧とぶつかるのは、わかりきったことだった。各区分のあいだにある、未使用の素材やリサイクル可能なくずによる、徐々に狭くなる帯が〈ボーンヤード〉となったが、これほど役に立つものでなければ、完全に消えていたかもしれない。初期の状況では材料倉庫として、後には政治的緩衝物やフロンティアに似た境界域として、スペース・ハビタットでの密集した暮らしは自分たちには向かないと知った人々が逃げ込めるところとなったのである。グリニッジとリオの中間にある〈ボーンヤード〉はケープ・ヴェルデと呼ばれた。ケープ・ヴェルデから西へ順に、ティティカカ、グランドキャニオン、ハワイ、カムチャツカ、広州《グワンツォウ》、インダスの各〈ボーンヤード〉がある。バグダッドとグリニッジのあいだにあるバルカンズと呼ばれる〈ボーンヤード〉によって、このリングは完成した。ほかより大きなものもある。かつては〈アイーダン〉と〈カミート〉の区分を分けていた広州は、両側の人口が増えたために完全に消失していた。

自身の〝呪い《カース》〟を宣告したとき、イヴ・アイーダが言った言葉の多くは真実となった。〈七人のイヴ会議〉後の最初の数世代のうちに明らかとなったのが、七つの人種は永遠に残るということだった。足の指の爪や脾臓と同じく、人間の実態において永続するのである。それに関しては公式の政策があったわけではなかったが、人々は移動することによって意思を表明した。リオは大部分がアイヴィの子孫である〈アイヴィン〉の居住地となった。〈モイラン〉はメンフィスに集まり、〈テクラン〉はその方向の円弧で次にあるもの、つまりピトケアンに集まったのだった。

グリニッジの東側に位置するバグダッドには、ダイナの子孫である〈ダイナン〉が住みついた。バグダッドから東へ進んだところにあるダッカは、〈カミート〉でいっぱいになった。アイーダの子孫である〈アイーダン〉と、ジュリアの子孫である〈ジュリアン〉は、他人種からの絶え間ない疎外感をあらわす方法を見つけた——それぞれ、キョートとトコマルという正反対の位置にあるハビタットを選んだのだ。この東端でリングが閉じられることから、〈テクラン〉の西端と接している〈ジュリアン〉とは、ハワイ〈ボーンヤード〉でのみ分けられていた。ただ単に〈ジュリアン〉の人数が、その資源を前進して使い果たしてしまうほど多くないということであっても、この〈ボーンヤード〉はかなり大きかった。

　人種の多様さのレベルは、まちまちだった。グリニッジは全人種によって建てられたので、リングの中ではいつまでも最も多様な部分となる。その両側に位置するバグダッドとリオも、それぞれ〈ダイナン〉と〈アイヴィン〉ではない多くの者が住む傾向にあった。この三つの区分の円弧はそれゆえに、かなり国際的だった。ほかの人種は一般的にもっと閉鎖的だったため、彼らの区分の円弧は完全には混ざり合っていない。リングには変則的な前哨地も点在していた。たとえば、〈ダイナン〉の区分のど真ん中に、〈ジュリアン〉五万人を擁するハビタットがあったのだ。

　イヴ・モイラは色分け法を用いて、全人種が生まれたラボのサンプルの記録をつけていた。これは完全に、彼女がそのへんに置いていた事務用品による。つまり、色つきの試験管用のステッカーとフェルトペンによる仕分けだった。それでも、それが世界共通の決まりとなったのだ。

ブルー――ダイナ
イエロー――カミラ
レッド――アイーダ
オレンジ――ジュリア
シアン――テクラ
パープル――モイラ自身
グリーン――アイヴィ
ホワイト――特定の人種なし

この同じ記号が、リングを構成する点を示すのにも使われていた。つまり、主に〈ダイナン〉がいるハビタットは青く塗られ、以下も同様というわけである。これらの点はかなり小さくて数が多いことから、合わさって虹のように光が変わり、画面上では輝く円弧となるのだった。ただ、全体的な傾向も見てとれた。イヴ・モイラが意図的に選んだのかはどうかは不明だが、絵の具にある寒色――ブルー、グリーン、パープル、シアン――が、彼女と個人的に最も仲がよかった四人のイヴと関係があるのに対して、暖色――レッド、イエロー、オレンジ――は、残りの者用になった。

　この図式に沿ってリング全体が描かれたとき、その図を全体として見ると、グリニッジは一二時の位置に、トコマルは六時の位置にあり、それゆえ寒色による大きな弧はおよそ一〇時（インダス〈ボーンヤード〉の西端）のあたりから始まって、およそ五時（ハワイ〈ボーンヤード〉の東端）のところまで至った。暖色による小さな弧は、六時前の地点から九時少し過ぎのところまでである。グリニッジを中心としたこのリングのいちばん〝上〟の区分は霜のような白色をしていて、紫色の山脈や緑色の山、それに青色の水に囲まれた極氷冠のようだった。だが、その左下では、このリングはバーナーで熱せられているように見え、主に〈カミート〉、〈アイーダン〉、〈ジュリアン〉の住人をあらわす温かなトーンで輝いていた。

　その区分は、その図面上ではリングに対して斜めに引かれた二本の赤い線によって区切られていた。ひとつは西経一六六度三〇分の位置にあり、太平洋にあった島のキリバスの上だった。この場所は、〈ジュリアン〉の区分の東端に近いところだった。もうひとつは東経九〇度ちょうどにあり、〈カミート〉の弧のちょうど中央に位置する、ダッカというハビタットを貫いていた。この二本の線が境界である。想像上のものではなく、防御柵《ターンパイク》のようにリングを横切って建造された、文字どおりの仕切りだった。両者のあいだに延びている暖色のハビタットの円弧は、〈ジュリアン〉の区分の大半、〈アイーダン〉の区分の全部、それに〈カミート〉の区分のちょうど半分を組み込んでいたが、キャス・ツーやこの〈フリヴァー〉に乗っているほかの者にとっては、別の国だった。これと、彼らが暮らした寒色の大きな区分との関係は、いかようにも表現できるが、最も簡潔なものが戦争状態である。

キャス・ツーがヘッドレストから頭を上げ、〈フリヴァー〉の一時的な社交グループに加わったことを目にした〈テクラン〉の男が、彼女のほうを向いた。彼は右手の肘を横に突き出して、手のひらを下に向けた状態で手を刃物状にすると、親指の爪が自分のあごの先にふれるまで急に動かして、一瞬そのままにしてから、それを額の高さまで持ち上げた。それから、「ベレド・トモフ」と声に出した。ただキャス・ツーは、その名前をすでに知っていた。彼のボディスーツの外側にステンシルでそう刷り出されていたからだ。

キャス・ツーも同じようなしぐさをしたが、彼女の人種のやり方によって、左手を使い、手のひらは自分のほうに向けたまま、指を曲げて軽く握った。「キャス・アマルトーヴァ・ツー」

二人は三人目である〈ダイナン〉のほうへ目をやった。先ほどまで、彼は視線をそらしたままだった。彼はボディスーツの尿回収システムへ排尿しているところだったので、誰もが理解できることだが、プライバシーを望んでいたのだ。だが、今の彼は視線を上げて、例のしぐさを行なっていた。やはり左手で、手のかまえにはやや違いがあり、手のひらは自分のほうに向けていたが、それをひっくり返して外側へ向けながら、額のところまで持っていった。「リース・アラスコフ」

この挨拶のしかたは、〈クラウド・アーク〉の初期の時代や、七人のイヴによって〈クレフト〉で生まれた第一世代へ先祖返りしたものだった。当時の人々は宇宙服を着て多くの時間を過ごしていたが、それには外側にバイザーがついていて、日光を相殺するために押し上げたり下げたりできた。そのバイザーを下げると、着用している人の顔は金属被膜された反射スクリーンの陰に隠れ、上げると見えるのだった。当時の混み合っていた環境では、手を上のほうへやる動きは、「ハロー、私は社会的交流に応じられます」という意味の合図となり、その逆は「さようなら」とか「現在プライバシーを望んでいます」ということを意味していた。これらのしぐさの実用的な必要性は、人類が各ハビタットへと広がって、望めばいつでもプライバシーが得られるようになったことから、弱まっていった。それでも、挨拶として生き延びたのだった。ベレド・トモフは右手を使う軍隊式を選んでいたが、これは言外に、「私は隠してある武器であなたを殺すつもりはありません」ということを意味していた。重力下での次の動きが、握手のために手を伸ばすということだったからだろう。だがゼロG下ではそれほど実用的でなく、そのためめったに握手にならないのだった。左手を用いる場合は、その人の右手は何か役に立つことをしていて塞がっているという意味が含まれていて、非軍事的な職業についていることを意味していた。手の位置の違いは人種的なもので、その起源は民俗学研究のテーマとなっている。ただ、互いに離れた位置にいたり、宇宙服越しでよくわからなかったりというときに、自分の人種を示すのには役立つということで、意見が一致していた。顔の造作や髪の毛の色を見ることができないときは特に、合図の大きさやかたち、態度や振る舞いなど人種を特定づけるものが、とらえにくくなる。リース・アラスコフの髪は黄金色で、そばかすのある肌は〈ダイナン〉に典型的なものだった。〈テクラン〉も金髪である。だが、リースには正直そうで魅力的な顔と、人を引きつける態度があるのに対して、ベレドは目立つ頬骨と顎骨に、つやがあって骨ばっており、目は白に近い青、髪は光ファイバーのガラスのようで、短く刈られていた。彼の感情は、その見た目と釣り合っている。キャス・ツーは暗褐色の肌で、目は緑、髪は縮れた黒。言い換えるなら、イヴ・モイラの見た目に近かった。つまり、〈フリヴァー〉内にいる三人の中で最も対照的なのは、彼女とベレドだった。それでも、五〇〇〇年にわたる文化の変容により、彼らが交流する方法はかたちづくられていた。もし何らかの危機が起きた場合、キャス・ツーとベレドはお互いに背中合わせになって、どちらも本能的に相手に不足する素質を探すことだろう。そして危機がないときには、面と向かい合うはずだ。似たような補完関係は〈ダイナン〉と〈アイヴィン〉のあいだでも得られたが、リース・アラスコフには現時点では対等となる存在がいなかった——四番目の寝台は空いていたのだ。

　これらのすべて、さらにそれ以上のものは言外の意味でしかなかったが、ほんの一瞬で伝わった。リースはそっと立ち去ると、〈フリヴァー〉のコントロールパネルの役目を果たしているディスプレイが揃ったところへと漂っていった。言うまでもなく、同じ機能は彼のヴァープ内で提供されていたかもしれないが、機体の状態をキャビン内の全員にはっきり見えるようにするのが望ましいと考えられており、その手の情報は大きな画面に映し出される傾向にあった。

リースの方針は、向かった先の遠地点にいるどんなハビタットであろうとも、反対側で〝電話に出た〟者に話しかけて接触し、うまく関係性をつくるというたぐいのものだった。キャビンをゆっくりと漂いながら、彼が声をかけてきた。「二人とも、いい監視《サーヴェイ》を行なったんだろうね」

「順調さ」とベレドが答えた。

キャス・ツーも同じ調子で答えようとしたが、湖のそばの木々に隠れて彼女のグライダーを見ていた、〈先住民《インディジェン》〉らしき者のことを思い出した。ごく一瞬のことだ。あれは想像によるものだったのか？　そうではないという確信が、自分にはあった。だが、記憶はいたずらをするものである。

「ぼくのほうは見事なものだったよ」キャス・ツーが誘いに乗ってこなかったのを見てとると、リースが続けた。

「何か異常なことでも？」とベレドが口にした。キャス・ツーも同時に、「何がそんなに興味深かったの？」とリースに言ったところだった。

ベレドの視線が自分に向けられているのを察して、キャス・ツーは彼のほうを向いたが、その質問は彼女とリースの両方に向けられていたとわかった。

ただ、質問はすべて自分に向けられたものとみなすのが、〈ダイナン〉としてのリースの本能だった。彼の視線はキャス・ツーとベレドのあいだを行き交った。そして、自分が邪魔者であると悟ると、彼は当然ながら魅力的な笑みを浮かべて答えた。「どちらの質問にも一度で答えられると思うよ」と言いながら、リースはコクピットの中央にある椅子にたどり着いた。「イヌ科の動物が大幅にエピになってるんだ。ほとんどわからないぐらいまでにね」彼が指を何度かさっと動かしてシステムを作動させると、その周囲で画面が明るくなった。

イヌ科の動物とは、イヌやオオカミ、コヨーテなどのことだ。ドクことドクター・フー・ノアは、個々の種をよみがえらせようとするよりも、〈ゼロ〉直前にオールド・アースの科学雑誌で明らかになっていた研究から、ひらめきを得た。よく知られている種のあいだの境界線は、無意味と言えるほど曖昧なものだと示唆《しさ》されていたのだ。どれもお互いに交尾をすることができ、そして実際に行なっていて、交配種の子を産むことができる。これらはさまざまな理由から、人間の観察者が別種と見るやり方で、大きさやかたちによって分類される傾向にあった。だが、人間が見ていないときや環境が変化したときに、あらゆる種類のコイドッグ（コヨーテとイヌの子孫）やコイウルフ（コヨーテとオオカミの子孫）、ウルフドッグ（オオカミとイヌの子孫）が誕生した。コヨーテがオオカミのように群れで狩りを行なうようになり、オオカミはコヨーテのように単独で行動した。人間を避けたり食べたりした動物が協力関係を結んだのだ。家庭用のペットは野生化した。

フー・ノアは一二〇歳。若いころの彼は、過去何百年にもわたって金科玉条として伝わってきた〈テラリフォーム〉の思想の伝統に反発した、数多くの科学者のひとりだった。急進派による宣伝のせいもあって、この古いアプローチは旧弊で型にはまったものとされ、TOT派、つまりゆっくりやろう《テイク・アワー・タイム》派と名づけられた。TOTの前提は、生態系——オールド・アースが何億年もかけて発展させたもの――は手仕事のような過程を経て、ゆっくり再建される必要があるというものだ。これはこれで問題ないということは、スペース・ハビタットでの暮らしは、予測できない惑星の表面よりは、とにかく安全かつ快適だったからだ。人類は、オールド・アースに似た生態系を地下でゆっくりと再建しながら、危険のないハビタット暮らしを何千年も送ることができるという。地球は一種の生態系保護区となるわけだ。その輪郭を依然としてかすかに認識できるアフリカ大陸は、〈ハード・レイン〉によってすっかり新しいかたちにされたが、イヴ・モイラの首のまわりの小型メモリまではるばる遡《さかのぼ》る、1と0のデータで配列されたキリンやライオンをもてるはずだ。大打撃を受けてつくり直された、ほかの大陸と同様に。

　ドクは、〈テラリフォーム〉の支持者を〝TOT派〟と名づけてけなした急進派の、最後のメンバーだった。GID派、つまり終わらせる《ゲット・イット・ダン》派と呼ばれたそのグループのリーダーはロイク・マルコフといい、ドクの師匠になったときには一〇〇歳を超えていた。その名前からも明らかなように（イヴ・ダイナのボーイフレンドだったマルクス・ロイカーの名字から取られている）、ロイクは〈ダイナン〉だったが、ドクやほかの信奉者の多くが〈アイヴィン〉だったため、議題を推し進める際に役に立つ、深刻さと信頼性という雰囲気があった。彼らは主に〈モイラン〉の学者と協力関係を結んでいたが、その学者たちはTOT派の前提を疑問視しはじめて、オールド・アースのバイオームの幻影の再現と、さらに不当なほど長時間かかることは、自然について実際は感傷的な考え方を反映したものだと指摘した。これは人類が〈ハード・レイン〉以降背負ってきた、ある意味心的外傷後ストレス障害《PTSD》のあらわれのようなものだ。今や、これを捨て去るときが来た。昔の生態系が戻ることはない。たとえ戻すことが可能だとしても、あまりにも時間がかかるので、その価値はないのだ。それにこれは、ドクが個人的に行なって、決定打となったものだが、自然淘汰の力は予測がつかず、コントロールができないので、いずれにしろ失敗するものなのだった。

　だが、GID派の武器庫にある最も強力な武器は、哲学でなく、焦りだった。大なり小なり、すべての人種によって共有されている弱点である。それに次ぐのが競争力で、〈カミート〉にはないものの、ほかの六人種には存在する特質だった。やる気になった者は誰でも、当然ながら終わらせる《ゲット・イット・ダン》ことを望み、数千年ではなく数世紀のうちに〈テラリフォーム〉を実現させることを望んだのだった。

　ところが、彼らが権力の座に就いたことから、各人種が争うもの――つまりはニュー・アースの表面での領域――を与えたことで、想像もしていなかった政治的結果がもたらされたのだった。

　四八二〇年代初めにロイク・マルコフが報告書を発表したが、それはニュー・アースの表面が永続的な人間の居住に適したものになるのは、早ければ五〇五〇年と推測したものだった。これはTOT派の基準からすると驚くほど早かったが、一般的な人たちにとっては、はるか未来のことに思えたため、〈テラリフォーム〉計画の責任を負う科学者会議は、これをスケジュールに組み込むことには何も問題ないと見て、のちに五〇〇五年までと、さらに前倒した。〈クレフト〉に降り立った記念の年である。だが、考え方が変化した結果、長らく鬱積していた政治勢力が解き放たれて、それが四八三〇年に二つの別々の国の成立に至った。一方を支配した〈アイーダン〉は、多くの〈カミート〉と〈ジュリアン〉を支配下に置いて、四八五五年にキリバスとダッカにターンパイクを建設し、リングを切り分けたのだった。彼らは最終的には自国の正式な名称を考えつき、リングの残りにも自分たちの名前を考えるように強いたが、誰もが単純に、〈レッド〉および〈ブルー〉と呼ぶようになった。

それでも〈テラリフォーム〉は、〈レッド〉と〈ブルー〉の境界線にまたがる科学者とラボ間のその場しのぎの協力によって続けられた。ところが二三年後に——人工の補助具がなくてもニュー・アースの大気が呼吸できるようになったのとほとんど同時に——〝ウォー・オン・ザ・ロックス〟が始まったのだった。一部は宇宙でも行なわれたが、大半がまだむき出し状態のニュー・アースの表面で行なわれた戦闘である。これは四八九五年に、現在では第一条約と呼ばれるものによって終結を迎えたが、この条約が何よりも優先して定めていたのが、その後の〈テラリフォーム〉活動の進め方についてだった。こうして〝グレイト・シーディング〟という、キャス・ツーがこの日の朝にその上を飛んだ木々が誕生した、種まきの地ならしがされたのである。その後の数十年間では、生態系全体の活発化という計画プログラムの一環として、さらに大きな動物が表面に放たれたのだった。

その一部である、キャス・ツーが今朝から心配していたものが、イヌ科の動物だった。リースはイヌ科の動物が「エピになっている」と言っていたが、これは、それらが一種の〝エピジェネティック・シフト〟を経ているという意味なのである。

もし〈エージェント〉が数十年早く月を吹き飛ばしていたら、イヴ・モイラがエピジェネティクスについて知ることはなかっただろう。彼女が〈クラウド・アーク〉へ送られたときには、まだ新しい科学だった。イヴ・モイラが宇宙で初めて過ごした年月のあいだ、彼女と彼女の機器が〈イズィ〉と、のちの〈エンデュアランス〉の最も保護された場所で大事に扱われていたとき、彼女にはその件について学ぶ時間が大量にあった。同時代のほとんどの人たちと同じく、彼女もゲノム——身体の全細胞の核内において染色体としてあらわされる塩基対の配列——は、有機体の遺伝子の運命をすべて司っていると教わっていた。こうしたDNA配列のごく少数が機能を定義し、残りは何もしていないように見えたので、それらは〝ジャンクDNA〟としてかたづけられた。だがこの図式が二一世紀初頭に変わった。さらに高度な分析が行なわれた結果、いわゆるジャンクとされたものの大半が実際には、遺伝子の発現を調整することで細胞の機能において重要な役割を果たしていたことが判明した。単純な生物でさえ、そのような仕組みによって抑えられたり完全に沈黙させられたりする多くの遺伝子を保有していることが、わかったのだ。ゲノミクスの主要な展望——生物のゲノムを知ることで、科学者はその生物を知ることができるというもの——は、まるで達成されなかった。表現型（目に見える特性や行動を備えた、生物学者の目に触れた実際の生物）は、遺伝子型（そのDNA配列）だけでなく、どの遺伝子が発現してどの遺伝子が抑制されるかを決める調節機構によって、生物の細胞内でその時々に決められる無数のナノ決定の働きによるものでもあることが明らかになったからだ。これらの調節機構には数種類あり、多くが計り知れないほど複雑だった。

〈エージェント〉の突然の介入がなかったら、オールド・アースの生物学者は少なくともその世紀の残りの数十年を、当時は新しい科学だったエピジェネティクスの機構の一覧の作成やその効果の理解に捧げたことだろう。その代わり〈クレフト〉において、イヴ・モイラと彼女が育てた何世代もの生物学者の管理下で、それが道具となった。彼らは手に入れられるすべての道具を必要とし、人類の生存を確実にするべく、それらを実践的に、容赦ないほど使いこなしたのだ。ほかの六人のイヴたちの子供をつくり出す際には、モイラはエピジェネティクス技術の使用は避けていた。それでも自分のゲノムに対しては、実験はいくらか自由に行なえると考えていた。これは最初はうまくいかず、最初の八度の妊娠は失敗に終わった。だが、最後となるモイラの唯一の娘は生き延びて、成長した。ケンブリッジ大学にちなんでモイラが名づけたカンタブリギアは、キャス・ツーが一員となる人種の創始者となったのだった（カンタブリギアはケンブリッジのラテン語形）。

数千年後にグレイト・シーディングが進行するころまでに、エピジェネティクスはよく理解され、ニュー・アースの表面に解き放たれることになる、新たにつくり出された一部の種のＤＮＡに組み込まれていた。そして、ＧＩＤ派の綱領における項目のひとつが、エピジェネティクスを充分に用いるというものだった。つまりＴＯＴ派が言うように、最適化されたコヨーテの新たな亜種の配列を決定して繁殖させれば、特別な環境では確かに繁殖するだろう。だが、GIDのやり方は、ほんの数世代のうちに、どれが最も効果が出るかによって、コヨーテかオオカミかイヌ、もしくはそのどれにも当てはまらないものになるイヌ科の種をつくり出すというものだった。どれも同じような遺伝情報から始まるが、環境によってさまざまな部分が発現したり抑制されたりするのである。

しかも、人間によるこれらの結果を選んだり計画したりという取り組みは、特に必要ないのだった。彼らはニュー・アースに種をまいて、成り行きを見守った。もし生態系が特定の地域で「根づく」ことができなければ、別のものを試すまでだ。

このような種がニュー・アースにまかれてからの数十年において、エピジェネティック・シフトは大いに広まった。しかも、地表には監視人が少ないので、人間にはほとんど気づかれなかった。それでも、人間が目にして、驚くべきものを見つけたときには、「エピになる」と呼ばれた。この言い回しは非科学的であるとして認められなかったが、リース・アラスコフにとってはなんの問題もなかった。

リースはハビタット・リングの見取り図を呼び出すと、上部の白っぽい区分をズームした。計画されていたルートは鮮やかな緑色の円弧で重ねて示されていたが、グリニッジのすぐ東側で、比較的小さなハビタットが連続するところに近い遠地点に巻きつく感じだった。各区分に建設された最初のハビタット——グリニッジやリオなどに近いところ——は、その後に建設されたものよりも必然的に小さかった。あとになると、建造の要領がつかめたからだ。〈ボーンヤード〉に近くなるほど、ハビタットは一般的に大きくなる。リースがパンしてズームを行なうと、ハビタットの名称が出て、画面に映った——ハンニバル、ブリュッセル、オヨ、オーヴェルニュ、ウェルキンゲトリクス（フランス最初の英雄、ガリア解放の英雄）、スティーヴ・レイク。最後の名には、かすかに興味を覚えた。キャス・ワンの旧友がそこで暮らしていたのだ。ただ、キャス・ツーへの移行のために友情が存続してはいないだろう。

　彼女は同じものを自分のヴァープに取り込むと、ズームアウトして〈アイ〉の現在地を確認した。

　このハビタット・リング全体を時計の文字盤とすると、内側と外側のテザーがついた〈アイ〉は、針になる。一方のテザーは地球のほうを向き、もう一方のテザーはハビタット・リングの先へと伸びている。

〈アイ〉をどのように描写しようとも、人工的につくられたものでは史上最大の物体と表現することから、始めなくてはならない。その材料の大半は〈クレフト〉からもたらされたので、ある意味では、〈クレフト〉が姿を変えたものと言える。いちばん内側にある部分は回転するリング状の都市で、充分な直径——五〇キロほど——があり、最大のスペース・ハビタットでもその中央を大きな余裕をもって通過できるほどだった。そのことにより〈アイ〉は、リング内をぐるっと回って、散在する一万のハビタットそれぞれを順に取り囲むことが可能となった。

　あるいは、少なくともそれが当初の計画だった。実際のところは、一周といってもリングの〈ブルー〉の部分に限定された。ダッカから始まり、西方向へリングを三分の二ほど進んで、〈ジュリアン〉の区分のふちまでである。このどちらの場所でも、「彼ら」の区分に入る〈アイ〉の動きを物理的に阻むため、〝仕切り〟――リングに対して直線的に置かれた、ニッケルと鉄による長い破片からなる文字どおりの防御柵《ターンパイク》――が、〈レッド〉によって建造された。そのため、時計の針のように一周することはなく、〈ブルー〉のハビタットのあいだだけを、両ターンパイク間の行き来を繰り返したのである。その後の一世紀半のあいだ、〈レッド〉は反《アンチ》〈アイ〉となりそうな何か大きなものに取りかかっていて、それが彼らの区分内で、同じように行き来しそうだった。だがそれは、マカッサル海峡上の静止軌道からまったく動かなかったので、いつから稼働するのかは、〈ブルー〉の誰にもわからなかった。

　グレイト・チェーンは――回転する都市はそう呼ばれていたが――〈アイ〉の中央にあって、虹彩のように円形の穴が開いている。その両側に向けて、〈アイ〉はしだいに細くなって点になる。その点のひとつはつねに地球の中心に向けられていて、もうひとつはつねに地球の反対側に向けられている。その両方の点のそれぞれから、一本のケーブルというか、厳密には一本だけでなくケーブルの自己回復ネットワークが出ていた。内側のケーブルは地球の表面までほぼずっと垂れ下がっていて、そこには〈クレードル〉と呼ばれるものがぶら下がっていた。外側のケーブルはハビタット・リングを越えた先までしばらく伸びており、釣り合いおもりの役目を果たしている〈ビッグロック〉のところで終わっていた。この後者のケーブルの長さを調節することにより、この構造物全体の重心を地球に近づけたり遠ざけたりすることが可能となって、リングのハビタットに関連する軌道上で速度を上げたり下げたりができた。したがって、時計の針のように一周することができ、途中で各ハビタットを順に回ったり、必要に応じてしばらく止まったりできた。さらには、ある特定のハビタットのまわりを回っているときには、〈フリヴァー〉やカーゴシャトル、大量の〈ナッツ〉、触手のように引き抜くことのできる機械装置によって、そこの住人や物資との交換が簡単にできた。

〈アイ〉がめぐって来たときにハビタットにいるというのは――かなり大きくて人種が多様なハビタットでも――〈ゼロ〉以前の用語で言うと、大草原の小さな町にマンハッタンが移動してきて地平線から突然あらわれ、自分を取り囲み、あらゆる方法で交流したあと、そのまま去っていくことに、少し似ている。〈アイ〉がもつ数多くの機能の中には、旅客用の連絡船という役割があり、これはハビタット間の移動方法としては最も直接的なものだった。そのせいでキャス・ツーは、〈アイ〉の現在地と向かっている方向を、自分に言い聞かせる必要があったのだ。

ヴァープによれば、予測された遠地点の西約二〇度にあり、アクレイリという新しい大きなハビタットのまわりを回っていて、グリニッジの区分とリオの区分を分けているケープ・ヴェルデ〈ボーンヤード〉の方向へとだいたい向かっていた。つまり、リング内で〈アイヴィン〉が優勢の部分に、まもなく入るということだ。

「高く鞭打って、〈アイ〉をとらえる?」と、彼女は尋ねた。

これは、自分たちの〈フリヴァー〉をアルミ製の巨大な長い牛追い鞭のようなもの――リングにあるごく一般的な装置——を利用して高い軌道にやったほうがいいという提案だった。彼らがゆっくりとリングの先で遠地点を曲がりながら抜けていくと、下にあるすべてのもの——〈アイ〉を含む、ハビタット・リングの中身全部——が内側の軌道を勢いよく通り過ぎていくので、彼らがひとまわりして戻ってきたときには、〈アイ〉は彼らに追いつくことになる。〈フリヴァー〉を何百もある利用可能なポートに入れれば、検疫を比較的楽に通り抜けられる。そこで別れて、〈アイ〉をフェリー代わりに使って行きたいところへ運んでもらったり、系《システム》の中のほかの場所へ直接運んでくれるかもしれない旅客用の〈フリヴァー〉や定期船に乗り換えられるところまで、トランジット・ハブとして使ったりできるのだ。あるいはエレベーターに乗って〈クレードル〉まで下りたり、これ自体が多くの人が一生を過ごすハビタットでもある〈アイ〉に残ったりもできる。「〈アイ〉をとらえる」のは、その先へ行くのに数日あるいは数週間もかかる恐れのある、どこか適当なハビタットに行くよりずっと望ましいことであるため、今回のような提案が議論を呼ぶことはめったにないのだった。

「ぼくは問題ない」リースが即答した。

キャス・ツーがベレドのほうに目をやると、彼も見返してきた。この〈テクラン〉は、何千年にもわたる人種の分種形成と宇宙の社会および文化的環境への文化変容を通じて変わらないやり方で、彼女のことを調べていた。

キャス・ツーは彼に向けて、ほんのわずか眉を上げた。

「もちろんだ」とベレドも答えた。

「全員一致だな。ぼくが打ち込むよ」リースがそう言って、インターフェース・パネルに向き直った。

　キャス・ツーは脚のあいだがかすかにぞくっとして、まごつきながら、顔をやや赤らめた。ベレドがある程度は応えてくれるものと思ったからだ。だが〈テクラン〉というのは、感情を見せないように訓練されている。古代スパルタまで遡るとされるが、恐怖のような感情は目に見える表情から生じるものであり、逆ではないと信じているのだ。

　おそらくはキャス・ツーとベレドのあいだの様子を察知したのだろう、リースは必要以上に自分の作業に熱を入れて集中した。例のごとく、この厄介な状態は、衝突を避けることや、今でも〝エアスペース〟と呼ばれるハビタットの周囲――たとえそこに空気がなくて、より正確には「空間《スペース》のスペース」になるものでも――を重んじることと、関係していた。キャス・ツーは、リースとパランビュレーターとの短い事務的な会話にちらちらと目をやりつづけながら（彼女の目には、パランビュレーターと「打ち込む」という行為のあいだにはいっさい共通点がなさそうだったが、これは〈ダイナン〉がみずからを表現する際に使うものだった）、サン・テグジュペリとクヌートホルメンというハビタットのあいだにある幅二〇キロの隙間を、自分たちが通り抜けるのを見ていた。この両者の中ほどにあるのが、鞭《ホイップ》のステーションだった。重要なハビタットのほぼすべてが、こういった設備二つに挟まれていた。ホイップ・ステーションは小型のハビタットで、六人ほどの人間が勤務していて、退屈なあまり頭がどうにかなってしまわないように、数カ月ごとに交替していた。彼らの仕事は、何千もの〈フリンク〉の世話をすることだった。〈イズィ〉に乗り込んだリース・エイトケンの作業まではるかに遡る、ロボットの系統の最新世代である。彼が扱っていたのが、爪の大きさの〈ナッツ〉だった。ホイップ・ステーションにあるものも同じ機能を果たすが、より大きい。それらが形成する鎖には、〈ゼロ〉以前の貨物列車並みの質量と運動量があり、鞭のようにうねらせてピシャリと打ったり、釣り糸の先についた毛鉤のように遠くの標的に到達したりできた。損傷するものもいくつかあった。〈フリンク〉はほかのロボットによって検査や修理ができたが、人間をループに入れるという〈ブルー〉にある全体的な文化的バイアスにより、その作業は大半が生身の作業員によってなされていた。いずれにしろ、これらの人々が仕事をこなし、〈フリンク〉の大群を使えるように用意して、ホイップ・ステーションのタイムスロットが宇宙旅行者にすでに確保されていなければ、キャス・ツーとリースとベレドを乗せた〈フリヴァー〉は一二時間程度のうちに、リングよりもやや高い位置の円軌道へと送り出す、アルミ製の牛追い鞭の先端とランデヴーすることになるのだった。その数時間後彼らは、〈アイ〉の外縁部の検疫部門にある65番港に入ることになる。

〈アイ〉は、真下にある地球のその部分の時間が何時であれ、その時間を順守していた。現在は、朝の八時ごろだ。彼女は本格的な時差ボケ《ジェット・ラグ》を期待していた——これも、ジェット機旅行による体調不良という意味が廃れつつあるにもかかわらず、言葉としてしっかり定着している〈ゼロ〉以前の時代の用語だった。順応を始められるように、今の時点で〈アイ〉の時間に切り替えるべきだというのだ。だが、彼らはみなニュー・アースでの長い日々を終えてあまりにも疲れ果てていたので、それを朝いちばんにやるふりはできなかった。順応する時間は、検疫でたっぷりあるだろう。キャス・ツーは65番港での〈モイラン〉に適した寝台と食事を予約すると、あっという間に眠りに落ちた。

〈アイ〉の虹彩はあまりに大きかったため、ひとつの硬質の構造物としてつくり出すことができなかった。これは九〇〇年ほど前に、輪《リンク》を組み合わせて鎖《チェーン》とすることから始められた。そのチェーンの両端をつなげて、輪《ループ》にするのだ。この方法はリース・エイトケンにはおなじみのものだったろう。彼はそれに似たものを用いて〈イズィ〉のT3トーラスを建造したのだった。彼にとって、またはオールド・アースの技術史に詳しい誰にとっても、同様に役に立つ隠喩は、列車ということになるだろう。長さ一五七キロ、大型車両七二〇台からなるもので、機関車の先端が車掌車の後尾につなげられて、直径五〇キロになる円形の構造物となるのだ。

さらにうまいたとえとしては、ジェットコースターが挙げられる。永遠に宙返りを行なうことが目的だからだ。

この「列車」が走る「線路」は、〈アイ〉の骨組みにある円形の溝になり、電気力学的サスペンションを与えるのに必要なセンサーやマグネットが並んでいて、それによって全体が〈アイ〉の静止した骨組みに触れることなく回転できるのだった。地球並みの重力を住人に供給するためには、グレイト・チェーンが秒速およそ五〇〇メートルの速度で動かなくてはならないことを考えると、これは必須の設計要件だった。

それぞれの輪には、オールド・アースのマンハッタンの一街区ほどの面積があった。さらには、合計で七二〇という数字は、マンハッタンにかつて存在していた、格子状の街区の数にだいたい相当していた。どこで線を引くかによるが、ミッドタウンよりは多く、マンハッタン全体よりは少なかった。グレイト・チェーンの住人はこの比較を強く意識していて、ほかのハビタットの住人から〝マンハッタン・コンプレックス〟があるとからかわれるほどだった。彼らは、オールド・アースの映画をしょっちゅう一時停止にしたり、〈ゼロ〉以前のニューヨークのバーチャル・リアリティのシミュレーションをズームして、当時の通りやアパートの様子の手がかりを捜したりした。彼らは自分たちの守護聖人を、〈クレフト〉の八番目の生き残りである聖ルイーザだとしていた。彼女はマンハッタン出身で、年を取りすぎていたために自分の人種を創設できなかった。そこには、グレイト・チェーン――ＧＣ、チェーンタウンあるいはチェーンハッタン――という場所は、故郷のハビタットの社会的環境から、もっと言うと自分たちの人種から離れたいときに行くところという意味が含まれていた。混血の人々は、ほかのどこよりも多かった。

マンハッタンと同じように、その発展のしかたは空間の〝離散化〟に影響を受け、鎖のそれぞれの輪は――街区として――それぞれ独特な街並みと個性をもった。連続したブロックの集まりは、ずっと前から合体して大きな地区となっていた。各ブロックは事実上、空気の漏れを防ぐ独自のシステムを備えた、完全に独立した宇宙船だった。だがそれぞれは、基礎の構造部分を通る通路の束によって二つの隣り合うブロックとつながっており、それによってオールド・アースのロンドン市民が地下道――ロンドンで言うところの「サブウェイ」――を使って、混雑する交差点の下を通ったのと同じように、あるブロックから隣のブロックへの移動が容易になっていた。歩行者の大きさに合わせてつくられたサブウェイもあった。鉄道が通るサブウェイも四つあり、普通と急行が両方向で走っていて、グレイト・チェーンを周回していた。貨物を運ぶようにプログラムされたロボット車両用もあり、さらには、空気や水、エネルギーや情報を運ぶ小さな導管が広範囲に張り巡らされていた。これらもみな、サブウェイと呼ばれている。旧ロンドンと旧ニューヨークの言葉の意味が融合したようなところだったからだ。各ブロックのはしには、エアロックのシステムがあり、ブロックが減圧された場合には封鎖されるようになっている。人々はその中でマラソンをした――チェーン一周でフルマラソン四回分になるのだ。

　チェーンにある輪《リンク》は、五つ目ごとに公共施設となっていた。公園であることが多かったが、文化施設の役目を果たすものもあった。つまり、二つと離れないリンクには、緑地か、最低でも広場がある。残りの五七六個のリンクは私有で、〈ゼロ〉以前の不動産業界の大物なら誰にとっても容易に評価できるであろう、商業用および住宅用の不動産市場を構成していた。このグレイト・チェーンは再三、大昔のボードゲームのモノポリーにたとえられていた。家賃の高いループもあれば、それほどではないものもあった。このパターンは何カ所かでは乱されていた。輸送システムを機能させるなど、工業上の要求や市民の要求を満たすために設置された特殊なリンクまたは一連のリンクだ。

　そのうちのひとつがランプ・リンクで、その目的はオン・ランプとオフ・ランプを五分ごとにつなぐことだった。グレイト・チェーンは、回転していない〈アイ〉の枠に対して秒速およそ五〇〇メートルで動いているので、後者から前者へ移動したいという人は、ランプ・リンクに——もしくはどのリンクでも——足を踏み入れる前に、相当に目を見張るほどの速度——およそマッハ一・五——まで加速される必要があった。それから、チェーンから外れたい——そういう言い方をするが——という人にも、同様の減速が必要だった。この加速と減速は、〈アイ〉の「虹彩」部分のふちに組み込まれた機構によって行なわれていた。その本質的な特性を隠すための試みもなされたが、加圧された快適な状態にあるにしても、結局は人を銃弾として撃ち出していることにかわりはなかった。

　グレイト・チェーンの外側には人間はほとんどおらず、大量のロボットがはびこっていた。その大半は微小重力下に存在していたが、この装置全体——グレイト・チェーンやテザーなどのすべて——が地球のまわりの静止軌道上に、つまりは自由落下の状態にあるからだった。その中心から離れて、テザーがあらわれる〈アイ〉の両末端に向かうと、重力のようなごく軽い力としてあらわれる潮汐力に気づくだろう。〈アイ〉がハビタット・リングのまわりを回るため、軌道を調節するたびに変化するので、そこで多くの時間を過ごしている人たちは、その変化が起きているときは、オールド・アースに住んでいた人たちが膝で天気を予言したように、それをつねに骨で感じられるのだった。

〈アイ〉の骨組みは、アマルテア風につくられたシンプルなスペースフレームで、一から形成されたものではなく、既存の素材である〈クレフト〉から刻んでかたちづくられたものだった。その大きな構造要素には荒削りで使い古された感じがあり、木の節や樹皮が見えたままの丸太小屋によく似ていた。大きな構造要素間のすきまは巨大な機構で埋められており、特に目立つのが回転する巨大なかたまりで、その目的は〈アイ〉全体をジャイロスコープ風に安定させることだった。それらの機構のあいだの隅々の部分は、人間が移動できる加圧空間で塞がれていた。中には、人工重力をつくり出すために回転しているものもあり、より大きな構造につけられたトーラス型のスペースコロニーの小型模型のようだった。ドッキングポートは、それらの近くにつくられる場合が多かった。

キャス・ツーは虹色に輝くリングのかたちをした構造物を見ながら、目を閉じて眠りについた。ぎっしりとつまっているためヴァープ上では色がお互いに混ざり合っていた。〈アイ〉は一二時と一時のあいだにある、大きめの白い点だった。テザー・システムを示す長くて白いラインがなかったら、よく見えなかっただろう。そのラインは、地球の表面の真上からスタートしてその大きな白い点を通り、〈ビッグロック〉の先まで続いていた。

自分たちの〈フリヴァー〉の軌跡は、はっきりした緑色の楕円だ。自分たちがいるところ（地球の近く）から出て、リングの先を少し越えたあたりで曲がって戻り、〈アイ〉と交差している。

まぶたを通して見るはっきりしないパターンは、彼女が今朝最初に見たものをどことなく思い出させた。テントの壁に映った点滅する光だ。だが、彼女の目が閉じられたとヴァープが判断したため、画面は消された。

ふたたび目を開けると、ヴァープはそれを察知して再起動し、画面を映した。だいたいは同じように見えたが、〈アイ〉が少し動いており、〈フリヴァー〉を示す点はハビタット・リングの近くまで進んでいた。ズームすると二つのハビタットが見えた。彼らはそのあいだを通る予定だが、そこにはかなり小さいタイプのホイップ・ステーションがあり、彼らの到着に備えて髪の毛のように細長い鞭毛《べんもう》のようなものを動かしていた。彼女は一〇時間ほど眠ったようだった。〈モイラン〉は長寝で知られている。先ほどベレドと交わした視線のやりとりを思い返した彼女は、自分が旅の大部分をいびきをかいて過ごしたことを少し恥ずかしく思って、息が苦しくなった。

彼女はストラップを外すと、〈フリヴァー〉のキャビンのはしにあるゼロGトイレへと浮かんでいった。数分後に出てきたとき、リースはコントロールパネルの前でストラップを軽く締めた状態で眠っていた。ベレドはまだ加速用の寝台にいた。彼もヴァープを着用していたが、手や指の動かし方から判断すると、遊んでいるのではなく仕事をしているようだった。おそらく監視人の報告書に記入しているのだろう。キャス・ツーもやるべきことだった。

彼らが代表している文明は、第四ミレニアムのあいだに、地球を回る軌道上にある何百万個もの岩石の確定、分類、確保、再配列を行なうことで、〈エージェント〉がもたらした被害をもとに戻す計画を実行した。その一方でカイパーベルトまで行って凍結水やメタンやアンモニアのかたまりを手に入れて持ち帰ると、破壊された惑星にぶつけていた。基本的には、これらの作業はすべてロボットが行なっていた。かなりの量の金属がその建造に使われたので、何百万人もの人間が現在暮らすスペース・ハビタットの鉄製の外殻は、すべてがロボットの残骸を溶かしたりふたたびつくり直したりしたものからなっていた。彼らにとっては、ニュー・アースの表面をロボットで覆い尽くして、人間をひとりも送り込むことなく、監視人のようなこと――データに厳しく、判断は重視しないこと――を行なうのは簡単だったろう。そのような世界だったら、キャス・ツーらは、ヴァープや採掘データに取り組みながら、一生をハビタットで過ごすことになる。そうしたやり方のほうが、今実際に行なっていることよりもいいのか悪いのかという、あらゆる哲学的論議がなされる可能性もあった。ただ、ここに哲学が入り込む余地はない。このように行なうという決断がもたらされたのには、政治的理由もあったが、それ以上に社会的理由もあった。

　政治的理由は、第二条約の条項に要約される。これは一八年前に第二次〈レッド〉＝〈ブルー〉戦争を終わらせたもので、この戦争は先の岩の上の戦争《ウォー・オン・ザ・ロック》と区別して森の中の戦争《ウォー・イン・ザ・ウッズ》とも呼ばれた。この条約が課したのは、双方が地上に送り込むことのできるロボットの数に対する厳しい制限だった。さらに言えば、人間の数も制限された。ただ、結論としては、これらの制限を考えると、人間の監視人は、リングへデータを送るロボットよりも、ニュー・アースの状況についての有用な情報をより多く集めることができたのだ。

　社会的理由では、〝アーミスティクス〟の問題があった。大昔に〈モイラン〉の人類学者がつくり出した用語で、自分たちの人生の一部にする技術としない技術について、さまざまな文化が下した選択を話し合うということだ。この用語の起源は〈ゼロ〉以前のアメリカにいたアーミッシュの人たちにまで遡る。ローラースケートなどの一部の現代技術は使用しつつ、内燃機関などそのほかの技術は使用しないことを選んだ人々だ。これはどの文明も、自分たちが集団的選択を行なっているとは特に意識せずに、やっていたことだった。

〈ブルー〉には現代科学技術について定義できる文化があり、それは「すべての強化とは四肢を切断することにある」という警句に集約される精神状態からくる、技術的な補助に対する相反する見解だった。これは、定義できる考えや哲学というよりも、サブリミナルに近いレベルで作用する偏見で、神話的時代である〈エピック〉のある事象に遡ることができた。その時代のエピソードの多くに登場したのが、タヴィストック・プラウズだった。彼は、実際に切断を何度も経験し、〈スウォーム〉と運命をともにしたあとは食料として消費されたことで、文字どおりの具現者と見られた。〈ブルー〉陣営はみずからのことを、〈エンデュアランス〉の伝統の継承者と見ていた——文化批評家によれば、みずからを定義していた。そうなると消去法により、〈レッド〉陣営は〈スウォーム〉の文化となる。一世紀半前に、〈レッド〉は物理的にも情報的にもみずからを障壁の向こうに封じ込めていた。その文化については多くが知られておらず、多くの状況証拠は〈ブルー〉とは異なるアーミスティクスをもつことを示していた。具体的には、〈レッド〉は個人の工学的な強化に熱心だったのだ。

この〈フリヴァー〉のキャビンにおける結論としては、報告書が提出されないかぎり、キャス・ツーとベレドとリースが終えたばかりの任務は価値がない――任務が行なわれなかったのと同じ――ということだった。しかもその報告書は、データの打ち出しと写真だけで構成されるわけではなかった。監視人は実際に文章を書かねばならなかったのだ。そして、その文章に判断や意見が込められるほど、ドクから、そして最近は彼の上級の教え子などから、高く評価されるのだった。

このことを承知していたキャス・ツーは、グライダーが二週間前に広い草地に着陸する前から報告書を書いていた。あとはちょっとした編集をして要約をつけ加えるだけだ。これは簡単にできるはずだった。だが、その書類をヴァープ上に引き出して三〇分が過ぎても、彼女はそれを見つめたまま、集中できなかった。

「ベレド」と、彼女はとうとう口を開いた。リースを起こさない程度には大きくなく、ベレドに聞こえる程度にははっきりと。

「今、報告書を?」と彼が聞いてきた。

彼はヴァープの透明な光照射野越しに、彼女だけでなく、キャビンの様子も見ることができていた。文字を入力していることを示す、彼女の手の動きを見たのかもしれない。いずれにしろ、その問いかけにはちょっとした鋭さがあった。ベレドは数時間前に、キャス・ツーの顔に浮かんだ何らかの疑念に気づいていた。ヴァープのスクリーン越しに、彼女のことをどれほど長く見ていたのかは、今となってはわからなかった。

「〈先住民《インデイジエン》〉を見かけた?」と、彼女は尋ねた。

ベレドは手を上に伸ばすと、ヴァープを自分の頭の上へずらした。礼儀正しい行為だ。

「私は一部のRIZを避けるようにルートを設定していた」と、彼が答えた。RIZとは登《レジ》録先住民《スタード・インディジェン》ゾーンのことで、抜け駆け者《スーナーズ》——計画より早く不法に地表へ降りた者——が「先住民」という丁寧にごまかすような名称の下で条約から除外されて、ある制限下で暮らすのを許可された地区として登録されている場所である。「私は遠くから見た。向こうから私は見えなかった」

「当然よね」笑みをこらえながら、キャス・ツーが言った。

「それで君の質問の答えになったのかな?」そうではないとわかっていながら、ベレドが尋ねてきた。

「私はRIZじゃないところで、ひとり見たと思うの」

これはベレドの注意をひいたらしい。「開拓地を築いていたのか、もしくは——」

「違うわ」キャス・ツーはきっぱり言った。「だったらそう言うわ。その彼か彼女は、〝スコープ〟にいたと思うのよ」つまり、第二条約の範囲《スコープ》内で、狩りや採集といった活動を行なっていたということだ。「たぶん釣りね。ただ、いちばん近いRIZからでも、最低で二〇〇キロはあるけど」

「死んだ魚を運ぶには長い距離だな」

「確かに」キャス・ツーはそう言いながら、顔が少しほてるのを感じた。ベレドに指摘されてみると、彼女が見逃した細部は疑問の余地がなかった。

「もっと調査を？」

「できなかった」とキャス・ツー。「グライダーから見たのよ、離れるときに」

「報告書ではすべてについて説明する必要はない。そのような状況下なら、問題が解決されていなくても容認される。別の監視人が、願ってもない挑戦しがいのある仕事として引き受けることになるだろう」

キャス・ツーの頭に、ある考えが浮かんだ。「もし私たちが引き受けていたのだとしたら？」

「説明を頼む」

「ゾーンに、監視人の活動が妙に集中しているような印象は受けなかった？」

「妙に、か」しばらく考えてから、ベレドが言った。「前例がないわけではない」

「不思議に思ったのよ」キャス・ツーが続ける。「私が目にしたものを誰か前の監視人が見ていて、同じ地域に任務を急増させたんじゃないかって」

「その場合は、私たちを送り出す目的を、監視局が知らせたことだろう」

それはかなり鋭い点であり、ベレドがしごくあっさりと自信を持って告げたので、キャス・ツーはうなずくと、それ以上の追及は控えた。それでも、こう考えていた。『私たちに知られてほしくないものでないかぎりは』

ベレドとのこの会話は、彼女に進め方のヒントを与えたという点で有用だった。つまり、先住民の目撃情報は未解決のこととして記載するにとどめて、あとはその報告書を読む人が誰であれ、その人に任せるということだ。彼女はこの方針で取りかかると、心の中にある一瞬の記憶を明確にしようとしつつ、その瞬間に行なった客観的な観察を、あとから自分で加えた判断や推測とは区別しようとした。判断や推測は彼女の仕事の一部となっているので、この作業は厄介だった。

　しばらくすると、手首にセットしていたアラームによって、リースが目を覚ました。彼は寝ぼけ眼《まなこ》でトイレまで行って戻ってくると、彼女のことを外交型の人間によくある感じで見ていた。つまり、相手が何をしていようが、それをやめて、自分と会話してほしいと思っているのだ。彼はベレドと少し言葉を交わしてから、自分の報告書に取りかかりはじめたので、キャビン内はしばらく静かになった。やがて二人の男は食糧の封を開けると、あれこれ話をしながら、軽食を口に運んだ。

　彼らの声の調子が軽く変化したので、仕事に没頭していたキャス・ツーは急に我に返った。二人は今、何か重要なことを話していた。ただ、緊急とか深刻という感じではなかった。画面に目をやると、キャス・ツーにもそれが何なのかわかった。彼らはリングに近づいていたのだ。つまり、二つのスペース・ハビタットのあいだにある幅二〇キロの隙間を突き抜けるところだった。これが問題になるほどではないが、意識を集中させて、声に鋭さが出る程度の離れ業ではあった。

　彼女は手を伸ばすと、レンズ上に反射スクリーンを作動させる、ヴァープのレバーを見つけた。目隠しをした状態となり、キャビン内の視界が遮断された。彼女に見えるのは、ヴァープによって自分の目に投射されるものだけだ。それと同時にアプリを起動して、自分が宇宙空間に浮いているかのように〈フリヴァー〉の周囲を見ることができるようにした。これと同じものは、〈フリヴァー〉の船体をガラスにすることでも可能だったが、同程度のものにはならなかった。これを行なうと、使用者の頭部が宇宙線にさらされて、コントラストの強い光によって見えにくくなるものが出てくるのだ。一方でヴァープの場合は、この光のダイナミックレンジを操作するため、明るいものはそれほどでもなくなり、薄暗いものは見えるほどには明るくなる。これによってあらゆるものに、現実には存在していない明るい暖色の質感がもたらされるのだった。宇宙空間を直接見るよりもはるかに優れているため、多くの宇宙服は透明にするのを避け、内側にヴァープを装着した放射線防護のドーム内に着用者の頭部を入れるだけになっている。

　今の彼女は、自分たちが現在いる場所から、機能強化された宇宙のながめを「見て」いた。ちょうどハビタット・リングに入ったところで、急速にリングに近づいていた。

　リングは回転しながら、彼らの横を過ぎていった。メリーゴーランドの内側にいて、ぐるぐる回っている馬たちを見ている感じに近いものがあるが、この場合は馬ではなく、幅三〇キロほどのスペース・ハビタットで、しかも秒速三〇〇メートルで動いていたのだった。

　二つのハビタットにぶつかることなく通過する必要がある。これは軌道力学の基準からすると、たいした離れ業でもなかったが、ひどく危険そうで、見ているぶんには大いに楽しめた。キャス・ツーがまっすぐ前を見ていると、ハビタットは丸のこの歯のように、彼らの進行方向をさっと横切っていく。それでも奇跡でも起きたかのごとく、〈フリヴァー〉は両者のあいだにある隙間をすり抜けた。

「三秒後にドックへ侵入」合成音声がそう告げたので、キャス・ツーは両手を動かして、自分を座席に固定しているストラップを確かめた。

彼らに向かって、巨大な牛追い鞭が伸びてきた。その全体の寸法はオールド・アースにあったものすごく長い貨物列車並みだったが、ここでは貨車ではなく、頭から尻までつながって鎖となった無数の〈フリンク〉からなっていた。

先ほどのリースによる計画どおりに進んでいたなら――もしそうでなければ、キャス・ツーは耳にしていたことだろうが――数時間前にはこのホイップ・ステーションにいる何百もの〈フリンク〉が集まり出して、鎖になっていただろう。そして望みの長さに達したら――それが特定の任務を行なうための役目だが――その鎖は頭と尻をくっつけてループとなり、ホイップ・ステーションにある単純なリニアモーターによって動きはじめるのだ。これはエイトケン・ループとして知られる細長い楕円形となり、かたちを微調整したり正確な速度になるよう修正したりすることに、ある程度の時間が割かれる。〈フリンク〉は単純な機械であり、あるかたちに鋳造された金属アルミニウムでできた骨組みになるよう構成されている。それぞれの〈フリンク〉には中央部分にナックル（継ぎ手）がついているので、どちらの方向にも自由に曲げることができる。機械工学の用語で、丈夫な自在継ぎ手というものだ。前後に連結装置があり、それによってほかの〈フリンク〉としっかりつながることができる。あわせて数グラムのシリコンのおかげでコンピューター化され、鎖のはしまで電力と情報を運ぶ配線も引かれている。

少し前のことだが、〈フリンク〉のひとつに、うしろのものを切り離すようにという指示が出された。ホイップ・ステーションから出た直後に起きたことで、その連結装置が外れた瞬間に、このシステムはエイトケン・ループであることをやめて、巨大な牛追い鞭になった。″ニクシト″——大昔に″クニックシュテレ″（折れ目部、曲がり箇所）を誤って発音したもので、ループの頂点にあるU字形の湾曲部のこと——がホイップ・ステーションから離れて広がりだし、その後方に牛追い鞭の自由端を引き連れながら、そのまま加速して、素早く秒速何千メートルへと達したのだ。それが今、キャス・ツーがVRで見たものだった。牛追い鞭の肘の部分が、自分たちのほうに向かってきていたのだ。その自由端は肘の部分のうしろに隠れていたが、いまにも一気に速度を増して鞭が振るわれることになると、彼女にはわかっていた。

これらのすべてのエネルギーは、その鞭の「持ち手」の部分にあるステーションでおそらく見ている、退屈した乗組員の「うしろ」で監督されていた。彼らは〈フリヴァー〉よりもかなり速く動いている。迫りくるこの宇宙船と物理的な接触をするには、彼らは「うしろに手を伸ばす」必要があった。ただ、正確な言葉ではない。〈フリヴァー〉のかなりの低速と合わせるには、急激にうしろ向きに強く突き出す必要があったからだ。こういう種類の必要性のために、この牛追い鞭はつくられたのだった。

それでも、〈フリンク〉の最後の数機が彼らに向かって勢いよく飛びかかってくると、彼女はひるまずにはいられなかった。VRによる映像は、吐き気を催させるほどだった。鞭が全体的には自分たちから素早く離れていっているのに、巻かれていない先端部分が自分たちのほうに向かってきているという事実に、目が混乱しているのだ。計算にミスがあると、牛追い鞭は勢いよく離れていって、彼らのことは漂ったまま放っておくか、もしくは極超音速《ハイパーソニック》の接近速度で衝突して、〈エピック〉のときの火球の衝突と同じくらい確実に破壊するかのどちらかとなるだろう。

　そのどちらでもなく、二つの速度が完璧に合致して、鎖の最後の〈フリンク〉がその瞬間だけ、彼らの目の前にいた。先に彼女がドック入りしたハンガーと同じように。

「連結します」声はそう言ったが、これは不要だった。彼女には機械的な接続音が聞こえていたし、〈フリヴァー〉が横向きにされたのち、鞭の勢いによって前方へ動かされたときの加速が感じられたからだ。「安定化に備えてください」大きく動いたあとのやや混沌としている鞭の状況を指す、丁寧な言い方である。大まかにいうと、彼らはものすごい力で前方へと引っ張られていた。ホイップ・ステーションの速度やハビタット・リングにあるほかのあらゆる物体に匹敵するほどの速度にまで引き上げられる。ただ、鞭の物理的な性質により左右の振れが生じて、〈フリンク〉をわずかに調整したぐらいでは完全に取り除けない、加速時のサージや低下が生じていた。「ヘーベルをトグルで留めました」と、声が確認した。クニックシュテレのように、「ヘーベル」もドイツ語由来の単語だった。鞭の基部にあるレバーのことで、ホイップ・ステーションにつなげられていて、片側から反対側へ自由に動かすことができる。これは持ち手をつかんで鞭を鳴らすアームのようなもので、最初に鞭を鳴らし終えた直後に——ドッキングの成功に至ったのち——ステーションの反対側へと動いて、反対方向に二度目の鞭打ちを始めるのだ。鞭がヘーベルにくっついていたその同じ場所に、新たなニクシトが形成されて「前方」への加速が始められ、任務の残りを遂行するのに必要な速度へと、〈フリヴァー〉を加速させるのだった。

　この過程は三分ほど続いた。キャス・ツーのヘッドセットにあらわれた視覚的合図が、彼女の心に状況を伝えた。彼らの前を回転しながら過ぎていった例の丸のこは、速度を落としたようだ。当然ながら、変わらない速度で動いていて、〈フリヴァー〉がその速度に合うようにスピードを上げたのだ。だが彼女の視点からは、ハビタット・リングはイスラム僧のくるくる回る舞踏のようには見えなくなって、個別の物体となった。また勢いよく過ぎていくものの、段々とゆっくりになって、ついには環全体が停止したようになった。その瞬間、とりわけ大きなものが視界に入ってきた。彼らの進路のど真ん中に〈アイ〉があらわれたのだ。

「切り離します」と声が告げたが、タイミングはギリギリだった。加速が耐えられないほどになっていたからだ。鞭の先端との接続が断たれていなかったら、重力によって彼らは意識を失って命を落とし、しまいには〈フリヴァー〉がバラバラになっていたことだろう。〈フリンク〉は、人間や普通の宇宙船には耐えることのできない力に耐えられるようにつくられていた。ただ、ニクシトの幾何学とタイミングは、目標速度に達すると——オールド・アースの牛追い鞭の場合はソニックブームの鋭い衝撃音が合図となっていただろう——危機の直前に新たな弾道へと放出するようにプログラムされていた。〈フリヴァー〉のスラスターによるちょっとした修正を考慮しなければ、無重力状態が戻っていた。キャス・ツーは視覚がはっきりしてきて、胃を落ち着かせるために、何度かつばを飲み込んだ。

　奇妙だったのは、キャス・ツーがグライダーでハンガーに到着してから、〈ボロ〉の切り離し、そしてちょうど終えた鞭との相互作用までの一連の流れが、遠くから見ると優雅で、穏やかな感じさえあった点だ。加速と激しい動きの強烈さを理解するには、それを乗り越えなければならないのだった。

　自分の胃以外のことを考えようとして、彼女は〈アイ〉のことをじっくりと見た。現在〈アイ〉は、アクレイイリのまわりを回っている。大きくて（人口一一〇万）新しめの（築八四年）ハビタットで、建てられた工法は歴史的にはオニール・アイランド・スリー・タイプとして知られていたが、俗にダブルバレルと呼ばれており、平行する二本の大きなシリンダーが、反対方向へと回転している。それぞれのシリンダーは、鏡やほかの基礎構造が複雑に集まったものに覆われていた。この鏡は太陽に向けられていて、反射光がシリンダーの窓を通して中を照らすのである。ただ、現地の時間が夕方の六時ごろだったため、これらの鏡は徐々に水平状態になって、夕暮れの感じをつくり出していた。ヴァープを使ってズームすれば、その窓越しにアクレイイリ内の農場や森、水路、住居をのぞき見ることができたが、キャス・ツーにはどのような感じかはだいたいわかっていたので、今はズームアウトしたままでいた。

彼女が〈アイ〉を見るつもりなら、そうしている必要があった。アクレイリは大きいものの、まわりを囲む構造物である〈アイ〉によって小さく見える。その中で最も目を引く部分が、ジェットコースターに乗ったマンハッタンというべきグレイト・チェーンで、五分で一周というものすごいスピードで回っていた。

だが、彼らが向かっているのはそこではなかった。彼女の視覚上で〈アイ〉が大きくなるにつれて、その回転する虹彩は片側へと移動していき、〈フリヴァー〉による修正用の短時間の噴射により、中央の巨大な鉄枠内にある居住部分のひとつへと向けられたことが、はっきりしたのだ。八〇個のドッキングポートの輪を取り囲んでいるのは、黄色く光り輝く大きなQの文字で、これは「検疫」（クワランティーン）のロゴおよび印として、広く認識されているものだった。

ひと目見たかぎりでは、Qにあるポートの三分の二はすでに使用されており、さまざまな種類の〈フリヴァー〉に加えて、定期船の姿もいくつかあった。ポートは光り輝く数字でそれぞれ番号が振られており、その目的に応じて、リング全体で使用されているラテン語とキリル文字を混ぜたもので、注がつけられていた。

TRANZIT《トランジット》
IMMIGRAШON《イミグレーション》
MILITARY《ミリタリー》

CURVEY《サーヴェイ》 CPEЦ《スペッツ》

空いているポート――65番――を囲む緑色の光の輪が、点滅を始めた。〈フリヴァー〉をコントロールしているシステムは行き先がすでにわかっているので、この光は完全に人間用であると同時に、機を手動で操縦する必要があるという珍しいケースでのバックアッププランの役目も果たしていた。

キャス・ツーはこれまでにドック入れを何度も目にしていたので、ヴァープを外すと、そのあとに続いた小刻みな動きのあいだ、それを膝の上に置いていたが、その動きもエアロックのドアが開いて終わりを迎えた。

黄色い筋があるチューブが、彼らのように地球の表面から戻ってきた人たち用に設けられた、検疫のエリアのほうへと伸びていた。数メートル進んだところに一度にひとりずつ通れる一方通行のドアがある。近くの棚から硬いブレスレットがぶら下がっていて、監視人用であることを示すために色分けされていて、さらには機械が読み取れる縞模様もついていた。キャス・ツーはそのブレスレットをひとつ選ぶと、手首にはめた。一瞬ののち、赤いダイオードが背の部分で明滅を始め、数字が時間を計りはじめた。彼女がそれをドアのほうへ向けて揺り動かすと、ドアのロックが解除されて、チューブの先へと通れるようになった。

Qのこの部分は、基本的には配管で構成されていた。入ってくる船から人を吐き出させて、検疫を通過するまで彼らをそれぞれとどめておく、人間大の配管が大量にあるのだ。キャス・ツー、リース、ベレドは、侵入生物種や病原体がいないかを映像で検査され、服や装備は滅菌される。シャワーを浴びて、身体をこすって洗うことも必須だった。糞便に血液サンプルも検査された。ただ、彼らは監視人なので、経歴や政治思想、情緒的安定性、動機に対しては、関心が示されることはほとんどない。監視人なら、そういったものはとっくに調べられているからだ。ラボ施設の忙しさにもよるが、所要時間は六時間から二四時間のあいだというところだった。

　自分が拘留されているのではという疑念と、それに続く確信が、キャス・ツーの心に忍び寄っていた。数時間後、彼女にはＱの中間地帯である共用領域を自由に動き回っていいという許可が与えられた。レストランや店、ラウンジ、娯楽施設が、人工重力が〇・五Ｇほどかかった状態で、トーラス内に連なっている場所である。これはつまり、彼女は生物学的検査はすべてクリアしたということだった。それでも、ブレスレットの赤い点滅は続いていた。数字のカウントは丸一日、さらに一日半を数えた。彼女は睡眠のスケジュールを〈アイ〉時間に変更して、時差ボケになりだした。

　Ｑはかなり混雑していた——そのせいで遅れに影響が出たのかもしれない。この数週間にわたり、〈アイ〉はグリニッジ区分で最も古くて最も人口が密集している地域を西へ向かって動き、ケープ・ヴェルデ〈ボーンヤード〉とその先のリオ区分へと向かっていた。〈ボーンヤード〉に近く、ハビタットが巨大かつ新しい場所では、Qは大量の「移動中」の旅客に対応することになる。古くて混んでいる場所から、アクレイリのような大きくて新しいハビタットへ向かう移住者たちだ。そういうハビタットの人口を増やすには、数十年かかる。新しい住居がつくられて、生命を維持する生態系が育まれ調整されるうちに、人口は徐々に増えていくものなのだ。まもなく〈アイ〉がケープ・ヴェルデ〈ボーンヤード〉に到着するが、そうすると流出する人口はゼロ近くまで落ちるだろう。新しいハビタットで働きに出る労働者がごくわずかと、あとは気の長い長距離旅行者がいるぐらいだからだ。ただ、今のところは、その検疫施設はフル稼働していて、飲食物を目当てに長い列ができており、特に家族向けの店ではそうだった。小さな子供がいる移住者は、子供が走り回れるようなきれいな新しい場所に住みつくことで恩恵を受けられると考えるものだ。

　そのためキャス・ツーは、この遅れは単にお役所仕事によるものであり、移住者があまりにも多くてQの職員が充分にいないせいだと、しばらくは自分に言い聞かせていた。だが二日目のこと、レクリエーションセンターで、若い〈テクラン〉の男性にしか使うことのできない驚異的なパワーレベルで、筋力トレーニングマシンを動かしているベレドの姿に気づいた。その後、シャワーを浴びたベレドにバーで声をかけたところ、彼は出口へ向かうリースの姿を見かけたという。ブレスレットが緑色に光っていたというのだ。

「それはいつのこと?」

「きのうだ」とベレド。「ドック入りしてから八時間と二〇分後」

数時間後、キャス・ツーとベレドはそれぞれのひとり部屋を出ると、やや広いダブルの部屋へと移った。二人は一緒に寝たが、セックスはしなかった。これは、お互いのことをほとんど知らない〈モイラン〉と〈テクラン〉のあいだではよくある行動様式だ。ベレドが勃起したときは――これはよくあることだったが――彼はひと続きになっている狭いバスルームへ行き、そこで自慰をした。この対処方法はありふれたものであり、彼がそれ以外の方法を行なった場合のほうが特筆すべきことだった。彼の非の打ち所のないほどの自制心を当てにできることが、彼女にはわかっていたし、彼のほうも彼女にそう期待されているとわかっていたので、どちらか一方が変化を示さないかぎり、この状態がいつまでも続くのだ。

眠ることができなかったので――ベレドほど自慰行為に熟練していなかったので――キャス・ツーは彼の大きな腕を自分の胸から持ち上げて、どかした。これは、意識のない一〇歳の男の子をベッドの反対側まで引きずっていくのと同じくらいに手間がかかった。そして部屋からそっと出ると、眠くなるまで時間をつぶせる場所を探した。

カフェテリアでココアを飲もうと並んで待っていたところ、隣に六〇がらみの小柄でしなやかな〈ジュリアン〉の女性が立っていた。本を読んでいたか、読んでいるふりをしているようだ。待ち時間が長引くと、彼女は本への興味をなくしたらしく、それを閉じてあくびをすると、視線をキャス・ツーに注いだ。「地表からのお帰り？」

それは、キャス・ツーがつけているブレスレットの色で明らかだった。この女性はただ会話の糸口を探しているだけなのだと、キャス・ツーにはわかっていた。「ええ」

「ここが故郷？」女性が続けて尋ねた。〈アイ〉のことを言っている。

「実は住居を定めていないんです。監視人の仕事のせいで、落ち着くことが難しいので」

「じゃあ、グレイト・チェーンでちょっとした休養兼娯楽《R&R》を楽しむつもりなのね。よかったわ」

この女性は検疫局の職員なのだと、キャス・ツーにはよくわかっていた。

これがQのやり方なのだ。窓のない部屋で尋問するのではなく、何気ない会話を始める。Qにこういった共用施設がある目的は、さまざまな場所や機会を提供することなのだ。うわべを繕って隠しているように見られないことが重要なので、キャス・ツーはこう言った。「R&Rもできそうなのですが、実はストロムネスへ向かうので」

「あら、大学のお友だちに会いに？」

ドクのことを友だちと呼んだら、真実を述べていることになるだろうか？　「というよりも指導者ですね。先生なんです」

「ストロムネスはいいところらしいわね。行ったことはないけれど」

このように探りを入れられたことのある人の多くは――おそらくほとんどは――検疫局の職員を相手に話しているとは気づきもしないだろう。たいていの人はQを通ることが――たとえあったとしても――めったにないからだ。それに実際に通る場合でも、旅行者の集団と混ざってしまうので、このような会話が他愛ない無駄話と簡単に間違えられかねない。

キャス・ツーは旅行者として大いに経験を積んでいたので、どのような状況か正確にわかっていた。それに、彼女がわかっているということは、相手の女性にもわかっていた。それでもお互いに、この茶番を続けるのだ。キャス・ツーは、相手の〈ジュリアン〉がどこから来てどこへ行くのかと尋ねて、ゴタゴタさせたいという衝動をこらえた。相手はおそらく、もっともらしい話を用意していることだろう。彼女に無理にしゃべらせても、時間の無駄にしかならない。

列がゆっくり進むうちに、カウンター上の表示画面が見えてきて、〈エピック〉、つまり神話的時代の光景が映し出されていた。画面隅にあるタイムコードはA+3・139となっており、ビッグ・ライドに入っておよそ一年半であることを示していた。その映像は——〈エンデュアランス〉ではなく——〈アークレット〉で撮られたものだったので、おそらくは〈スウォーム〉のものなのだろう。人工重力があることから、その〈アークレット〉は〈ボロ〉の一部に違いない。キャス・ツーは最初、映っている人たちをひとりも認識できなかった。彼らは言うまでもなく、全員が起源人《ルートストック》だった。現在の全七人種のいずれかに属していないことでそうわかる。ただ、彼らが感じているのと同じことをキャス・ツーが感じられる程度には、近しい存在だった。彼らは〈エピック〉の映像にあるすべての人たちと同じく、五〇〇〇年前の古めかしいアクセントで話していた。

画面には現在、イヴはひとりも映っていない。〈スウォーム〉にいるイヴは、もちろんジュリアとアイーダだけだ。つまりこれはおそらく、いわゆる外伝、特にどのイヴの言動もとらえてはいないながらも、正典に組み込まれて、このカフェのような場所の放送映像に出てくるほどには重要とみなされている、〈エピック〉の映像なのだろう。キャス・ツーには、それを前に見たというかすかな記憶があった。何年も前に、おそらく学校で見たのだ。日にちも時間帯も忘れたが、今日がジュリアの日《ジュールズデー》なので、このような場所で流されている〈エピック〉の場面はどれも、イヴ・ジュリアが言ったこととまたはしたことを記念するものに違いないという、かなり強い確信があった。隣に立つ〈ジュリアン〉に向けて、礼儀正しい行動として、彼女は「ハッピー・イヴ・デー」と声をかけた。

「あなたにとってもね」と相手も言ってきた。今日がやはりジュールズデーであることが、それで裏づけられた。

　キャス・ツーは要点がつかめるまで、その映像をしばらく見ていた。この人たちや状況のことを覚えているという確信が、徐々に強まってきた。〈肥えたセブン〉と〈やせたセブン〉は、〈ボロ〉を形成する二つのヘプタッドだ。〈やせたセブン〉のほうで食糧生産が破綻するのだが、それは七つの〈アークレット〉のひとつから始まって、最終的に残りの六つへと広がった伝染性の疫病のせいだった。そのため、飢えた人があふれる七つの〈アークレット〉と、食べるものが豊富にある七つの〈アークレット〉が長いケーブルでつながれることになった。それぞれの〈アークレット〉から出たケーブルが中央のフックによってつながれ、そこへ船外活動者を送り出すというシステムが考え出された。その中央部分で〈肥えたセブン〉からの救援物資が、〈やせたセブン〉からの船外活動者に渡され、飢えるヘプタッドの者たちに配られるのである。だが、七つの〈アークレット〉の食糧を生産することはできなかった。誰もが飢えて、〈やせたセブン〉の人たちは命を落としはじめた。この〈ボロ〉がメインの〈スウォーム〉から離れていたため、事態は悪化した。

　現在放映されているその場面は、飢えている〈やせたセブン〉の人たちと、わずかにましな〈肥えたセブン〉の住民とのあいだのビデオ会議だが、家族や古くからの友人がそのケーブルの両端にいるという事実により、かなり心苦しいものとなっていた。キャス・ツーは今やすっかり思い出していた。数分後には、〈ホワイト・アークレット〉との無線連絡が確立され、イヴ・ジュリアにアドバイスを求めるべく、会話に入ってもらう。彼らがすべきことについて、イヴ・ジュリアがちょっとした演説をするのだ。その話は、〈やせたセブン〉が〈ボロ〉から独立するという部分で終わっていたはずだ。タイミングを見はからった切り離しにより、〈肥えたセブン〉がメインの〈スウォーム〉のほうへ戻る一方、〈やせたセブン〉は反対方向へと進んでいく。つまり、運の尽きた者たちのほうがほかの者を救うための推進剤となるのだ。まだこのあとに、キャス・ツーがその場に立って長いこと見続けていたら影響を受けるに違いない部分があって、物語はさらに複雑かつ感動的なものになっていた。〈やせたセブン〉は人間遺伝子アーカイヴを積むわずかなヘプタッドのひとつなので、その犠牲は、〈七人のイヴ会議〉や新たな人類の創出につながる、避けられない災難の一端となったのだった。ただ、みずからを犠牲にするという彼らの決断は、全員一致ではなく、そのことにより反乱も起きた。少数の飢えた者たちが宇宙服を着込んでケーブルを昇っていき、助かろうとしたことで、〈アークレット〉間でつかみあいの戦いになったのだ。その戦いのなか、コントロールパネルまでたどり着いて〈ボロ〉を切り離すボタンを押した者の名は、ジュリウス・ムワンギといった。彼の生誕地であるケニアの上空、東経三八度〇分のところに浮かんでいるのが、彼にちなんで名づけられたハビタットである。子午線上にあるハビタットは、伝統的に〈エピック〉の英雄にちなんで名づけられるため、この「〇分」の部分が重要なのだった。

カフェの従業員がキャス・ツーのコーヒーを入れるあいだに、こういったあらゆることが彼女の記憶によみがえった。自分が尋問されているのがはっきりしたため、注文をココアからもっとカフェインを含むものに変えるのがベストだと思ったのだ。「ここは私が」と、彼女は検疫局の職員に言った。彼らのイヴの日には、見知らぬ者にちょっとした親切をするというのが伝統だからだ。これがモイラの日《モイルズデー》だったら、ほかの誰かが彼女のコーヒー代を払ったことだろう。

「あら、それは困るわ」と、相手の女性が答えた。これは文字どおりの意味で、本意だったのかもしれない。自分が尋問をしている相手から親切にされるわけにはいかないということだ。「ただ、もしご一緒してもいいのなら……」

「もちろんです」キャス・ツーはそう言うと、相手のコーヒーができるまで待った。カウンターの上にある画面は〈エピック〉の別の場面に変わっており、最終噴射直前の〈エンデュアランス〉上で行なわれた会話になっている。そこでは、ジュリアもそれほど悪い人間ではないと信じさせようと、ダイナとアイヴィがお互いを説得していた。キャス・ツーはこれにはいつもうんざりしていた。このやりとりのときのセリフがいつも引用されるからだ。それが、〈ジュリアン〉と他人種とのあいだに強固な連携を築こうとする、政治運動や政党の土台の役目を果たしていた。このタイミングは偶然だった。キャス・ツーが〈ジュリアン〉のような気質の持ち主だったら、すべては仕組まれたものなのか、この女性と一緒に座ってコーヒーを飲む前に映像を見られるように、検疫局にいる陰の何者かによって放送のタイミングが操作されたものなのかと疑問に思ったことだろう。〈ジュリアン〉とはそのようなタイプだからだ。それこそが、イヴ・ジュリアが〈七人のイヴ会議〉の際に下した選択だった。リングの区分では比較的孤立して暮らし、戯画《カリカチュアライゼーション》化として知られる選抜育種プロセスを通じて、彼女の系統を増強させた。そのせいもあって、〈ジュリアン〉は目が大きく、耳は形良く、口は小さくなったのだった。それが、部屋の中で〈ジュリアン〉を見分ける最も簡単な方法だ。

　席に着く前に、相手の女性が敬礼した。〈ジュリアン〉は左手で敬礼するが、手は目線の高さを越えないように、顔の横から離す。「アリアン」と、相手が言った。〈ジュリアン〉にはよくある名前で、クールーから打ち上げられたロケットの名から来ている。イヴ・ジュリアがベネズエラ人を核攻撃して、クールーを守ったのだった。「アリアン・カサブランコーヴァ」白い家《ホワイトハウス》にちなんだカサブランカという名の女性の娘という意味だった。

　キャス・ツーは敬礼を返した。「キャス・アマルトーヴァ・ツー」ビッグ・ライドの際にモイラと彼女のラボを守ってくれた小惑星にちなんで、キャス・ツーの母親がつけた名である。

キャス・ツーの向かいに腰を下ろしたアリアンは、大きな目で彼女の顔を平然と見据えた。

「いいですか」と、キャス・ツーが口を開いた。「私はこういうことは得意じゃないんです。どのクーポルにも属していませんし、加わる気もありません。考えていることをおっしゃっていただくだけでけっこうです」

「地表で何か興味深いものを見かけたかと思って」

「興味深いものを見ることこそ、私が地表へ行く目的です。興味深くないものなど、ほとんど何も見ていません」

アリアンは、待ち受けるかのようにじっとして、動かない。

「報告書は提出しました」キャス・ツーが続けて言う。「それで、その内容をベレド・トモフと話し合ったと？」

「ええ」

「でも、リース・アラスコフとはしなかった」

「ベレドと私が話していたときは、リースは寝ていたので」

「あなたもかなり眠ったようね。〈フリヴァー〉で一〇時間も」

「一日中グライダーで飛んでいましたから」

「途中で何度も昼寝を取りながらね」

「〈モイラン〉がぐっすり眠ったからといって、必ずしもエピになるわけではありません。ただ疲れているだけという場合もあるので」

「それは今にわかるわ。それで今のあなたは、指導者と直接会って話すために旅に出ようとしている」とアリアン。「もしくは、そうしようと思っている」

「それはどういう意味です？」

「ドクター・フーはストロムネスにはいない。彼と予定をあわせていたら、そのことはわかっていたでしょう。でも、あなたはそうしなかった。代わりにあなたは思い立って、いい思い出のある場所へ赴くという衝動的な計画を立てた。何かが気にかかっているからよ。自分がエピになりだすかもしれないと気づいているから。そのことは、安心できる場所で『ドク』と直接顔を合わせるまでは、話すつもりはない。あなたが地表で目にした何かと関係しているはずね。何か予想外のものと」

　提出した報告書を読むよう、アリアン・カサブランコーヴァに言っても意味がないだろう。もうすでに何度も熟読しているだろうから。相手は直接話を聞きたいのだ。

「人間を見たかもしれません」と、キャス・ツーは告げた。

「見たかも？」

「ちらっとだったんです。それも、遠くから」

「別の監視人ではないのね——そうであれば、特に注目することではなかったでしょうから」

「監視人は明るい色の服を着ています。目立つように」

「ベレドは着ていなかった」

「彼がＲＩＺの近くを通過したときは、確かにそうでした。当然です。私は一般論を言っているので」

「話を続けて」

「この人物は正反対のものを着ていました。まるで――」

「まるで、何？」

「猟師が出ている、〈ゼロ〉以前の映像は見たことはありますか？　目立たなくするような服を着ていたんです」

「迷彩かしら」

「それです。その人物は迷彩服を着ていたと思うんです」

「それなら、監視人ではないわね」

「つまり――軍人ということでしょうか？」キャス・ツーは疑問を口にした。「ただ、ほかの軍隊と戦うことが、軍隊の唯一の目的です。それに、これは大いに確信がありますが、地表にはほかの軍隊はいませんでした。何らかの侵犯がなかったらの話ですが。それでも、もし侵犯があったら、私が投入される前に警告されていたことでしょう。もしかしたら、私のあとに〈トール〉でも送り込んでいたかも」

「新たな侵犯かもとは思わなかった？　気づいたのはあなたが最初だという」

その質問は答えられないままだったが、アリアンが言外に匂わせている点は明白だった。キャス・ツーが何かそういったものを目撃していたら、すぐさま報告すべきであり、一〇時間も眠ってから、ドクのいない場所で彼を探そうという愚かなことをしようとすべきではない。

「いいえ」とキャス・ツーは答えた。「そういったものではなかったので」

「なぜそうだと？」

「私は湖の上を長い時間かけて、何度も通過していました。私のことははっきり見えていたわけです。もし正当な理由もないのにあの場に誰かいたのなら、その人は私の姿が見えなくなるまで木の陰にでも隠れたはずです。でも、この人物はそうしませんでした。私のしていることをはっきりと見ることができる、湖岸近くの場所にいたのです。まるで――」

「まるで、何？」アリアンが尋ねた。

「まるで、何かに見とれていたかのようでした」

長い沈黙ののち、アリアンが今の言葉をそのまま繰り返した。「見とれていた、ね」

「そうです」このときまで、〈モイラン〉としてはアリアンの視線にさらされて居心地が悪かったが、ここに来て、射抜くような視線で相手を見つめた。

「その人物が動いたとき」とアリアン。「姿勢や歩き方については、何か感じた？」

「〈ネオアンデル〉だったとは思いません」キャス・ツーは首を振りながら答えた。「それでしたら報告していましたから」

アリアンは目を瞬くと、口を開いた。「言うまでもなく、最も簡単な説明は……」

「インディジェンです。その可能性について、ベレドと話し合ったんです」彼女は自分がやや守勢に立たされているように感じていた。「でも、先住民があそこでいったい何をしているというのでしょう？　いちばん近いＲＩＺから、あんなに離れたところで」

「それは謎ね」

「そうなんです」

「だからあなたは分析結果を破棄したというわけなのね」アリアンがうなずきながら言った。

「『分析結果を破棄した』というのが、あなた方にとってどういう意味があるのかも、私にはわかりかねますが」

「自分が監視されていると感じたことはなかったの？　尾行されているとかも？」

　アリアン・カサブランコーヴァには、答えにくいような質問をするという、忌々しい癖があった。

「地表に行くときには、想定しなくてはいけない――」

「地表にいる大型動物類には気づかれないようにと。当然のことだわ」

「それが長いあいだ、単独で行動していると、そのことを意識しようとしつつも、なんと言うのか、つまり――」「パラノイアになる」という言葉は、〈ジュリアン〉の前では使いたくなかった。人種的な問題を呼び起こしそうな言葉だからだ。だがアリアンはそれに気づいたらしく、少し面白がっているようでもあった。厄介な場面からキャス・ツーを助け出そうとして、彼女は軽く身を乗り出した。

「あなたの感知能力は高まっている。無難に考えるなら、おそらく無人の地で何か音を聞いて――」

「可能なかぎり最も控えめに考えるなら、そうなりますね。実は現地を出発する日の朝、私はテントのまわりを動く小さな光で目が覚めたんです。大きな動物が動いているのかもと、一瞬思いました。自分と太陽のあいだを動いているせいで。それでテントから出てみると、想像にすぎなかったとわかったんです。その光は、風に揺れている木の枝越しのものでした」

「それは面白いわ！　長期間で高まった感知能力が、〈モイラン〉の中にエピジェネティック・シフトの誘発をもたらす刺激になったみたいね」

「そのことは私も頭に浮かびました」

「報告書にはそう記さなかったわね」

　このときに初めて、アリアンが報告書を読んだことを認めたので、キャス・ツーは話をつづけようとしなかった。

　彼女は、手首に緑色のブレスレットをつけてカフェに入ってきた、大柄な〈テクラン〉に気を取られた。が、それはベレドではなかった。到着したばかりの別の監視人で、おそらく同じ遅延にひっかかっているのだろう。

　どうやらベレドは、〈フリヴァー〉でのキャス・ツーとの会話を含めた、かなり完璧な報告書を提出したらしい。これがほかの種類の人間によるものだったら、腹立たしい軽率な行為と思ったかもしれないが、〈テクラン〉の場合には、予想されることだった。

「報告書ではその点にはふれませんでした」と、キャス・ツーが説明した。「私の考えでは、今回のことは自分の想像にすぎず、監視人が報告すべき純粋な事実ではなかったからです」

「私がジュジュ的なことを言ってもかまわなければ――」〝ジュジュ〟は、〈ジュリアン〉流の認識をみずから卑下する用語だ。

「続けてください」

「おそらくあなたの最初の印象は正しくて、それはやはり大きな動物が――人間が――あなたと太陽のあいだを通ったことによるものだわ。あなたのことをこっそり見ていた者によるミスね。それでこの彼が――ここでは彼と呼ぶけど――テントに映った自分の影に気づいてミスを悟ると、坂を下って森へと引っ込み、あとはそこからあなたを見ていたのよ」

「それはまさにありうることですね」キャス・ツーはそう言ったが、そのような考えは〈ジュリアン〉からしか出てこないものだと言い添えることは、礼儀から控えた。

「そのあとはよく眠れている?」

「途切れ途切れになり、時差ボケらしくもありまして、それでここにいるわけなんです。最終日にエピになりだしたかもという可能性も考えられますが、今は文明生活に戻ってきたので、身体が混乱していて、変化も途中で止まったようです」もしキャス・ツーがここで〈モイラン〉の友人と一緒に座っていたなら、手を伸ばして自分の顔に触れたところだった。

『私、違って見える？』と。だがアリアンには、その答えは知る由もないのだった。

キャス・ツーがつけ加えた。「私はベレドと一緒に寝ていました。そのおかげで、もとの状態に戻ってきているのかも」

「それはよかったわ。あなたの調整が――それがキャス・アマルトーヴァ・スリーになることを含む、含まないにかかわらず――順調に進むことを願っているわ」

「もう行っても？」

「それは私が決めることじゃないの。あなたの立場は不確定なままだから」

「私がべらべらしゃべるとでも？」

「そういったことは、私が心配することではないわ。個人的にアドバイスをするとしたら、べらべらしゃべらないことね。でも、あなたは自分の権利をわかっている。何もないところであなたに見とれていた迷彩服姿の人間を見たかもしれないというだけで、拘留されることはないわ」アリアンは、次にどうするか考える様子を見せてからこう言い添えた。「そうじゃなかったら、このカフェに閉じ込められた監視人はもっとたくさんいるでしょうからね」


ドクについては、アリアンの言うとおりだった。彼はストロムネス――すべてが大学からなる、リング内で〈アイヴィン〉が主に占めているハビタット――にあるかすみのかかったキャンパス内の家を出て、〈クレードル〉へと向かっていたのだ。その途中、グレイト・チェーンでかなりの時間を過ごしているところだった。そのため、キャス・ツーがようやく彼と直接連絡を取ってみると、数分後に返事をよこして、自分の居場所を伝えてきたのだった。

それと同じころ、キャス・ツーのブレスレットにあるダイオードが緑色に変わって、立ち去ってもいいと伝えた。彼女がベレドと使っていた部屋に行くと、彼はすでに出て行ったあとだった。彼女は殺菌処理された所持品をまとめて出口へ向かったが、そこではロボットがドアの役目をしていて、彼女のブレスレットをチェックした。調べた結果に満足したらしく、ドアは自動で開いて彼女を通した。その瞬間、ブレスレットがパチンと外れて、光が消えた。出て行く際に、彼女はそれを回収容器に投げ入れた。

キャス・ツーは〈アイ〉の通路を三〇分かけて漂いながら進み、オン・ランプにたどり着いた。そして、ほかの二〇人以上の客と一緒にカプセルに乗り込んで、自分の身体を固定したまさにその瞬間に、銃身から撃たれる弾丸のように射出されて、グレイト・チェーンの到着ホームに着いた。円形都市の回転へと飲み込まれるにつれて、人工重力の一Gがかかってきた。カプセルの出口近くにいる係員は、新たに到着した人たちをホームへ誘導し、それぞれの目をのぞき込んで、問題がないかどうかを確かめている。重力の突然の変化に慣れていない人は、一時的に目がくらんだり、もっと悪い状態になったりする傾向にあるからだ。係員はほとんどが〈カミート〉だった。これは何世紀もの実践によって実証された、よく考えられた選択だった。最も激しやすい〈ダイナン〉でも、こういった控えめな人たちに対しては、気分が優れないと進んで認めるのである。〈ダイナン〉による複雑な騎士道精神は、弱くて子供のようだとみなしている〈カミート〉に対して、特別な礼儀正しさを見せるものなのだった。

キャス・ツーは、ごくわずかにふらふらする程度で、公共交通機関がある階へ降りるエスカレーターの上部に向かって歩いていた。天井が高く、オールド・アースのりっぱな鉄道駅のようなアーチ型になっており、ニッケルと鉄による雷門《らいもん》装飾で鳥がさえずっていた。この鳥たちは、眼下の人間の動きを見つめながら、仲間同士で争ったりもめたりしている。木の枝にいるニシキヘビのように、筋交《すじか》いや大梁《おおはり》に巻きついている特殊化した〈サイワイ〉が、鳥に気づかれないぐらいきわめてゆっくりと動きながら、彼らの糞を拭き取っている。この鳥はすべて同じ種で、灰色ガラスという。小型のカラス科で、羽毛の半分は色素がないため、見た目はごま塩になっていた。この特徴は、起源《ルートストック》のカラスと簡単に見分けられるフラグとして、デザイナーによって加えられていた。これらが、アーチ型になっている頭上の空間を、灰色の竜巻のように回転する一方で、眼下の輸送機関の階とつながる、ななめになったシャフト内も淀みなく降下し上昇していた。キャス・ツーが通路上を歩いていると、そういった鳥の一羽が、回転しながら耳障りな声を上げるのをやめて、彼女のほうへ急降下してきた。まちがいなく自分の顔をめがけて飛んできている。その鳥は彼女にぶつかる寸前で停止すると、降り立つ場所もなかったため、目の前で見苦しい格好で舞ったのち、彼女の歩くペースに合わせるようにうしろ向きに飛びはじめた。「温帯多雨林の森」と、その鳥が言った。というよりも、カラスにできるかぎりでそう発音していた。それからはばたいて飛び立つと、梁に向かって上昇したが、輸送機関の階へ続くななめのシャフトに大きく傾いて入っていった。そのような行動をしたのはそのカラスだけでなく、似たような出来事が彼女のまわり中で起きていた。おそらくは、エスカレーターへの入り口を囲むアーチに止まっていた大量の鳥が、人間の言葉をぼそぼそと繰り返していたのだ。その中の一羽は愛を交わすカップルの声を聞いていたらしく、カラス流の興奮した喘ぎ声を出していた。流行歌を合唱している三羽もいた。イヌのように吠えているカラスもいた。お菓子を持っている人に食べ物をねだろうとしている鳥も何羽かいた。「ドット16に駅で会いましょう」とか「赤いスカーフをつけているから」と、ずっと繰り返している鳥もいた。

　エスカレーターを降りたあたりでは、このカラスたちのためにチューブカーのはしにつくられた、こぢんまりした巣所に、彼らが出入りしていた。彼らが座席を汚さないようにである。一〇分もすると、そういった車両のひとつがキャス・ツーをアルデブランディ・ガーデンズへと運んでいった。連続した六ブロックに建造された植物保護区だ。それぞれは直方体の生態系からなっており、りっぱなガラスの円屋根で覆われていて、その下に地球の地形のシミュレーションが設けられている。それぞれの気温と湿度は、オールド・アースの各地を真似るように調整されていた。デジタル記録から合成された植物やほかの有機体は、ここで栽培されて、のちには鳥や昆虫、小動物が補充された。ここで育てられて研究された生物は、のちにリング内のほかの場所にある工場に配布されると、そこで大量に増やされて、ニュー・アースに種をまく際に使用されたのだ。

温度の高いはしからスタートしたキャス・ツーは、東南アジアのジャングルの中を歩いたが、あまりに湿度が高くて、汗をかくより先に顔の上で水分が凝縮した。三重になっている林冠の下では空が見えないものの、次のエアロックからチワワ砂漠へ踏み出ると、天井越しに宇宙をまっすぐ見上げられて、外に設置されたロボットミラーで跳ね返った日光が降り注いでいた。グレイト・チェーンの中央にぶら下がって見えているのが、スルツェイという小さなハビタットだった。キャス・ツーが検疫にいたあいだに、〈アイ〉はアクレイリから先へ進んで、西二〇度にあるさらに大きなハビタットのショーン・プロブストを通過し、今はケープ・ヴェルデ〈ボーンヤード〉のはしにある境界域に入っていた。彼女はスルツェイについては何も知らなかったが、官職者用のハビタットのように見え、そこから西に一分か二分のところに計画された、何かの基礎として使われた仮設作業施設のようだった。太陽の下では彼女の肌も髪もすぐに乾き、そのブロックのはしに着くころには、下のトンネルにいたほうがよかったと思うほどだった。トンネルだと、サボテンのトゲやガラガラヘビの心配をしなくてよかったからだ。

　次の生態系は、喜望峰に特徴的な環境、フィンボスだった。涼しいが、日が照らないわけではなく、顕花《けんか》植物がはびこって、グレイト・チェーンのほかの場所から来た行楽者やバードウォッチャーには人気だった。彼女にとってはやや混みすぎていたため、細々とした魅力に惑わされないようにしながらはしまで歩いていき、隣のブロックに足を踏み入れた。そこは植物栽培用ガラス容器《テラリウム》というよりも水槽《アクアリウム》に近く、オールド・アースのルイジアナのバイユーに似せてあった。板による散歩道がコケに覆われた木々のあいだをくねって、爬虫類が群がる水の上で、いちばんはしのエアロックのところまで続いていた。そこで立ち止まると、リュックからジャケットを取り出して、手袋をはめた。

樹齢八〇〇年になるベイマツが、隣のブロックをはしからはしまで埋め尽くしていた。このブロックは〈ゼロ〉以前のブリティッシュ・コロンビア州の温帯多雨林に似せようとつくられたので、屋根には太陽の光を一定のわずかな光まで弱めて、全方向から注ぐようにするフィルターが備えつけられていた。影が差さないため、チワワ砂漠のバイオームでの遮るもののない日光よりも、明るいようにさえ見えた。シダにコケ、着生植物が倒れた丸太に繁茂しており、ホースでまいたような感じになっている。そのあいだを、かすかに見える通り道が走っていた。キャス・ツーはそのうちの一本に従って、クーポル・グローブへ向かった。中央近くにあるかなり開けた場所で、とりわけ大きな木々に囲まれていたが、そこにドクがいた。学生四人に助手、それにロボットが、コケに覆われた岩や丸太の上に腰かけている。

ドクター・フー・ノアと学生の大半は〈アイヴィン〉だった。ドクの場合は、見た目での判断は難しい。かなりの老年になると人種差が目立たなくなるのだ。髪はとうの昔になくなり、肌はしみだらけだったが、これは日光をじかに受けながら地表で研究を長年行なったためだった。たるんだ皮膚が、岩のはしに置かれた濡れた洗濯物のように鋭い頬骨から垂れていて、首に巻かれたスカーフでほとんどが隠れている、だぶついた肉と一体になっていた。スカーフに加えて彼を快適に保つ目的の小物が、医薬品でいっぱいのリュックを背負った、ずんぐりとした〈カミート〉の看護師によって用意されていた。眠っているイヌのようにドクの足元で丸まっているのは、その背中にある表示パネルでドクのバイタルサイン——無線接続によりモニターされている——の読み出しをその場で行なっている〈グラブ〉だった。一本の棒がその背から垂直に伸びてドクの腰の高さまで達し、そこでハンドル型になっている。スマート杖《ケイン》だ。彼がそのハンドルをつかむと、立ち上がる手伝いをしてくれる。そして、彼の二本の脚に六本の脚が加わって、どんなに起伏の多い地形でも、彼の移動を安定させるのだ。

　ドクの学生の年齢は二〇歳から七〇歳までに及んでいた。その誰ひとりとして、キャス・ツーは会ったことがなかった。それは何も不思議なことではない。〈テラリフォーム〉は人類によって行なわれた史上最大のプロジェクトであり、その九九パーセントはまだこれからのことなのだから。いちばん年上の人の顔は、科学雑誌の写真で見た覚えがあった。

　彼女は気まずさを感じていた。空き地に足を踏み入れて、その人たちに向かって名乗るには、勇気を必要としたからだ。〈テラリフォーム〉内には一種の階級制度があり、その頂点にいるのがドクである。監視人の職員はその底辺というよりも、むしろワイルドな周辺部分に位置する。見下されるわけではないが、完全には真剣に受け取ってもらえず、疑いの目で見られるのだ。

　だが、彼らは礼儀正しかった。ドクを除く全員が〈アイヴィン〉流の敬礼をしてくれた。お辞儀のようなものを盛り込んだ、控えめなしぐさだった。ドクが両手を差し出してきたため、彼女は慎重に手を出した。彼が驚くほどの力で握ってきたので、彼女も握り返した。

するといきなり、二人きりになった。何か予定があったのか、それともほかの〈アイヴィン〉たちが何かを感じたのか、みな引き下がったのだ。看護師までもが身を引いて、空き地をぶらつきだした。ただ彼女は、時折、手のひらサイズの機器でドクのデータをチェックしていた。

「君は私と一緒に〈クレードル〉へ来たまえ」ドクが口を開いた。「チームが必要でね」

「新しい研究プロジェクトですか？」

そうではないというように、ドクの目が一瞬閉じられたが、すぐにカッと見開くと、彼女のことをまっすぐに見つめ、「七人組《セブン》だよ」と言い直した。

「それでは、私は――」

「そう、私たちの仲間となる」

わかりきったことのように、ドクが言った。が、キャス・ツーにとっては違う。〈セブン〉――各人種から選ばれた一名ずつで構成されたグループ――は、新しいハビタットの落成や条約の調印など、何か儀式の際に集められるのが普通だった。キャス・ツーとは無縁のものである。それに、たとえそうだったとしても、自分がドクと同じ〈セブン〉に入るという提案には困惑させられた。通常であれば、〈セブン〉が集められる際は、メンバーがみな似た地位になるように、何らかの努力が払われるものだからだ。彼女とドクの場合は明らかに当てはまらなかった。年齢に知名度、キャリアの違いが、測れないほど大きかったからだ。

これほどの名誉に見合うほど、キャス・ツーを特別な存在にするものなど、あるだろうか？
だが、彼女の困惑はわずかのあいだしか続かなかった。自分でも理解したからだ。そう、彼女が地表で見たものと関係があるのだ。

彼女がすべてを理解する様子を見ていたドクの目には、何やら面白がっているような感じがあった。それが、彼女が何かをうっかり口にしかねないと見るに及んで、彼の顔つきがやや不安なものに変わった。その様子を見ただけで、彼女はこらえて、何も言わなかった。ドクがそのタイミングだと見計らったときになって初めて、二人はそのことを話しあうだろう。

「〈クレードル〉へ行ったことはなかったね」とドク。

「そのとおりです」

「では、君にとっては新たな冒険のようなものになるだろう」

「おのぼりさんに見えないように努力します」

「好きにしてかまわないが、そのようなことを気にしていられないぐらいに、忙しくなるぞ」

「それで、いつ――」

「一二時間といったところだ」ドクはそう言うと、〈カミート〉のほうを見やった。「そうだな、メミー？」

メミーがうなずいた。「キャビンの予約がされているエレベーターは二二三〇の出発です」

キャス・ツーはメミーに会ったことがなかったが、ドクを長生きさせて仕事の多くについても面倒を見ているという、性別がはっきりしないこの人物について、聞いたことはあった。「メミー」とは思い出《リメンブランス》の省略形で、〈カミート〉にはよくある名前である。現在のメミーは女性として存在しているらしく、腰布のサロン風のものをカバーオールの腰の部分に巻いていたが、カバーオールはまったくの実利的なもので、カーゴポケットだけで構成されているような見た目だった。ほかは首まわりの装身具や頭のターバン風のかぶりものという服装だ。彼女の受動態の使い方――「キャビンの予約がされている」――は、この人種にはよくあるものだ。もちろん、急な依頼にもかかわらず予約を入れ、その他の手配を行ない、エレベーターのキャビンの予約に必要とされるかなり大金の資金決済を手配したのは、メミーである。だが、これを彼女が行なったことだと本人に言わせるのは、彼女のあごから歯を抜くようなものなのだ。これを相応の謙遜の習慣と見る者もいれば、いらだたしいほど受動攻撃的と見る者もいた。キャス・ツーには特に意見はなかった。グレイト・チェーンでの自由時間は数時間なので、それを最大限に利用する必要があったからだ。

「では、のちほど」と、彼女は声をかけた。

「楽しみにしているよ」ドクは答えた。


キャス・ツーはそのブロックのはしにある交通機関の階まで下りると、リングを回るチューブを通って、中層階のブロックへ行った。そこには店舗、市場、クーポル、レストラン、劇場がたくさんあったので、一日かけてあちこちを回り、いろいろなものを見たが、今度の旅で必要になるかもしれないと思われた衣類や洗面用具などの小物のほかは、ほとんど買わなかった。ここは一平方メートルあたりでは最高級の商業地区で、〈アイ〉が訪れたすべてのハビタットから品物を集め、現在到達可能なハビタットからの観光客だけでなく、グレイト・チェーンの洗練された裕福な地元民をも引きつけていた。

　彼女は周囲から圧力のようなものを感じていた。〈クレードル〉でなら似合いそうな衣類を買ったり装身具をつけたり、髪型にしたらどうかといった、圧力である。それは間違いなく、彼女の四方を囲む広告によって高まっていた。ここはキャス・ツーよりも重要な人たちのためのところで、制服や洒落た服を着た、きびきびして落ち着いた優秀な人たちが、小声で話しながら集団で通路を足早に通り、ロビーのほうに目を走らせる場所なのだ。キャス・ワンはこういった種類の社会的影響にかなり弱かったので、あのころだったら、自分はまだ可愛らしくもスマートでもないと告げる頭の中の小さな声を黙らせようとして、銀行口座を空っぽにしてしまったことだろう。だがキャス・ワンは一三歳で亡くなり、かなり情動反応の異なる脳をもつキャス・ツーに取って代わられたのだった。それでも、彼女が恐れ知らずということではない。誰でも何かを怖がるものである。キャス・ツーの場合は、〈クレードル〉の水準に合うように着飾ろうとして誤った選択をしたり、笑いものになったりすることを恐れていた。グライダーで飛んでいたときのように、こっそりと監視し、周囲に溶け込むほうがよかったのだ。

彼女はチューブへ戻る途中、本屋の前を通りかかった。そこで、自分の好きな歴史書の一冊を手にいれ、またオールド・アースを舞台にした全シリーズをダウンロードした。紙の本は贅沢品なので、次に自分の保管スペースのひとつに行ったときには、ささやかな蔵書に加えられるだろう。多くの若い〈モイラン〉と同様、キャス・ツーも決まった家を建てようとしなかった。家をもつと、周囲との付き合いや、おそらくは家族が伴われることになる。ほかの人種の者にとって、そういったことはどれも問題なかった。だが、〈モイラン〉が「落ち着く」までは、そのような永久的なことは賢明でなく、夫や子供、同僚、友人らをある朝目覚めたら彼らの妻や母親、同僚、友人が亡くなって別の者に取って代わられているという危険にさらすことになるのだった。そのため、若い〈モイラン〉はアパートを借りるよりも、よく訪れる場所にある保管スペースを好んだ。友人のクローゼットの棚や、監視人や軍の基地のロッカー、ロボットの門番が身元を確認する、大都市にある商業地のニッチなどだ。放棄されたスペースも多く、その内容物がオークションで売られることも多かった。

キャス・ツーは、自分の保管スペースを紙の本でいっぱいにするタイプだった。彼女にとって電子書籍は、ある種の保険のような存在だった。四日に及ぶエレベーターでの移動は、さらなる長旅への序曲でしかないかもしれず、帯域幅がまったくないかそれに近い場所へ連れて行かれる可能性もあった。何も読むものがないという状況に陥ること以上に、ひどいことはないのだ。

グレイト・チェーンの別の区域には、ブロックのはしからはしまでの長さがある歴史博物館があり、時代ごとに階が分けられていて、一階は〈ゼロ〉以前の世界で、そこからは上へ進んでいくというように、各ミレニアムに各階が割り当てられていた。当然ながら、〈ゼロ〉以前から残っている物理的な人工物はほとんどないため、その階はほとんどが絵と、再現された環境からなっていた。それでも、〈アーキー〉はいくつかの所持品を宇宙へ持ち出すことが認められていて、そのうちのいくつかは〈エピック〉とその後の五〇〇〇年を生き延びていた。そのため、オールド・アースで製造されたスマートフォンやタブレット、ノートPCの実物を目にすることもできた。どれももう作動しないが、技術的にできることは小さな掲示に記されている。しかもそれらは、キャス・ツーやほかの現代人がポケットに入れて持ち歩いているものと比べても、見事だった。この点は、ほとんどの人の直観とは正反対だった。なぜなら、ほかの分野では現代世界の功績——ハビタット・リング、〈アイ〉、その他すべて——は、オールド・アースの人々がこれまでに成し遂げたものをはるかに上回っていたからだ。

つまるところは、アーミスティクスなのだった。〈ゼロ〉より前の数十年間、オールド・アースの住人たちはみずからの知性を、大きくて硬いものでなく、小さくて軟らかいものに集中させていて、物理的なインフラに関してはちっぽけでもろい文明を築いた一方、ネットワーク化されたコミュニケーションやソフトウェアに関しては驚くほど高度だった。彼らがトランジスターに詰め込むことのできたチップの密度は、現存のいかなる製造工場によっても、依然として太刀《たち》打ちできなかった。彼らの機器は、現在購入できるどんなものよりも多くのデータを保持できた。あらゆる種類の無線方式を用いたコミュニケーション能力は、ようやく互角になったというところであり、しかも、グレイト・チェーンのような人口が密集して豊かな場所に限られていた。

　当然のことながら、ターンパイク間の〈レッド〉ゾーンで起きていることについては、まったくわからなかった。〈レッド〉ゾーンのハビタット・リングが発する宇宙に向けた情報から得られるものは、移動体通信の使用においては〈アイーダン〉がここの人たちと同じくらい進んでいることを示していた。彼らは暗号化もかなり得意なため、お互いに対して何を言い合っているのかはわからない。だが〈ブルー〉の側が、〝タヴの失敗〟として知られるものを繰り返さないという意識的な決断をしているのは確かだった。

　もちろん数十億の人が、五〇〇〇年前にひどい死に方をしたという自分たちの文化の代表者ひとりに罪を集中させるのは、不公平である。だが〈エピック〉は、人々の考え方にこのような影響を与えがちだった。オールド・アースで聖書に親しんで育った人たちが、自慰行為のことをオナンの罪と呼んだのと同様に、現代世界の人々は、〈クラウド・アーク〉の時代やビッグ・ライド、〈クレフト〉の第一世代の有名な歴史上の人物から、個人的な美徳や弱点を分類する傾向にあった。公正か否かにかかわらず、タヴィストック・プラウズは、ソーシャルメディアのツールをひんぱんに使って自分より能力が高い人をだましたとして、永遠に罪を負わされるのだろう。〈ホワイト・スカイ〉が始まったころ、彼が人間遺伝子アーカイヴの損失に関する痛烈なブログの投稿と、〈イミール〉エクスペディションに関するきわめて批判的かつ物議をかもした報道をしたことは、その後の歴史家が徹底的に分析した。これらのブログの投稿を書いているあいだ、自分が異なる三つのカメラで監視および記録されていたことを、タヴは気づいていなかったか、あるいはその事実が意味するところを考慮していなかった。この映像を用いることで、歴史家は瞬きの度合いをグラフ化してノートPCの画面に対する目の動きを追い、ブログを書いているあいだに画面で開いていたウインドウを彼の肩越しに見て、彼の時間の割り振り具合――ゲーム、友人へのメール、スペースブックの閲覧、ポルノの鑑賞、飲食、実際のブログの執筆――を円グラフに描くことが可能となったのだった。この統計データがプラスにはたらくことはなかった。問題のブログの投稿は（さらなる分析によると）〈ブレイク〉のときや〈スウォーム〉の出発において大きな役割を果たしており、このかわいそうな人物へのさらなる非難を集めただけだったのだ。

〈ゼロ〉の直前の数年間における先進国世界の歴史を学ぶことに関心をもった者は、タヴィストック・プラウズのソーシャルメディアの習慣や注意持続時間に関するかぎり、彼が正常範囲内でまともだったということを完璧に理解した。それでも、〈ブルー〉はこれを〝タヴの失敗〟と呼んだ。これを繰り返したくなかったからだ。タヴの脳を混乱させた機器やアプリといったものをつくる現代の消費財メーカーによるどのような努力も、自慰の機械の発明者に対してヴィクトリア朝の聖職者が向けたであろうものと同じような、本能的な抵抗に見舞われた。タヴが用いた電子装置と同等に洗練されたものを開発できるかぎりにおいて、〈ブルー〉のエンジニアたちはロボットのような機器に組み込んでいった。〈クレフト〉の初期の人口は人間が八人とロボットが数百台だった（〈ナッツ〉を個々に数えると数千台）。それ以降、どちらの数字も増えた。それが前世紀になってようやく、人間の人口が、〈ナッツ〉を含まないロボットの数に並んだのだった。

その結果、このグレイト・チェーンのチューブ駅の上にある本屋にいる若い女性は、ハビタットに住み、オールド・アースの能力をはるかに超えた機械によって移動することになった。彼女に奉仕し、世話をするロボットたちは、その祖先——イヴ・ダイナが〈イズィ〉に対してプログラムした〈グラブ〉など——よりもはるかに賢くて丈夫だった。それでも、彼女のタブレットの情報記憶容量と接続能力はいまだに制限されていたので、彼女がケーブルを介して本をダウンロードするのは簡単だったが、それまで読んだ分を削除することでタブレットのメモリチップにスペースをつくるのは、理にかなったことだった。

それがすむと、彼女は交通機関に乗ってオフ・ランプへ行き、カプセルにうしろ向きに乗り込んだ。そして、カプセルがグレイト・チェーンからはじき飛ばされて、電磁減速器が並ぶチューブへと向かうあいだ、減速によって寝台へと押し戻された。

回転していない〈アイ〉の枠というゼロGの環境に戻ったので、彼女は内部の昇降口を通って、〈クレードル〉のアイコンの印がつけられている、光で照らされたチューブを進んでいった。半円形のドーム内に二つの山が収められているというものだ。ものの数分で乗換駅にたどり着いたので、ほかの見知らぬ乗客二人と一緒に四人乗りのバブル型ポッドへ乗り込んだ。それはまもなく動き出すと、長くて完全にまっすぐなチューブ内をどんどんスピードを上げながら進んでいった。彼らは〈アイ〉の巨大な虹彩のはしから、内側の頂点へと移動していた。地球に最も近く、その距離はざっと八〇キロであるため、シャフトを下っていくことは選択肢になかった。起きてから一六時間ほどになっていたキャス・ツーは、うとうとしてしまいがちだった。

　その旅の終わりあたりで、彼女はビクッとして目が覚めた。自分の名前を呼ばれたと思ったからだ。

　そのポッドには、前面の隔壁の部分にビデオ画面があり、乗客のひとりが時間をつぶすため、〈ゼロ〉のあと二〇年ぐらいに起きたと思われる〈エピック〉の部分の再生を始めていた。そう推測できたのは、生き残ったイヴたちの顔に見られる明らかな老齢の兆候や、彼らの子孫の第一世代が若者であることだからだ。〈エピック〉のその部分では、イヴ・ダイナとイヴ・テクラのあいだの個人的な仲違いが、キャサリン・ディノヴァ主導の若者たちによって仲介され解決された様子を伝えていた。イヴの子供たちがみずから考えて行動を起こした最初の瞬間のひとつと、よく言われている部分である。そのときの会話の一部は、現代の話し合いの場でもよく引用されている。

　キャス・ツーは、いつものように思った。〈エピック〉の人々は、五〇〇〇年後に何十億もの人々が自分たちのことをビデオの画面で見たり、例に挙げたり記憶から引用したりすると知っていたら、同じことを言ったり行なったりしただろうかと。〈クレフト〉での最初の数十年間で、カメラはひとつまたひとつと壊れていった。どこからでも監視されることに対する考え方しだいで、その結果を新たな暗黒時代による歴史にとって計り知れない損失と思うか、それともデジタルによる圧制からの解放と思うかの違いがあった。いずれにしろ、それが〈エピック〉の終わりの引き金となった。それまでは、〈クラウド・アーク〉の人々が〈ゼロ〉以降に行なってきたあらゆることが、労を惜しまずに記録されていたのだ。そのあとは、およそ一〇〇〇年にわたってすべてが口述歴史となったが、それは紙もインクもなかったからだった。記憶装置は少なく、応急処置をほどこしたものばかりだった。チップはみな、ロボットや生命維持装置といった重要な機能のために使われていた。

　乗客に減速を告げる警告音が鳴り響いて、ポッドがターミナル内でゆっくりと止まった。だが停止したあとも、軽い重力が感じられた。あまりにかすかなものであり、固定されていない物体以外はうっとうしくも「下向き」に漂う傾向をもつのが感じられる程度だった。〈アイ〉のこの部分での〝下〟とは「地球方向」を意味している。その移動が手に負えないものになるのを防ぐため、軽量の甲板素材からなる階がいくつか建てられている。だが重力が相変わらず弱かったので、何か硬いものを押すことで、飛び回ることができたのだった。

　キャス・ツーは自分の荷物をまとめると、それを背中に結びつけて、ターミナルへ出た。ポッドにいたほかの乗客は行き先がわかっているようだったので、彼女は彼らのあとについて甲板にあるねじれた隙間のあいだを「下って」いった。〈アイ〉のこの部分はほぼ文字どおりの意味で、骨組みだった。まさにこの場所で、全体を結びつけている巨大な突出構造が一点に集められて、恒常的に地球に向けられているのだ。ここの金属は、さまざまな目的のためにつくられたトンネルや穴で、ハチの巣状になっていた。三万六〇〇〇キロ下で〈クレードル〉を地球の大気上に吊り下げておくカーボンケーブルは、ここでいくつかに分かれており、保護された長い通路によって〈アイ〉の反対のはしまでピンと張られて、そこでふたたびひとつにまとめられると、その先の〈ビッグロック〉と結びつくためにあらわれる。人間が使うこの通路と空間は、比較すると小さなものだった。

〈アイ〉のまさにその部分に設置されているのが、直径六メートルのガラスのドームだった。そこからは、テザーが入る穴――実際は一六個の小さな緊張材が管状に並んだもの――をずっと見通せて、そして地球を見ることができた。地球はその距離からだと、小さなテーブルを挟んで見た相手の顔ほどの大きさに見えた。

何も変わっていないと最初は思うかもしれない。オールド・アースの住人がそこから見たら、白い氷冠、逆巻《さかま》く白い渦によって部分的に覆われている緑と茶色の大陸。それらの大陸は、以前のものとほとんど変わらない場所にあった。〈ハード・レイン〉でも、構造プレートにはたいして穴を開けることができなかったからだ。ただ、地形は徹底的につくり直され、大きな火球の衝撃によって、海岸線にはたくさんの内海と深い湾入ができていた。弧状になったものも多い新しい諸島が、噴出物や火山活動によってできている。

〈アイ〉はつねに赤道上にあり、現在はアフリカ大陸と南米大陸のほぼ中間地点上に浮かんでいた。この両大陸の海岸はお互いに似ているので、科学の素人にもプレートテクトニクスの原理ははっきりとわかった。双方の海岸線沿いの低地の地形は大きくえぐり取られていて、その中央には岩だらけの島が突き出ていることも多い。それが大きな衝突クレイターの中心丘だ。群島が大西洋まで伸びているが、この両大陸に至るかなり手前で消えてしまっていた。

　ニュー・アースの地形は見る分には美しかったが、キャス・ツーにはそれほど印象を与えなかった。というのも、彼女はずっとその研究をしてきて、長年にわたってその地表を歩き回ってきたからだ。今のところ、彼女の注意はそのながめの周囲にある巨大な機械のほうに向けられていた。彼女のまわりを囲んでいて、周辺視野にわずかに見えるものは、どこにでもあるトーラスのひとつであり、テザーとエレベーター・ターミナルの管理をする職員とその家族に人工重力をもたらすために回転していた。内側には一六個の穴があって、そこからテザーの主ケーブルが〈アイ〉の枠へと送られていた。それぞれのケーブルは、遠くからだと一本に見えるが、実際はさらに一六本のケーブルからなっており、それぞれがさらに、いくつかのフラクタル反復になっていた。これらはすべて、〈アイ〉と〈クレードル〉のあいだを平行に走っていた。これらを包むものが、斜めの小型緊張材からなる網状組織で、一本のケーブルが切れても、修理用のロボットが送られるまで、隣り合うケーブルがその力を引き受けられるように配置されていた。ケーブルの破損はつねにあったが、火球がぶつかる場合や、単に「寿命がきた」という理由もあり、目を細くしてテザーをしっかり見てみると、ロボットだらけなのがわかる。建物並みの大きさのロボットもあり、最大級のケーブルを昇り降りしているが、それは実際に修理を行なう小型ロボットの群れのための母艦の役目を果たしているにすぎない。このことは大なり小なり、何世紀も続いてきた。このケーブルの一方のはしは〈アイ〉から伸びてきたもので、もう一方のはしは反対方向へと伸びて、ハビタット・リングからも地球からも遠ざかり、釣り合いおもりの役目を果たしていた。

この距離では、〈クレードル〉は小さすぎて見つけることができない。たとえ見えるぐらいに大きくても、彼女の視界はエレベーターによって塞がれていただろう。そのエレベーターは最終進入の段階に入っていて、三〇分後にはターミナルに着く予定だった。これはオールド・アースの荷馬車の車輪によく似ていて、一六本のスポークがふちから内側にあるホテル大の球状のハブへ伸びており、そのハブのところに人々がいた。ハブが近づいてくるのを見ていると、ガラスのドームを突き破ってしまうのではという、やや不安になるような錯覚を覚える。もしそうなったら、二つのドームが衝突で破壊されるだろう。ハブでも乗客が寝台でくつろいだり、近づく〈アイ〉や反対側に広がるハビタット・リングを見上げたりできる、これに似たガラスのドームによって覆われているからだ。だが当然ながら、スピードは落とされて、接触する前に止まった。今やほんの目と鼻の先にあるガラス越しに、新たに到着した人たちがシートベルトを外して荷物をまとめ、出口へ向かって漂っていく様子が、彼女にも見えた。その大半は軍服を着ているか、あるいは実業家《コメルサント》か政治家《ポリティコ》を連想させる見事なデザインの黒っぽい衣服を着ていた。彼女のお仲間ではない。だが、ドクに招かれたことこそ、必要とされる資格だった。

内側の薄い仕切り越しに、到着して検疫へと向かう数十人の物音が聞こえた。彼らは最終的には、グレイト・チェーンか、テザーのはしを回っているかなり小さなトーラスへと向かうのだ。ガラスのドーム越しに、清掃ロボットや人間の職員数人が、ハブのラウンジを掃除する姿が見えた。数分後、ドアの上の緑色のライトが点灯したので、彼女も出発する数十人の乗客の流れに加わった。

　キャス・ツーはものの数分で、エレベーターのハブにある小さな個人用キャビンに収まった。テザーの反対側のターミナルまでの四日間の旅を、そこで過ごすのだ。チャイムが鳴って、エレベーターが下向きの加速の開始を知らせたが、宇宙飛行の通常の基準からするとすこぶる適度な速度だったので、彼女はストラップを締める必要はないと判断した。寝台に潜り込んで、眠りについた。

　エレベーターは一〇階の高さがある中空の円筒で、両端にはガラスのドームがあり、一方は〈アイ〉のほうを見上げていて、もう一方は地球のほうを見下ろしていた。ドームの下の床がガラス張りのため、はしからはしまで光が差している。外壁に窓はなく、宇宙線から厳重に守られていたが、内側のキャビンやラウンジにはアトリウムに面した窓があった。というより、より高価なキャビンにはあったということだ。キャス・ツーのキャビンは外壁に直接面していた外縁にあるので、環状の通路に面した小さな舷窓以外に窓はない。彼女はそれでかまわなかった。この旅の初め、彼らは無重力に近い状態にあったが、数日が過ぎるにつれて重力が増し、〈クレードル〉では通常の一Gに達するだろう。目を覚ましたときに、今の重力がまだかなり弱く、かつての月と同じくらいだったので、あまり長く寝ていなかったとわかった。

彼女は座って本を読める場所を求めて、アトリウム内をあちこち歩いた。バーやレストランが何店かアトリウムに面していたが、どれもキャス・ツー向きではなかった。そこにいる人たちの様子や、メニューにある価格から、そうだとわかった。座り心地がよさそうな椅子や長椅子がアトリウムのガラスの床の上に配置されており、そのひとつのそばにコーヒーバーがあったので、そこに落ちつくことに決めた。

一時間ほどしたところでベレド・トモフがあらわれ、ごく自然な様子でそばに座ったが、彼女の読書の邪魔をするような行動はいっさいしなかった。彼女が切りのいいところで顔を上げたところ、アトリウムの向こう側にアリアン・カサブランコーヴァが座っていて、タブレットをいじっていた。

これで〈セブン〉のうち、五人が揃ったわけだ。ドク、メミー、アリアン、ベレド、そしてキャス・ツー。残る二人は〈ダイナン〉と、いささか厄介な存在である〈アイーダン〉の誰かだった。

キャス・ツーとベレドは、言葉も交わさぬまま、いちばん値の張らないレストランへ行って食事をすることにしたが、その店でドクとメミーに出くわした。ドクにしてはいささか珍しいことに、学生や学者、〈テラリフォーム〉のお偉方に囲まれていない。部屋のはしに座って、慎重にスープを飲んでいる。すぐそばにいるメミーは、ひっきりなしに手を伸ばしては、彼のナプキンを襟の中へ押し戻している。キャス・ツーとベレドが同じテーブルに座っても、どちらも反応を示さなかったが、数分後にドクが声をかけた。「トモフ中尉、こんにちは。また会えてうれしいよ」それから二人は、それぞれの人種のスタイルで敬礼を交わした。

　中尉というのは明らかに軍隊の階級であり、監視人のものではないので、ベレドと監視人との関係はそれほどはっきりしないという、驚くに当たらない事実が確認された。それよりも興味深いのは、彼とドクが知り合いだったという点だ。

「今回の任務が、迷惑なものということにならなければいいのだがね」と、ドクが続けて言った。

「任務というものは、どれも大なり小なり迷惑なものであり、そうでなければ任務ではありません」

「私は君のキャリアアップのことを考えていたのだよ、中尉。君の将来の書類には、今回の件はかなり異例なものとして目立つことになるだろう。その書類を誰が目にするかによって、君の役にも立てばダメージにもなりうる」

「私はそのようなことには関心はありませんが」

「それは賢明ではないと言う者もいるだろうが、私はそのような連中は好まないほうでね。そうは言っても、君はうまくやるだろうが」

「どうして私がこれほどまでの処遇を受けたのか、おうかがいしても？」

　ドクの目が一瞬、キャス・ツーのほうに向けられた。「ここにいるキャスは不安になるだろう。君に秘密を明かして、この件に引きずり込んだわけだから。もしくは、君に対して少し腹を立てているかもしれない。このことを報告書に記載したから」

キャス・ツーは違うと首を振って示したが、ドクの話をさえぎる気はなかった。ただ、ベレドは飲み込んだようだった。

ドクが続ける。「そういったことはどれも実際には問題ではなかった。君は私にとってだけでなく、キャス・ツーやアリアンにとっても、知っている存在だから、それが多少は役に立つ。だが、そういったことがいっさいなくても、君のことはいい選択だったと言えるだろう。すべてに理由があるわけではない。我らが友人である〈ジュリアン〉の言うことは気にするな」

ドクは、近づいてくるアリアン・カサブランコーヴァに気づいていた。食べ物が載ったトレーを手に、多少ためらいがちという感じだ。ドクが意識下のしぐさとでもいうようにメミーのほうに目をやると、彼女は立ち上がって、隣のテーブルから椅子を一脚持ってきた。一同にアリアンが加わった。キャス・ツーはなんとなく居心地が悪かった。前日にこの女性が自分に対して権力を振るい、通常なら個人的な事柄となるようなことまで知っていたからだ。今のキャス・ツーにとって、この女性はどのような存在なのだろう？〈セブン〉の同等のメンバーというところか。

もちろんアリアンは前もって、こういったことはすべて考えて準備をしていた。「キャス・ツーとベレドね」と、彼女が口を開いた。「私たちの初めての出会いはお役所的なフォーマルな場だったから、そのせいでいささか気まずい感じになったわね。お二人のどちらとも、同僚としてもう一度お近づきになれることを期待しているわ」

「了解だ」と、ベレド。

「こちらこそどうも」キャス・ツーはそう答えたが、気まずさはむしろ増していた。今のアリアンの発言は、心からのものではない。むしろ、チェックリストの項目を確認しているかのようだった。そんな状態のまま、アリアンは探るような眼差しをあとの二人に向けた。

「ドクター・フーにリメンブランスね」

「ドクでいい」と、ドクが言った。「こっちはメミーだ」

「お二人と直接お近づきになれて、うれしく思います」

かしこまっていて、多少よそよそしさのあるこの会話のきっかけがうまくいかないとわかり、気まずい沈黙ののち、アリアンは食べ物を口に運んだ。

「ドク」キャス・ツーが声をかけた。「私たちがいったい何をするのか、教えていただけますか？　この〈セブン〉の目的はなんなんです？」

「私には五人組に見えるがね」緊張を多少ほぐすように、ドクがいたずらっぽく言った。メミー、アリアン、ベレドは、キャス・ツーがかつての教授にくだけた感じで話しかけたことに驚いて、彼女に対して鋭い視線を一様に向けた。ドクは明らかに気にしておらず、話を続けた。「われわれが〈セブン〉になったとき――それは〈クレードル〉で数日以内にそうなるが――そのとき全員にまとめて説明しようと思う」

「わかりました」と、キャス・ツー。「そのあいだに私たちがすべきことは？」

「長いあいだできないでいたあとでも、振り返って楽しいこととして思いだすだろうことをいろいろするといい」

それは素敵な考えだった。その旅の残りのあいだ、キャス・ツーはその言葉に含まれた寛大さを充分に満喫しようとした。だが、そういったことは実際には何も起こらなかった。彼女はグレイト・チェーンで手に入れた本を、思っていた以上に読んだ。食事のときやレクリエーションセンターでは、ベレドがその気になっている場合に備えて、彼の視線の先にいるようにした。ただ、状況が変わってしまっていた。Qで一緒だったときは、気楽でその場かぎりの関係に理想的な設定だった。同じベッドで寝る以上の展開にはならなかったが、そうなった可能性もあった。もう二度と会うことがないだろうと考えていたから、より気楽に何日間かの関係を結んで、一緒にいることを楽しめていた。だが一緒に仕事をする相手には、こういう関係は、あまりに多くの厄介事をもたらすだろう。

それが今、二人は一緒に仕事をすることになった。ベレドは賢くも身を引いている。彼女はそれを理解して、ある程度の性的欲求不満は、分別の代償として容認できるとみなした。

彼女はアリアンと二度食事をし、空き時間にはネットワークを検索してこの〈ジュリアン〉についてもっと知ろうという的外れな試みを行なった。キャス・ツーがこのように検索していることは、何者かに——おそらくは、アリアンがどこの機関に勤めていようが、そこを通じて彼女に接触している人物に——すべて監視され、記録されているだろう。時間がたつにつれて、その機関が検疫局だという確信は薄れていった。検疫局の表向きの顔――スペース・ハビタットのあいだを旅している人に話しかける人たち――は、もっと大きくて複雑な何かのアバターにすぎないということなのかもしれない。監視人と軍隊が別物であるのと同様だが、それでも両者のあいだに明確な一線を画すのは難しい。警察と検疫局も同じだ。そして、警察までその範囲を広げたら、お決まりの法と秩序の仕事以外の話になる。ある程度においては、諜報機関と対敵諜報活動はその傘下に入るだろう。キャス・ツーには、アリアンがどの組織に収まるのか、推測しようがなかった。アリアン・カサブランコーヴァの個人情報を求めて熱心にネットワークを検索していたら気づかれてしまうだろうし、いい考えではなかった。だが、まったく調べないというのも、余計に疑いを招きかねなかった。そこでキャス・ツーは少しだけ調べたが、見つけたものは少なかった。Qの下級職員なら、ネットワーク上でときどきは言及されているかもしれない。警察の報告書や広報活動の一環としてだが、アリアンに関しては、そのようなものはまったくなかった。もっとも、彼女の本名だとしての話だが。

　執拗にプライバシーを求めることは、〈ブルー〉で暮らして働いている〈ジュリアン〉にとって、珍しいことではなかった。リングにおける〈ジュリアン〉たちの領域はトコマル・ハビタットに集中しているが、そこは八つの区分の中で最も人口が少ない。そのうちの九五パーセントは、ターンパイクの〈レッド〉側に位置している。ごくわずかのハビタットがキリバスの東から〈ブルー〉側へと突き出ていて、そこでの〈ジュリアン〉の領域には、もっと活動的な〈テクラン〉が――その領域はハワイ〈ボーンヤード〉のすぐ向こうだ――多く暮らしている。そのため〈ジュリアン〉は、〈ブルー〉側でもよそ者や移民と見られることなく、充分な存在感を保ちながら、暮らして仕事をすることができたのである。その多くは〝ドゥーホ〟と呼ばれる者で、〈ゼロ〉以前に聖職者が果たしていたのとほぼ同じ役割を、現代社会でこなしていた。

　オールド・アースが破壊され、残された人類が八人にまで減ったことから、神が存在するという考えはなきものになった。〈ゼロ〉以前の信者たちが神として想像したものに少しでも近い意味においては、存在しなくなったのだ。人類の定着地のうちいちばんの僻地《へきち》においてさえ、伝統的な意味合いの宗教は復活できる、もしくは復活しなければならないと言い出す者が出てくるまでに、数千年を要した。代わってそこでは、「ドゥーフ」と一般的に呼ばれる新たな思考様式が発展した。人間の精神を意味するロシア語である。ドゥーフにもとづいた施設は「クーポル」と名づけられたが、この単語は〈エンデュアランス〉にあった、一種の異教間共通の礼拝堂と瞑想室の役目を果たしたガラス製のドームに遡るものだ。現代のクーポルはどれもがその起源を、デュボア・ハリスが〝ウー・ウー・ポッド〟と呼んだこの構造物までたどることができる。現代の人々がその中で起きた〈エピック〉からの光景を目にするときは、心の奥底で地元のクーポルとそこで働く職員のことを考えているのだ。クーポルの職員の中で専門家は通常はドゥーホと呼ばれたが、これは霊的な事柄を扱う人を意味するロシア語の「ドゥーホボル」を省略したものだった。かつての教会のように、クーポルもその会員からの寄付で支えられていた。グレイト・チェーンにあるものと同じく、りっぱな建物で、金銭的に恵まれたものもあった。一方でQにあったもののように、人々が考えたりソーシャルワーカーからの助けに類するものを求めたりするためだけに足を運ぶ、ただの静かな部屋というものもあった。ドゥーホたちは、〈エピック〉の際に似たような役目をこなしたルイーザまでたどることができ、教養のある者たちはクーポルと、ルイーザがニューヨークで通ったエシカル・カルチャー・スクール（倫理文化協会の学校）との明らかなつながりを見つけた。だが言うまでもなく、ルイーザは人種を生み出さなかった。ドゥーホの職業は〈ジュリアン〉によって占められることになった。〈ダイナー〉の区分の真ん中で変則的に浮かんでいる、〈ジュリアン〉のハビタットであるアストラハンは、さまざまな名称のドゥーホを生み出す温床のようになっていた。キャス・ツーは、アリアンがそこの出身だと知ることができたが、それ以外はほとんどわからなかった。それでもかまわなかった。アリアンが人と距離を置き、静かな生活を送っている理由が充分にあったからだ。

〈クレフト〉と名づけられた、ニッケルと鉄による月のコア部分の巨大な断片は、大部分が溶かされ、その結果が現在の〈アイ〉になっていた。だが技術者たちは、〈エンデュアランス〉がビッグ・ライドの最後に到達し、ドゥーブやズィーク・ピーターセンほか〈エピック〉の英雄たちの遺体が葬られた鉄製の地下墓地を取り囲むその一部を、すぐに破壊する気にはならなかった。そこで、新たな人類の最初の数世代が生涯を過ごした、宇宙の危険から保護されていた深いクレヴァスの部分が、〈クレードル〉として知られるようになったのだった。

当然のことながら誰もが、〈エピック〉の映像のうち、ドゥーブがイヴ・ダイナとの最後の船外活動に出向き、谷底からそびえたつ鉄の壁を見上げて、いつの日かガラスの天井が上部につくられて、「イヴの谷」が巨大な温室に――子供たちが宇宙服にわずらわされずに浮くことができて、ひな壇式菜園の新鮮な青物を食べられるところに――なると予測する部分を見ていた。これはおそらく、〈エピック〉の中でも最も涙を誘う部分であり、つねに人気があった。ドゥーブの予測は、言うまでもなくすべて実現した。のちの世代が外側へ進出せざるをえなくなるまで、〈クレードル〉は数千の人口を支えることになったのだ。

〈クレードル〉の大きな欠点は人工重力がなかったことで、そのために初期の世代は、骨の成長を促進するために子供たちが交替で乗って遠心力をかけられる、メリーゴーランドに似たものを構築せねばならなかった。その後のハビタット――〈クレフト〉の壁に設置された回転するトーラス――は、実際には〈イズィ〉自体よりもかなり混み合って狭く、多くの世代は、ごくたまにしか広々とした〈クレードル〉における日光に当たりながらの休養兼娯楽《R&R》を経験できずに、窮屈な暮らしを送った。そのうち、より大きくて優れたハビタットを建造できるようになると、〈クレードル〉は何世紀にもわたって遺棄され、歴史家や物好きな連中がたまに訪れる場所となったのだった。

〈アイ〉の建設は、実質的には〈クレードル〉とその周辺を〈クレフト〉から切り離すことであり、新たな目的を与えるという決断が下されるまで、〈クレードル〉はしばらく〈ボーンヤード〉内に漂っていた。もともと温室だったものは、その時点までには廃墟となっていたが、それが格納式の新しい大きなカバーに置き換えられた。〈クレードル〉の下側は平らに削られていた。峡谷の壁はふたたびひな壇状にされて壁ではなくなり、偶然ではないが建築に適した価値ある不動産を産み出した。ニッケルと鉄によるてんびん棒が全体に対してかけられたので、〈アイ〉からぶら下がる三万六〇〇〇キロのテザーの下のはしにつけることができたのだった。

　乗換駅のアイコン——ドームに囲まれた二つの山——は、〈クレードル〉の実際の見た目を簡略化して描かれたものだ。その居住可能な全範囲は、直径がおよそ二〇〇〇メートルという円形域で、ボストンのダウンタウンやロンドンのシティとほぼ同じ規模を誇った。これはイヴの谷によって二つに裂かれていて、その壁は、かつてはほぼ垂直だった。それが今では、いちばん下の一〇メートルほどだけがそうで、溝のように町の底をくねって進む狭い水路となっている。大雨が降ると錆びた茶色の川になり、流れの真ん中には島が残った。そこはまさしく、〈エンデュアランス〉が到着した場所であった。かつてはそこまで行って、イヴ・ダイナが船とその場所を溶接した跡の、鋼の小さなかたまりにふれることもできた。だが、現在は、錆びたり観光客にさわられてすり減ることのないよう、ガラス屋根で保護されている。当然だが、その船自体はすでにない。生存者は到着とほぼ同時に船を分解しはじめた。再利用しなかったのは、ずっと前に運び出されて〈ボーンヤード〉で厳重に管理されている、放射性廃棄物くらいだった。

その結果、裂け目を挟んでお互いに向き合う、目もくらむほどの二つの急坂の上に、都市がつくられたのだった。優美さで知られる長さ一キロの橋が双方の山のあいだの溝にかかって、灰色のカラスでいっぱいの空に楔《くさび》を打ち込んでいた。

それは住宅群による都市だった。こうした住宅群のいくつかは建設初期の時代のもので、そのころはまだドームが完成しておらず、いくつかの場所に小さなエアドームをかける必要があった。ほかの住宅群も、そうした初期のものを真似て建てられていた。構造上の理由から円形になりがちだった住宅群も、全体の地形も、グリッド式の街路パターンには向いていなかった。その結果として地図は、ジグザグの道に曲がりくねった道、急に階段やトンネルになる道などで、ごちゃごちゃしたものとなった。建物の高さ制限により、人々は上へ建てるよりも、下にある金属を掘り進めることになり、そのせいで都市の有効面積の大部分が地下に隠されたのだった。建物は氷山のようで、上よりも下のほうが大きかったのだ。

ひな壇部分では、石は人気のある建築材料だった。古いがそれほどりっぱではない建物では、地球のかつての衛星、月の破片からつくられた、ムーンストーンと呼ばれる合成岩石が用いられた。新しくて洗練された建物は、地球の表面から切り出された大理石や花崗岩、そのほかの岩石からできていた。壊滅した地球の表面から大量に産出される資源で、大気が戻る前から利用されていたのが、岩石だった。したがって、この都市の狭い道を行く歩行者は、石材ばかりがあるという印象を受けることになった。それでも、住宅群への立ち入りを認められた者は、木陰にある香り高い庭を見つけることができた。〈クレードル〉は赤道上にとどめられていたことから、そこで育つ植物は、剪定《せんてい》用のなた鎌の手をもつ大量の小さな〈グラブ〉によって、繁茂を抑制される必要があった。

それぞれの山の頂上には公園があった。一方の公園にそびえ立っているのが、〃キャピトル〃という丸みを帯びたドーム状の建物。もう一方の公園にそびえ立っているのは、エクスチェンジを縮めて〃チェンジ〃と呼ばれる、ほぼ四角の柱廊だ。

キャス・ツーとほかの乗客が到着したとき、〈クレードル〉は大西洋上二〇〇〇メートルの位置にぶら下がっていて、南米大陸の新たな海岸線を赤道が横切る西のほうへと向かっていた。この動きは、三万六〇〇〇キロ上で〈アイ〉がハビタット・リングを西向きに横切る、つまり〃北極上から見て時計回りに動く〃という事実を反映していた。長い紐のはしにある重りにすぎない〈クレードル〉は、つねに〈アイ〉の動きを追っていた。この都市のドームは開いており、突風を減らすために〃バッフル〃という装置が上げられていたのだ。

そこは温和で湿度が高い。赤道上ではほぼ必ずそうなのだが、高度と素早く動く空気のおかげで、充分心地よかった。塩とヨウ素と海洋生物の香りがするその空気の匂いこそ、キャス・ツーがニュー・アースの大気へ戻ってきたという証拠だ。

それは人工大気だった。人類は、海面を望みの水位へ戻すためだけに、乾燥して生命のない地球の表面に、彗星核を何百年にもわたって落とした。それから、生命を維持するのに必要なバランスでガスの混合物を得るため、遺伝子操作された生物でその海を満たし、目的を達成すると自滅させた。大気を構築する生物の次の波に、そのバイオマスが栄養素として使われることになる。

　測定によると、その結果はオールド・アースの大気をほぼ完璧に再現したものだという。ハビタットで生涯を過ごしたあとにその大気を吸った人は誰も、その点を裏づける科学的なデータを必要としなかった。その香りは脳の古い部分にまで達して、何百万年も前にアフリカ大陸の海岸で暮らしていたヒト科の祖先のころにまでずっと遡る本能を呼びさましたからだ。彼女は地球へ何度も行っていたので、それが人を陶酔させるものだと知っていた。宇宙でいちばんのドラッグであり、何よりも地球にいたいと思わせるものだ。〈クレードル〉——三万六〇〇〇キロのケーブルでつねに引っ張られ、その大気に浸っているもの——が最も富裕層向けのコミュニティであるのは、それが理由だ。〈レッド〉と〈ブルー〉が地上に住む権利を巡って二度も戦火を交えたのも、それが理由だった。

　〈クレードル〉は、この都市のはるか上でアーチ型にかかっている、バケツの取っ手のようなものでテザーのはしからぶら下がっている。このバケツの取っ手は中空で、キャス・ツーとほかの乗客を、北側の山の基盤の〝ベッドメタル〟に埋め込まれたホームまで運んだ、驚くほどぐらぐらするエレベーターが入っていた。そこからは傾斜路により、都市自体の通りへ出ることができた。

　出口一面を囲む壁の上部は、カラスの糞で白くなっていた。明るいところに出てくる人々の顔を見ることのできる場所に何百羽と止まっていて、その顔を認識した者にメッセージを届けるため、急降下するのだ。ほかの到着客たちは、両手を伸ばしてちょっとした食べ物を提供しようとした。キャス・ツーの前で急いでいた身なりのきちんとした〈アイヴィン〉の男性は、そうやって灰色のカラスをすぐさま引きつけた。彼はもう一方の手で小さなタブレットを差し出している。キャス・ツーには、カラスに誰かの写真を見せているとわかった。「ドット17にチェンジでコーヒーを」と、その男が告げた。カラスは、吐き出すのを逆向きにしたような動きでその食べ物を飲み込むと、天に向かって同じ言葉を叫びながら飛び去った。空腹でもなく、使いも頼まれていないほかの灰色のカラスたちは、よく耳を澄ませば株式市場や政界での動向についてのヒントになるかもしれない、耳障りな音を出しつづけていた。

新たにやって来た者たちも最初は集団で移動していて、その場の通常の歩行者とは明らかに感じが違っていたが、数百メートルもいかないうちに散り散りになった。キャス・ツーもほかの人たちとまったく同じように、ひとりになっていた。

大まかな配置は教科書で見て知っていた。たどり着いたのは北側、チェンジヒルである。地元の人なら、服装や歩き方からだけで人の区別ができるのだろう。そこにいるのは実業家で、昼間は地下のオフィスで働き、食事や休憩など、豊かさを享受するときに地上へ出てくるのだ。もちろん商業はハビタット・リング中で行なわれており、グリニッジ、リオ、バグダッドなどといった古い中心部には、チェンジヒルと張り合い、ある意味で凌駕した金融の中心地もあった。だが名声にかけては、この地にかなうところはどこにもなかった。グリニッジのような場所にいる最も裕福で力のある資本家も、やり手の実業家も、どんなにいい仕事をしていようが、〈クレードル〉の何かが足りないのではという考えにずっと悩まされるのだ。

そういった活動の多くが地下で行なわれているため、チェンジヒルの街の風景は一見したところ静かで、シエスタのときのスペインの古い町にも少し似ていた。すぐに迷ってしまい、観光客のように見えてしまうことを受け入れて、キャス・ツーはポケットから紙切れを取り出して、住所を思い出した。その場所が南側にあり、橋を渡るか――橋は町の上高くにかかっているので、はっきり見えた――谷底まで下りて底の溝を越えるしかないのは、前もってわかっていた。後者にはそそられたが、そこに行くなら〈エンデュアランス〉が到着した場所やイヴ・ダイナがデュボア・ハリスと歩いた場所を見て、多くの時間を過ごしたいと思っていた。それはあとのためにとっておいたほうがよさそうだった。そこで彼女は、通りをうねるように進むと――その通りには露出したベッドメタルから筋になった錆びの染みを隠す赤茶色の石が敷き詰められていた――登っていった。チェンジのそばの公園を横切ったが、そこでは軽食のための休憩に出ているりっぱな身なりの若いトレーダーがベンチに腰かけてタブレットをいじったり、芝生の上に集まって座りながら笑ったり、色つきのボールを使ってスポーツをしたりしていた。

その橋の北詰が公園のはしになっていた。ずっと下からだと橋は細長くて優雅に見え、彼女が今気づいたように本当は巨大だということを隠している。ここでさらに広くなり、チェンジヒルとの巨大なつながりを形成するのだ。ただ、その頂点部分でも、二〇人ほどが並んで歩ける幅がある。最後にもう一度振り返ってチェンジの大理石の柱に見とれ、その中で響く大きな声を耳にすると、彼女は南を向いて登りはじめた。その橋は最初は階段状だったが、高さが増すとともにアーチは徐々に平らになり、ところどころに段差がある、白い大理石で覆われたスロープになった。車輪のついた物体が増えすぎるのを防ぐためこうされていると、彼女は聞かされていた。もしそうだとしても、橋を登る人がバラで覆われた東屋の下で元気を回復するために休憩できる、ちょっとした彫刻庭園へとそれらを変えていることによって、その目的は巧妙に隠されていた。

そういうお楽しみに心がそそられないわけではなかったが、キャス・ツーは実のところかなりのウォーキング愛好家であり、一度進みだしたら足を止めたくなかった。特に何事もなく終わったエレベーターでの旅のことを、彼女は心の中で再検討していた。これは徐々に気づいたことだが、それこそがその魅力と豊かさの証しの一部だったのだ。適切な乗り物をチャーターする充分な金があったり、接収する権力があったりしたなら、〈クレードル〉にもっと早く着くことは可能だった。それでも、多くの人がエレベーターを使う。したがって〈クレードル〉は、距離ではなく時間によって、人間界の残りから切り離されているのだ。それだけの時間を過ごすことは、ごくわずかな人たちだけに可能な、一種の贅沢だった。もちろん、乗客は途中で仕事をする。だから、アトリウムの周囲にある高級なレストランやバーのいずれにも、プライベートな会議室があるのだ。だがキャス・ツーには、本当にすべき仕事というものがなかった。彼女は長時間ほかの誰とも話さず、読書と画面上での娯楽の鑑賞をたくさん行なっていた。ごく普通に睡眠を取って、先週に始まった恐れがあるエピジェネティック・シフトが止まったことを確かめたのだ。

こういった一連のことは、早く集合場所に着きたいと、彼女に思わせただけだった。そうすれば少なくともドクから説明を聞けて、まだ会えていない〈ダイナン〉と〈アイーダン〉と顔を合わせて、〈セブン〉が何をすることになっているにしろ、それを始められるからだ。

彼女はアーチのてっぺんまで急ぎ足を続けたが、そこにたどり着くと、数分間の休憩をとることにした。てっぺんでは通路の幅が広がって、ハリケーンハイツという愛称で知られる展望台になっていた。そこの風は強く、目から涙が出た。彼女は風に背を向けると、風下側にある東向きの手すりのほうへ、慎重によろよろと歩いていった。目をしばたたかせて視界をはっきりさせると、眼下の住宅群や道路やイヴの谷を数分間見つめた。後方で太陽が沈んでいく。赤道上に位置しているので、沈むのは早かった。谷はすでに陰になっていたが、住宅群の石壁や建物の前部は、ピンクと金の不思議な輝きを発している。紫色の陰になった通りでは、明かりが灯りはじめた。

この場所こそ本物であり、ハビタット・リングの人工的な環境とは違っていた。これに近いレベルをもつ大きなハビタットはいくつかある。本物の惑星の環境に近いところにいると思わせるものだ。ところが、見上げて頭上数キロのところにぶら下がっているハビタットの反対側が見えたとたんに、その感覚は消え去ってしまう。それがここでは、見上げても空はどこまでも続いており、星が出ていて、東の地平線からはハビタット・リングの光るネックレスが垂直に昇るのだった。これを本物にしているものこそ大気であり、その膨大な量、尽きることのないその動きや香りの種類だった。グライダーがあれば、と彼女は思った。それがあれば、大気の中で踊ることができたからだ。

ほぼ間違いなく誤りとされる伝説によると、キャス・ツーが立っている見晴らしのいい場所──橋の中央──こそ、イヴ・ダイナが選択を下して爆弾を空中に放り、それが爆発した場所だという。

ダイナが〈バナナ〉の窓にその爆弾をくっつけたことによって強いた妥協は、爆発までに設定された時間の短さを考えると、節度があって偽りのないものと思われた。

ある意味では、この勝負はそれがゲームだと考慮されるよりも前から始まっていた。イヴ・ジュリアが自分は子供をほとんど産めないと指摘し、イヴ・アイーダが自分はたくさん産めると予言したときからだ。

ほかのイヴたちが同じような計算をするのに、さほど時間はかからなかった。〈アーキー〉として〝クジ引き〟で選ばれたカミラとアイーダは、ほかの者よりも若く、二〇～三〇年の生殖期間が先に控えていた。もし彼女たちが赤ちゃん製造工場になるという決断をして、運がよければ、それぞれが閉経する前に二〇人もの子供を産むことができると考えられた。ダイナ、アイヴィ、モイラ、テクラは全員が三〇代前半なので、それぞれ数人は産めるかもしれないくらいだ。それゆえ大雑把に言うと、そのように考えてみるとしたら、この四人の出産能力を合わせたものと同じ能力を、若いカミラとアイーダの二人がもっていたのだった。

　みずから指摘したように、ジュリアは閉経前に子供をひとり産めれば運がよいという程度だった。だから、ドゥーブに指数関数の説明をしてもらう必要はなかった。〈ジュリアン〉たちは多数の中の少数になり、単に物珍しい存在になるはずだ。遠い未来において、仕事から帰った人は、パートナーに向かってこう叫ぶのである。「今日、誰を見かけたと思う？本物の〈ジュリアン〉さ！」

　これらは新たな〝グレイト・ゲーム〟（政治的駆け引き、戦略的抗争）の数学的基礎であり、それ以降に起きたことの大部分の根源である。のちの歴史研究者の多くは、イヴたちの大半が数年間、そのゲームをしていることに気づいていなかったと指摘している。ただアイーダの場合は、その呪いの言葉の内容から考えるに、その法則の例外だったかもしれない。だが、自分の子供に関して下す決断は、その人にできる最も個人的なものだ。健全な心をもった母親で、自分がほかの母親に対してゲームのようなことをしていると認める者はいなかっただろう。

　もっと冷酷にやっていたのなら、もっと単純だったとも言えるのである。

　意識していようとそうでなかろうと、七人のイヴは四人組と二人組とひとり《ワン》とに分かれた。四人組は、ダイナ、アイヴィ、テクラ、モイラで、二人組は、カミラとアイーダだ。計算上は、この四人組の子孫は、二人組の子孫と同じくらい大勢になるはずだった。既存の友人関係と親近感によってすでにこの四人組は結びついて、暗黙の盟約をつくり上げていたが、子供たちが補完的な性質を体現するという趣旨のことは、彼女たちが亡くなって長い時が過ぎるまで、明確にされていなかった。ある意味では〈ダイナン〉は、自分たちが得意ではないことをしてくれる〈アイヴィン〉が存在するかぎり、完全な人間になる必要はなかったのだ。そう言ってはぶしつけであり、だからこそ長いこと言われないままだったのだが、数百年後にこの四人組の子孫たちが振り返ると、ずっとそうだったことがわかるだろう。そのころまでには、彼らのDNAと文化に深く染み込んでいるため、後戻りすることはできなかった。

　対照的に、二人組のほうには互いに対する自然な親近感はなく、どんな既存の関係もなかった。カミラとアイーダは、〈七人のイヴ会議〉の直前まで、顔を合わせたことがなかったのだ。二人が共有していたものは——それも多くはなかったが——ジュリアに対する反感だった。この二人はどちらもあるときに、ジュリアに魅せられたあげく、彼女に失望したのである。カミラの場合は、ホワイトハウスでの晩餐会の場でジュリアに誘惑された。アイーダはジュリアの誘いにより〈スウォーム〉に入ったものの、結局、反乱派を率いてジュリアを追い落とし、口かせをつけた。そうした結果を考えると、カミラが——もしくは健全な心の持ち主であれば誰であれ——アイーダと意識的に組むというのは、言うまでもなくありそうにないことだった。それでも、四人組と二人組の関係は一種の重力を生み出し、目に見えない力でカミラを引き寄せた。〈七人のイヴ会議〉の際にカミラとダイナのあいだで不和が始まったことは、忘れられることがないのだった。

　もっと落ち着いて考えると、カミラの言葉には逆らえない説得力があった。彼女たちの子孫が今後何世代にもわたって狭い場所に閉じ込められて生きるということはまったくの事実だった。ルイーザが調べて証明したように、そして〈クラウド・アーク〉の住民がまさに見事に証明してきたように、変化していない普通の人間が住むにはいい方法ではなかった。人類の存続が、そのようなライフスタイルをうまくこなせるように脳の配線を替えることにかかっているとしたら、そうしたほうがいいのだ。

　ある意味ではその決断は、自分の選択を明らかにして、詳細をモイラと考えればいいだけだったカミラによって、ほかのイヴたちの手を離れた。実質的には彼女が、この遺伝子のグレイト・ゲームにおいて、最初のはっきりとした行動に出たのだ。そしてみずから述べた主義に反してはいたが、ある意味では可能なかぎり最も積極的な行動だった。自分の子孫——相当数になると思われるもの——は、最初の一〇世代、二〇世代、一〇〇世代が向き合うことになる状況においては難なくやってのけると、彼女はみんなに知らしめた。残りの六人は彼女にならうか、それに反対するかしかなかったのだ。

　ダイナ、アイヴィ、テクラは基本的に反対し、モイラは結局、別の選択をした。だが歴史的事実によると、〈モイラン〉は四人組の集まりの一部だったことが多かった。

　アイーダはもっとあからさまにグレイト・ゲームを戦った。これは基本的には、ほかの者の出方を待ち、それから対抗手段に出るというものだった。残りのイヴたちは早くに決断して、その決断を曲げなかった。ダイナの子供たち——彼女は五人産んだ——は全員が、それとわかるほどにそのタイプだった。これは、アイヴィの子供三人とテクラの子供六人にも当てはまった。ジュリアが選択できたのは一度だけだった。カミラの一六人の子供たちは、彼女が最初の子供たちの行動を観察し、それにもとづいて決断をあれこれ変えたので、それぞれ異なっていた。だが彼女は、〈七人のイヴ会議〉の際に自分で決めた一般的なひな型から、揺らぐことはなかった。

　ところが、アイーダの子供七人はみな違っていた。彼女が正確に何を考えていたのかは、秘密の番人で種の母であるモイラしか知らないことだ。ほかのイヴたちも自分の望みをモイラにそっと伝えて、彼女がその秘密を墓までもっていった。それでも、アイーダの最初の子供五人がほかのイヴたち――モイラを除く全員――がしていたことに対する反動として生まれたということは明らかだった。ともかく、それが歴史的事実として受け入れられたのだった。

　ほかのイヴたちに対するアイーダの態度は、例の呪いの言葉にはっきりあらわれていた。六人のイヴたちがいつも自分のことを個人的に嫌っていて、その感情は必ずや自分の子供たちにまで伝わると、彼女にはわかっていたのだ。それが人間の性《さが》であるため、今から何千年も先に、〈ダイナン〉の子供たちは遊び場で〈アイーダン〉の子供たちに石を投げ、共食いのことをからかうのだ。四人組を祖先とする社会に、彼らが順応することは絶対にない。それゆえに、ダイナが自分の子孫が体現する美徳について選択をして、それによって行動に出たことで、アイーダは対抗手段を求めた。それは、ダイナに似た子供をもうけることからなるかもしれないが、実はそれ以上になる。もしくは、〈ダイナン〉のタイプに存在する欠点の利用だけに適した、反〈ダイナン〉というタイプをつくり出すことだった。

それがアイーダの最初の子供五人だった。だが彼女はモイラに対して、同じ方法を用いることはできなかった。アイーダがやっていることを、彼女の卵子内で変えられた特定のDNAの塩基対まで、モイラが完全に把握していたという根本的な理由のせいだ。もしこれがゲームなら、最後の手を打つのはつねにイヴ・モイラだった。彼女の最初の八度の妊娠が失敗に終わったのも、その謎を深めただけだった。彼女が自分の選択を表明しなかったため、彼女がしたことを本当に知る者はいなかった。それによって〈モイラン〉は、ほかの種にとってだけでなく、自分たち自身にとっても謎の種となったのだった。ただ、〈モイラン〉が「エピになる」ことができる唯一の種であるのは、明らかだった。キャス・ツーのゲノムは、ほかのどの生物のものとも変わらず、一定しており、その複製は彼女の身体のあらゆる細胞内で生きている。だが、どの遺伝子を発現させ、どの遺伝子を抑制させるかは、人間が普通にできるレベルをはるかに超えて変えられるのだった。それをコントロールする方法があったら、一種の超能力になっていたところだ。しかし、古臭い伝説とは違って、そうではなかった。キャス・ツーは、いつ一週間の眠りに落ちて、目覚めたらキャス・スリーという別人になるのか、自分ではわからないのだ。その結果が見事な場合もある一方、致命的な場合はめったになかったが、不便なことや、大いに厄介なことはあった。後者の例は大部分が、好むと好まざるとにかかわらず、〈モイラン〉が恋に落ちた際に起きたことと関係していた。とにかく、それがイヴ・モイラが下した選択であり、娘のカンタブリギアに授けた才能なのである。そして、彼女がそうした理由は、アイーダが下している選択に対して、このレベルの可塑性なら、世界のバランスをどうにかしてもとに戻せると信じていたからと、推定されていた。

ひとり《ワン》であるジュリアは、かなり少ない人数ながらも、有用かつ重要となる資質を子孫に授けることによって、悪い状況を最大限に利用することを目指した。彼女は〈七人のイヴ会議〉の際に、可能な未来を想像する能力に真の価値があるという考えを、すでに表明していた。そしてそれをリーダーシップや、それができない場合には、指導者に対して有用な助言をする能力と、結びつけた。その特質が暴走したり悪い方向に進んだりすると、鬱や被害妄想、そのほかの精神障害に至る。そのため、その特質ともっと前向きな精神性を結びつける方法を見つけるのが課題だった。そこでジュリアの調査は――彼女は広範な調査を行なったが――歴史上の賢者や予言者、忘我になりやすい人、シャーマン、アーティスト、抑鬱者、パラノイアの歴史と、そのような特質がゲノム内の特定の塩基対に限定され、文化変容によって助長されうるかどうかに、重きを置いていた。

歴史家が登場するのはかなりあとのことだが、彼らは続く五〇〇〇年の話を伝えるために、自分たちの語彙を発展させた。最初の妊娠は〝懐胎《ジェステーション》〟と呼ばれた。数多くあった流産は数えないとして、七人のイヴのあいだで妊娠は三九回あった。ついに閉経に入って子供を産むのを最後にやめたのはカミラだった。それらの妊娠からは、生存可能な女の子が三五人生まれ、うち三二人はみずからの子供をもつに至った。それまでにイヴ・モイラはＹ染色体の合成方法を見つけ出していたので、第二世代の何人かは男となった。その結果、三二の血統が生じた。新しい七つの種は、それぞれが複数の血統を体現していた。各血統はそれとわかるほどに異なっており、いずれかの種に属するものとして、はっきり分類できた。東アフリカ人も西アフリカ人も、ヨーロッパ人から見ればアフリカ人だが、血統としては、はっきり異なっていたのだ。

〝修正《コレクション》〟というのが、第一段階である懐胎の次の段階につけられた名称で、生きられない幼児が何人か出るに至ったエラーを、イヴ・モイラが修正したのだった。ある意味では、修正は懐胎の段階のあいだはずっと行なわれていたが、イヴの娘たちが第二世代の子供たちを産みはじめると、徐々に減っていった。そして、しだいに次の段階の〝安定化《スタビライゼーション》〟へと至った。安定化はその後の一〇世代ほどにかけて続き、Y染色体は継《つ》ぎ接《は》ぎされ、残っていた遺伝子上のミスも修正され、さまざまな血統の者たちが異種交配を始めて、自分たちの人種集団内で交配種を生み出していった。このあいだに、ヘテロ接合性を増すためにさまざまな技術が用いられて、クロアシイタチの教訓が利用されたのだ。

　実際のところは、人間の遺伝子配列の巨大なライブラリーがデジタル形式で利用できたので、イヴの子孫が〈クレードル〉での最初の数世代を生き延びると、何百人もの優れた若者を訓練して遺伝子工学者にし、理論上はもともとの人間を最初から再配列できたはずだ。これが、イヴ・モイラが最初の人工的なY染色体を合成したときにしようとしたことである。だがそれは、彼らが共同でやろうと選んだものではなかった。その選択は科学的ではなく、完全に文化的なものだったのだ。決断が下されたのは〈七人のイヴ会議〉においてだった。そのときまでには、人種が確立されて数世代がたち、それぞれが独自の文化を展開しはじめていた。〝起源人《ルートストック》〟に戻ることによってこの決断を取り消すというのは、自動的な大量虐殺のようなものと見られていた。さまざまな人種間で展開された競争が、それを考えられないものとした。そこで、ルートストックの遺伝子記録は、逆行しようとするのではなく、健全なレベルのヘテロ接合性を既存の人種に加えることによって、利用されたのだ。

　こうして安定化は、およそ第一二世代あたりまで続いたが、その時点では〈ジュリアン〉の種さえ、ラボ・ベースの調整を必要としない通常の方法で繁殖できるほどに巨大化していた。

　安定化は、歴史家が広く認定した次の段階である〝繁殖《プロパゲーション》〟と融合していたが、これはかなり自明のものだった。七人のイヴの子孫は、お互いとのセックスを続けて、子供たちをさらにつくっていったのだ。これは第一ミレニアムの前半部分のかなりを占めていて、超過密状態をもたらしたため、〈クレードル〉から離れた場所に独立したコロニーの形成が必須となった。おそらく〈クレフト〉ほど人気がなかったものの、それでも新しいハビタットの建設にはうってつけである場所がほかにもあった。そのときまでには、宇宙空間で動く新たな機械を建造できるところにまで、彼らは達していた。その時期が来ていたのだ。あるいは、〈クレードル〉の混雑した周辺では、彼らにとって害がある状態だと、四人組の子孫が主張したのかもしれない。カミラは、狭苦しい場所での生活に適した新たな人類をつくるという計画について隠すことはなく、彼女はその実施に成功した。そして、〈クレードル〉の初期のハビタットが混雑してくると、彼女の計画はよさそうに思えてきた。それが彼ら自身の人種にまつわる神話であれ、生物学的に必然なことであれ、四人組は、最初は〈クレフト〉のほかの場所に、のちには〈ピーチ・ピット〉の別の破片に、新たなハビタットを得ることにし、開拓したのだった。〈アイーダン〉は、四人組と共存した場合もあったが、多くは単独で同じことをした。

　これは、アイーダが取り返しのつかないことをしたというよりも、口に出せないことを言ったということを意味していた。彼女の呪いには本当に効果があったのだ。第二ミレニアムのアイーダの個々の子孫は、一〇〇〇年以上の人種の混合による文化の産物だった。彼らはすべての人種の人たちとともに育ち、好きになる者もいれば嫌いになる者もいて、何人かの〈テクラン〉や〈モイラン〉とはおそらくうまくやっていきながらも、何人かの〈アイーダン〉とはけんかもした。個人的な経験の点においては、同じ人種のほかの者たちと仲よくする理由は特になかった。だが、それぞれの人種には根深い物語があり、今ではそれは古くからの文化へと変換されている。〈アイーダン〉の物語では、彼らのイヴはひとつの種だけでなく、「人種の中の人種」、つまりモザイク的なものを産んでおり、彼女の子供たちにはほかのイヴの子供たち以上のことができるというのが、その証拠になっていた。それに、もし〈アイーダン〉だったら、その目的のためにイヴ・アイーダが選んだ遺伝子マーカーが明らかに与えられているので、その物語の容赦ない力によって、ほかの〈アイーダン〉が大部分か、彼らしかいないコロニーのほうへ行くようになっているのだ。〈アイーダン〉は四人組の子孫よりも数が多くなかったので、彼らの第二ミレニアムのコロニーは小さくて簡素なものになる傾向にあり、それがそのような環境でも栄える〈カミート〉との共生関係につながった。〈アイーダン〉はコロニーを建設するが、〈カミート〉はそのコロニーを発展させたのだ。

　いずれにしろ、第二ミレニアムでの新たなコロニーとハビタットの形成は、歴史家が〝孤立化《アイソレーション》〟と呼ぶ段階に至った。人種的に「純血」な人々の形成である。孤立は〝戯画化《カリカチュアライゼーション》〟の段階へと至った。意図的に遂行された場合もあれば、無意識の場合もあった選抜育種には、何世代にもわたって人種差を強くする効果があった。その例として頻繁に挙げられるのが、〈モイラン〉における目の色の段階的な変化である。イヴ・モイラの目は薄茶色だった。黒人の基準からすると比較的明るい色だったが、それほど珍しいわけではない。第二ミレニアムの終わりまでには、多くの〈モイラン〉の目の色は薄くなって、強い光の下では金色に見えるほどだった。グレイト・チェーンのファッションストアの壁にある、実物の一〇倍に引き伸ばされた〈モイラン〉のファッションモデルたちは、猫のような強烈な黄色い目で見つめていた。薄い色の目はイヴ・モイラには顕著な特徴だったため、美しくて望ましいものと考えられ、目の色が薄い〈モイラン〉は結婚や繁殖がしやすくなった。その特徴は長いあいだ戯画化されるぐらいに強くなっていた。キャス・ツー自身も、モデルではなかったが、黄色よりも緑色に近い目の色の薄さを、たびたび褒められていた。ただ、見た目の意識が強い現代の〈モイラン〉は、緑がかった茶色い目をもつ自分たちのイヴの写真を目にすると、しばしば驚くのだ。

〈モイラン〉における目の色の変化は、はっきりしていたので容易に証明され、小さな違いはあるが同じことが全人種の別の表現型の多くでも起きていた。選択交配には、人工的な介入がいっさいなくても、長いあいだに目覚ましい変化をもたらす力がある。それでも、人種的に孤立したものがみずからの遺伝子ラボを獲得した場合もあった。それらは多くの目的のために用いられたが、たいていは問題ないとみなされた。〝増強《エンハンスメント》〟のために用いられたこともあり、これは人種的な特徴をよりはっきりさせるという目的のための、意図的な遺伝子操作だった——戯画化に関して「自然に」発生しているものを人工的に促進するというものだ。これは時に、奇形、化け物、失敗作を招いた。それでも、うまくいくことは多かった。そしてその産物が孤立した集団内で子をつくる場合、その孤立種はみずからの種をますますはっきりと体現したのである。

　これらの最終結果はどれも、同系交配と明確に認められる、生きられない集団となる傾向にあった。つまり、孤立化、戯画化、増強が根づいて自然の経過をたどるのと同じくらい頻繁に、コロニーの滅亡か、〝世界化《コスモポリタニゼーション》〟と呼ばれる改良過程に至ったのだ。これは、かつての孤立集団が同じ種で長らく不明だった、いとこととともにふたたびあらわれて、健康で持続できる混成種の方向で改良され直していくというものである。

　驚くことではないが、世界化の過程が花開いたのはごく最近のミレニアムのあいだにハビタット・リングが形成されたときで、人類が過去四〇〇〇年にわたって暮らしてきた、狭くて暗いトーラスよりもはるかに魅力的な大量の新しいハビタットが、一気に誕生したときだった。何世紀も音沙汰がなかったり、アングリスキー（現在は基本的に全人類が使う、ロシア語によって変化した英語のこと）でさえ話せなかったりする者もいた孤立集団が、オールド・アースの二〇世紀以来となるような人口爆発の際に、彼らの穴ぐらから出てきて遠い親類たちとふたたび合流したのである。こうして、各人種のほとんどの集団が再集合して、人種を再標準化した。その一方で同じ人種のなかで恐れられ、虐げられた、極端に孤立した血統も、わずかながら保護してきたのだった。

　それが少なくとも〈ブルー〉陣営の状況だった。〈レッド〉陣営でも、〈アイーダン〉のモザイク構成、〈カミート〉数億人、〈レッド〉と運命をともにすると決断した約八〇パーセントの〈ジュリアン〉のあいだで、過去に同じような一般的傾向を見せていた。ターンパイク間の現在の情勢は、散在する信号情報収集《シギント》やほとんどの人が無視するプロパガンダ・チャンネルを除くと、ほぼ二〇〇年にわたってハビタット・リングのその部分から受け取った通信がなかったので、推測するしかない。

　ほんの数分にわたり、太陽の最後の光が、キャス・ツーの目の前でほぼ垂直に見える崖の上に立つ見事な古いクーポルの尖塔や、彫像、正面にある彫刻を施された石細工へと降り注いでいた。キャピトルヒルの側面だ。だが、それが急にほぼ真っ暗になった。彼女は右側からの突風を受けて身体の向きを変えると、橋の南側を下っていった。空気の力は好きだったものの、建物の待避所へと下っていく最後の数段は急ぎ足になっていた。キャピトルヒルは、北側では頂上の公園でつながっているチェンジヒルよりも高さがあるため、ここの橋は傾斜の側面に刺さっているのだ。キャス・ツーは無数の通りへそのまま出ていったが、そこは住宅群の所有者が壁の上部に据えると決めたランプや戸口から漏れ出た光によって、冷淡に照らされていただけだった。「ボルドーの街の風景がリオデジャネイロの地形の上にかかっている」とは、あるデザイナーがこの町を描写した言葉だが、その人物はどちらの町も全滅して四〇〇〇年以上が過ぎてから生まれた、〈ジュリアン〉と〈モイラン〉の血筋だった。

　彼女のポケットには、自分の正確な緯度経度がわかる機器が入っていた。もちろん、ロープのはしで空中を引っ張られているような都市では、そういった数字は役に立たない。ただ、彼女がそれを取り出して見てみる気になれないのには、それ以上の理由があった。ここにいることで、一種の空想へと、明らかに幻想の産物であるものへと、やはり飛び出していったからだ。彼女は今、オールド・アースにある都市を歩き回っている。完全に迷うまでは、その幻想を壊したくなかった。だから足の赴くままに赤い石畳の通りを進み、坂を下ったり上ったりした。大きな古いクーポルの塔を目印代わりにして、自信がなくなると橋の橋台へと円を描くように戻った。集合場所は橋から離れていないと言われていたからだ。道を尋ねてもよかったが、気温が下がっていて、ハビタット・リングのきらめく円弧が高い雲によって隠れてしまい、小粒の温かい滴がサーッという音を立てるカーテンのような雨も降り出していた。歩行者はみな、行くべきとわかっている場所へ姿を消してしまっている。日没後のキャピトルヒルは人気《ひとけ》がなくなると警告されていたが、嵐になりそうな今、それは二重に正しいようだった。

　キャス・ツーは同じ建物の前を何度か通ったり、通りの向こうから目にしたりしていた。その建物は、いくつもの曲がった道が交差して、濡れた丸石で舗装された道がわかりにくいアスタリスクをつくる場所にあったので、近くの路地を歩いていると、建物の姿が彼女の周辺視野にいきなり飛び込んでくるのだ。そこに交差点があったのは、家ほどの大きさの石のかたまりが山腹から突き出ていて、近くの通りをすべて迂回させていたからだった。彼女が推測するに、その石は月のコアである鉄の中に埋め込まれたマントルのかけらだった。一〇億年もそこにあったかもしれないし、〈ゼロ〉の直後に灼熱の〈ピーチ・ピット〉と激突して、凝固した金属にくっついた火球だったかもしれない。〈クレフト〉と、それと同様の場所には、こういうものが多くあった。それらは普通、溶融物内の不純物として扱われるが、これはそのまま置いておかれて、それを包み込むように走る通りに対して、ごつごつした灰色の面を向けている。路上から一〇メートルの高さがあるそのてっぺんには、誰かが丸い石の塔を建てていた。船の突き出たへさきからうしろの船体のように、後方に三角形の建物が広がっていて、その中心にはよさそうな住宅群があるのが、彼女にも推測できた。

　三度目か四度目にキャス・ツーがその塔を見たとき、距離はおそらく一〇〇メートルほどあった。彼女は狭い通りのひとつから、じっと見つめた。上層階にはアーチ形の窓が並んでいて、全方向を見渡している。それらの窓からは温かい光が輝いており、テーブルについているる人たちや飲食している人、話したり読んだりしている人の姿が見えた。そういった行動はどれも問題なさそうに思えたので、プライベートなクラブではなく宿屋のようなものかもという希望を、彼女は抱いた。

　入り口は目立たなかったが、右手に回ったところ、金属マトリクスに切り込みを入れて、そこに石を埋め込んだ狭い出入り口があった。そのトンネルは上へ向かって曲がっており、小さな木立ほどの大きさのつらら状の錆びによって部分的に塞がれた螺旋階段になっていた。壁龕《へきがん》のところでは本物のろうそくが燃えていた。螺旋を一度回ると、金属部分から抜け出して、石の側へと入っていった。二度回ると、本物の木によるアーチ形のドアにたどり着いた。精錬された金属による、大きく曲がったくちばしをもつ鳥のかたちをしたドアノッカー以外は、何も印がない。手づくりの黒い鉄の羽毛とパラジウムにより、ドアは灰色になっていた。ドア越しに暖かさが感じられ、会話も聞こえた。

　彼女はそのドアノッカーに手を伸ばしたが、ここが公共の場所なのかプライベートな店なのかは、まだ確信がなかった。そのとき不意に、自分の手の中にあった紙切れを意識した。近くのろうそくの明かりの下で、それを広げてみた。

見張り台《クロウズ・ネスト》
サウス〈クレードル〉

ドアを押し開けて、足を踏み入れた。視界に最初に飛び込んできたのは、古い銅製の半円形のカウンターに、並んだタップハンドル、せわしない厨房が見える窓だった。奥の部屋から音楽が聞こえたが、会話の邪魔をするほど大きくはなく、その拍子に合わせて頭を縦に軽く振らせる程度だった。音楽様式はわからなかったが、種類は知っていた。〈マイニング・コロニー〉や初期のハビタットで孤立していた、踊り方を知る人たちがつくり上げたものだ。

バーテンダーは、健康そうに見える四〇代の〈ダイナン〉の男性だった。自分がかなりの二枚目であることは意識していないようだ。彼はグラスを磨きながら、手書きの数字が書かれた紙切れに目をやっていた——勘定書だ。そこにひとりで立ち、〈クレードル〉の見事な景色を望める並んだ窓から外のほうを向いている姿は、オールド・アースの船の船長のように見えた。

キャス・ツーが足を踏み入れてからややあって——彼女に目立ってしまったと感じさせるほどすぐではなく、無視されたと思わせるほど遅くもなく——バーテンは顔を上げて彼女のことを見ると、眉をやや上げた。いや、「片方の眉」と言ったほうが正確だろう。今の彼女が目にしている彼の顔の半分が、かなりの損傷を負っていたからだ。

「何を飲むんだい、キャス・アマルトーヴァ・ツー？」

最初の〈ナッツ〉はシアトルのアルジュナ・エクスペディションズ社の作業場で開発され

ると、〈ゼロ〉の直前に宇宙へ打ち上げられて、イヴ・ダイナの監視下で小惑星アマルテアの表面上を這い回った。その後、〈エピック〉の最初の二年のあいだに、もともとの設計が変更され、氷の上や中で動くようにされた。そのような〈ナッツ〉が、最初は〈イミール〉を〈イズィ〉とランデヴーさせるために、次はその両方を〈エンデュアランス〉と合流させるために使われたという話を、子供はひとり残らず知っていた。そのため〈ナッツ〉は、〈レッド〉の文化よりも〈ブルー〉の文化により強い影響を与えたものの、ターンパイクのどちらの側でも使われていた。より正確には、どちらの文化も、〈ナッツ〉の種と亜種に属するものを用いたのだったが、これらはすべて、最初のアルジュナ・モデルと、ラルス・フードマーカーおよびイヴ・ダイナのようなプログラマーがもともとつくり出した基本プログラムを、大なり小なり共有したものだった。〈ナッツ〉、それに〈スウォーム〉が何千年にもわたって成しとげてきたさまざまな使途は、数え切れないほどである。これらは〈ゼロ〉以前の金づちや包丁のように、どこにでもあり、さまざまなものがあったのだった。

それらは金づちや包丁のように、建設的な目的にも破壊的な目的にも使うことができた。後者の中には、銃のような装置から高速で発射されるように設計された〈ナッツ〉が、それだけでいくつも分類できるほどある。それらの大半は、ダーツの矢や銃弾程度にコンパクトなかたちに折り畳めるようにつくられていたので、弾倉や弾薬帯などに収めて、発射装置の銃尾に供給することが可能だった。

〈ゼロ〉以前の伝統的な小火器という意味では、一丁の銃だけが〈ハード・レイン〉を生き延びて、〈クレフト〉までたどり着いていた。ジュリアがピート・スターリングの肩掛けホルスターから抜き去って隠し持ち、テクラを撃ち殺そうとした、あのリボルバーである。あのときはカミラがあいだに入って、テクラの命を救ったかたちになったが、その際に負った火傷は跡が残り、その後一生、彼女を苦しめたのだった。その後、同じ武器はアイーダの手に渡った。彼女がそれを仲間のひとりに与え、その人物はスティーヴ・レイクを殺すために、最後の銃《ラストガン》から最後の銃弾《ラスト・ブリット》を撃ったのだった。この武器は現在、グレイト・チェーンの歴史博物館に所蔵されており、それが公開されているか、またどのようなかたちで公開されるかは、〈レッド〉と〈ブルー〉の関係の状態を測る、信頼できるバロメーターとなっていた。

新しい銃をつくるのに必要な金属加工技術もすたれ、銃のようなものの必要性を考えつかないうちに〈クレフト〉では多くの世代が過ぎ去ったため、兵器産業全体をようやく再始動するとなったときは、まっさらな状態から始めることになった。その結果は、伝統的な小火器でなく、〈クレフト〉へも何丁かもたらされたテーザー銃に、かなり影響を受けた。伝統的な小火器は、ただの金属のかたまりを高速で発射するようにつくられていて、命中率が高まるよう長いあいだに最適化されていた。だが、金属のかたまりをスペース・ハビタットの狭苦しい内部で発射するのは、〈クレフト〉到着後の数百年間に、飛び道具をつくる方法についてもう一度考えはじめたエンジニアが考えつくどのような使い方にとっても、適切ではなかった。そのあいだの世紀に、暴力というのは基本的に格闘やパンチによるものとなっていて、金属棒やナイフや刀などの本当に危ない携帯武器を用いた例はごくわずかしかなく、それを用いた人たちは政治的にも心理学的にも大きく逸脱していた。最初の新しい飛び道具は、そういった人に対して用いるために特別につくられたものだった。最大距離は一〇メートル程度だったので、発射体はそれほど高速で飛ぶ必要はなかった。標的を外した場合——人間以外のものに当たった場合——にはできるだけ非破壊的にする必要があり、その点では高性能でなければならなかった。これは基本的には、小さなドラッグシュート（制動傘）となるものを備えて、できるだけ素早く速度を落とし、また、どんなものに当たろうが、それを貫かずに粉々になれるという意味だった。一方で、運よく標的に届いた発射体は、何か役に立つことをすべきで、それは基本的には相手の無能力化や負傷、死亡を意味していた。明らかに、これらはどれも金属のかたまりにできることを大幅に上回っていたので、代わりに〈ナッツ〉が使用されたのだった。〈ナッツ〉は鉛ほど高密度でないため、弾道係数は低く、それほど遠くへは飛ばなかった。それでも、スペース・ハビタットという場所では、悪くなかったのだ。

　ロボット工学の技術の進展に必要な資源が〈クレフト〉コロニーに不足していて、原型の修理とコピーの作成で満足するしかなかった暗黒時代ののち、新たな技術資源がこの分野の技術に投入されはじめた。勇気あるプログラマーたちは、イヴ・ダイナによって最後に手続きされたプログラムファイルにあえて手出しすることも恐れはしなかった。機械技師は年代物のCADソフトの再起動と、ラルスによってつくられたデジタル見取り図の検証方法を見つけ出していた。彼らの最初の試みはかなり単純なもので、何にも当たらずにある程度の距離を進んだら、自動的にドラッグシュートを開くという〈ナッツ〉の製造だった。さらなる努力は、発射体よりも投射器のほうに注がれた。警察や軍隊で用いる者は〈テクラン〉であることが多く、彼らのアングリスキーはほかの人種のものよりもロシアからの借用語が多かったので、キリル文字のアルファベットから多くの文字を拝借していた。〈カタパルト〉は、発射体である〈ナッツ〉を放つ装置を指す用語として、彼らが好んでいた。彼らは親しみを込めて、これを「カート」とか「カーチャ」などと短く呼んでいた。この単語の後半部分にある「パルト」は、ロシア語の「プーリャ」と関係がありそうだったが、「プール」と同じように長いUで発音するこの単語は、ロシア語で「銃弾」を意味した。「銃弾のロボット」といったような意味になる、「〈ナッツ〉」と「プーリャ」をくっつけようという短くもうまくいかない段階を経て、「プーリャ」に落ち着いたわけだが、昔ながらの本物の銃弾を伴わない世界では、これで充分に正確だった。大昔の銃の世界の単語で変わっていないものには、「シュート」や「ショット」などがあるが、射撃命令を出す警官は、今では「プル」と言う傾向にある。スキート射撃やトラップ射撃を行なう者が、クレーピジョンを射出してもらう際に呼びかける言葉を想起させるものだ。

　なんら変えずに「プーリャ」という用語を使うと、「銃弾」という単語を口にした素人に対して〈ゼロ〉以前の銃マニアが見せた反応と同じく、知識のある者をいらだたせた。これはプーリャの意味するところが、昔の弾薬《アモ》よりもサイズや種類の点でかなり幅広いという事実を反映していた。鉛のかたまりにできることは、たかがしれていた。プーリャの技師にとっては、ずっと幅広い選択肢が開けていたのだ。代替用語である「アンボット」も使われた。これは前後の関係によって意味が変わった。こういったものを大量に運んだり、カートに詰めたり、発射器から詰まりを取り除いたりしなくてはならないことを重荷とみなしがちな兵士は「プーリャ」を用いる傾向にあったが、予定どおり発射体が実際に発射されるようになると、「アンボット」と呼ばれるようになった。まとまった補給品は、オールド・アースで「アモ」が使われていたのと同じように、「ボトモ」と呼ばれた。

　鋭い武器で暴力を振るって当局に撃たれるようなタイプの者は、治安を守るために用いられる技術の進歩には、おとなしく従いそうになかった。彼らは直ちに対抗策を考えはじめたが、それは当然ながら、エンジニアたちが順番に克服する必要があった。たとえば、標的を外したとか人間ではないものを撃ったとアンボットに信じさせることができたら、ほぼ無害化できるわけである。カモフラージュの目的が、人間の目を欺くことから、アンボットの電子頭脳をだますことへと変わったのだ。極端に速い鉛の弾を止めるための装甲は、もはやつくられていない。現在の装甲の目的は、それを身に着けている者を、侵略しようと試みるアンボットから守ることだ。戦士は、バッテリーがなくならないうちに中に入る道を見つける群体戦術《スウォーム》というものをしばしば用いる、多数のアンボットに包まれた、動く砦となるのだった。発射体による戦闘の昔ながらの戦術は、ほかの方法でも変化を見せていた。敵にとらえられたり、単に地面に落ちて拾われたりした〈カタパルト〉とボトモは、デジタル技術によって動かなくしたり使い物にならなくさせたりすることができるのである。所有者のもとへ戻ろうとするものもあるため、多くのボトモが使われた戦場では、使用されたアンボットが自分たちを発射した戦闘員のもとへ群れをなして戻ろうとして、軍隊アリがはびこっているように見えた。

いずれにせよ、当局はそのような武器の製造と使用を独占していたが、それも第二ミレニアムのあるときまでで、いくつかのハビタットが大きく離れていたことと、その結果として生じた政治分裂により、ハビタットAの当局がハビタットBの当局に向けて実際に撃つはめになる状況に至った。さまざまな種類の〈カタパルト〉とアンボットに対する防衛手段の数が爆発的に増えた。何千年ものあいだ、その種類の完全なリストは存在していなかった。あちこちで、博物館に数十、または数百の種類のアンボットが展示されているのに出くわすことがある。活動停止させたものが壁に展示され、その下にある説明板には、どのミレニアムのときに誰によって開発されて、どのハビタットがこれこれの妨害を遂行するために用いたという説明がされていた。だが、そのような展示に含まれているのが、ある特定の収集家の引き出しにたまたま入り込んでいたもののごく一部だと、誰もがそれとなくわかっていた。

〝妨害《ディスターバンス》〟という表現は〝戦争《ウォー》〟よりも多く使われ、過去数世紀のあいだに〈レッド〉と〈ブルー〉のあいだで起きた衝突のような比較的大きな出来事に対しても用いられた。というのも、スペース・ハビタットはあまりに無防備なので、二〇世紀のオールド・アースの総力戦の意味で実際の戦争を行なうことは、想像もできなかったからだ。核兵器は再発明されなかったが、これはその必要がないからだった。スペース・ハビタットめがけてリング越しに岩を投げるだけで、水素爆弾並みに多くの人を殺せるのである。そのため、オールド・アースでの冷戦時やその後に用いられたものと同じ戦略が用いられた。つまり、どんなことがあっても、〈レッド〉と〈ブルー〉は実際には互いに対して全面戦争をしかけることがなく、多くの小競り合いは、ニュースを読む住民の多くにとってあまりに目立たぬものであり、心配されることのない場所で起こるのだ。振り返ってみると、戦争と呼ばれるものは、地表で昔ながらの方法で行なわれた二つだけだった。四八七八〜四八九五年のウォー・オン・ザ・ロックスと、四九八〇〜四九八五年のウォー・イン・ザ・ウッズである。

　キャス・ツーがクロウズ・ネストに足を踏み入れて、顔に怪我の跡がある〈ダイナン〉に迎えられたのは五〇〇三年のことだったので、ウォー・イン・ザ・ウッズのピーク時からはおよそ二〇年が過ぎていた。その〈ダイナン〉の見た目は四〇歳ぐらい。つまり、その傷は彼の顔に長いことあったわけだ。

「そのどれかを」りんご酒を示す手書きのラベルがついたタップハンドルをあごで示しながら、彼女が声をかけた。

「はい、ただいま」と、相手が答えた。「こっちの名前を知らないと君に不利だろうから言うけど、おれの名前はタイ・レイクだ」

「タイというのはタイコーの略か、それとも……」

「チュラタムだ。なかなか言いにくいからね」

　彼の訛りは先住民《インディジェン》のそれだった。つまり、この短いやりとりから、彼女は相手の経歴についてかなりのことを推測できた。両親はおそらく〈抜け駆け者《スーナー》〉だ。スペース・ハビタットの落ち着いた生活から早く逃げ出したくて、〈テラリフォーム〉がニュー・アースの表面を少しばかり居住可能にするや、そこへ降り立つ方法を見つけた人たちのことである。このことは、数十年前にウォー・オン・ザ・ロックスを終わらせた第一条約に違反していたため、認められなかった。リング内の大きくて古いハビタットからの行き来は当局によって確実に監視されていたので、〈スーナー〉たちは〈ボーンヤード〉のはしやターンパイクの近くにある目立たない境界域から出発することが多かった。〈ブルー〉の側では、〈スーナー〉は〈ダイナン〉であることがかなり多かった。〈テクラン〉は、〈スーナー〉を追いかけたり出入りの斡旋組織を粉砕したりする責任が与えられた警官のような権限をもつ者になることが多かったので、それが〈ダイナン〉をカリスマ的な海賊として、一方〈テクラン〉をユーモアに欠ける堅物として描く、大衆文化上のステレオタイプができあがった。少なくとも、〈スーナー〉の条約違反がウォー・イン・ザ・ウッズを引き起こし、〈テクラン〉の多い軍隊が大勢の〈ダイナン〉の冒険家たちを救出せざるをえなくなったときまでは、確かにそうだった。現在の描写はやや微妙に異なっているため、昔のステレオタイプが滑稽な感じになっている。

当然ながらキャス・ツーは、タイの両親が〈スーナー〉で、息子を最低でもひとりは産めるほど長く地上にいたのだと、推測した。〈ボーンヤード〉とのつながりは、〈スーナー〉には物づくりの技術をもつ者が多いことを意味する。そのため彼らの初期のコミュニティの多くは、政治文化はやや荒削りだったものの、技術レベルでは堅実に設立されていた。おそらくタイはそのような環境で育って、一〇代後半か二〇代前半でウォー・イン・ザ・ウッズに巻き込まれたのだろう。ある種のアンボットが――詳細を気にしても意味がないが――彼の装甲を（彼がそういったものを身につけていたとしてだが）貫いて入り込み、顔を傷つけたのだろう。そういうことが、アンボットは得意なのだ。戦闘においては、殺すよりも無力化するほうが有益な場合が多いため、アンボットは相手の顔や手、性器をねらってチンパンジーのように戦った。顔は認識しやすくてごまかしにくいため、格好の標的となった。タイはさまざまな状況でそれらの傷を負いかねなかった。たとえば、ライバルである二つの〈スーナー〉のコミュニティ間で、〈ブルー〉に〈レッド〉が攻め込むというような。だが、態度や物腰に軍隊とのつながりを示すようなものがあったので、タイは〈ブルー〉側へ正式に入隊して、部隊間の真っ向からの戦いにおいて負傷したのではないかと、彼女は推測した。

　彼がこの店の経営者であることは、スタッフからも客からも同じように扱われている様子から、はっきりしていた。退役軍人がバーを開くこと自体は、珍しい話ではない。あまりに普通のことであるため、ステレオタイプになりそうなほどだ。もっとも、そのような人物が、一部のスペース・ハビタット全体よりも価値があると思われる、このような特別な不動産を管理することになったことは、それほど簡単には説明できない。

　タップハンドルにある商品名と、それが手書きであることを考え合わせると、この飲み物はニュー・アースの土地で育った木から摘み取ったりんごからつくられたことを意味していた。ウォー・イン・ザ・ウッズを終わらせた第二条約の条項により、地上で暮らして果樹園の世話のようなことをする許可を与えられたのは、〈スーナー〉の子孫、今は〝先住民《インディジェン》〟と改称された者たちだ。そのりんご酒がここで出されているということは、タイ・レイクが少なくとも先住民のひとつのコミュニティと深い関係を維持していて、そこの製品をＲＩＺから、つまり登録先住民《レジスタード・インディジェン》ゾーンから直接輸入していることを示していた。あるいはその印象をつくり出す目的で非常に巧妙な販売方法がとられていることになる。食べ物はほとんどが、安さの点でも信頼性の点でも優れているハビタット産だったため、このりんご酒は魅力ある贅沢品となっていた。ＲＩＺ産の飲食物は、裕福な美食家向けのものだ。キャス・ツーが考えそうな懸念を弱めるためか、タイはコースターの上にグラスを置いて、「店のおごりだ」と言ってきた。

「それはご親切に」キャス・ツーはそう言いながら、カウンターの上にある黒い札のほうへ目を動かしたが、価格として記された数字はショッキングなものだった。

「いや、そうじゃないな」タイが続けて言った。「〈セブン〉の仲間に対する、ごく普通の礼儀さ」

つまりチュラタム・レイクは、〈ダイナン〉からの〈セブン〉のメンバーというわけだ。

これは筋が通っている。〈セブン〉が地表で起きていること、ＲＩＺが絡むことに対して何かをするつもりなら。

「ちょっと早かったな」と、タイが続けて言う。「何人かは来てるよ」彼はそう言って、頭をうしろのほうへ振った。ここは、建築家が認めないようなやり方で——その建築家がいたずら好きでなければだが——別館や奥の部屋へとどこまでも続いていく、よくあるバーのひとつのようだった。そのため、彼が示しているのは奥の部屋か、自分ひとりでは見つけられそうもないようなこぢんまりした個室のことだと、彼女は判断した。「裏口から来たから」と、タイがつけ加えた。

「裏口があるの？」

「裏口はどこにでもある」

「ドクは？」

「三〇分前に来た」

〈テラリフォーム〉で最も重要な存命の建築家が、キャピトルヒルの混んだバーに正面から足を踏み入れたら、ありとあらゆる不必要な騒ぎを起こすはずだ。ドクは顔が知られている。みんなが彼に歩み寄っては自己紹介を繰り返し、自分がいかに重要であるかを示そうとするだろう。そうなれば厄介だし、彼も疲れる。〈セブン〉がどのような任務のために組織されたにしろ、それを台無しにしかねない。ドクが裏口を使ったのも当然だった。

「ほかには誰が？」

「看護師以外にか？　あとは大柄のやつだけだな」

　では、ベレドも来ているのだ。そう思っていたところ、しばらくして、キャス・ツーが使ったのと同じドアを通ってベレドが入ってきた。彼が店内を見回す様子からは、ここに来たことが一度もないのがよくわかった。

彼は一瞬でキャス・ツーの顔を見つけると、反応を見せることなく、そのまま彼女のほうに向かってきた。最後に空いていたバー・スツールはキャス・ツーが使っていたが、ベレドは大勢の客のあいだを通り抜けてきた。これは彼にとって簡単なことだった。人は彼になら道を空けるものだからだ。ベレドは彼女のうしろに立つと、その身体の暖かさが背中越しに感じられるほど近かった。彼は人気のある安いビールを、別のスタッフに注文した。おそらく〈カミート〉と〈ジュリアン〉の混種で、どこか魅力的な女性だった。タイはその場から離れていて、勘定書を相手にした作業を再開していた。時計を確認したキャス・ツーは、タイがミーティングの開かれる部屋へ自分たちを連れていけるように、仕事を切り上げるところだと判断した。カウンターの向こうにいる女性がその小さな手からベレドの大きな手へビールを渡すと、キャス・ツーは彼のほうを向いて、「〈セブン〉に」と言いながらグラスを合わせた。

ベレドは、その女性バーテンダーにやや堅苦しすぎる礼を言っていたところだったが、それでもうなずくと、キャス・ツーに付き合った。チュラタム・レイクについて知っていることを彼女が説明すると、ベレドはそれからの数分間、その〈ダイナン〉を遠くから見定めて、どんな結論かはしらないが何かを導き出したようだった。

タイは書類仕事を終えてカウンターから出たところで、キャス・ツーと目を合わせた。彼がクロウズ・ネストの客のあいだから抜け出すのが簡単なことでないのは、彼女にも見て取れた。多くの人が彼と知り合いで、声をかけたがっていたからだ。だが、忙しすぎるのでどんな邪魔にも耐えられない、と見える姿勢や歩き方を、彼は習得していたらしい。

　キャス・ツーは、いくつもの部屋や通路をくねくねと進んでいくタイに遅れずについていくのに苦労した。しまいにはあとを追いやすくなるように、ベレドを自分の前に行かせた。ベレドは彼女より背も幅もかなりあったので、前方にあるものが彼女には見づらくなった。それでもようやく、自分たちは床が石でできた長い下りの通路にいるということに気づいた。寒さを感じさせないように石壁の上には木の羽目板がはめられている。通路にはドアがいくつもあったが、いちばんはしにあるドアのところまで行ったタイが、二人のためにそれを開けた。温かい光が溢れ出て、ベレドの脚と肩のあたりにある木の羽目板のあいだで、磨かれた石が反射するのが見えた。

「隠れ場所《ボルト・ホール》へようこそ」とタイが声をかけた。

　キャス・ツーはベレドに続いて部屋へ入ったが、その背中にぶつかってはじき返されたので、一歩下がった。ベレドは部屋に入るや完全に立ち止まると、ややしゃがみ込むような姿勢を取り、片方の足をもう一方の前に出して、まっすぐ前へと向けていた。彼の横に出たキャス・ツーは、その視線と足の指が向いている部屋の先に目をやった。

　そこはこぢんまりとした隠れ場所で、七人がようやく囲める大きさの卵形のテーブルがあった。ドクはドアにいちばん近いところに座っていて、メミーとロボットに挟まれている。彼の向かいにいるのはアリアン・カサブランコーヴァだ。テーブルのいちばん向こうのはしにいて、ドアのほうを向いて座っているのが、タイが言っていた「大柄のやつ」だろう。その座り方のせいで、頭と肩と腕しか見えなかった。腕が長く、かなり筋肉質のようである。だが本当に注意を引かれたのは、その大柄の人物の頭の構造だった。普通の人の頭が大人になっても成長を続けて、より目立った発達をとげたような頭だったのだ。赤みがかった茶色の濃い眉毛でも、目の上に突き出た骨の隆起はほとんど隠せていなかった。キャス・ツーが初めて見たとき、その人物はパイントグラスの酒を飲んでいたが、手の中にあるそれはベレドのものよりも格段に小さく見えた。彼がグラスを置いて、きれいにひげを剃った顔の下半分が露わになると、あごのかたちと歯の大きさがわかったので、この〈セブン〉の七人目の人物はごく普通の〈アイーダン〉ではなく〈ネオアンデル〉なのだと、彼女にはわかった。

イヴ・アイーダは一三回の妊娠のあいだに、七つの血統を創始した。失敗率はかなり高かったが、これは彼女がイヴ・モイラに求めていた変更があまりに極端なものだったからだ。カミラ以外のほかのイヴたちと比べて、自分には閉経するまでかなりの時間があると見ていたので、失敗に終わる妊娠も進んで受け入れていた。そのカミラについては、誰とも争う気のない人種を育てたがっていることから、彼女はライバル視していなかった。

残りの人生を〈クレフト〉上のわずかなハビタットに限られたイヴたちは、いろいろな意味で生活環境が悪化していた。ただ、情報に関しては、尽きることのないほど豊かな富を抱えていた。これまでにデジタル化された文書すべてが実質的にすべて彼らのもとにあり、少なくともすべてが記録されたメモリチップが壊れるというようなときが訪れるまでそれらが利用できた。その老朽化の始まりは小規模であり、深刻な影響を引き起こしたのは数十年後だった。

　アイーダは人類遺伝学の研究を始めた。自分のゲノムが長い歴史過程の最終表現――自分の祖先が繁殖できるほど長生きできたことによって学んだことすべての、緻密で謎めいた記号化――であると知ることは人類の進化の歴史について知ることも意味していた。彼女のゲノムは、ほかの全〈アーキー〉のものと同じく、地球を去る前に配列が解明され評価を終えていて、その報告書のコピーは彼女に提供されていた。そこに含まれていた情報は、彼女の祖先の出身地に関するものだった。大部分については、イタリアの女性が対象であれば想像がつくものだったが、彼女の知らない詳細もあった。北アフリカのユダヤ人やコーカサスの孤立した部族、北欧人種との遺伝的関連だ。いくつかの遺伝子マーカーを基にすると、彼女は多くのヨーロッパ人のように、部分的にネアンデルタール人であることも明らかになったのだった。

　アイーダがコンピューター・ログに残した足跡を歴史学者がのちに分析したところ、彼女は直接のライバルとみなしていた四人組のゲノムの研究にも、自分とほぼ同じぐらいの時間をかけていたことがわかった。そしてこの四人組の中では、ダイナとテクラとアイヴィのゲノムの研究にかけた時間を合わせたのと同じぐらいの時間を、モイラのゲノムの研究に費やしていた。これはモイラがアフリカ系で、アフリカ人が非アフリカ人より遺伝的に多様であるという理論にアイーダが魅了されたためだった。これは人類がその大陸に端を発して、そこから外に向かって広がったという事実の単純な結果だった。非アフリカ人種は、孤立した冒険家集団によって創始されたものだ。自分たちの中だけで繁殖していくため、必然的に限定された遺伝子プールをもつことになる。アフリカで見られるもののごく一部だけを含んだものだ。この考えは、たとえばアフリカには世界で最も背の高い人と最も小さな人が含まれる理由や、多くのトップアスリートがアフリカ人である理由の説明に用いられた。アフリカ人はもともと優れたアスリートなのではない。彼らのランダムな遺伝的多様性のベル型曲線の幅が広かったのである。優れたアスリートであるアフリカ人と同じくらい、身体の動きがひどくぎくしゃくしているアフリカ人もいるのに、誰も気にかけないだけなのだ。それが正当な理論かどうかはともかく、アイーダはこれを完全に鵜《う》呑《の》みにして、グレイト・ゲームにおける遺伝的戦略の情報として用いた。そして四人組は、対抗戦略を立てるなら、それを考慮に入れる必要があった。人種としての〈モイラン〉の存在こそが、その結果だった。アイーダのすべての策略を個々の塩基対という詳細まで追おうとするのではなく、イヴ・モイラはエピジェネティクスをコントロールする面でゲノムに手を加え、自分の子供をスイス・アーミーナイフ化するほうを選んだのだ。

　アイーダに関するかぎり、テクラは格好の標的だった。未来の人種において望ましいと考えているものについて、彼女は率直に語っていた。テクラの子供が強くて鍛錬された恐るべき戦士になるのは、非常に簡単に見てとれた。それに天才的な軍人でなくても、当面のあいだは——スペースコロニーに閉じ込められる数千年のあいだは——戦闘は一対一のような接近戦になると理解できた。人間の歴史において暴力がつねに要因となるからには、個人の大きさや力、強靭さ任せという暴力のスタイルになるだろう。もし歴史が何らかの指針となるのなら、暴力を最も得意とする者はほかの全員を支配することになるかもしれない。アイーダは、自分の子供がテクラの息子や娘に支配されるのを待つつもりはなかった。

　彼女はテクラがしたことを単に真似て、運動競技と結びつく特徴を改良するものをつくり出すこともできた。だがそうせずに、自分の遺伝報告書にあった奇妙な細部に魅了されたので、自分や自分の祖先の核の中で何万年ものあいだ眠っていた——と彼女は想像していた——ネアンデルタール人のDNAを再覚醒させる計画に着手したのだった。この考えは正気とはいえないようなものだったし、どのみち彼女には計画を実現できるほど充分なネアンデルタール人のDNAがなかったにもかかわらず、どことなくネアンデルタール人似の特徴をもった人種を生み出すことができた。のちの世紀では、戯画化、孤立、増強のプロセス——ある程度までは全人種に影響を及ぼしたもの——により、その亜種に特に目立った変化が生じた。オールド・アースで発見されて、〈ゼロ〉以前に塩基配列が決定された、本物のネアンデルタール人の骨格の足の指から取り出した遺伝子配列が用いられていた。オールド・アースの古生物学雑誌には、骨の長さや筋付着部に関する統計データが豊富にあったので、それらは〈ネオアンデル〉の脳にハードコード化することができたのだった。テーブルのはしに座っているこの男性は、人種改良および遺伝子工学による人工生産物だったが、彼が先史時代のヨーロッパに送り返されても、少なくともその外見からは、本物のネアンデルタール人と見分けがつかないだろう。

新たな人種の創造は、何世紀ものあいだで徐々に増えていった。〈ネオアンデル〉が存在するようになるころまでには、彼らをつくり出すのは本当にいいことだったのかという、些細な倫理的問題を気にするにはもう遅すぎた。彼らはほかの人種からゆっくりと分化するあいだに、ほかの人種同様に誇りに思う、みずからの歴史と文化を育んでいったのだ。

当然のことながら、その歴史の多くは〈テクラン〉との関係に関するものであり、運命づけられていたように、主として闘争的なものだった。最も単純でばからしいほど還元主義者だった〈テクラン〉側の言い分は、〈ネオアンデル〉はほかの六人種に対する呪いとして、頭がおかしくなったイヴによって生み出された危険な猿人《えんじん》だというものだった。〈ネオアンデル〉側の言い分は、〈テクラン〉とはヒトラーに遺伝子工学のラボがあったらつくり出していたであろうものであり、イヴ・アイーダに先見の明があって、純真で温かみがありながらも、非常に強くて危険な庇護者という対抗勢力をつくり出したのはよかったというものだった。

この闘争的関係の大部分は、戦術的な状況が〈カタパルト〉とアンボットに支配されて、物理的な強さが戦闘の結果にとって重要でなくなったことから、意味をもたなくなった。それでも、昔からの根本的な敵意は残っている。〈ネオアンデル〉のいる部屋に足を踏み入れたとたんにベレドが見せた反応は、接近戦に備えた体勢を取ることだったのだ。

この点について、ドクは無視することにしたようだった。『仮に気づいたとしても』とキャス・ツーは思ったが、ドクがあらゆることに気づいているとは確信していた。「ベレドにキャス。ランゴバルドにはまだ会ってなかったと思うが」

〈アイーダン〉にはかなりよくある名前だ。

「略してバルドだ」とランゴバルドが言った。

「ランゴバルド、こちらはベレド・トモフに、キャス・アマルトーヴァ・ツーだ」

バルドがすっくと立ち上がった。背の高さ自体はそれほど強い印象を与えるものでなかったが、彼は両手を用いる〈アイーダン〉流の挨拶を行なった。それから握手をしようと、一見したところでは不可能にも思われる距離だったが、右手を差し伸べた。ベレドがまだ動こうとしていなかったので、キャス・ツーが進み出て手を伸ばした。〈ネオアンデル〉との身体の接触は、これまで一度もなかった。〈レッド〉内でも彼らの存在はやや珍しくなってきているが、生存している集団の多くが、〈先住民〉になるためにニュー・アースに移ったからだ。〈ブルー〉で彼らの姿を目にすることは、ほとんどない。ランゴバルドは仰々しいほどの心遣いを見せて彼女の手にふれると、赤ん坊の腕ほどの大きさがある指のついた肉厚の手でそれを包み込み、実に優しく握った。ひげはきれいに剃っていて、入念に身だしなみを整えており、着ている服は身体にぴったり合っていた。このような人がどこで仕立て屋を見つけるのだろうかと彼女に思わせるほど、合っていた。彼女の考えていることがわかるとでもいうように、彼はやや困惑した表情を浮かべた。「よろしく」と言いながら、かすかにうなずいたが、それは彼の頭の大きさを強調したにすぎなかった。彼女がうなずき返すと手を離して、なんでもないというように、ベレドのほうへ手を伸ばした。「トモフ中尉だな？　どうぞよろしく。さて、どうする？　顔を殴るか？　握手するか？　それとも温かな抱擁を盛大に交わすか？」彼は一方の手を差し出しながらもう一方の手を振って、テーブルの向こうにいるベレドを抱擁しようというように、自分の身長よりもかなりの長さがある指極《しきょく》を示した。少なくともこれで緊張がほぐれたので、ようやく心を落ち着けたベレドは、威嚇的な姿勢を抑えて挨拶し、お返しに手を差し出した。〈テクラン〉の手と〈ネオアンデル〉の手が、キャス・ツーの目の前ほんの数センチのところで握られた。お互いの力を試そうとして、関節の鳴る音が聞こえたかのようだった。この光景からいちばん離れたところに立っていたのがタイで、傷を負った側の顔が彼女のほうを向いていたため、その様子を見つめる彼の表情は、すべてがそれほど読み取りやすいわけではなかった。それでも、畏敬の念によって多少そがれた、やや斜にかまえた笑いがあったように思えた。

　キャス・ツーが自分を見ていることに気づくと、タイは首を振って鼻を鳴らした。

「着飾りすぎてなきゃいいけど」特に問題もなく、ベレドの手をようやく放したあとで、バルドが口にした。「〈クレードル〉に来るときは過剰反応することがあるから」

「よくあることなのか？」とタイが尋ねた。

　バルドの発言は、会話のきっかけをつくるものであり、露骨な主張でないことは、キャス・ツーも理解していた。〈ダイナン〉でバーテンダーという社会的な行動様式をもつタイも、そういうものとして認識したので、すかさずそれに乗じたのだ。

「おれたちがこれまで出会ってなかったというのが、本当に驚きだね」バルドはタイに話しかけていたが、目の片隅ではキャス・ツーのことを見ていた。彼女が空いている椅子に腰を下ろすと、彼もようやく自分の席にふたたび着いた。それから、空いたグラスを手に取った。「飲み物のメニューを見て気づいたけど、地表製品をいくつか地下室に置いているらしいな。ところで、ビールの礼を言っておくよ」

「そりゃご丁寧にどうも」とタイが答えた。

「おれは人生の大半を地表で過ごしてきたんだ」と、バルドが説明を始めた。「うちの一族には地表でブドウを育てているやつもいてね。ワインをつくってるんだ。〈クレードル〉のレストランが主な取り引き相手だけど、グレイト・チェーンの個人の愛好家向けにも、何ケースか送っている」

「じゃあ、おれたちが出会ってなかった説明のひとつが、それってわけだな」と、タイ。

キャス・ツーはこの発言を、『クロウズ・ネストはそういった高級ワインを普通は仕入れていない』という意味に解釈したが、バルドはちゃめっ気のある表情を浮かべると、少ししてからこう言い返した。「タイ、ほかに考えられる説明で何か心当たりのあるものでも?」

「君の一族のブドウ園はどこだ?」ベレドが強い口調で聞いた。そして、遅まきながらも口調を和らげようとして、「もしかまわなければだが」と言い足した。

「別に秘密でもなんでもない」とバルド。「アンティメルだ。境界線の近くだよ」

彼女はその場所のことをよく知らなかったが、イメージすることはできた。アリューシャン列島とハワイ諸島のあいだの中間緯度に位置する、三日月形の群島だ。巨大な衝突クレイターのふちで、かなり大きな島もいくつかある。その最大の島が一八〇度経線《アンティメリディアン》——グリニッジの東もしくは西一八〇度——にまたがっているため、その名がついていた。ただ、群島の大半はその線の東側にあり、西経一六六度三〇分まで広がっていた。その場所こそ、〈アイーダン〉がリング上に建設した二つのターンパイクのうちのひとつの位置だ。〈アイ〉の移動可能範囲の最西端になるため、〈レッド〉と〈ブルー〉間の境界の役目を果たしていた。太平洋の真ん中に位置していることから、〈ハード・レイン〉が全力を発揮したものの、いまだにほぼ何もない広々とした海が広がっていて、陸地の境界線がほとんどない。一六六度三〇分はベーリンジアを貫いていた。シベリアの最東端とアラスカが結びついたものだ。そのため陸地の境界線はその場所だけでなく、数千キロ南に位置するアンティメルのいくらか気候的に温和な場所にも存在していた。それがバルドの言う「境界線」だったが、そのブドウ園が実際にどちら側にあるのかという点に触れることは慎重に避けていた。その境界線は曖昧なのだ。人口があまりにまばらな場所に、わざわざ法を厳格に行使する必要もなかった。陸地の境界線でもっと長いものは東九〇度のダッカの上にあり、アジア大陸の広大な部分を北へと動きつつ至る所をさまよい、あちらこちらへのたくって、クレイターやヒマラヤ山脈、そのほかの厄介なところは避けていた。

　つまり、バルドがほんの数語で伝えた全体像は、以下のようなものだ。彼の〈ネオアンデル〉の「一族」は——それがどのような意味であれ——地表に住めるようになると、すぐに移住した。彼らは〈スーナー〉だったかもしれないが（それこそキャス・ツーがチュラタム・レイクに対して推測したことだったが）、彼らの人種のことを考えると、アンティメル——かなり魅力的な不動産——を守るために同地へ送り込まれた軍人であるほうが、より可能性が高かった。アンティメルの群島の大部分は境界線の〈レッド〉側にあって、貴重な領土となっていたからだ。だが、〈ブルー〉が足がかりを築こうと思えば築くことができる延長部分は、厄介にも反対側に伸びていた。条約が失効した場合には、そこから西へ向けて軍事侵攻が行なわれる可能性があった。こうしたことはどれも、ウォー・イン・ザ・ウッズのときに実際に起きていた。締結された条約の交渉時に、〈レッド〉はアンティメルをすべて自分たちの領土にしようと尽力した。事実上、この悩みの種を取り除くために、境界線を東に伸ばして定義しようとしたのだ。この件に関しては合意に至らず、未解決のままだった。もっと多くの人が住んでいたら、非武装地帯や緩衝地帯、冷戦時に問題となった境界線のほかのあらゆる道具となっていたかもしれない。ところが実際は、曖昧な状態のまま、問題を起こさないように、黙契《もっけい》が実行に移された。それが両陣営において、状況を監視するためだけという理由で、軍による開拓地や監視人用の施設が、またその両方が増えていった。たくさんの〈ネオアンデル〉がそこに暮らすことへの明白な説明は、兵力として送り込まれたため家族を伴って来たというものだった。任期が切れたとき、彼らは出身地の混んだハビタットに戻そうという提案を断わって、住むには非常にいいと言われているその地のあちこちに住みついた。厳密には違法だったが、〈レッド〉の当局はその地に〈ネオアンデル〉を住まわせることは影響力を強めることになるだけと判断して、おそらく見て見ぬふりをしたのである。

　彼らがネアンデルタール人の伝統を受け継いでいるというのはまったくのでっち上げだったが、誰からも多少は真剣に受け止められた。合意の得られた歴史的な錯覚のようなものだ。アイーダと暴力的な子孫数人は、この亜種の戦闘能力への恐怖心を、あるいは最低でも畏怖を植えつけられると期待していたのかもしれない。これに喜んだ〈ネオアンデル〉もいた。だが、彼らの多くはネアンデルタール人の歴史について、きわめて知能が高く（その脳は「現生人類」のものよりも大きかった）、芸術の才能があり、基本的には平和を好む原始《プロト》ヨーロッパ人と表現する、修正主義的な見解のほうを好んでいた。もっと知的な傾向にある〈ネオアンデル〉は、それに関する研究会を開いた。より実践的な者たちは、それを実践しようとした。ヨーロッパ風の温帯気候であるアンティメル以上に実践できる場所はないと、キャス・ツーも認めざるをえなかった。つまり、〈レッド〉によって突撃専門部隊として送り込まれた〈ネオアンデル〉の集団が、一世代もしくは二世代のうちに、境界線の近くの定義が曖昧な境界地帯でブドウ園を経営し、そのブドウが熟したらリング内でワインを売ろうというのは、実にもっともらしかった。初期の販路は裕福な愛好家やレストランだったので、身ぎれいにしていてマナーがよく、服の着方や〈クレードル〉のような場所で商売上の関係を結ぶ方法をわかっている一族の者が必要だったのだ。

この全体像――もしくはそれに近いもの――は、この会話が始まるとすぐに、キャス・ツーの心に、そしておそらくはタイとベレド、それにほかの者たちの心にも呼び起こされた。だが、タイの発言――「おれたちが出会ってなかった説明のひとつが、それってわけだな」――と、バルドによる答えになっていない返事――「ほかに考えられる説明で何か心当たりのあるものでも？」――は、その場に気まずく残った。タイはバルドの話を疑っているのか？　その〈ネオアンデル〉を見つめるアリアンの表情は、温かみがあると言えるものではなかった。ただもちろん、この〈ジュリアン〉は疑い深いので、表面上にあるものではなく、ほかの説明を求めているのかもしれない。

　それについては、タイも気づいたようだった。アリアンとバルドの両方に、視線を行き来させている。

　バルドは顔を上げてタイを見ると、微笑んだ。大きな上唇がめくれて、上あごにあるエナメル質の黄ばんだ丸石の列があらわになった。「おれたち〈セブン〉が一緒の時間を過ごすことになるからには、チュラタムもおれも、自分たちの家族が地表で過ごした数十年間に関わってきたことについて、波乱に満ちたあらゆる種類の話を語る機会はきっとあるだろう」

　これは質問の答えになっていなかったが、魅力的な話題であり、チュラタム・レイクの経歴が――彼がそのことを彼らと話し合うと万一選んだら――ランゴバルドのものとせめて同程度には複雑なものになりそうだと強調することで、問題をそらしていた。おそらく、多少は罪悪感を刺激しようともしていて、〈セブン〉のほかのメンバーも何らかの調べに値する可能性があるのに、なぜ〈ネオアンデル〉にこれほどまでに関心をもつのかと、それとなく問うているのだろう。

アリアンは椅子に深々と座って、自分の爪を見ているふりをしていた。まったく満足していないようだ。キャス・ツーは一瞬、〈ジュリアン〉のように考えようと――彼女の目に彼がどのように映っているのかを想像しようとした。おかしな連中によって選択的に繁殖され、素手で敵を殺すことができ、その一方で社会的相互作用においては異常なほど巧みという生物のことが。

「おれはおれでしかない」タイが口を開いた。

「それはどういう意味かしら？」とアリアン。

「バーテンダーさ。新しい知り合いができるのは、いつだっていいものだよ」そう言って、バルドのほうにあごをしゃくった。「または、客に酒を振る舞うことがね。みんな、欲しいものは？」

喉の渇きを訴えた者は、ひとりもいなかった。

「飲み物のことだよ」と、タイがつけ足して言う。「全員が情報に飢えているのは確かだけどね」

ドクはそれを気に入った。「一般的な情報ということだね、チュラタム？」

「ええ、おれが一般的な情報を売り買いする男なら、ストロムネスに暮らしてますよ」とタイ。「事実を集めるとか。いや、実際はもっと実利的なスタンスを取ってますが」

「つまり君は、われわれがここに集まった理由を知りたいと」とドク。
タイはこの質問をかなりぶしつけと感じたらしく、かつてはハチミツ色の眉毛だった瘢痕《はんこん》組織の隆起部を上げた。「そのことについて何か言うのが楽しいのなら、こっちは喜んで聞きますよ」と、タイは認めた。「そうじゃなくても、まあ、お付き合いするのはやぶさかじゃない――ある程度のところまではね」

ドクは今度はテーブルの向こうにいるアリアンのことを見ていたが、それでキャス・ツーの頭の中で歯車がカチリと合った気がした。彼はこの集まりの主導権をアリアンに渡そうとしている。アリアンが責任者だと言えるほどではないかもしれないが、誰が相手であれ、責任者と連絡を取り合っているには違いない。

「私たちの活動《オペレーション》は大部分が地表で行なわれます」と、アリアンが口を開いた。「私たちが無理をしてまで〈先住民〉を巻き込もうとしたことから、そのように推測できたかもしれませんが」――ここでタイとバルドのことをちらりと見た――「それと監視の職員も」キャス・ツーに、それからベレドにもうなずきかけた。この最後のしぐさによって、人を小ばかにしたように鼻を鳴らす音が、またもやタイから引き出された――トモフ中尉の特徴に合うような人物が監視人の一員であるとまともに受け止めることなど、できそうにないと指摘しているらしい。アリアンは、『今はやめて』とでも言うようにタイに冷ややかな視線を送ると、先を続けた。「それから、ドクとメミーによって示された、地表との長年にわたる関係については、とやかく言う必要はないでしょう」

そのリストにアリアン自身の名前がないのが目立っていたが、抜けていたことに気づいていたとしても、彼女はそれを表情にあらわさなかった。彼女のキャリアが地表とどの程度関係しているのかについて推測や憶測をすることは、それぞれに委ねられた。

「慎重さが重要です」とアリアンは続けた。「だからこそ、〈クレードル〉の外で活動して、大気内や陸上における輸送を利用しようというのです」ロケット船や〈ボロ〉、巨大な鞭のようなエイトケン＝クハルスキー装置ではなく、飛行機や、ニュー・アースの地上を這うものということだ。「可能ならいつでも、〈クレードル〉には徒歩で出入りします――〝ソケット〟にある地下通路を通じて」

「次はいつに――」と、キャス・ツーが聞こうとした。

「カヤンベよ」と、アリアンが答えた。「ここから二日ね」

「カヤンベからベーリンジアまで、陸路で行くことに？」キャス・ツーが続けて聞いた。

タイとバルドが、どちらも不思議そうな表情で彼女を見た。

「ベーリンジアについては、私は何も言っていないけれど」とアリアン。

「でも、そこが私たちの行き先なのは明らかです」と、キャス・ツー。「ベレドと私は――それにほかの大勢の者も――監視の任務でそこへ送られたので。私があるものを目にしたのもそこでしたし、それについてはベレドに話しました。このすべてが、それによって始まったんですよね？」

「もっと長いこと、くすぶっていたのよ。何年もね」とアリアン。「でも、あなたの言っていることは間違ってないわ」

「タイはそのあたりの出身です——彼の訛りからわかります。バルドの出身は、アンティメルにある、そこの南ね」とキャス・ツーが続けて言う。

「確かに、カヤンベ・ソケットからは北へ向かうわ」アリアンも認めた。

「北と言っても、べらぼうに長い道のりだ」とタイ。

「航空輸送の使用は妨げられていないのよ」とアリアン。

「充分に大きなグライダーが手にできたら」とキャス・ツー。「山岳波《マウンテン・ウエーヴ》を使って、一日か二日で、アンデス山脈やシエラネバダ山脈、カスケード山脈まで行けるでしょう」

「充分に大きなグライダーを手に入れられるという確信ならあるわ」とアリアン。

〈クレードル〉の下面は、地面に立つ人が——正確には赤道上に立つ人が——見上げた場合にしか見えないが、平らで、移動方向である東西に向けて細長くなった卵形をしている。表面は大部分が滑らかなものの、よく見ると、ところどころに小さなハッチやていねいにつくられた突出物、開口部など、細かな構造物があるのがわかる。そのほかにはなんの特徴もない表面に配置されたものだが、その上部に建設されている都市の非対称的な複雑さを考えると、整然とした精神が関与したことを示していると言えた。

　ニュー・アースの赤道沿いでは、いくつもの場所で地面が平坦にならされて、鉄筋コンクリートのパッドが造られた。これらは〈クレードル〉の下面と大きさやかたちが同じで、

〈クレードル〉にあるものと合致するハッチや開口部を装備している。〈クレードル〉は、〈アイ〉が真上に来るたびに、この〝ソケット〟のひとつにぴったりとはまるように降りられるのだった。そこには数時間あるいは数日滞在して、物資の積み下ろしを行なったり、周囲と連絡を取り合ったりする。だが、長居をすることはなかった。リング内のほかの場所でつねに急用を抱えている、〈アイ〉の動きを追わねばならなかったからだ。

　そうした滞在中、軌道を描くテザーなどについて何も知らずに、森や近くの丘から出てきて〈クレードル〉が視野に入ったという旅行者は、これをごく普通の都市、つまり動くことのない都市と認識するだろう。その上部高くにかかるバケツの取っ手のようなものが、何かがちょっとおかしいことを示す重大なヒントだ。だがそれ以外は、この状況ではぽつんと建つ丘の上の砦のように見えるのだった。

　完成度の高いソケットの周辺部には、町が形成されるようになった。〈クレードル〉が滞在するたびに活気づく、リング状の町だ。その大部分は、軍事基地や科学施設、辺境の前哨地といったニュアンスや、目的があった。そうした施設がやがてはもっと建設され、はるか上にあるハビタット・リングに一致したリングを赤道周辺に築き、ひとたびニュー・アースが一般定住者用に解放されれば重要な都市群に成長すると、つねに期待されてきたのだった。そうした輝かしい頂点の時期が来る数世紀前に、そのひとつをこれから訪れるというのは、基礎が築かれて壁がいくつか建てられた段階で建設現場を歩くことに、やや似ていた。建設業者や夢想家、想像力豊かな人ならそのような場所を楽しめるが、そうでない人には意味がないのである。
カヤンベとケニアは、それぞれ南米大陸とアフリカ大陸で、最も適していると思われる場所に築かれた、最初の二つのソケットだった。いずれも人口はおよそ一万ある。

　カヤンベの名の由来は、アンデス山脈と赤道が交わるところにある火山で、かつてはエクアドルという国にあった。当然ながら、そこも〈ハード・レイン〉のときに大きな打撃を受け、しばらくは噴火が続いたが、ここ七〇〇年ほどは休止状態にある。いずれにしろ、カヤンベ・ソケットは活発な火口を避けて築かれたので、再度雪に覆われた火山の頂上ははるか遠くにあって、〈クレードル〉の窓はどれも、それを鑑賞するのにちょうどいい方向を向いていた。

　クロウズ・ネストのある塔からはほぼ全方向をながめることができたので、二日後にバーカウンターに立ったチュラタム・レイクが、タオルでグラスを磨きながら二つのタップハンドルのあいだを見上げると、火山の頂上が視界に入り込んできて、〈クレードル〉がソケットへそっと下りていくにつれて、地平線から上がってくるように見えた。〈クレードル〉のいたるところで警告音が鳴り響き、風防ガラス越しに視界に入ってきた地表側のリング都市でも、同じように鳴り響いた。タイは習慣から、タオルをズボンのポケットに押し込むと、脚にかかるようにぶら下げたまま、カウンターに手をついて身体を支えた。〈クレードル〉の下面と、それに合致する地球側の表面は、降下の最終段階であいだの空気の層が押し縮められ、クッションの役目を果たすように設計されていた。この空気は柵のような通気口から逃がされ〈クレードル〉の周囲をのぼっていくので、ドッキングの最終段階であることは、漏れ出す空気の轟音《ごうおん》と、アンデス山脈を越えて青空へと立ち上っていく凝縮された湿気の噴煙によってわかるのだった。これにはちょっとした揺れも伴い、カウンター上の棚に置かれたグラスや食器が、カタカタと音を立てた。

　警告音と通気口の音が、同時にやんだ。タイが少し開けたままにしていたバーの窓からは、キャピトルヒルの石畳の通りでわき起こる、おなじみのぱらぱらとした拍手の音が聞こえた。彼は自分の時計を確認した。朝食の席で身をそらすようにしてドッキングの様子を見ていた政治家や将軍たちは、カヤンベ火山の光景に感嘆していたが、ふたたび前かがみになってフォークを手に取り、会話を始めた。この瞬間、〈クレードル〉はニュー・アースで最大の都市になったわけで、このあと二四時間はそれが続くはずだった。大気中を移動するときに生じる爆風から都市を守るためにつくられた風防システムは、その昔旧市街を守るために築かれた外塁だったが、今は単に歴史的に珍しいものとなり、近隣との境界線でしかないように見える。

　検疫局は〈クレードル〉の八つのゲートからの出入りをじっと見続けていたが、交ざり合う人々を管理しようとはしなかった。〈クレードル〉の訪問はごく短かったので、そことソケットのあいだを通過する者全員を止めて調べ、質問をしていたら、この訪問全体が無意味なものになったことだろう。

　このゆるやかな方針のおかげで、一般の歩行者が八つあるゲートのうちでいちばん近いゲートからクロウズ・ネストへたどり着くのにかかる時間は、九分だった。七分でやって来た最初の客は、やや大きく息を弾ませながら、ビールを注文した。タイはその人物に見覚えがなかったが、三〇秒後にドアのところにあらわれた二人の顔には、なじみがあった。それからの一五分で、店は常連（〈クレードル〉からもカヤンベからも等しくやってくる）と冷やかし客が交ざり合い、満員となった。こんなふうに客が押し寄せることに慣れているタイのスタッフは、奥の部屋も開放した。追加の料理人が裏口のひとつから入って来ると、前夜の仕込み品を使いはじめた。

　要するに、すべてが順調に進んでいると言えた。それこそがタイの好きな状況だ。ソケットによって殺到する客を受け入れ、グラスを磨く以外自分が手出しすべきことがなくなる……そうしたクロウズ・ネストの能力こそ、ある意味で彼のライフワークの成果だった。この店でできる仕事はすべてこなし、床掃除係から這い上がって、しだいに仕事を選べるようになると、自分よりもうまくやれる者にその仕事を任せた。彼はいわば精神活動の高いレベルへと進み、その一方でバーの仕事との物理的な接触やスタッフとの人間的な交流を絶やさないため、床掃除やグラス磨きをつねに充分なぐらい行なっていたのだ。彼の本職――オーナーたちが彼に対価を支払っている仕事――とは、こうした壁に囲まれた日々に豊かにくり広げられる、人間の状態を観察することだった。

　彼はまた、人を〝放り出す〟といった行為による、判断力豊かな操縦者《マニピュレーター》でもあった。相手が自分に何を言われているのか気づかないぐらいに流暢かつユーモアを交えて、落ち着くように言うこともあった。また、何か居心地が悪いと感じている人たちに、歓迎されていると感じさせることもあった。そうしたことはどれも、床掃除と同じぐらいに、バーの経営にとっては基本なのだ。これらのことは、ほかのスタッフも同じくらいうまくやることができる。言うなればタイはクロウズ・ネストを、彼が何週間も、時には何カ月も姿を消したところで深刻な損害をもたらさない、健全でしっかりした組織に発展させたのだ。ある意味では、彼がときどきとる「休暇」は、実際には悪い影響よりもよい影響をもたらしており、彼が戻ってきたときには、スタッフの何人かが留守中に難局に対処して、申し分ない力をつけた人間になっていた。仮に自分が永遠に姿を消しても店は問題ないと、タイは確信していた。ただ、彼はそういったことはしそうになかった。この店が文字どおり自分の家であり――彼が住んでいるのは店の裏手の路地に面したアパートだ――オーナーたちも彼がいるほうを好んでいるからだ。それにオーナーたちは全人類の中で、チュラタム・レイクが本当に気にかける意見をもつ、ごくわずかな人たちだった。彼が一年間休んでも――彼が万一そのような休暇を取得した場合でも――クロウズ・ネストにとってはいいほうに転ぶ。なぜなら、戻ってきた彼が新たな目で見ると、どんな変更が有益なのかすぐに見抜けるからだ。オーナーたちはその点を彼に指摘していた。

　ただ、オーナーたちが見ているこの商売の真価とは、資本に対してもたらされる利潤ではないのではないかと、タイは思っていた。利潤はおそらくゼロに近いだろう。ことによると、多額の損を出しているのかもしれない。タイは帳簿を毎月つけていたが、すべての数値を一枚の紙にまとめて、それを隠れ場所《ボルト・ホール》へ持っていき、テーブル越しにオーナーの代表へ渡していた。その内容について言われることは、ほとんどなかった。年に一度、何かひとつの数値について聞かれることもあったが、それは自分たちが注意を払っていることを彼に伝えるためのものでしかなかった。だがオーナーたちは、クロウズ・ネストを文化施設のようなものとして重視していた。バーでしか得られない重要人物の生活や思想、行動といった情報を手にできるからというのが、その理由のひとつだった。

　タイは手の込んだ別れの挨拶は好きでない。特に、この仕事では騒ぎ立てて出て行くことが何か大事《おおごと》を意味する――スタッフが仕事をやっていく能力がないとほのめかしている――と思われるからだ。だから、名の知れた市民やカヤンベの名士たちと顔を合わせ、挨拶や冗談を交わしているうちに数分間が過ぎると、自分がいたことを知らしめるには充分長かったと感じられた。彼はポケットからタオルを引き抜いて手を拭き、カウンター下のランドリーシュートへ放り込むと、しばらく様子を見て、そのシュートが詰まっていないことに満足した。だが、これまで詰まったことなどない。満足した彼は、カウンターを回って出ると、窓際のテーブルへ歩いていった。そこにはアリアンとキャス・ツー、ベレドがいて、たっぷりの朝食を終えて空の皿を押しのけたところだった。タイは一時間前に軽く食べていたが、一日の大半を空で過ごすときはいつもそうしていた。「勘定はこちらでもつよ」と声をかけると、〈モイラン〉であるキャス・ツーと〈テクラン〉であるベレドからおざなりの礼を言われた。アリアンは彼に対して、射るような目つきとしかいえないものを送ってから、うなずいた。〈ジュリアン〉たちのあわただしい心には疲れるので、タイは彼らの複雑な考え方に引きずり込まれないようにした。もしかしたらこれは、アリアンが彼とオーナーたちを調べるために諜報世界のコネを使って、彼が〈セブン〉に飲食を無料で振る舞う気にさせたことについて、あらゆる種類の結論を——おそらく間違った結論を——出そうとしているのかもしれない。というのも、タイにとって、アリアンが諜報活動をしているのは明らかだったからだ。そういった連中は戦時中にたくさん見ていたので、そのやり口は知っていた。

　このころまでには、ほかの者たちもクロウズ・ネストの中を動き回ることができていたが、彼が先に立って案内してくれるという期待があった。これには、なんと言っても彼の店だからという理由もあったが、地表のまったく初めての場所に放り込まれたとしても、彼が先頭に立ってくれると当てにすることだろう。なぜなら、よくも悪くも、それこそ〈ダイナン〉たちがすることだったからだ。人種絡みの似たような期待に応えて、しんがりはベレドが務めた。これはひとつには、礼儀と規律という深く染みついた習慣のなせるわざで、彼がほかの全員に「お先にどうぞ」と言わざるをえなくなっているからであり、またひとつには、彼が振り返って、隊形の後方を攻撃してくるかもしれない敵と戦えるようにということからでもあった。

　タイは、早くも酔っ払ったカヤンべ商工《コメルサント》会議所の会員に引き留められる可能性を減らすべく、素早く動いた。やがて一同は、まだ客に開放されていない店の一部へ入り込み、ねじれた階段を下りていったが、その幅はベレドの両肩が触れそうになるほど狭く、やがて囲まれた建物の中央にある三角形の中庭に到着した。そこには熱帯の花があり、アンデス山脈の強い白色光を帯びた宝石のように輝いていた。通りへ出る大きな門のそばに、小型タクシーが四台待機していた。〈クレードル〉が空中にあるとき、四輪自動車はほとんど見かけないが、ソケットに収まるたびに、狭い通りに対処できるほど幅の狭い車両が、ものの数分で大量に押し寄せるのだった。〈アイ〉から地表の顧客へと商品を積み替えたり、ニュー・アースの商品を〈クレードル〉に輸入したりという、物品を運ぶ用途のものもあれば、乗客をリング都市やその後背地まで運ぶものもあった。タクシーの一台には、ドクとメミーがすでに乗り込んでいたが、それはドクの支援装置のケースが車の屋根の荷台に留められていて、そのあとを追えるように〈グラブ〉が待機していることからも推測できた。バルドは二台目に乗り込んで、前かがみに低く座った。〈ネオアンデル〉は珍しいので、まわりから注目を集めたり好奇心を刺激したりするが、アリアンは明らかにそれを望んでいなかった。バルドはずっと個室にいて人前には出ず、アリアンと一緒にタクシーに乗った。関係者全員にとって、ベレドだけでタクシーに乗ったらいちばん楽なことは言うまでもなかった。そして彼は実際にそのとおりにした。タイとキャス・ツーが最後のタクシーに乗り込んだ。

　ドクとメミーの乗ったタクシーが出発すると、数分たってからアリアンが運転手に対して車を出すように言った。タイは我慢ができず座席でもぞもぞ動いていたが、そのせいでキャス・ツーのことを軽く押すかたちになった。〈クレードル〉規格のタクシーは、肩が触れあうほどの狭さなのだ。

「彼女は何をしようとしてるのかな」キャス・ツーが口を開いた。ただの会話にすぎない。彼女が何をしているかは、どちらも完璧にわかっていたのだから。

「四台によるキャラバンで、クロウズ・ネストを出発して、二度と戻ってこない――彼女にとっちゃ、目立ちすぎる行動だ」と、タイは答えた。

「少なくとも、迷わないのは確かね」とキャス・ツー。彼女は、都市の先にある北の空を窓から見られるように、頭を低く下げた。鋭く差す太陽のせいで彼女の目が光り、ほとんどが緑と茶色という虹彩に、黄色い輝きが際立った。彼女は〈モイラン〉の一部に見られるような、おかしな黄色い猫目ではないものの、家系図ではそれがちらほら見られた。自分のことをタイが見ているのはわかっていたが、彼の視線が気になるそぶりは見せない。タイはそんな彼女を好ましく思った。キャス・ツーは当然ながら、当面の目的地であるエイトケン・ループを見ていた。それがまだ作動しているとして――もし故障していたら彼女の反応も違っていただろうが――町の郊外の、ほとんどが地下にある〈フリンク〉の倉庫のひとつから出てきていた。その建物は、アンデス山脈を上下に飛行する飛行機の格納庫や整備施設に囲まれている。

「必要なものは全部あるのか？」と、タイが聞いてきた。「そっちには長い一日になりそうだけど」

「あっという間に終わるわよ」とキャス・ツー。「だって、私は忙しくなるから。あなたにとっては長い一日になるわ。退屈するでしょうからね。本でも持ってきた？」

「おれにとっちゃ、人間そのものが本さ。でも、何冊かは持ってきてる。みんなが寝てしまったときに備えてね」

これは軽い冗談のつもりだったが、それに引っかかったような彼女の顔を見て、自分は〈モイラン〉に関する人種的な冗談を言おうとしていたのかと、タイは考えた。「寝るってのは、多くの人が抱えている厄介な習慣だよな」と、彼は言い足した。

わずか二台のタクシーによるキャラバンならアリアンの懸念を引き起こすこともなかったため、ベレドを乗せたタクシーとタイとキャス・ツーを乗せたタクシーは、二台続いて出発すると、歩行者で混み合う通りを走り抜けていった。この最初の部分は歩いたほうが早く行けそうだったが、車両用のゲートを通過してカヤンベの通りに出ると、幅が広くなったので、四輪車のために特別に設計された通りを使うことができた。タイの記憶にあるよりもほこりっぽいようだったが、それは訪問者の目で見ているだけだからかもしれない。〈クレードル〉のインテリたちは、ここのロボットたちは滑稽なぐらいに大きくて安定しないし、住人のことは成り上がりの田舎者だと見ていた。つまりは、タイのような人たちのことだ。その祖先がハビタット・リングにとどまって規則に従って行動し、ドクやその後任となる人物がニュー・アースでテープカットをして、入植者がなだれ込む瞬間を辛抱強く待っていた人たちは、〈スーナー〉や先住民に対して複雑な心境を抱いていた。その一方で、ここの住人たちは抜け目のない山師とも見られていた。いわばペテン師だ。しかも同時に、孤立した辺境の住人でもあった。タイはこのイメージの両面を演じる方法を早くに習得していた——彼のことを純真な世間知らずと見たリングからの訪問者は、真実に気づく前に多くの情報を漏らし、彼にだまされると思っている人は、誠実さや公正さを最初に見せられると、隙を見せるものなのである。

大量の〈フリンク〉――自律的飛行《フライング・オートノマス》チェーン・リンク――をつなげて長いチェーンにし、そのはしとはしをつなげて連続した輪《ループ》にする。そして、その輪全体を、浮力を生み出すためにずんぐりしたウイングレットを付けて小型飛行機をつなげた列車のようにして、空中で動かす。それが、〝エイトレイン〟として知られるものだ。その発音は、オールド・アース時代のニューヨークの在住者が〝A列車《エイトレイン》〟（ニューヨークの地下鉄の一路線）と言っていたものと同じである。このコンセプトはかなり古いため、語源は時とともにはっきりしなくなっていた。〝エアトレイン〟から最初の「r」が抜けたとか、〝エイトケン・トレイン〟を縮めたものという可能性もある。このつながれたエイトレインは、地上で固定された装置を絶えず通り、そこから相当な高さまで上昇すると、向きを変えたのちに、さらにもう一周してから降下するときもある。ただ、エイトレインは空中も自由に飛べた。ジンもしくはジーニーとして知られる〈アイーダン〉の頭脳派たちによるものとされている尋常ならざる技術で、〈レッド〉によってのみ使われる傾向がある。

おそらくはアリアンの命令だろうが、一行は屋根に大きくQと書かれた格納庫を大きく迂回して、エイトレインの駅まで遠回りの道を進んだ。やがてこのキャラバンは軍事区域のはしにある、印のない格納庫に集まった。タイはそれを、「それほど監視人的でも軍事的でもない」典型的なものと見ていた。人間の職員の姿はなく、公称定員一〇人という巨大なグライダーの翼端それぞれに、特別タイプの〈グラブ〉が二台いただけだった。彼ら〈セブン〉にとっては充分な広さがあるだろうとタイは思ったが、乗り込んでみると、謎の備品ケースがすでに積まれてあった。

キャス・ツーはそのグライダーのまわりをゆっくりと歩いてから乗り込むと、ドアを引いて閉め、旅のあいだ腹這いになることになる前方の寝台へと、這って向かった。彼女が尿回収システムを準備するあいだ、ほかの者たちは礼儀上、視線をそらした。彼女の目の前にあるガラス屋根は直径一メートル大で、それがグライダーの機首となっている。ベレドとバルドは客室のうしろの列で、それぞれ両端の窓側の席に座った。ドクは最前列の通路側で、そこからだとキャス・ツーの背中とガラス屋根越しに、前方が最もよく見える。メミーは彼の隣の窓側の席に座り、アリアンは彼とは通路を挟んだ隣の席に座った。タイは、席が少ない中間部から選んだ。アリアンがドクの隣にいつも座りたがることに、タイは気づいていた。彼が嫉妬深かったり、著名な科学者との長話を楽しむタイプの人間だったりしたら、ドクを独占する彼女のやり方に憤ったことだろう。だが、彼はちょっと興味深いと思っただけで、ドクのことだから、最後にはどこかのタイミングで、ほかの人と話せるようにアリアンを追い払うだろうと思っていた。

グライダーが動き出した。おそらく翼端を押さえている〈グラブ〉に対して、キャス・ツーがどこかへ移動するように命じたのだろう。ランプを下って〈フリンク〉倉庫へ向かうあいだ、機首は下に傾いていた。倉庫は騒々しいところで、同じ姿の何千というロボットが忙しく動き回っていて、そのさまは規律と混沌が同時に存在する感じであり、ハチの巣をじっと見たときに受ける印象とよく似ていた。このように地表に縛り付けられたループシステムにおいては、〈フリンク〉は空気力学的に考慮されねばならず、薄いプラスチック・フェアリングの下に内骨格が隠れた、巨大な銃弾を思わせる団子鼻のシリンダー状につくられていた。中間部がややくびれているおかげで、ユニバーサル・ジョイントに自由が与えられ、あちこちへ曲げられるようになっている。〈フリンク〉はそれぞれが直径約半メートル、長さ二メートルで、重さは大柄の人間のほぼ倍あった。床に横になった状態では何もできないので、それらが正しい方向に向くように〈グラブ〉が動かし、樽のように転がすため、作業をしているフンコロガシの大群にも似た光景をつくり出していた。全体的な操作のポイントは、〈フリンク〉を〈トラフ〉の方向へ向け、自然に整列できるようにすることだった。それにより、〈フリンク〉は自分たちで結びついて、チェーンの短い環節《セグメント》になる。〈トラフ〉にはローラーベアリングが付いていて、チェーン・セグメントは操車場の車両のように前後に滑ることができ、操作中にエイトレインから切り離したり加えたりできるのだった。これはつまり、システムは高速で空中へ打ち出したあと、下肢部分だけで戻ってくるということだ。

〝機械にとっては簡単だが、人間にとっては信じられないほど難しい〟操作により、グライダーの機首にある連結器《カプラー》が、目下のところ上肢部分と鎖状になっている〈フリンク〉チェーンの末端につなげられた。まだ〈フリンク〉倉庫の中にいるうちに充分な情報を与えられたグライダーは、明るいところへ出るや、急に上向きに進んだ。チェーンのうしろで引かれながら、垂直に上昇を始めたのだ。グライダーの尾部には何もつながれていない——輪《ループ》は意図的に断ち切られている——ため、システムはエイトケン・ループであることをやめていた。今は垂直の牛追い鞭であり、グライダーをさらに加速させて、頂部の〝クニックシュテレ〟が空に向かって広がっていた。あお向けになって、キャス・ツーの肩越しにじっとまっすぐ上を見ていたタイには、自分たちの前方にある〈フリンク〉の胴体に設置された、小さな翼が見えていた。これらは、チェーン内のほかの無数の〈フリンク〉についている翼と同じく、正しい配置で鞭が釣り合ったままでいられるように微調整を行なっていた。その結果、しばらくすると、グライダーと最後の〈フリンク〉との接続が外れるのと同時にグライダーがてっぺんでビシッと動き出した。数秒間で二〇〇〇メートルの高さへ引き上げられると、時速数百キロの速度で離されたのだ。そのあいだに、チェーン内のほかの〈フリンク〉はすべて前後でみずからを切り離したため、チェーン全体が分裂して同一の形状の破片による筋状の雲となり、それぞれが別々の方向へと向かった。空中で単独だと気づいたそれぞれの〈フリンク〉は、巨大な尾の羽根を自動で配置して、銃弾からバドミントンのシャトルになった。〈フリンク〉は急に終端速度まで落とすと、地面へ向かって落下を始めた。羽根がわずかに傾いたことで、カエデの種のように回転が始まり、速度を落としながら、群れ《スウォーム》全体が、〈フリンク〉倉庫の隣にある空き地に向けて降下していった。

こういったことはどれも、タイが想像力で思い描く必要があった。彼らがすでに旅立ったあとのことだからだ。ただ、これはどのエイトレインのポートでも一日に何度か行なわれていた基本操作のひとつであり、彼は何度も見たことがあった。同じ〈フリンク〉が異なる方法で組織されて、周回する〈ボロ〉との高高度でのランデヴーをあっさりと成し遂げたり、航空機を回収して、地上の倉庫の安全な場所へと戻したりすることもあった。

フライトの最初の三〇分、タイは胃が落ち着かない感じがした。キャス・ツーが何度か急に方向転換したせいだが、これはおそらく、ある方向の気流がよくて別の方向は悪いと、彼女が感じ取ったからだった。動力付き航空機でのフライトに慣れている者は、グライダーの予測不可能性に順応するのに苦労する場合が多いが、経験ずみのタイは、キャス・ツーが一同を、アンデス山脈の上層大気に目に見えない状態で浮かんでいる山岳波へと送り込む、正しい方向を探しているだけだと理解していた。落ち着かない動きが収まり、座席の背が彼を前のほうへと、はっきりわかるほど強く押してきたので、キャス・ツーがそれを見つけたのだということが彼にはわかった。機は水平になり、安定飛行に入って、時速三〇〇キロほどで北へ向かっていた。このあとのキャス・ツーの仕事は、レーザーレーダーで強化された感覚器を使って彼らの行く末を深く調べ、荒れているエアポケットを避けるのに必要な微調整を行なうことだ。

誰もが多少は物憂い気分を感じ、読書やうたた寝を始めた。タイの数列うしろでペアシートの大部分を占領していたのは、ベレド・トモフだった。休憩の姿勢を取っていて、青白い目は半開きで焦点が定まっていないが、だいたいは窓の外に向けられていた。おそらく、乗り物酔いを防ぐ方法として、地平線を見続けようとしていたのだろう。いずれにしろ、社交的な雰囲気ではなかった。

〈セブン〉の最初の顔合わせ以降、飲食を重ねていくうちに、タイはキャス・ツーとベレドが最近ベーリンジアで終えたという任務について、おぼろげな印象をつなぎ合わせることができた。明らかにベレドは、監視人であると、ぼろだらけのつじつまあわせのうそを主張しようとしていた。幸いにも、今やその話はなしになり、ドクは彼のことをトモフ中尉と公然と呼びかけていた。

軍隊は、ボタンプッシャーズ、グラウンドパウンダーズ（ＧＰ）、スネーク・イーターズとして広く知られる、三つの大きなグループに分かれていた。ベレドは明らかにボタンプッシャーズではなかった。それは、〈アイヴィン〉に〈カミート〉までもが少しながら存在する、唯一の部門だからだ。つまり、彼はグラウンドパウンダーズかスネーク・イーターズのどちらかということになる。グラウンドパウンダーズにしては、彼はエリートすぎるように見えた。地表の境界線沿いに大編隊で配備される、常備軍のようなものだからだ。ただ、考えられないというわけではない。異常なほど大きくて屈強なＧＰになっていたかもしれないからだ。だが、それ以上に彼はスネーク・イーターズらしかった。数少ない特殊班のひとつへと昇進した、もとＧＰだ。それらにも非公式な名がついていた。クイーズ（検疫執行・拘留部）、フィーリーズ（前方情報部）、ザークス（狂戦士《バーザーカーズ》の略）だ。そのうち、群を抜いて地位が低いのがクイーズだった。彼らはやや不信の目で見られていた。機動隊と同等のものだが、家庭内騒動を鎮めるために呼び出されたり、騒ぎを起こさないよう門の近くに配備されるだけということが多かったりしたからだ。彼らの知性と道徳心に関する一般的な評価は、まったく寛大ではなかった。タイはそのような人物が〈セブン〉に選ばれるとは思えなかったので、クイーズではないだろうと考えた。フィーリーズのほうが合っていたし、理解しやすい推測だったが、それはベレドが地表から呼び戻されたばかりで、典型的なフィーリーズの任務のように動き回っていたのを、タイがすでに知っていたからだ。ベレドが最低でもひとつのＲＩＺの近くを通って、姿を見られずに住民の監視を行なったことが言及されていた。まさにフィーリーズが得意だとされていることだ。ベレドを典型的なフィーリーズと分類しづらいと考える唯一の理由は、その体格だった。したがって、ベレドがザークスだというわずかな可能性を考慮に入れなければならない。ただ、その可能性はわずかであり、大衆娯楽におけるイメージとは違って、ザークスがみな大柄で筋肉質というわけではなかった。彼らの大半は、きわめて健康ではあったものの、かなり普通に見えた。ザークスは単一の部隊ではなく、小部隊が寄せ集められたもので、それぞれが特別な種類の活動の訓練や装備をしている。宇宙服を着用したゼロＧ下での戦闘、水中での戦闘、ポッドに入った状態での空からの落下、スパイもののような都会での偽装工作などという具合である。ここまでベレド・トモフは、そのような専門性を明確に示すものはいっさい見せていなかった。乗り物酔いを避けるために何らかの手段をとっているのは、彼が飛行中の仕事には不慣れだということを示していた。要するに、この男は、ＧＰとしてスタートしたが、地表の境界域で多くの時間を過ごし、名を上げて出世した末に、地表でうろつきまわることを得意とするザークスの小部隊に配属されたということになる。

　元気さを見せている唯一の人物は、ランゴバルドだった。これは当然のことで、彼は数日にわたって外出できなかったからだ。タイはうしろへ行くと彼の隣に座って、アンティメルにある彼の一族のブドウ園について尋ねた。〈クレードル〉のバーテンダーによる質問としてはごく妥当なものだったが、それが会話の糸口でしかないことは、おそらく互いに理解していた。バルドは喜んで調子を合わせて、故郷の火山性の土のことや、〈テラリフォーム〉が過去数世紀のあいだに、死んだ無機物の瓦礫から生態系へと変化させたこと、祖先がブドウの木を〈ブルー〉と〈レッド〉の両方の植物園からこっそり持ち出したものの、うまく育てるにはある程度の土壌改良が必要だと理解するまでに数々の災難に苦しんできたことなどについて、しばらく話した。その話の中に暗黙のこととして含まれていたが、彼らは〈ネオアンデル〉でない人たちと働いたに違いない。植物種を無許可で地表へ持ち込むのは、〈ネオアンデル〉の者にとって、たとえすべてを〈レッド〉内で行なったとしても、充分危険だった。〈ブルー〉側では、〈ネオアンデル〉は話にならないぐらい人目につき、違法行為に従事していないときでさえ、Ｑによって拘留されたり調べられたりしやすい。タイがその点を指摘すると、バルドは首を横に振りながらもイエスと口にしたが、それは『言うまでもないが、おまえの言っているのは明白なことだ』とでも告げているかのようだった。彼が続けて説明したことには、完全に平和な境界沿いに一〇年以上配備された自分の仲間たちは、〈ブルー〉側の対等の地位にある者たちとしだいに親密な関係を築いて、それぞれの食事を豊かにするために食糧を交換したり、ピクニックや運動会など、暇つぶしとなるものを始めたりしたという。この〈テクラン〉たちは——うたた寝をしているベレドのほうをちらりと見ながら、彼は言った——よそよそしかったものの、自分の一族の祖先は〈ダイナン〉とはつねに良好な関係にあったのだ。

タイは、この発言の歴史的事実を疑う理由は何もないと考えたが、バルドは別のレベルのことも意図していたのだと理解した。タイに対する提案で、友情につながるかもしれないものだ。確かに、この〈ダイナン〉と〈ネオアンデル〉がお互いを理解することには、それ以外にも根拠はある。どちらも、〈クレードル〉のかなり洗練された環境で生を得た〈先住《インディ》民《ジェン》〉だったが、地表とのつながりは依然として保っていたのだ。彼らにとっては第二の天性というつながりだったが、ハビタット・リング全体から見ると、異様なほど珍しいものだ。

「まあ、それはよかった」と、タイは口を開いた。「あんたたちのことは死ぬほど怖がるように育てられたから」

「もちろんそうだったろうな。育ったのは、境界からどれぐらい離れたところだ？」

バルドの言う〝境界〟とは、一六六度三〇分がベーリンジアを横切る場所だ。はるか南のアンティメルに似た境界域である。そこの西もしくは〈レッド〉側は、かつてのシベリアであり、東側もしくは〈ブルー〉側とは、アラスカとほぼ一致した。この両方の陸地が〈ハード・レイン〉によってふたたびくっついたものの、目に見えない線によって隔てられたのは皮肉だった。

「それが、おれたちは転々としていたから」と、タイは答えた。「あんたたちとは違って、おれたちにはあの場所にいる正当な理由がなかっただろ」

〈ネオアンデル〉の大きくて実に表情豊かな顔には、自分の質問にきちんとした答えが得られなかったという失望の色が浮かんでいた。

「境界線に近づきすぎたら、そこに配備されている〈ブルー〉の連中に逮捕される危険があった――あるいは、〈ネオアンデル〉の襲撃隊に焼かれて食われちまうかだ」タイは冗談を飛ばした。

これは著しく悪趣味で、どちらにも転びうる冗談のひとつだった。バルドを生涯の敵にしてしまうか、タイが本当のところをわかっていると相手に確信させることになるか。会話のきっかけとなる言葉としては、いささかリスキーである。だがその一方で、タイは六人の見知らぬ連中とグライダーに乗せられて、いまだ説明を受けていない任務に向かっている途中だった。貨物倉には表示のないケースが先に積まれていて、そのうちのいくつかには明らかに武器が入っている。〈セブン〉のうちの少なくとも三人――ベレド、ランゴバルド、チュラタム――はその使い方を知っており、キャス・ツーの監視人訓練には緊急時の〈カタパルト《カート》〉の使い方についての短期講習が含まれていた。たとえば〈クレードル〉の古いプライベートクラブで見られるような、絶妙な会話の機微や求愛行動といったものが出てくるタイミングでも場所でもないのである。問題を急いで解決するほうが、もっと重要だった。

バルドは笑い声を上げると、首を振った。「それならどうして、もっと東へ行かなかったんだ？　そういう脅威のすべてから逃れられたのに」

「初期の〈スーナー〉の足掛かりは持続可能なほどじゃなかったから、〈ブルー〉の連中から〈ビタミン〉を買わなくちゃならなかったんだ」

「違法にということか」

「もちろん」

「見返りには何を差し出した？　女か？」

「焼かれて食われる」という冗談の仕返しとしては、悪くなかった。今度はお返しとばかりに、バルドのほうが相手を試していた。タイは苦もなく切り抜けた。「連中はうちの女たちのことを怖がっていてね」

「そう言えば、ハッピー・ダイナズデーだったな」

「ダイナズデーだったか？　どうも忘れてしまって」

だがそれは、どうでもいいことだった。〈ダイナン〉の女のことをからかったので、バルドは彼らのイヴに敬意を表さずにはいられなかったのである。

「答えはノーだ」と、タイが続けて言った。「さっきの質問の答えだがな。そっちの祖先が境界線上で食料を交換することになったものと同じさ」

「食事に豊かなバラエティを求めること」とバルドも言う。「それが結局は性欲よりも大きい」

「そのとおり。最初のころは、差し出せるものは新鮮な野菜しかなかった」

「あそこでか!?」

「夏は日が長い——不完全なビニールハウスでも大量に育てられる。そのあとで生態系が軌道に乗ってきたら、小動物の肉やベリー、毛皮などの贅沢品を差し出したんだ」

ある考えがバルドの頭に浮かんだ。「それで、そういったものを求めて、おまえたちはどの程度遠くまで探し回ったんだ？」

タイにはわかっていたが、バルドは木立にいた迷彩服姿の〈先住民〉についてのキャス・ツーの話について触れているのだ。そのことを、彼女は今ではほかの者たちにも話していた。

「そこまで遠くじゃなかった」と、タイは答えた。

〈テラリフォーム〉という広範かつ古くからの事業において、監視人部門は小さく、変わり者や厄介者の受け入れ場所と見られることもあった。その前哨地も小さく、変化の激しい辺境に設置される必要があることから、一時しのぎ的なものとなっていた。対照的に〈テラリフォーム〉の基地はかなり大きく、より恒久的になる傾向にあり、概して大陸沖の島に設けられた。それには論理的な科学的理由があったが、ドク自身が率直に認めているように、本当の理由はもっと芸術的かつ象徴的なものだった。精巧な遺伝子配列ラボの大部分は、狭い場所ながらも人口の多いリング内にあった。地表の〈テラリフォーム〉設備はかなり実践的な性格のもので、ハビタットの住人には突飛で常軌を逸したものに見えるぐらい、敷地が広がっていた。そして、植物園、試験農場、植木園、動物園、微生物学研究室の機能を併せもっていた。リング内で育ち養育された昆虫や植物、動物の小標本、切り枝、個体群は、このような場所で繁殖や観察をしたのち、生物群系《バイオーム》へ大量に送られて自由に育つのだった。基地を島に置くことは、割り当てられたハビタットから逃げ出した動植物の拡散を制限する、簡単な方法なのだ。これは絶対確実というものからは程遠かったが、単純かつ簡単で、かなり効果的だった。言い換えるなら、終わらせる派《ゲット・イット・ダン》にとっては、都合がよかったのである。

　中央アメリカ地峡の〈テラリフォーム〉の基地が、マグダレナだ。もとのトレスマリアス諸島とまったく同じ場所にある大きな島である。〈ゼロ〉以前は、メキシコの西岸沖で、バハカリフォルニアの先端からやや南にある群島だった。〈ハード・レイン〉によって、岩石や暗礁が散らばった単独の島につくり直されたが、浅瀬や潮間帯の生物の繁殖には適していた。月がないことから、ニュー・アースの潮汐は完全に太陽の重力によってのみ生じ、そのせいで潮汐は弱まり、昼夜のサイクルと密接に一致するようになった。潮間帯は、陸と海の生態系に対して不釣り合いな重要性をもっていると考えられていたため、〈テラリフォーム〉のかなりの知力がそこに注がれて、マグダレナ周辺の波で洗われた粗石による低い土手が、魚類や鳥類や甲殻類にとってだけでなく、上級学位をもつ研究者にとっても、育成の場所となった。ドク自身もそこで一〇年を過ごして、バケツやシャベルを手に潮だまりの中を歩き回ったのだ。

　タイはそれが可能だと思っていなかったが、丸一日の飛行で、キャス・ツーはまだ明るいうちに、一同を現地に送り届けた。彼女は正午ごろに、注目すべきジェット気流の摂動と、成層圏波動をつかむ可能性（彼女にとって明らかに魅力的なもの）について、何かつぶやいた。タイにとってそれは、「イモリの目、カエルの指、コウモリの毛、イヌの舌」（シェイクスピア作『マクベス』内のせりふ）と大差なかった。それでも彼女の次の言葉は、見事なまでにはっきりしていた。

「つかまって」キャビン中で飲み物がこぼれ、エチケット袋へと手が伸びた。グライダーが対流圏界面を突っ切ると天井から酸素マスクが出てきて、キャス・ツーがどうやら魅力的らしい何らかの上層大気の異常からエネルギーをはぎとろうとして姿勢を変えると、機体はきしんで叫び声を上げた。数時間後には、またもや控えめな警告ののち、彼女は機体をほぼ上下さかさになるほど傾けて、かすかにさざなみが立っている太平洋の青い海に向けて降下した。当初の飛行計画より何百キロも距離をかせいでおり、唯一の問題は、クレイターではなくマグダレナに着陸できるように、エネルギーを捨てることだった。そこには〈フリンク〉の倉庫があったが、ループは作動していなかったので、いずれにしろ近くに使える簡素な滑走路があるのに、飛んでいるチェーンとの空中ランデヴーを試みなければならない理由はなかった。耳につく哀れっぽい音が機体に響くなか、キャス・ツーは腹部にある二機のタービンを回転させて、取り入れ口から空気を取り込み、そのエネルギーを蓄積できる電力へと転換した。グライダーが次に離陸するときには、この全システムが逆向きに動いて、ジェットエンジンが最初のエネルギーブーストをもたらし、タービンを動かすのだ。これは必要なことではなかったものの、グライダーの速度を落とすひとつの方法であるし、次のパイロットに対する礼儀でもあった。雲の高さが低かったため、このフライトの最終段階の大部分が乗客には理解できないものだったが、それでもついにグライダーはその気象状況の底を突き抜けて、落日の最後の光によって西側が照らされたマグダレナが、急に眼下に見えてきた。紫色になった海の表面には、寄せる波面が底を察したか海面下の岩礁を包み込んだかで、泡による薄い弧ができていた。ドクは窓側の席に移っていたので、かつての活動場所を見下ろすことができ、急に静かになった客室内では、海岸沿いの施設について話す彼の声が、タイにも聞こえた。そうした施設のほとんどは、杭打ちの線や、漁網とプラスチックによるぼろぼろのあばら家のように、タイには見えた。だが、先にタイがランゴバルドに説明したように、彼の〈スーナー〉の祖先はそれよりも劣った技術で生計を立てていたので、この施設をつくった科学者たちのことを下に見たりはしなかった。野生生物の生息地、植木園、庭園が敷設されたマグダレナの西側の斜面は、一般の人たちが主な〈テラリフォーム〉の基地に対して思うものに少し似ていて、滑走路のはしに密集している建物は、地表で見つけることのできるどの町とも同じくらいにちゃんとしていた。ランプ、階段、長いジグザグ道は、数百メートル下の港とつながっており、一見したところ、八隻のりっぱな船に、〈アーク〉と呼ばれる巨大な飛行艇、それにたくさんの小型船が係留されている。彼らは海岸をわずかに一望したが、最後に転回して最終進入に入ると、それらは丘の向こうへと消えた。フライトの興奮のあとでは、着陸は単調で、キャス・ツーは自動操縦に機体をまかせたのではないかと、タイは思った。グライダーは、機体の下側からのぞいた車輪ひとつだけで着陸した。スピードが落ちて横向きにぐらつくより先に、専用の高速〈グラブ〉が追いついてきて、そのようなときによく見せる、心配になるほどあわてた、飛びはねるような動きで翼端をつかんだ。そして、グライダーを滑走路のはしの係留場へと運んでいった。責任を果たしたキャス・ツーは、ごろりとあお向けになると伸びをして、目をこすった。タイは降りたくてしかたがなかったが、最初にドアから出るのはドクだとわかっていた。彼らに駆け寄ってくる、かなりの数の歓迎団の姿が見えたので、そうわかったのだ。

アリアンも同じものを見ていた。彼女が〈クレードル〉やカヤンベについてなぜそれほど隠したがるのか、タイには理解できなかったので、彼らが降り立ったのはドクが最も名を知られている地表の、ある場所だということしか、わからなかった。彼女なりの理由があり、細かく念入りに考え出した結果、タイのような者とは情報を共有しないことにしたのだろう。最終目的地がどこであれ、途中でどこかには着陸しなければならないが、おそらく〈テラリフォーム〉は、ドクがこの地に降り立つことでつくり出されるような興奮がマグダレナを越えてまでは広がらない、閉鎖的コミュニティなのだろう。

二〇年ほど前——一〇〇回目の誕生日を迎えたころ——ドクター・フー・ノアは（〈アイヴィン〉がみなそうするように、彼も名字を先にしていたが、そのほうがいくらかでも筋が通るとされたためである）、年齢を重ねるにつれて自分が実際にはそれほど変わっていないことを若い者に説明しようとするのをやめるという、意識的な決断をした。彼の心や肉体がいかに変わってきたかについて、ほかの連中がどんな誤った憶測をしようが、もうどうでもよかったからだ。彼もようやく気づいたのだが、彼らにとって大事なのは、そのようなことが真実だと信じることだった。彼がその状況の事実を説明するよりも、彼らにとってはそれを信じることのほうが重要だったので、彼らには好きなように考えさせて、それを建設的に利用する方法を見つけようと決めたのだった。これは、時には黙って座っていることになるため、まわりの連中は彼がその場にいることを忘れて、彼のことを三人称で話しはじめ、リメンブランス、つまりメミーを通訳のように用いるようになる。時には彼が口を開いて彼らを驚かし、会話をずっと聞いていたことを明らかにできた。あるいは立ち上がって——これは目撃者があとでたいてい「跳ね起きる」と表現する行為だが、実際はそういったものではなかった。自力で動き回るので、彼のことをよく知らない多くの者たちは、それを奇跡とみなすらしいのだ。リメンブランスがいつもそばにおり、彼の〈グラブ〉も近くでつねに忙しく動いていて、彼にいわばあらゆる目的に使える手すりを提供していたため、人々は彼のことを、実際よりかなり足元がおぼつかないように思っている。実のところ、この支援システムは単純な賭けをすることと大差なかった。転んだら身体が不自由になるか命を落としかねないのだから、〈グラブ〉をすぐそばに置いておいたほうがいいではないか？　それにリメンブランスは、ほとんどの人に医療従事者と思われていたが、実際にはさまざまな能力のある副官以上の存在であり、俗に言えば人間という障害物を彼の前からどかす排障器だったのである。

ドクは長い人生のあいだに多くの会話をしてきた。魅力的で、一世紀以上が過ぎても心に残るものもあったが、それほどでないものもあった。若いころは、そうした会話も仕事をする代償の一部として我慢していた。文明社会に関わるには、誰もが払わねばならない税金のようなものだと。だが一〇〇歳になったときに、この税金を払うのはやめることにした。それからは、自分が本当に興味をもつ会話だけをすることにした。親友や家族というわずかな例外を除くと、目的を伴った会話ということだ。リメンブランスの頭の中には、ドクが会話をしたいという気になりそうな人たちのリストがあって、ほかの人には年齢の切り札を使って会話しなくてもいいように受け流す方法をわきまえていた。このリストも長いあいだにゆっくりと変化して、本当に重要な人たちでも時々、もはや載っていないとわかって相手が困惑することもあった。リストが書かれたのは一度だけで、二〇年前のことであり、ドクとリメンブランスの関係が確立したときだった。彼女はすべてを記憶すると、リストを処分したのだった。そして今は――ドクの頭でなく――彼女の頭の中にのみ存在するのだ。もともとの名前でリストに残っているのは一割程度であり、多くの者が死んでしまった。抹殺された者もいたが、そういう場合はほとんどがドクの意志によるものではなかった。リメンブランスは医学の観点から邪魔する必要があることを口実に、そばに控えていた。だが彼女が実際にやっていたのは、会話を追いながらドクのことを観察し、心拍が落ちてきて薬が切れかかっているという兆候ではなく、彼が飽きているという兆候を探すことだった。行動をともにした最初の一〇年間には、話し相手が見ていないときにドクが彼女のほうを見て一瞬目を合わせるということをしていた。これだけでその人物をリストから外すには充分だったのだが、それ以降はその必要ももはやなかった。リメンブランスがその任務において失敗したと当初ドクがみなすことも数多くあったが、さらに検討してみると、彼女が気づいたことに彼も気づいて、ドクも彼女に同意するのだった。

〈セブン〉のうちのほかの五人と仕事をしなければならないという、今回のような場合には、例外を設けなければならなくなる。全員ではないが、彼らのうちの何人かは、リメンブランスのリストにも載っていたかもしれない。だが、全員ではない。キャス・ツーのような、いい話し相手になる者を選ぼうとしたが、彼にはなじみのない者ばかりだった。アリアン・カサブランコーヴァは、機会があれば彼の隣に座るという愉快な主張を見せて、ドクとあとの四人とのあいだに立つ門番役を務めていた。彼女はリメンブランスによるつくり話を、額面どおりに受け取った。リメンブランスが〈カミート〉でなかったら、勘違いをして、自分の特権が侵害されたと見たかもしれない。だがそれに加えて、リメンブランスには終身在職権――ドクとの精神的な結婚のようなもの――があることから、アリアンの行動はせいぜいが退屈な気晴らしの種だった。

　このシステムは、〈テラリフォーム〉の上級職員の代表団がドクに歓迎の挨拶を浴びせるべく、グライダーのドアの外に集まっていた今回のような場合、見事にはたらいた。ただ、彼らに誠意がないのではなく、ドクに挨拶をしたいという至極純粋な欲求がほかの希望やら要求とないまぜになっていただけだ。一緒に写真を撮りたいという者もいたが、そう頼むのを恥ずかしがって、いやになるほど回りくどかった。自分のライフワークが同僚によって不当に軽んじられたので、ドクからの支持を望むという者もいた。さらには、〈テラリフォーム〉内の政治劇に巻き込まれて、ドクと一緒にいるところを見られることによって、認められたいと望む者もいた。そのすべてが間違いでも理不尽でもなかったが、彼に関するかぎりは、いずれも時間の無駄であり、彼がもう払いたくないという税金のさらなる例にすぎなかった。このことは言われなくてもわかっていたため、グライダーからはリメンブランスが先に出た。ドクが窓から見ていると、彼女のまわりに代表団が集まって、その物静かな声を聞こうと身を乗り出しており、ドクがどれほど疲れているかという彼女の説明に対して、顔をしかめたり大げさにうなずいたりしていた。あるタイミングで彼女が振り返ってグライダーのほうを示すと、全員が揃って顔を上げ、窓枠内に収まっているドクの顔を目にした。ドクがごくかすかに手を振ると、彼らはみなにっこりと笑みを見せて、それぞれの人種のやり方で敬礼した。彼らのほとんどは〈アイヴィン〉と〈モイラン〉だった。一度見られたことで、ドクは〈グラブ〉の取っ手を引っ張りながら「跳ね起きる」と、ドアへ向かって、彼らが写真を撮れるようにしばらくその場で立ったあと、機体に折り畳まれていた階段を、これ見よがしに降りていった。代表団は滑走路のエプロンを横切って彼のあとを追い、大きくて緩やかな雲のように取り囲んだが、礼儀正しい社会的交流の面倒くさい要求はしてこなかった。アリアンはすぐうしろについて、残りの四人は距離を置きながらあとを追ったが、完全に無視された。アリアンは、少なくともそこのところはうまくやった。この地に住む人々にとって、マグダレナにドクがやって来たことは大ニュースであり、そのおかげで〈ネオアンデル〉であっても気づかれないのである。

　リメンブランスが招待やら歓待の申し出をすべて断っていたので、ドクは自分の部屋でアリアンと食事をすることにして、彼女を喜ばせた。明日になれば状況が変わり、アリアンとしても、ドクとの接し方を調整しなくてはならなくなる。その調整のもつ暗い一面において――〈ジュリアン〉にとってはまさしく非常に暗いものになりうるのだが――彼女はこのときのことを振り返って、この食事のもつ本当の意味を理解することになるだろう。ドクから尊敬を示されたことは、自分の頭の中で絶えず文句を言っているどんな声によっても、否定されないのだということを。

　ドクは、アストラハンでの彼女の生い立ちについて尋ねた。そこはほぼ〈ジュリアン〉だけからなる小さめのハビタットで、東経四八度六分にあり、リングの〈ダイナン〉の区分の中心に近かった。この例外は、トマックという〈ジュリアン〉の男性のビジョン――この単語の文字どおりの意味でも比喩的な意味でもあったが――の結果として生じたもので、彼はリングの歴史のかなり初期に資金を調達すると、半宗教的な前哨地としてそこを設立したのだった。当時、バグダッドなどの首都から三度六分離れていたそこは、人里離れた辺境の前哨地のように見えた。それ以降、当然ながら〈ダイナン〉のハビタットが周囲を埋めていき、それよりずっと大きくて現代的なハビタットのあいだに押し込まれた。ただ、現代的な改善をいくつか施したアストラハンは何万人もの生活を支え続けたので、数は少なかったものの、彼らの人種が四人組のどれとも同じくらいに〈ブルー〉に定着した証拠として、〈ジュリアン〉に触れられることも多かった。そして、アーミスティクスの分野の学者がよく訪れていた。採用した技術と、はねつけた技術について、さまざまな文化が下した選択の研究である。これは、あらゆることに関して独特の考えをもっていたトマックが、その点で独自で有益な選択をいくつかしたからだった。アストラハンは孤立していたために、有益なテストケースとなった。アリアンとしては、自分が育った文化の半宗教的な面の多くについては笑ってごまかしたが、彼女は自分がそうすると期待されているからそうしているのだと、ドクは感じていた。

その後、リメンブランスが手を貸して、寝る用意と夜のあいだの準備をしている際に、ドクは明日は〈セブン〉のあとの四人についてもう少し知りたいということと、その際にアリアンの手助けは丁重に断わるということを伝えた。アリアンは、ベレド、キャス・ツー、チュラタム、ランゴバルドに関するデータを集めた書類や何時間にも及ぶ個人的なうわさ話を、ドクにもたらす機会がもてれば、喜んだことだろう。だがフー・ノアは、そのような暴露をつねに不快に感じていた。というのも、ほかに興味をもっている人に対して、同じ人物がドクについて何を暴露しているのかという当然の疑問が湧くからである。

翌朝五時、ドクがレクリエーションセンターでランニングマシンの上をゆっくりと歩いていると、日課の運動のためにベレド・トモフがあらわれた。ハッと二度見したベレドの様子があまりに面白かったので、周囲で起きていることに対して知らないふりをすることでは芸術の域に達しているドクでさえ、彼を見て笑わずにはいられなかった。近くに座って読書をしていたリメンブランスまでもが、自分の顔とベレドの驚いた顔のあいだにしばらく本を置いておくのがいちばんと感じたほどだった。

「トモフ中尉」ドクが声をかけた。「君はまだベッドから抜け出せていないように見えるが」

ベレドは礼儀を思い出して、敬礼した。

「返礼しなくても、私のことを失礼だとは思わないでほしいがね」ドクはそう言うと、ランニングマシンの取っ手をあごで示した。「こいつを死ぬほど強く握ってるものだから」

ベレドはあたりを見回して、アリアンの姿を捜した。ドクはそのことについては何も言わないことにした。「最初にウォーミングアップをするのが君のやり方かな？」

「必要とは考えられませんが」と、ベレドが答えた。

「おや、それは残念だな。一緒に散歩でもと思っていたのに」ドクはそう言って、自分の隣にある、誰も使っていないランニングマシンをあごで示した。

「それはなんとかなるでしょう。違うペースでご一緒してもかまわなければですが」

「それこそ好きにしてくれてかまわないよ！　これを外で試さなかった理由があるのだから」

二、三分もすると、この〈テクラン〉はブリーフ一枚になってドクの隣のランニングマシン上を全力で走っていた。両手は刃状にして、両腕は鋏で切るように振り、裸足の足裏はマシンの加工ベルトを踏みつけるのでなく、その上をかすめているかのようだった。〈ネオアンデル〉に匹敵するようにつくりあげられ、育てられた〈テクラン〉は、遺伝的には不利な立場にあった。彼らの体格は現代人のものであり、ネアンデルタール人のDNAはもっていないからだ。バルドのほうは、眠るのも食べるのも飲むのも自分の好きなようにでき、それでいて自分よりかなり身体が大きい〈テクラン〉に負けないほど力が強い。これは完全に理論上のものだった。ベレドとバルドがけんかをするとは、誰も本気で思っていなかったからだ。ただ、自分と〈ネオアンデル〉とを比べて、その結果通常以上に発奮して大いに努力を重ねるというのは、〈テクラン〉の長年の文化的な傾向だった。

ソファに座ってお茶を飲んでいるとでもいうような、落ち着いた抑揚のない声で、ベレドが声をかけた。「あのちょうど終了した任務に私を送り出してくれたことに対して、まだお礼を言っていませんでした。これはあなたがしたことなのでしょう。でも、私にはあなたに連絡を取る方法がなかった。だから今、お礼を言います」

ドクの目は、ベレドの腰のくびれを包むように一定間隔で並んでいる傷跡へと、知らず知らずに移っていた。背骨を両側から支える二本の柱状の筋肉に、深いクレイターが形成されている。その構成を二分していたのが、腰椎上を走る縦に長い傷跡で、脊柱に対する損傷を修復するために、外科医が手を施して何か金属か骨移植が——ドクは詳細を知らなかったが——加えられていた。

「私にできる、せめてものことだった」とドク。「それにチベットでのことを考えると、出《しゅつ》来《たい》しかねない何か……起こりうる複雑な事態に対処する資格が、君にはほかの者たちよりもあるように思ってね」

「では、われわれは境界近くで作業を行なうわけですね」そう言ったベレドの声の調子から、そのことはかなり前から推測していて、最終確認を求めていただけだとわかった。

「われわれが行くところは、調査の結果しだいで決まる」

この答えにベレドはやや驚いて、走りが乱れた。彼はしばらく時間をかけて、それを修正した。

「この放浪者たちは」と、ドクが続ける。「境界のことも、条約に関するいっさいのことも、たいして尊敬していないようだから、同じような考えをもつ者で〈セブン〉を組むのがいちばんだと思ったのだ」

「では、ベーリンジアに向かうので？　それともアンティメルでしょうか？」

「おそらく両方だろう。もちろん、アンティメルのほうが近い――今日の目的地であるハワイからは、ほんのひとっ飛びだ。だが、痕跡はベーリンジアのほうが新しいから、そっちへ先に行くほうがいいだろう」

　ハワイには日が暮れる前に到着した。乗客として乗ったのは〈テラリフォーム〉の巨大な乗り物で、実際には航空機でもなければ船でもなく、四メートルほどの高さのところで、地表すれすれを飛んだ。この種類のエアクッション艇は、〈アーク〉と呼ばれた。マグダレナなどの沖合の大きな〈テラリフォーム〉の基地で育てられた大量の動植物のバイオマスを、新しいふるさとに押し込むか内陸へ運ぶためほかの乗り物に移す前に、沿岸の目的地へ運ぶ目的で設計されたものだ。実際に建造されたのはわずか一〇機で、そのうち現役は六機だけだった。この機は〈アーク・マディバ〉と呼ばれたが、第四ミレニアムの〈モイラン〉の生物学者にちなんだ名で、その人物もオールド・アースのある英雄を記念して名づけられたのだった。

もし彼らの目的が目立たずに旅することだったら、〈アーク・マディバ〉こそ間違いなくそのための乗り物だった。動物小屋、水槽、虫用の箱が集まった、悪臭を放つ洞穴のようなところに、ごたまぜの肥料で風変わりな植物が育っているピートポットの鉢が並んでいたからだ。同じ距離――真西に五〇〇〇キロ――を進む船なら、数日はかかるところだ。動物への餌やり、檻の清掃、植物への水やりに、余分の貯蔵品が必要となる。ハンマーで打つようなうなる音を出すこの巨大な乗り物なら一二時間で到達でき、どのような生物も水とおそらくは軽食以上の食糧は何もなしですませられる程度に短い時間だった。その中では、〈セブン〉は基本的に隠れていられた。この〈アーク〉に一〇基以上あるターボファンが轟音を立てて動きはじめ、マグダレナの港内でへどを吐くような音をさせると、騒音レベルは支給された耳栓をして、悪臭がそれほどひどくない貨物倉辺りに行くよりほか、しかたがないほどだった。ドクとメミーには、コクピット近くの狭いカプセル内で旅を楽しむという特別な手配がされたが、そこはフライトクルーが複数日に及ぶ旅のあいだに眠ったり休養したりできるところだった。残りの面々はできるかぎり快適に過ごせるように努力して、旅が終わるのを心待ちにした。

〈テラリフォーム〉がハワイにやって来たのは、ほかよりも遅い時期だった。小さくて風変わりで、はるか遠くにあり、複雑な存在だったため、主な大陸で仕事を始めたあと、最後まで残しておいたほうがいいとされた場所だ。〈ハード・レイン〉が、この島々を形成した地質上のホットスポットの蓋を緩めたことから、既存の島々にあった休火山をふたたび目覚めさせ、ハワイ島《ビッグ・アイランド》の南東にある海山を、予定よりも早くさらに大きな島《ビガー・アイランド》へと発展させた。これは一〇〇〇年前に、前者と合体してもっと大きな島《ビガー・アイランド・イエット》となっていたが、そのほとんどはいまだに熱すぎて毒性も高く、〈テラリフォーム〉も手を出せなかった。ただ、北岸には入り江があり、そのほぼ同じ場所にかつてあった小さな島にちなんで、モクプクと呼ばれており、その周辺は種をまくのに値するほど涼しくて、静かだった。そこに日没ごろ、〈アーク・マディバ〉がなかば制御された墜落のようにして、今やニュー・アース中に散らばっている〈テラリフォーム〉の小さな施設の沖合に着水したのだった。

　これは人類がおよそ三世紀にわたって地上で展開してきた、一種の生態学的《エコロジカル》な〝地震〟の震央だった。空から直接播種することもあれば、今回のようにより大きな地上施設から派遣された〈アーク〉からということもあった。古いものは半球体ドームの集まりだったが、それらが建てられたのはニュー・アースに呼吸に適した大気ができる前だった。今回のような新しいものには、多少は人を迎え入れる体裁を整えていた。だが基本の目的は、動物、虫、植物を相手にすることなので、その香りや全体的な作業スタイルは、農場と動物園、それに科学研究所をわずかに加えたもののあいだにあった。そのいずれも、少なくとも嗅覚のレベルにおいては、科学革命に至るミレニアムにオールド・アースに住んでいた人類の大部分にとって目立っていいものではなかったが、その巨大飛行船の貨物倉で旅に耐えていた者たちにとっては、胴体が与圧されていなくて、そのせいで潮風が漏れてきたのは幸運だったのだ。

スタッフはほとんどが〈モイラン〉で、〈カミート〉がちらほら、〈ダイナン〉と〈アイヴィン〉とのあいだの子と思われる客員研究員もひとりいた。キャス・ツーには明らかで、ほかの人たちにもおそらくわかっていただろうが、彼女の一族はこの地に来てから長いことしっかり眠り、仲間の〈モイラン〉から切り離され、動植物のフェロモンや匂い、鳴き声、行動に頻繁にさらされた。結果として生じたエピジェネティック・シフトにより、この手の作業や一日中の仕事、ここでの無期限の暮らしにはうってつけとなったのだった。ここは本当に人里離れたところだったので——遠く離れていることでは知られた〈ボーンヤード〉のハビタット以上に隔離されていた——ここにいる〈モイラン〉はみな、大部分が緑色の目をしているという事実によりさらに印象が強くなる、実戦を経験した兵士の虚ろな目と呼ばれる目つきをしていた。彼らは動きが遅く、考えるのも遅いらしく、キャス・ツーには感知さえできない刺激——聴覚刺激か？　嗅覚刺激か？　想像上のものか？——に対して、つねに反応していた。

　異なる七つの人種と、アイーダのさまざまな亜種の存在により、現代社会には社交的に気まずい出来事が起こる機会が豊富にある。モクプクの海岸で過ごした数時間を、一同は地元民が乗り物から標本を降ろしたり、ホースで加圧した海水をそれにかけて糞を落としたりするのを見て過ごしたが、キャス・ツーにとっては長く感じられた。〈セブン〉のほかの面々は、彼女と地元民を交互に見ながら、彼女が滞在期間を延ばしたら、彼らのようになるまでにどれぐらいかかるのだろうかと思っているように、キャス・ツーには感じられた。こうした人たちは、自分たちが住む場所のまわりに独自の文化をつくり、そのことを自覚して、自慢に思っている。あらゆる実用的な目的にとって、その環境は自分たちが設置している生態系と同じことを意味していた。彼らが科学的に無関心だったわけではない。中世のヨーロッパ人が豚や鶏を相手にしたように、エピジェネティックな動物種と密接して暮らせるような場所に〈モイラン〉を配置することは、本当に賢明だったのか？　これらの動物は彼らにとって、科学的な標本、家畜、ペットだったのか？　それらと不愉快になるほど慣れたやりとりをしている彼らの様子をキャス・ツーは見ていたが、彼らのほうも自分たちを見ている彼女のことを見ていた。彼らは自分たちのドレッドヘアに、オールド・アースでは異国風と呼ばれたであろう鳥の明るい羽を織り込んでいた。異国風という単語はここでは無意味だったが、それは人間がつくり出したものだからで、カラフルな羽毛がそこの鳥類にとって有益だったのなら、ここにいる彼らにとっても有益だろうという理論にもとづき、大昔に絶滅したジャングルのオウムやオオハシを真似たのだ。〝ケモノ化〟か〝獣人化〟か……。とにかく、彼らは変わっていて、リングに住めそうな場所が見つかるとは思えないという意味では、これに一生をささげていた。しばらく眠りについて、環境が彼らに強いる変化を逆戻りしないかぎりは。だがそれは、簡単な話ではなかった。〈モイラン〉として変化を続けるかぎり、彼女は変化を続けることができるが、あまりにも長く滞在したら、彼女も「落ち着いてしまい」――そういう表現をするが――もとに戻るのは難しいのである。キャス・ツーが思うに、彼らは間違いなく落ち着いていた。〈カミート〉の職員は人種的に独特な方法で自分たちのいる場所に順応し、まわりにいる人々にとってうまくいく方法を探していたが、ここの〈モイラン〉は明らかに彼らと異種交配の子どもをつくっていた。

　そのことにはなんの問題もなかった。リングの人たちはそう言いつづけていたが、そう言うのが礼儀だからである。雑種に問題はなかった。だが真実は、雑種は雑草のように、問題のある場所で見つかりがちだった。チェーンハッタンのような洒落た場所で、まばらに存在するのはいい。だが、ひとつのコミュニティにたくさんいるのを目にすれば、リングにいる者はみな、たとえ自分たちの考えていることを言うのは失礼だとわかっていても、顔に出してしまうかもしれない。ここの〈モイラン〉たちが、日の出や食事時間、夢の解釈といった日常の事柄に関してとる行動には儀式的な性質があったため、アリアンにとっては明らかに魅力的であり、キャス・ツーにとってはやや腹立たしかった。キャス・ツーは人生で初めて、いわゆるオールド・レイシズムと呼ばれる動揺を感じていた。かつてオールド・アースに存在していて、現代まで生き延びた、人種にまつわる態度、もしくはそれの再現で、完全に消滅したものの、その記録が生き延びたがために知られたのだ。ある種の病んだ心には、〈ゼロ〉以前と同じぐらいの引力がはたらくため、リングにいる数百万人の中には、五〇〇〇年間のウェブサービスを徹底的に調べて、〈モイラン〉に当てはまると思いつき、〈ゼロ〉以前の黒人に関する考えに染まった者なども、ひとりぐらいいるかもしれない。これは単なる知的好奇心であって、現実の生活に影響を与えるものではまったくなかった。狂犬病やウォーターゲート事件のように、キャス・ツーが耳にしたことのあるものであり、よりによってここで自分の心に動揺が生じたと知って、興味深く思った。だがそれは、ほんの一時的な考えにすぎなかった。

やがて、監視人のマインドセットがはたらきだし、科学的方法の中にすべてを組み込みはじめた。一同がいるここは〈テラリフォーム〉の前哨地で、こういうものは何千と現存している。さらなる永続的な仕事がなされるかもしれない、テントが集まっただけのものもあれば、ここのように数十年存在するものや、数世紀に及ぶものもあった。目的を果たして遺棄されたものもあれば、ＲＩＺの中心や学校のキャンパス、囚人収容所、科学財団になったものもあった。ここにリングにまったく移せない、異常な文化ができたわけだ。もしそれがここで生じるなら、似たようなものはよそでも生じることだろう。数はどれぐらいか？　ニュー・アースには、〈テラリフォーム〉の施設を中心として、異常な文化的飛び地がはびこっているのか？　かつてのウズベキスタンへ行って、アイルランドの大きさの衝突クレイターのふちで特有の地衣をもとにした料理法を発展させた、〈アイヴィン〉のパフォーマンス・

アーティストによる小さな共同体は見つけられるのか？　イベリア半島の残りの部分へ行き、〈ジュリアン〉の神秘主義者との子供をつくる、〈テクラン〉の巨人の共同体を訪れることは？　そういうことがどこまでできるのだろう？

　快適で事件もなかった海岸での野営が終わり、翌朝、今や九割が空《から》になった〈アーク・マディバ〉に戻って、北に向けて出発したとき、キャス・ツーは少しほっとした。

〈ブルー〉のアンティメル南岸までの距離は、前日の行程の半分だった。軍事施設の深いひさしと雨戸を太陽が照りつけていた正午ごろに、〈アーク〉は同地の港へと深く入っていき、大きなため息のような音をさせながら、きらめく空色のさわやかなさざ波とともに収まった。その軍事基地に隣接する〈テラリフォーム〉の小型駐屯地には、〈アーク〉を収容できるほどの長さがある埠頭がひとつあった。操舵手はうなるような音を出すいくつものスラスターを使って、近場へつけた。残りは、ロープを引っ張って巨大な係船柱に巻きつける、ロボットのタグボートによって行なわれた。貨物倉に一緒にいた五人は、荷積みを行なう〈グラブ〉とともに、わずかに残った荷物——巨大な肉食動物が入っている檻の棚——を管理するために〈アーク〉に乗り込んできた、地元の〈テラリフォーム〉職員をよけるために前へ進んだ。イヌ科の動物とネコ科の動物が交ざって入っていて、大きなヘビも何匹かいた。貨物倉の別々の場所に置かれていたので、お互いを威嚇して疲れ果てるということはない。監視人と関係があったり、さらに言えば、〈テラリフォーム〉について何かを知っていたりという人なら、その意味が理解できるだろう。アンティメルの生態系はハワイのものよりもはるかに進んでおり、今や抑制するためのより大きな捕食者の導入を要するペースで、小動物群や草食動物をつくり出していた。

　その港はほぼ完全に円形の衝突クレイターで、海への小さな河口がひとつあるだけだった。周辺の大部分は、軍事基地のものとなっている。青い水の表面をランチが横切ってくると、〈アーク〉のコクピットのドアのそばまで来た。〈セブン〉は折り畳み式の階段を使ってそれに降りたので、手続きなしにというか、地元の職員との接触さえもない状態で、〈テラリフォーム〉の管轄権から出た。三〇分後、彼らは基地の食堂に隣接する兵士用の食堂で昼食を食べ、その一時間後には飛行機――エンジンがついた従来型の軍用機――に乗っていた。滑走路から飛び立つと、数キロ先の島の石だらけの海岸へと向かい、アンティメルの中央海嶺沿いの雪を頂いた頂上を越えられるだけの高度が出ると、北へ旋回した。その高さからでは、小さな縮尺だったらオールド・アースの山脈のように見えた頂上や谷間には、もはやだまされない。飛行機の左側から窓の外を見ていた者たちは、一〇〇〇キロ西を見ることができた。群島の背骨部分が湾曲していることから、それがやや北向きの軌道でやってきて、海底や噴出物を海面上へ弧状に高く押し上げた月の破片の巨大なかたまりによってできた、巨大な衝突クレイターのふちであるのは明らかだった。南のほうには小さな群島があり、反対方向に曲がっていて、クレイターの下側のふちをうかがわせていた。ただ、その部分は飛行機の窓からは見えなかった。その代わり、西を向くと、高さを増す山並みとその下に広がる陸地が見えた。その途中のどこかで、一六六度三〇分の見えない線を通り過ぎた。バルドは濃い眉を窓に押しつけて、自分の故郷をじっくりと、考え込むように見つめていた。ブドウ園を思い出しながら、記憶にある丘や湾を確認しているようだ。やがてアンティメルが後方へ過ぎると、数時間後には何もない太平洋上を飛んでいた。

このあたりの海は、〈ハード・レイン〉があらゆるものを目に見えるほどつくり直すには深すぎて、アンティメルをつくったような超衝突を阻んだことから、大まかなかたちは、かつてのアラスカの海岸線があったところの南数百キロの大陸棚に隣接するまで、ほとんど変化しなかった。そこと、海岸山脈の前山――幅一〇〇～二〇〇キロのあいだにある海と陸の細長い部分――のあいだにある浅瀬には、明らかな変化があった。だが海岸線は、基本的にはこれまであったものと同じだった。土地の形状を変えるのに火球による直撃よりも効果があったのが、氷河の消失と絶え間ない津波で、数ミレニアムのあいだにこの広い湾に津波は何度も入り込んできたのだ。アンティメルへの衝突によって起きた津波は山そのものを覆い、かつては氷河で閉ざされていた山頂を越えて、かなりの内陸まで到達して、熱い岩の上で蒸発したのだった。およそ一一〇〇〇年前の冷却期間《クーリングオフ》の始まりから、特に人間が地表に彗星を落として海を復元してからは、これらの山頂にふたたび雪が降るようになった。ただ、氷河が形成されるまでには長い時間がかかるので、昔のようにひび割れた青い氷の川が山間の谷を流れて海に出るまでには、さらに数千年かかる。

その日が来たときには、〈カヤック〉の入植地は立ち退かねばならなかった。冷たい川が山々から勢いよく下ってきて、ちょうど太平洋へ注ぎ込むあたりの西岸の瓦礫の山の上に築かれていたからだ。〈カヤック〉が必要とする広さの飛行場には、海と雪に挟まれていて充分な土地がなかったため、パイクリートという繊維と氷を混ぜたものから、飛行場をこしらえた。これはちょうど沖に浮いていて、固体を保つために冷凍冷却液が循環しているチューブの縞がある、完全に水平な厚板状のものだった。海と空気の温度が一様に氷点よりほんの数度高いだけという場所では、難しいことではない。それ以外、ここには特に何もなかった。〈テラリフォーム〉の職員が船から作業を行なうのも簡単だったため、〈テラリフォーム〉の存在も最低限だった。

〈カヤック〉の飛行場は〝灰の壁《アッシュウォール》〟のせいで必要だった。ここの西には、一六六度三〇分までとさらにその先に、キーナイ半島とアラスカ半島とアリューシャン列島としてかつて知られていた火山群が、ほぼつねに噴火している状態にあったからだ。西は一六六度三〇分、東はロッキー山脈に挟まれた区域で、北緯六〇度線を南北に越えて飛ぼうとするパイロットは、風上に位置する一〇〇もの活火山のいずれかによって成層圏へ放り込まれた火山灰の柱のために、自分たちの進路が急に阻まれる可能性を飛行計画に盛り込んでおく必要があった。飛行機は高価で、オールド・アースのときよりもさらに高かった。大きすぎるためにリングでの製造や地表への輸送はできず、〈アーク〉や船などのほかの大きな製造物とともに、地表の工場でつくる必要があったのだ。それらがある場所は主に〈クレードル〉のソケットの外れだった。いずれにせよ、大容量のターボファン・エンジンの製造が異常なまでに難しいことを考えると、飛行機は大事に扱われねばならなかった。どの飛行計画にも、〈カヤック〉の人工的な浮氷への緊急着陸が含まれていなければならないが、その浮氷のほうも大きな飛行機を完全に収容できる必要があった。つまり、緊急着陸の場所として考えられていたものが、都合がよくて予想がつくという理由から、飛行機が降り立つハブのようなものになったのだった。とにかく、〈セブン〉が乗り込んだ軍用機の最終目的地がたまたまそこだったため、そこで降りる必要があった。

そこは、板状の氷の上に建てられた前進空軍基地に期待できる程度に、温かみがあって友好的だった。雲の層が低いため、いつまでも薄暗く、あらゆる色を灰色っぽくしていた。細長い海の向こう側の積み重なった瓦礫の上で、死んだヒトデのように、町が広がっている。その先には黒い壁があり、海岸山脈の低い斜面と思われた。今は若木で一面が覆われていたものの、霧と薄暗がりで覆い隠されていて、識別することはできなかった。そのさらに上の雲底の真下の部分には、新雪もしくは霧から直接凝結した、ただの氷かもしれないものが含まれていた。こういった雲がなかったら――年間では通算して数週間でそうなるが――〈セブン〉もアッシュウォールによって黒くなった空を背に雪を頂いた山頂を見られたことだろう。キーナイ半島にある大きな火山のひとつは、二週間にわたって大量に噴火していた。

氷の板の上にあるマイクロホテルのポッド内に収まって、温かい麺類をカップから食べてビデオを見たいという、強い誘惑があった。氷とその下の海のあいだ、霧とその上の灰のあいだ、南は太平洋に、北は山壁に閉じ込められる感覚から逃げ出すことさえできれば、なんでもよかった。それに対してチュラタム・レイクは、飲酒施設の偵察に町まで行ってみると言いだした。彼があまりにあけすけにそう言ったので、別のことをするのかもしれないと考えるのが、ばからしく感じられたほどだった。キャス・ツー、ベレド、ランゴバルドも行くと言った。ドクは昼寝をしたいという理由で反対し、メミーはいつものようにドクに付き添った。アリアンは何やらじりじりして、迷っているようだった。〈クレードル〉からの旅のあいだに人種間の駆け引きが徐々に出てきており、今はタイが押しを強めていた。〈アイーダン〉でない者たちと一部の〈アイーダン〉が共有する五〇〇〇年に及ぶ理解によれば、タイはこのグループのリーダーになる人物だった。彼がこのあたりのことを知っている地元のベーリンジア人だからということもあったが、大部分は単に彼が〈ダイナン〉であり、リーダーになるのは〈ダイナン〉がすることだったからである。状況を仕切っていたのはアリアンであり——〈クレードル〉から〈カヤック〉まで続いたフライトをなんとか計画したのは彼女だった——初期の状況でドクに顔が利いたのも彼女だった。彼女を通さずにドクと話すことは不可能に思えたものだ。ただ、今はドクがほかの者たちとも二人きりで時間を過ごすようになっており、アリアンは混乱といらだちを一日かそこら覚えたのち、それを受け入れた。団体で旅行する際の当然の制約により、彼らはひとつにまとまっていた。そして今、タイが本土への探検を独断で始めようとするに及んで、アリアンは温かい麺類を個人的に求める気持ちと、何かを見逃すのではという恐怖とのあいだで苦しんでいたのかもしれなかった。

　結局、彼女は一同についていくことにした。彼らは、カヤンベから持ってきていた装備の箱のひとつをこじ開けて、暖かい服を見つけた。それから、氷の上を進んで階段を降り、水上タクシー用の小さな港まで出ると、ベーリンジアの海岸までの――ほんの数百メートルの――旅に出た。採掘ロボットによって岩に掘られた不規則に曲がる階段により、海辺から出てなだらかで歩けるような坂にたどり着くと、内陸へ一〇〇メートルほど進んだ末に、垂直の岩の壁で行き止まりとなっている大通りを見下ろしていた。その大きな山の側面に無理やり埋め込まれたもので、その場からでも、その巨礫が月の一部であることがわかった。さまざまな発光技術を使ってその場所を盛り上げようとされたため、施設の正面が飾られ、半透明の空気にけばけばしい飽和色をもたらしていた。その広告の種類から、常連客は寂しい軍人だと考えることもできた。

「ときどき考えるんだ」地元産リンゴ酒の味に顔をしかめながら、バルドが口を開いた。「イヴたちは女性だけど、男性の視覚系と性衝動との関係を本当につかんでたのかってね」彼は部屋の反対側にいる裸の女性を横目で見ていた。

キャス・ツーはその女性にほとんど興味がなかったが、少し前に一同に背を向けて、その騒ぎは見ていた。今はバルドのほうに顔を向けている。「まあ、彼女たちも女性だったから。視線にさらされて一生を過ごしてきたのよ。服の着方や振る舞い方など、教わったことのすべては――」

「そうよ」と、アリアンも言う。「記憶が正しければ、〈エピック〉の第二八七日に、アイヴィがダイナの役割とそのソーシャルメディアにおける扱いの重要性について具体的に話すという、『リアリティ番組』に関する会話があったわ」

「なんだってそんなくだらんことを覚えていられるんだ？」タイが口をはさんだ。

キャス・ツーは、やや咎めるような目で彼を見た。「どうしてあなたにはできないわけ？その会話がなされたのは、あなたのイヴが生涯の恋人に出会う、ほんの数週間前のことなのに」

タイはそのことに考えを巡らせた。「最初の〈ボロ〉か？」彼の視線は、裸の女性からカウンターの上にあるスクリーンへと移った。それには、〈エピック〉の一場面が音声を消して流されていた。宇宙服姿のダイナが〈エンデュアランス〉の外側へとまわり、動作不良のロボットの様子を確かめようとしている。画面を見ている者はひとりもいない。

「そうよ、最初の〈ボロ〉よ」なだめるような口調でキャス・ツーが言った。

バルドのほうは、リンゴ酒の小さな泡やテーブル表面のくぼみや傷、天井に露出した電気配線に、やや集中力を注ぎすぎていた。彼としては珍しいことだった。タイとベレドは望むものはすべて見ることができた——何しろ、それがこの施設の醍醐味だったからだ。ただ、〈ネオアンデル〉が女性をそのように見つめるのは——その女性は〈ダイナン〉か、〈ダイナン〉と〈テクラン〉の混血のように見えたが——別問題だった。経営者に限った話ではない。その店は実際に女性が経営していて、おそらくは所有者も女性だったろう。だが、バルドが入ってきたときに目をつけた常連客もいて、踊り子たちに注いでいる注意力と同程度のものを、彼にも向けていた。もし彼が、普通より大きな〈テクラン〉や、なんとも言いようのない「おれにかまうな」というオーラを出している〈ダイナン〉の中年男と一緒でなかったら、厄介なことになっていたかもしれない。〈ネオアンデル〉に関するうわさ話がほらなのかどうかを確かめるべく、ほかの常連が何人か加勢していた可能性もあった。現状でバルドが心配すべきことは、あまりにじろじろ見られていることと、リンゴ酒に何らかの野生の酵母株が入っていて、それにやられるかもしれないということだけだった。

この種のコミュニティへの期待値が高まり、ひな型が定まりはじめたのは、〈クレードル〉が混み合ってきて、あとは外に向かって広がるしかないとなった、〈ゼロ〉から五〇〇年ほどあとのことだった。遠隔地にできた最初のハビタットは、〈クレフト〉からほんの数キロしか離れていなかった。実のところ、第二ミレニアムの初期までは、ほぼすべての居留地は〈クレフト〉に限定されていて、ようやくそのころ、ほかの岩石に植民できるほど産業基盤が発展したのだった。こうしたコミュニティについては、実在する以上に数多く娯楽系フィクション作品に描かれた。ただ、そのことに問題はなかった。ほぼ完全なまがいものとして美化された〝オールド・ウェスト〟（一九世紀フロンティア期のアメリカ西部）が二〇世紀のアメリカ文化向けだったのと同じく、そのような物語はハビタット・リングの住人向けだったのだ。つまり、ここのように、実際にこの種の入植地が新たに建てられるというレアケースでは、第二ミレニアムの先駆者についてのフィクションばかり見て育った人たちの期待を満たすようにして、建てられる傾向にあった。

それでも、驚くことはあった。女性がオーナーであるのは、たいしたことではない。成人向けの娯楽産業では珍しくないし、いずれにしろ選択の偏りが作用していたからだ——彼らがこの店に決めたのは、キャス・ツーとアリアンにとって、ほかの場所ほど気味の悪さを感じなかったからだ。それよりも、意外だったのは、その店にいる半数ほどが〈先住民〉だったことだ。そうでない者たち——沖に浮かぶ氷の板から海を渡ってきた者たち——は、髪型や服装、態度で見分けがついた。ただその数は、〈カヤック〉にいる理由や職業が推測の域を出ない、毛むくじゃらで変化に富んだ者たちと互角だった。その多くがおよそ二〇キロ離れたＲＩＺから海岸を上がってきて、商売やそのほかの取り引きに従事していると見て間違いないだろう。だが、〈カヤック〉自体が彼らの予想よりも大きくて人があふれており、人口と商業の成長が条約で定められた制限を超えていることを示していた。山々に守られ、ほぼつねに厚い雲に隠されながら、不法都市はここで大きくなっていたのである。ここで起きていることは、世界の〈ブルー〉地区のどこででも起きているだろう。〈レッド〉側はそのことを知る必要があった。雲による覆いだけでは、このような場所を秘密にはできない。では、なぜ〈レッド〉は外交的抗議を行なわなかったのか？　〈レッド〉もおそらくはもっと大きな規模で同じことをしており、問題は起こさないという暗黙の了解に、双方が達していたのだ。

　地表にはどれぐらいの人類が暮らしているのか？　〈ブルー〉の部分に関する公式の数字は約一〇〇〇万人で、主に〈クレードル〉のソケット周辺に集中していた。本当の数字はもっと多いのだろう。

　とうとう彼らに近づいてくる人物があらわれたが、それは長髪であご髭のまばらな〈アイヴィン〉の若い男だった。もし彼が五〇〇〇年前に、さらに言うなら一万年前に同じ場所で姿を見られていたとしても、アジアからもともとのベーリンジアを越えて、北米と南米に押し寄せていった祖先として通用したことだろう。その彼には、訪問者が自分のことを用心して見ていると理解するだけの知性があり、それでも彼らのほうへ歩いてくる勇気があった。彼は両手をさりげなく身体の横にやっていて、手のひらはやや外側に向けており、まるで両手を上に向けて「おまえたちはここでいったい何をしてるんだ？」と叫ぶ直前に見つかったとでもいうようだった。警戒していたが、やや面白がっている感じもあった。近づくにつれて、最初の見た目よりも背が高いことがはっきりした。細い身体と前かがみの姿勢に欺かれたのだ。

　その若い〈アイヴィン〉に対しては、彼らも同じような質問をしたかもしれなかった――「おまえはここでいったい何をしてるんだ？」と。その服装――毛皮、骨、動物の革で特注されたチェーンハッタンの五年前のファッション――から判断するに、〈カヤック〉とは商業的なつながりのある〈先住民〉だった。自身のＲＩＺでいちばん賢く、風変わりな夢想家の〈アイヴィン〉で、頭を使ってすることを探しているのかもしれない。彼はそのバーで〈ダイナン〉の仲間たちと一緒にいたが、その全員が裸の踊り子たちに刺激を受けたというよりも、まごついているようだった。

「あんたたち、山へ行くのかい？」と、その男が尋ねた。彼らの服装に注目したのだ。高品質の新品で、きわめて暖かいものである。

これは誰の目にも、緊張を解くための単純な会話のように見えたが、タイだけは違った。彼はほかの者が返事をするより早く、「ガイドは必要ない」と答えたのだ。

この答えに、若者はやや驚いたようだった。「ガイドか」と、彼はその言葉を繰り返した。まるでタイが会話にもち出したのが、変わっていながらも何やら興味深い考えであるとでもいうように。「いや、あんたたちのことは、ガイドを雇うようなタイプとは思ってなかったよ」これはつまり、リングから来た冒険好きな観光客――それも、条約によれば違法となる観光客――という意味だった。

これにより、彼が一同のことをどのように思ったのかという問いが残されたので、彼が話を続けるまでは、多少気まずかった。「もし山の向こう側へ行くのなら、ちょっと見せたいものがあるんだけど」

「何か特別なものか？　よそにはないような？　そういったものをいつも客に見せてるのか？」と、タイが疑問をぶつけた。

若者は恥ずかしそうな顔をした。「前に二度ほど行ったんだ。興味深くてね」

「金を払った客を連れてか？」タイがさらに聞く。「その理由は――」だが続く発言は、彼の肩に手を置いたアリアンによってさえぎられた。

「彼は興味深いと言ったのよ」とアリアン。「お金が動機じゃないわ」

「わかったよ」とタイ。

「あなた、名前は？」アリアンが尋ねた。

若者は自分の偏向メガネを持ち上げると、名乗った。「アインシュタインだ」

沈黙が流れた。誰も笑わないなか、彼はまっすぐ立っていたが、少し近づいてきた。

「何がそんなに興味深いの？」

「ファクトだからさ」と、アインシュタインが答えた。

「よくわからないんだけど」と、キャス・ツーが口を挟んだ。「興味深いのが事実《ファクト》なのか、それとも――」彼女はそこで言葉を切った。自分でわかったからだ。その単語の前にはアポストロフィがつく。つまり、人工遺物《アーティファクト》の意味で、彼は言っていたのだ。〈ゼロ〉以前の世界から残った物体のことである。

「そいつはぜひ見たいね」と、タイも認めた。


　翌日、キャス・ツーが全員をグライダーに乗せて山々を飛び越えたが、彼のように歩いて人工遺物の場所にたどり着いたらどれほど大変だったかがわかったことで、一同はアインシュタインを少しは理解できた。そのことから、その場所をそもそもどうやって見つけたのかという疑問がわいた。「ブリザードで道に迷ってどうしようもなくなったあとに訪れた偶然の幸運」というのが、最もありそうな答えだったが、彼のような者たちはこれらの山々の奥地の斜面を系統的に調べ尽くしているのだろう。

一同は、カヤンベ・ソケットからマグダレナまでの行程で用いたのと同じ種類のグライダーで飛行していた。これにはエンジンがついていないため、機械的なダメージを受けることなくアッシュウォール内を飛行できるうえ、ジェット機よりも速度がかなり遅いことから、キャス・ツーのフロントガラスが微細な石でこすれて曇ることを、それほど心配しなくてよかった。彼らが多少気にかけるべきは、いちばん厚い雲の中を飛行している際、彼女には進行方向が見えていないということだった。それでも彼女は近くの山頂の高さを把握していて、それより高度を下げることはしなかった。視界がいったん晴れてくると、灰を利用することができた。空気中の灰は渦巻いた水にインクを落としたような感じになるので、気流や渦がはっきりするのだ。

　アインシュタインは地表生まれで、そこを離れたことが一度もなかったため、〈セブン〉の面々から見るといささか風変わりな感じだった。これがいかなる種類の飛行機であれ、彼にとっては初めての空の旅だった。山々を上から見るには心的適応が多少は必要だが、彼はこれを素早くこなした。それにどのみち、彼は人工遺物の緯度も経度も知っていたのだ。一同が山々の峰を越えて空気の澄んだ場所へ出ると、彼はキャス・ツーに対して、海岸山脈とその先で付属するような山頂のあいだにかかっている、高所にある谷へ向かうように指示した。その上方に生物はいなかったが、斜面を下ると、ツンドラや低木が姿を見せはじめた。それらが宇宙から種をまかれたものであるのは、間隔が規則正しいことから明白だった。ロボット・ポッドが幾何学的な編成で空から落下して、六角形の配列で地面にぶつかったのち、ポッドが割れて種を地面へまき散らしたのだ。官僚的な〈テラリフォーム〉の中にもいたずら好きはいるもので、彼らはこのポッドをオナン《ONAN》と呼んだ。軌道式新農業用吊りかご《ONAN》の略だ（旧約聖書で地に精を漏らしたオナンに由来）。時が過ぎ、生態系がONANから広がると、六角形のパターンは混沌とした自然界の中へと姿を消した。だが、植物がゆっくり育つここのような場所では、今から何世紀が過ぎても目に見えるだろう。

キャス・ツーは谷に沿って何度か上下の飛行を行ない、凍ったペースト状の灰が敷き詰められた、季節によって姿を見せる滑らかな川床の広がりを確認した。そこなら離着陸できると判断したのだ。グライダーのエネルギー蓄積装置は前夜にチャージしてあったので、まだ一〇〇パーセントのままだった。そこで彼女は長い楕円軌道を再度描くと、少しずつ速度を落としていき、坂を登る方向に進みながら着地した。川床が実際にガチガチに凍っているのを確かめるために最初は優しく接地してから、心を決めてグライダーを着地させた。最後の最後で翼端を引きずったので、飛び出た岩角に翼端の一方が当たるのではという懸念もあったが、それを回避して、グライダーを傷つけることなく完全に停止させることができた。ベレドとバルドが最初に降りて、両翼端へと反対方向に駆けていった。それらを地面から持ち上げると、時計回りに大きな円を描いて歩いて、グライダーを回転させることができた。止めるタイミングは、キャス・ツーが指示を出した。

タイも降りると、側面にあるカーゴハッチを開けて、〈サイワイ〉を何台か取り出した。〈サイワイ〉は、それぞれ肘で押しのけていくように地上を動きはじめ、また〈バッキー〉

数台も監視所や通信リンクを確立できる高地を求めて転がりだした。今一同が目的にしているのは、たまに吹く強風でグライダーが吹き飛ばされないように、縛りつけることだった。〈サイワイ〉は本来、地面やトンネルを掘ることを得意とする地球科学用のロボットだった。ドクによる指導もあったおかげで、一同は数分のうちに、川床の側面に位置する、がっしりした見た目の巨礫に留め具を据えることができた。タイとバルドはそこからグライダーの翼のはしまでロープを走らせて、ベレドが周囲を落ち着きなく歩き回るあいだに、しっかり結んだ。キャス・ツーとアリアンは、ドクがこのような場で動き回る際に用いる〈グラブ〉を設置した。これは車椅子と同じ機能を果たし、しかも脚がついているので、熟練した者でも先へ進むのに苦労するような地面であっても、道を選んで進んでいける。一方でメミーは、彼に服を着せて、準備を整えていた。これらの様子をずっと見ていたアインシュタインは、せいぜい二、三百の質問しかしなかったが、その大半に対してドク自身が陽気に答えた。アインシュタインはこの手の技術の大半をＲＩＺのビデオで見たことがあったものの、直接体験するのは今回が初めてだった。

　アインシュタインは、武器に関する質問をするほど愚かではなかった。キャス・ツー、タイ、ベレド、バルドはみな、それぞれ種類の異なる〈カタパルト〉を持っている。彼らは戦地に赴く兵士並みには武装していなかったが、大型の捕食者や悪質な〈先住民〉がうろついていそうな場所へ乗り込んでいくときの、警戒した監視人スタイルではあった。キャス・ツーは、この前終えたばかりの監視人の任務の際に用いた小型〈カタパルト〉と同じ種類のものを用意していた。熱をもった大きな目標めがけて、電磁推進によるアンボットを発射するという携帯用武器だ。このアンボットは赤外線を出す大きなものをめがけて向かっていくと、小惑星に着陸する宇宙探査機のようにくっついて、それをみじめにさせる方法を探しながら這い回るのだ。こういったものが身体に複数ついた大型の動物はみな、キャス・ツーを食べることなど考えられなくなる。チュラタム・レイクも似たような武器を持っていたが、多少年季が入っていて重く、かなり使い古した感じがあった。弾倉が二つあり、そのうちのひとつはキャス・ツーのものとまったく同じだ。もうひとつには異なる種類のアンボットが入っているらしく、人間に対して用いられるものと思われた。ベレドは両手で使用するかなり大きな〈カタパルト〉を身体にまとっており、柔軟性のある長い弾倉を弾薬帯のようにかけていた。いささかやり過ぎだったが、彼にはそれしかなかったので、本人は重さを気にしていなかった。〈レッド〉〈ネオアンデル〉の中では伝統的なスタイルのランゴバルドは、自分の身体を這い回るさまざまなアンボット——全部で一二台ほど——をもち、〈カタパルト〉を前腕の下側に添え木のように留めていた。発砲の指示を出す際は手のひらでコントロールすると、ネットワークを通じてその知らせを受け取ったアンボットは肘への道を探しはじめ、〈カタパルト〉の発射装置にみずからが入り込むのだ。やや回りくどい方法にも思えるが、ほかにすることがないときは、彼に向けて敵から発射された異なるアンボットを探してバルドの身体をパトロールし、それとの交戦を行なうという利点があった。

　これらはどれも、アインシュタインにとっては非常に興味深かった。だが、そうしたことをじっくりと考える者なら確かにそうなのだが、〈セブン〉にとってはあまりに通常の手順だったため、武器について何かしゃべる者はひとりもいなかった。バルドに群がっているアンボットの動きは、〈レッド〉のやり方にほとんど接したことのない者にとっては、多少風変わりで気が散るものだった。だが、谷へ向かって歩きはじめたころには、彼の肩に止まったり腹部をぐるぐる回ったりというような、型どおりの行動をいくつか繰り返すプログラムを実行していることが明らかになった。時には列をつくろうとするものもいくつかいたが、列らしく見えるほどには数がなかった。

〈クレードル〉からの旅における暇な時間、ベレドとバルドとタイは個室で一緒になると、備品ケースを開けて、さまざまなアンボットをお互いに慣れさせようとしていた。ほとんどの者が使っている、〈ブルー〉によってプログラムされたアンボットが、バルドが持つかなり〈レッド〉風の弾薬を本質的に敵のものと認識しないように、またその逆もないようにした。今のところはうまくいっていた。巨礫のあいだの通路を通り抜ける際に、谷のかたちになって一カ所に集まったバルドのアンボットは、ベレドのくねくねした弾薬帯で休息状態にあるアンボットの匂いをとらえたらしく、バルドの尻の側へ回ってセンサーをその方向へ向けたが、敵意が生じる気配はなかった。敵によって通信システムが妨害されたりハッキングされたりするので、より高度に進んだアンボットは音声も含めて、さまざまな方法でお互いに連絡をとっている。超音波が望ましかったが、周波数はすべて使用されていたため、バルドのボトモが周囲の〈ブルー〉のボトモを評価するために、あるいは混乱させるためだけに出す音が聞こえることはよくあった。シューッという音のときもあれば、あまりに素早く奏でられるために人間の耳には処理できない数学的な旋律のときもあった。いずれにしろ、ベレド、タイ、キャス・ツーの武器からは何も――少なくとも人間の耳に聞こえるものは何も――応答はなかった。大まかに言えば、〈ブルー〉の軍事メーカーが「賢くないが大量にあるアンボット」という方針に偏っているのに対して、〈レッド〉のほうはその逆だったのだ。

でこぼこの地面の上で、〈グラブ〉に支援されたドクは誰よりも順調に進んでいたが、例外と言えるのがアインシュタインで、彼は素早く這うように進む才能をもっていた。この二人が先を急ぎ、続いてベレドが跳ねるように進んで追いつくと、ある種の本能に従って先頭に立った。ランゴバルドは後方でしんがりを務めたいようだったが、それは進むのが遅いアリアンと一緒に多く過ごすことを意味していた。バルドが彼女の身体を持ち上げて、険しい場所を抱えて越えるというときもあった。上へ行くにしたがって谷は平らになったが、ＯＮＡＮによって種がまかれた植物がある高度まで下りて、険しい移動を乗り越えねばならなかった。それもやがて楽になったものの、灰だらけの土に根を生やして茂った低木の中で、開けた道を見つける必要があった。彼らの足や鼻は、火山灰――硫黄などの有毒なものがしばしば含まれるもの――をより有益な土へと変えることをおそらく目的とした何らかの微生物が、地表に事前にもたらされていたことを伝えていた。

アインシュタインが手の内を明かさぬまま、一同は飛行機から降りていた。その後彼は、ドクや、聞き耳を立てられるほど近くにいる者に対して、これから見にいくものに関する、推測に基づいた背景を説明していた。

「着いたら見えるよ」と、一度ならず口にしたが、それにより、自身の説《セオリー》の不確かさが露わになった。彼は自分が知っているこの単語を、話《ストーリー》と一緒に、韻を踏むように発音した。

「調べてみると」というフレーズも、アインシュタインはよく使った。彼はドクのことを何者かも知らないまま、質問に答えてくれる、かなり年取った人物と見ていただけだった。質問に答えるだけでなく、ぞんざいにならずに、人のことを試すように聞いてくる人物だと。

「車輪の付いた乗り物があって——」

「乗用車のことか？」

「いや、箱型の大きなやつ」

「トラックだな」とドク。

「おれの説は、この遺物《ファクト》はそういったもののひとつだったというものなんだ」

「だがさっきは」と、できるだけ穏やかな声でドクが指摘した。「津波によって山の向こうへ投げ出されたと言っていたではないか」

「ああ」

「とすると、海のどこかで浮かんでいたものということになるが」

「それがおれの説なのさ」

「海の底には沈まなかったのかね？　その箱は気密式ではなかっただろう。遅かれ早かれ、水でいっぱいになってしまう」

「その箱だったものの内側は、黒い残留物《レシデュー》でコーティングされている」とアインシュタインは言ったが、単語の発音は間違っていた。

「では、そこからどのような結論を出すのかな?」

「調べてみると、トラックってのはあらゆるものを運ぶために使われていた。重いものだけじゃなくて、ポテトチップスの袋に運動靴、おもちゃなんかもね。おれの説としては、これもそういったもののひとつだったんだ。海岸近くにあったとき、最初に来た津波にやられたんだよ。小さな津波に、海へ引きずり込まれたんだ。それでも沈まなかった。なぜなら——
——」

「なぜなら、ポテトチップスの袋などを満載していたから」とドク。

「そうさ。それに燃えなかった。少なくとも、すぐにはね。水に浸かっていたから。でもそのあとで、マジでデカい津波に巻き込まれた。アンティメルをつくり出したようなやつに。それで山の向こうまで持ち上げられて、それから叩きつけられた……この場所に。それがもうすぐ見られるんだ」

「その結果、中身が燃えて、黒い残留物《レジデュー》が残ったと」発音を優しく強調しながら、ドクが言った。

「そう、それで塗料が燃え落ちた。スチールじゃないタイヤとか、そのほかのもの全部がね」

「ところが、五〇〇〇年のあいだに錆びて朽ちたりはしなかったと?」

「調べてみると」とアインシュタイン。「あそこはとても乾燥してる場所だった。それにあのトラックは、たぶん埋まってたんだ。確かに錆びた部分もある。でも、クラウディ・センチュリーまではもちこたえたんだよ」

アインシュタインはそれも調べたのだろう。クラウディ・センチュリーとは、海がもとどおりになったものの、すべてがまだまだ熱かったという、およそ四三〇〇〜四四〇〇年のことだった。

「それで、川がまた流れ出したあとに、浸食によってむき出しになったのさ。だから、むき出しになった部分は確かに錆びたよ。違う金属が使われている部分もあるけどね」

「アルミニウムだな」とドク。

だが、アインシュタインが緯度と経度を伝えることになっている装置から目を離せなくなったため、彼の話は尻すぼみになっていった。道に迷ったという様子をありありと見せている。

ようやく彼が、背の高い灌木が茂る土手を突っ切って五〇メートルほど谷を下るという、決然とした動きに出た。ほかの者たちもついていった。視界が悪かったので、一同が遺物を目にするより先に、彼の反応が耳に入ってきた。「こいつはいったい——!?」

「どうした？」タイがせっつく。

「掘り出されてる！」と、アインシュタインが大声で言った。

一同は、直径も深さも六メートルほどという穴のふちのまわりに立っていた。土についた跡から、シャベルで掘られたのは明らかであり、かすかにある足跡は、それを用いたのがロボットでなく人間であることを証明していた。掘られたいちばん深いところでは、灰色の土が錆びで赤くなっている。ただ、それ以外の点では、穴の底には何もなかった。錆びていたものがなんであれ、完全になくなっていたのだ。黒くて硬いプラスチックの破片と、すべて錆びついたスチールの破片が、アインシュタインの言葉がまったくの嘘ではないことを証明していた。

　タイがその穴へ慎重に下りていった。湿って錆びついたどろどろしたものをつま先でつつき、それから手を伸ばして、何かを引き寄せた。泥を振り落とすと、穴からベレドに向かって下手投げで放り、ベレドがそれを空中で受け取った。曲がった黒いシリンダーだった。

「今日一日が無駄になったわけじゃない」とタイが言った。「全員が本物の遺物《ファクト》を扱えることになるんだから。みんな、それは五〇〇〇年もののラジエーター・ホースだ」

〈セブン〉の面々の精神エネルギーに対して、いくつかの感情があらがっていた。誰がどういう理由でこの穴を掘り起こしたのかという、大いなる当惑。一台まるごとのトラックがあると請け負っていたために、深く困惑しているアインシュタインに対する共感。残ったのが錆びの染みとラジエーター・ホースだけだったという失望。シャベルを持った謎の連中がどこかにいるという軽い懸念。ただ、山々の頂上まで達した津波のように、これらのすべてを凌駕したのが、〈ゼロ〉以前の本物の人工遺物が目の前にあるという認識だった。ここまで来るフライト中にはっきりさせていたことだったが、博物館の展示品を除くと、ドクがそのようなものを生涯で目にしたのは三度だけであり、ほかの者は誰ひとりとして人工遺物をまったく見たことがなかった。

そのため、一同はその場で黙ったまま数分立ち尽くすと、遺物について考えながら、それを手から手へと渡していった。製造された工場、設計したエンジニア、トラックを組み立てた作業員、それを運転した運転手、そして〈ハード・レイン〉が始まった日のことを。そうしてわかったのは、七〇億人の運命を想像することは、ひとりの運命を想像することよりも、はるかに心を揺さぶらないということだった。

ベレドは遺物を少しのあいだ手にして、わからないというように見つめてから、キャス・ツーに手渡した。そして穴のはしから下がると、その周囲を落ち着かなげに回りはじめた。ややあってから、彼が一同に声をかけたが、その声は不安を伝えるものではなかった。

一〇メートルほど離れた、谷を望める坂の傾斜が変わるところに、トーテムのようなものが立っていたのだ。アルミ管で、酸化して白くなっており、地面から垂直に飛び出ていて、人間の背と同じくらいの高さにまで達している。そのてっぺんには、銅線の切れはしで結ばれた円形の物体があった。真っ黒に汚れているためほとんどはっきりしないスチールの輪で、穴からぶら下がった緩い針金のある中央部分には横棒があった。

「ハンドルだ」タイが声を上げた。「プラスチックの塗料は燃えたが、スチールのリムのおかげでバラバラにならなかったんだ」

「誰がここにこれを?」とアリアン。彼女はその場に最後に着いたので、自分よりも背の高い〈セブン〉の中でよく見るには、身体を潜り込ませる必要があった。そのため、荒らされた土による長くて低い盛り土に、つまずきそうになった。ハンドルのトーテムは、そのはしに立てられていた。

「運転手を埋めたやつさ」とタイ。

ドクがアインシュタインのほうを見た。「人間の遺体があったかどうか、気づいていたかね？」

アインシュタインは両手を上げた。「わかってほしいんだけど、トラックはダーツの矢みたいに下向きだったんだ。前の部分を先にしてね」

「当然だ」とドク。「重いものはすべてエンジン・ブロックにあったのだから。先ほどはっきりしたように、ボックスの部分は何か軽いものでいっぱいだったのだろう」

「飛び出ていた部分は、このくらいの長さでたぶんバンパーとそのボックスの一部だけだったと思う」アインシュタインは両手を一メートルほど離した。「人がいた場所は——」

「運転席だ」とタイ。

「——地中深くだった。わかってほしいんだけど、この掘り返されたものは——」

「君にはまったくの驚きだったわけだな。ああ、よくわかるよ」とドク。

「最後にここに来たのは？」ランゴバルドが尋ねた。

「二年前だ。でも、わかってほしいんだけど、うちのＲＩＺから誰かがシャベルを持ってここまで来て、トラックを丸々掘り出したら、おれの耳にも入ってたはずなんだよ」

「報奨金は？」そう尋ねたのはアリアンだった。

　全員が彼女のほうを見た。

「実際にこのトラックは――そのままの場所にあったら――とても貴重だった。合法であろうとそうでなかろうと、観光客はいくらでもお金を出して、見に来たことでしょう。これを掘り出すのもわかる――観光客は全体を見られるから。ただ――」

「ただ、そうせずに、完全に取り出した」ドクが引き継いだ。「そして、値打ちのあるものは全部持ち出してしまったのだ」

「値打ちのあるもの!? その言葉の意味が私にはわからないのだけど」とアリアン。

「採掘者《ディガー》のねらいはエンジン・ブロックだったのだ」それが彼女の質問に対する答えであるかのように、ドクが言った――実際はまったく違った。だがしばらくすると、彼女に考えが浮かんだ。

「そう」と、彼女が口を開いた。「略奪者の仕業だと思ってるのね」

　バルドも彼女と同じ意見だった。「つまり」と、彼が仮定するように言った。「エンジン・ブロックは、〈クレードル〉の裕福な個人コレクターの展示室で、ケースに入れられて飾られているのではと」

「無理な推測ではない」ドクもそう認めたが、実際にはそんな考えは彼の心に浮かんでいないと、はっきりわかる口調だった。「だが、略奪者がこんなにまで手間をかけて、運転手に埋葬の儀式を行なうというのは、私には奇妙に思えるのだよ」

「もし略奪品として——コレクターズ・アイテムとして——値打ちがなかったら、エンジン・ブロックにはどれぐらいの価値が出るものでしょうか？」と、キャス・ツーが尋ねた。

「値打ちはある」とドク。「鉄としてね。溶かしてほかのかたちにすることのできる、数百キロの純金属としてだ」

「鉄より値打ちのないものが、この世の中にほかにあるか？」と、バルドが鼻で笑った。

「みんな五〇〇〇年も、巨大な鉄のかたまりの中で過ごしてきたっていうのに」

「私たちはな」と、ドクも同意した。彼が手を少し動かすと、〈グラブ〉による椅子が墓の場所から下がって、掘られた穴へ戻る道をゆっくりと進みはじめた。リメンブランスが無表情で視線を肩越しに送ったのち、彼のあとをついていった。

　一同はふたたび集まると、新たな目でその穴を見つめた。灰色の灰に赤茶色の小さな点々がついている場所をタイが指摘して、弓のこを使った者がいることと、鉄の切り屑が地面にまき散らされたので、その小さなかけらが錆びたことを推測した。彼がその灰を指のあいだに通すと、きれいに輝く錆のない鉄がいくつか出てきた。バルドが見つけた濃い色の木切れは傷がついていて、厚いほうのはしがハンマーで何度も打たれており、エンジン・ブロックをより運びやすいように小分けにするために使われたと推測された。周辺を歩き続けていたベレドは、一メートル以上の長さがある堅い木でできた棒を手にしていた。一方のはしはほぼ丸まっていて、もう一方のはしは鋭く折られている。「シャベルが一本、折れたんだ」と、彼が言った。彼が自分の身体の前にその棒を持って回転させると、その木に刻まれた文字を読むことができた。「Srap Tasmaner《スラップ・タスマネル》」と、彼が読み上げた。

「ちょっと見せてくれ」と、ドクが声をかけた。

ベレドが手渡すと、ドクは何も言わず、しばらくそれを見つめていた。この些細な残骸と思われるものを長々と見続けるほど、ドクは自身に注意を引きつけて、ついには全員が何も言わずに彼のことを見つめて突っ立っていた。きつく閉じられた目は下に向けられていたので、彼がすべての知能をそれに注いでいるのか、それともぐっすり眠っているのかは、判断が難しかった。

ようやくドクがその棒を回転させると、鋭いほうのはしを下向きにして、その部分を使って土の上に文字を記した。

C

「ベレド、君はこれをSという文字として読んだ。だが、おそらく学校で習っただろうが、これはわれわれがKと書くものを含む、たくさんの音をあらわすものとして、かつては使われていた」

ドクはCの隣にKと書いた。

「そのあとの二つの文字はなじみがあるもので、アングリスキーでも同じように書く」

CRA
KRA

「君は四番目の文字をPが欠けたものと読み違えた。もっともな間違いだよ。これに似ている昔の文字のFは、もう使っていないのだから。代わりにわれわれが使っているのは、キリル文字のΦだ」

CRAF
KRAΦ

「次の二つの文字はTとSだ。アングリスキーには、もっと手頃な一文字の代用品がある」

CRAFTS
KRAΦЦ

「次の三つは英語でもアングリスキーでも変わらない」

CRAFTSMAN

KRAΦЦMAN

CRAFTSMAN®

「クラフツマン」と、ベレドが最後にできたものを読み上げた。「でも、最後のRは？」

「Rを小さな丸で囲むと、発音する文字ではなくなって、商標を意味する記号になる。いや、『なった』と言うべきか。五〇〇〇年前には商標だったということだが、もちろん」

古代と現代の文字論に関するこの話の途中あたりで、アリアンは大いに集中し、最後の部分では口に手を当てていた。「〈エピック〉でこれに似たものを見たわ！」口に当てた指のあいだから、大きな声が漏れた。「〈ニュー・ケアード〉が〈イミール〉にたどり着いたときよ。ヴァチェスラフがエアロックから出て、ドッキングポートの氷を落としたの。彼はこういうシャベルを使ってたわ」

「ということはつまり――」キャス・ツーはドクを促した。

「つまり、このシャベルの取っ手は五〇〇〇年ものの遺物で、〈クレードル〉では高値で売れるということだ」言いながら、ドクはそれを持ち上げて、折れたはしから土を払った。アリアンはその写真を撮ると、親指でタブレットをいじった。「これは捨てられたのだ」と、ドクが続ける。「持ち主にとっては使い物にならないからな。ベーリンジアでは木を切るだけで、どこでだって木の棒は手に入るとわかっているから」

「鉄に値打ちがあり、五〇〇〇年ものの人工遺物はくずだと考えるというのは、どのような人間でしょう？」と、キャス・ツーが尋ねた。彼女の言葉は、甲高いかすかなビープ音によってさえぎられた。その音は全員からいっせいに発せられていた。

彼らには、離ればなれになっても交信できるように、イヤホンが支給されていた。それを外したりポケットに入れたり、もしくは首にかけているだけという者がほとんどだったが、ベレドはまだつけていた。彼が耳に手を押し当てて、時計を確かめるかのように、もう一方の手を身体の前にやった。だが実際には、手首につけた小型のフラット・スクリーンを見ていたのだ。それから身体の向きを変えると、自分たちが来た方向の谷を見上げたが、葉の茂った木々や地形によって視界は阻まれていた。

「〈バッキー〉が近くで大型動物の動きを検知した」とベレド。「しかも、一台は動きが途絶えてしまった」

「きのう」と、ドクが口を開いた。「ここにいるアインシュタインが、人工遺物を見るために山への遠出を提案したとき、私は最初、その考えには抵抗があった。観光気分の単なる気晴らしに思えてな。私が今回のことに同意したのは、本番を始めたときに用いることになる手順の予行演習の機会になると思ったからだ。だが、これこそが本番だったのだ」

採掘者《ディガー》たちは、グライダーのサイドドアの横にトーテムを建てていた。曲げた枝を円形の輪にして、高さ約五メートルの樹皮をはいだ若木による棒に突き刺している。これを、運転手の墓に据えられたハンドルのトーテムをより自然に近づけたものと認識した。〈セブン〉はこの連中にとって、何か意味があるのだろうか？　〈エージェント〉による月への侵入をあらわす文字と読み解かないのは、今となっては難しかった。ただ、ギリシャ文字のファイの字（Φ）にも似ていた。FとPHの代わりとして、アングリスキーのアルファベットに使われているものだ。そのため、ほぼあらゆるもののイニシャルとなりえた。火《ファイヤー》か、恐怖《フィア》か、哲学《フィロソフィー》か？

　採掘現場から移動する前に、バルド、ベレド、タイは、螺旋状に動いて大きな円を描いていき、近くに誰もいないと納得するまで周囲を偵察した。ごく最近に何者かが通った足跡とほかの痕跡が見つかった。トラックの消失を理解しようとしていた彼らを、見ていたのかもしれない。

　一同が谷を登って引き返したところ、見張りの姿を見つけた。川床の横に位置する巨礫や瓦礫の山の上という目立つと思われる場所にいて、槍に寄りかかり、そのスチール製の先端は曇り空からこぼれてきた青灰色の光を受けて柔らかく輝いていた。ケーブルや滑車など、奇妙な見た目の機械を持つ者もおり、曲がったスチールについて、ベレドは強力な弓とみなした。この距離では、彼らの外観について多くを言うのは難しかった。かなりの者が赤毛で、男は髭を生やしている者が多かった。完全にカモフラージュとなる服を身につけている者もいれば、自然の背景に溶け込むためだけのものを着ている者もいる。

一同が最初の二人組の見張りのあいだを通った際、ベレドがその場で片手を上げて、止まるよう合図した。このままさらに進むと自分たちのうしろに見張りがいることになって、事実上囲まれてしまうという、もっともな懸念があったからだ。だが見張りのほうもこれを理解していたらしく、彼と並ぶように坂を登りはじめて、ちゃんと出口を残してくれていた。

　少なくとも歩いて逃げるための出口ではあった。〈セブン〉と若きガイドがグライダーのところに建てられたトーテムが見える場所に来たときには、二〇人以上と思われる〈ディガー〉たちに囲まれていた。彼らはカーゴハッチから備品ケースをすべて引っ張り出し、それを地面の上に丁寧に列に並べて、中身をあらためていた。見つけたものをリストにしている者や、自分たちの新たな財産と考えて詳しく調べている者もいた。

「この連中のことを見聞きしたことはいっさいないということだな、アインシュタイン」ドクが声をかけた。

「うわさはあったよ。でも、こんなに大勢じゃなかった。ほかのＲＩＺからはぐれた連中としか思ってなかったから」

「まあ、見てわかるように、ＲＩＺとは別の連中だぞ」とドク。彼はやや声を大きくして、全員に呼びかけた。「さて、ショックが薄れてきただろうから、現状は理解できたと思う。彼らは七人のイヴの子孫ではない。起源人《ルートストック》たちだ。彼らの祖先は〈ハード・レイン〉を生き延びて、ごく最近まで地下で暮らす方法をなんとかして見つけた。彼らは十中八九、君たちのいとこだな、チュラタム・レイク」——

ドクがほのめかしているのが過去五〇〇〇年間の出来事だとタイが理解するのに、やや時間がかかった。「ルーファス・マコーリー絡みということかな？」

そのとおりという表情で、ドクが瞬きした。「〈エピック〉にしっかり証拠が残っているように、ダイナの父親は同じ考えの者たちとともに地下へ潜った。その地下の施設を見つけて、彼らのその後を探るという試みが前世紀になされたが、すべて無駄に終わった」

「見つかりたくなかったのかも」と、タイ。

「このことはいつから知ってたんですか？」アリアンが尋ねた。

「君は、このことをいつから知ってたのかな、アリアン？」ドクは同じ質問を投げかけた。

「変わった命令を与えられて、好奇心でいっぱいにならなかったのかね？」

「当然です！　でも、私は決して――」

「われわれの多くが疑問に思い、推測した。私の知る最初の確かな証拠は、およそ一年前にあらわれた。それより前にも、アインシュタインが言ったようにうわさはあったが、〈スーナー〉の無法者が奥地で好き勝手に暮らしているという説明のほうが簡単だった。もしくは、〈レッド〉によって派遣された先遣隊の偵察が〈ブルー〉領域を探っていると考えたほうが。実際に、監視人はどちらの実例も見つけている」ドクの視線がベレドのほうに注がれると、彼と目が合った。「たとえば、〈レッド〉は驚くほど奥地まで、中央アジアに侵入した。その件についてトモフ中尉から聞き出せたら、彼は証言してくれるかもしれない。多くの者と同様に、彼は戦闘を経験していない連中との会話を面倒に思っているがね」

「では、少なくとも一年にわたって、体系的な調査は行なっていたと」と、アリアン。これが、彼女がこのすべての中で興味をもった唯一の点のようだった。

「それは君もしてきたのだよ、アリアン。君が今まで、それを知らなかったというだけでね。私自身もそれほど確信はなかった。この手に――」ドクがメミーのほうに目をやった。彼女はシャベルの取っ手を預かっていて、それを杖のように用いるのが癖になっていた。ドクがいたずらっぽい表情をかすかに浮かべた。「この手に、スラップ・タスマネルの棒を持つまではな」

「連中については、どの程度わかっているんです？」ランゴバルドが尋ねた。

「現時点では」とドク。「われわれ八人が連中について知っていることは、ほかの〈スペーサー〉全員が知っていることを合わせたものより一〇〇倍も多い」

「スペーサー？」

またもや、いたずらっぽい表情が浮かんだ。「われわれの議論――われわれの完全に仮定上の議論――において、スペース・ハビタットの住人である七人のイヴの子孫を示すのに使える用語が必要だと気づいたのだ。このような連中に対してね。それで〈スペーサー〉としたのだよ」

「それだと余計に、こういったことのすべてが前もって決まっていたように聞こえますけど」と、アリアンが言った。

彼女の非難めいた口調には、全員がいらついていた。それでも、それに対して口を開いたのがリメンブランスだったのには、誰もが驚いた。おそらくこの〈カミート〉は、この〈ジュリアン〉を容赦なく叩けるほど大きな棒を手にしていたため、気持ちが大きくなっていたのだろう。それ以上に、ドクが正直ではなかったとほのめかした、なじるようなアリアンの口調に気分を害したのだ。でこぼこの地面の上にスラップ・タスマネルをついてバランスを取ると、リメンブランスはアリアンに向き直って、口を開いた。「ここで注目すべきなのは、五〇〇〇年にわたって私たちから姿を隠していた、人類のいとこたちと初めて接触している点です。それを驚くべきことと思う人もいるでしょう」

「それは私もよ、メミー！」〈カミート〉にそのような口の利き方をされたショックから立ち直るのに少しかかったが、アリアンが答えた。「でも、状況にうまく対処するには、より広範に前後関係を知る必要があると思うの」

「見識のある〈スペーサー〉なら、前後関係は承知しています」リメンブランスはそう言い返すと、空いているほうの手を空に向けて動かした。「全員が知っていることをはねつけて、秘密を貴重なもののように扱うのは、ある種の考え方をもつ者だけなので」

　これを受けてアリアンは、これ以上話しても自分に有利にははたらかないと感じたようだった。〈ジュリアン〉と〈カミート〉のあいだの長くて緊迫した、妙に個人的な関係においてこのような会話が行なわれたのはもう一〇〇〇万回目だったので、アリアンは口を閉じて傷ついた表情をするタイミングを心得ていたのだ。

　今のところ、暴力が発生する可能性に関する議論はほとんどなかった。タイ、バルド、ベレドのあいだで交わされた身振りと視線から、彼らがみなそれについて考えているとわかった。口に出して言うという役目を担ったのは、アインシュタインだった。「それで、あんたたちはどう思う？　おれたちにやっつけることはできると？」

「ああ」というのが、三人全員の答えだった。

「問題は弓の連中だがな」と、タイがつけ加えた。

「向こうがわれわれのことや装備について、どの程度知っているか——それが要因になる。連中はこちらのことを、長年にわたって偵察してきたでしょうか？」

　ベレドはこの問いかけをドクに向けた。彼ならどうにか知っているとでもいうように。アリアンの顔に浮かんだ表情は、『ほら、やっぱり！』という感じのものだったが、ドクは単に面白がっているようだった。「もしそうだとしても」と、ドクが口を開いた。「われわれが武器を使っているところはめったに見ていないから、どのような仕組みかはわかっていないだろう」

「ただ、連中はこちらの〈バッキー〉をすべてオフラインにしましたが」ベレドはそう言うと、手首の画面にまた目をやった。

「技術的な仕組みについて、多少の知識はもっているようだな」と、ドクが指摘した。「自分たちで〈バッキー〉をつくる能力がなくても、どういうものか認識はできる。だから当然、無力化もできるわけだ」

「これは敵対的行為だ」とベレドがつぶやいた。

「弓の連中を射程内に入れさせると、こちらはやられてしまう」とタイ。「そのことこそ、敵対的行為として考えるべきだ」

「では、あまり進むべきではないな」バルドが言った。

「それを言ってるのさ」とタイ。

一同はグライダーから百メートル以内のところまで近づいていて、それを囲む〈ディガー〉たちに全神経を集中させていた。彼らのうち四人は、先に〈バッキー〉を配置させた、その周囲の高い位置についていて、さらに二人が翼の上によじ登っている。略奪者たちは活動をやめて、妙に整然としており、何が起こるのかを見極めようとしているようだ。そのうちの少なくとも三人は子供で、女も男と同じぐらいの数がいた。

「連中のメッセージはどうも混乱してるな」バルドがそう言って身振りをすると、仲間の〈スペーサー〉たちはその場で足を止めた。

「おれにやらせてくれ」と、タイが言った。「もしドクの言うことが本当なら、連中はおれと関係がある」彼はベレドの前に数歩出ると、そこで足を止めて、弓を引いて高く射る手振りをした。それから、弓の使い手たちのことを指差した。

するとすぐさま、集団の中央付近にいる〈ディガー〉のひとりの男がほかの者たちのほうを向き、彼らから数歩離れて、〈スペーサー〉側の隊形を見ようと頭を巡らせた。男はその距離から何か叫んだが、岩に当たる風の音で、ろくに聞こえなかった。弓の使い手と見張りがようやく応答したものの、キビキビしたものではなかった。彼らは高いところから下りると、リーダーからのさらなる忠告を受けて、弓を下において彼らから離れていった。

　リーダーはタイのほうを向くと、手のひらを上にして、両手を差し出した。

　タイは近くの岩の上に〈カタパルト〉を置いた。

〈ディガー〉の集団から離れた二番目の男が前へと出てきて、かなり前進してきたが、杖を二本ついて身体を支えていた。頭に毛はなく、髭は白髪交じりだ。その両者が並ぶと、いくらか年下のリーダーもゆっくりと前に出てきて、その年配の男性と歩調を合わせた。

　ドクが〈グラブ〉による椅子を動かした。メミーはいつもの習慣から彼とペースを合わせたが、数歩進んだところで、ドクが手振りで彼女を立ち止まらせた。「それは私が」彼はそう言って、シャベルの柄のほうに手を伸ばした。彼女から渡されると、それを一方の腕に抱えた。

　ドクが追いつくのを待っていたタイは、やがて彼と並んで進みはじめた。

　何人かの〈ディガー〉は熱心に動きを見守り、内輪で議論をしながらゆっくりと前進したので、ベレドとバルドも前へ足を進めた。言葉を用いない協議のようなものを経た末に、双方が達した取り決めは、合計で八人の〈ディガー〉――前のほうにいる二人と、あとを追う六人の集団――が空き地まで出てきて、同数の八人の〈スペーサー〉の相手をするというものだった。〈ディガー〉の中には戦士タイプもいて、バルドとベレドのことを注意深く見守っていたが、女性や子供も同じようにしていた。〈スペーサー〉の側では、タイとドクが前にいて、メミーは数歩うしろにいた。アインシュタイン、アリアン、キャス・ツーがある程度の距離を保っていたのに対して、目立って武装しているバルドとベレドは、かなり引っ込んだところで両側に分かれて、〈ディガー〉の弓の使い手に対して、射程の範囲外にいるという暗黙の了解を守っていた。

二つの集団が声の届く距離に並ぶと、お互いをしばらく見合った。

〈スペーサー〉にとって、〈ディガー〉のことは昔のビデオで見慣れた感があった。〈エピック〉の映像にあらわれる、起源人《ルートストック》だ。遺伝子的には、彼らは同種だった。ブロンドまたは赤毛の白人で、暗い洞穴にいたために薄くなった目をしていた。肌は生まれながらに白かったが、地上の太陽にさらされてそばかすができている。ルートストックより背は低かったものの、チェーンの往来の激しい通りで小柄に見えるほどではない。職業上、身体が大きい必要があるという理由がある〈テクラン〉と〈ネオアンデル〉は例外だが、イヴの子孫たちも特に第一ミレニアムのあいだに身長を失っていた。それを取り戻すのに時間がかかり、だいたいにおいてまっすぐに立つスペースが充分にあった第五ミレニアムでさえ、そうだった。それでもこの〈ディガー〉たちは――少なくとも、タイが判断できるほど近くに立っている限られたサンプルでは――並外れてずんぐりして見えた。

〈ディガー〉側も、じっとこちらを見ていたが、彼らの反応からすると、〈スペーサー〉をまったく、あるいは、ごくわずかしか見たことがないと思われた。タイには興味を惹かれていないらしい。ドクのことは興味深いようだったが、それは主に彼の年齢と動き回る方法のせいだろう。キャス・ツー、メミー、アインシュタインについては、どんな遺伝子変化よりもその色合いのせいで、変わって見えていたのかもしれない。アリアンの顔のつくりは確実にどこかおかしかった。ベレド、それに特にバルドは、彼らにはモンスターに見えた。

しばらく彼らのことを品定めしたあと、年配の〈ディガー〉が数歩前に出てきて、〈スペーサー〉の誰もが〈エピック〉で知っている、〈ゼロ〉以前の英語で告げた。「逃げた臆病者であるおまえたちは、もはや自分たちの故郷とは呼べない世界に不法侵入している。立ち去るのだ」

「こりゃ盛り上がってきたな」と、タイがドクに言った。

「彼はほかの者に対して、力を見せつけているのだ」とドク。「やらせておけばいい。そうしてくれるだろう？」

　ドクが指示を出すと、〈グラブ〉の脚が折り畳まれて、地面と同じぐらいの低さになった。続いて彼が手を差し出した。タイがその腕をつかんで安定させると、ドクはロボットの部分から降りて地面に足をつけた。もう一方の手でシャベルの柄を杖にして、慎重にタイの手を離す。そして、一歩前に進んだ。これら一連の行動に、〈ディガー〉のあいだからはざわめきが漏れた。おそらく当初は、ドクのことをサイボーグのようなものと見ていたものの、ただの非常に年老いた老人だと、ようやくわかったのだ。彼は数歩歩いたのち、ちょうどいい平らなところを見つけると、そこで杖をついた。

「私のことは五〇〇〇歳にも見えるかもしれない」と、彼が口を開いた。「だが実際のところは、あなたたちが臆病者と呼ぶ者たちの子孫でしかない。その彼らが長期の移住のあいだに果たした行ないについて知ったら、あなたたちもかなり寛大な見方をするだろう。祖先がルーファス・マコーリーである者と話す機会を、私は得られるだろうか」

「われわれ全員がその家系だ」老人が太い声で言った。

「では、私はあなたたちのものを持っていることになる」ドクはそう言うと、ゆっくりと動いて、地面についていた杖を引いて持ち上げ、広げた両方の手のひらの上にそれを水平に置いた。「そちらの許可なくこれを借りたことに対する謝罪を受け入れてほしい」

〈ディガー〉全員の反応を〈スペーサー〉が一度に見ることができたら、彼らの心と社会のはたらきについて、大量の情報が得られたことだろう。一般にそのたぐいの読心術というのは、〈ジュリアン〉に割り当てられた務めのようなものだったので、アリアンの働き者の脳と貪欲な知覚はフル回転していると思われた。

若い男たちは、スラップ・タスマネルの棒をすぐに取り上げることを望む、懲罰志向の強い集団と、かなり寛大な気質の集団のあいだで分かれているようだった。

若者の集団は全体的に、自分たちのシャベルの取っ手を盗んだドクに対して激怒している少数派からなっていたが、より重大なのは、老人の杖を取り上げるという考えを恥ずかしく思うのが多数派だったことだ。

この両グループに共通していたのは、ドクの話をそっくりそのまま信用したということである。だが少人数の権力中枢——老人、若いリーダー、彼らと話し合おうと前に出てきたその中間の年齢の女性——は、ドクは観衆のために演技をしているのであって、その木の棒の所有権についての話し合いを本気で始めようとはしていないと理解するだけの知性を持ち合わせていた。

言い換えるなら、〈ディガー〉は全体としては、どんな人間のグループもするだろうと思われる反応をしていたのだ。それ自体が興味深くて重要なデータだった。採掘坑での五〇〇〇年のあいだに、多くのことが変わっていたかもしれなかったのだから。

三人のリーダーによる話し合いはしばらく続いたものの、ようやくうんうんとうなずきあう状態に至った。老人は身がまえて杖をつき、決断したという表情をしている。若い男と中年の女性が、タイとドクのほうへそれぞれ近づいてきた。男はタイの手前二歩のところで足を止めた。握手であれ殴り合いであれ、ちょうど手が届かないという距離である。女性のほうは歩き続けて、ドクが差し出している手から杖を取った。これにより、離れたところから見ていた〈ディガー〉のあいだからは、思わず引き込まれたという感じの反応の波が沸き起こった。

静かな、それでいてはっきりとした声で、女性が告げた。「ご老人、あなたはその言葉で私たちを辱めて、同じことをやり返すようこちらに仕向けた。だが、年齢のことを考えて、あなたには手は出さない」

彼女はドクの前を過ぎて歩きながら、シャベルの取っ手の丸まったはしへと手を滑らせると、それをぐるりと回しはじめた。そして、いきなり前にひと突きして、メミーの側頭部を打ちつけた。

メミーは崩れるように膝をつくと四つん這いになったが、その頭は――すでに血が滴っていたが――地面につきそうなほど垂れて、うなじが露わになった。するとそこをめがけて、女が棒の鋭いはしで十センチほどの深さまで打ち込んだ。胸郭の中心、肺か心臓、もしくはその両方に至るほどだ。メミーはひっくり返るのではなく、しぼんだようになり、地面の上で徐々に身体を丸めていった。

この間に若い男のほうは、タイに向かっていった。男の意図が危害を加えるためだったのか、メミーが犠牲になっているあいだ単にタイを押しとどめるためだったのかは、はっきりしなかった。いずれにしろ、男が行動を起こしたときに足が石に当たって音をたてたので、それによってタイに警告を与えるかたちとなった。タイは身体の向きを変えることができたため、襲ったほうは相手を正確に攻撃するのでなく、そのまわりで回転するかたちになった。下り坂での動きだったことも本人にとって不利にはたらき、バランスを崩してしまった。タイは相手の足首を引っかけて蹴り上げ、顔から突っ伏させた。どちらの足も上を向いて、モカシンの靴の裏が空に向けられている。タイは膝のうしろに脚をかけると、自分の体重を乗せて、その足を前に曲げた。タイの下腿が相手の大腿後部とふくらはぎ上部の筋肉のあいだに挟まっていなければ、男のかかとは尻までついただろう。膝がバラバラになりそうだった。男が地面でもがいたので、タイはさらに体重をかけた。古いモカシンの悪臭が鼻についたが、関節がはじける前段階のようなポンという音がした。男は叫ぶと、抵抗をやめた。

このことはどれも、女がメミーを殺したのと同じタイミングで起きたため、タイは男を完全に押さえつけるまで、何があったのか理解していなかった。彼がメミーに注意を向けて初めて事態のひどさを理解したそのとき、視界のはしで何かが動くのを目にして振り返ると、ドクが地面に座り込んでいた。彼は振り返って、メミーへの攻撃を目にしたのだ。

「撤収よ！　撤収を求める！」と、アリアンが叫んでいる。彼女が誰に向かって言っているのか、タイにはまったくわからなかった。

　奇妙な高い口笛のような音が、空から聞こえてきた。タイが見上げると、頭上を矢がいっせいに飛んでいる。それらはアリアン、キャス・ツー、アインシュタインの頭上も越えて、そのときまで前進を続けていたベレドとバルドの足元の地面に突き刺さり、岩をかすめた。

　棒を持った女はトランス状態にあったようだったが、今はタイに集中して、彼と若者とのあいだに何があったかを知った。その顔に怒りが湧き上がる。女は血のついた棒の鋭いはしをタイに向けると、彼めがけて走ってきた。

　タイは若者の足に全体重をかけて、脚を折った。それから立ち上がると、叫び声を上げてばたついている〈ディガー〉から離れた。石を手にして立ち上がったタイは、それを女の顔めがけて投げつけた。ねらいは外れたが、それでも女はよろけて身をかわすことになり、石をさらに二つ手に取って一歩前に進む時間の余裕を、彼に与えることになった。二つの石のうちのひとつが女の鎖骨に当たり、タイはさらに二歩前進した。女はかかとで彼を押しやろうとしたが、それに気づかれてタイの左の前腕で簡単にかわされた。タイは腕全体をシャベルの柄に巻きつけ、血のついた先端も彼の身体の横でつかまえた。空いているほうの手を伸ばして女の目を親指で突き、耳をつかみ、捨てられる包み紙のように女の身体を柄から引きはがした。だが、老人の〈ディガー〉が両手で杖を振り回しながら彼に向かってきており、さらに手強そうな、若い戦士タイプの者数人も槍を水平にかまえて駆けてくる。タイは老人に向かってまっすぐ歩くと、シャベルの柄で殴って相手の杖を払い、その背中が自分の胸にくるように身体を回転させ、相手の喉に杖をつきつけてその場から動けなくし、肘で相手を押さえつけ、毛のない頭部のうしろを手で押した。続いて老人をうしろ向きに引きずって下がっていき、〈セブン〉の残りのところまで来た。この人間の盾は、タイの正面を守る分には効果があるかもしれなかったが、槍を持った若者たちは彼の後方を囲むようにすでに動いていたので、背後をほかの者が守ってくれることを望むしかなかった。

　グライダーのところにあった備品ケースのひとつが爆発したようだった。だが、炎も上がらず、音もわずかという、おかしな爆発だった。むしろ、ケースの中身がほこりだらけの濃い雲へと分散して、広がりながら半透明になっていた。それから少しして、同じことが近くの二つ目のケースで起きた。横倒しになったどちらのケースも、中は空《から》になっていた。

　グライダーの近くにいた〈ディガー〉たちはみな驚いて大声を上げたり、叫んだりしていた。何が起きているかは、タイにもはっきりしなかった。このことで槍を持った連中は、自分たちが後方から攻撃されているという恐怖から慎重になった。彼らは前進をやめ、状況の確認をしようとしている。

　地面の上を薄い灰色の層がかすめるように動いていて、一同に向かって坂を下ってきていた。それはあたかも、海岸で岩に当たって岩陰でふたたび一緒になりつつ、砂に吸い込まれる前の弱まった波が、平らな砂浜を洗い流しながら泡を立てているようだった。ただ、近づきながらスピードが上がっている点では、雪崩のほうが似ていた。タイと老人の足元で分かれながら通り過ぎたときによく見えたので、彼には、それが異なる二種類のアンボットの群れ――空になったケースのそれぞれにあったもの――と判断することができた。それが混ざり合っていた。そしてさえずるように、アインシュタイン、アリアン、キャス・ツーのそばを通り過ぎると、自分たちとベレドとバルドのあいだの、開けた坂道の上に広がった。その二人は、矢の射程からちょうど外れるように二手に分かれていた。するとその群れも二手に分かれて、一種類はベレドに、もう一種類はバルドに集まった。前者――〈ブルー〉の模様のアンボット――のほうが小さくて脚が長く、でこぼこした場所でも動きが素早かった。その群れは集まると、カチカチ、シューッという音を立てて、きらめきながら消火ホースから出る水のような流れになり、地面から跳ねてベレドに向かった。ただ、ベレドを攻撃するのではなく、彼のまわりに打ち寄せた。わずかのあいだに、彼は頭の先からつま先まで、重なり合う鱗でできた装甲に覆われていて、その鱗は一枚一枚が甲虫に似たアンボットの背中だった。それらが彼に群がって、隣りあうもの同士をしっかりと固定した。はぐれた数個はほかのものの背中によじ登って穴を探し、それを塞いだ。

ランゴバルドのほうの群れは、彼に達するまでにやや時間がかかった。最後の五〇メートルほどのあいだに相転移のようなものを起こして、動きが遅くなったのだ。アンボットはできるところで連結しあっていた。結合器を鼻の上へと持ち上げて、前にいるアンボットの尾にある結合器と合わせてペアを組み、さらにほかのものと三つ、四つとつながっていく。この群れが持ち主のところに近づいたときには、鞭のような長いロープと五、六本ずつの短い集まりになっていた。これらのアンボットは基本的には〈フリンク〉で、這うよりも飛ぶほうを得意としていた。単独でもいくらか飛ぶ能力があるが、空中で列車のようにつながると、かなり巧妙に動ける。坂を下っていくことで充分な量の位置エネルギーを得るので、最後の数メートルではコブラのように地面から頭をもたげて空中へ飛び出し、ランゴバルドのそばを勢いよく過ぎて、彼のうしろで急反転して曲がると、鼻が尾を探すとでもいうように、輪を閉じてエイトレインを組んだ。ずんぐりしたウイングレットによってもたらされる適度な揚力のおかげで完全に空中にあり、彼の身体のまわりを終わりのない円になって飛び回り、重力をものともしなかった。彼はときどき手で触れ、素早い動きをもたらしていたが、それは彼の背中の発電装置からエネルギーを得るからだった。おそらく〈フリンク〉の三分の一は、エイトレインを組めるほどに長い鎖にはなれなかったので、短いものは彼の足首から木に登るヘビのように脚に絡みついたりしていた。短い鎖にもなれなかった単独のものもいたが、それらは彼のもとにたどり着くと、できるだけ高くまで登り、肩に止まる場所を求めてやかましい音をたてて争っていた。空地を移動している今のバルドは、円の中に描かれたダ・ヴィンチの『ウィトルウィウス的人体図』と、電子の軌道に囲まれた初期の原子図を組み合わせたものに見えた。〈フリンク〉が空気を切り裂くなか、それぞれのエイトレインが異なる響きで音を鳴らし、その調子はエネルギーを吸収して速度が増すにつれて高くなった。彼とベレドは協力して動いており、どちらも防御態勢を整えると〈ディガー〉たちに迫っていった。試すような矢が一本、一番手の射手によって放たれ、高く弧を描いてランゴバルドめがけて飛んできたが、エイトレインによってあっさりとはじき飛ばされた。

タイにとって、どれも初めて見る光景ではなかったが、それでも気が散った。なんとか自分の周囲に目を転じてみると、横向きになって弱々しくもがいているドクに、ひとりの戦士が近づいていた。そいつは一撃でドクを仕留めようと、槍を持ち上げている。だが、ためらっていた。脅威を示したかっただけなのかもしれない。アンボットの群れによって起きたことに、ショックを受けたのだろう。

タイは老人の〈ディガー〉をアリアンとキャス・ツーとアインシュタインのところへ引きずっていった。彼らは矢による直接の攻撃をかろうじて防ぐことができる坂の陰に、用心して這いつくばっていたが、上から飛んでくる矢に対しては、防御になっていなかった。次に彼が振り返って下のほうを見ると、バルドとベレドの姿が消えていた。彼らが身を隠した場所の手がかりは、二人に追いつこうと躍起になっている、はぐれたアンボット数個の動きだけだ。タイの頭の一部は、二人が充分な力を発揮して〈ディガー〉を倒していないことに、がっかりしていた。だが頭の大部分は、それをするには彼らが賢すぎ、プロすぎるのだということを、理解していた。彼らなら、隠れて様子を見、観察して、頭が冷静にはたらくまで待つのだろう。

はたらきだった。

アリアンは一気に坂を下りて、タイが岩の上に置いた〈カタパルト〉を拾い上げた。いい
谷の側面に位置する岩場に陣取っていた見張りが興奮して、〈ディガー〉流の古めかしい言い回しで、バルドとベレドの動きを大声で知らせていた。〈テクラン〉と〈ネオアンデル〉は、有利な位置へと急いで移動したようだ。

見張りのひとりが甲高い叫び声を上げたかと思うと、静かになった。それにより、ほかの〈ディガー〉はみな少しのあいだ、取り乱しているように見えた。

アリアンはタイの横を駆け抜けて坂をのぼると、片膝をついて、〈カタパルト〉の銃口を、メミーを殺した女の後頭部に向けた。女は地面の上に座り込んで気を取り戻そうとしているところで、タイに先ほど突かれた目を片手で押さえていた。

アリアンのしぐさは興味をそそるもので、〈ゼロ〉以前につくられたエンターテインメント映像で見覚えがあるような、ただの鉛の弾を高速で発射する小火器を用いるときのものだった。〈カタパルト〉を用いる場合、その意味はほとんどない。だが、〈ディガー〉相手の非言語コミュニケーションとしては、効果があった。

「グライダーの下三〇〇メートル」と、アリアンが言っている。先ほど呼びかけたのと同じく、想像上の仲間に対してなのだろうか。続いて、女に向かって言った。「立て。いずれにしろ、おまえの頭は吹き飛ばされるんだから」

タイは思わず含み笑いをして、鼻を鳴らした。彼の脳のうち、この状況を面白いものとし

て認識している部分では、無駄だとわかりながら、バックグラウンド・プロセスとして処理を続けていた。アリアンの動き方やその言い回しが、ふだんの彼女とはあまりにかけ離れていたので、タイの高次の脳でもどう判断したらいいのかわからなかった。そこでとりあえずは、コメディの寸劇を見ているかのように、くすくすと笑っていたのだ。

　女が立ち上がった。アリアンは相手のパーカーのフードをつかむと、完全にまっすぐに立たせてから、頭の横に〈カタパルト〉の銃口を突きつけた状態で、坂を下りはじめた。タイはその場に立って、彼女が通り過ぎるのを見ていた。

「アリアン」と声をかける。「どうする気だ？」

「わかってないようね」と彼女が答えた。「これで何もかも変わるのよ」彼女は女の頭部から一瞬〈カタパルト〉を外すと、それをタイに向けた。銃口から放たれたアンボットによる、おなじみのバン！　という音がしたあと、彼女はふたたび女の頭部にそれを向けた。

　タイは胸郭にパンチを食らったような衝撃を感じて、思わず後ずさりした。だが、それから立ち直るより早く、アンボットが彼の服の中に入ってきて、針のように鋭いプローブを横腹に突き刺し、神経系の妨害を始めた。このように襲われたことが以前にあり、今できるのは顔から地面にぶつからないようにすることくらいだとわかっていたので、彼はつかんでいたシャベルの取っ手と老〈ディガー〉から手を放すと、その場に倒れた。

　彼が口をきけたなら、自分のことは心配しなくていいと、キャス・ツーに告げただろう――それよりもアリアンをなんとかしろと。だが、歯がガタガタと激しく鳴って言葉が出ず、呼吸筋を動かしつづけることしかできなかった。

　老〈ディガー〉はよろよろと膝をついたが、目の前の地面にシャベルの取っ手があるのに気づいた。それを片手で取って地面に立てると、もう一方の手でつかんで梃子《てこ》として使い、立ち上がった。それから、地面に横たわって痙攣しているタイに迫った。自分の身体の上にある暗いものに気づいたタイは、そばに立っているキャス・ツーのことを見上げた。その老人と向き合った彼女が、身を守ろうと本能的に腕を上げた。シャベルの取っ手がドンという音とともに彼女の腕に当たって、キャス・ツーはよろめき、痛みで声を上げた。続いて老人が、とがった棒の先端をタイに向けた。

「邪悪なミュータントめ！」と、老人が大声で言った。続けて何か言ったが、〈カタパルト〉のバン！　という音にかき消された。キャス・ツーが自分の武器を使って、至近距離から相手の腹を撃ったのだ。老人の手から棒が落ちたが、タイの胸の上に先端から落ちたため、彼のちょっとした痛みが増すことになった。老人はタイの隣に激しい勢いで倒れ、岩で頭を打った。

　急にタイの視界が晴れた。少なくとも、神経学的には。そばにひざまずいたアインシュタインが、柄《つか》が骨でできたナイフを手に、彼からアンボットを取り除いている。彼はそのナイフのスチールの柄頭《つかがしら》を使って、アンボットを岩で叩き潰した。

　キャス・ツーは片膝をついて、痛めた腕をゆっくりと動かしたが、叫ぶのをこらえていたため、口はＯ《オー》のかたちになっていた。

タイの視線は、キャス・ツーの頭上にある雲の中の動きに引き寄せられた。真っ赤な棒が空から下りてきたのだ。見た目には、先ほどの騒動につながったシャベルの取っ手に似ていたが、こちらは長さが何キロもある物体で、かがり火の土台部分にある石炭の山から引っ張り出してきたばかりのように、赤熱していた。

彼はようやく理解した。坂を見下ろせるように頭を横に巡らすと、すぐ近く、つまりグライダーの下三〇〇メートルほどのところにある見通しのいい区画の地面が、上空からレーザーを当てられて、燃えるようなルビー色になっていた。明るい三つの点で正三角形がつくられ、その中に粒子の粗い円があった。アリアンが人質をその円の真ん中へ押しやると、彼女の頭と肩の上を一瞬、光が照らした。

赤熱する棒はその二人の上にまっすぐ下りてきて、中空のはしで彼らを包み込み、それから跳ねるように空へ戻って、地面の上には完全な円の窪みへと消えた、二人の足跡しか残らなかった。そのまわりは、放射熱によって草木がこんがり焼けていた。その装置が雲の覆いの中を通って引き戻されるまでのあいだ、アリアンと人質を吸い上げたブースが大気中からの出発の準備をして灼熱のチューブ内へ圧縮されて戻っていく姿を、一同は見つめていた。

アリアンが呼び出した機械装置は〈トール〉といった。大槌の頭のような、とんでもなく大きい岩からなり、その〝頭〟の部分が大気の上部をかすめているときでも、地表までしっかりと届く、非常に長くて軽い〝取っ手〟がついていた。全体はハンマーを投げたときのように回転する。つまり、頭の部分のまわりで長い取っ手が大きな輪を描いて振り回されるのだ。

その取っ手のはしに捕獲用のブースがあり、人間が三人詰めて立って入れるほどの広さがあった。上昇および下降時に、大気中を通過する厳しさに耐えられるように設計された外殻内に囲まれていた。取っ手は、キャス・ツーとベレドが最近使ったハンガー〈ボロ〉と同じように宇宙空間から下りてくるが、上層大気内で止まって航空機を回収するのではなく、地表まで一気に突き刺して、ターゲットゾーン——乗る者に立ち位置がわかるように、前もってレーザーで描かれる場所——に立っているものがなんであれ、それをとらえるのだ。続いてこのハンマーの頭部分は大気のほうへ向きを変えると、空気をとらえて速度を落とし、取っ手を梃子の要領で上向きに動かして、ペイロードをさらに高い軌道へ打ち出す。頭部分は自然と切り離されて、隕石として射程に沿って落下する。これはもちろん使い捨ての装置であり、緊急時にのみ使用されるが、それでも極度の必要に迫られた場合は、射程に沿って基本的にランダムな場所に火球を落とす危険を冒す価値はあると考えられていた。

つまり、新たなクレイターが東のどこかにある北米の奥地を彩って、アリアンとその人質はリングの〈レッド〉陣営にある安全な場所へ向かっているところと想像できた。そこで彼らを待ち受けているものについては推測するよりほかないが、アリアンにとっては多額の報奨金、勲章、〈レッド〉の軍情報部門における上級職への昇進となることだろう。

ドクはそれ以降、意味の通じる単語をひとつも発しなかった。メミーに起きたことを目の当たりにして脳卒中を起こし、すぐに失語症となったのだ。一時間後には脳浮腫により、息を引き取った。〈ディガー〉たちは、ドクとメミーが倒れた場所に、二人を一緒に埋葬した。

老〈ディガー〉は数時間後に元気を取り戻したようだったが、脳震盪《のうしんとう》のような症状を見せていた。若者のほうは片方の脚に添え木を当てられていた。二人とも、残っている捕虜三人に対しては、殺意をもちかねない様子だった。ただ、〈ディガー〉の大多数は今回の出来事に驚いており、自分たちの集団と、アリアンの〈トール〉や、ベレドとランゴバルドによるアンボット兵器のようなものを生み出すことのできる文明との将来的な関係に対しては、より分別ある姿勢を主張しているようだった。

自分たちの技術的な能力を証明する方法として――もしくは単に鬱憤を晴らすためかもしれないが――〈ディガー〉はグライダーと掘ったばかりの墓のあいだにある空き地で、お手製の爆薬のようなもののかたまりを爆発させた。これは明らかに、近くに隠れている場所から見ていると考えられた、バルドとベレドに向けた警告を意図していた。

タイ、アインシュタイン、キャス・ツーには、スチールを曲げた、蝶番のある首かせが取りつけられた。これを首のまわりに閉じると、自由端の輪が並んでチェーンが通せ、首かせをロックして、捕虜を一列につなげるのだ。一方のはしのチェーンは、大きすぎてキャス・ツーの首かせの輪に通らない、古い南京錠で終わっていた。もう一方のはしはボルトにより、大きな木の杭に固定されていた。これはとりわけ大柄な〈ディガー〉が、先端が石になっている小型の〈トール〉のような大槌で地面に打ちつけたものだった。

これのちょうど上のところで、囚人たちから届かないところに、別の〈ディガー〉が小さな積み石《ケルン》を建てていた。彼らはその上にも爆薬のかたまりを置いた。そのかたまりに起爆用のワイヤをつけて、それを五〇メートルほど離れたグライダーの翼の下にある〈ディガー〉のメインの野営地まで伸ばした。

「いったい何があったんだよ⁉」〈ディガー〉の姿が見えなくなるや、アインシュタインが声を上げて知りたがった。「いや、あれはもちろん〈トール〉だ。おれも聞いたことはあったし。でも……」そう言うと、両手を上げた。

「アリアンはスパイなんだ」とタイが言ったが、それから自分で訂正した。「スパイだった、だな。今はたぶん英雄になっていることだろう。〈レッド〉の英雄だ」

「〈レッド〉が〈トール〉を送り込んだのは、彼女を回収するためだったのか」

「そうさ。彼女と、もっと重要なのが、生きている生体サンプルだ」

つながれた一方のはしにいるキャス・ツーは、寝袋に入り込むと眠りに落ちた。長いこと目を覚まさないだろうと、タイは見ていた。彼とアインシュタインは彼女をそっとしたまま、できるだけ離れたところまでチェーンに沿って動くと、しゃがみ込んだ。〈ディガー〉は彼らに、薪と焚きつけを置いていた。二人は相談することもなく、火をつける準備を始めた。アインシュタインにその経験があることが明らかになると、タイは彼にやらせた。このアイヴィの若き子孫は、火に関して非常に特別な考えをもっていたのだ。

「あんな戦い方、どこで身につけたわけ？」と、アインシュタインが尋ねた。「あんたの一部は〈テクラン〉だとか？」

「戦い方を知ってるからといって戦えるわけじゃない」と、タイは答えた。「問題はどう決断するかさ」

「おれは固まっちまったけどね」

「おれたちのイヴが五〇〇〇年前に下した決断が、今はおれたちの行動をコントロールしてるんだ。おれたちを基本的に無力化させるまでにな。おまえは下がって観察し、分析することになっていたんだ」

「で、あんたは英雄になることになっていたと」と、アインシュタイン。

「英雄だったら、メミーを救えていた」

「でも、あんなことになるなんて、誰もわからなかったって！　あの女が、気がふれたみたいに襲ってくるなんて……」

「あの出来事についちゃ、おれたちは長いこと自問することになるだろうさ」タイはため息をつくと、〈ディガー〉が何事もなかったかのように日常を続けようとしている、野営地のほうを見渡した。森で仕留めた大型の草食動物の死体から肉を切り取って、ケバブを焼いている連中もいる。一〇歳にならない子供が大勢いる一方で、それより上の一〇代はほとんどいない。女は半数が妊娠しているようだ。「自分の役割を果たすんだ、アインシュタイン。ドクがいなくなった今、おれたちのグループの〈アイヴィン〉はおまえだ。さあ、何が見える？」

アインシュタインは口を開きたくなさそうだったので、タイが促した。「おれには人口の爆発が見える」

アインシュタインは即座に気持ちを集中させると、首を縦に振った。

「この連中のことは聞いたことがなかっただろう」とタイ。「おまえたちのＲＩＺがこの山のすぐ向こうにあって、ここにいつも巡回に来ていてもな」

「ルーファス・マコーリーの採掘坑は、ずっと北にあった」アインシュタインが話し出した。

「この連中は最近になって外に出てきたに違いないよ」

「いちばん年上の子供を見つけたら、それで年月がわかるかもしれない」

「でも、空気は三〇〇年間も呼吸に適していたのに！　どうして今まで待っていたんだ？」

タイは〈ディガー〉の野営地の中央のほうをあごでしゃくった。大きな石炭の山があり、その上で肉が焼かれている。

「食べ物か？」とアインシュタイン。

「食べ物と燃料だ」とタイ。「連中は〈ハード・レイン〉が始まってからというもの、よくわからないものを――洞窟トウフだかなんだかを――食べて、穴の中で暮らしてたんだろう。たぶんしょっちゅう、外の空気を調べながらな。呼吸に適したものになってからは、おそらく出てきて見て回ったことだろう。だが、いつまでも荒れ地のままで、生命を支えられるものじゃなかった。〈テラリフォーム〉がベーリンジアのこの部分に、狩りにかけられる努力に値するほど大きな動物をもたらしたのは、ここ数年のことだった。それがきっかけだった――

彼らが出てくる合図だったのさ」

「そして明らかに、できるだけ早く子供を産みはじめたと」

「明らかにな。そこでだ、アインシュタイン、そのことは性役割《ジェンダー・ロール》について、おまえに何を伝えている？」

「ええと、まずは、彼らにはイヴがいなくて、アダム——ルーファス——はいるから、これはごくあっさりと、カ、カチョ——」

「家長制」

「どうも。それでもし、女性が全員、たくさんの子供を産むと期待されていたら——」

「それでわかるだろう」と、タイが口を挟んだ。「さあ、ここからがおれたちの目の前にあるような、大きな問題だ。おまえを〈ディガー〉とする、いいな？ でも、ばかじゃない。おまえがすべきなのは、晴れた夜に洞窟から頭を出して、南の空を見つめることだ。すると、ハビタット・リングが見える。やがて、そこを行ったり来たりする〈アイ〉も見えて、建設中の新しいハビタットが明るくなるのも見える。空低くにあらわれる〈ボロ〉に、頭上を飛ぶ〈テラリフォーム〉の航空機、リングからまっすぐＯＮＡＮが降ってくるのも見える。それで、おまえも無知な原始人じゃないし、一族はかなり進んだ技術水準を保ってきた。複合弓に、あの爆薬のかたまりなどをな。だからおまえたちは、そういったものすべてを神や天使によるものなどとは解釈しなかったわけだ」

「みんなわかってたんだ」とアインシュタイン。「連中は最初から——」

「何世紀もな」タイもうなずきながら言う。「外で空気を吸えるようになってからは」

「それだけ長いあいだ、何十億もの人間が空に住んでいたことを、やつらは知っていた。でも、合図をしようということはいっさいしなかった」

「それ以上さ。おれたちから姿を隠したんだから！　マコーリーの採掘坑を見つけようって試みは、数十年前にすでにされてた。でもこの連中は、見つかりたくないという判断をしたに違いないんだ」

「なぜそんなことを？」

「それを聞いてるのさ。恐怖か？　怒りのせいか？」

「あの老人はおれたちのことを本当に嫌ってたよ。『逃げた臆病者』って、おれたちのことを見てるんだから」

「あれは彼がおれたちのことをそう呼んだだけだ。それも、本当に声高に。実際のところは、おれたちに向かって言ってたわけじゃなかったと思うんだよ」

アインシュタインはうなずいた。「そうだよな。自分のうしろにいた連中に対して言ってたんだ」

「もしおれが、静止軌道上に大勢の人間がもっといい状況でいるのは百も承知なのに、洞窟トウフを食べながら坑道に身を潜めているのなら、洞窟から出ないための強力な動機のようなものが必要になる。自分の存在を隠すためのものが」

「ドゥーフのようなものか、それともアイディ――」

「イデオロギーだ」タイがうなずきながら言う。「わかっているべきだったよ。なぜもう何分か早く、気づけなかったのか」

「気づくって、何を？」

「連中が急に地上に出てきたのは、マインド・ウイルスというか、集団幻覚でしか、説明がつかないってことさ」

「ドクも気づいてなかったよ」と、アインシュタインが言った。彼はタイの気分を軽くしようと思ってそう口にしただけだったが、死んだ同族の者を悪く言ってしまい、自分でもやや驚いたようだった。

「確かに。彼は気づいていなかった。さて、この連中の考え方について、おれたちにわかったことは？」

「連中には、なんて言うのかな、不満の種がある」

タイはうなずいた。「仲間たちに見られているなかで、優位な立場にあることを示すのが、リーダーたちにとってはこの上なく重要だったんだ。それを彼らは実行した。そのときにドクがスラップ・タスマネルを手に取って、ああいうことをした。あれは和解を示す行為だったが、まったくばかなことをしているとして、彼らを辱めるものにもなった。より道理をわきまえていて、お互いにうまくやっていこうという文化を受容した相手だったら、悪い手じゃなかっただろう」

「おれたちのようなね。ハビタットで永遠に共存せざるをえない者たちさ」

「だが彼らにとっては、仲間たちの目の前で自分たちの権威に対して挑戦されることになった。だから、過度の反応をせざるをえなかった。それがおれたちから人間性を奪うというものだったんだ」

「おれたちはエイリアンだからね」

「確かに」とタイ。「今のおれたちは目が飛び出たモンスターなのさ」

「そして、バルドとベレドが暗闇で長いこと潜めば潜むほど——」

「連中がおれたちのことをそういうものとみなすのも、たやすくなる。それが理由で、おれたちを隔離したんだ。リーダーたちはおれたちに、仲間と話してほしくないと思っている——おれたちがただの人間だとは、わからせたくないんだ」

「でも、ちょっと待ってくれ。それってつまり、リーダーたちはおれたちのことを、本当は目が飛び出たモンスターじゃないってわかってるってことじゃないか」

　タイはこれには答えなかった。この状況には、確かにつじつまの合わない面がある、と彼は考えた。二人は火をおこすと、その炎を二人でうっとり見つめた。

〈ハード・レイン〉が始まってから一七三五年間、人間が——つまり〈スペーサー〉が——炭素に富んだ固形燃料の野焼きという意味での火をおこしたことはなかった。木が育ち、火が必要とする酸素の量に対処できて、結果として生じる煙を吸収する、充分な量の大気があるほどに大きいハビタットを建てるには、それだけ長いことかかったのだ。デジタル化されたボーイスカウトの古い手引書が参考とされ、それが初回で成功した。責任者となった、火を扱う四人の技術者――全員が〈ダイナン〉だった――は、今のタイがしているように火を取り囲んで炎を見つめながら、人類が最後に薪の煙の匂いを嗅いで以来に起きた、あらゆることを考えただろう。

　タイとアインシュタインは、アリアンについての話を、まだ始めてもいなかった。〈ブルー〉において正直に暮らそうとしているどの〈ジュリアン〉にとっても、彼女は最悪の悪夢だった。表向きは〈ブルー〉だった人物が、実は〈レッド〉のスパイだったのだから。どれぐらいの期間、諜報機関に入り込んで、出世していったのか？　それとも、寝返ろうという決断をちょうどしたところだったのか？　いずれにしろ、今の彼女は拉致した女性を連れて、リングの〈レッド〉領域にいる。〈ディガー〉たちはこれをどう判断するのか？〈スペーサー〉には二種類の人間がいることさえ、知らないのではないか？

　さらに、〈レッド〉の諜報機関は、あの女から何を知ろうとしているのか？　彼女がメミーを冷酷に殺すところをタイが見ていなかったら、彼女に同情したことだろう。

　グライダーの翼の下にある〈ディガー〉のメインの野営地から、三人の人物が近づいてきた。先端がスチールでできた槍を持った戦士に、早くも白髪交じりとなった厳格そうな見た目の中年の男、そして近くに来るまでタイには少年に思われた、短髪の一〇代の女の子だ。その三人の中では、彼女はかなり小柄に見えた。身のこなしがおかしく、頭を傾けたまま一方を向いていて、周囲を横目で見ている。これは白髪交じりの男のすぐあとについていたため、進む方向を見るには彼の胸郭のあたりからのぞかなければならず、やむなくということなのかもしれない。男は障害物を苦もなく飛び越えていたが、その女の子は男の一歩に対して二歩歩かねばならないという感じだった。イヌに遅れずについていこうとするリスにしか見えなかった。

　彼らが声の届く距離まで近づいてくると、白髪交じりの男が槍を持った男をあごで示して止め、それから一歩前に出た。女の子はつまずいた。それに気づいた中年の男は、もう少し近くに来るよう女の子に促すしぐさをした。女の子は彼の背後ですくみ、脇のところからじっと見つめた。

「私はドノーだ」と、中年男が告げた。「私には話しかけていいが、ここにいるサイクだけはだめだ」その女の子のことらしい。タイには、「サイク」と言ったように聞こえた。

「おれはチュラタム・レイク」とタイ。「こっちはアインシュタインだ。向こうにいる女はキャス・ツーだが、彼女はこの会話には加わらないだろう」

「チュラタム」と、サイクがハスキーな声で言った。「中央アジアの都市。カザフスタンにあるソヴィエトのバイコヌール宇宙基地の近く。アインシュタイン――〈ゼロ〉以前の二〇世紀初頭の理論物理学者」

　ドノーはサイクの言葉を最後まで聞いていたが、彼女のことを見もしなければ、聞こえた様子もまったく見せなかった。彼の注意はタイに向けられていた。サイクの言葉は、彼の耳にはただの騒音なのだ。「キャス・ツーが目を覚ましたら、私が今言った規則を伝えることだ」と、彼は言った。「そして、彼女がそれに従うようにすること」

「規則は伝える」とタイ。「それに従うことについては、彼女は自分で決めるだろう。彼女に対して、おれはなんの権限ももち合わせていない。おれたちの社会は、そのようには組織されていなくてね」

ドノーは、今タイに言われた言葉が信じられないというような表情をした。「おまえは〈ダイナン〉だろう」

つまり、彼らは七人のイヴについて知っているわけだ。その知識はどうやって手に入れたのか？　はぐれ者を拉致して、尋問したのか？　それとも〈スペーサー〉の誰かと密かに連絡を取っていたのか？

「そうだが」

「おまえがこのグループのリーダーだな」

タイは何も言わなかった。込み入った話だと説明したところで、うまくいきそうになかったからだ。

「マージをどうしたんだ？」と、ドノーが尋ねた。

「マージというのは？」

「宇宙からやって来たものによって連れ去られた女だ」

タイは、自分の質問に自分で答えたと指摘して、ドノーをいらつかせたくなった。だが、そうせずに、どこから話そうかと思いながら、見つめ返しただけだった。

「あのミュータントの女は――〈ジュリアン〉か？」

「そうだ」

「彼女はおまえの武器でおまえを攻撃した。驚いたことだろう」

「そのとおりだよ、ドノー」

「裏切られたのか？」

「そうさ」

「彼女は西部の人間か？」

ドノーにとっては、一六六度三〇分のベーリンジアの西に暮らしている〈スペーサー〉ということを意味していた。

「おれたちは〈レッド〉と呼んでいるが」

前にも聞いたことがあるというように、ドノーがうなずいた。「では、おまえたちは〈ブルー〉か」

「そう、おれたちは〈ブルー〉だ。おれたちは〈トール〉の使用は避けている」

「トール――強大な力をもつゲルマン民族の神で、雷と関わりがあり、武器は槌《つち》」と、サイクが言った。

「君の名前は〝百科事典《エンサイクロペディア》〟の略なのかい？」と、アインシュタインが彼女に尋ねた。

ドノーがアインシュタインのことをにらみつけた。アインシュタインはそれに気づかず、女の子のことをうっとりとした目で、さらにそれ以上の何かを込めて見つめていた。

「そうよ」ドノーが手を上げて制止するより早く、女の子が答えた。彼女はぶたれると思ったかのように身をかわしたが、そのあとアインシュタインに向けて笑みを返した。

タイは、〈エピック〉のはっきりとしたイメージを思い出して、めまいを覚えるところだった。〈ホワイト・スカイ〉の直前にルーファスがダイナにメールで送った写真は、彼と友人が地下の要塞に集めた蔵書を写したものだった。その真ん中に誇らしげに置かれていたのが、同じ装丁の『ブリタニカ百科事典《エンサイクロペディア・ブリタニカ》』がずらりと並んだ列だったのだ。

この女の子――Ｐｓｙｃｈ《サイク》ではなく、Ｃｙｃ《サイク》――は、あの古い本を物理的に手にしたのだ。それとも、手書きで写したものかもしれないが。

「彼は〈アイヴィン〉だな」ドノーがアインシュタインのことをあごで示しながら言った。それは質問ではなかった。やがて、当初の怒りが収まると、彼はＲＩＺ出身のその若者のことを、さらに注意深く見つめた。

「彼のまぶたは、内眼角贅皮《ないがんかくぜいひ》（蒙古ひだ）のせいで、あっちのほうを向いている」と、サイクが言った。その〈アイヴィン〉の顔を、不必要なまでに間近で調べていたのだ。

「黙るんだ」ドノーは彼女に言うと、ふたたび注意をタイに戻した。「〈レッド〉の〈ジュリアン〉だが――」

「アリアンという名だ」とタイ。

「彼女はそっちの内部でスパイだったと？」

「そのようだ」

「興味深い話だ。ルーファスの蔵書には、〈ゼロ〉以前のもので、そのような内容の小説がある。だが、本物のスパイにお目にかかれるとは思ってもみなかった」

　これはドノーからの発言としては、珍しくも長ったらしいうえに意味深いものであり、スパイと地下での生活に関する警句を口にしたくなったが、タイは考え直した。

「おれは、あんたのような人にお目にかかれるとは思ってもみなかったよ」と言ってみた。

「この何千年ものあいだ、そっちはわれわれのことを死んだと思っていたではないか！」とドノー。「だが、それは間違いだった」

「ここで何もかもがひどい状況になる前に、あの老人が――」

「ポップ・ロイドだ」

「ポップ・ロイドが言ったんだ。おれたちはここでは歓迎されていないと」

「彼は正直に言ったまでだ」

「ばかなことをするつもりはないが、これは重要なことだから、はっきり理解する必要がおれにあるのは、わかってくれることと思う。そっちのグループには――名前はあるのか？」

「人類だ」とドノー。

「それでけっこう。その〝人類〟は、この領土の権利を主張していて、おれたちのような連中――七人のイヴの子孫たち――には、ここにいてもらいたくないわけか」

「そのとおりだ。こちらの許可がなければな」

「独占権を主張している領土は、どういったものだ？」

「どういう意味だ？」

「この谷のことか？　それとも山脈か？　ベーリンジア全部のことか？」

「この地球の陸地表面すべてだ」ドノーはそう言いながら首を振り、はっきりかつ、ゆっくりと告げた。「おまえたちは捨て去った。だから私たちのものだ」

今のは、少なくともタイに関するかぎり、思わぬ発言だった。それでもアインシュタインが若い〈アイヴィン〉らしく、避けては通れない質問を口走った。「海については？」

「それについては、〈ピンガー〉たちと話す必要があるだろう」と、ドノー。

「〈ピンガー〉たち？」

ドノーはアインシュタインのことを、おまえは低能かというような目で見た。

「海の人々」と、サイクが言った。「住んでいるのは――」だが、ドノーがふたたび手を上げたので、彼女は口をつぐんだ。

ほかの者もみなそうした。そのほうが、ドノーの好みのようだった。これで彼には、あたりを見回すちょっとした余裕ができ、キャス・ツーのことをあごで示した。「あの女は病気か？」

「いや」とタイ。「彼女の人種は長時間眠ることがあるんだ」

「色合いから察するに、〈モイラン〉だな？」

〈スペーサー〉に関する知識を――それが基礎的なものであれ――〈ディガー〉がいかにして得たのか、タイはどうしても知りたかった。だが、尋ねる状況ではない。「そうだ」と答えただけだった。

　ドノーは文字どおり、指を折って数えていた。五まで数えた。「戦士は二人だな？」

　タイがうなずいた。「大きいほうは〈テクラン〉だ」

「では、猿人のほうは？」

「〈アイーダン〉の亜種で、〈ネオアンデル〉という」

　ドノーもうなずいた。「その同類は西で見たことがある」そう言いながら、指をさらに二本伸ばした。「ということは、そっちのグループにはそれぞれの人種からひとりいて——それで？」彼がアインシュタインのことをあごで示した。「この彼は、年取った〈アイヴィン〉が死んだときの予備だったわけか？」

「地元のガイドだよ」と、タイが訂正した。「確かにおれたちは〈セブン〉だった。特別な機会に組むグループでね。正式な代表団が必要というときに」彼が続いて述べた内容は当て推量だったが、現時点では矛盾点を気にかける必要はなかった。「死んだほうの年老いた〈アイヴィン〉は——ドクと呼ばれていたが——あんたたちがここにいるのではと思っていた。そこで彼は調べに来た。その重要性にふさわしく〈セブン〉を組んでな」

　これにはドノーも動揺したようだった。明らかに彼は、他人の気持ちを気にかけるタイプではなかった。だが、数時間前の出来事は別の角度から見ることもできるということが、彼の心に初めて浮かんだのだ。しかもそれは、〈ディガー〉にとっては好ましい内容ではなかった。彼にはそれがわかったが、あまり受け入れたくないらしい。「われわれのことを野蛮人の集まりと思うのも当然だな。われわれの土地への侵入を、自分たちでは攻撃的行為であるとさえ見ていないのだから。武装した戦士、グライダー、〈トール〉を伴ってやって来たというのに」

「ドノー、地球の表面には今、〈スペーサー〉がどれぐらいいると思っている？」

「われわれは無知ではない。おまえたちがベーリンジアと呼ぶところの一帯にいるのは承知している」

「彼らは世界中にいるんだぞ」

「それが本当だとしても、われわれの立場は変わらない」

「そっちの立場は、はっきりと強硬に述べられたわけだな」言うことが何も思い浮かばなかった長めの間のあとで、タイが口を開いた。「それなら聞かせてほしいが、おれと話すために、どうしてあんたが出て来たんだ？」

「そちらの戦士たちが私たちの仲間をさらったからだ」

「戦士のことを知っているなら」タイが口を挟んだ。「この状況が彼らにどう見えるかは、大いに想像がつくことだろう」彼はチェーンに手をかけて、軽く揺すった。

これはまたしても失言だった。物の見え方には複数あるという可能性を示しただけでも、この連中にとっては腹立たしいことなのだ。タイはそのことをしっかり理解する必要があったらしい。

「私たちは戦争状態にあると理解している」と、ドノーが言った。「それに双方に捕虜がいることも」

「それなら、どのように進めたいと？」

「暴力を使わずにだ。ほかの者については、私の口からはなんとも言えないが」そう言って、別のキャンプファイヤーのほうをあごで示した。

「では、そっちの提案を待つことにしよう」と、タイ。

「私たちがそちらの提案を待つ」そう言い返すや、ドノーが急に回れ右をして歩きだしたので、サイクは彼の進路から急いで飛びのかなくてはならなかった。槍を持った大柄な男も、向きを変えて立ち去った。ただ、サイクは立ち去るまで、やや時間をかけた。自分のいたところから動かず、アインシュタインの内眼角贅皮から目を離さないでいたのだ。

「君、名前は？」と、アインシュタインが尋ねた。

「ソナー・タックスロー！」と、ドノーが大声で呼んだ。「来るんだ！」

「これでわかったね」彼女はそう言うと、しかたないというように回れ右をして、グライダーのほうへと急いで立ち去った。だが、キャンプファイヤーのまわりで仲間たちと一緒になったあとでも、彼女の顔は見えた。おぼろ月のような顔が、こちらに向けられていたからだ。

「どこから始めたものか？」

　これはタイの独り言だったが、アインシュタインを物思いからハッと目覚めさせたようだった。彼はため息をつくと、なんとか気を落ち着けた。「『その同類は西で見たことがある』とドノーは言っていた。バルドのことを」

「ああ、そうだった」とタイ。

「〈ディガー〉は一六六度三〇分のほうに偵察を送り込んだに違いないよ。自分たちが国境を越えていたことには気づかなかったんだ。やっぱり、想像上の線にすぎないからね」

　タイは笑わずにいられなかった。「アインシュタイン、もしここから出られたら、おまえをチャームスクールへ行かせるよ」

「なんのこと？」

「〈アイヴィン〉向けのエチケットクラスさ。ほかの種の人に対する話し方とかね」

「どうしてさ？」

「いや、気にするな。話の腰を折ったな。先を続けてくれ」

「それでその偵察は、〈レッド〉の境界警備隊を目にしたに違いないよ。〈ネオアンデル〉を」

「じゃあ、もしおまえが連中の立場だとして、〈ネオアンデル〉を初めて目にしたらどう思う？」

「目が飛び出ているエイリアンだとは思わないけど、モンスターだとは思うね」

　タイはうなずいた。「バルドとその仲間には悪いけど、連中が最初に出くわした〈スペーサー〉が〈ダイナン〉だったらよかったのにな」

「〈ネオアンデル〉のほうは？」

　話を追うのに、タイはやや時間がかかった。「ああ。〈ディガー〉が彼らを見たときに、向こうも〈ディガー〉のことを見ていたら、報告したはずだ」

「〈レッド〉は〈ディガー〉のことを知っていたんだ。たぶん、ずっと前から」

「知っていたか、少なくとも感づいてはいた」と、タイも同意した。謎が解けるにつれて、自分の脳の一部がほぐれるのがわかった。「彼らは情報網を広げて、それにもとづいて行動した。アリアンも手がかりを求めて、探りはじめた。監視人とのつながりを全力で使ったんだ。〈セブン〉に割り当てられるように、陰で糸を引いて。そしてお宝を持ち帰ったわけだ」

「マージのことをお宝と考えたいんならね」とアインシュタイン。タイは火明かりの中でその顔を見つめたが、無表情で言ったユーモアなのか、単に社会的地位に関して無知なのかは、わかりかねた。どちらでも大差はなかったが。

「〈ピンガー〉か！」アインシュタインが大声を上げた。あたかもそれが明らかに次の話題であるかのように。

「ソナー・タックスローは、彼らを海の人々と言っていた――ドノーに黙らせられる前に」

「彼女、叩かれるかな？」とアインシュタイン。

これは感情的には大いに厄介な問題だったので、タイは答える前に慎重に考えた。彼も生涯に一度――戦争前のことだが――アインシュタインがソナー・タックスローに対するのと同じくらいに素早く、女の子に心を奪われたことがあった。あの愚かだった盲目的な愛情を束の間経験したことで、愛情という現実を認識してその力を尊重することが、彼には充分可能となったのである。

「おれが思うに」と、タイは話し出した。「連中の社会は、彼女のような者に規則を守らせることが体罰に対する恐怖であるという点で、体罰を受け入れている。現実に体罰をするかどうかじゃなくてな。それについておまえにできることは何もないし、もしおまえがドノーのことをばかにした目で見たら、彼に殺されるだろう。だが、サイクに対してちょっとした優しさのしぐさを見せることはできると思う――彼女のそばにまた近づけることがあるとしてだが。彼女に対して好意を見せすぎると、あの子のほうが罰せられる。おまえが彼女と関係をもったら、おれたちは全員おしまいだ」

「どうしてさ？」

「ここの文化が、女性の生殖器に関して異常な考えをするものだからさ。さあ、〈ピンガー〉の話に戻るぞ。この名前に何かピンとくるか？」

「いや。そっちは？」アインシュタインはタイの熱弁がひどくこたえたらしく、そっけない返事をするようになってしまった。

「かすかな記憶はある。だが、調べて確かめないと」

「『海の人々』ってことは、船が考えられる。ただ――」

「ただ、それならおれたちも気づいたはずだ」

「もしかしたら、海岸沿いの茂った森に隠れている、〈ディガー〉の分遣隊のことなのかも」

「ドノーはすべての土地を所有していると言っていたがな」と、タイ。「それに、〈ピンガー〉の管轄は海だと」

「それなら、タイの説《セオリー》は？」

「おれにはない」タイはそう答えたが、それは事実ではなかった。

その夜の会話はこれで終わった。二人は寝袋を広げると、それに寝た。タイは驚くほどよく眠れた。一度だけ、野生のイヌ科の動物の吠える声で目を覚ました。アッシュウォールを深く積もらせた火山の噴火は弱まったようで、星が出ていたし、南の空にはハビタット・リングも見えて、ガラパゴス諸島の上あたりでは〈アイ〉が輝いていた。イヌ科の動物もそれを見ていただろう。

彼は寝袋から這い出て小便をすると、キャス・ツーの様子を確かめに行った。彼女は震えていて、額は熱かったが、気がかりというほどではなかった。

彼の時計は連中に取られてしまったが、夜中の三時ごろだと推測した――〈トール〉があらわれてから一二時間というところだ。アリアンとマージは、今ごろは〈レッド〉のハビタットに着いているだろう。厳然たる軌道力学の法則によれば、静止軌道への転送時間はつねに一二時間程度になる。彼女たちはどこへ行ったのだろうと、彼は思った――〈レッド〉の首都のキョートか、どこかの軍事ハビタットか、それともマカッサル海峡上に浮かぶ〈クラーク〉か。二人が入ったら、あのブースはぎゅうぎゅうだ。マージの心理状態がどのようなものだったかは、彼には想像するしかなかった。スラップ・タスマネルをめぐる対決については、ほとんどの人には奇妙で激しいものに思われる——トラウマになりそうな奇怪な悪夢のたぐいだ。〈ジュリアン〉に銃を突きつけられてさらわれるなど、彼女は想像もできなかったに違いない。だが、その次に起きたことと比べれば、何もかもまったく普通の出来事だったろう。マージが空を見上げて、〈トール〉の接近を目にしたとは考えられない。彼女にわかっていたのは、突然、武装したミュータントとともに狭いブースに入れられて、人生で初めて強烈なGの力を感じたということだ。数分後には、無重力を味わっていただろう。彼女が今朝、寝袋から転がり出たときに思い描いていた一日とは、違っていたはずだ。〈ジュリアン〉はすぐさま尋問を始めただろうか？　それとも、丁寧に接したのか？　もしかしたら、一二時間を乗り切らせるために、精神安定剤を注射したかもしれない。

　マージにとって〈トール〉は、言葉では言いあらわせないほど奇怪なものだったことだろう。タイや、ほかのどの〈スペーサー〉にとっても、紛れもなく戦争行為だった。彼がこの二〇年間で耳にした条約違反の中で、最もたちの悪いものである。それでも考えてみると、クロウズ・ネストで耳にした重要人物たちの謎めいた会話で、南洋での邪悪な行ないが示唆されていたことがあった。おそらくは彼らが——それが誰であれ——ベレド・トモフを〈セブン〉のメンバーに選んだことには、理由があるのだ。ベレドの背中は、鞭を打つ〈ネオアンデル〉と戦ったせいとしか考えられない傷で、でこぼこになっていた。同様にバルドにも、見た目以上のものがあった。

　では、タイの場合は？　彼も地上戦を戦ったことがあり、それを証明する傷跡があった。

だが、彼の代わりに選ばれる可能性があった者は大勢いた。エクスペディションを率いて、〈スペーサー〉がほかの惑星からのエイリアンである連中とのファーストコンタクトを果たすのに適した者たちが。それでもタイが選ばれたのは、彼の勤め先とそのオーナーたちのせいだった。クロウズ・ネストの陰にはかなりの財産家がいたのだ。しかもオーナーたちは、店を続けさせるためなら、多少の損を毎月出すことは気にしなかった。一種の慈善施設であり、文化でもドゥーフでもなく、目的《ザ・パーパス》と呼ばれるものを果たすためにつくられたものだったのだ。そして、もしタイがさらに数十年そこで働きつづけたら、オーナーのひとりが彼を隠れ場所《ボルト・ホール》に座らせて、親切にも彼に、そもそもザ・パーパスとは何か、教えてくれるのかもしれない。

彼はそんなことを考えながら、なんとかふたたび眠りにつくと、太陽が昇るまで目を覚まさなかった。槍を持った男が視野に入ってくると、グライダーの蓄えにあった携帯食糧の包みを三つ、放ってよこした。アインシュタインが目を覚まして、自分の分をぺろりと平らげた――一〇代の若者だけができそうなことだった。タイはかなり落ち着いたペースで食べながらも、キャス・ツーから目を離さなかった。彼女は自分の配給品から蓋を外して、やや味のない食事を口にするあいだは起きていた。だが、それによってすぐさま嘔吐と空吐《からえず》きを繰り返して、そのあとはふたたび睡眠に戻った。

彼らは、〈ディガー〉が向こうから時折にらみつけてくるのをにらみ返すくらいでその日を過ごしたが、時間がたつにつれて相手は不満げになっていき、その数は減っていった。

「タイの説はもうできた?」正午に放ってよこされた食糧を食べていると、アインシュタインが聞いてきた。

「何について?」

「〈ピンガー〉さ」

ほかにすることがなかったので、タイは口が動くに任せた。「あの女の子の名前のソナーだが、それに関係するちょっとおかしな偶然に思い至ってな」

「というと?」ソナー・タックスローに関係することならどんなことでも、アインシュタインは聞きたがった。

「〈ゼロ〉以前に使われた技術の名前さ。音波にもとづいた海中レーダーだよ。発信音が〝ピン〟という音で表現されていたんだ」

「じゃあ、〈ピンガー〉は海の中で暮らしていると?」

「つじつまが合うんだよ。ただし……」

「ただし……何さ?」

「連中がいったいどこからやって来たのかって話でね」

「生き残りじゃないのかい? 〈ディガー〉みたいに?」

「それが可能だとは思えないんだ」

バルドとベレドを捜しに出かけた偵察隊は、ひとりも戻ってこなかった。実際のところどちらを人質にとっているのかという疑問が起こりはじめる。いなくなった者の友人や両親、子供たちは、彼らがどこへ行ったのかをなんとしても知ろうとして、指示を出した者に対して厄介な質問を浴びせはじめた。午後遅くには、長い棒に死んだ動物を吊して、谷を上がってきた二〇人ほどの戦士の一団があらわれて、〈ディガー〉に加わった。〈ディガー〉は調理用の火を囲んで、全員で討議をしたが、彼らが食べ終えたところで、ドノーがひとりで近づいてきた。短い槍を、杖か魔法使いの棒のように使っている。太陽は沈んでいたため、タイには姿が見えるより先に、足音が聞こえた。

「交換を行なう」と、ドノーが告げた。「おまえたちは、これ以上の犠牲者を出すことなく、ここから出られる」

『人を殺すことをそう表現するのか？』とタイは聞きたかったが、それはせずに、次のように答えた。「けっこうだ。それで、どうやって進める？」

「そうだな」すこし早口になりながら、ドノーが言った。「われわれには彼らと連絡をとる必要がある。それなのに、送り出した者はみんな消えてしまった！」

「おれにやってほしいか？」

「そうしたら、おまえは逃げてしまうだけだ」

「顔を合わせて話す必要はないんだ」

「無線《レイディオ》があるのか？」ドノーが疑わしげに尋ねた。

〝無線〟。おかしな古い言葉だ。〈ディガー〉は入念に調べて、彼らが通信装置を持っていないことを確かめていたのに。

「いや」タイはそう答えると、うしろにもたれて、開いている食糧の袋に手を突っ込み、一切れのパンを取り出して、それをちぎった。あたり一面で、灰色ガラスの網膜に火花が二重に輝いた。輸送用につくられたモジュラー・ケージで、一〇羽以上のカラスがグライダーに載せられていた。〈ディガー〉はうっかりそれを解き放ってしまい、それ以来ずっと、カラスはこの野営地の周囲にいたのだ。このカラスたちはタイのしていることがわかっているので、お互いを翼で叩いたり鳴いたりしながら、場所を求めて早くも争っていた。タイがパンのかけらを手に載せて差し出すと、指を広げるより早く、一羽のカラスがそのごちそうをつつき、すぐに彼のことを一心に見つめた。「ベレド。バルド」と、彼が告げた。通常は受取人の写真を見せるのが手順だったが、この鳥たちは名前を認識して、名前と顔を一致させる能力があったので、〈セブン〉は今回の旅で空いた時間に訓練を行なっていた。「おれたちのホスト側は人質の交換を望んでいる」

タイは手を閉じると、そのカラスを追い払った。カラスはメッセージを叫びながら、暗闇へと飛び去った。ドノーを見たタイは、その顔に浮かんだ驚愕ぶりを面白がった。「返事はすぐに来るだろうよ」

ドノーは何も言わずに背を向けると、〈ディガー〉のキャンプファイヤーへ戻っていった。

三〇分が経過すると、すっかり暗くなった。イヌ科の動物が吠えはじめた。タイは、ハビタット・リングがあらわれるかと期待して、空を見上げた。〈ディガー〉も全員がそうした。だが、その日の夜空に輝いていたのは、リングだけではなかった。流星群もあったのだ。それが不思議にも規則正しくて、自分たちのほうにまっすぐ向かっているようだった。

ドノーが走って戻ってきた。槍を持った者をさらに引き連れていて、みな険悪な様子だ。

「攻撃部隊か!?」と、彼が問いただした。「おまえたちを救出に？」

「それじゃあ、あれが何か、知ってるわけか？」

「おまえたちが軌道から降下する際に使うポッドだ。人を急いで地上に降ろしたいときに。さあ、質問に答えろ」

「ここは〈ブルー〉の領土だ」タイはそう言うと、ドノーから当然出てくる不満を抑えるかのように、手を上げた。「条約によれば、だ。もし〈ブルー〉の軍がおれたちの救出に来るのなら、〈カヤック〉から山を越えて飛んでくればすむ――ハビタット・リングから人間を四万キロも落とすより、はるかに簡単だ」彼は意志の力でドノーと視線を合わせつづけ、さらに自分でできるかぎり心を落ち着けた、くだけた感じの声にしつづけようとしていた。槍を持った者たちは、扇形に広がってこちらの小さな野営地のまわりに輪をつくっており、槍の先端を内側に向けている。アインシュタインはそれが心底気に入らない様子で、彼が身体を近づけてくるにつれて立てる、チェーンの輪が首かせの輪に当たる音が、タイに聞こえた。

「では、何者なのだ？」と、ドノーが迫った。

「消去法でいくと」とタイ。「〈レッド〉だな」

「だが、ここを〈ブルー〉の領土とみなしていると言ったではないか！」

「そうだ。知りたいかもしれないが」タイが続けて言う。「それにより条約違反となって、戦争行為になる」

ドノーは呆然とした。タイは『これが現代世界さ！』と言いたくなったが、そうせずに、こう言い添えた。「連中との条約に署名するなら、そのことを肝に銘じておいたほうがいいぜ」

灰色ガラスが近くの地面に降り立って、タイに呼びかけた。「今からそちらに行く」


そのドロップ・ポッドが軍の仕様であるのは、やって来る様子から明らかだった——速かったのだ。それぞれてっぺん近くに翼がついており、地表数千メートルになるとそれが開いて、落下速度を遅くした。ただ、このポッドは地面まで数十メートルのところに来ると、逆推進ロケットを作動させた。それも一基ではなく、円形に配列された親指サイズの固体燃料ロケットによって炎のピストンが円柱状につくりだされて、それによりポッドはほぼ停止するまで速度を落とし、最後の瞬間に接触の衝撃を吸収する、虫に似た三脚の脚を出して、着地したのだ。

最初のドロップ・ポッド一三機は、谷を一キロほど下ったところに、ほぼ完全な円形の隊形で着地した。着地するや、ハッチを勢いよく開いた。ハッチは円の内側を向いているので、円を組んだポッドは、外側のいかなる敵に対しても、装甲のバックシェルを見せることになる。内側にいる敵は苦境を強いられることになるのだ。

数秒後、一四機目のポッドがその中央に着陸すると、男がひとり出てきた。その人物の合図で、一三人がポッドから宙返りをして出てくると、横に転がって腹這いになり、円の周囲を見据えていたが、そこはバックシェルからの輝くまばゆい光でよく照らされていた。実際の戦闘では、次の手順は目に入るものをすべて殺しはじめるというものだったが、ここではリーダーが大声で命令を発すると、全員が立ち上がって〈カタパルト〉をホルスターに収め、身体からほこりを払った。一三人のうち、一〇人が〈ネオアンデル〉だった。残りの三人はもっと普通の現代人のような見た目をしている。その彼らと、真ん中にいるひとりはBタイプ、つまり〈ベータ〉のようだった。〈アイーダン〉の亜種の中でいちばんの多数派だ。

　このペロトン——この規模の部隊に対する〈アイーダン〉による用語——は、公式の休めの姿勢を取っており、外側を向きながらも、自分たちが取り囲んだばかりの場所にさらに下り立った四機のポッドを見たいという気持ちをこらえているようだった。それらに乗っていた者たちは、出てくるのがやや遅かった。こういった経験のない民間人であるのは、明らかに思えた。そうしているあいだに、さらにポッドが一機着陸したが、これは円の外に着いた。荷物の陸揚げに使われていたような、どこか設計が異なるものだった。ペロトンは前へ進むと、そのまわりも含むように大雑把な境界線を築いた。民間人がポッドを開けて、いくつかのものを取り出す。最もはっきりしていたのは筒状のパーツで、それを噛み合わせて一本の棒にした。そのてっぺんに円形の輪が取りつけられると、〈ディガー〉が好んだ、棒につけた輪のトーテムよりも、かなり上品でハイテクなものになった。その輪の下には、二股に分かれた赤い吹き流しが結ばれた。〈ブルー〉には〝ヘビの舌〟として知られるもので、戦闘や、より頻繁には運動競技会で、〈レッド〉のエンブレムとしてよく使われるものだ。さらにその下には、大きな白旗がつけられていた。

　彼らの行動がかなり面白かったので、ほかのことに注意を払っているべきだったタイまでもが注目してしまっていた。だから、自分たちの狭い野営地を囲む〈ディガー〉の戦士六人が、みな地面に横たわってどうしようもなくびくびく身体を震えさせているのに気づいて、やや驚いた。ついさっき起きたことらしく、手づくりの槍には、まだ地面の上を転がっている途中のものもあった。物事があまりに早く起きたため、集中する特異な洞察力が発揮されて、葉型の槍先が手づくりということに気づいた。その金属は彼らが掘り出したトラックから取り出したものだろうかと、ぼんやりと思った。

　タイは当然ながら、近くのケルンにある爆破装置のほうに目をやった。ワイヤが切られているのが見える。ディナープレート大の手がケルンの上にあらわれると、爆薬をつまみ上げ、遠くへ放り投げた。

　木の杭の近くにベレドが姿をあらわし、不思議なものでも見るように、それを調べた。チェーンのはしとつながっているのを確かめると、膝をついてそれを両手でつかみ、引っ張りはじめた。爆発物を始末したランゴバルドも小走りで彼に加わった。彼はしゃがむと、いい足場が得られるように地面にくぼみをつくってから、力をこめた。半メートルほどの棒が地面から急にあらわれて、二人ともひっくり返った。バルドは中腰の状態から、昆虫を追い払うように片手で叩いて、それを地表面のところで折った。タイ、アインシュタイン、それにキャスはまだチェーンにつながれたままだったが、これで自由に動けた。

バルドはステルス・モードだったので、高い音を立てるいくつものエイトレインには囲まれていなかった。彼は〈フリンク〉をすべてつなげて一本の長いロープ状にし、それを輪にして胴に複雑に巻いていたのだ。それはタイも前に見たことがあり、何千年も前に〈ネオアンデル〉が考えだしたものと思われた。

タイは杭の破片を引き寄せると、首かせを通るチェーンをたぐってから、棍棒のようにそれを両手でつかんだ。杭がついていたほうのはしでキャンプファイヤーを崩して、野営地を暗くした。まだ身体が寝袋に半分入った状態のキャスは、起きて四つん這いになると、吐きはじめた。ベレドが彼女のところにやって来て、腹部に片腕を回してその身体を持ち上げ、自分の肩に担いだ。彼は足を止めなかったので、あとの二人の人質は彼について行かざるをえなかった。ランゴバルドが一行のあとに続いたが、衝動的に槍を拾い上げた——記念品にするつもりだろうか？

戦争行為の歴史における、最も精密なピンポイント救出というわけではなかった。最もぎごちないものからも程遠かったが。〈ディガー〉のメインの野営地が、〈レッド〉の代表団の接近によって完全に釘付け状態になっていなかったら、もっと戦いは続いていたかもしれない。タイがうまく逃げだせたと思いはじめたちょうどそのとき、ほんの数メートル離れた暗闇から、声が聞こえた。

「これを見つけたの」

すぐさま、その人物に向けてベレドとバルドの〈カタパルト〉から赤いレーザー光線の照準が浴びせられた。暗くて相手の顔は見えないが、タイにはその声の主がわかっていた。

「撃つな」と、彼は告げた。

近づいてきたのはサイクだった。バルドは危険を冒して、彼女に薄暗い光を浴びせた。彼女が手に持っていたのは、爆薬のかたまりだった。〈ディガー〉のメインの野営地のほうへと、坂を転がっていったに違いない。

「ソナー・タックスローだな」と、タイが言った。

「覚えてたの！」彼女は大きな声を上げた。それから、何かの説明のように、付け加えた。

「第一七巻よ」

「わかったよ、ソナー」と、タイは声をかけた。「君は行っていい。それとも、おれたちと一緒に来るか。君たちの仲間から、Sの最後の部分からTの初めにかけての知識を奪いたくはないが、おれたちと一緒に来たほうがいいだろう」彼は、長い時間をかけずにソナーに事情を説明する方法を考え出そうとしたが、彼女はいきなり「わかったわ！」と言うや、得意の急ぐ感じで一同と歩調を合わせた。

「そいつはここに置いていったほうがいい」タイは爆薬のかたまりをあごで示しながら言った。

「これはＲＤＸ（トリメチレントリニトロアミン、プラスチック爆弾の主成分）に蜜蠟と植物油を混ぜたものよ」と、ソナーが助けになればと、口にした。「爆発させるには――」

「わかっている」とタイ。「でも、必要ないんだ」

自分に注がれる視線を察知して、タイはバルドの大きなシルエットのほうに目をやった。その〈ネオアンデル〉の顔は闇に包まれていたが、信じられないという表情を浮かべているだろうと、タイには想像できた。

数分間、足早に坂道を登ると、谷を望む光景がしだいに見えてきた。はるか下では、〈レッド〉の代表団が、前日に〈セブン〉がつけた足跡をたどって、グライダーのある野営地へと堂々とした足取りで登っていた。できるだけ目立たせたいらしく、彼らはペロトンのメンバーが中央へ向けている手提げランプによるまばゆい光の中を進んでいた。〈ディガー〉にそっと近づくことなしに、数時間待って昼の光の中で行なえば、同じ目的が簡単に達成できたことだろう。だがそれは、典型的な〈ブルー〉の考え方でしかない。この連中は劇的な効果と華々しさをねらって夜にこれを行なっており、それこそがだいたいにおいて、〈レッド〉が〈ブルー〉よりも得意としていることなのである。近づいてくるその光景を初めてはっきりと目にできるところまで来たときには、タイは声を出して笑いそうになった。頭の中で、前日に〈セブン〉がくり広げた哀れな様子と比べていたのだ。当然ながら、前日の〈セブン〉は不意をつかれたので、公正な比較とはならない。それでも、〈ディガー〉は公正さは考慮に入れないだろう。彼らに見えているのはおそらく、地下から出られない自分たちの仲間が、過去五〇〇〇年のあいだにこの瞬間を想像していたものによく似ているはずだ。艶のある黒髪をもつ、背の高い〈アイーダン〉が一団の先頭に立っていた。その男は礼服のようなものを着ていたが、谷を下る冷たい風になびいていて、ペロトンによって照らされた光の中で温かく輝いていた。男は慎重な足取りで進みながら、親指を下にして、手のひらを前に向けるという、上腕を逆向きにしたようなばからしいほど大げさな姿勢で輪のついた旗を掲げていた。そのことに意味はなかったが、見た目はすばらしかった。彼の数歩うしろを歩いているのは老人で、広い額から白髪まじりの髪をうしろになでつけて、髭はきっちりと刈り込んでいる。礼服はもっと地味だったが、もし近くで目にしたら極上のものなのだろうと思われた。首にかけている金の鎖には、胸のところにメダルがついている。右腕を伸ばして支えているのは、誰あろう〈ディガー〉マージの左手で、花嫁を引き渡す父親よろしく、坂道を登る彼女に付き添っていた。彼女が着ているのは、最後に姿を見られたときのものに、マントのように肩からかけられた暖かい服のようなものが追加されていた。仲間の〈ディガー〉に向けて、何も問題ないことを伝えようと、空いているほうの手を頭上で振っていたが、そのたびにその服がずり落ちそうになった。彼女の姿に気づいた仲間が挨拶の言葉を叫ぶと、彼女はさらに激しく手を振った。マントがずり落ちて、制服姿の〈ベータ〉のひとりが、それをもとに戻した。

　距離があっても、旗を持つ者とマージに付き添っている者が〈アレタイク〉であるのは明らかだった。〈アレタイク〉とは、〈アイーダン〉第一の血族のことで、イヴ・ダイナの子供たちに対抗して生み出されたと言われていた。背が高くて頭髪が長く、がっしりした鼻とりっぱな姿勢をしている。

マージと年配の〈アレタイク〉の数歩うしろには、〈カミート〉と〈ベータ〉のひとりが並んで歩いていた。二人は長さ二メートルほどの棒でつながれていて、それぞれが肘の曲げた部分で棒のはしを支えていた。その棒の中央には、人の頭ぐらいの大きさの光るかたまりがあったが、それが再植林された地表にある枯れ葉と同じくらい宇宙にはよく見られる、ニッケルと鉄による小惑星であるのは、〈スペーサー〉なら誰でもわかっただろう。ただ、〈ハード・レイン〉のあとであっても、ここでは珍しいものだった。アリアンが上層部に伝えたに違いない。トラックのこと、エンジン・ブロックを掘り出したことから、〈ディガー〉が金属を手に入れるためならどこまでやるかについて、そしてそのようなものを贈れば彼らが喜ぶということを。もしくは、アリアンは暗号化された秘密のチャンネルを通じて、この任務全体をキョートに広めていたのかもしれない。いずれにしろ、壊れたシャベルの取っ手よりは、いい友情のしるしになるだろう。

ペロトンのメンバーのうち、二人はミュージシャンだった。あるタイミングでそのうちのひとりが胴体につけていた太鼓を叩きだすと、もうひとりも光るホルンで曲の演奏を始めた。タイはその曲を〈エピック〉のどこかで聴いた覚えがあったが、それを思い出すにはバルドの助けが必要だった。

「『ブレッド・オブ・ヘブン』だ」と彼が言った。「ルーファスとその仲間が採掘坑の扉を閉めて溶接したときに歌っていたやつだ」

「またの名を『ガイド・ミー・オー・ザヴ・グレイト・エホバ』、またはもともとのウェールズ語で『ロンダ渓谷』」ソナー・タックスローが言い添えた。

「なんだよ、こいつら、やるじゃないか！」タイが大きな声で言った。

「連中、この準備をどれぐらいしていたと思う？」とバルド。

「連中はおれたちより何カ月も前から知っていた。もしかしたら何年も前から」とタイ。

「だが、そうはいっても、数時間でかき集められないものは、ほとんどなさそうだが」

「確かに」ベレドはキャスをそっと地面に降ろしていた。今の彼女は、彼の向こうずねのあたりで身体を丸めて、横になっている。彼は光学装置越しにその行進を見ていた。「旗のてっぺんにある輪は？　あれは銀のテープで覆われたエクササイズ用の輪だ。白旗か？　あれはシーツだ」

「この行進をわざわざ見る必要が、おれたちにあるのか？」とバルドが言った。

彼は答えを求めてタイのことを見た。答えを必要としない問いかけではなかった。彼は指示を待っていたのだ。

ベレドも彼のことを見た。

「彼女の様子は？」と、タイが聞く。「脈拍や呼吸に異常はないのか？」

「これで普通だと思うが」と、ベレドがうなずきながら言った。キャスの身体の突然のホルモンの変化によって、つわりに似たものがもたらされていた。彼女のマイクロバイオーム——腸内や皮膚にいるバクテリアの生態系——が混乱に陥って、あらゆる細菌に入り込まれている状態なのである。それには、〈モイラン〉の身体にさらされたことのない、〈ディガー〉からのものも含まれていた。

「彼女を背中に担いでいけるか？」

ベレドはうなずくと、片膝をついた。彼は背中にリュックを担いでいた。彼はその中身を地面に空けると、底の角を切って脚を通す穴にして、キャスを入れられるようにした。背負《しょい》子《こ》に赤ん坊を入れる感じだ。

「うちの連中が大挙してやって来る可能性は排除できない」〈ブルー〉の軍に言及したタイは南のほうの山に目をやったが、やって来るものは何もなかった。見えるとも思っていなかった。〈カヤック〉からこちらに何かがやってくるのだとしても、感知されにくくなっているだろう。「連中と連絡は？」

「した」とバルドが答えた。このちょっとしたあいだに、バルドはベルトから万能ツールを取り出していた。彼が近づくと、タイは折れた棒を差し出した。バルドはボルトの先端にそのツールをかけて、ねじって外しはじめた。

タイはだるそうにうなずいた。あるレベルでは、彼はばからしい質問をしたところだった。だが〈ディガー〉の攻撃は――その点においては、彼らの存在こそが――不意をつくものであり、それからは、あまりに原始的ゆえにドタバタ喜劇の一歩手前という状況下で、とらわれの身であることにすっかり気を取られていた。もっと大きな視野で考えるべきだったのに。〈ブルー〉はこの谷全域を爆撃して、石器時代にしてしまうかもしれない。だが、たぶんそうはしないだろう。すでに石器時代なのだから。

バルドとベレドは、一六六度三〇分にいちばん近い〈テクラン〉の主要軍事ハビタットである、デナリへ伝言を送り出していた。〈ブルー〉にいる重要人物は全員が今や、〈ディガー〉の存在に、最初の接触が失敗に終わったこと、人質事件になっていることに気づいているだろう。〈レッド〉が自分たちの一歩先を行っていることは、〈トール〉によって明らかになったはずだ。数分前のドロップ・ポッドの急襲で、さらに明確になっただろう。〈レッド〉の代表団が動いた際のまばゆい光の集まりは、〈ディガー〉のためであると同時に、軌道から見つめている長距離レンズのビデオカメラのためでもあった。

〈レッド〉が〈ディガー〉相手にあと約三〇秒で正式な接触をして、それが前日よりも大幅にうまくいくだろうというのは、すでに既成事実同然だった。アリアンが彼らに準備をさせて、言うべきことを教えたのだから――もちろん、地球の表面に対するそちらの主張は認めます。その正しさは自明なので。私たちは軌道上に多くのスペースがありますから。地球上での住まいは必要ありません。もちろん、すでに実際の経験からおわかりでしょうが、〈ブルー〉の人たちは信用できません。彼らをあなた方の領土に侵入させないために、私たちは軍の駐留を控えめに始めてもいいかもしれません。私たちがいるかぎりは、文化交流プログラムを行なうのが妥当でしょう。私たちが提供できるものには、薬、歯科治療、文明の再建に向けての技術的助言があります。私たちでお役に立てるでしょうか？

「〈ブルー〉は今夜はやって来ない」タイが言った。「連中の術中にはまるだけだから」彼は行進のほうをあごで示したが、彼らは同じ規模の〈ディガー〉のグループとの初めての接触を、ほんの数メートル先で行なっていた。「だが、ペロトンの何人かは、おれたちのことを追ってくるかもしれない。手かせをはめられたおれたちを野営地に連れ戻すことができたら、連中は英雄みたいに見えるからな」

「それとも、おれたちをさらし首にするか」と、バルドが砕けた口調で言った。

「しっ！」とタイが言って、新入りのほうに目をやった。だが、サイクは何も気にしていないようだった。

「ソナー」タイが声をかけた。「おれたちは移動しないといけない。まだ暗いうちに、連中が送り出すはずの偵察から離れておく必要があるんだ。君にはできるか？　暗い中で、でこぼこした土地を素早く動けるか？」

「もちろんよ」ソナーはそう言ったが、タイにはやや軽すぎる答えに感じられた。が、彼が念を押すより先に、彼女が言い添えた。「それじゃあ、北へ向かうのね？」

「どうしてそうだと？」

「だって、メインのグループは南へ行くから。たぶん、日が昇るとすぐに」

「連中はどれぐらい南まで行くと考えていたのかな？」実際のところ、彼らはベーリンジアの南岸から一〇〇キロと離れていなかった。

「海までよ」わかりきったことというように、ソナーが言った。

「そのあとは、どうなると？」

この質問はごく単純なように思われたが、ソナーは急にクスクス笑いはじめた。「あたしがどうなったのかって思われちゃうわね！」そう言うと、その陽気な感じを抑えつけた。

「それはもう思ってたりして」と、アインシュタインが口を挟む。

「そうじゃないの。そのときには、彼らはあたしのことが必要になるから」

「どうしてさ？」と、アインシュタインが尋ねた。

「これはなぞなぞなの」

ボルトが外れて、チェーンのはしからとれたので、タイはチェーンを引っ張って外し、首かせを広げると、地面に放り投げた。そのしぐさがサイクの目を引いたが、貴重な金属の扱い方にショックを受けたのだろう。自由になったタイは棒の大きな破片を手にして、彼女の頭を殴りつけたいという自然な衝動を抑えようとした。今はなぞなぞをしている場合ではなかったからだ。

アインシュタインも自分の首かせからチェーンを外すと、それをキャスのほうに持っていった。彼女を手助けできるようにだ。

「おまえたちの旅の目的は——おれたちがそっちの邪魔をする前という意味だが——水際まで行って、〈ピンガー〉と接触することだったんだな」タイが思い切って言った。

「〈ピンガー〉って？」バルドが尋ねた。

タイは彼のことを無視して、サイクとの話に集中した。「おまえは『ブリタニカ百科事典』の一七巻に精通しているおかげで、おまえたちの仲間にとって、連中を呼び出すことができる唯一の技術に関する専門家にいちばん近い存在なんだ」

「あら、あたしはほかのことについても専門家よ！　詭弁術《ソフィズム》でしょ、サウスカロライナでしょ、教皇のシルヴェステル二世でしょ……」

　タイは、特に褒めも叱りもせず、今の言葉は聞き流すことにした。「おまえたちは連中に何を言うつもりだったんだ？」

「あたしたちと話したがっているのは向こうのほうよ！　彼らがあたしたちにメッセージを残したの――海岸のケルンで。あたしたちはそれに応えに行くところなの」

　ソナーの言葉によって生じた沈黙は、長いこと続いた。『ブレッド・オブ・ヘブン』の最後の節が山壁に当たり、返ってくるこだまが終わってしまうほど長く、〈アイーダン〉のリーダーによる挨拶の言葉――〈ゼロ〉以前の完全な英語で書かれ、発せられたもの――が、へつらうようであり荘厳でもある、敬意を表する言葉がまるまる一段落進むほど長く、チェーンが外されたキャスを、バルドが自分のリュックに収容できるほど長かった。

「おれたちは南へ向かう」とタイが告げた。「バルド、おまえはサイクと一緒に来てくれ。もし彼女のせいでペースが落ちたら、彼女を運ぶんだ。それから、おまえの無線が必要だ」

「おれのなんだって!?」バルドが大声を上げた。

「電磁気通信装置のことで――」と、ソナーが言いだしたので、タイがやめさせた。

「おまえがデナリと話すときに使ってる、なんとかかってやつだよ。もう一度チャンスがあると、みんなに伝えるんだ」

「もう一度のチャンスって、何をするチャンスだ？」

「この星に生まれた人と仲よくなるチャンスさ」

　翌日、一同は海岸山脈の峠に達すると、海を目指して道を下りはじめた。普通の会話ができるぐらいに道中が楽なものになると、タイが尋ねた。「サイクは全部で何人いるんだ？」

　ソナーの小さな頭が鳥のようにさっと向けられて、タイのことを物珍しそうに見つめた。彼女は人の目をまっすぐ見つめることがなく、相手の周辺視野に潜んで、一日中ちらちらと盗み見ている。

「わかっている」とタイ。「『ブリタニカ百科事典』の巻数と同じだけなんだろう。でも、何巻あるのかおれは知らないんだ。もうそこいらにいくらでもあるっていう代物じゃないからな」

「答えは、一〇と一九と一よ」とソナー。「一〇はマイクロペディアで、短い記事がたくさんある。一九はマクロペディアで、もっと長くて詳細な記事がある。一はプロペディアで、概要なの」

「君はどのカテゴリーに？」

　彼らより先に立って坂を下っていたアインシュタインが、くるっと振り向いた。「彼女は一七巻だって、もう言ったじゃないか！」ふだんは温厚なのに、いきなり機嫌が悪くなっている。彼はポニーテールの陰の紅潮したうなじを見せながら、岩の多い目の前の足場に注意を戻した。

「悪かったよ」タイはそう言うと、サイクのほうに顔を戻して、尋ねた。「それは単に運任せなのか？　それとも——」

「違うわ！」

『当然そうだろうさ』とタイは思った。

「年上のサイクたちは、あたしに小型本で始めさせたの。あたしの評価をするために」

「それはいつのことだ？　君が何歳のときに、それが始まったんだ？」

「あたしが〝ブリーダー〟じゃないって決まったとき」

アインシュタインがまた振り返ったが、今回はあまりに急に振り返ったため、足を踏み外して尻もちをついた。ひどく大げさな反応だったので、タイは笑い出さないように目をそらさねばならなかった。ところがそれによって彼の視界にランゴバルドの姿が入ると、実はこの〈ネオアンデル〉も同様の問題を抱えていた。二人とも平静を失わないように、歩くのをやめて、お互いにしばらく背を向け合う必要があった。

「若きアインシュタインの頭の中でいちばん重要と思われる質問をおれが先にしていいなら」ランゴバルドが声をかけた。「これを聞いたら無作法になるだろうか？　つまり、正確にどういう条件だと『ブリーダーじゃない』ことになるのかと」

　サイクは肩をすくめると、太平洋に至る山を見下ろした。ここ最近はそのことについて、ほとんど考えていなかったというように。「あたしにはわからない。平均的な身長とか？　特に注目すべきことがないとか？　精神的に」

「別の面から見ると」とタイ。「若い女性一〇人のうちで、何人ぐらいがブリーダーに選ばれるんだ？」

「四人ぐらいかな？」

「じゃあ、ブリーダーよりもノンブリーダーのほうが普通ってわけか」タイはアインシュタインのために言った。

「もちろんよ。でもあたしたち、あの穴《ホール》から出たんだし、場所がたくさんあるんだから、今はもっとたくさんの人が子供を産んでるわ。あたしが言ってるのは、一〇年前のこと」

前に彼女は、自分は一六歳だと言っていた。「わかった。つまり彼らは、君のことを六歳のときに充分に知っていると思っていて、その判断を下すわけだ。最初は簡単な本からということだったけど、そのあとは？」

「読むことができるなら、サイクを全部読むことから始めるだけよ」

「だから君は無線や内眼角贅皮なんていう、一七巻に載っていないことまで知ってるわけか」

「そうよ。全部読まなくちゃならないの。それで一〇歳までに、マイクロペディアかマクロペディアのどちらの資質があるかを判断されるわけ」

「どっちかが上ということか？」

「そりゃそうよ！」ソナーは大声で言ったが、どっちがどっちとまでは言わなかった。

「マイクロペディアのほうは雑学を覚えるようなもんだろうね」と、アインシュタインが言ってみた。間違っていた場合にはやや危険な物言いだが、彼は恋心のせいで衝動的になっていた。

「そうよ。一九人のひとりになるには、頭にもっとたくさんのことを詰め込めるようにならなくちゃいけないの」ソナーは言いながらアインシュタインに温かな眼差しを注いで、好意を示した。

「じゃあ、前のソナー・タックスローのことは、一騎打ちか何かで殺さなきゃならなかったとか？」タイはそう聞いたが、すぐに考えを変えた。〈ディガー〉は全体的に、ユーモアのセンスに長けていないようだったからだ。アインシュタインがじろりとにらんだ。

「いいえ、このときは違うわ」サイクは丁寧に言って、〈ディガー〉が実際にそのような手段を用いる場合に関して疑問を残した。「あたしの指導者はセイロン・コングリーヴだったから」

「それこそまさに、素敵で気品ある名前ってやつじゃないか！」ランゴバルドが大声で言った。「三巻かな？」

「四巻よ」そう言った彼女の声には、驚いた感じがあった。そんなことも知らない人がいるなんて、まったく信じられないというようだった。

「紙の原本はまだ残っているのか？」とタイ。

「それはもちろんよ。でも、あたしたちがそれを扱えるのは、何かの行事のときだけ。ふだんは手書きのものを使ってるわ」

「ルーファスは紙を大量にため込んだんだろうな」
「山ほどよ。中性紙で、コットン一〇〇パーセントのものをね」

夜間に山越えをするあいだは、このような会話をする時間がほとんどなかったため、〈ディガー〉の文化に関する一同の知識には、まだまだ偏りがあった。〈ハード・レイン〉について知られている歴史から、合理的な推測ができるものもあった。〝冷却期間《クーリングオフ》〟として知られる時期が始まったのは、〈ゼロ〉から三九〇〇年ほどたってからのことで、人類が月の瓦礫帯を片づけようという試みが、ようやく成功して、地表に降り注ぐ火球の数が急減したときだった。それまで〈ディガー〉は、ルーファスがつくったスペースで、一定の少ない人口を維持せざるをえなかった。ホールの拡大は、密閉されたものであるために制限されていて、廃物——採掘によって生じた大量のもろい物質——を置く場所はどこにもなかった。シャベルで地面に穴を掘ったことがある者なら誰でも知っているが、土の山、つまり廃物の大きさは、つねに穴の容量よりも大きくなるものだ。深くて、ほかに使い道のない立坑に廃物をいくらか捨てることはできたが、それが埋まってしまうと、〈ハード・レイン〉によって外界との直接的なつながりが危険すぎて考えられないあいだは、居住スペースは拡大できなかった。そのため、その期間——優に三〇〇〇年以上——は、数百人というコミュニティの維持に、全エネルギーを注いだのだった。したがって、産児制限は厳しいものとなっていった。サイクたちのおかげで避妊についてはなんでも知っていたものの、コンドームやピルなどをつくる能力がないのだから、その知識はほとんど役に立たなかった。産児制限は、道徳上の拘束、男女の隔離、断種手術によって行なわれた。断種手術については、彼らが行なうほかの手術と同様、麻酔薬が尽きると――〈ゼロ〉以降にかなり早くそうなったが――薬品による麻酔なしで行なわれた。鍼《はり》療法と、物を噛んで食いしばることがかなり上達したようだった。

〈ハード・レイン〉の激しさが減ったことは、彼らにとって、ある面では明らかだった。ホールの壁越しに、その衝撃音が聞こえていたからだ。別の面では、見過ごすのも簡単だった。劇的な変化であっても、何世代にも及んだのだから。ただ彼らは、衝突の頻度と激しさを細かく記録につけていたので、第四ミレニアム後半に減少傾向が見られたとわかった。安全だという決定が下されると、山腹に横坑――水平方向のトンネル――を掘った。充分に急勾配なので、地球の表面の大部分をかなりの深さまで覆った岩屑が堆積できないと思われた山の横腹へと斜面に到達するまで掘り進めた。その部分については確かにそのとおりだったが、山の麓の岩屑は想像よりもはるかに高かった。横坑の穴をふさぐくらいの高さがあったのだ。それでも、廃物を押し出せるようになったので、ホールの拡張を始めた。大気は依然として呼吸に適していなかったことから、廃物をまさに捨てているのでないときは、ガスが染み込んできたり、およそ四〇〇〇年にわたって慎重に監督してきた大気システムが汚染されたりするのを防ぐため、穴はきつく閉じていなければならなかった。このシステムは、スペース・ハビタットで使われたものと、基本的には似ているようだった。除去装置と緑色植物を組み合わせることで、二酸化炭素を取り除くのだ。このどちらにもエネルギーが必要だった。

除去装置は、吸収するCO_2を取り除くためには熱しなければならず、植物には光が必要だからだ。彼らは太陽と遮断されていたため、ルーファスとその世代の者たちが山の麓深くに埋めた装置を用いて、地熱でエネルギーを得ていた。このシステムの維持には、ホールにいる全員がそこにいるあいだずっと、フルタイムで関わっていた。発光ダイオードの在庫が残り少なくなったときには、特に職人技のガラスエンベロープの吹き方とフィラメントを手で巻く方法についてサイクに助言を求め、電球をつくる技術を復活させた。彼らが必要とした、ほかの多くのものの場合と同様に。

テクノロジーに関して専門家でないタイは、詳細を想像するのがなかなかうまくいかなかった。技術的にもっと詳しい者なら、何週間もかけてソナー・タックスローに話を聞き、地下で手に入るものだけでどうやって過ごしてきたかについて、細部に至るまで聞き出したことだろう。だが、現在の目的にとって、より重要だったのは、〈ディガー〉の文化についての一般的な理解と、彼らの行動の理由をつかむことだった。

鋼鉄並みの気骨をもつ権威主義的な文化にとって何が必要かは、明白だった。その主な目標のひとつが、人間が互いに自由に性交するのを阻止することであるという権力構造は、甚だ恐るべきものに違いない。そういった人々が、たとえばナイル川デルタ地帯のような農業の楽園で暮らしていたなら、その体制の基礎としての宗教上の込み入った教義からは逃れられたかもしれなかった。だがそうはならずに、正常に機能しないことが許されれば全滅してしまうような巨大な機構の中にとらわれてしまったので、工学技術がドゥーフになるという文化をつくりあげねばならなかったのだ。賢明なルーファスによって備蓄されたタングステンにも限りがあり、何千年にもわたって未来の子孫たちが食糧と空気をつくるために植物を育てる電球をつくれるよう、なんとかやりくりして使わざるをえなかった。そうしたありとあらゆることについて、彼らは節約の日々を送ってきたのだ。三〇人――一〇人と一九人とひとり――は、いついかなるときでもサイクだった。さらに三〇人が、その見習いとして苦労して働いていた。そのほかの人たちは特別な役割を果たした。母親であるブリーダー、ガラス吹き工、鍼師、フィラメント巻き、じゃがいも育て人、ポンプ修理人。構造的にも文化的にも青銅器時代の神権政治そのものだったが、神や超自然といったものはいっさいなかった。

　この時点までは、第一、第二ミレニアムの多くのスペース・ハビタットの下位文化と根本的には違わなかったので、それによって――少なくともしばらくのあいだは――〈ディガー〉文化について簡単に理解できるのではと、タイは思っていた。だが、そんな幻想はすぐに消えた。確かに初期の〈スペーサー〉は、狭苦しい状況で暮らしていたし、ホールにいた〈ディガー〉と同じぐらい技術頼りだった。つまり当然ながら、この両文化には共通する特徴があった。しかし、〈スペーサー〉は状況の確認のためつねに外を見ることができ、大きな岩石に隠れていた少なくとも数千年ののちには、瓦礫を落として空を一掃することもできた。まったく絶望的なときでさえ、地球をふたたび受け継ぐのだと、つねに思っていた。一方〈ディガー〉がみずからの状況と運命を知る方法は、轟音に耳を傾け、コットン一〇〇パーセントの中性紙にその数を記し、数百年前に祖先が記した、似たような数と数年おきに比べることだけだった。最初の四〇〇〇年間は、よりよい未来という希望は愚の骨頂と見られていたに違いない。さらに悪いことには、〈ディガー〉の信条を裏切る者がいた。何らかの希望をもった人々は資源を浪費したり危険を冒したりしがちだったのだ。

　これで最初の四〇〇〇年間の状況が、希望のないものであったとはっきりした。だが、このような社会にとって、変化は難しいものだ。タイにとって最も興味深かったのは、地表に至る廃物用の横坑を掘って、地下の領域を広げようとしたときに、その社会で起きはじめたことだった。彼らの日々の暮らしはそれほど大きくは変わらなかったものの、自分たちの文明が広がって、さらに多くの人が子を産むことができるかもしれないという抽象的な可能性を、少なくとも得たのである。

　こういったことが起きたのは一〇〇〇年以上も前だった。ホールは二〇〇〇人の人口を養えるぐらいにまで大きくなっていた。そして、大気が呼吸に適したものになっていた〈ゼロ〉から四七〇〇年ごろには、一万人まで受け入れることができた。ただし、すべては依然として地表の下でのことだった。地表の世界は彼らにとって、ほとんど存在していなかったからだ。

　ある時点で委員会《コミッティー》――統治のための組織に対する彼らの呼び名だ――は、膨大な数の人間が宇宙で暮らしていて、〈テラリフォーム〉に積極的に従事していることに気づいたに違いなかった。そのときに彼らも地表に歩み出て、SOSのようなものを送ることができたはずだ。だが彼らはそうせず、身を潜めて、廃物の捨て場を隠し、〈スペーサー〉とのやりとりを避けるという決断を下した。そうなると重要な問題は、なぜ彼らはそのような選択をしたのかということになる。それを説明するのに、ソナー・タックスローはあまり役に立たなかった。タイやほかの者が質問しても反応せず、地下にはそのようなことが決して話題にのぼらない文化があるとわかっただけだったからだ。

それでも、そのような決断をしたことで、委員会が説明と正当化を図り、さらには〈スペーサー〉のことをエイリアンのミュータントと表現して、逃げたり自分たちを捨て去ったりした臆病者に対する人種にまつわる不満感をうまく増長することによって、決断を永続させる必要があったのは明らかだった。そのどれもが、ドクと〈ディガー〉の代表団とのあいだの短くも悲惨なやりとりの際に、はっきりと示されたのだ。

アインシュタインによるこの地形の個人的な知識、サイクの百科事典脳に保存された土地の民間伝承、それにベレドのデジタルマップにより、一同はどの時点でも行くべきところをほぼ把握していた。事を難しくしていたのは、その地形にある障害物を乗り越えることと、大型動物を避けることだった。後者のグループには、理論上は〈レッド〉の軍の偵察隊が含まれるかもしれないが、今のところは自分たちが追われていると考える理由はまったくなかった。なぜ〈レッド〉が気にかけるのか？　〈ブルー〉の捕虜をチェーンにつないで戻るというのは、〈ディガー〉という新たな友人に対しては受けがいいかもしれないが、暗闇へ追い払うのもほぼ同じぐらいに効果がある。〈ディガー〉にとって〈スペーサー〉の文化的遺伝子《ミーム》が臆病者であることの重要性を考えると、より効果が大きかったかもしれない。

　タイは、もし〈ディガー〉のグループが一六六度三〇分の西側にあらわれて、非常識な土地の権利を変わらずに主張したら、〈レッド〉は音楽や鉄のかたまりを持って近づくのでなく、彼らを抹殺するだけだと、サイクに説明することを考えた。だが、この女の子にその知識を背負わせても、どうにもなりそうになかった。

　一同は、海岸の山の南向きの斜面に刀が突き刺さったかのようになっている、サッカー場ほどの大きさの薄い岩石の層の下に、わずかな隠れ場を見つけて身を隠した。そこで一日かけて、それまでの活動で失った体力を回復し、吹雪をやり過ごし、一方でデナリ・ハビタットの通信装置と交信した。〈ブルー〉の軍隊は、その吹雪をついてポッドを落下させた。キャスはしばらく目を覚まして、自分たちがいる場所から坂を下ったところに、それが落下したと告げた。大きな足をスノーシューズのようにはたらかせて、バルドがどかどかと出ていった。一五分後に彼はポッドを引きずって戻ってきたが、しばらくキャスのことをじっと見ていた。彼女の吐き気は和らいでいたが、目を覚ますのは食事と排泄、それに謎めいたお告げをするときだけだった。

　ポッドには食糧と燃料、弾薬、ロボット、それに雪中行軍用の装備が入っていたので、翌日に山を降りて南岸に向かった一行には大いに役立った。その行程の大部分は、世界のその部分をほぼいつも覆っている厚い雲に隠れた状態だったので、仮に誰かに見られていても、相手は実際に彼らを追い回すか、飛行ロボットを使わなければならない。だが、今では彼らにも飛行ロボットがあったので、飛行ロボットや偵察隊の存在について警告してくれるのだった。それらが静かなままだったので、よく吠えてその存在を知らしめる、大型のイヌ科の動物以外にはつけられていないと、一同は確信していた。その動物たちのせいで、翌日の夜は眠れずに早い出発となり、徒歩旅行の最終日は高山性の地帯をあわてて下って、太平洋へと向かったのだった。

昼食休憩のあいだ、一同はひとり乗りのグライダー三機――キャス・ツーが監視人の任務のときに乗ったような膨張式のもの――が、〈カヤック〉の方向から海岸沿いを素早く急降下しているのを目撃した。それらが〈ブルー〉陣営のマークをつけていて、〈ブルー〉の信号を送信していたので、ベレドは自分たちの位置を明かすことをためらわなかった。数分後、その三機のグライダーが、彼らの下数百メートルのヒースの広がりに着地した。乗組員が出てくると貨物倉の中身を取り出し、グライダーを丸められるように空気抜きを始めた。作業の大半は、ベレドよりも背が低くてしなやかな身体をした、ひとりの〈テクラン〉によって行なわれた。そのため、到着したてのほかの二人はすぐこちらに近づいてきた。ひとりは〈カミート〉で、その足取りと姿勢は女性よりも男性の特徴をあらわしていたので、本人から違うと言われるまで、タイは男性代名詞を使うことを心がけることにした。その彼は、監視人の職員が用いる実用的なカバーオールを着ていて、胸と肩のところに赤十字のワッペンを付け、衛生兵であることを示していた。もうひとりは中年の〈アイヴィン〉で、ベーリンジアの荒野で予想されるものよりもかろうじて洒落た感じの普通の服を着ていたが、その状況には合っていた。

草地を見下ろす、より守られた場所から彼らのことを見ていたタイの気持ちは、複雑だった。援助はどんなものであれ、当然ながらありがたい。だが、とてつもない武力の誇示を期待するほど、彼もばかではなかった。〈ブルー〉の政治最高会議は、ひどい不意討ちをくらったことと、〈レッド〉相手の第一回戦で敗北したことにより、状況の評価と選択肢の検討をいまだにしていることだろう。公共への開示に関しては、〈セブン〉のことを、待ち伏せの餌食になった平凡な監視人チームだと表現しているはずだ。明らかな兵力を送り込むことで、その話の衝撃を弱めたくなかった。

〈カミート〉の制服に印刷された名前にはホープとあり、それは多くの〈カミート〉と同じく、彼がひとつの名前しか使わないことを意味しているようだった。医療用の重いリュックをかついでいる彼は、まっすぐキャスのところへ向かった。ベレドとバルドは、〈テクラン〉がグライダーをまとめるのを手伝うべく、草地まで下りていった。

〈アイヴィン〉はタイのことを遠くから見つけ出すと、彼に近づいた。制服にある名字はイ《E》ーサ《SA》で、みずからをアルジュンと名乗った。名字のほうは、〈エピック〉の写真の背景でよく見られた頭字語であり、「欧州宇宙機関」を意味したが、今はありふれた名前になっている。タイはアルジュンに対して、彼が何者で、このような状況に顔を出すことになる仕事とは何なのか、ずばり聞くことを考えていた。ただ、そうしたところで、なんにもならないことはわかっていた。相手は当たり障りのない答えを用意していることだろう。上級学位を五つももっている、有能な情報アナリストのようなものかもしれない。

「今回の件は、リングではどんなふうに取り上げられているんだい？」とタイは彼に尋ねた。「知りたくないと思うようなものじゃないよな」

　単なる質問だったが、アルジュンは目をそらして、海のほうを見つめた。

「そんなにひどいのか？」タイは促すように言った。

「〈アレタイク〉のやり方はご存じでしょう？」と、アルジュンが言った。

「この件をグランドオペラにでもしちまったのか？」

「その表現がいちばんですね。私もいまだに、理解しようとしているところなんです。もちろん、リングの〈レッド〉側での内容が見えることはめったにありませんが」

「プロパガンダだけか」

「そうなんです。それに、それを目にすると、凝りすぎのスタイルに派手な映像のつくりこみを笑う一方で、〈ブルー〉内の一部の人間が心の中に不安感を抱いたら――」

「連中のくだらん話を、本当に信じるかもしれないと？」

「まさにそうなんです」

「じゃあ、〈レッド〉は本当に放送したわけか」

　アルジュンはうなずいた。「全リングに向けて、生で」

「それは見られなくて残念だったよ。実際の遭遇《コンタクト》の前に出発したから。いちばんいいタイミングだと思ったんだ」

「あれはなかなかの戦術でした」とアルジュン。「それに、多くの不快感を味わわずにすみましたから」

「それはどういう意味だ？」

アルジュンは向きを変えて、彼のことをまっすぐに見た。「〈ディガー〉はあなた方の申し出に反対した一方で、〈レッド〉側の申し出は受け入れたんです」

タイは胸につかえを感じた。彼が失敗したという自覚と、みんながそれを知っているという自覚からだ。彼はその感覚になじみがなく、気に入らなかった。「つまり」と口を開いた。「〈ディガー〉は信じ込んだと？」

「彼らは〈レッド〉と、その場で同盟を結びました。〈レッド〉は、地球の陸地全体に対する彼らの主張を認めて、〈ブルー〉にも同じようにするよう迫ったのです」

「単に人間の基本的な品性の問題とでもいうようにか」タイは苦々しげに言った。

「もちろんです。その翌日には、武力による威嚇が始まって……」

イーサ・アルジュンは、ソナー・タックスローに気づくと話をやめて、彼女に注意を向けた。ソナーはアインシュタインの隣に立っており、彼がグライダーの仕組みを彼女に教えているところだった。タイはそれに慣れてきていた。この二人が起きているあいだにずっとやっているのは、お互いに対して物事を説明することだったのだ。だが、アルジュンには初めてのことだった。

「彼女は……」とアルジュンは口にしたが、途中で途切れた。タイはアルジュンの身になって考えてみようとした。生まれて初めて起源人《ルートストック》を目にし、明らかに人間なのに、それとわかるどの人種とも違うと知って、生き延びた彼女の祖先のすべてについて考えているのだ。

「そうだ」とタイ。

アルジュンは物思いからさっと我に返ると、タイにふたたび目をやった。「発表されている話では、あなたが彼女をさらったとのことですが」

「もちろんさ」

アインシュタインが何か面白いことを言ったのでサイクが笑い、彼に親しげに寄りかかった。彼の腕が彼女の腰に回され、手はヒップまで下りていった。

「あの二人は……」と、アルジュンがまた言う。

「セックスか？　いや、まだだ。ただ、おれたちは逃亡中の身だったというだけだがな」

「私たちがかき集めた情報によると、〈ディガー〉は厳格なジェンダー・ロールを信じているので……」

「セックスはしないとね。わかってる。アインシュタインと話すよ。彼女とセックスしないようにって」

「じゃあ、あなたはさらっては……」

「彼女をか？　答えはノーだ。向こうがついてきただけだよ」

この〈アイヴィン〉からの疑念——もしくは少なくとも好奇心——を感じたタイは、続けて言った。「それに機会があれば、もっと多くの者が同じことをするだろう。地表暮らしへの移行は、彼らの文明をミキサーにかけるようなものだ。だから向こうのリーダーは、それほどまでに保守的になってるんだよ」

アルジュンがうなずいた。「それで、そちらの〈モイラン〉の様子は？」

タイはため息をついた。「彼女はドクとメミーが死ぬところを見たし、鈍器で殴られて腕に傷を負って、〈カタパルト《カート》〉を使わざるをえなかった。そのとたんに、おれが思うところの模範的なPOTESHになったんだよ」これは軍隊用語で、外傷後エピジェネティック・シフトのことだった。

「それは確認が取れました」と、キャスのバイタルサインの初期スキャンを終えたらしいホープが言った。「高代謝と超急性感覚が見られました。マイクロバイオームはひどいものです。プロバイオティクス（人体によい影響をおよぼす微生物）のサプリを調合したので、彼女の新しい表現型には、よりフィットするでしょう。吐き気からは、ホルモンの大きな変化が考えられます。もしかすると、何かの前兆となるもので……今後の……」

「テストステロン中毒とか？」タイがホープの考えを引き継ぐように言った。相手は遠慮がちに、首を縦に振った。

タイはアルジュンに注意を戻した。「じゃあ、〈ディガー〉が実在することを、三〇億の人たちは知ったばかりということか。受け止め方はどんな感じだ？」

「まあ、センセーショナルなニュースなのは明らかです。みんな強い興味を抱いていますよ」彼はふたたび頭を巡らせて、ソナー・タックスローのことを見た。「その点は私も同様です。それは認めます」

「最初の接触が大失敗だったことを、一般市民は知ってるのか?」

「あなた方〈セブン〉の素性については、誰ひとりとして知りません。フー・ノアの関与についても、間違いなく誰もこれっぽっちも思っていないはずです」

「じゃあ、〈レッド〉もそのことはふれ回っていないわけか」

「〈レッド〉にとって有利にはたらかないからだと、私は見ています。その彼らが〈ディガー〉と同盟を結んだわけですから、〈ディガー〉のことを思いやりがあるように印象づけたいのです。彼らがフー・ノアとその看護師を殺したと明らかにしても、その目的にはほとんどかなわないので」

「つまりおれたちは、名もないゴロツキ連中みたいなもののようにされてるってわけか。〈ディガー〉は〈レッド〉の力を借りて、おれたちを追い払った。おれたちは逃げる際に人質をさらったと」

アルジュンが彼のことをじっと見た。「〈ブルー〉にいる知的な人たちは、そういうことは当然信じませんが」

「だが〈ブルー〉も、対抗するような話は、まだ出していないぞ」

「それは〈ブルー〉が得意とするところではないので」アルジュンはため息をついた。「得意だったことはないですよね? 私たちはテクノクラートです。判断はエンジニアのように下します。それが必ずしも、人々が望む想像と一致するとは限りません」

「それは〈ブルー〉全般のことを言ってるのか？　それとも、特にリオのことか？」タイは〈アイヴィン〉の中央ハビタットの名を、その文化のたとえとして用いていた。

「どちらもです。私たちのことを意思決定ピラミッドの頂点に据えている〈ブルー〉の精神構造です。〈ブルー〉で有名になったごくわずかな〈アイーダン〉がミュージシャンや俳優、アーティストだったのには、理由があるのです」

「おれたちの文化に欠けているものを与えているわけか」

「それを与えるのはあなた方のはずだったんですが」とアルジュン。タイが理解するに、つまり〈ダイナン〉の種が、ということだった。「それで、あなた方はそうしました。英雄時代に」

　タイは自分の顔に、まるで陽気な笑みとは言えないものが浮かんだのを感じた。「実際に物事を行なうことによって、という意味だろ。でっち上げの娯楽番組でそのふりをすることじゃなくて」

「でも、いいですか？　すべてが娯楽なんですよ。本物だろうとでっち上げだろうと。人々が画面やヴァープで見るのがそれなんです。そのことを〈レッド〉はわかっています」

「そういうことなら、おれのバーでその話を続けられるよ。もしここを出られたらな。ただ、現時点で肝心なのは——おれがそっちの話をちゃんと理解していたらだが——〈レッド〉がおれたちを殺そうとしていることだ」

「私たちは少し気をとられていました」アルジュンは初めて少々自己弁護した。〈レッド〉がしたことにだな」ペロトンの投入、マージの華々しい帰還、それに代表団と〈ディガー〉のあいだの大甘の関係。

アルジュンは完全に否定しなかったものの、その顔にあらわれた表情はややじれったい様子で、頭の鈍い生徒を相手にしている聡明な教師のようだった。「彼らがずっとやってきたことにですよ。ここしばらくの」

「そうか。おれはただのバーテンダーだから、ニュースフィードに出てること以外については、何も知らなくてね。だから教えてくれ。連中は何をやってきたんだ？」

「〈クラーク〉については、何をご存じで？」

「機密情報へのアクセス権限をもたない民間人が知っている程度のことさ」タイは慎重に答えた。「人はそれの握りこぶしの部分に暮らしていると考えられている」

〝クラーク〟とはロシア語で「握りこぶし」のことだった。この場合は、幅三〇キロほどになる、ニッケルと鉄による不規則なかたまりを意味している。一五〇年前に、〈レッド〉がカムチャツカ〈ボーンヤード〉からマカッサル海峡の上空の位置へと移して、それ以来、そこで軌道を描いているものだ。緩く握った握りこぶしのように、真ん中のところにくぼみがあるが、これは現在、回転するハビタットとつながっていると見られるトンネルだ。グレイト・チェーンに対する〈レッド〉の答えである。

「そして、それを囲むようにして、索具やら桁《スパーズ》なんかがある」タイが続けて言った。その握りこぶしを遠くから見ると、まばらなケーブルの巣に絡まっているようであり、クモの巣にかかった種にも思えた。上下——天頂と天底の側——にはハードポイントにケーブルが集まって、そこから地球の表面までと釣り合いおもり——〈反《アンチ》マカッサル〉——まで、長いケーブルが伸びていた。

数メートル離れたところでは、ソナー・タックスローがアインシュタイン相手にいちゃついていたが、やや身を引いて頭を巡らし、耳を傾けていた。

タイは彼女の反応に慣れてきていた。彼が「桁《スパーズ》」と言ったからだ。その単語は『ブリタニカ百科事典』の〝ソナー〟の項目と〝税法《タックスロー》〟の項目のあいだに位置しているため、彼女の知識の領域に属していた。山越えのあいだに、彼女が宇宙《スペース》開発や太陽《サン》に——少なくともホールで暮らしていた人の基準からすると——詳しいことが判明していた。そのため、過去五〇〇〇年に及ぶ宇宙開発について、必要な情報を与えるのは簡単なことだった。その彼女が、タイのほうへと近づいてきていた。アインシュタインが彼女のあとを追っていたが、まるで目が彼女の尻に釣り針でつながれているかのようだ。

アルジュンは背を向けて、こういったことにはいっさい気づかずにいたので、さらなる話を期待して、タイを冷静に見つめていた。タイが話を続けた。「表面部分については——〈クレードル〉に対する彼らの答えだが——おれたちはよく知らない。連中は海中に建てていたから」

「彼らは〈グノーモン〉と呼んでいます」アルジュンが告げて、さらにその綴りを口にした。

「その意味は？」

「かつては日時計の中央にあって、影を投げかけるものでした。地球の地軸と合わせるのです」

タイは一瞬考え込んだ。「その単語を選んだとは興味深いな」

「タイ、これは巨大なものでして、〈クレードル〉よりもかなり大きいんです。海中に建設していたのにも理由があります。ひとつは、私たちから姿を隠すため。さらには、大きすぎて陸地には建てられなかったからです」

「大きいというのは、正確にはどの程度だ？」

「私に言える範囲はごく限られていまして」アルジュンはそう言うと、タブレットを取り出して、タップしだした。世界地図を引っ張り出し、東南アジアとオーストラリアのあいだに散らばる島々に向けて、移動したりズームしたりしている。「これを見てください。どう思いますか？」と言ってタイに手渡した。

「東南《サウスイースト》アジアね！」とサイクが叫んだ。今やアルジュンの肩越しに、すべてを見られるぐらいまで近づいていた。「ほかに何か知りたいことはある？　スラウェシ島は？　スリランカは？」

〈アイヴィン〉は、彼女のことを興味深げに見つめた。

「それは見るまでもない」とタイ。「場所ならわかっている。赤道が貫いているが、陸地はほとんど横断しないから、〈レッド〉は愚痴をこぼしてばかりいるのさ」

「それは違うわ！　スマトラは……」と、サイク。

「デカい島なのは確かだ」と、タイ。「でも、大陸じゃない。ソナー、覚えてるか？　〈アイ〉が動く仕組みについて話しただろ？　〈クレードル〉はどうするんだった？」

「赤道に触れる」

「赤道だけだ。アフリカと南米をコントロールすると、これはすごいことになる。それを〈ブルー〉がしているんだ。ただ、〈レッド〉の領土の大部分はその線の南か北にしかない」

　ソナーは言われっぱなしでは終わらなかった。「シンガポールは近いし」と言う。「それにアジアとつながっている」

「かつてシンガポールがあった場所は、確かに近い。だが、赤道上じゃない。一度か二度、北にある。〈クレードル〉はそこにドッキングはできないんだ」

「そして、何よりもその点こそが、〈アイ〉と〈クレードル〉の設計に関して、〈アイーダン〉を激怒させたのです」アルジュンが口を挟んだ。

　背後にアインシュタインの存在を感じたサイクは、彼にゆったりもたれかかると、事実を次々と並べ立てた――これが社会的交流における彼女の初期設定なのだ。「〈アイーダン〉」と、彼女が口を開いた。「ABCヒエラルキー。〈アレタイク〉、〈ベータ〉、〈カミート〉」

「〈カミート〉は種が違うよ」アインシュタインが指摘した。

「そうね。AとBによるCとの関係は共生《シンビオシス》に近いわ」

タイとアインシュタインはしかめっ面を交わした。

それには気づかず、ソナー・タックスローは斜面を見下ろして、ランゴバルドのほうを見た。「〈ネオアンデル〉。さらにあと二つ。賢い者とおかしな者」

「〈ジン〉と〈エクスタット〉だ」と、アインシュタイン。「どっちもあまり表に出てこない」

アルジュンは、ルートストックを目の当たりにして魅了されたものの、じれったくなってきた。ふたたびタイに注意を戻した。「これはもちろん、古い歴史です。ですが、忘れていない人もいます。〈アイ〉が設計されていたころの大昔に――一〇〇〇年前の話ですが――別の計画が提案されました。最終的に採用されたものは、当時の人々に建てることのできた、最も単純かつ簡単なものでした。それが〈アイ〉、〈ビッグロック〉、それに赤道にソケットのある小さな〈クレードル〉です。南米とアフリカへのアクセスも重要でした。ですが、〈アイーダン〉の子孫、〈カミート〉の半数、それに〈ジュリアン〉の大半が住むハビタットの下の赤道の範囲内では、ほとんど役に立たなかったのです」

「あとで〈レッド〉陣営になるところだよ」ソナー・タックスローのために、アインシュタインが口を挟んだ。

「〈レッド〉がのちに一体化して、〈ブルー〉に対する強力な対抗《カウンター》同一性《アイデンティティ》を構築した理由のひとつは、この決定に対する不満感でした。待つべきだったと。〈クレードル〉よりももっと役に立つものを手にできたのにと」アルジュンはインドネシアにズームすると、細長い長方形を引いて赤道をまたぎ、〈レッド〉の土地の大部分にまで広げた。「もし〈クレードル〉ではなく、長い弧のかたちをして北から南まで長距離にまたがるものだったら、かつてシンガポールがあったここからアジアにつながっていたかもしれません。そしてここは、ニューギニアの北の岬に接していたかもしれません。さらにニューギニアとオーストラリアとのあいだの浅瀬に充分な量の隕石を落とすことで、両者はつながるかもしれないのです」

「長い弧で、地球の地軸と合っていて、地表に影を投げかけるもの」タイがうなずきながら言った。「〈グノーモン〉か」

「デカいんだろうな！」アインシュタインが大声で言った。

アルジュンはうなずいた。「その計画は練られました。どのようにしたら建設できるのか、軌道上なのか地表面なのかと、研究が託されたのです。あまりに大がかりだと考えられました。賢い人たちが優勢になりました。というか、当時はそれが賢いと思われて、現在のものが建てられました。大きなものはあとでいつでもつくれる、ということで。ですが、そのようにはなりませんでした。〈ブルー〉はそのことを忘れましたが、〈レッド〉は違いました。こちらの〈アイヴィン〉たちがエピジェネティクスに取り組んでいるあいだに、向こうの〈ジン〉はそのことに大いに努力を注いだのです。彼らは境界を閉鎖してターンパイクを二つ築くと、作業に取りかかりました。彼らはずっと何をしていたのでしょう？」

「火球をトレス海峡に絶え間なく落としつづけた」と、ソナー・タックスローが言って、オーストラリアの北の岬がニューギニアの腹部を突いているように見える狭い部分を指差した。

「埋めて、海流をせき止めようとした。海を泳いでくるものに対して壁も築いた」

アルジュンがうなずいた。

と、その頭がさっと振り返って、サイクに注意を向けた。

アルジュンは彼女のことをしばらくじっと見てから、タイに向かってうなずきかけた。

「このことは……」

「ひと言も言ってない」とタイ。

「アインシュタイン、〈レッド〉によるここの違法な地球化《テラフォーミング》作業のことを、彼女に話したか？」と言って、タイは地図の同じ場所をトントンと叩いた。

「おれも初めて聞いたよ」とアインシュタイン。

「ソナー」とアルジュンが呼びかけた。「このことは、どうして？」

「〈ピンガー〉に聞いたから」

「〈ピンガー〉とはいったい？」

「これから話を聞きに行く人たちよ」

ベレドとバルドは〈テクラン〉を手助けしていたが、三人してまとめたグライダーを持ってやってきた。彼らはそれを下に置くと、その場にある葉などで隠しはじめた。低木の茂みが斜面の上を覆い、安定して、小動物の逃げ場を提供していた場所だ。タイは、その〈テクラン〉の体格と全体的な動き方から、スネーク・イーターズの振る舞いだと感じていた。彼は、大柄な二人は植物の根を抜くことや土を運ぶことが自分より上手だとわかると、作業を二人に任せて近づいてきた。その左腕に抱えられていたのは、ピザを運ぶときにチェーンハッタンでいまだに使われているものと、全体的に大きさとかたちがそっくりな箱だった。同じ手からぶら下がっていたのは、ほぼ立方体の備品ケースだ。空いている右手でタイと敬礼を交わすと、彼はロスコス・ユールだと名乗った。タイの前にその二つの荷物を置いて、一歩下がった。

「ありがとう」とタイ。

「どういたしまして」

「どうしてこれが欲しかったんです?」アルジュンが尋ねた。「これをここに持ってくるのに、どれだけの労力がかかったか、わかりますか?」

「サイクが道々、説明してくれるよ」

アルジュンはタイのことをしばらく見つめていたが、やがて遠慮がちにうなずくと、目をそらした。対照的に、ロスコス・ユールは彼のことをまじまじと見て、どうしてもそれをやめなかった。それがしばらく続いたので、タイもその〈テクラン〉と視線を合わせないわけにはいられなかった。それでタイには、この男の記章をより詳しく見ることができたわけだが、彼はヌニヴァクに配備された部隊の一員だとわかった。〈ブルー〉の前哨地のひとつで、境界に面したところだ。人里離れて孤立した場所の典型で、〈カヤック〉が大都市に思えるほどだった。つねに無茶な任務でたくさんのスネーク・イーターズが派遣されるところである。

「彼が尋ねているのは、実際はそのことではありません」ロスコス・ユールが口を開いた。

「実際に尋ねているのは、貴様はいったい何様のつもりだ？　です」

「ユール上級曹長――」抗議の口調でアルジュンが言った。

　だが、ユールはやめなかった。「それから、自分はバーテンダーだと言うのも、やめていただきたい」

「亡くなったドクター・フーがみずから選んで、ミスター・レイクを〈セブン〉に加えたんです」アルジュンが指摘した。

「それなのに、今の彼は権柄《けんぺい》ずくでこの連中を――」ユールはその集団を見回すと、信じられないというように鼻を鳴らした。「どう表現したらいいかもわからない。『寄せ集め』でも、よすぎるようだが」

「彼のおかげで、困難な状況から抜け出せたんですよ」とアルジュン。

「その責任の一端が本人にあるという、困難な状況でね」と、ユールが言い返した。

「それに、そのときの彼は、〈ディガー〉と地表の状況について誰よりも知っていました。これを彼が頼んだのは理由があるからで、それは道々、説明がなされるでしょう」

　タイが片手を上げた。「ユール上級曹長がおれのことを信用していないのは、おれの忠誠心が彼にははっきりしていないからだろう。それももっともだ」

　ユールの顔がやや和らいで、視線はしばし、横に向けられた。にらみ合いの途中にできたこの間《ま》を利用して、タイはイーサ・アルジュンのほうを向いた。

この〈アイヴィン〉は、ごくわずかな動作ながら、それでも認識できるぐらいに「ノー」というように首を振った。タイも気づいたと確信すると、アルジュンはロスコス・ユールのことを見た。「上級曹長」と、静かに呼びかける。「あなたの哲学で理想とされること以上のものが、天と地のあいだにはあるのです（シェイクスピア作『ハムレット』内のせりふ）」

ユールは鼻を鳴らした。「それは私には知る権限がないということを、洒落て言ったのかな？」

「そうです」

「それがドゥーフのクソみたいなものなのか、知りたいですな」

「なんだよ、そのことか？」とタイが言った。「それならそうと、言えばいいのに」

「違います」とアルジュンが言ったが、その声からは急に緊張感がなくなっていた。「ドゥーフは何も関係ありません」

「というのも、彼の働くバーは――」

「確立された〈クーポル〉とは関係ない」

「それなら、いったい誰と関係があるのですかな？」とユール。「情報部の友人に少し聞きましてね。事業としては、あのバーはまったく意味をなしていないと。その所有構造も……異例で。〈レッド〉とのつながりがあるとのことでしたが」

「オーナーたちのひとりは、たまたま〈アイーダン〉との混血だ」タイも認めた。「だが、彼の忠誠心がどこにあるかについては、勝手な思い違いをしないように気をつけたほうがいい」

「このことと〝ザ・パーパス〟との関係は？」と、ロスコス・ユールが聞いた。

　タイもアルジュンも答えなかった。沈黙がやや続くと、ユールがため息をついて、かなり穏やかな調子で続けた。「気にしなくていい。もうわかっている。何か〝ザ・パーパス〟に関したものだろう。私には知る権限のないことだ。言ってくれれば、それですんだのに」彼はさっと立ち上がると、敬礼した。「それで、私への命令はどうなりますかな？」

「おれたちは海へ向かう」とタイ。「サイクの指示に従ってね。それも、できるだけ急いで移動する。厄介なのは、〈モイラン〉を運ばなくてはならないことだ」

「それなんだが」ランゴバルドが口を挟んだ。彼らのほうに近づいてきていた彼は、今ではすぐそばにいた。「彼女に遅れないように、かなり頑張らないといけないようだぞ」そう言って長い腕を伸ばし、草地の坂を指差した。

　最初に見えたのはベレドの大きな身体で、全速力に近い速さで下り坂を駆けていた——それを何時間も続けられるのは誰もが知っている。そして、彼よりもかなり前方で、さらに素早く動いていたのが、キャス・アマルトーヴァ・スリーだった。


　ホープの薬とプロバイオティクスにより、キャス・スリー《キャスリー》の気分はかなり落ち着き、吐き気もほとんど無視できるほどにまで治まっていた。これまでも自然によくなってきていたのだが、薬の手助けを得られて、彼女もうれしく思っていた。身体は飢えていたため、食べ物を吐かせずにおく必要があった。ただ、身体の中にある最も重要な薬——あまりに重要であるため、ホープがキャスリーの腕に小さなポンプを結びつけて、点滴が入りつづけるようにしたもの——は、扁桃体にねらいを定めて、四日前に目撃した精神的衝撃に反応して進行している恐れのある、緩慢な神経系の破壊にブレーキをかけるものだった。そのため、彼女の脳には数日遅れで到達したが、これは明らかに「遅くても何もないよりはまし」ということであるらしい。これにより、彼女の脳がそのちょっとしたホラー映画のようなものを繰り返して、そのたびに傷を深くする悪循環を、さえぎる手助けになるかもしれなかった。彼女が睡眠に多くの時間を割くことも、その点では役に立つと思われた。そのかなりの時間を肉体的にベレドに結びつけられ、頰が彼の肩に当たり、ずっと彼の匂いを嗅いでいた結果、具体的かつ生物学的に重要な恩恵が彼女に生じた可能性があった。〈テクラン〉であるベレドとしては、ほとんど動かずに嘔吐の臭いをさせている昏睡状態のこの患者が一日中背中にいて、夜は自分の腹の上で丸まって横になっていることに対しては、特に反応を示していなかった。二人はいまだにセックスはしていなかったが、身体をきれいにして気分がよくなったら、自分はサキュバスのごとく彼に襲いかかるのではと、彼女は心配していた。これはよく知られたPOTESHの兆候で、集団的トラウマを乗り切った〈モイラン〉のコミュニティでは、多彩かつ伝説的な結果をもたらしていた。

　だが、動くものすべてと激しいセックスをするというのは今日の選択肢にはなかったので、体からあふれんばかりのエネルギーには、別のはけ口を与えた。草地から海までの行程は見た感じよりも長かったため、彼女はほかの者たちよりもかなり先を行くことになり、自分のことを見失わないように、ベレドには苦労を強いるはめになった。彼は自分のうしろにいたので姿は見えなかったが、地面を通じて足音は感じられた。彼の息遣いと、身体についているアンボットのかすかなカチカチという音も聞こえた。風がうしろから吹くと、ベレドが衛生上の目的で用いている規格化されたティッシュ、制服をきれいにするために使っている洗剤、〈カタパルト〉用の潤滑剤、つい先ほどの食事の匂いなどを嗅ぐことができた。彼女がほかの者たちよりもはるかに先まで行ったのは、頭がどうかなりそうだった肉体エネルギーを消費するためであったが、グループ内のみんなからも同量の感覚データを受け取らなくてすむ場所に行くための方法でもあった。ひとりぶんの感覚データで充分だったのである。

キャスリーは、海岸の砂丘に生えている弾力性に富んだ植物による生け垣を勢いよく走り抜けると、濡れた砂地の上に出た。半キロに渡って波が砕け、一面の泡が自分に向かって押し寄せてくる。鼻の中で感じた匂いは、海洋生物がとてつもなく濃い密度で存在することを示しており、それは彼女が〈クレードル〉の橋の上で嗅いだものに似ていたが、今のほうがかなりはっきりしていた。扁桃体が化学的に抑圧されていたにもかかわらずだ。ホープの薬が身体に入っていなかったら、パニック発作のようなものへと陥ってしまっていたかもしれない。そういう状態だったので、今は身体がオーバーヒート気味であり、むき出しの腕を見たときは、グリルで焼かれたソーセージのように、ぱっくり開くのではと思うほどだった。駆け足から大股歩きへとスピードを落とした彼女は、海岸に向かってまっすぐ進んでいきながら服を脱ぎ、不規則に並ぶ足跡の上に残していった。すぐに——気持ちが先走るほどすぐにではなかったが——波が足首を洗い、続いて向こう脛に当たった。彼女は膝をつくと、向かってくる波に対して身体を前向きに倒した。その波が彼女を受け止めて、そっと下にやった。裸の状態で、うつ伏せのまま海に漂ったが、その身を切るような冷たさでも、むき出しになっている部分——尻と肩甲骨——の肌は、焼かれているような感じがしていた。

太平洋にうつ伏せになり、目を開けて、ヒトデを見つめていることとの合理的な説明を求められても、彼女には答えられなかっただろう。だが、これには効果があった。制御不能でドキドキと脈打っていた心臓が、正常のペースに近いところまで落ち着いたのだから。両手両足を砂に据えて、四つん這いで身体を持ち上げ、空気を吸い込まねばと感じるまでには、驚くほどの時間が経過した。

キャスリーは脚を折り曲げるとしゃがみ込み、背中が海に向くように身体を回した。脚と尻は海に浸かったままで、走ってきた熱を冷ましていた。

数メートル離れたところに、ベレド・トモフが立っていた。足首まで波が押し寄せてくるところで、息遣いを荒くしている。彼も太平洋で水浴びしてみるとよさそうだった。だが、それが彼が海に入ってきたねらいではなかった。もしキャスリーがあまりにも長いこと息をしないまま水に浸かっていたら、いつでも引っ張り上げられるようにしていたのだ。

二人はお互いを見ていたが、キャスリーの凝視は『今すぐやれるわよ、ここで』と言っており、それに対する彼の凝視は『わかっている』というものだった。彼女はさらに、『そっちがわかってるのは、私もわかってる』と伝えていた。

「何か聞こえたか？」とベレドが尋ねた。

その質問は予期していなかった。

「たった今だ」ベレドが続けた。「君が頭を下にしていたとき」

「それって、海の中にってこと？」

「そうだ」

「どんな感じのもの？」

「何も聞いていなかったのだろう？」

「冗談言わないでよ。あまりに熱心に耳を傾けていたから、頭がどうにかなりそうになってるのに」

「会話に対してという意味だが」

「確かに聞いてなかったわ。みんな大声で話してるけどね」

彼はちょっと考え込んだ。それから、やや横を向くと、片方の腕を伸ばして、数百メートル先で海岸をさえぎっている、岩の多い岬に彼女の注意を向けさせた。そして、「あそこだ」と声を上げた。

身体の熱の急上昇がようやく引いたので、彼女はふたたび服を着ると、二人でその岬に向かって海岸を歩いた。崩れた岩からなる、ほとんど人造にすら見える険しい塁壁で、木や低木の根によって、しっかりまとまっていた。まるでシャベルの刃のように、海岸を分けている。

自分たちがなぜ海へ向かっていたのかということさえ、彼女にはわかっていなかった。誰かがそこへ自分たちを迎えに来るのだろうか？　そもそも、計画はあったのか？　それとも、もう逃げられないぐらい遠くまで、ただ単に逃げたということだったのか？

「〈ディガー〉は」ベレドが口を開いた。「海中に住む人間の存在を信じている。〈ピンガー〉だ。おそらく、接触《コンタクト》したことがあったのだろう。ベーリンジアの海岸沿いの特定の場所で」彼は自分たちが向かっている方向をあごで示した。

「接触って、顔を合わせた直接の接触ってこと？」

ベレドは肩をすくめた。彼の肩の大きさを考えると、地震計でとらえられるのではというほどのしぐさだった。「君の頭が海中にあったとき、何か耳にしたかもしれないと思ったのだ。連中はソナーという技術を使っている」

まだ混乱している彼女の頭は、今の話をまとめるのに、やや時間がかかった。ソナーについては少し知っている。湖の底の測量と魚の数を数える際に、監視人が使うからだ。「その名前をもつ人と一緒に行動してるのは、偶然じゃないわけ？」

ベレドがうなずいた。「それについて、彼女はすでに私たちに話している。ただ、その大半は、事実というよりも言い伝えのように思われたが」

「彼らはどこに住んでるの？　潜水艦？」

ベレドはふたたび肩をすくめた。「知っている者はひとりもいないようだ。息を止めるのが得意なんだろう」

その岬は、船がないとまわりを進むことができなかった。そこで、通り抜けるべく、内陸へ引き返した。数百メートルの高さを上がり、南に面した斜面に生い茂る草木の中を進まねばならなかった。

海を望める場所にたどり着くと、自分たちがいるのは直径が一キロほどの衝突クレイターのはしだとわかった。海岸で行く手を阻んでいた岬は、そのふちの一部であり、それが太平洋へ曲線状に突き出て、入り江の片側になっていたのだ。その鏡像が反対側にできているのが、今の二人には見えていた。このクレイターをつくった火球は、海岸のすぐ近くに落ちたらしい。中心丘は海岸からすぐのところにある険しい岩による小島で、両側の岬のちょうどあいだに位置していた。そのふちで消失している部分を目で補うのは簡単だった。両岬のあいだから海に出る部分には、海中で円弧がかかっているに違いない。そこに波が当たって砕ける様子も、容易に見ることができた。陸のほうの側では、ふちは自然の坂と一体化していた。衝突によってくぼみがえぐられ、険しいのでベレドとキャスリーは下の入り江まで行くのに、不格好ながら滑るように下りねばならなかった。海岸は砂浜ではなく岩場で、岩の大半は波に洗われたビーチグラスのように透明だった。

二人に追いついたグループの残りの面々の声が、頭上高くの斜面から聞こえた。

海岸の中央、つまり険しい小島の真向かいは、野営向きの場所に思えた。ガラスのような石が少し積み重ねられたものがあったが、自然の堆積物ではなく、意図的な行為によるものなのが明らかなぐらいの大きさだった。「彼らの合図だ。今すぐ火をおこしたほうがいいだろう」ベレドはそう言うと、流木を拾うために海岸を歩きはじめた。石の積み重ねられたケルンになぜか引きつけられたキャスリーは、そこにしゃがみ込んで、ほかの者たちが来るのを待った。ソナー・タックスローの話し声が聞こえる。ほかの者たちのまわりを駆け回るようにしながら上の斜面を越えるところで、その彼らの足音や息遣いも聞こえた。

「彼らの歴史は三度の大洪水によって区切られているの。最初の大洪水は岩と炎によるもの。それによって彼らは最も深い海溝へと追いやられた。そこは海のほかの部分が煮えたっても、完全に干上がることはなかった。彼らが産み出したのは、限られた空間でも生きることのできる種だった。第二の大洪水は氷と水によるものよ」

「クラウディ・センチュリーだ！」アインシュタインが声を上げた。

「そう、何百年にもわたって、あなたたちが彗星を落とした時期ね。彼らは、海が拡大していって、自分たちが身を潜めていた海溝から成長していき、その範囲が広がっているのに気づいた。そこで彼らは、海で泳ぐことのできる種へと姿を変えたの」

「姿を変えたというのは」アルジュンが口を挟んだ。「遺伝子工学によるものなのか、それとも――」

「選抜育種よ」とソナー。「数千年のあいだにオオカミがプードルになれるとしたら、もしその必要があるのなら、人間が何になれるのか、考てもみて！　彼らが海底の探索を始めると、〈ハード・レイン〉のあいだに海へ押し流されて底に沈んだ産業廃棄物を、山ほど見つけた。彼らに理解できない冶金《やきん》などなかったの」

「だから彼らと取り引きを？」とタイ。「金属が不足しているから？」

「それに向こうも、あたしたちの持っているものが不足していたから」

「大洪水は三度あったって言ったけど」アインシュタインが話を戻した。「第三の大洪水は？」

「それが今よ。微生物から始まって、あなたたちで頂点に達した、生命の大洪水のこと」

「つまりは、〈スペーサー〉のことか」とタイ。

「そうよ。それに、彼らが知っている唯一の〈スペーサー〉が、トレス海峡に大量の隕石を落として、マカッサルに例のものを築いたの」

「そういう情報はどうやって君に授けられたんだ？」とアルジュン。

「授けられたって？」

「ソナー、君は〈ピンガー〉と、実際に面と向かって話したことはあるのかい？」

「あたしが直接？」その考えに対して、驚きとともに恐怖を覚えたというように、彼女は声を上げた。「まさか。ここから見下ろしたことがあるだけよ」

「じゃあ、君が上のほうで隠れているときに、一族の年長の者たちが海岸へ行って、〈ピンガー〉と話すわけか」

「話すのは難しいわ。やりとりは主に書いた言葉でよ。あたしたちが紙をあげるまで、向こうは持ってなかったし。あたしたちはスレートとチョークを使ってる」

キャスリーの目は、つい先ほど気づいた細かい点に注がれた。風に吹かれた砂の中に、不自然な感じの平たい黒い岩の堆積物が、半分埋まっていたのだ。一同の残りがようやく水際へ下りるあいだに、彼女は流木のかけらでその岩から砂と砂利をこすり落としたが、その一片が緩くなったような気がした。はしは荒削りだったものの、人間の手によってこしらえられたのは明らかだった。彼女の指ぐらいの厚さがある黒い岩の板で、腕を曲げたところに収まるぐらいの大きさがあり、文字が書けるほど滑らかだ。ぬかるみの中には炭酸カルシウムのかたまりが散らばっていた——チョークだ。その跡はスレートの上にも見て取れた。文字ではなく、図か地図の一部で、それに数字もいくつかあった。

　小島の片側で、その先端のちょうど下から飛び出ているのは、よじれた流木だった。嵐によって海岸沿いのどこかの崖のはしから引きはがされ、それからここに投げ出された木の切り株だ。タイは海岸にたどり着くと、すぐに荷物を下ろしてポケットを空にして、ロスコス・ユールがグライダーで運んできた箱型の備品ケースを手に取った。濡れないようにそれを頭の上に掲げたまま、厳しい冷たさに悪態をつきつつ、水の中を小島へ向かってどんどん歩いていく。いちばん深いところでは、水は腰ほどまでになり、波が時折彼のあごに当たった。そのケースを小島の横のほうへ放って、水から出た。

　タイはその切り株を興味深げにしばらく見つめてから、しゃがみ込むと、突き出た根を何本かつかんでひっくり返して、波のほうへ転がした。下がってほかの連中の視線から外れると、その下に隠れていたものを彼らに見せた。丈夫なスチール管の断面で、直径は人の手の幅ほど、高さは人の膝ほどあって、ディナープレート大の使い古されたスチールの平たい円盤が上についている。管は、その巨礫自体につながってはいない。海へと伸びている、もっと長い部分の一部だった。水の線より上に出たその部分は、犬釘で岩の裂け目に打ち込まれていて、〈ディガー〉による典型的な臨機応変の工作であることが、彼らにはすでにわかるようになっていた。

タイは、さっきから自分の足元にあるものに気づいており、それに注意を向けた。かがむと、海岸にいる者全員に見えるように、それを持ち上げた。管とスチールのかたまりから急ごしらえでつくられた大ハンマーだ。続いてサイクのことを見た。彼女はタイを見返しながら、手のひらを灰色の空に向けて、両手を差し出した。『ね？　あたしの言ったとおりでしょ』と言いたげだった。

タイは一同に背を向けると、その巨礫の先の海をしばらくながめてから振り返り、大声を出した。「あれはどこまで伸びるんだ？」

「管のこと？　四〇メートルぐらいかしら」とサイク。「クレイターがホルンの役目をして、深いところへ音を伝えるのよ」

彼女がその言葉を言い終えないうちに、タイは大ハンマーを思い切りスチール板に打ちつけた。ビーン！　という、目もくらむほどの大きな金属音がして、それが消えるのと入れ替わりに、キャスリーの叫び声が残った。彼女は両手を耳に押しつけたまま、砂の上に膝をついている。

「彼女をここから連れ出してくれ」と言ったタイの声は、手のひらを通してキャスリーにも聞こえた。ベレドがうしろから手を回して、胸の下に腕をやると、彼女を持ち上げて立たせた。これは、ある点では歓迎すべきことだと言えた。ただ彼女は、運ばれることになるのはうんざりだったので、ベレドから身を引き離すと海に背を向けて、海岸のはしを示す低木地帯へ進んでいった。タイは彼女に充分な余裕をあたえてから、「耳をふさぐんだ！」と叫んだ。彼女がそうした瞬間、またビーン！　という音が、まるで頭蓋骨の基部につららが刺さったかのように、身体の中を突き抜けた。そのあとも、その音は連続してやって来たが、一定したリズムではなく、散発的だった。耳に指を突っ込んで、ハンマーが叩かれるたびに痛みに苦しまずに入り江を見渡せるところまで登ると、タイのしていることが、彼女にもわかった。


人類の各種には、それぞれのイヴにまでさかのぼる、独自の文化的伝統がある。それらは社会的儀式、学校の教科課程、若者のためのクラブによって、世代から世代へと伝えられていた。若い〈テクラン〉たちは格闘技の特性を備えた無重力状態での体育を学び、〈エピック〉のあるときのテクラの行動を再現する障害物通過訓練場で競争する。一方〈ジュリアン〉たちは、チームに分かれて討論の力を競い合ったり、彼らのイヴの〈スウォーム〉における追放と苦難を象徴する、長期の修養会《リトリート》を行なうという具合である。

若い〈ダイナン〉たちはモールス信号を学んだが、それが使われることはめったになかった。

〈モイラン〉たちは、間違いなくそれを学ばなかった。そのためキャスリーには、チュラタム・レイクが大きな音によって深海へ送っているメッセージの内容は、まったくわからなかった。

イヴ・ダイナがルーファスに最後のメッセージを送ったという、〈ハード・レイン〉の始まりにあった〈エピック〉の場面は、言うまでもなく誰もが見ていた。QRTというコードが何度も繰り返されるうちに送信を終えるというもので——ダイナの嗚咽が止まらなくなり、送信するスピードがのろのろとしたものになったあとはとりわけそうだったが——ツーツートンツーという音で始まる厳粛なファンファーレのような感じがあった。Qの文字をあらわすモールス信号だ。普通の英語の文章よりそれが多いので、キャスリーにもそのパターンがわかった。つまりタイはメッセージを短く伝えるために、昔のQ符号を使っていたのだ。ただ、彼が実際に何を伝えているのかは、彼女にはまったくわからなかった。彼は何度も叩いていたが、長く鳴らす音と短く鳴らす音のシンコペーションのせいで、しばらくすると彼女はイライラしてきた。ソナー・タックスローが岩のそばまでやって来て、今ごろ〈ピンガー〉はこのメッセージを間違いなく聞いているからと——彼らが近くにいるとしてだが——請け合ったので、タイも叩くのをやめた。

「あとはこれでどれだけ待てばいい？」タイの声は、激しい波の音に負けないように、またおそらくは耳が麻痺していたので、大きくなっていた。

「彼らがどれぐらい離れたところにいるかによるわ」とソナー。「一日かもしれないし、三日かもしれない」

「そりゃ最高だ」タイがそう言って顔を上げると、ロスコス・ユールと目が合った。ユールは時代を超越した軍人の本能に従って、袖をまくって時計を確認した。

　タイは箱の蓋を開けて備品を取り出すと、説明書を読みだした。遠くにいたキャスリーにその詳細は見えなかったが、いずれにしろ暗くなってきていた。空が暗くなるなか、海のほうを向いて小島の岸に座り込み、小さなライトを時折つけては備品をいじるタイの姿が見えている。その横に腰かけているのは、アインシュタインが持ってきてくれた寝袋にくるまっているサイクだ。彼女は大きなヘッドホンをつけ、鳥のように機敏な動きでタイのほうに顔を向けては、何かを言っていた。イーサ・アルジュンはちょうど波が届かない海岸沿いをゆっくり行き来して、愛する者のことをいらだたしげに見つめているアインシュタインのそばを、たまに通り過ぎていた。ホープは、数メートル高い位置の乾いた砂地に張られた、小型のテントの中にいる。その壁に青っぽい光のゆらぎが見えることから、タブレットを操作していると思われた。おそらく、ＰＯＴＥＳＨの処置について学ぼうとしているのだろう。

　ホープ、タイ、アインシュタイン、ソナー・タックスロー、アルジュンがくつろいでいる低いところの野営地は、そんな様子だった。ベレドはキャスリーを追って、坂を登っていた。ランゴバルドとロスコス・ユールは、遅れて彼のあとを追った。広がって、全方向に草木を切り開くように進んでいくと、坂の丸い頂上に出た。クレイターの内側のはしと、吹き飛ばされる前に存在していた地形とのあいだの境界線だ。その上の斜面はかなりなだらかになっている。事実、ふちを越えたところで最初に気づくのは、標高がわずかに下がることだった。海に背を向け、山に顔を向けている彼らの目の前には、長さが数百メートルにわたって、反対側に松林が迫っている沼があった。彼らは数歩下がると、そのふちの頂上のすぐ下に野営地を築く作業に取りかかった。言葉はほとんど交わさなかったが、〈レッド〉の軍勢がやって来たときに海岸を守るのが目的なのは、明らかだった。もし敵が山のほうからやって来たら、相手はその沼を越える必要がある。もし海岸のほうからやって来たら、このクレイターのふちの一部をよじ登る、もしくは迂回する必要があるのだ。どちらの場合でも、この有利な場所からは、相手の姿がはっきり見える。

　数十年前、その近くに軌道式《O》新《N》農業用《A》吊りかご《N》が着地したと思われた。種をぎっしり詰めた〈サイワイ〉がそれから出てくると、滑るように進み、近くをうろついて標高や土壌の水分を測量し、メッシュ・ネットワーク内で比較したのだ。この〈サイワイ〉は、海に至る斜面に傾きの変化があるのに気づいていた。リングでプログラミングされた計画に従って、強い低木に育つ種を植えることで、その海岸線を安定させられると判断した。そうして、すべてが実現したのだ。海岸からさまよい出た〈サイワイ〉は、ふちを越えたところに平らな地面を見つけると、湿潤環境でも育つさまざまな種を植えた。その草木は自然のダムのようなものとなり、上にある山から流れてくる水をせき止めた。それはいつかは湖になるかもしれないが、今のところは黒い沼となっている。ぐちゃぐちゃで膝までの深さがあり、そのような土地を好む草や葦で覆われていた。

キャス・ツーだったころ、彼女は戦闘をしたことがなかった。ただ、武器の訓練をした結果、腹をすかせたイヌ科の動物に向けて〈カタパルト〉を発射するのに必要な、最低限の腕前は身につけていた。キャスリーには、その能力がエピジェネティック・シフトしたものの中にあるのかどうか、まだわからなかった。ある意味、それはどうでもいい。戦いが得意ということがわかっても、ベレドやバルド、それに——外見から判断するに——ロスコス・ユールほど、実戦では役に立たないのだから。それでも彼女は、彼らを鈍くてのろい連中だと思っていた。彼女にとって明らかなことの多くに、彼らが気づかないからだ。それに、彼らが疲れていて、居眠りをしがちなのもはっきりしていた。あたりがすっかり暗くなると、キャスリーはロスコス・ユールが持ってきた携帯食糧を連続して三食分すべて平らげた。そして、そっと抜け出して少し登り、内陸のほうを見て耳を澄ますことのできる、ふちのてっぺんまで出た。

彼女があらわれたことはロスコス・ユールを驚かせた。彼の一定した呼吸は、千歩離れたところからでも聞こえていた。寝ていたか、それに近い状態だったのだ。

「近づくときには警告してくれ、キャス・ツー！」

「キャス・ツーは死んだわ」

「だったらキャス・スリー」

「誰も来ない。少なくとも数時間は来ないわ」

「空から落ちてこないかぎりはな」

そこへ、いつも社交的なランゴバルドが近づいていた。「連中は空からは来ない。おれたちを密かに殺せるのなら、そうするだろう。外へは漏らさずに。だが、全面的な攻撃となると、どうだろうか。それをすると、リングの人々に向けて彼らがつくり上げている話とは一致しなくなる」

「おれたちが自分たちのしょうもない話を書けるのは、いつになるんだろうな?」とユールが言ったところで、会話は止まった。

だが、その問いかけに対しては一時間後に答えがもたらされた。まずキャスリーが、続いて残りの全員が、海のほうから聞こえる物悲しく響きわたる音に気づいたのだ。世界のはしの南側から水平線に航海灯があらわれたが、操舵士が暗くしようと決めたためか、消えた。音からも、海面に沿って進む様子からも、それが飛行機でも船でもなく、その中間的な〈アーク〉として知られる乗り物であるのは明らかだった。一キロほど離れたあたりで着水しており、エンジンに切り替えてシュッシュッと響かせながら進んでくる音が聞こえてきた。やがて、沖合数百メートルのところで錨が下ろされた。〈ディガー〉の過敏な神経を気遣って、陸からかなり離れているが、人や武器を小型の船で折り返し運ぶのには充分なほど近かった。後方の大きな荷物ランプが開くと、海水が中へ流れ込み、船内にあった小型の船やはしけの集団が浮かんだ。そのうちの一隻に乗って、数人がこちらへやってくる。キャスリーは彼らによる会話を耳にした。相手をするのはもっぱらタイとアルジュンだったが、アインシュタインもいつものように、そこに入りこんでいた。

はしけは〈アーク〉と海岸のあいだの開水域へ引っ張られて、そこで錨を下ろした。聞こえてくる音が、内部に複雑な機械があることを物語っている。数分後、ゴトゴト、ブーンという音とともに〈フリンク〉の輝く鎖が逆U字形でその上部から出てくると、空に向かって伸びていき、速度を増した。音は鋭さを増して、キーンという一定のものになった。数分のうちに、そのエイトレインは百メートルと思われる高さまで上昇すると、柔らかな光を発しはじめ、人が容易に移動したり文書を読んだりできるほどの光で入り江や海岸を満たした。おかげでキャスリーは、船首近くの胴体に記されているその〈アーク〉の名を読むことができた。〈ダーウィン〉だった。〈テラリフォーム〉の巨大な基地から派遣されたに違いない——おそらく、太平洋北岸が管轄のハイダからだ。

はしけから展開したエイトレインは、ありふれた軍用機器であるため、単なる可視光線以外に、別の波長も出していたと思われる。一体化された通信システムのハブのようなものなので、視界に入るあらゆるものと相互に連絡し、さらにデナリやリング内のほかの施設にも送信していた。

キャスリーにとって、睡眠は今や問題外だったので、クレイターを下って海岸へ向かった。茂みから出てみると、アインシュタインとサイクが集中的に光を浴びながら隣り合って立ち、カメラのほうを向いていた。一方の側には、メモをより分けて調べている、新たにあらわれた〈モイラン〉の背の高い女性がいた。その姿勢、落ち着いた態度、黄金の瞳は、ファッシヨンモデルのようだ。ひんやりして湿気のある、ベーリンジアの海岸に合った服を着ている。その服が、細身ながらも大柄のその身体によく合っている様子から、彼女のためにグレイト・チェーンの優れたデザイナーがつくったものだろうと思えた。

それ以上近づかなくても、キャスリーは何が起きているのか理解できた。背の高いその〈モイラン〉女性は、ロスコス・ユールがまさに望んでいたものをつくり出していたのだ。彼女はしばらくのあいだ、カメラに向かって直接語りかけたあと、アインシュタインとサイクにインタビューした。すべては生放送で、リングへと発信されていた。

キャスリーは海岸にひとり座って、膝を抱えながらその女性の様子を見つつ、人生にどのような出来事があったせいで、彼女は現在のように背が高くて美しくて、見るに値する姿に変わったのだろうと思っていた。その女性には、生まれつき美人だった人によくある振る舞いが見られなかったので、何らかの個人的な災難によってそれを得たのだろうと、キャスリーはにらんでいた。女性はインタビューを終えると、ライトとカメラのスイッチを切ってからイーサ・アルジュンに近づき、彼と向き合ったまましばらく立ち話をしていた。どちらもヴァープを装着していたので、話題がなんであれ、その機器がお互いの目に投じているものについて話しているのだと、キャスリーにはわかった。

キャス・ツーはその女性がリング周辺の問題地域で取材しているところを見ているはずだと、キャスリーは確信した。ゼネストや市民による混乱が手に負えなくなったり、物を壊したり人を傷つけたりするために検疫執行・拘留部《クィーズ》か警察が呼ばれたりした、ハビタットのことだ。

キャスリーがそのようなことに気づき、思考をつなぎ合わせるぐらい長く座っていたことは、睡眠時期が迫っていることを示していた。その日の大部分の過ごし方を考えると、当然の結果だ。真夜中と夜明けの中ほどだったため、キャスリーは近地点を最後に通過する際の〈エンデュアランス〉と同じぐらいの強さと必然性で、睡眠へ落ちていくのを感じていた。

ところが彼女は、その背の高い〈モイラン〉の女性を見つめていて、相手からも見つめられていた。相手は何も言わずに、彼女の腕が届くぐらいのところにまで近づいていた。思わず立ち上がったキャスリーは、転びそうになった。

「キャス・アマルトーヴァ・スリーね」と相手が呼びかけてきた。「私はカンタブリギア・バルト・ファイブよ」

『ファイブだって？　うわ』「さぞかしひどいものを見てきたんでしょうね」と、キャスリーは言った。「あなたのためにも、今の状態で落ち着いたことを望むけど」

カンタブリギア・ファイブは黄金の瞳を少し動かした。今の発言を認めたということだったが、何も言わないでそのまま受け流した。「私は指揮官役を務めるために、ここに来たの」

キャスリーが最近聞いた話の中では、最もおかしなものでも、まったくおかしくないものでもなかったため、彼女は平然と受け止めた。外見からすると、カンタブリギア・ファイブはビデオ・ジャーナリストだ。だが、警察や軍事活動をビデオで見ている一般人にとって好ましく見えれば、成功と判断される世の中では、彼女が指揮官でもあるというのは、道理にかなっていた。

カンタブリギア・ファイブの後方から近づいていたアルジュンが、横に来て彼女の右肩越しにのぞき込んできた。彼はキャスリーの視線を束の間とらえると、うなずいた。

カンタブリギア・ファイブが話を続けた「無線《ワイアレス》でユール上級曹長とトモフ中尉、それにランゴバルドと話したところで、彼らに対する指示を伝えた。これはあなたへの指示よ。〈レッド〉の少人数部隊が近づいているの。まだ数時間先のことだけど、道に詳しい〈ディガー〉二名が案内しているという情報が入っている。ここに着いたら、戦闘になるかもしれない。もし戦闘となった場合には、直接には関わらないこと。こちら側の〈バッキー〉には近づかないで。〈ディガー〉を捜して。彼らによる危害を食い止められるのなら、ぜひそうして。ただ、死んだ〈ディガー〉がビデオ画面に映るのは、まずいけど」

キャスリーはうなずいた。「わかったわ」

何らかの説明が必要だと、アルジュンは思ったようだった。「〈ピンガー〉がいつあらわれるのか、そもそもあらわれるのかどうかは、わからない。だから、時間を稼がないと」

「そうね」とキャスリー。「で、どうするつもり？」

アルジュンの顔に浮かんだ表情が、今の質問は無礼だと示していた。だが、カンタブリギア・ファイブがそれに反応した。彼女は自分の頭に載せていたヴァープをさっと外すと、キャスリーに手渡した。キャスリーは慎重に自分の顔にセットしたが、うまくフィットしなかったので、焦点が定まるように、片手を添えて正しい位置に合わせる必要があった。

「サウンドトラックが必要ね」とカンタブリギア・ファイブ。「でないと、まったくの別物になるから」

「サウンドトラック？」キャスリーは声を上げた。ただ、カンタブリギア・ファイブの顔に浮かんだかすかな変化がほのめかしていたのは、それはさりげない冗談であり、彼女も調子を合わせたほうがいいということだった。顔の両側を手探りしてイヤホンを見つけると、それを正しい位置に合わせた。

そのヴァープにより、キャスリーにはいくつかの仮想物体が見えたが、そのほとんどは灰色になっていたりかすんでいたりした。キャスリーが持ち主ではないと認識したヴァープが、個人的なものやプライベートなものは無効にしたのだ。しかし、彼女とアルジュンのあいだには柔らかく輝く赤いしるしがあった。ピンポン玉の大きさで、片側にくぼみがある。彼が手を伸ばしてそれを軽く叩くと、彼女のほうに向かって飛んできた。「どうぞ」と、彼が言った。彼女はそれを片手で受け止めると、そのくぼみに親指を這わせて、それから自分の顔の前でぐるっと大きく楕円形にまわしてみた。フラットスクリーンが姿をあらわした。続いてその赤い球を自分に引き寄せると、三次元上で画面を払って、大きさを洗濯かご大に設定した。

カンタブリギア・ファイブは、サウンドトラックのことで冗談を言ったわけではなかった。〈ゼロ〉から数千年後につくり出された、モーツァルトらにはおなじみの楽器で、フルオーケストラが構成されていたのだ。それに加えて、大勢の合唱隊が三次元で彼女の耳に膨大な音を注ぎ込んでいた。演奏されているのは〈レッド〉の応援歌だ。スポーツの行事で耳にする威勢のいい短縮バージョンではなく、交響曲形式のもので、人々を微動だにさせず、畏敬の念を起こさせることを意図したものだった。

　彼女がたった今、手で払った海岸上のスペースに、ニッケルと鉄による握りこぶしがあらわれた。〈レッド〉の〈クラーク〉だ。どっしりした桁《スパーズ》がそこかしこに突き出ていて、髪の毛のように細い索具の紐用のアンカーポイントはさまざまな方向に伸びており、はるか彼方で姿を消しているように見える。キャスリーは、丸石で足をくじかないように注意して動きながら、そのまわりを回ると、中央にある穴をのぞき込んだ。そこで何かが動いている。グレイト・チェーンに似た光の輪が内部に積み重なっていて、それぞれが異なる速度で回転しており、その一方で厚さが何キロもある小惑星のゴツゴツの殻内で守られていた。プログラミングされたカメラ機構が始動したため、彼女は驚き、足を踏ん張って、カンタブリギア・ファイブの前腕に手を添えて身体を支えねばならなかった。〝ポヴ〟こと仮想視点《ポイント・オブ・ヴァーチャル・ヴュー》は、〈クラーク〉の中心へとゆっくり入っていったが、それは今やかごの大きさをはるかに超えて、彼女を取り囲むほどに大きくなっていた。その動きは彼女にはコントロールできなかったが、あらゆる方向を見ることができたため、リングの形をした各都市をガラス屋根越しに見ると、若者たちがボールを蹴り合う緑の野原、恋人たちが手をつないで散策する青い池、にぎやかな高層建築地区、理想の住宅地区、和気あいあいとした学校、そしてたなびく赤い旗の下で〈ベータ〉と〈ネオアンデル〉が格闘技と射撃の訓練を行なっている軍事基地が見てとれた。

「これは全部本物？」

「ミックスだ」とアルジュン。「実際に建造したものと、想像を描写したもののね」

「それで、これは実際に公表されたものなのか、それとも――」

「六時間前に放送された」とアルジュン。「大暴露だったよ」これまで〈レッド〉が、〈クラーク〉の内部の映像を――本物であれ想像したものであれ――漏らしたことは一度もなかった。

はしまで上空の移動が終わると、彼女のまわりにスペースができて、ポヴが〈クラーク〉の奈落から出た。見慣れたハビタット・リングが見えてくると、両方向に伸びていき、青い地球を輝く抱擁で包み込んだ。鉄の握りこぶしの周囲に編み込まれた索具からは、赤道へケーブルがまっすぐに下りていた。最初はゆっくりと、やがてスピードを増してポヴが下りていき、現実のエレベーターのようなものなら何日もかかるところを、ものの数秒で到達した。明るい雲越しでも、キャスリーには東南アジアの入り組んだ地形を北へも南へも見ることができ、さらに灰褐色の板のようなオーストラリア――今やでこぼこしたグレー・グリーン色の巻きひげ状のものでニューギニアとくっついている――も見えた。ポヴが最初はそれにズームすることにしたため、陸橋を通る道が見えるぐらいにまで近づいた。それから進路を変えて北西方向に向かうと、ニューギニアの緑の靄《もや》がかった背骨部分から、赤道にほど近いはしにある岬まで進んだ。そこの建設工事が見えた。開拓された土地、建物、掘削された坑、ぼんやりとしたインフラストラクチャーのネットワークがちらりと見えたが、そこに長くはとどまらなかった。ポヴは高く舞い上がると、彼女が地図で見たことがあってかすかにわかる地形で入り乱れている、紺碧色の海に出た。ところがその直後に彼女の目は、鉛筆と定規で書かれたように見える、甚だ不自然なものに引き寄せられた。それは〈クラーク〉から伸びたテザーで、二つの大きな島のあいだの海に垂直に突っ込んでいた。島はボルネオ島とスラウェシ島で、そのあいだの海はマカッサル海峡のはずだと、彼女も気づいた。ポヴの動きが遅くなり、やがて止まった。交響曲と合唱隊は、ゆっくりとしたクライマックスに到達していた。画面上に変化があらわれたが、これは見えたというよりも、感じられた。プログラミングされたカメラ機構が終了して、現在のヴァープはふたたびキャスリーの動きに反応していた。まるで海峡をまたぐ巨人のように、彼女は動き回りながらさまざまな角度から見ることができた。しばらくは、特に何も起きなかった。やがて彼女の目が、海の乱れに気づいた。テザーが刺さっているあたりだ。海面が盛り上がって、泡立っている。通常の表面波によるさざなみがかき消されて、渦巻く泡の大きな緑色の渦と、巨大な腕に取って代わられた。身を乗り出した彼女には、旋回しながら怒っているようなカモメの姿が見えた。その詳細な姿から、自分が見ているものは本物であり、加工表示《レンダリング》されたものではないと確信した。海面がかき乱されている地域は、ケーブルから——それが赤道上にあると、彼女にはわかった——離れて南北に広がったが、東西には広がらなかった。ケーブルは二つに分かれ、さらに二つに分かれて扇形になり、海峡をかき乱すものがどんなものであれ、南北に広がってその全体を支えていた。

　最初は赤道の表面で噴き上がり、続いて海を裂き、それが子午線上をものすごい速さで広がっていった。その物体は、最初はほとんど見えなかった。ナイアガラの滝が複数あるような量の水が物体から排出されて海へ戻り、その構造物そのものよりも高さがあるしぶきの暴風雨前線を浴びせていたからだ。だがすぐに、〈グノーモン〉が見えてきた。その全体像を目にするには、キャスリーはうしろに下がらねばならなかった。彼女は左手を伸ばすと、つまみを反時計回りに回す動作をした。バス・トロンボーンとケトルドラムの音で頭が割れる前に、キョート交響楽団のブラスセクションの音量を下げるためだ。

〈グノーモン〉の設計者が反《アンチ》〈クレードル〉をつくろうと意図していたとしても、これ以上のものはできなかっただろう。刀のような厄介な長い曲線があり――地球の湾曲によりいっそう合っているものだ――それに昆虫の外骨格の半透明という繊細さが組み合わされている。空中へと立ち上がるにつれて、広がって新たなかたちとなるように見え、脱皮して大きな身体になる折り紙のカマキリのようだった。多数のひだやアーチ形の甲殻は、最小重量で考えられる最強のものをつくるという、狭い場所で何世紀も苦労してきた何百万人もの〈ジン〉によるものだろう。

「なんでできてるの?」

「ほとんどは炭素とマグネシウムだ」とアルジュン。「どちらも、海の堆積物から抽出できる、軽くて丈夫な素材だよ」

「そうやってつくり出したわけ？」

「そうよ」とカンタブリギア・ファイブ。

「エネルギーを大量に消費してね」アルジュンが続けて言う。「海底にある製造施設まで、テザーで動力を送ったんだ」

「労働者を海底に住まわせたの？」

「ロボットさ」

「チャンスがあるのは、まさにそこだから」とカンタブリギア・ファイブが言った。

　この壮大なものをつくり出した者たちは、ふたたびポヴをコントロールすると、〈グノーモン〉の全体をキャスリーに見ることを強《し》いた。いい部分には速度を落として長々ととどまり、繰り返しの部分はさっと通り過ぎた。彼女もわかってきたが、これは巨大なレール上を南北に動いて、さまざまな緯度で地上とつながる、乗り物のようなものだ。それ自体の内部に線路があり、住宅ポッド、軍事施設、家族向け豪華リゾート、さらにそのほかたくさんのものとつながっている。明らかに加工されたもの——実際にはまだつくられていないものだった。ポヴの移動が自分にはコントロールできないため、キャスリーはやや気分が悪くなった。イヤホンを持ち上げると、目を閉じて、ヴァープを慎重に顔から外した。それから目を開けて、現実を見た。海岸、小島、対話相手の二人を。彼女はヴァープを返した。「チャンスって、なんの？」

「知能の高いエイリアンの人種とファーストコンタクトを行なうとき」カンタブリギア・ファイブが言った。「露天掘りを行なう巨大なロボットを彼らの故郷に投下するのは、いちばんの手とは言えないからよ」

キャスリーはしばらく考え込んでから、「そうか」とつぶやいた。

「そうなのよ」

「つまり、彼らが〈ディガー〉と仲よくなろうとあんなに熱心だったのには、理由があるわけね」

「〈ピンガー〉相手には見事なまでにしくじったから」カンタブリギア・ファイブはキャスリーをしばらく見つめていた。その静寂と凝視は強い印象を与えるものだったが、キャスリーはそれほど不快に感じなかった。

ようやく、彼女が言葉を続けた。「今日、ここで起こる出来事は、ニュー・アースの将来に大きな影響を及ぼすわ。リソースがもっとあれば、不確定要素の少ない、もっと念入りな戦略を用意できたかもしれない。でも、もっと多くのものをもっているということだけで、すべてが損なわれたかもしれなかったの」

「おまえたちはそういうことを、いったいどうやって考えついたんだ？」と、タイが尋ねた。

小島でしゃがみ込んでいる彼の隣にいるサイクは、寝袋にくるまったままの状態で、両手と頭だけが見えている。彼女は取扱説明書を手にしていて、〈フリンク〉のチェーンの光のほうに向けていた。入り江はまだ照らされているが、人々が眠れるように、〈アーク・ダーウィン〉のクルーは照明を落としていた。単語の多くはなじみがないもので、彼女はその説明書を集中して読まねばならなかった。ほぼすべての単語にちりばめられている、見慣れぬキリル文字を分析しながら、唇をわずかに動かしている。耳を覆うヘッドホンは、泡でできた巨大なドーナツのようだった。タイの言葉は聞こえておらず、自分が見られていることにも気づいていない。そのためタイは、一分間にわたり、彼女のことをしげしげと見ることになった。自分のタイプではなかったし、何よりも年が若すぎる。それでも、アインシュタインが彼女に見出したものが、彼にもわかってきた。アインシュタインには、自分がいたRIZで自分に似あいの人はいないし、興味深い会話ができるような〈先住民〉の女の子はひとりもいないということが、わかっていたに違いない。それでいて、もし自分がハビタット・リングへなんとか行けたとしても、賢い女の子たちからは田舎者と見られるのだ。

　箱に入っていたのは、持ち運びのできるソナー装置だった。ピンという音を発信できるものだが、タイたちの使い方は違った。聞くために使うのだ。ソナーはタイの手からもぎ取るかのようにそれを手にすると、使い方をマスターしようとしていた。〈アーク・ダーウィン〉の登場と、船とはしけの動きによって、彼女は絶えずイライラしていたが、タイからのちょっとした励ましもあったので、それを興味深い科学実験のようにとらえるようになっていた。このようなテクノロジーが、〈ピンガー〉や深海にいるほかの哺乳類にとって、どのように受け止められるかを理解する方法としてだ。

ガラス質で急勾配の地面を慎重に移動して、彼女の周辺視野に入ると、タイは肩を軽くトンと叩いた。没頭しているのに邪魔はしたくなかったが、答えてもらうべき質問があったからだ。一瞬びくっとした彼女は、まるで何千キロもの彼方からこの場所へ瞬間移動させられたとでもいうような顔をしたが、すぐに気を取り直すと、片方のヘッドホンを耳から外した。

「なんて言ったの？」

「このすべてだよ」タイは管の上にある使い古されたプレートに手を置くと、急ごしらえの大ハンマーをあごで示した。「どうやって考えついたんだ？〈ピンガー〉が君たちと話したいときには、どこどこの場所の海岸にケルンを建てるんだって、なぜ知ってるんだ？」

「大気が呼吸に適したものになったら、すぐに偵察隊を送りはじめたのよ」

「そいつは三〇〇年前のことだな」とタイ。

「二八二年前ね」

「昔の話であることを、はっきりさせただけさ」

「そんなに昔じゃないわ」

タイはため息をついた。「生きている人の記憶には残ってないだろ」

「これは単なる言い伝えじゃないのよ。それがあなたの言おうとしていることだったらだけど。あたしたちは文字による記録も残しているんだから」

「コットン一〇〇パーセントの紙にか。そうだったな。続けてくれ」

「当然ながら、地上には偵察隊の食べるものが何もなかった。だから、背中に担いでいた食糧だけで、行けるところまで行った。でもそのうちに海岸沿いで、食糧になる海藻や二枚貝を見つけたわけ」

タイはうなずいた。「〈テラリフォーム〉による人工藻が大気の形成の役を果たすと、今度は抑制する必要が出てきた。それで〈テラリフォーム〉は海岸に貝類を、海にはオキアミをまいたんだ」

「その二枚貝が、人が四七〇〇年ぶりに口にした肉だったの。海岸沿いにいた偵察隊は、望むかぎりずっと外にいられて、何カ月も何年も歩き回ることができた。ホールから出てこなかった〈ディガー〉よりもいいものを食べながらね」

「偵察隊は人気が高かったろうな」

「人気がありすぎたわ。勝手に出ていく者も出てきたから、追いかけて、委員会の規律に従わせなければならなかったの」

「それはちょっと……いやな感じだな」

「いい時代じゃなかったわ。あたしたちの今の文化でよくないものに見える多くのことは、そのころに始まったのよ」

「とにかく、偵察隊はホールから出ると、いちばん近くの海岸へ直行するわけだな」

「そのとおり。それにあたしたちが通ってきたここまでの道は、あたしたちにしたらけもの道のようなもので、すっかりわかってるわけ。それで、規律が再確立されたあとのある時期に、偵察隊がここから数キロの海岸を探索して、木の上でキャンプを張ったの。そのうちのひとりが下を見たら、人が海から出てきたのを見かけたのよ。その人は貝を掘るときに使うような小さなシャベルとかごを持っていたけど、服は着ていなかった。それで、貝をいくつか掘ってかごに投げ入れると、海へ戻って、姿を消したの」

「スキューバの道具も、ウエットスーツもなしでか」

「そうよ。ナイフを差したベルトだけ。それで、この知らせがホールに持ち帰られると、あたしの前任者が話し合いに呼ばれた」

「つまり、前のソナー・タックスローということだな」

「ええ。偵察隊は次の年に同じ場所へ戻ると、これに似た仕掛けを設置した。これほどいいものじゃなくて、海の深いところへ信号を送るために使われたものだったけど。でも、何もなし。何年も、何十年と過ぎてもね。彼らがそれを続けたのは、目撃例が一度あったから。何度も偵察隊に出ていた年配の〈ディガー〉が考えついたのが、ここにもっと大きくて性能のいい、音を出すものをつくろうということだった。クレイターのかたちがホルンの役目を果たすから、音が外へ向けられるって。それで手短に言うと、うまくいったの。コンタクトできたわけ」

「それは最近の話か?」

「この五〇年ってとこね。それが、あなたたちが戦争を始めたころに途切れちゃったの。それでも五年前に、ケルンを見かけるようになったわ」

　キャス・ツーがあの朝グライダーから〈ディガー〉を見たときと同じく、キャスリーはすでにしっかりと目覚めていた。ただ、何かがいたという確信はあったが、それを裏づける物的証拠は何もなかった。今回、彼女は音に反応していた。まだ寝ているときに聞こえたものであり、それをつかもうと必死になるほどかわされてしまう、記憶によってのみアクセスできるものだった。彼女はごろんと腹這いになると、両肘をついて身体を起こし、坂の上のほうに顔を向けて目を閉じて、口は開いたまま身体を固くした。最初の数分間は何も聞こうとせず、周囲のサウンドスケープをただ受け入れていた。そこに属していない音を感知できるように。はしけの〈フリンク〉のチェーンはまだ活動していたので、一定の音は出していたが、心の神経回路によって取り除くことができるものだった。バルドも急に静かになっていたことには気づいていたが、何かを耳にしたのか、それとも彼女が耳をすましたのでそれに従っているだけなのかは、わからなかった。キャス・ツーは本が好きで控えめだったかもしれないが、キャスリーは近くにいる人たちを油断させないタイプなのだ。

　また聞こえた。おそらく最初に彼女を目覚めさせたものと同じ音だ。ただ今回は、その正体がわかっていた。手づくりのスチール製矢じりが、ポケットに入っているコインのように、矢筒の中でカチンという音をかすかに立てているのだ。〈ディガー〉ハンターのジレンマだが、矢を流れるように抜いてつがえるには緩く入れていなければならない一方で、あまりに緩すぎると歩くたびにガチャガチャと音を立ててしまうのだった。平らな地面を慎重に進む場合には、彼らの武器一式もいっさい音を立てないだろうが、起伏ある斜面を夜明け前に息を切らしながら下るとなると、道具も自然と緩くなる。耳で得た像が頭の中ではっきりするにつれて、足音にも気づき、やぶの中を進む身体の音も聞こえた。その一団は、ガチャガチャという矢筒の音以上に多くの人数からなると、彼女は推測した。

また別のキャス・ツーの記憶とつながった。〈先住民〉が多くいる地域での監視人の仕事に備えて、アメリカ西部の古い歴史に目を通したのだが、そこでは白人が斥候やガイドに先住民を利用していたのだ。

ランゴバルドもその物音を耳にしていたので、クレイターのふちの下に設けたちょっとした監視線沿いをナックルウォークで移動していき、ロスコス・ユールとベレド・トモフをそっと起こした。キャスリーも彼のあとについて二人それぞれのところへ行くと、声を低くして順番に告げた。「弓矢を持った〈ディガー〉二人が、〈ネオアンデル〉の小部隊を引き連れているみたい」

「規模は？」ベレドが聞いた。

「おそらくペロトン丸々じゃないわ。上陸してきた集団の半分というところね」

「タイに知らせてきてくれ」とベレド。「明かりをつけるようにと」真っ暗で何も見えなかったため、彼は彼女の肩の上――ちょうど首に向かって曲がるところ――に手を置くと、その筋肉を快い感じでぎゅっと握った。続いて手のひらを平らにして肩に這わせると、下方向へ強く押した。

一分後、彼女は海岸に出ていた。ソナー・タックスローはヘッドホンをつけて、相変わらず小島に腰を下ろしている。アインシュタインは寝袋の中でいびきをかいている。タイは、〈アーク・ダーウィン〉の人から渡されたポップアップ式の小さなシェルターで寝ていた。〈アーク・ダーウィン〉がまだ沖合に停泊しているのが、船体に当たる波の音でわかった。あやうくイーサ・アルジュンにぶつかるところだった。彼が寝袋をまとった状態で、海岸に突っ立っていたからだ。静かに瞑想していたのか、それとも小便をするために立ち上がったところだったのかは、どちらとも言えなかった。〈アイヴィン〉というのは、頭を働かせているときはややおかしな行動をするものだからだ。いずれにしろ——考えていたにしろ小便をしていたにしろ——彼が一時的に使えない状態だったので、キャスリーはまっすぐシェルターへ向かうと、タイを起こした。これには思っていた以上に時間がかかったため、彼女はかなりやきもきした。上のほうで何かが起きているのは、今や明らかだったからだ。〈ネオアンデル〉が防護と武器の両方として用いている、身体のまわりを回る〈フリンク〉のチェーンの音が大きくなっているのが聞こえていたが、それが防御態勢をとる準備が整ったランゴバルドによるものなのか、それとも斜面を下ってくる侵入者によるものなのか、彼女にはわからなかった。後者については、今ではかんたんに聞くことができた。連中は急ぐことを優先して、忍び寄ることを放棄していたからだ。

「来るわよ」と、彼女は声をかけた。「〈ディガー〉二人に、何人かの〈ネオアンデル〉が」

タイは〈カタパルト〉に手を伸ばしたが、それをアリアンに持っていかれたことを、またしても思い出した。

「明かりをつけるようにって、ベレドが」

　彼女は、タイが何らかの電子装置――〈ディガー〉が〝無線《レイディオ》〟という名称でひとまとめにしていたようなもの――を使うものと思っていたが、彼は身体を転がして座った姿勢になるやシェルターから飛び出して、海岸を歩いていっただけだった。素足が石に当たるたびに、飛び跳ねたり悪態をついたりしている。「明かりをつけろ！」と、彼が大声で言った。両手を丸めて口に当てている。「おい！　明かりをつけるんだ！」その静かな入り江では、彼の言葉がダイナマイト並みに大きく響いた。はしけのほうから、何やら答えのような叫び声がしたのが、キャスリーにも聞こえた。巨礫からも、シーッという音がした。「シーッ！　シーッ！」石に打ち寄せる波の音かと思ったが、〈フリンク〉のチェーンが光りだして、立ち上がってそのほうを向いていたソナーを照らしていた。彼女は唇に指を当てて、それらを黙らせようとしていたのだ。「シーッ、静かに！」と言いつづけている。

「フルパワーだぞ！」とタイが叫んだ。「ありったけだ」

「来たわよ！」とサイクが声を上げた。ほかの誰も気にかけていないと見たとき、彼女はアルジュンと目が合った。彼はローブを海岸に脱ぎ捨てると、彼女のほうへ向かって来た――波の中へとずかずかと入っていったのだ。「私たちは連中の耳を傷つけている」

　彼女は上のほうからの叫び声を耳にした。忍び寄るふりさえやめた戦士たちが、戦うために近づいてきている。その声は〈ネオアンデル〉のものだった。上での争いに何がなんでも加わらなければという必要性を急に感じたキャスリーは、くるりとうしろを向くと、斜面を駆け上がる準備をした。そこで、あやうくカンタブリギア・ファイブとぶつかりそうになった。

「上に戻るの？」

「そうしなきゃいけないような気がして」とキャスリー。

「無事を祈るわ。忘れないで、〈ディガー〉はひどく傷つけないで」

カンタブリギア・ファイブは暖かなマントの長いスカートをきれいにゆらめかせながら、向きを変えて離れていったが、そのりっぱな横顔と短く刈られた髪によって強調される姿勢のよさを、キャスリーに最後に見せた。

キャスリーは急いで上へ戻りながら、数時間前にカンタブリギア・ファイブから与えられた、かなり細かい指示を再検討していた。『私たちの〈バッキー〉には近づかないで』カメラが搭載されている〈バッキー〉のことで、これから起ころうとしていることをビデオに収めるためのロボットだ。見晴らしがよくて優位な場所を探すようにプログラムされている。

キャスリーは、ランゴバルドから五〇メートルと離れていないところで、身体を低くかがめた。彼の姿は見えなかったが、〈フリンク〉がそのまわりを動いていて、小さな枝に当たる音は聞こえた。

彼女の右上には、坂から巨礫が突き出ていた。あまりに急で険しいため、苔のほかには何もない。下の大きなエイトレインのサーチライトに照らされて、薄い色の石が目立っている。若木がそのてっぺんに生えて、ほぼ露出した根でその岩をつかみ、海からの風でかたちが変わって不規則に広がった数本の大枝が、空に向かって伸びている。その近くで動きがあったが、それは巨礫上で回転しながら位置につく〈バッキー〉だった。彼女に見えるということは、向こうから彼女の姿も見えるということだ。キャスリーは、低木や草がとりわけ密になっているところのうしろに身を這わせると、耳を使った。今のところはそうするしかなかった。

　カチン、カチン。来た。〈ディガー〉の手づくりの矢じりが、矢筒の中で揺られて立てる、あの音だ。持ち主の指示を受けて設定を変え、近くの〈フリンク〉チェーンの音が大きくなり、かき消された。

　思い切って顔を上げてみると、ひとりの〈ネオアンデル〉が、巨礫上の〈バッキー〉がまっすぐ見えるところに姿をあらわした。バルドではない。軍装一式を身に着けた〈レッド〉の歩兵だ。彼は手を伸ばすと、自分のまわりを飛ぶチェーンのひとつを右手で包んで、その動きを止めた。それと同時に、チェーンが彼の身体の反対側で二つに分かれて、鞭のかたちになり、巨礫上の〈バッキー〉を激しく打った。そのかたちや動きは、最初は目に見えた。やがて加速して音速の壁を超えると、目に見えなくなり、その結果からしかうかがい知れなかった。ソニックブーム、完全に破壊された〈バッキー〉、そしてきれいに切られて倒れた若木だ。その鞭はスピードを緩めると、弧を描いて持ち主のほうへ戻り、空中にいるヘビのように、前とは反対方向に回転する別のエイトレインへと、みずからを再編成した。こうして、左側面にいたロボットの見張りを取り除いた〈ネオアンデル〉は、戦闘の中心地へと引き返して、キャスリーの視界から姿を消した。

キャスリーは巨礫のほうへ向かった。カンタブリギア・ファイブのビデオ〈バッキー〉の一台が壊されたことで、彼女にとっては都合のいい場所になった。その岩の土台へ急いで向かいながら、どうやって上への道を見つけようかと考えを巡らせていたとき、上の動きが目についた。動きを止めた彼女が急な角度で見上げたところ、ひとりの〈ディガー〉が岩のてっぺんに出てきて、誰もいなくなったその有利な位置を確保した。男はあまりに息せき切って斜面を降りてきたので、その巨礫の上を通り越して踏み外すところだった。あやうく大惨事になる寸前で足を据えて、バランスを取り戻すために両腕をうしろでぐるぐる回さなければならなかった。彼がそうしたので、矢筒の中で矢じりが音を立てた。キャスリーは身を固くしてしゃがんだまま、男が体勢を立て直すのを見ていた。男がまっすぐ下を見ていたら、彼女の姿が目に入ったことだろう。だが、男の目は右手のほうで起きていることにのみ向けられていた。その音から判断するに、起伏のある場所での入り乱れた戦いだろう。〈ディガー〉は背後に手を伸ばすと矢を一本取り出し、スチールの弓にかけて、眼下の現場を見渡した。彼が標的を選んでいたときに、キャスリーのアンボットがその肩に当たり、倒れた男は身体を引きつらせた。

その男を撃つのは簡単だった。物理的な意味ではない。もちろん、物理的にも簡単だった。相手はその場に突っ立っていて、アンボットはほぼ自動照準なのだから。そうでなく、心理的に簡単だったのだ。数日前のこと、シフト中の彼女が最悪の状態にあったとき、ほとんど意識のない状態で、アインシュタインに話すタイの言葉を耳にしていた。『戦い方を知ってるからといって戦えるわけじゃない。問題はどう決断するかさ』意識は混濁していたが、タイの言う決断が知的なものという意味でないのは、彼女にもわかった。どんな文明社会にも存在する、人が互いにダメージを与えるのを阻む、感情的な障害を乗り越えることである。彼女にはそれが理解できた。なぜなら、何時間も前に、それを行なったからだ。〈セブン〉と〈ディガー〉との最初の衝撃的な戦闘の際に、アリアンに撃たれたタイを守ろうとあいだに入った彼女の腕が、年老いた〈ディガー〉にスラップ・タスマネルで打ちつけられて骨を痛めたとき、激しい身体的接触のおかげで彼女はその障害を乗り越えると、その男に〈カタパルト〉を向けて撃つことが容易にできた。それ以来、グループ内の善意ある人たちは、彼女にお悔やみの言葉をかけてきた。その人たちは、ドクとメミーのこと、それにその二人を急に失うことがキャスにとっていかにショックかということだけを話したがっていた。彼らの死によって、キャスがエピになったと、暗に言っていたのである。妥当にも思われる推測だったが、そうではない。むしろ、老人が襲ってきて、彼女が反撃した瞬間に起こっていたのだ。あの時点ではドクはまだ生きていたし、メミーも致命傷を負ったものの、息はあった。つまり、〈セブン〉の中で最初に死んだのは、実はキャス・ツーだったのだ。

　ともかく今の彼女は、人を撃った女性という立場にある。そのことを知っていて損はない。

　この出来事は、〈ブルー〉にとっての右翼、〈レッド〉の左翼で起きた。〈ディガー〉の偵察隊が正規軍を支援するなら、側面にとどまるか、それとも前面に出てくるかだろう。そのことが意味していたのは、もうひとりの〈ディガー〉は——確かに二人だったと、彼女は確信を強めていたが——反対側の側面にいそうだということだった。

　その巨礫自体は急すぎて登れなかったものの、灰まみれの斜面が両側に崩れていて、緩い傾斜路になっていた。彼女はそのうちの一方を進むと、その坂に腹這いになって、戦場をのぞける高さまで登った。そこは、海岸山脈の斜面から流れてきた水が、クレイターの外壁によってせき止められてできた、幅広の浅い水たまりに囲まれていた。かなりの広さがあり、足を踏み入れるまでは、ぬかるむ感じははっきりわからなかった。バルド、ベレド、ロスコス・ユールは積極的に前進して威嚇したあと引き下がり、〈レッド〉の軍勢を文字どおり泥にはめた。〈ブルー〉にとって有利にはたらいたのは、片やしっかり組織された〈レッド〉のハイテク部隊と、片やプロボシデア・ラバーという名の歴代のサイクが無線《レイディオ》の項目を記憶していたおかげで、無線通信についてのみ知っているという〈ディガー〉の偵察隊とのあいだで、連絡手段に問題が生じた点だった。

　とにかく、今のキャスリーは仲間たちよりもかなり前方にいて、その沼の右側にあたる部分にいた。反対側へ行くにはまっすぐ進むことになるが、そうすると〈レッド〉の歩兵が通りそうな道に直接出るうえ、沼にはまることにもなってしまう。海のほうへ急いで戻り、ゆうべ眠った野営地沿いを走って進むこともできたが、〈バッキー〉の大部分がそこにいるのは、すでにわかっていた。もしくは内陸へとさらに進んで、沼の山側に迫っている松林を突っ切ることもできる。その場合は〈レッド〉の通り道にじかに飛び出ることになるので、まずい考えに思われた。が、〈レッド〉はただの孤立した殺し屋集団であり、大軍勢の前衛ではない。後方との通信手段ももっていない。彼らがいったんその地を過ぎれば、そこの権利を主張することもなく、権力もなくなる。彼女がデコボコの地面をベレドより素早く移動でき、〈ネオアンデル〉の音を一キロも先から聞けることを考えると、自分のチャンスに賭けてみたくなった。そこで彼女は、下るのではなく上を目指し、側面からは充分距離を置いたまま、かなりの高さまで登ると、中央側に注意を向けた。

〈レッド〉の〈ネオアンデル〉の様子は、はっきりと聞き取れた。ひとりを除いて全員がキャスリーの下におり、彼女が立ち止まって待っていると、遅れて最後に来た者が近くを通り過ぎる、ドカドカという足音が聞こえた。彼らは人種的ステレオタイプのとおりに、Ｂつまり〈ベータ〉から命令を受けていた。その〈ベータ〉は感心にも、尻込みして後方から指揮していたわけではなかった。彼女は戦闘の渦中にいたらしく、前進していた彼らにとってぬかるみがひどくなり、進行方向について考え直そうというときは、下り坂にいた。そのころには、左手にいた〈ディガー〉の偵察者が姿を消していることに気づいていたはずで、それにより右のほうへ行こうという気になるかもしれなかった。いずれにせよ、彼らは束の間、身動きがとれなくなったのだ。全員がキャスリーから見て下にいて、しかも全員が彼女とは逆の方向を向いていた。

　坂をまっすぐ見渡した彼女には、背の高い松のような木しか見えず、それらが天蓋をつくっていて、下生えの成長を阻害していた。これは楽に行けそうだった。横断するように進むと、戦場の反対側に素早く出ることになるので、そこでならもうひとりの〈ディガー〉のあとを追って、どこであれその持ち場へ乗り込み、相手が何か勇敢なことやばかげたことをするより先に、アンボットで仕留められるだろう。

〈ネオアンデル〉による〈フリンク〉の鞭の轟音が下から響くと、何者かが出す大声と、目標に向けて発射されたアンボットのバン！　という音が聞こえた。

　出遅れたかもしれないという思いに突き動かされた彼女は、木立の中を駆け抜けて、隠れもせずに移動しはじめた。木立に裂け目があらわれると、そこから沼のほうを見渡した。その位置の見晴らしは最高だった。

　そのせいで彼女は、眼下の沼と入り江を見渡せる、さえぎるものが何もない場所のひとつにいた単独行動の男と、ぶつかりそうになったのだった。男と一緒にいたのはロボットだけで、頭部にビデオカメラを備えた〈サイワイ〉だった。かごに入ったコブラのように、とぐろを巻いた状態から起き上がって、そのカメラのレンズをどの方向にも向けることができる。男は戦闘に背を向けて、丘のほうを撮影している〈サイワイ〉に向いて立っていた。キャスリーが入り込んだのは、その〈サイワイ〉のすぐ近くだったため、ひと目見ただけで、これからの数分間に〈レッド〉の視聴者一〇億人がすることを正確に把握できた。この男が映すごつごつした岩や木を見て、ハビタットの住人たちは、ここへ下りてきて地表を植民したいという、うずうずする欲求にもだえるのだ。映像の背景には戦闘が行なわれている沼があり、その先には波が打ち寄せる岩に挟まれた入り江、全体を昼のようにする光の柱をそなえた

〈フリンク〉のはしけ、さらに遠くには遠浅にゆっくり揺れる〈アーク・ダーウィン〉、そして夜明けが近づくにつれて、明るさが増す空があった。

その男は彼女の登場を予期していなかった。キャスリーが受けた印象としては、どうやら男は稽古をしていて、セリフを練習し、咳払いをして、演技に備えているようだった。つまり彼女には、男のことを見つめる時間が少しあったのだ。

キャス・アマルトーヴァの三度に及ぶ人生では、その全部を合わせた期間でも、〈アレタイク〉を生で見たことは数えるほどしかなく、それも遠くからだった。そのため、その人種については、印象的とかハンサムとされるものに関して、はっきりとした基準を持ち合わせていなかった。それでもこの人物は、見本としてはかなりよさそうだった。身長は優に二メートルを超え、漆黒の長髪は額からうしろに伸ばされており、高い眉に力強く突き出た鼻、大きくて黒いくぼんだ目を際立たせていた。その顔に何本かある皺のおかげで、厳粛で成熟した男という雰囲気が出ていた。

貴族は五〇〇〇年前に、ほかのほぼすべてのものとともに消え失せたが、それでも貴族という概念——少なくとも理想的なかたちで、人間心理から引き出される願望——は、この男の外見、服装、姿勢、そして驚きから立ち直って周囲の状況を理解した際にキャスリーを見つめた様子の、あらゆるものに生き続けていた。男の表情は、この予期せぬ出会いが魅力的であると同時に多少愉快で、品のある人にときどき訪れる運命のいたずらのようでもあり、政治的な違いにもかかわらず、アンティメルのおいしい赤ワインを一緒に飲みながら、今回のことを皮肉な感じでいつか話し合えるということを物語っていた。少なくとも、キャスリーのアンボットが男の額の真ん中に飛びつくまでは、そうだった。

動きを察知して〈カタパルト〉の発射音をとらえた〈サイワイ〉が――興味深いものは追うという基本的な能力はもっているようだった――彼女のほうに向きを変えたものの、彼女はうしろからその首の部分を踏みつけた。〈サイワイ〉はそのかかとの衝撃に負けて倒れたが、立ったままでいようという尊敬に値する努力は見せていた。だが地面に軟着陸できるように、とぐろをほどかざるをえなかった。追跡するようにプログラムされていたら、そこから彼女のことを森の中まで追ったことだろう。だが、適度に賢いカメラのプラットフォームにすぎなかったため、フレームの中央に〈アレタイク〉の顔を執拗に収めようとして、その場から動かなかった。〈アレタイク〉は、火をつけられた人のように転がったり身をよじったりしていたので、そのアルゴリズムにとってはかなりの性能試験となった。

キャスリーは森の中をふたたび駆け抜けた。海へ戻る道を曲がり、沼のまわりのU字形の進路の最後の部分に差しかかったところで、スピードをゆるめた。彼女の推測が正しければ、もうひとりの〈ディガー〉に近づいていることになる。しかも、バルドやベレド、ロスコス・ユールとは違って、彼女には先端がスチール製の矢から身を守るものは何もないのだった。

上り坂から、きしる音が聞こえた――彼女の背後だ。振り返ると、赤毛で青い目をした〈ディガー〉が五メートルも離れていないところにいて、彼女めがけて弓を思い切り引いてかまえていた。入り江からの光が当たって、研がれたばかりの手づくりのスチールの先端が輝く弧を描いている。彼女は素早く動き回れるように、両手を自由にするべく、〈カタパルト〉をしまっていた。まさに丸腰だった。

　カンタブリギア・ファイブは、〈ディガー〉の偵察者を二人とも無力化するようにとは、必ずしも命じていなかった。彼らによる危害を食い止め、その死体がリング中のビデオ画面に映るのを阻止するようにというだけだ。

「大きな間違いをしてるわよ」とキャスリーは呼びかけた。

　相手の〈ディガー〉は動かなかったものの、ゆっくりとまばたきをした。彼女はそれを、話しつづけてもいいという承認と受け取った。「あの連中――〈レッド〉――は、あなたたちの友人のふりをしているだけなの。地表に対する所有権の主張に便乗できるように。彼らはすべてを自分のものにしたがっているのよ」

「そっちはどうなんだ？」と男が尋ねた。

「〈ブルー〉も変わらないわね、ある意味では」

「それならどうして、そっちの助言に耳を傾けなきゃならない？」

「誰の助言にも、やみくもに耳を傾けるべきじゃないわ。私のにも――彼のにも」彼女は先の〈アレタイク〉のほうへと、頭を少し動かしてみせた。

　男がそのことを考えるあいだ、静寂が流れた。

「セイロン・コングリーヴは知ってる？」とキャスリー。

「もちろんだ」

「セイロン・コングリーヴは、あなたにチェスの話をした?」

「チェスのことはサイクに教わるまでもない」〈ディガー〉が言い返した。「いつでもやってるんだから」

「それなら、ポーンが弱いのは知ってるわよね。ただ、盤上の位置によっては、力を得る。序盤は大量に犠牲にされるけど、終盤にはキングをチェックメイトできるのよ」

　下から鞭を鳴らす音がして、キャスリーの話はさえぎられた。さらに二度、続けざまに音がした。彼女は、振り向いて見てみたいという誘惑にあらがった。〈ディガー〉の青い目は戦いの場のほうへと向けられ、何かを認めると、また彼女のほうに戻った。矢じりがぶれることはまったくなかった。

　キャスリーは話を続けた。「あなたたちはポーンなの。上にいる軍隊と比べると、あなたたちの小ささや弱さはまったく想像できないほどだわ。〈レッド〉によってそのように扱われるのを許したら、連中の目的にかなったとたん、犠牲にされてしまう。でも、長期戦を行なえば、力はつけることができる。ほかの人種と同じぐらいにね」

　急な動きをされてキャスリーはひるんだが、〈ディガー〉は武器を上にやると、矢を引いていた腕を緩めた。そして、矢《や》筈《はず》を弦《つる》から外し、矢は矢筒へと戻した。

「そっちの言い分は話半分に聞いておこう」

「それでけっこうよ」

「ただ、そっちが言ったことの中には、〈レッド〉が来てからというもの、おれが心の中に抱いていた疑いを裏づけるものがあった。だからおれは戻って、そのことについてほかの連中に話してみるつもりだ」そう言うと、男はキャスリーにさっと背を向けて、ベーリンジアの山中への道を上がっていった。

「あなたの話はわかるわよ、チュラタム・レイク」と、カンタブリギア・ファイブが言った。「少なくともその一部は、公式の記録に記載されているから」

「それなら、半分にしてくれ」

「そうしてもいいけど、このことであなたの気がそがれているように感じられるのよ」彼女がほんのわずかに、坂のほうを見上げた。その目がスタイリッシュなヴァープのレンズで覆われていても、金色の色合いによってしぐさは大きく見えていた。「戦いに加わりたいという気持ちが、あなたにはある。それは感心だけど、ここにはあなたが必要なの――〝ザ・パーパス〟が必要としているのよ」

「わかった。興味をもったよ」とタイは言った。不適切かつ無関係なことだったが、この女性は何歳なのだろうと、彼は思っていた。エピジェネティック・シフトは、目に見える老化の影響の多くをもとに戻すことができる。少なくとも、〈モイラン〉のジャマイカ・ハンマーヘッド・トゥエルブは、二〇〇歳まで生きた。タイによる、カンタブリギア・ファイブの推定年齢は、彼女とやりとりをするたびに一〇年単位で増えていった。現在は、八〇歳の可能性があると見ている。

「〈ピンガー〉について知っていることは？」とカンタブリギア。

「正直に言うと、事実じゃなくてつくり話に思えてね」

「つくり話のほうが、説得力がある場合もあるわよ。こんな時代には」

「そっちは何を知ってるんだ？」

カンタブリギア・ファイブは、やや平静を失ったように思われた。タイのことを鋭い目つきで見ると、ヴァープを持ち上げて、それを頭の上に載せた。

「知る必要があるんだ」タイが続けて言う。「連中の出所が〈レッド〉の遺伝子ラボなのかどうかを」

「彼らの存在自体、〈レッド〉は知らないわよ」

「おれたちが知らせたことになるのか？」

「〈ブルー〉が？　まさか、あなたの推測は間違ってなかったわ」

「おれの推測をどうして知ってるんだ？」

彼女の視線がピザの箱のほうへ移った。海岸から突き出た巨礫に立てかけてある。「あれの中身はわかってるのよ」

「そりゃどうも」タイはそう言うと彼女に背を向けて、海岸に立って戦いの音がするほうをそわそわと見上げている、背の高い若い〈アイヴィン〉のほうへ向かって歩き出した。「アインシュタイン！　おれに注目だ。歴史をつくるときだぞ」

小さなロボットの両端をつなげて長くて曲がりやすい鎖状にした鞭を打つのは、アンボットによる戦いでの敵との交戦方法としては、特段に良くも悪くもなかった。〈ブルー〉の軍事研究ラボが行なった広範な研究では、個々のアンボットを〈カタパルト〉から発射するというわかりやすいやり方よりも、平均して多少効果が薄れると結論づけていた。反対意見側の主張は、実戦における二つの重要な要素を考慮に入れていないので、そのような研究には瑕疵《かし》があるというものだった。ひとつは、角のところやバリケードを含むあらゆる方角から、自分をねらって文字どおり鞭打つ攻撃があると知っている、防御側に対する心理的な影響だ。もうひとつは、科学的に測ることが難しい、技術の要素である。そういったものをラボで振り回した被験者は、それらを使いながら成長し、他人種には話すことがない古い教え——実質的には格闘技——を知っている〈ネオアンデル〉と同じような才覚をもっている可能性は低いのだ。その鞭が振り降ろされている途中で分離できたら、その構成要素であるアンボットは目標に向かって超音速で投げつけられるので、〈カタパルト〉から同じものを発射して得られるものと同じことになる。それが目標に当たれば、直接の身体的障害を負わせられ、なおかつ、障害を与えたアンボットはみずからを切り離して、通常のプログラムを遂行することができるのだ。それに、もしこの鞭打ちが外れても、弾薬はまったく無駄にせずに、その鎖を無傷で回収できる。次の攻撃のために、すべてのアンボットは戻ってくる。〈カタパルト〉から発射されたものについては、絶対にそうはならない。

キャスリーのリストには——もし彼らがここから抜け出すことができたらの話だが——ピ

ノノワールのグラスを前にランゴバルドと話して、彼がどこでその技術を習得したのかを尋ねるというものがあった。というのも、彼はつい最近まで、平和を好む〈クレードル〉のワイン商という、かなり信用できる架空の経歴を貫いていたのだから。彼は、アンティメルの〈ネオアンデル〉には——人類の歴史を通じて多くの文化でそうであったように——子供たちに格闘技を教える伝統があると言って、そのような質問ははぐらかすのだろうと、彼女は聞く前から感じていたが。

〈カタパルト〉の有利さを疑う者は、小さなロボットでできた鞭を使う戦いは、スペース・ハビタットやくり抜かれた小惑星のような清潔で秩序立った領域、真空での宇宙服での戦い、地表の砂漠や氷冠など比較的雑然としていない場所でなら、悪くはないと口にするかもしれない。だが、頭の高さまで草が茂る沼では、完全にミスだった。キャスリーの耳は、頭では対処できない大量のデータをとらえていた。こうした格闘技の稽古をして育った者なら——ランゴバルドはそのようだが——この繰り返されるバン！という音の微妙な差異を聞き分けられるのかもしれない。目標に当たったときの鋭い音は、飛びながら分離するアンボットのものとは異なるし、逆に攻撃した者に対して鞭が振るわれたり草木の中でめちゃくちゃになったりしたときの音とは異なるものだ。彼女にわかったのは、彼らの戦場は下だということだけだった。彼女が沼を一周して、入り江の上であるもともとの防衛線へ戻ったときには、戦いはかなり長い時間にわたっていたので、彼女はそれを好ましい状況と解釈した。キャスリーはカンタブリギア・ファイブのように考えようとしていた。死傷者や戦いの勝ち負けなど、些細なことにあまりこだわらないということだ。重要なのは、この戦いがどのように語られるかだ。これまでのところは、条約で定義された境界の自分たちの側で、条約で承認されている監視作業を行なっていた少人数の〈ブルー〉が、残忍な〈レッド〉の〈ネオアンデル〉に追われて海へと追い詰められたものの、非戦闘員数人を守るために、そこで勇敢な最後の抵抗をしていて、それが驚くほど長びいているという状況だった。カンタブリギア・ファイブはすばらしく魅力的でカリスマ性のある人物だが、あるレベルでは、沼での〈ブルー〉の死者一、二名や、身体に障害を負ったり仲間を亡くした生存者とのカメラインタビューでもあれば、〈アレタイク〉が数日前にやってのけたプロパガンダの成功に対する最高の反対行動になると考えているのではと思われた。キャスリーはそこまでシニカルな見方をしたいとは思わなかった。

　そのような考えは、戦闘地帯からかなり離れた入り江の上に到着するまで、彼女にはもつことのできない贅沢だった。それは——偶然ではなかったが——勇敢な最後の抵抗の様子を撮影している、カメラを搭載した〈バッキー〉の列からも離れたところになる。

　キャスリーは眼下の野営地を見下ろした。このような天気では、朝焼けは高望みがすぎるというものだが、それでも空はどんどん明るくなってきて、はしけの上に高くそびえるエイトケン・ループよりも効果的に海岸を照らしていた。おそらく戦闘の音を聞いたのだろう、水に浸かった〈アーク・ダーウィン〉の船体から六隻ほどのゴムボートが出発した。それぞれに、ヘルメットをかぶっているらしい数人が乗っていた。これ自体はいい。だが、キャスリーにとってはじれったいことに、彼らは近づいてこなかった。ソナー・タックスローは、巨礫の上から彼らに手を振って、追い払おうとしている。アインシュタインもそこに加わって、同じことを始めた。その巨礫はひどく混み合うことになりそうだった。なぜなら、例のピザの箱を小脇に抱えて、タイが二人に加わろうと、水の中を歩いて向かっていたからだ。彼はいつの間にかドライスーツを身につけていたから、おそらくそのおかげで、海に入ってもかなり快適なのだろう。

　カンタブリギア・ファイブとアルジュンは、海に顔を向けて海岸に立っていた。彼らの上数百メートルのところで激しい戦いなど行なわれていないかのように。

〈バッキー〉二台がキャスリーの上という持ち場を離れて、ワイヤーフレームでできた丸石のように坂を転がり落ちてきた。最初は雪崩のように、コントロールされていない落下のように思われたが、やがて急速に通過している岩だらけの地面に対処できるように伸びてかたちを変えると、速度を落として落ち着いた感じの下り方になった。一方は入り江全体を見渡せる場所で止まり、もう一方はどうやらクローズアップをねらって、砂浜まで進んだ。カンタブリギア・ファイブはそちらを向くと、数歩足を進めた。そしてカメラをまっすぐ見据えて何か話しはじめたが、この距離ではキャスリーにはまったく聞こえなかった。

　キャスリーはこの様子を、傾斜のきついクレイターの内壁に寄りかかりながら見ていた。彼女のちょうど頭上に植生の線があり、崖っぷちに沿って根を生やしている。地面は平らで、そのような場所で得られるかぎりの日光がたっぷり当たっている。壁は彼女の両隣数十メートルにまで広がり、沼と上の土地から入り江を隔てていた。
うなるような大きな音に、小枝がたくさん折れる音がしたため、キャスリーは左側をさっと見た。ちょうどそのとき、大柄の男二人がひとかたまりになって低木の茂みから姿を見せるや、広い場所へ転がり出てきた。その下の斜面は急だったので、二人は海岸のほうへ数メートル転がっていったが、大きいほう――ベレド――が片方の足を激しく打ちつけて斜面に足をつき、二人の動きを止めた。彼は同時に両腕をついて立ち上がると、敵――〈ネオアンデル〉――をうしろ向きに弾き飛ばしてもっと下まで転がそうと、地面から押しのけた。だが、〈ネオアンデル〉のほうもこれを予期していたようで、ほかの人種より長い腕をベレドの胴に巻きつけて、胸郭につかまろうともがいた。

　おそらく、ベレドの身体の半分は依然としてアンボットに覆われており、それらが組み合わさって継《つ》ぎ接《は》ぎだらけの鎧になっていた。ベレドの脇を守っている集団は、〈ネオアンデル〉の右腕が自分たちに向かって伸びると、その不愉快な腕に対してはっきりと聞こえる衝撃を与えて、自分たちの所有者に恩恵をもたらした。この〈ネオアンデル〉は、つかまろうとして妨げられたのだ。それでも、攻撃が実際には失敗していたため、ベレドは敵の勢いに押されて、うしろ向きにひっくり返された。彼はこれに気づくや、あらがうのをやめて膝を曲げ、不格好に伸びそうな状態から、後方宙返りのようにして、〈ネオアンデル〉の腹部をクッションとして用いた。キャスリーはポキンという音を耳にしたが、それが肋骨の折れた音だとわかるまで、やや時間がかかった。あお向けになった〈ネオアンデル〉は、無意識のうちに身体を丸めようとして、ベレドが振り下ろす握りこぶしへ頭を近づけることになった。現代人の繊細な構造の手とネアンデルタール人の頭骨の大きな骨の接触は同等とはならず、ベレドに対して不利にはたらき、さらに骨が折れる音がした。それでも、その強打によって〈ネオアンデル〉は衝撃を受け、ベレドがついに鞘から短刀を抜いて、それを相手の喉元に押しつけるだけの充分な時間があった。彼は〈ネオアンデル〉の頭が地面につくまでそれを押しつけつづけた。

その戦い――少なくともその一部――が終わったので、キャスリーはそこで初めて、ベレドの状態の全容をつかむことができた。血まみれで、半裸で、折れた歯を吐き出し、ランニングマシンを全速力で走っていたときよりもかなり速い呼吸をしている。それでも彼は生きていたし、彼にとって戦いは終わっていた。あとは喉を切り裂いて、この敵を無力化することだ。だが、それは賢明とは思われなかった。カメラを搭載した〈バッキー〉に、完全に捕捉されていたからだ。小惑星での採掘における〈テクラン〉と〈ネオアンデル〉とのあいだに古くからある抗争の伝承は、喉を切り裂くという結果を招いてきたかもしれないが、今回はそうではない。

キャスリーには見えなかったが、沼では別のことが起きていた。ランゴバルドが、消防士がするようにロスコス・ユールを背中に担いで、振り返りもせずに急ぎ足で坂をどかどかと下っていったのだ。それを見ていたベレドが、注意するよう彼に呼びかけた。同時にキャスは沼からの動きを耳にして、人間の――〈ネオアンデル〉ではない――シルエットが、ベレドとその敵によってつくられた低木の茂みのすきまから飛び出てきて、バルドのあとを追いかけていくのを目にした。それは、武器一式を持ち、髪を短く刈った、ずんぐりした女——典型的な〈ベータ〉だった。キャスリーはその女に〈カタパルト〉を向けてアンボットを撃ち、さらに二度撃ったが、どういうわけかどれも外れた。どうやら〈ベータ〉は、この特定のモデルをだますことのできる、何らかの鎧を装着しているらしい。彼女に向かって一日中撃ち続けても、何も起こらないだろう。それでも、〈カタパルト〉のバン！　という音を耳にした〈ベータ〉が、自分の周囲にアンボットが飛んでくるのを感じて、その足を一瞬止めるには充分だった。女がキャスリーのほうを向いた。女性の〈モイラン〉を目にするとは思っていなかったという表情をしている。その驚くべき光景を理解しようとしていたとき、げんこつ大の石が彼女の頭の下側に当たって倒れ、動かなくなった。

　キャスリーが坂を見下ろすと、石を投げ終えたベレドの姿があった。彼は血のついていない短刀を折れた手に持ち替えていたが、それをもとに戻していた。近くにはバルドがいて、海岸へ向かって猛然と駆けていた途中で足を止め、ベレドが何に向かって石を投げていたのか見ようと振り返っている。彼も血を流しているようだった。

　よく見てみると、血はユール上級曹長から流れ出ていた。

　ベレドに押さえつけられていた〈ネオアンデル〉が、身体を起こして立ち上がった。と、すぐにまた倒れて、〈カタパルト〉のバン！　という音がキャスリーの耳に響いた。バルドが振り向くと、手ひどくやられていながらも意識を失っていないロスコス・ユールが、自由になるほうの手で武器を使ったのだった。〈レッド〉の軍勢でほかに消息のわかっていない者は、死んだか意識を失ったか、山に向かって退却していた。

しばらくたったように感じられたころ――経過時間はおそらく数秒というところだろうが――キャスリーは眼下の動きへ注意を向けた。〈アーク〉からのゴムボートは、入り江の真ん中を避けようと判断したらしい。クレイターのふちによってできた突起物に上陸するべく、二手に分かれていた。必要であれば、そこから歩いていけるのだ。

海の中から、ひとりの人物が歩いて出てきた。

タイはピザの箱をアインシュタインに手渡すと、それを開けて、中に入っているものを濡らさずに手に持っているようにと伝えた。ドライスーツのおかげで脚は冷えずにいたので、タイは小島のそばで海に膝までつかったままでいることにした。彼は従軍経験から、戦闘をつねにストーリーとして考えるカンタブリギア・ファイブのような連中に対して、嫌悪感にも近い不信感をもっていた。ただ、そのような考え方は人にうつりやすい。彼は小島でのちょっとした光景を、チュラタム・レイクの目でなく、リングに対して放送を流すビデオカメラを通して見てみた。すると、その様子は完璧に思えた。二人の人物を支える、波に洗われた砂によって喫水線のあたりが薄汚れた、ガラス質の石でできた小さな円錐形のケルン。ピザの箱を持つアインシュタインと、その隣で彼のベルトの穴に指をかけ、ヘッドホンを片方だけつけているサイク。実のところ、彼はそのイメージにあまりに注目していたために、メインとなる出来事を見逃すところだった。ほかの者たちの表情から、振り返って海のほうを見たほうがいいと気づいた。

波の上に突き出ていたのは、頭と肩だけだった。その〈ピンガー〉は、いつもの水中散歩から帰ってきたところとでもいうように、傾斜のあるクレイターの坂をゆっくりと登ってきた。酸素をふたたび送り込もうというように、しばらくは大きく、それも深く息をしていたが、そのうちに通常の呼吸へと落ち着いた。どこで暮らしているのか？　どこからやって来たのか？　水中を動き回れる、潜水鐘か何かがあるに違いない。

その〈ピンガー〉は毛がなくてすべすべしており、すぐに明らかになったことには、外性器もなかった。では、女ということか？　だが、もしそうなら、乳房のない女ということになる。ただ、タイにわかるかぎり、それでも哺乳類に変わりはなかった。

その数歩うしろに丸みを帯びた物体があらわれた。それは人間の首に支えられていて、それがさらに斜めになった両肩につながっているのがわかった。こちらの人物には乳房があった。そしてその女のうしろには、同じような見た目の三人目の人物がいた。

最初の人物が浅瀬に上がってくると、その身体つきがはっきりと見えてきた。ふっくらとして、全体的に砲弾のような感じだ。タイとしては、その人物を太った男とみなしたいと思っていた。ただ、太っていたかもしれないが、それはラッコやアザラシと同じ脂肪のつき方だった。かなり厚く見える、ぴんと張った皮膚の下に、分厚い皮下脂肪の層がある。それでいて、たるみがあるとか、肉が揺れる感じがあるというわけではなかった。全体的な動き方は、いい単語がないので贅肉と呼ぶが、その滑らかな覆いの下に、がっしりとした筋肉組織が隠れていることを示していた。基本的に裸ではあるものの、クモの巣状のハーネスが胴に結びつけられていて、いろいろなものがそれにたくさんついていることから、彼が科学技術を利用する人間であることがはっきりした。その〈ピンガー〉たちは最初は黒く見えたが、海から上がってくるにつれて、皮膚は濃い灰色であり、青や緑がかった、薄い灰色のまだらになっているのが明らかになった。腹部は背中よりも薄い色合いで、まだら模様は身体の横にも続いていた。

　タイは人をじろじろ見るのが好きではなかったが、そうせずにはいられなかった。両脚のあいだには、通常の性器が隠れていると思われる、同心状のひだのほかに見えるものはない。適切な刺激が与えられたときにだけ、それ自身の姿をあらわにするのかもしれないが。

　彼らが近づいてきたので、今やその顔も見ることができた。頭骨は、ルートストック、つまり起源の人間のものと同じように思われた。だが、目、耳、鼻の穴は筋肉質のフラップで守られており、それがつねに何らかの動きをしていた。ソナー・タックスローが前に言った、オオカミがプードルになれるのならという発言は、やや無神経であったが、そのたとえは合っていた。彼らはブルドッグが猟犬になれる以上に、ごく普通の人間に近いのだ。同じものをそなえているのだから。ただ、もう少し注意深く見る必要はあった。

タイは振り返って、アインシュタインとソナーを見た。当然ながら、二人は近づいてくる〈ピンガー〉のことしか目に入っていない。「アインシュタイン」と声をかけた。次はもっと大きな声で、「アインシュタイン！」と呼びかけた。

驚いたアインシュタインは海に落ちそうになったが、そこでタイに視線を合わせた。「あんた、これがいる？」彼は自分の手の中にある長方形のものにうなずきかけながら、つぶやくように言った。

「いや」とタイは答えた。「アイヴィの子孫でなくちゃだめだ」

「今？」

「今だ」

アインシュタインは手の中にあるものの下の隅をつかむと、それを頭上に掲げた。近づいてくる者たちによく見えるように。

それはおよそ半メートル四方に引き伸ばした写真だった。〈スペーサー〉なら、それが〈エピック〉を象徴する画像だとわかるものである。アイヴィの婚約者だったキャル・ブランケンシップが潜水艦の艦橋から彼女に送った最後の写真で、〈ハード・レイン〉の一斉降下から逃れるために、ハッチを閉じて潜水する直前に撮られたものだ。その写真は二つの同心円が特徴だった。中景にあるのが開いたハッチの開口部で、円盤状に見えている空は、すでに火球の火の跡により二つに分かれている。そして、もっとカメラに近いところでそれを囲んでいるのが、キャルが指から外したばかりの婚約指輪だった。

問題は、キャルの子孫にそれがわかるのかという点だった。先頭の〈ピンガー〉の顔が少しゆるんで、灰色の目が大きくなったようで、耳は単なる細長い切れ込みだったものから普通の人間の耳に似たものへと――小ぶりで凸凹が少なかったが――開いた。彼は膝の高さまである水の中で、歩くのをやめた。あとの二人が彼の横に並んだ。三人とも、震えている〈アイヴィン〉が高く掲げる写真を見上げている。タイの耳は、英単語と判別できそうな彼らの甲高い声に、むずむずした。〈ピンガー〉たちはお互いに話しかけ、顔を向けて言葉を交わし、写真を指差しながら、大きく身振りをしている。水中で長い時間を過ごしてきただけに、手を交えた会話が得意なのも当然だった。

女の〈ピンガー〉が何か強い口調で言って、あとの二人の注意を引いた。タイにはその言葉はわからなかったが、そのトーンと身振りは強いものだった。『静かに。よく聞いて。これが何か、私にはわかるの』とでも言っているように。

その女が自分の身体の前に左手を出した。手のひらが広げられる。指は短くて太く、女が指を広げると、ほんのわずかに水かきがあった。女は左手の薬指を右手で包んで、その指から指輪を外すしぐさをした。そしてその想像上の指輪を掲げたまま、左手を顔の近くまでやると、人差し指をぴくっと一度動かして、写真を撮る真似をしたのである。

キャスリーはこれら一連の様子を目にしつつ、尻をつけるようにして、抑えたスピードで坂を滑り降りていた。自分が急な動きをすると、〈ピンガー〉たちを怖がらせて追い払うことになりはしないかと思いながら。下の野営地にはバルドが先に着いており、寝袋に横たえられたユール上級曹長はホープが手当てをしていて、点滴のチューブがすでにつながれていた。キャスリーはベレドの横を通り過ぎたが、彼は無抵抗の〈レッド〉の〈ネオアンデル〉にまたがって、足首と手首に大きなプラスチックの留め具をはめていた。

　彼女は海岸まで出てきたが、カメラに向かって話しかけているカンタブリギア・ファイブと、ヴァープを見ながらつぶやいているアルジュンとは、充分に距離を置いた。

　さらに数人の〈ピンガー〉たちが浅瀬へと上がってきていた。そのうちのひとり――ほかの者よりも多くの道具を身につけている男――がタイに近づいており、彼とコミュニケーションをとろうとしているようだった。タイは笑顔を見せていたが、丸めた手を耳に当てつつも、首を振るばかりだった。〈ピンガー〉の男は手を伸ばすと、タイの手首をゆっくり取って、彼のドライスーツの黒い生地を引っ張った。タイもそれに応じて、その〈ピンガー〉の腕の滑らかな皮膚に対して、同じようなしぐさをした。二人とも笑った。その〈ピンガー〉の歯は白く、尖っていた。

　最初の三人の〈ピンガー〉たちは小島に上がって、写真を調べていた。アインシュタインはその写真を胸の前に掲げて持っていたが、それは相手を招き寄せているのと同時に、身を守る姿勢にもなっていた。それほど困惑していないソナー・タックスローは、どうしていいかよくわからないまま女の〈ピンガー〉と向き合った。相手は急に進み出ると、彼女を抱きしめた。

海岸では、カンタブリギア・ファイブがイーサ・アルジュンと満足げな表情を交わして、空を見上げた。

エピローグ

「〈ハード・レイン〉が始まるまでの数週間で、キャルはイヴ・アイヴィに何枚もの写真を送っていました」と、イーサ・アルジュンが言った。「全部で一七枚です。それも入れて」

彼があごで示した写真は、ややくたびれた感じで、彼とタイが昼食をとっているテーブルのはしで、〈アーク・ダーウィン〉の船体の内壁に寄りかかっていた。

　その場には、アルジュンとタイ、それにディープがいた。ディープとは、タイに近づいて、ドライスーツについての言葉なしの冗談で仲よくなった〈ピンガー〉だ。彼はその同じテーブルで、何脚か離れたところに座っていた。自分がこの会話に参加しているとわかっているのかどうかは、はっきりしない。

「私の言っていることはわかるのかな」とアルジュンが言った。

「上達しているよ。おれたちの声はチューバの音のように聞こえているんだ」

「彼の名前は、本当にあなたが言ったものなので？」

「おれに発音できる、いちばん近いものだよ。彼はこれに返事してくれる」

　ディープは、海藻の付け合わせとともに皿に出された、生魚の切り身を引きちぎっていた。

と、自分のことが話題になっているのに気づいたようで、実に人間っぽい感じで緊張した。言葉に詰まった彼は、りんご酒の入ったコップをつかむと、それを二人のほうに掲げた。二人もお返しにコップを掲げて、三人で一斉に飲んだ。

「彼は技術者か科学者のようなものだと思うんだよ」とタイ。「いろんなものがハーネスにあるから」

「そうですね」その〈ピンガー〉のことを不思議そうに見ながら、アルジュンも言う。「光学とか電子技術とか。〈ディガー〉よりも技術を保存したらしい」

「スペースはかなりあったしな。それに海底に沈んだものは、なんでも集めることができた」タイはアルジュンに注意を戻した。「それで、写真は一七枚あるって？」

「ええ。ほとんどは、当時の言葉で自撮りと呼ばれるものでした。今だと厳密には、軍事機密に関する犯罪行為になります。それ以外の点では、キャルは職務に大いに忠実だったので、とても奇妙に思えるんですが」

「確かに」タイはそう言うと、〈エピック〉の光景を思い起こした。「イヴ・アイヴィの苦しみを覚えているよ。ベネズエラを核攻撃するように、キャルがイヴ・ジュリアに命じられたときのな」

「それがいい例ですよ。つまり、この過失は――もしそうだとしてですが――学者の注目を集めました。一七枚の写真はすべて、最終的にはアイヴィの電話から回収されています。あまり目立たない歴史研究のごくごく小さな一派が、それらの写真を中心に発展したのです」

「〈アイヴィン〉だけが気にかけるようなことだな」
「まさにそうですよ、ストロムネスの図書館に引きこもってです」
〈アーク・ダーウィン〉はまだ入り江の外に停泊していて、その船体は水に浸ったままだった。そこがこれから起きることに対して、完璧な舞台となっていた。〈ピンガー〉と〈ブルー〉の高官の派遣団による外交会議だ。彼らは海岸での戦闘が終結した数時間後に、グリニッジからポッドでまっすぐ下りてきたのだった。

アインシュタイン、ソナー・タックスロー、それにほかの〈ブルー〉の面々は、みな入り江から撤退して、〈アーク〉に乗り込んでいた。その場を最後に離れたのはベレドだった。待っているボートに乗り込む前に、彼はとらえていた〈ネオアンデル〉を解放すると、仲間に救助されるまでの充分な食糧を渡した。その仲間たちが大挙してあらわれたのは、数時間後のことだった。ただ、彼らが〈ディガー〉と交わしていた取り決めによると、彼らが主張できるのは地表面の権利のみだった。そして、〈アーク・ダーウィン〉は地表にはいなかった。そのため、拡大する〈レッド〉の陣地は入り江の岸を囲むように広がり、数百メートルの海水を挟んで、〈ブルー〉側と向き合っている。

浸水した〈アーク〉の船体は冷えていたので、〈ブルー〉の外交団は厚着をせざるをえなかった。タイ、ディープ、アルジュンは、船のかなり前のほうにある高い位置の、水に浸っていないところにいたが、そこは半ばむき出しの中二階で、増える〈ブルー〉側の人たちの――さらにはランプを上がってきたいと思う〈ピンガー〉たちのための――食堂として、折り畳み式のテーブルや椅子が用意されていた。彼らは温かいスープを口に運び、臭いはきついがかなりおいしい、アンティメルの北側の斜面産のリンゴ酒を、ごくごくと飲んでいた。

「さて」と、アルジュンが口を開いた。彼は同席者の中で唯一の〈アイヴィン〉であることから、学者ぶる機会を楽しんでいた。「彼らについては疑問に思っていることでしょうが——」

「いったいどうやって生き延びたのか。たった一隻の潜水艦で」

アルジュンがうなずいた。「申し上げた学者たちの仕事ぶりを見るとわかりますが——いちばん最近に亡くなったのは二世紀前になる人たちですが——手がかりがあるのです」

「だが、〈ハード・レイン〉が始まってもいないうちに自撮りが撮られたのなら」タイが口を挟んだ。「そのあとに起きたことについての手がかりが、なぜあると？」

「ここでの手がかりとは、キャルが写真の背景にわざわざ仕込んだもののことです。アイヴィに見られることだけを意図した手がかりです。想像以上のチャンスがあったことを、彼は示していたわけです」

「続けてくれ」タイは椅子に深く座ると、りんご酒が入ったコップに手を伸ばした。

「〈クラウド・アーク〉計画について、私たちはよく知っています。私たちの計画ですから。それが私たちの歴史であり、アーカイヴにはあらゆる記録があります。それで、キャルがこの写真でほのめかしていることとは、別の計画があったということなんです。私たちが聞いていなかった、同じくらい大規模と思われる計画が」

「人間を海中で生きられるようにする計画か？」とタイ。

「まさしくそれです。これらの写真の背後に写っているのは、世界中の海にある最も深い海底峡谷の詳細な海底地形図なのです。彼らがそのような準備をしていたと思われる、表題のついた書類も――棚のバインダーに――あります。手がかりはほかにもありまして――すべて公的な研究ですので、お望みなら資料をお送りします」

「わかったよ」相手のことを思って、タイはそう口にした。そういった研究論文を自分が読まないことは、わかっていた。「だが重要なのは、ディープの仲間たちが生き延びたのは」――その場にいる彼にうなずきかけながら――「キャルの運がよかったからというだけじゃないってことだ」

「私たちのものに匹敵するような〈エピック〉が、彼らにもあったようなんです」と、アルジュンが言った。

　食べ物の列に並んでいたソナーとアインシュタインが近づいてきて、テーブルにある二つの空席に目をつけた。アルジュンはそのタイミングを、自分が中座するきっかけと見てとった。ディープは丁寧に頭を下げて、彼に別れを告げた。タイとその〈ピンガー〉の友人のもとに、若い〈アイヴィン〉とサイクがすぐに加わった。少しのあいだ、新たにやって来たその二人はがつがつと食べるだけで、交わした会話も、自分のトレーに載っているさまざまな食べ物について、ソナーが――彼女にはどれも初めてのものだったので――名前や由来を尋ねるというだけのものだった。アインシュタインが自由に食べられるように、それらの質問はタイが受けた。しばらくすると、アインシュタインが食べるところを見ていただけのソナー・タックスローにとっても、その様子が面白くなってきたので、彼の食べるものが少なくなってくると、彼女は自分の分も彼のトレーにいくらか移した。

「どんな感じか、いつか教えてほしいものだな」と、タイが声をかけた。

「どんな――」アインシュタインが言いかけたが、食べ物が喉に詰まった。

「――感じかって？」彼の言葉を引き継いで、ソナーが続けた。

「完璧な相手を見つけることさ。おまえたちがしたように」

「そうなったことは一度もないわけ？」アインシュタインは失礼な態度をとっているわけではなかった。チュラタム・レイクの知らないことを自分が経験していたなど、まったく思いもしなかったからだ。

「ああ、一度もないんだ」

アインシュタインは満腹に近づいていた。彼は椅子に深く寄りかかると、みずからの昼食の残骸をじっとながめて、まだ注目に値するものが残っていないかと目を走らせた。

「聞きたいことがあるんだけど」アインシュタインが口を開いた。

「そいつは驚きだな」と、タイが言い返す。

「〝ザ・パーパス〟ってなんのこと？　みんな言ってるけど」

「実はおれにもわからないんだ」

「そいつは笑えるけど。なんのことを言ってるか、わかってるんでしょ。ロスコス・ユールが言ってたし、カンタブリギア・ファイブも言ってた。大文字のPで始まる目的《ザ・パーパス》ってやつをね」

「おれの答えは変わらない。誰も教えてくれないからな。知っているように振る舞っている人たちの様子にもとづいて、推測するしかないのさ」

「タイのバーのオーナーのような人たちのこと？」

「どうやらな」

「それで、どんな推測を？」

自分に注がれる別の視線を感じて、タイがディープのほうに目をやると、彼は海藻のかたいかたまりを熱心に噛んで、屈服させようとしていた。ただ、今の会話の内容にはついてきているようだった。

　タイは肩をすくめた。「人間というのはつねに――」

『思い違いをする』と続けたかったが、ディープに悪い印象を与えたくはなかった。

「――この世には目的があると考えがちだ。月が崩壊するまでは、いくつか理論があった。〈ゼロ〉以降は、そういった理論はどれもばかげたものに思われた。甘やかされた子供向けのおとぎ話だったのさ。数千年ものあいだ、全体像のことは誰も考えなかった。みんな生き延びようと必死だったから。自分の巣を壊されたアリのように。まれに全体像を考えたときがあっても、それほど全体についてじゃなかった――〈レッド〉対〈ブルー〉とか、その程度だった。〈エージェント〉について考えたことは、驚くほど少なかった。どこから来たのか、自然のものなのか人工のものなのか、もしくは神に関わるものなのかと」

アインシュタインもサイクもディープも、『続けて、続けて！』というように、うなずいている。

だが彼には、それ以上続けられる話はなかった。

「一部の人たちは――〈レッド〉や〈ブルー〉の中にいる、おれのバーのオーナーたちのような、正体のはっきりしない一部の人たち――それにもしかしたら、こういった種類の人たちの中にもいるかもしれないが」――ディープに対してうなずきかけながら――「何かを知っていると思っているようなんだよ」

「そうなの？」とソナー。

「おれにはわからない。でも、おれの見たところでは、彼らもばかじゃない。たとえ彼らが――」

言葉を考えて、彼が中断した。

「たとえ彼らが」とアインシュタインが繰り返す。「なんなの!?」

「やり方なんだ。〝ザ・パーパス〟ってのは、目的じゃなくて、おれたちがこの一週間相手にしてきたクソったれよりデカいものが存在するっていうような言い方のことだ」

「〈レッド〉対〈ブルー〉というクソったれのこと？」

「そうさ。それに誰もおれに何も――まだ――教えてくれなくても、おれはその感覚が好きでね。〝ザ・パーパス〟に突き動かされた結果、ほかの主人に仕えている人たちとは異なる

――それもたいてい、優れた――行動をとるようになったと主張する人たちのことが」

「じゃあ、神を信じるようなものだと」

「たぶんそうなんだろう。ただ、神学も、聖書も、かたくなな信心も除いてだ」

アインシュタインとサイクはうなずいて、考え込んでいるふうだった。だがそれと同時に、ややがっかりしているようにも、タイには思われた。

「質問に対する答えをもってなくて、悪かったな」

「このあとはどうするの？　〈セブン〉は解散したけど？」とソナー。

「自分のバーに戻るよ」

「〈クレードル〉の？」

「〈クレードル〉のだ。かつては、優れた技術を集めた驚異の存在だった。それが今じゃ、はるかに優れた〈グノーモン〉に対する、風変わりで時代遅れの先駆者になっているがな」

「見てみたいわ」とソナー。

「部屋ならある。裏手の中庭のところに、泊まれるアパートが」

「高いでしょうね」

「無料だよ」

「その無料の部屋は、どうしたら利用できるのかな？」とアインシュタイン。

「さあね。〝ザ・パーパス〟に関係してる連中に、オーナーたちが与えているけど」

「じゃあ、とても重要な連中ってわけか」

タイは肩をすくめた。「頼んだからって、殺されることはない。それに、〈セブン〉については言うとおりで、もうなくなった。おれたちの〈アイヴィン〉は死んで、おまえがあとがまについたんだ」

アインシュタインは不安げな声を上げた。「おれにドクの代わりは無理だって！」

「彼の代わりになる必要はない。その言葉の意味ではな。でも、おまえがしたことをよく考えるんだ。こういった連中とのファースト・コンタクトを果たしたんだぞ」タイはディープに対してうなずきかけた。「それに、〈ディガー〉との別の種類のファースト・コンタクトもな」

アインシュタインもソナーも、顔を激しく赤らめた。

「サイクは一緒に来てくれて、メミーの代わりになった。あれで従来の〈セブン〉とは違うものになった。でも、ベレドとキャスリーを連れてきて、ほかに憎み合っていない〈ジュリアン〉と〈カミート〉を集められれば、九人組になる。史上初の九人組だ」

タイはリンゴ酒の勢いに任せて、しゃべりつづけていただけだった。だがソナーは、その話を真剣に聞いていた。「でも、〈アイーダン〉の亜種のひとりだけしか代表にいないわ」

「バルドで充分だろう」

「あとの四人も含めないと」とアインシュタイン。

「そうなると一三人だな。不吉な数だぞ。それに正直言って、ちょっと多すぎる」だが、テーブルを挟んだ向かいにいる二人の若者は、切実なまでに、彼のことを真面目な顔で見つめていた。タイは視線をそらした。「無料の部屋がもういくつかないか、オーナーたちに聞いてみるよ。こういう重大な機会のときなんだから」

「本当に聞いてみるの⁉」ソナーが大きな声で言った。

「ああ、古くから言うように、許可を求めるよりも許しを請うほうが簡単なんだ。おまえたちのことは、クロウズ・ネストじゃいつだって歓迎するさ」タイはディープのほうに目をやった。「水風呂には注意してくれよ。あそこの配管は、昔は問題なかったんだが、あれを直せるのはおれだけなんだ」

〈クレードル〉。〈アイ〉からテザーで地表までぶらさがる。

謝辞

この作品が生まれたきっかけは、二〇〇六年ごろジェフ・ベゾスのブルーオリジン社で非常勤の仕事をしているとき、低地球軌道におけるスペース・デブリ問題に興味を抱いたことだった。連鎖反応的な衝突によって軌道上にできた無数の破片により、宇宙飛行ができなくなりかねないという問題だ。結局、具体的な成果はなかったが、作家として作品につながるアイデアを得ることには、なったのだった。同じ頃私は、地球近傍にある小惑星が膨大な量の資源を含むことに関心を寄せていた。これらから、二〇〇六年の末に本作の基本的な構想を得たわけだ。したがって、まず最初に感謝の言葉を贈るべきは、ブルーオリジン社に対してだろう。同社で私は、ベゾスのほかジェイミー・ターフェ、マリア・カルディス、ダニー・ヒリス、ジョージ・ダイソン、キース・ロセマから、多くの興味深い話を聞くことができた。〈ラック〉という名称で本作に登場する、重層化されたバブル型緊急避難施設のアイデアを教えてくれたのは、キースである。また、バイコヌールに関することは、ジョージ・ダイソンやエスター・ダイソン、チャールズ・シモニーの記憶と写真から脚色させてもらった。

ヒュー＆ヘザー・マシスンは、採掘業界の仕組みやカルチャー、ライフスタイルについて教えてくれ、それが本作のダイナを生み出す助けとなった。アラスカにあるマコーリー一家の採掘場と、彼らのアマチュア無線に関して事実を誇張しすぎた点があったら、それは私の過ちであって、彼らのせいではない。ルーファスの作業場の候補地として、ヒューはサウスダコタ州のホームステーク鉱山と、アイダホ州のコー・ダレーン鉱山地区を挙げたが、赤道帯から遠くするため、私がアラスカに設定したのだった。プラネタリー・リソーシズ社のクリス・ルウィッキと、同社の技術スタッフは、二〇一三年一一月に私が訪ねた際、さまざまな助言をしてくれた。後日クリスは、小惑星採掘企業の連中が好人物として登場するようなSFを書く人がいるとは驚きだし、うれしいと言ってくれた。マルコ・カルトーフェンは、〈イミール〉の〝スチームパンク的〟推進システムというアイデアに対し、技術的な詳細を肉付けし、初稿を注意深く読んでくれた。シェイマス・ブラックリーも、この段階で有益なアドバイスをくれた。こうした人たちの名誉のため、あえて繰り返しておくが、偶然にせよ故意にせよ、科学的事実をねじ曲げるようなことがあったとしたら、彼らでなく私に責任がある。トーラ・マーツとティム・ロイドは、本作に登場するスペース・ハードウェアの構想とビジュアル化において、手助けしてくれた。〈アイ〉やテザー・システムが、適切かつ信頼性のある技術的知識によってデザインされていると聞けば、読者は安心することだろう。また、群泳行動《スウォーミング》をする小型ロボットというアイデアは、私が数年間追ってきたものでもあるが、この分野に関するクリス・ピスターの仕事が、〈ナッツ〉の構想において非常に役立った。

カレン・ロアーとアーロン・リービイは、〈テラリフォーム〉をベースとしたゲームの構想に時間と手間を割いてくれた。この企画は資金調達というよくある要素により挫折したが、彼らはストーリーのさまざまな側面を考えるうえで私の思考力を大いに刺激してくれた。もうひとつのゲーム・プロジェクトからは、ブラー・スタジオのティム・ミラーが、ヤッシャ・リトル、ゾーイ・スティーヴンスン、ラッセル・ハウ、ジョー・バームとともに、（ブラーのチャック・ウォイトキェヴィッチ、ショーン・マクナリー、トム・チャオ、ジョシュア・ショーによって生み出された）さまざまなロボットに関するアイデアとコンセプトアートを提供してくれた。エド・アラードも、同じゲームのプロトタイプづくりに多くの時間を割いてくれた。このゲームもまた、現実のものにならなかったが、ストーリーに肉付けをするうえで思わぬ結果を招いてくれるという意味で貢献してくれた。エドを紹介し、アドバイスと意見をくれたジェイムズ・グワーツマンにも感謝を。

ウェタ・ワークショップのベン・ホーカーは原稿を読んで、〈クレードル〉は錆びついているのではないかと指摘してくれた。これはどういうわけか私の頭から抜け落ちていた要素であり、最終段階でなんとか変更することができた。スチュアート・ブランドとライアン・フィーランは、ロング・ナウ協会のリバイブ・アンド・リストア・プロジェクトによって、少数の育種集団から種を復活《リバイブ》させる遺伝子工学的な挑戦について、有用な情報を提供してくれた。私は第一部と第二部でストレートな地球規模の惨事と、それに対処するための技術を描く一方、第三部については、宇宙開拓に興味をもつ人たちが前世紀にずっと考えてきたアイデアを披露する場だと考えた。後半に登場する巨大なハードウェアの多くは、長年ハードSFを読んできた読者にはお馴染みのものだろう。

テザーズ・アンリミテッドのロバート（ロブ）・ホイトには、特に感謝したい。SF作家の故ロバート・L・フォワードの志を継いだロブは、〝巨大スペース・マシン〟の分野でさまざまなアイデアを生んできた。そのひとつが〝ホイテザー〟で、本作の〈アイ〉と〈クレードル〉をつなぐテザーは、その巨大スケールアップ版だ。もうひとつの〝リモラ・リムーバー〟は、原則として本作の〈ランプレイ〉と同じデバイスである。ロブはまた、フォワードの初期の作品におけるアイデアをベースとした、高高度回転テザーに関する二〇〇〇年の論文の共著者でもあり、その内容は第三部の冒頭にあるグライダーの軌道上への転送場面に役立たせてもらった。地上からハンガーへ向かうキャス・ツーの旅の最初の部分は、クリス・ヤングおよびケヴィン・フィンケによる、グライダー技術の最新トレンドにインスパイアされたものだ。彼らと話し、一緒に飛ぶうちに私は、大気はわれわれが飛ぶのに必要なすべてのエネルギーを含んでおり、キャス・ツーのグライダーのような道具をつくれないのは、センサーとソフトウェアを開発する資源の投入ができないという理由からだけなのだ（ただし乗り物酔いの対策は必要になるだろう）ということを、理解したのだった。

アーサー・チャンパーナウンは初稿を読み、〈アイ〉と〈クレードル〉を結ぶテザーの動的安定性について問題提起してくれた。これは私があえて無視していた問題だ。技術的な見識のある読者なら、テザーであらゆる種類の小刻みな動きが生じるということに興味をもつかもしれないが、その問題を私は先延ばしにした。アーサーが読んだバージョンの原稿では、キャス・ツーを乗せた〈フリヴァー〉は、静止軌道投入の最終段階で昔ながらのロケットエンジンを噴射させることになっていた。アーサーがそれに異議をとなえたのは、技術的な観点からではなく、美的価値観からだ。そこで私は、しばらく頭のかたすみにしまってあったアイデアを使うことにした。つまり、〈フリヴァー〉を動く〝鞭〟の先端とランデブーさせたわけだ。このテーマによる科学的議論は、少ないながらもヴィクトリア時代から見受けられる。動いているチェーンの物理学に関する記述で私の知るかぎり最も古いものは、一八七〇年代に発表されたジョン・エイトケンの論文だが、彼はその研究の一部が友人であるトムソン兄弟、ウィリアム（のちのケルヴィン卿）とジェイムズ・トムソンのものだとした。エイトケンの研究はその後休眠状態にあったが、一九二〇年代になって、M・Z・カリエールが鞭の物理学に関する論文の中で使った。さらに、W・クハルスキーの論文（一九四〇年）とR・グラメルおよびK・ツォラーの論文（一九四九年）により、その全体像が描かれたのだった。非常に興味深い、古典物理学でも未踏の領域のテーマなのだ。私は二〇一四年六月にオクスフォード・ユニオンの講義でこのテーマについて話し、さらに詳しい内容を出版するつもりでいた。だがこれを書いている現在（二〇一四年一二月）、まだその話は具体化していない。

最後になったが、私のエージェントであるダーレンゾフ・アンド・ヴェリル社のリズ・ダーレンゾフと、ＩＣＭ・パートナーズのリチャード・グリーンに、また、このアイデアでいったい何をしたいのか、それを理解することに七年間をかけた私に対し柔軟に対処してくれた、編集者のジェン・ブレールに、心からの感謝を。

訳者あとがき

本書が生まれたきっかけや執筆の経緯などについては、著者自身の謝辞と牧眞司氏によるみごとな解説で、ほぼすべてが語られている。ここでは訳者としての立場から、思いつくことを少々書いておきたい。

本書を読み終えた方はおわかりのように、第一部では月が崩壊して七つの破片に分かれ、人類のごく一部が宇宙ステーションとそのまわりにいる小型宇宙船の群れ《スウォーム》からなる軌道上の〈アーク〉（つまり宇宙の箱舟）に逃れるところまでが描かれる。続く第二部では、月の破片が連鎖反応的に衝突・崩壊して〈ハード・レイン〉として降りそそぎ地球を壊滅させる一方、彗星のかけらを持ってきて大量の水を調達するという大冒険と、〈アーク〉における反乱・分裂の大騒動のあげく、地球滅亡後に人類を存続させるための精子や卵子などのサンプルもすべて失われ、最後に残ったのは女性八人（うち生殖機能の残っているのは七人）ということになる。しかしその〝七人のイヴ〟たちは、かろうじて残った月の破片のひとつに移動し、精子なしの単為生殖によって、各人が選択した自分の遺伝的特徴を残した七つの種族をつくっていくことを決心する……。

　ここまでですでに、多くの魅力的な登場人物と科学知識を駆使した、地球滅亡および宇宙箱舟テーマの壮大な冒険ＳＦが完成した感があるのだが、スティーヴンスンはさらに、七つの種族が軌道上に繁殖し、地球をリフォームできるところまできた、五〇〇〇年後の世界を描く。この第三部については、好みや評価が分かれるところだろう。だが、人類の直系の子孫だったはずの彼らが〝エイリアン〟として地球でファースト・コンタクトを経験する部分は、いわば第二部までの伏線の回収であるし、それ自体が大きなテーマでもある。『ＳＦマガジン』二〇一六年一二月号で東茅子氏が書かれているように、スティーヴンスンはこの第三部のために一、二部を書いたのではないかと、私も思うのだ。

　本書の原題 *Seveneves* は、すでに多くの場で指摘されているように、回文になっている。著者自身「セヴニーヴズ」と発音しているし、タイトルを見ただけでは Seven Eves（七人のイヴ）のイメージはすぐに湧かないので、『七人のイヴ』という邦題にネタバレの匂いを感じる向きもあろう。しかし、これがおそらくは最も素直な日本語題名であろうと思うので、ご容赦願いたい。

　本作が映画『アポロ13』のコンビ（ロン・ハワード監督、ウィリアム・ブロイルス脚本）により映画化されるという情報が入ったのは、二〇一六年だった。その後ロン・ハワードが『ハン・ソロ／スター・ウォーズ・ストーリー』の製作に専念したため遅れているようだが、早く実現してほしいものだ。また、スティーヴンスン自身には、ＳＦらしさの濃厚な作品をもっと書いてほしいと切に願うところである。

なお、訳出に当たっては、府川由美恵氏および中川泉氏の協力を得た。記して感謝したい。

アクチャルな宇宙、迫真の未来、人類の選択

SF研究家
牧 眞司

本書はニール・スティーヴンスン *Seveneves*（2015）の全訳である。原書は八百五十ページを超える分厚い一冊本だが、ハヤカワ文庫版では二分冊でお届けする。

ある年代以上のSFファンにとって、ニール・スティーヴンスンの名前は特別な輝きをまとっている。日本に初めて紹介された『スノウ・クラッシュ』（原著一九九二年／邦訳一九九八年）は、激変の近未来を活写したポスト・サイバーパンクの傑作として高い評価を得た。サイバーパンクの新鮮さの一端は、作中のガジェットを研究室で扱うテクノロジーではなく、ストリートにバラまかれたジャンクとして描く感覚にあった。しかし、ブルース・スターリングのいくつかの作品などの例外はあるものの、登場するテクノロジーは技術的ディテールをともなわない、修辞や意匠、あるいはせいぜい機能にすぎない。それに対し、『スノウ・クラッシュ』はアクチャルな描きこみが圧倒的だった。

それにつづく『ダイヤモンド・エイジ』（原著一九九五年／邦訳二〇〇一年）、『クリプ

トノミコン』（原著一九九九年／邦訳二〇〇二年）も、時代設定や世界観はそれぞれ異なるものの、ディテールの緻密さは傑出している。それもオールドスタイルのハードＳＦが陥りがちな些末主義ではなく、ストーリーにしっかり嚙みあって作品全体に特有の質感をもたらす。ちなみに『ダイヤモンド・エイジ』はヒューゴー賞、ローカス賞、ＳＦクロニクル賞を、『クリプトノミコン』はローカス賞を受賞している。

　科学技術に精通しているだけではなく、それが社会・産業・文化のなかでどう動いているかを把握し、さらにその先へと想像を広げる思考の柔軟性を備えた才能。ジャーナリストと小説家の感覚を兼ね備えた書き手。それがスティーヴンスンである。彼はキャリアをスタートさせたときから「ベストセラーを狙う作家」を目ざしていたそうだが、第一作の学園小説 *The Big U*（1984）、第二作のテクノスリラー *Zodiac*（1988）と芳しい成果を出せず、舵をＳＦ方向へと切りなおし『スノウ・クラッシュ』で大ヒットを飛ばした。また、その一方で、カルチャー誌〈ＷＩＲＥＤ〉などに科学技術に関するノンフィクションを発表しており、*Some Remarks: Essays and Other Writing*（2012）というエッセイ集も刊行している。

　本国アメリカの出版界でのスティーヴンスンの立ち位置は、ジャンルＳＦの作家ではなく、現代テクノロジー諸分野に広い見識を備えた文化的カリスマといったところだろう。アシモフやクラークの二十一世紀アップデート版、もしくはマイクル・クライトンのマニアックな上位互換バージョンというか。日本でいうと（作風はだいぶ違うけれど）瀬名秀明や藤井太洋が近いかもしれない。

さて、本書『七人のイヴ』は、ひさしぶりに翻訳されるスティーヴンスン作品。バラク・オバマ大統領（当時）が「夏の休暇中に読む五冊」の一冊に選んだとか、ビル・ゲイツが自身のサイトで「二〇一六年夏にお薦めの五冊」のひとつにあげて「思考を喚起する圧倒的な面白さ」と絶賛したとか、鳴り物入りの評判が聞こえていた。しかし、いちばんの驚きは本格的な宇宙SFだったことだ。全篇は三部に分かれ壮大な人類史が描かれる。

これまでのスティーヴンスンのイメージは、ネットワークや暗号をはじめとするIT分野、ナノテクノロジー、技術史など人間の文化や身近な社会に関わるものが強かった。しかし、『七人のイヴ』はいきなり月が爆発するエピソードからはじまる。原因についてはさまざまな憶測がなされるが、有力な仮説は見つからない。当初は地球への影響もなく、月が七つに割れただけの派手な天体ショーくらいに受けとられていた。しかし、月の破片同士の衝突が観測され、今後の挙動をシミュレートした結果、衝突は指数関数的に増加することが判明する。月はやがて地球を取り囲む無数のかけら〈ホワイト・スカイ〉となり、二年後にはそれが地上に降り注ぐ〈ハード・レイン〉がはじまるだろう。死の雨は五千年にわたってつづき、地表は壊滅する。人類を滅亡させない手段は、たとえひとにぎりであっても選ばれた者たちを宇宙へ逃がすことだ。

「宇宙の方舟」というアイデアは、従来のSFでも繰り返し扱われてきた。地球の破滅という派手なシチュエーションが目を引くし、ドラマチックなストーリーを展開させやすい。もっとも初期の例として、ジャンルSFが確立する以前、アメリカのパルプ雑誌〈キャヴァリア〉に発表されたギャレット・Ｐ・サーヴィス ***The Second Deluge***（雑誌連載一九一一年／単行本一二年）があげられる。Deluge というのは「大洪水」であり、いうまでもなく旧約聖書「創世記」のノアのエピソードを示す。渦状星雲に突入した地球は全世界規模の洪水にみまわれ、これを予測した科学者が新金属で方舟を建造し、彼を信じてくれた数千人と動物たちを救う。

フィリップ・ワイリー＆エドウィン・バーマー『地球最後の日』（雑誌連載一九三二～三三年／単行本三四年）は、ジョージ・パルの手によって映画化されたことで（一九五一年）、のちに大きな影響を与えることになった。こちらでは地球を滅ぼすのは放浪惑星であり、科学者主導でアメリカ政府が宇宙船を建造する。

古いタイプのＳＦにおいて、「宇宙の方舟」は画像的イメージとしても格好の題材だった。それなりの年代の読者ならば、宇宙船にさまざまな動物が対になって乗りこむ絵柄をどこかで目にしたことがあるだろう。ジャック・ウィリアムスン “The Fortress of Utopia”（〈スタートリング・ストーリーズ〉誌一九三九年十一月号）やロバート・Ｆ・ヤング “Deluge II”（〈ファンタスティック〉誌一九六一年十月号）のカバーアート、もしくはそれを元にした小松崎茂が〈少年マガジン〉誌のグラビアに描いたイラストである。

『地球最後の日』でも宇宙船に乗る人間をどう選定するかが山場のひとつだったが、この問題をよりクローズアップし、サスペンスフルな人間ドラマを構成したのが、Ｊ・Ｔ・マッキントッシュ『３００：１』である。〈Ｆ＆ＳＦ〉誌に一九五三～五四年に断続的に発表されたのち、五四年に単行本化された。第一部が「300：1」、第二部が「1000：1」、第三部が「∞：1」と題されていることからも、事態が深刻化していくのがわかるだろう。邦訳版（ハヤカワSFシリーズ、一ノ瀬直二訳）の解説で、福島正実が「（宇宙船に搭乗できる少数の人間の選定は）一人の選択者の良識と判断とに委されるのだ。科学的でないといえば確かにそのとおりだが、それを敢てしたマッキントッシュの考え方は、ある意味で非常にヒュマニスティックだともいえる」と述べている。

『七人のイヴ』ではもっと複雑だ。地球規模の公平性を表向きに演出しながら、さまざまな駆け引きと調整が進む。国のあいだ、組織のあいだのタフな外交があるいっぽうで、迫る破滅のなかでの秩序と安寧を維持するためのメディア戦略がある。独善的（もしくは独裁的）に動ける者もいないが、公明正大にことが運ぶわけでもない。それは地上だけにかぎらず、宇宙の拠点となる国際宇宙ステーション（ISS、やがてひとびとは〈イズィ〉と呼び慣わすようになる）でも同様だ。人類存亡をかけた〈クラウド・アーク〉計画は、〈イズィ〉を中心に傍近を新しく打ちあげる小型宇宙船群（〈アークレット〉と呼ばれる）で囲んで、居住区を確保しようというものである。〈イズィ〉に元からいるのは合理的思考と良識をじゅうぶんに備えたひとびとだが、それでも属する体制、民族、出自、文化などによって思惑の違いが生じる。スティーヴンスンはその綾目を非常にキメ細かく描きだす。多くの登場人物がいて語りの視点も切り替わるが、第一部におけるいちばんの主人公は、ロボット工学者ダイナだ。

もちろん、移りゆく局面ごとに前景化される技術的ディテールは、これまでのスティーヴンスン作品同様、迫真性に富んでいる。作品中にも映画「アポロ13」への言及があるが、あの秒刻みの地球帰還オペレーションにシビれたかたならば、本書で同じ昂奮を味わえるはずだ。

スティーヴンスン自身の公式サイト（http://www.nealstephenson.com/）に、この作品の執筆経緯があかされている。それによれば、『七人のイヴ』を実際に執筆しはじめたのは二〇一三年秋で、読者に満足してもらえる結末のつけかたに苦労した以外は、順調に書きあげたという。それが可能だったのも、執筆に先立つ長い構想期間があったからだ。もともとの発想を得たのは、航空宇宙企業ブルーオリジン（Amazon.com の創設者ジェフ・ベゾスがオーナー）のアドバイザーを務めていた二〇〇四年ごろだという。

スティーヴンスンが着目したのは、宇宙開発の障害となるスペース・デブリについての論文だった。ふたつのデブリの衝突によって撒き散らされたおびただしい破片が、玉突き的にさらなる衝突を繰り返し、そうして生まれた微細な破片が地球低軌道に立ちこめて、宇宙開発の妨げになる可能性が指摘されていたのである。「宇宙、そこは最後のフロンティア」というが、遠い宙域よりも、地表からわずか百マイルほど上空に突破不能の壁が立ちふさがる可能性のほうが、いっそう衝撃的だし、心を惹かれるアイデアではないか。

ストーリー構築のうえで決めていたのは、つぎの三点。

(1)　地球近傍、せいぜい太陽系内を舞台とする

(2) 既知の科学知識を超えるテクノロジーを導入しない
(3) エイリアンを登場させない

このうち(3)について、スティーヴンスンは「過去のSFはさまざまなエイリアンを想像し、そのなかには人類とあまりにも異質なものもあった。しかし、大衆文化に登場するエイリアンといえば、英語を話すヒューマノイドにすぎない。『スタートレック』などでは人間と交配すらする。第一部、人類避難計画が実行されたばかりのころ、〈イズィ〉にいた者たちのあいだでは、エイリアンとは私たちなのだ」と述べている。

本書をお読みになればわかるように、スティーヴンスンは人類のなかに発生する異質性を直視する。この巻では、わずかな考えかたの違い、思惑の差異だったものが、地球から〈アークレット〉が到着するにつれて不協が拡大し、第二部、いよいよ〈ハード・レイン〉が発生すると取り返しようのない対立と抗争へと至る。

先に紹介した『３００：１』では物語が進むごとに人類の生存率が低下していったが、本書も過酷さでは負けていない。〈クラウド・アーク〉計画で地球軌道上で暮らすようになった人口は一五五三。その後、〈ハード・レイン〉の影響による大火球災害を機に、火星をサバイバルの地とすべきと主張するアメリカ（元）大統領ジュリア・ブリス・フラハティ（JBF）の扇動で八〇〇人ほどが離脱してしまう。火星へ向かった彼らは〈レッド・ホープ〉派と呼ばれる。しかし、火星への渡航は無惨な失敗に終わり、ふたたび〈イズィ〉（そのころは大規模な改造を加え〈エンデュアランス〉という構造体になっていた）に合流したとき、

〈レッド・ホープ〉派はわずか十一人になっていた。〈エンデュアランス〉側も、事故、放射線の影響、食糧不足、自殺などによって、その時点での生存者は二八人。それから先も受難はつづき、つぎつぎと命が失われていく。けっきょく、人類の存亡は八人の女性（そのうちひとりは閉経後で、受胎能力をそなえた「イヴ」は七人）に託されることになる。そのなかに、一部・二部を通じてのメイン・ヒロインであるダイナ、かつて野心満々だったが〈レッド・ホープ〉挫折後は勢いがなくなったＪＢＦも含まれていた。

本書のタイトル『七人のイヴ』は、物語冒頭の七つに割れた月の残骸が象徴的だが、じつは最も大きな主題である人類の再生（新世代の始母となる七人の女性）を示している。

そして第三部に入ると開幕時点ですでに五千年が経過し、イヴたちの末裔がかつて月のあった軌道にリング上のハビタットを築きあげ、荒廃しきった地球を居住可能な環境へと戻すテラフォーミングに取りかかっている。しかし、五千年前の確執は持ちこされており、七人のイヴの血統がそのまま人種分化になっているありさまだ。いっぽう、再生がはじまった地球では、思いがけない事態が起こって……。そこから人類の歴史は、まったく新しい局面を迎える。

現実的な科学知識をベースとしながら、壮絶な人類未来史を描きぬくスティーヴンスンの想像力と力強い筆致、とくとご堪能ください。

本書は、二〇一八年六月、七月、八月に早川書房より新☆ハヤカワ・SF・シリーズとして全三巻で刊行された作品を二分冊にして文庫化したものです。

ゼンデギ

Zendegi

グレッグ・イーガン

山岸　真訳

脳マッピング研究を応用したヴァーチャルリアリティ・システム〈ゼンデギ〉。だが、そのシステム内エキストラたちは、あまりにも人間らしかった。余命を宣告されたマーティンは、幼い息子の成長を見守るため〈ゼンデギ〉内に〈ヴァーチャル・マーティン〉を作りあげるが……。現代ＳＦ界を代表する作家の意欲作

ハヤカワ文庫

セミオーシス

Semiosis

スー・バーク
水越真麻訳

二〇六〇年代、人類は惑星パックスに植民を開始した。植物学者のオクタボは、この星の植物が知性を持ち、人類を敵だと判断すれば、排除するだろうと知る。人間が生き残るには植物との意思疎通と共生が不可欠だが……。七世代百年以上にわたる植民コロニーの盛衰と、植物との初めての接触《ファースト・コンタクト》の物語。解説／七瀬由惟

ハヤカワ文庫

タイム・シップ〈新版〉

The Time Ships

スティーヴン・バクスター

中原尚哉訳

〈英国SF協会賞／フィリップ・K・ディック賞受賞〉一八九一年、タイム・マシンを発明した時間航行家は、エロイ族のウィーナを救うため再び未来へ旅立った。だが、たどり着いた先は、高度な知性を有するモーロック族が支配する異なる時間線の未来だった。英米独日のSF賞を受賞した量子論SF。解説／中村融

ナイトフライヤー

Nightflyers and Other Stories

ジョージ・R・R・マーティン

酒井昭伸訳

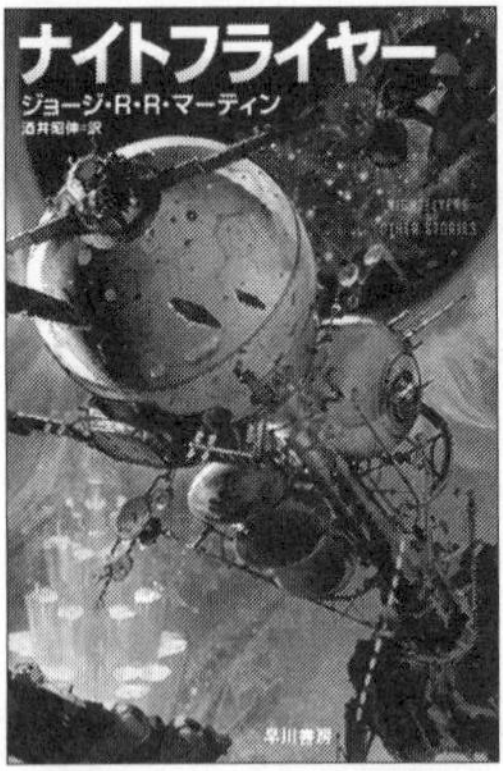

異種生命ヴォルクリンと接触するべく、9人の研究者を乗せて旅立った宇宙船〈ナイトフライヤー〉を描く表題作、異星を訪れた2人の超感覚能力者を、ドラマティックに描いたヒューゴー賞受賞作「この歌を、ライアに」、初訳作品3篇など、SF／ファンタジイ界を代表する作家の傑作全6篇を収録。解説／堺三保

ネクサス（上・下）

NEXUS

ラメズ・ナム
中原尚哉訳

ポストヒューマンの存在が現実味を増し、その技術が取り締まられるようになった近未来。記憶や官能を他人と共有できるナノマシン、ネクサス5を生み出した科学者ケイドは、その存在を危険視した政府の女性捜査官サムに捕らわれてしまい中国の科学者朱水暎《ジュウ・スイイン》を探るスパイとなることを命じられるが!?　解説／向井淳

ハヤカワ文庫

レッド・ライジング

火星の簒奪者

Red Rising

ピアース・ブラウン

内田昌之訳

最下カースト・レッドの人々は、人類の未来のためと信じ、火星の地下で過酷な労働の日々を送っている。だがそれはすべて偽りだった。少年ダロウは、社会改革のため、肉体改造を受け、次代の艦隊司令官や惑星総督を選抜する支配階級ゴールドのエリート養成校に潜入することに。少年の壮絶なサバイバルが始まる！

ハヤカワ文庫

君の彼方、見えない星

Hold Back the Stars

ケイティ・カーン
赤尾秀子訳

予期せぬ事故でシャトルから放り出された、女性宇宙飛行士のカリスと料理人のマックス。恋人同士であるふたりには、酸素がそれぞれ90分ぶんしか残っていなかった。ふたりはどのように出会い、恋に落ちたかを振り返る。必死に生存の可能性を探りながら……。〝ゼロ・グラビティ〟下で展開するＳＦラブストーリー

彷徨《さまよ》える艦隊
旗艦ドーントレス

The Lost Fleet: Dauntless

ジャック・キャンベル

月岡小穂訳

救命ポッドの冷凍睡眠から目覚めたギアリー大佐は愕然とした。なんと百年がたっていたのだ。しかも軍略に秀でた英雄にまつりあげられている始末。そんな彼に与えられた任務は、敵の本拠星系に攻めこんだものの大敗し満身創痍となった艦隊を、司令長官として無事に故郷へと連れ戻すことだった！　解説／鷹見一幸

ハヤカワ文庫

第二進化（上・下）

The Atlantis Gene

A・G・リドル

友廣　純訳

〈アトランティス・ジーン１〉南極の氷中で発見されたナチス潜水艦とアトランティスの遺跡。それがすべての始まりだった……。対テロ組織工作員デヴィッドと遺伝子治療の研究者ケイトは、人類を強制的に進化させるテロを阻止しようとするが――個人出版発、驚異のＳＦベストセラー三部作開幕！　解説／鳴庭真人

ハヤカワ文庫